NEVER
LOOK
AWAY

네버 룩 어웨이

린우드 바클레이 장편소설 | 신상일 옮김

NEVER LOOK AWAY

해문

NEVER LOOK AWAY

NEVER LOOK AWAY by Linwood Barclay

차 례

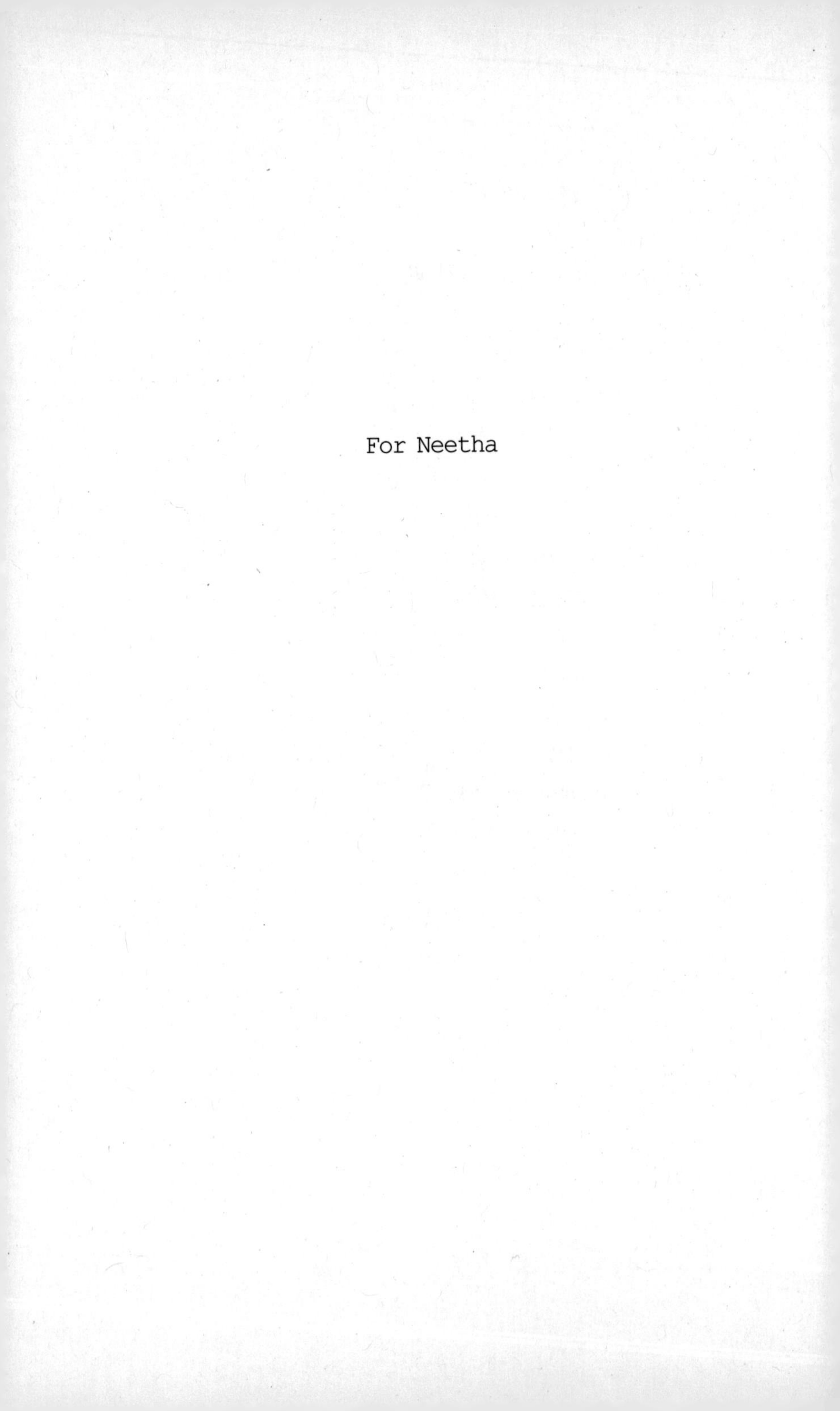

For Neetha

"완전히 맛이 갔어."

"열쇠를 찾아봐."

"말했잖아. 주머니들은 다 뒤졌어. 수갑 열쇠 따위는 없어."

"서류 가방 암호는? 암호를 적어둔 종이가 있지 않을까? 지갑 같은 데?"

"뭐? 암호를 적어서 들고 다닌다고? 그런 머저리가 어디 있어!"

"그럼 체인을 잘라. 일단 서류 가방을 들고 가자. 여는 방법은 나중에 생각하고."

"이거 생각보다 훨씬 단단하네. 절단하려면 한 시간은 걸리겠어."

"수갑을 손 위로 당겨서 뺄 수 없을까?"

"내가 계속 얘기했잖아. 이걸 절단해야 된다니까."

"수갑은 안 끊길 거라고 말하지 않았어?"

"수갑 얘기하는 게 아니야."

PROLOGUE

"무서워……." 이썬이 말했다.

"하나도 안 무서운 거야." 나는 운전석에 앉은 채 몸을 돌려 이썬이 앉은 유아용 보조의자로 손을 뻗었다. 나는 이썬의 팔이 올려진 팔걸이 아래로 손을 넣어 버클을 풀었다.

"나 저거 안 탈래." 놀이공원 출입구 너머로 롤러코스터 선로 다섯 개와, 대관람차大觀覽車 한 대의 윗부분이 마치 튜브로 만든 언덕처럼 어렴풋이 솟아 있었다.

"응, 저거 안 탈 거야." 나는 이썬을 안심시키기 위해 벌써 수십 번째 그 말을 반복했다. 과연 놀이공원에 온 것이 잘한 일일까, 나는 불안해지기 시작했다. 어제 나는 잰과 함께 조지 호湖에 갔었고, 밤이 되어 집에 돌아가는 길에 부모님 집에 맡겨놓은 이썬을 데려왔었다. 그때 이썬은 좀처럼 마음을 진정시키지 못한 채, 놀이공원에 놀러 갈 생각에 들떠 하다가 롤러코스터가 정점에서 추락할까 봐 걱정하기를 번갈아 했다. 아이를 재운 뒤, 나는 잰의 곁에 누워 이불을 덮으며 이썬을 파이브 마운틴즈(Five Mountains) 놀이공원에 데려가도 정말로 괜찮을지 의논하려고 했다.

하지만 잰은 이미 잠들어 있었다. 적어도 잠든 것처럼 보였기에 나는 의논할 생각을 접었다.

그런데 오늘 아침, 이썬은 놀이공원 생각에 마냥 들떠 있었다. 아이는 롤러코스터가 등장하는 악몽을 꾸지도 않았고, 아침밥을 먹으면서는 롤러코스터에 관한 질문들을 퍼부었다. 어떻게 움직이는 거야? 왜 기차처럼 앞쪽에

엔진이 없어? 엔진 없이 어떻게 높은 데로 올라가?

이썬이 다시 불안해하기 시작한 것은 11시 조금 넘어 빈자리가 거의 남지 않은 주차장에 도착했을 때였다.

"우리는 회전목마처럼 작은 것만 탈 거야. 네가 좋아하는 것들 말이야." 나는 이썬에게 말했다. "너는 어차피 큰 기구들을 못 타. 아직 네 살밖에 안 됐잖아. 그런 건 여덟 살이나 아홉 살은 돼야 탈 수 있어. 키가 이만큼이나 커야 해." 나는 주차장 아스팔트 바닥에서 1미터가 넘는 지점까지 손을 들어 보였다.

이썬은 미심쩍은 눈으로 내 손을 조심스레 살폈다. 괴물 같은 롤러코스터를 탈 필요가 없다고 했음에도 이썬은 여전히 겁을 먹고 있었다. 롤러코스터 가까이에서 그 우르릉거리는 굉음을 듣는 것만으로도 무서웠던 것이다.

"괜찮아." 내가 말했다. "우리 아들한테 아무 일 없도록 아빠가 지켜줄게."

이썬은 내 눈을 들여다보았다. 그리고 내 말을 믿기로 결심한 듯, 내가 유아용 보조의자의 폭신한 팔걸이를 자신의 머리 위로 들어 올릴 수 있도록 잠자코 있었다. 이썬이 의자의 안전띠에서 몸을 빼내자, 안전띠가 아이의 머리 위로 쓸려 올라가며 가느다란 금발을 헝클어뜨렸다. 내가 들어 올리려고 겨드랑이 밑으로 손을 넣자, 아이는 버둥거리며 내 손을 빠져나왔다. "내가 할 거야." 아이는 자동차 바닥으로 미끄러지듯 내려가더니 열린 차 문 밖으로 걸어나갔다.

잰은 우리가 타고 온 어코드의 트렁크에서 유모차를 꺼내어 세팅하는 중이었다. 유모차가 승차 상태로 고정되기도 전에 이썬이 유모차로 달려들었다.

"잠깐, 잠깐." 잰이 이썬을 말렸다.

이썬은 머뭇머뭇 기다리다가 작업의 완료를 알리는 딸깍하는 소리가 들리자 유모차에 털썩 올라탔다. 잰은 다시 차의 트렁크 안으로 몸을 기울였다.

"내가 좀 들어줄게." 그렇게 말하며 나는 트렁크 안의 배낭을 향해 손을 뻗었다.

그때, 잰은 배낭 옆의 캔버스 천으로 된 작은 가방을 열고 있었다. 그것은 겉면이 천으로 된 아이스박스였는데, 안에 작은 얼음주머니와 사각형 주스 용기 여섯 개가 담겨 있었다. 주스 용기들에는 셀로판 비닐에 싸인 빨대가 붙어 있었다. 잰은 배낭에 손을 뻗는 내게 주스 하나를 건네며 말했다. "이썬한테 줘."

나는 잰에게서 주스를 건네받았고, 잰은 트렁크를 정리하고 닫았다. 그녀는 아이스박스 가방의 지퍼를 잠근 뒤 유모차 뒤에 걸린 바구니에 쑤셔 넣었다. 나는 끈적거리는 주스 용기에서 빨대를 떼어 냈다. 주스 용기들 중 일부가 아이스박스 안에서 조금 샌 것 같았다. 나는 빨대를 비닐에서 꺼내 용기에 꽂아 넣었다.

나는 이썬에게 주스를 건네며 말했다. "너무 꽉 잡지 마라. 사과 주스 뒤집어쓰기 싫으면."

"나도 알아."

잰이 손을 뻗어 내 팔을 만졌다. 따뜻한 8월의 토요일이어서 우리는 둘 다 반바지와 민소매 상의 차림이었고, 많이 걸을 것에 대비하여 운동화를 신고 있었다. 잰은 챙이 길쭉한 야구모자를 쓰고 있었는데, 포니테일로 묶인 검은 머리카락이 모자의 뒤쪽 구멍으로 빠져나와 있었다. 모자챙이 만든 넓은 그림자 덕분에 잰의 눈은 햇빛으로부터 가려져 있었다.

"이봐요, 아저씨." 잰이 내게 말했다.

"응."

잰은 이썬의 시야를 벗어나기 위해 유모차 뒤쪽으로 나를 끌어당기며 물었다. "괜찮은 거야?"

나는 당황스러웠다. 사실, 나도 잰에게 똑같은 질문을 던지려던 참이었기 때문이다. "응, 그래. 괜찮아."

"어제 일 말이야. 당신이 바라던 대로 되지 않았잖아."

"상관없어. 단서가 나타나도 꼭 잘 되라는 법은 없거든. 전에도 그랬어. 당신은 어때? 오늘은 기분이 좀 나아졌어?"

동작이 너무 약해서 확실하지는 않았지만, 모자챙이 기울어지는 것을 보고 나는 잰이 고개를 끄덕였음을 알 수 있었다.

"정말이야?" 나는 재차 확인했다. "어제 당신이 한 말, 다리에 갔다는 얘기—."

"저기, 그 얘기는—."

"나는 당신 기분이 나아졌다고 생각했었는데, 그런데 그때 그런 말을 하니까—."

잰은 내 입술에 자신의 집게손가락을 가져다 댔다. "요즘 내가 당신 힘들게 한 거 알아. 미안해."

나는 애써 웃음을 지으며 말했다. "살다 보면 누구든 힘든 시간들을 겪게 돼 있어. 힘든 이유가 명확할 때도 있지만 그렇지 않을 때도 있지. 그럴 땐 그냥 그렇게 받아들이면 돼. 곧 지나갈 거야."

잰의 눈에서 뜻 모를 빛이 반짝였다. 아마도 그녀는 나의 확신에 동의하지 않는 듯했다. "있잖아, 참고 견뎌줘서…… 고마워." 잰이 말했다. 한 가족이 타고 있는 거대한 SUV가 주차 공간을 찾아 돌아다니다가 우리 곁을 지나쳤다. 잰은 SUV의 소음으로부터 몸을 돌렸다.

"신경 쓰지 마." 내가 대답했다.

잰은 몸을 깨끗이 비우려는 듯 심호흡을 하며 말했다. "오늘 하루는 즐겁게 보낼 거야."

"그래, 바로 그거야." 나는 잰에게 가까이 다가갔다. "그런데 말이야, 그래도 정기적으로 진찰을 받으—."

그때, 유모차에 앉은 이썬이 몸을 돌리더니 우리를 쳐다봤다. 아이는 주스 빨던 것을 멈추고 말했다. "가자, 가자!"

"야, 좀 기다려 봐." 내가 말했다.

이썬은 다시 유모차에서 자세를 바로 하고는 다리를 위아래로 허우적거렸다.

잰이 몸을 숙여 내 뺨에 가볍게 키스를 했다. "우리 아들, 신나게 해 주자."

"좋아."

잰은 내 팔을 한 번 더 꼭 쥐더니 유모차의 손잡이를 붙잡으며 이썬에게 말했다.

"자, 이썬 선수! 출발합니다."

이썬은 양팔을 날개처럼 유모차 밖으로 펼치며 다 마신 주스 용기를 내게 건넸다. 나는 빈 용기를 휴지통에 던져 넣었다. 잰은 손가락이 끈적거린다고 칭얼거리는 이썬을 위해 물티슈를 한 장 꺼냈다.

놀이공원의 출입구까지는 아직 몇백 미터쯤 더 가야 했지만, 티켓을 사려고 줄 서 있는 사람들이 벌써부터 시야에 들어왔다. 현명한 잰은 며칠 전에 티켓을 온라인으로 미리 구매하여 인쇄해 왔다. 잰이 티켓을 꺼내려고 핸드백을 뒤지는 동안 나는 대신 유모차를 몰았다.

이윽고 출입구에 다다랐을 때쯤, 잰이 갑자기 멈춰 서며 말했다. "이런, 바보 같이……."

"왜 그래?"

"배낭 말이야. 차에 놓고 왔어."

"그거 꼭 있어야 해?" 주차장까지 돌아가려면 한참을 걸어야 했다.

"배낭에 땅콩버터 샌드위치랑 선크림이 들어 있어." 잰은 이썬이 햇볕에 타지 않도록 늘 선크림을 잔뜩 발라주고는 했다. "뛰어가면 돼. 먼저 들어가 있어. 금방 쫓아갈게."

잰은 자신의 티켓을 뺀 성인용 티켓 한 장과 아동용 티켓 한 장을 내게 건넸다.

"출입구에서 백 미터쯤 들어가면 왼쪽에 아이스크림 가판대가 하나 있을 거야. 거기서 만나."

잰은 어디를 가든 사전 준비를 철저히 하는 편이었다. 분명 인터넷에서 파이브 마운틴즈의 지도를 보고 위치를 미리 파악해 뒀을 터였다.

"응, 알았어." 내가 대답하자, 잰은 몸을 돌려 주차장을 향해 가볍게 뛰어갔다.

"엄마 어디가?" 이썬이 물었다.

"배낭 가지러."

"샌드위치 가지러?"

"응."

이썬이 안심한 듯 고개를 끄덕였다. 우리 가족은 어디를 가든 꼭 먹을 것을 들고 다녔다. 특히 샌드위치는 필수품이었다.

나는 티켓을 사려고 줄을 선 사람들을 지나쳐 출입구로 가서 티켓을 내고 이썬과 함께 놀이공원에 입장했다. 우리는 군것질거리를 파는 매점들을 지나, 파이브 마운틴즈의 기념 모자, 티셔츠, 자동차용 스티커, 브로슈어 등을 권하는 가판대들을 스쳤다. 이썬이 모자를 사달라고 했지만 나는 안 된다고 말했다.

가장 가까운 롤러코스터 시설 두 곳은 주차장에서 봤을 때도 커 보였지만, 가까이서 보니 에베레스트 산처럼 어마어마했다. 나는 유모차를 멈추고 이썬 옆에 무릎을 꿇고 앉아 롤러코스터를 손가락으로 가리켰다. 이썬은 고개를 들고 열차가 첫 번째 상승 선로를 천천히 올라가다가 꼭대기에서부터 고속으로 곤두박질치는 것을 쳐다봤다. 승객들이 비명을 지르며 허공에서 손을 마구 휘젓고 있었다.

이썬의 눈이 놀라움과 두려움으로 휘둥그레졌다. 아이는 팔을 뻗어 내 손을 꼭 잡더니 말했다. "나 저거 싫어. 집에 갈래."

"아들, 아빠가 얘기했잖아. 걱정하지 마. 우리는 저거 말고 다른 기구들 탈 거야."

놀이공원은 사람들로 가득했다. 수백, 수천 명의 사람들이 주변을 걸어 다니고 있었다. 조그만 꼬마들, 조금 큰 꼬마들, 꼬마들의 부모들. 손자 손녀들을 끌고 다니거나 그들에게 끌려다니는 할아버지, 할머니들도 있었다.

"저기, 아이스크림 파는 곳이다." 나는 앞에 보이는 가판대를 가리키며 말했다.

나는 유모차 뒤로 가서 손잡이를 붙잡고 밀면서 이썬에게 물었다. "아이스크림 먹기에는 아직 이른 시간인가?"

이썬은 대답이 없었다.

"아들, 아이스크림 안 먹어?"

이썬이 말이 없자 나는 걸음을 멈추고 아이를 살펴봤다. 이썬은 젖혀진 고개를 옆으로 떨군 채 눈을 감고 있었다.

꼬마 녀석이 잠이 들어 버린 것이다.

"말도 안 돼." 나는 조그맣게 속삭였다. 회전목마도 하나 못 탔는데 벌써부터 나가떨어진 것이었다.

"별일 없었어?"

나는 몸을 돌렸다. 뒤에 서 있는 잰의 목에서 땀방울이 줄줄 흘러내리고 있었다. 그녀의 어깨에는 배낭이 메여 있었다.

"애가 잠들어 버렸어."

"정말?"

"저걸 가까이서 보더니 무서워서 기절한 모양이야." 나는 롤러코스터를 가리키며 말했다.

"신발에 뭐가 들어갔나……." 그렇게 말하며 잰은 화단을 둘러싼 콘크리트 턱을 향해 유모차를 밀었다. 그녀는 가장자리에 걸터앉고 이썬이 탄 유모차를 왼편에 세웠다.

"아이스크림콘 하나 사서 나눠 먹자. 목말라 죽겠어." 잰이 말했다.

나는 잰의 생각을 알 수 있었다. 이썬이 졸고 있는 틈을 타서 우리끼리 먹자는 것이었다. 이썬은 오늘 하루 종일 맛있는 것을 먹을 수 있을 테니, 지금 우리끼리 군것질 좀 한다고 해서 큰 죄를 짓는 것은 아닐 테니까.

"아이스크림에 초콜릿 바를까?" 내가 물었다.

"듬뿍." 잰이 왼쪽 발을 오른쪽 무릎에 올려놓으며 말했다. "돈은 있어?"

"있어." 나는 뒷주머니를 툭툭 치면서 대답한 뒤, 몸을 돌려 아이스크림 가판대로 느긋하게 걸어갔다. 가판대에서 파는 것은 기계에서 뽑는 소프트아이스크림이었다. 나는 기계에서 뽑는 것보다 천연 유지방 아이스크림이 좋았지만, 가판대의 어린 여점원이 아이스크림을 솜씨 좋게 돌려 소용돌이 모양을 멋지게 만들어 줘서 마음에 들었다. 점원은 주문받은 대로 아이스크림을 초콜릿 통에 푹 담갔다가 꺼내어 내게 건넸다. 초콜릿이 피부처럼 아이스크림을 감싸고 있었다.

나는 아이스크림을 한 입 베어 물고 초콜릿을 씹다가, 잰을 먼저 먹게 해 줬어야 했다는 생각이 들어 곧바로 후회했다. 하지만 다음 주에는 잰에게 정말 잘해 줄 생각이니 이런 실수 정도는 괜찮을 것이다. 월요일에는 집에 갈 때 꽃다발을 사갈 것이다. 주말쯤에는 이썬을 부모님께 맡겨 놓고 잰과 외식을 해야지. 잰이 힘들어하는 것은 사실 내 탓일지도 모른다. 내가 충분히 주의를 기울이지 않았기 때문일지도 모른다. 내가 좀 더 신경을 썼어야 했는데……. 잰을 원상태로 되돌려놓을 수만 있다면 나는 어떤 노력이든 할 생각이었다. 우리의 결혼 생활을 다시 정상 궤도로 돌려놓기 위해서라면 어떤 노력이든.

가판대에서 몸을 돌리는데, 잰이 나를 향해 똑바로 걸어오는 것이 보였다. 잰은 선글라스를 쓰고 있었지만, 나는 그녀의 안색이 좋지 않음을 눈치챘다. 그녀의 뺨으로 눈물이 흘러내렸고 입가가 심하게 일그러져 있었다.

유모차는 어디 간 거지? 나는 잰이 앉아 있었던 지점을 바라봤다.

잰이 황급히 다가와 양손으로 내 어깨를 붙잡았다.

"아주 잠깐 한눈팔았을 뿐인데……." 그녀가 말했다.

"응?"

"신발……." 잰의 목소리가 부들부들 떨렸다. "나는…… 돌멩이가…… 신발에 들어간 돌멩이를 꺼내고 있었는데…… 꺼내고 돌아보니—."

"잰, 그게 무슨 말이야?"

"이썬이 없어졌어." 잰은 마치 목소리가 사라져 버린 듯 속삭였다. "돌아보니 이썬이—."

나는 이미 잰을 지나쳐서 아까 우리가 함께 있었던 지점으로 달렸다.

유모차는 없었다.

나는 잰이 앉았던 콘크리트 턱 위로 올라가 공원의 사람들을 살폈다.

'착오가 있었던 거야. 유괴일 리가 없어. 금방 찾을 수 있을 거야. 누가 유모차를 착각해서 끌고 간 거야.'

"이썬!" 나는 소리를 쳤다. 걸어가던 사람들이 나를 힐끔 쳐다보며 지나쳤다. "이썬!" 나는 또다시 소리를 질렀다.

잰이 아래쪽에서 나를 올려다보며 말했다. "찾았어?"

"어떻게 된 거야?" 나는 다급하게 물었다. "도대체 어떻게 된 거야!"

"말했잖아. 잠깐 한눈을 팔았—."

"어떻게 그럴 수 있어? 어떻게 애한테서 눈을 뗄 수 있어!"

잰은 뭔가 말하려고 했지만, 말은 나오지 않았다. 나는 다시 그녀를 다그치려다가 시간 낭비임을 깨달았다.

문득 1년에 한두 번 신문사 편집실로 걸려오는 뜬소문 같은 제보들이 떠올랐다.

전화를 건 사람들은 보통 "친구의 친구한테서 들은 이야기예요."라며 운을 뗐다. "프로미스 폴즈의 어떤 가족이 플로리다로 여행 갔을 때 있었던 일이에요. 올랜도에 있는 거대한 테마 유원지에서 놀고 있었는데 그때 어린 아들, 아니 딸이던가, 아무튼 아이가 납치된 겁니다. 납치범들은 아이를 화장실로 데려가서 머리카락을 자르는 등 변장을 시킨 뒤 유원지에서 몰래 빼냈어요. 하지만 유원지의 이미지가 나빠지는 것을 꺼려한 유원지 운영자들이 손을 쓴 바람에 신문에 보도되지 않았다는군요."

아무런 근거가 없는 소문들이었다.

'하지만 지금…….'

"출입구로 가 있어." 나는 평정을 찾고자 애쓰면서 잰에게 말했다. "누가 이썬을 데리고 나가려고 한다면 출입구를 통과해야 할 테니까. 출입구에 안전요원이 있을 거야. 이썬이 없어졌다고 얘기해 둬." 나는 손에 들고 있던 아이스크림콘을 집어던졌다.

"당신은 어디로 가게?"

"나는 저쪽을 찾아볼게." 나는 아이스크림 가판대 너머를 가리키며 말했다. 그곳에는 화장실이 있었다. 어쩌면 이썬을 남자화장실로 데리고 갔을지도 모른다.

잰은 이미 출입구를 향해 달리고 있었다. 잰은 고개를 돌려 나를 바라보면서 휴대폰을 귀에다 갖다 대는 동작을 취했다. 뭔가 발견하면 전화하라는 뜻이었다. 나는 고개를 끄덕이고 반대편을 향해 달렸다.

나는 군중을 살피면서 남자화장실의 출입구로 달려갔다. 숨을 헐떡이며 화장실 안으로 들어가자 아이들의 목소리, 남자들의 목소리, 손 건조기가 돌아가는 소리가 뒤섞이며 타일에 반사되었다. 남자 하나가 소변기 앞에서 이썬보다 어린 아이를 붙들고 서 있었다. 길게 줄지은 세면대에서는 노인 한 명이 손을 씻고 있었다. 건조기 앞에는 열여섯 살쯤 되어 보이는 소년이 손을 흔들며 말리고 있었다.

나는 그들을 지나쳐 좌변기 칸들을 향해 달렸다. 모두 여섯 칸이 있었고 그중 네 번째 칸의 문이 닫혀 있었다. 나는 문을 세차게 두드렸다. 문은 열리지 않았다.

"뭐예요?" 안에 있는 남자가 소리쳤다. "사람 있단 말이에요!"

"안에 누구예요?" 내가 소리를 질렀다.

"아니, 뭐야?"

문과 문틀 사이의 틈으로 들여다보니 몸집이 커다란 남자가 좌변기 위에 앉아 있는 것이 보였다. 안에 남자밖에 없다는 것은 한눈에 알 수 있었다.

"야, 꺼져!" 남자가 고래고래 소리를 질렀다.

나는 젖은 타일 바닥에 미끄러질 뻔하면서 황급히 화장실 밖으로 달려나갔다. 햇빛이 밝은 바깥으로 나와 여기저기로 흘러가는 사람들을 바라보던 나는 머리가 아찔해졌다.

이썬이 어디에 있는지 짐작할 수가 없었다.

나는 어느 쪽으로 향해야 좋을지 몰랐다. 하지만 우두커니 서 있는 것보다는 어느 쪽으로든 가는 편이 나았다. 나는 근처의 '쾌속선' 이라는 이름의 롤러코스터를 향해 달렸다. 그 아래에는 백 명쯤 되는 사람들이 롤러코스터를 타기 위해 대기하고 있었다. 나는 대기열 속에 이썬이 탄 유모차가 있는지, 아니면 유모차를 타지 않은 이썬이 있는지를 살폈다.

이썬이 없는 것을 확인하자 나는 또다시 달렸다. 저 앞쪽에는 '키드랜드 어드벤처' 가 보였다. 그곳은 파이브 마운틴즈의 커다란 롤러코스터들을 탈 수 없는 유아들을 위해 작은 놀이기구들을 모아 놓은 구역이었다. 과연 유괴범이 이썬을 놀이기구에 태워주려고 저곳에 갔을 가능성이 있을까? 없다. 물론 유괴가 아니라 누군가 착각하여 이썬이 탄 유모차를 밀고 갔고, 한 번도 안에 타고 있는 아이를 쳐다보지 않은 채 저기까지 갔을 가능성은 있다. 실은 나도 전에 쇼핑몰에서 그런 실수를 할 뻔한 적이 있었다. 유모차들이 너무 비슷비슷하게 생긴데다가, 딴 곳에 정신을 팔고 있었던 것이다.

저 앞에 키가 작고 덩치 큰 여자가 나를 등지고 걸어가는 것이 보였다. 그녀는 이썬의 유모차와 똑같이 생긴 유모차를 밀고 있었다. 나는 쏜살같이 달려가 그녀를 따라잡은 뒤, 유모차 앞으로 뛰어들어 아이를 살펴보았다.

유모차 안에는 분홍색 드레스를 입은 세 살쯤 된 여자아이가 앉아 있었다. 여자아이의 얼굴에는 붉고 푸른 무늬들이 색칠되어 있었다. "저기요, 무슨 문제라도……?" 여자가 물었다.

"미안합니다." 나는 말을 채 끝내기도 전에 몸을 돌려 다른 곳을 살폈다. 그렇게 살피고 살피던 중 이윽고 나는 또 다른 유모차를 발견했다. 파란색 유모차. 작은 캔버스 천 가방이 뒤쪽 바구니에 쑤셔 넣어져 있었다.

유모차 곁에는 아무도 없었다. 오직 유모차만이 홀로 그곳에 놓여 있었다. 내가 서 있는 위치에서는 안에 아이가 타고 있는지 보이지 않았다.

그때, 내 눈가에 어떤 남자의 모습이 언뜻 보였다. 턱수염을 기른 한 사내가 저 멀리 달려가고 있었다.

하지만 나는 남자를 개의치 않고 버려진 유모차를 향해 질주했다.

'제발, 제발, 제발…….'

나는 유모차 앞으로 달려가 내려다보았다.

이썬은 아직 잠들어 있었다. 고개를 옆으로 떨군 채 눈을 감고 있었다.

"이썬!" 나는 몸을 숙여 아이를 유모차에서 끄집어내어 가까이 끌어당겼다. "이썬! 아, 하느님, 감사합니다! 이썬!"

나는 아이를 붙잡은 양팔을 쭉 뻗어 그 얼굴을 바라봤다. 이썬은 금방이라도 울음을 터뜨릴 듯 얼굴을 찡그렸다. 나는 아이에게 말했다. "괜찮아, 괜찮아. 아빠가 왔어."

나는 이썬의 언짢은 기분이 엄마, 아빠와 떨어졌던 탓이 아님을 깨달았다. 그저 낮잠을 방해받아 짜증이 났던 것이다.

하지만 나는 이제 다 괜찮다는 말을 계속 되풀이하며, 이썬을 끌어안고 머리를 쓰다듬었다.

이썬의 얼굴을 보기 위해 나는 다시 팔을 쭉 뻗었다. 아이는 입술 떨기를 멈추더니 내 입가를 손가락으로 가리키며 물었다. "초콜릿 먹었어?"

그 말에 나의 얼굴은 웃음과 울음으로 뒤범벅이 되었다.

나는 정신을 가다듬은 뒤 이썬에게 말했다. "엄마 만나러 가자. 엄마한테도 이제 괜찮다고 말해줘야 하거든."

"무슨 일인데?" 이썬이 물었다.

나는 휴대폰을 꺼내어 잰의 전화번호의 단축키를 눌렀다. 통화연결음이 다섯 번 울리다가 음성사서함으로 넘어갔다. "찾았어. 지금 출입구로 갈게."

나는 이썬이 한 번도 맛본 적 없는 빠른 속도로 유모차를 몰았다. 군중을 헤치고 나아가는 동안 이썬은 유모차 밖으로 손을 내밀며 까르르하고 웃었다. 앞바퀴가 흔들거려서 유모차를 뒤로 기울였더니 이썬은 더욱 신나게 웃어댔다.

출입구에 다다르자 나는 멈춰 서서 주위를 둘러봤다.

이썬이 말했다. "아빠, 나 큰 롤러코스터 탈래. 나 키 컸어."

"아들, 잠깐만 있어봐." 나는 주위를 둘러보며 휴대폰을 꺼냈다. 그리고 또다시 음성메시지를 남겼다. "여보, 우리 도착했어. 지금 출입구에 있어. 당신 어디야?"

나는 이썬과 함께 출입구 바로 안쪽 통행로의 한가운데로 이동했다. 사람들이 통행로를 거쳐 제각기 놀이기구들을 향해 흩어지고 있었다.

여기라면 틀림없이 잰의 눈에 띌 것이다.

나는 이썬이 나를 볼 수 있도록 유모차 앞에 섰다. "아빠, 나 배고파. 엄마 안 왔어? 엄마 집에 갔어? 샌드위치 있는 배낭도 가지고 갔어?"

"기다려 봐."

"나 땅콩버터 바른 샌드위치 먹을래. 잼이랑 땅콩버터 섞인 거는 싫어."

"가만 좀 있어봐, 알았지?" 나는 전화벨이 울리면 즉시 받을 수 있게끔 휴대폰을 꼭 쥐고 있었다.

잰은 안전요원을 만나고 있을지도 모른다. 이썬을 찾기는 했지만 안전요원에게 얘기를 해두는 편이 좋을 것이다. 남의 아이를 멋대로 데려간 사람이 놀이공원을 활보하고 있다는 사실에는 변함이 없기 때문이다. 그냥 넘어갈 일이 아니다.

10분을 기다린 뒤 나는 다시 잰의 휴대폰으로 전화를 걸었다. 여전히 응답이 없었다. 이번에는 메시지를 남기지 않았다.

이썬이 말했다. "나 여기 있기 싫어. 놀이기구 타고 싶어."

"아들, 잠깐만 기다려. 엄마가 올 때까지 딴 데 못 가. 우리가 여기 있어야 엄마가 우리를 찾을 수 있어."

"엄마가 전화 걸면 되잖아." 이썬이 발을 차올리며 말했다.

카키색 바지와 파이브 마운틴즈의 로고가 찍힌 셔츠를 입은 놀이공원 직원이 걸어가는 것이 보였다. 나는 그의 팔을 붙잡았다.

"안전요원이세요?" 내가 물었다.

남자는 작은 워키토키를 들어 보이며 대답했다. "저는 아닙니다만 필요하시면 불러 드릴 수 있습니다."

나의 부탁에 따라 직원은 잰을 돕고 있는 안전요원이 있는지를 확인했다.

"아들을 찾았다고 아내에게 전해 주세요." 내가 말했다.

워키토키에서 잡음 섞인 목소리가 들려 왔다. "누구라고요? 아니요, 그런 사람은 안 왔습니다."

"죄송합니다." 그렇게 말하며 직원은 자리를 떴다.

나는 밀려오는 두려움을 억누르려고 애썼다. 뭔가 심상치 않았다.

누군가가 아들을 몰래 데리고 갔다. 유모차 근처에서는 턱수염의 사내가 달아났다.

아내는 만나기로 한 장소로 나타나지 않았다.

"걱정하지 마." 나는 군중을 살피며 이썬에게 말했다. "엄마가 금방 올 거야. 엄마 오면 재미있게 놀자."

하지만 이썬은 아무 말이 없었다. 아이는 다시 잠들어 있었다.

PART ONE

12일 전

1

"여보세요?"

"리브즈 씨 되십니까?"

"그런데요?"

"〈스탠다드〉의 데이빗 하우드입니다."

"아, 데이빗." 정치가들은 늘 이런 식이다. 이쪽에서 "씨"라는 호칭을 붙여서 부르면 저쪽에서는 호칭을 생략하고, 성이 아닌 이름으로 부르는 것이다. 미국 대통령이든, 공공사업 위원회의 말단 공무원이든 마찬가지이다. 그들을 대하는 사람은 "밥"이나 "톰"이나 "데이빗"일 뿐, 절대로 "하우드 씨"가 될 수 없다.

"컨디션은 좀 어떠신가요?" 내가 물었다.

"용건이 뭔가?"

나는 그의 퉁명스러운 반응에 아랑곳없이 차분히 말을 이어갔다. "피곤하실 때 연락드린 건 아닌지 모르겠습니다. 출장 갔다 돌아오신 지 얼마 안 된 걸로 알고 있습니다만……, 어제 돌아오셨던가요?"

"그래." 스탠 리브즈가 말했다.

"그리고 이번 출장은 그 뭐리더라……, 실태 조사가 목적이셨다고요?"

"그렇지."

"출장지는 영국이었죠?"

"그래." 리브즈는 마치 내게 이빨이라도 뽑히고 있는 듯한 투로 질문에 답했다. 사실 그는 원래부터 나를 썩 마음에 들어 하지 않았다. 정확히 말하면,

프로미스 폴즈에 진입하려는 모 기업에 관해 내가 쓰는 기사들이 마음에 들지 않았던 것이다.

"그래서, 실태가 어떻던가요?" 내가 물었다.

리브즈는 내가 던진 질문들에 조금은 대답을 해야겠다고 체념한 듯 한숨을 쉬며 말했다.

"영국에서는 영리營利 교도소가 꽤 오랫동안 성공적으로 운영되고 있더군. 90년대 초에 세워진 월즈 교도소가 그렇지."

"영국에서 교도소들을 방문하실 때 세바스찬 씨가 동행했습니까?" 엘몬트 세바스찬은 '스타 스팽글드 코렉션즈(Star Spangled Corrections)' 라는 기업의 사장이었는데, 이 수백만 달러짜리 대기업은 현재 프로미스 폴즈 시 외곽에 민영 교도소를 세우려는 계획을 추진하고 있었다.

"가끔씩 함께 가긴 했지. 세바스찬 씨가 우리 파견단의 일정 진행을 거들어 줬어." 스탠 리브즈가 말했다.

"리브즈 씨 외에도 파견단에 참가한 프로미스 폴즈 시의원이 있었습니까?"

"데이빗, 자네도 잘 알겠지만 프로미스 폴즈 시의회는 영국 민영 교도소 운영 실태를 파악하는 임무를 내게 전임했어. 물론, 올버니 쪽에서도 몇 사람이 참가했고 뉴욕 주의 수감 행정 담당자도 한 명 있었지."

"그렇군요. 출장에서 최종적으로 얻은 성과는 무엇인가요?"

"이미 알고 있는 사실들이 확인됐지. 주에서 운영하는 공영 교도소보다는, 민영 교도소가 훨씬 효율적으로 운영된다는 사실 말이야."

"그건 민영 교도소가 직원들에게 급여를 형편없이 주기 때문이 아닌가요? 주에서 운영하는 공영 교도소 직원들은 노조도 있고 급여도 더 많이 받죠. 각종 수당도 더 괜찮고요."

리브즈가 피곤하다는 듯 한숨을 쉬었다. "데이빗, 또 그 얘기인가?"

"이것은 사견이 아닙니다, 리브즈 씨. 기록에 근거한 엄연한 사실이에요.”

“사실? 자네, 이 사실은 아나? 노조가 활개치면 주 정부의 돈이 털린다는 사실 말이야.”

“또 다른 사실을 말씀드리자면, 민영 교도소에서는 수감자가 교도관을 공격하거나 수감자끼리 폭력을 가하는 사건이 공영 교도소보다 빈번합니다. 관리자 수가 적기 때문이죠. 영국은 어떻던가요?”

“새커리의 철부지 박애주의자들은 죄수가 죄수한테 폭행당하는 일로 밤잠을 설친다던데, 자네가 꼭 그 꼴이군.” 얼마 전 새커리 대학의 교직원들이 함께 모여 프로미스 폴즈 시에 민영 교도소가 세워지는 것을 반대한 적이 있었고, 이 사안은 현재 새커리 대학 내에서 점점 첨예해지고 있었다. 리브즈가 말을 이었다. “자네는 죄수가 다른 죄수한테 칼질을 하는 게 정말로 사회에 해악을 끼칠 거라고 생각하나?”

나는 리브즈의 말을 받아 적었다. 만일 그가 부인하더라도 디지털 녹음기에 통화 내용을 녹음했으니 문제없다. 하지만 이 발언을 공개하면 그의 인기가 오히려 올라갈지도 모른다는 것이 차라리 문제였다.

“흠…… 사회적인 해악이 될지는 모르겠고, 민영 교도소 운영자들께는 해악이 되지 않을까요?” 내가 반격했다. “민영 교도소가 주 정부로부터 받는 돈은 수감자 수에 비례하니까 말입니다. 수감자들끼리 서로 죽이면 그만큼 자금이 깎이는 셈이잖아요. 스타 스팽글드 코렉션즈가 프로미스 폴즈 시의회에다가 형벌을 강화하자고, 특히 각종 범죄의 형량을 늘리자고 로비 중이라던데, 리브즈 씨 생각은 어떻습니까? 좀 이기적이지 않나요?”

“회의가 있어서 이만 가봐야겠군.” 리브즈가 말했다.

“스타 스팽글드 코렉션즈는 교도소 부지를 결정했습니까? 몇 군데 후보를 놓고 세바스찬 씨가 고민 중이라고 들었습니다만.”

“아니, 아직 확실한 것은 없네. 프로미스 폴즈에 가능한 부지들이 여러 곳 있지. 데이빗, 자네도 알겠지만 민영 교도소가 들어서면 많은 일자리가 창출

될 거야. 무슨 말인지 알겠나? 교도소의 일자리뿐만 아니라, 교도소에 물품을 공급하는 일자리도 생기는 것이지. 게다가 타 지역 범죄자들도 이곳에 수감될 확률이 높은데, 그렇게 되면 수감자들의 가족이 면회를 위해 프로미스 폴즈를 방문하게 될 거야. 이곳 호텔에서 묵고, 이곳 가게에서 물건을 사고, 이곳 식당에서 밥을 먹게 된다는 말이지. 내 말 알아듣겠나?"

"그러니까 관광지 같은 거군요. 얼마 전에 생긴 놀이공원 옆에 교도소를 세우면 딱 어울리겠습니다."

"자네, 원래부터 이따위로 망나니였나, 아니면 언론 전공 수업에서 이런 행실을 배웠나?" 리브즈가 물었다.

나는 화제를 원위치로 되돌렸다. "스타 스팽글드 코렉션즈가 어디를 부지로 선정하든 토지 용도 변경을 위해 시의회 승인이 필요할 텐데, 의원님은 어떻게 투표하실 생각이십니까?"

"그들의 제안이 우리 지역에 얼마나 이득이 될지 따져 본 뒤 그에 따라 객관적으로 투표할 생각이네." 리브즈가 말했다.

"의원님 표가 이미 결정되었다는 추측에 대해서는 어떻게 생각하시나요?"

"도대체 누가 왜 그런 추측을 한다는 건가?" 리브즈가 물었다.

"글쎄요, 이를테면 플로렌스?"

"플로렌스라니, 그게 누구지?"

"플로렌스에 가셨던 것 말입니다. 출장 일정을 변경하셨더군요. 영국에서 곧바로 귀국하지 않고 이탈리아에 며칠 머물다 오셨죠?"

"그건…… 역시 실태 조사차 간 거였어."

"아, 그건 몰랐습니다. 그럼 이탈리아에서는 어느 교도소들을 방문하셨는지 알려주시겠습니까?"

"나중에 사람을 시켜서 목록을 보내도록 하지."

"지금 알려주시면 안 됩니까? 몇 곳을 가셨는지 정도는 말씀해 주실 수 있죠?"

"비공식적인 통화라서 곤란하네." 리브즈가 말했다.

"다섯 곳 이상이었습니까?"

"그렇지는 않아."

"그럼 다섯 곳이 안 되는군요. 그럼 두 곳 이상?"

"저기, 지금은—."

"이탈리아에서 단 한 군데라도 교도소를 방문하긴 했습니까, 리브즈 씨?"

"이봐, 꼭 현장에 가야만 상황을 파악할 수 있는 것은 아니야. 외부에서 관계자들을 만나서—."

"그럼 어느 교도소의 관계자들을 외부에서 만났습니까?"

"이런 얘기 하고 있을 시간 없네."

"플로렌스 어디에 묵으셨죠?" 나는 그렇게 물었지만 이미 알고 있었다.

"마기오 호텔에 묵었네." 리브즈가 머뭇머뭇 대답했다.

"그곳에서 엘몬트 세바스찬 씨를 마주치셨죠?"

"로비에서 한두 번 지나쳤지." 리브즈가 대답했다.

"사실은 리브즈 씨가 의원님을 대접한 거 아닙니까?"

"대접이라니? 나를 대접한 것은 호텔이야, 데이빗. 사실을 알려면 좀 똑바로 알게나."

"하지만 세바스찬 씨가, 아, 정확히 말하면 스타 스팽글드 코렉션즈가 리브즈 의원님의 플로렌스행 비행기 운임 및 호텔 요금을 지불했던데요? 개트윅 공항에서 탑승하셔서—."

"지금 무슨 개수작이야?" 리브즈가 말했다.

"호텔 영수증 가지고 계십니까?"

"찾아보면 어디 있겠지. 영수증을 꼬박꼬박 챙기는 사람이 세상에 어디 있나?"

"출장 갔다 돌아오신 지 하루밖에 안 됐잖습니까? 만일 진짜로 영수증을 받으셨다면 벌써 없어지지는 않았을 테죠."

"자네가 뭔데 남의 영수증 가지고 지랄이야?"

"만약 제가 스타 스팽글드 코렉션즈가 의원님의 플로렌스 체재비를 지불했다는 기사를 쓰면 반박의 증거로 영수증을 제출할 수 있다는 말씀이군요."

"자네 말이지, 아주 건방져. 그따위로 남 헐뜯지 말라고."

"제가 입수한 정보에 따르면 세금, 아카데미아 미술관 입장권, 미니바 이용료를 포함한 의원님의 체재비는 총 3,526유로였습니다. 맞습니까?"

의원은 아무 말도 하지 않았다.

"리브즈 씨?"

"확실히 모르겠군. 그 정도가 맞을 거야. 확인해 보겠네. 하지만 세바스찬 씨가 그 돈을 지불했다는 건 순전히 오해야."

"호텔에 전화해서 세바스찬 씨가 숙박비를 잘 지불했는지 확인해 봤습니다. 전부 잘 처리됐다고 알려주더군요."

"착오가 있었겠지."

"제게 영수증 사본이 있습니다. 요금이 세바스찬 씨 계좌로 청구된 걸로 나오는군요."

"도대체 그딴 건 어디서 난 거야?"

나는 리브즈를 적대시하는 어떤 여자가 오늘 아침 호텔 영수증 건 때문에 발신자 표시제한 번호로 내게 전화 걸었음을 밝힐 마음이 없었다. 여자는 아마도 시청 직원이거나 엘몬트 세바스찬 밑에서 일하는 것 같았다. 이름은 알아낼 수 없었다.

"세바스찬 씨가 돈을 내지 않았다는 말씀입니까? 사용된 비자 카드 번호를 알고 있는데, 한번 확인해 볼까요?" 내가 물었다.

"이 개자식이……."

"시의회가 민영 교도소 건을 다루게 될 경우, 리브즈 씨는 사적 이해관계가 개입됐으므로 공정한 의사 판단을 할 수 없다고 공표하실 생각입니까? 교도소를 설치하려는 당사자로부터 선심성 향응을 제공받으셨으니까요."

"자네 말이야, 쓰레기로군. 정말 쓰레기야." 리브즈가 말했다.

"그럴 생각이 없다는 뜻인가요?"

"개 쓰레기 같은 자식."

"없다는 말씀으로 이해하겠습니다."

"나를 열 받게 하는 게 뭔지 아나?"

"그게 뭔가요, 리브즈 씨?"

"맛이 간 신문사에서 일하는 너 같은 놈들이 거들먹거리는 꼬락서니야. 네 놈들도 신문기사를 아웃소싱하고 있는 주제에, 교도소 좀 아웃소싱한다고 새커리의 먹물 새끼들과 함께 난리를 치는 꼴이라니. 프로미스 폴즈의 〈스탠다드〉도 한때는 존경 받는 신문사였지. 물론, 판매 부수가 곤두박질치기 전에 진짜 기자들이 진짜 기사를 쓰던 때의 얘기지만. 러셀 일가가 기사 작성을 해외에 하청을 주기 시작하면서 〈스탠다드〉는 망가졌어. 인도에 있는 놈들에게 여기서 개최되는 위원회 회의를 인터넷으로 시청하고 기사를 쓰게 하는 터무니없는 짓거리를 한 거야. 이곳 기자들을 고용할 때와는 비교도 안 될 만큼 비용이 적게 들었으니까. 그따위 조직이 아직도 신문사라는 이름을 내걸고 있다는 건 자기기만이야, 기자 양반."

리브즈는 전화를 끊었다.

나는 펜을 내려놓고 헤드셋을 벗으며 디지털 녹음기의 정지 버튼을 눌렀다. 나로서는 전반적으로 긍지를 느낄 수 있는 통화였다. 물론 리브즈가 마지막 대사를 하기 전까지는.

전화가 수신 상태가 된 지 10초쯤 지나 전화벨이 울렸다.

나는 헤드셋을 착용하지 않고 귀에 가져다 댔다. "〈스탠다드〉의 하우드입니다."

"나야." 잰이었다.

"그래. 컨디션은 좀 어때?"

"그럭저럭."

"회사야?" 내가 물었다.

"응."

"무슨 일 있어?"

"아니." 잰은 잠시 말을 멈췄다. "그 영화 생각을 하고 있었는데…… 당신도 봤어? 잭 니콜슨이 주연한 영화."

"좀 더 말해봐." 내가 말했다.

"잭 니콜슨이 결벽증 환자로 나오는 영화야. 식당 갈 때 플라스틱 포크랑 나이프를 항상 들고 다니는 영화 말이야."

"그래, 뭔지 알겠다. 그 영화 생각하고 있었다고?"

"잭 니콜슨이 정신 병원에 갔던 장면 기억나? 그때 대기실에 앉아 있던 사람들한테 영화 제목으로 나오는 그 대사를 하잖아. '지금이 최선의 상태라면 어쩔 거요?' 라고."

"그래." 나는 조용히 말했다. "기억나. 그걸 생각하고 있었던 거야?"

잰이 화제를 돌렸다. "당신은 어때? 이번 사건은 뭔가요, 특종 기자님?"

2

잰의 상태가 좋지 않다는 징후들이 있었을 것이다. 단지 내가 무신경해서 눈치를 못 챘던 것뿐이다. 나는 여느 기자들처럼 사회 문제들은 민감하게 관찰하는 편이었지만, 정작 내 가정의 일에는 한없이 둔감했다. 아무리 그래도 잰의 기분은 하룻밤 사이 너무 급작스럽게 돌변했다.

잰은 긴장과 초조에 시달렸다. 보통 때라면 아무렇지도 않을 사소한 일들이 지금은 그녀를 짓누르는 무거운 짐이 되었다. 하루는 밤에 함께 이튿날 먹을 점심거리를 준비하는데 식빵이 떨어졌다는 것을 깨닫고 잰은 갑자기 울음을 터뜨렸다.

"너무 힘들어." 어느 날 밤 잰이 내게 말했다. "깊은 우물에 빠져서 올라가지 못하는 기분이야."

나는 여자의 생리적 기제에 관해 무지한 남자였기 때문에 (딱히 알고 싶지도 않지만) 처음에는 잰의 상태를 호르몬의 문제로 치부했다. 하지만 곧 상황이 그보다 훨씬 심각하다는 것을 깨달았다. 정확한 의학적 진단은 모르겠지만, 잰은 아주 우울했다. 물론, 우울하다는 것이 꼭 우울증을 뜻하는 것은 아니었다.

"일 때문에 그래?" 나는 침대에 누워 잰의 등을 손으로 쓰다듬었다. 그녀는 또 다른 여직원 한 명과 함께 '버트램 냉난방'의 사무실을 관리하고 있었다. "사무실에서 무슨 일 있었어?" 최근 경제 침체 때문에 새로 에어컨과 난방기를 사는 사람들이 줄어들었고, 따라서 사장인 어니 버트램이 수리할 일거리는 오히려 늘어나 있었다. 게다가 잰과 동료 직원 리앤 코왈스키는 때때로 하루 종일 눈도 마주치지 않는 사이였다.

"일은 문제없어." 잰이 말했다.

"내가 뭐 잘못했어? 그럼 그렇다고 말해 줘." 내가 물었다.

"당신은 아무 잘못 없어. 그냥…… 모르겠어. 요즘 그냥 다 관두고 싶어."

"관두다니, 뭘?"

"아무것도 아니야." 잰이 말했다. "잘 자."

며칠 후 나는 잰에게 다른 사람들과 의논해 보자고 제안했다. 일단 우리 집 가정의家庭醫에게 도움을 받을 수 있을 것이다.

"처방이든 뭐든 해 주겠지." 내가 말했다.

"약은 먹고 싶지 않아." 곧이어 잰은 다음과 같이 덧붙였다. "약을 먹고 내가 아닌 다른 누군가가 되고 싶지는 않아."

잰이 신문사로 전화를 걸었던 그날, 나와 잰은 퇴근하고 부모님에게 맡겨 놓은 이썬을 데리러 갔다.

나의 부모인 돈 하우드와 아를린 하우드는 프로미스 폴즈 구시가지의 40년대에 지어진 붉은 2층 벽돌집에 살고 있었다. 어머니가 나를 임신한 1971년 가을 그 집을 구매한 이래, 두 사람은 이사를 가지 않고 쭉 그곳에서 살았다. 시청 건축과에서 일하던 아버지가 퇴직했을 때, 어머니는 집을 파는 게 어떻겠냐는 말을 꺼냈다. 어머니는 두 사람 사는 데 그렇게 넓은 공간은 필요가 없으니 잔디를 깎거나 정원을 관리할 필요 없는 공동주택이나 아파트로 가자고 말했지만, 아버지는 들은 척도 하지 않았다. 하긴, 공동주택같이 답답한 곳에 살다가는 아버지는 미쳐버릴지도 모른다. 잠자는 시간을 논외로 하면, 아버지는 집 안보다 자동차 두 대가 들어가는 크기의 뒤편 차고에 마련된 작업장에서 시간을 보낼 때가 더 많았다. 아버지는 소일거리에 매우 열정적이어서 항상 뭔가를 수리하거나 분해하거나 재조립하며 시간을 보냈다. 부모님 집에서 문이나 찬장의 경첩은 두 번 이상 삐걱거리는 법이 없었고,

아버지의 손에는 늘 WD-40 방청윤활제가 들려 있었다. 고장 난 창문, 물이 똑똑 떨어지는 수도꼭지, 물이 새는 변기, 흔들리는 문손잡이 따위는 그 집에 존재할 수가 없었다. 아버지는 필요한 연장이 무엇인지를 정확히 알았고, 눈을 가리고도 차고 어딘가에 있을 그 연장을 찾을 수 있었다.

"네 아버지 때문에 미칠 것 같기는 하지만, 덕분에 42년 같이 살면서 방충망 구멍으로 모기가 들어온 적은 한 번도 없었어." 어머니는 그렇게 말하곤 했다.

문제는 아버지가 자기만큼 부지런하지 않은 사람들을 도통 이해하지 못한다는 점이었다. 아버지는 남들의 실수를 그냥 넘어가지 못했다. 시청에서 건축 감사관으로 일했던 아버지는 프로미스 폴즈의 시공업자와 개발업자들에게 엄청난 눈엣가시였다. 그들은 아버지를 "돈 하드애스(Hardass, 고지식한 놈)"라고 불렀고, 이것을 알게 된 아버지는 명함에 그 별명을 새기고 다녔다.

아버지는 세상을 여러가지 면에서 완벽하게 만들 자신의 지혜를 남들에게 전도하고 싶어 안달이었다.

"숟가락을 씻으면 볼록한 면이 위로 오게 돌려놔. 안 그러면 나중에 고인 물이 마르면서 자국이 생기니까." 아버지는 못마땅하게 숟가락을 치켜들며 어머니에게 말하곤 했다.

그럴 때면 어머니는 "귀찮게 얼쩡거리지 좀 말아요."라고 대답했고 아버지는 투덜거리며 차고로 사라졌다.

두 사람은 늘 티격태격 싸웠지만 실은 서로를 깊이 사랑했다. 아버지는 어머니의 생일, 결혼기념일, 밸런타인데이를 잊어버린 적이 한 번도 없었다.

잰과 나는 둘 다 직장을 다녔기 때문에 평일에 이썬을 부모님 집에 맡겼다. 부모님 집에는 이썬을 다치게 할 위험 요소가 조금도 존재하지 않았다. 피복이 벗겨진 전선이라든가, 아이의 손에 닿는 유독성 물질, 달리다가 걸려 넘어질 수 있는 가장자리가 말려 올라간 카펫 따위는 하나도 없었다. 우리가 부모님에게 드리는 돈은 동네 보육원의 요금보다 적었다.

"어머니가 전화했어. 당신 안부 물어보더군." 나는 운전석에서 제타 왜건을 몰고 있는 잰에게 말했다. 잠시 후면 5시 30분이었다. 우리는 집에서 합류하여 내 차를 집에 놔두고, 잰의 제타 왜건으로 이썬을 데리러 가는 중이었다.

잰은 나를 쳐다보며 말이 이어지기를 잠자코 기다렸다. "어머니가 그러는데, 아버지가 이번에 진짜 말도 안 되는 일을 벌인 모양이야."

"무슨 일이래?"

"모르겠어. 궁금증을 유발하려는지 얘기 안 하더라. 참, 아까 리브즈 의원한테 연락했었어. 플로렌스의 호텔 숙박비 건을 추궁했지."

잰은 그다지 관심 없는 듯한 목소리로 물었다. "일이 어떻게 돌아가는 거야?"

"웬 여자가 익명으로 전화를 걸었어. 좋은 정보를 알려주더군. 그 민영 교도소 기업으로부터 토지 용도 변경에 찬성하는 대신 금품, 향응, 비행기 티켓 따위를 제공 받은 시의원이 리브즈 말고도 몇 명이나 더 있는지도 알게 될 거야."

"핀리를 정치판에서 쫓아내면 그런 흥미진진한 일들은 없을 거라고 말했었잖아?" 잰이 말했다. 미성년자 매춘부와 즐기는 바람에 시민들의 지지를 잃은 핀리 전 시장의 얘기였다. 로만 폴란스키 정도라면 자기 나이의 3분의 1밖에 안 되는 소녀와 섹스를 해도 아카데미 상을 받는 데 지장이 없겠지만, 랜들 핀리 같은 경우는 의회의 제재를 받게 되는 것이다.

"정치판이라는 게 원래 그래. 바보 한 명이 떠나면 다른 바보들이 그 빈자리를 차지하려고 몰려들지."

"당신이 사건을 밝혀낸다고 해도 신문사에서 기사로 내게끔 허락할까?" 잰이 물었다.

나는 차창 밖을 내다보며 주먹을 쥐고 무릎을 가볍게 두드렸다. "잘 모르겠어."

〈스탠다드〉는 변했다. 신문사의 운영권은 아직 러셀 일가의 수중에 있었고, 러셀 성을 지닌 누군가가 발행인의 자리에 앉아 있었으며, 러셀 씨들이 편집실을 비롯한 각 부서에 포진하고 있었지만, 제대로 된 신문을 발행하려는 러셀 일가의 의지는 지난 5년간 증발해 버렸다. 수익과 독자가 줄어드는 지금 최우선 과제는 생존이었다. 예전에 〈스탠다드〉는 뉴욕 주의 현안을 보도하기 위해 올버니에 상주 통신원을 배치했었지만, 지금은 외부 통신에 의존하고 있다. '한 주의 책' 은 〈스타일〉 끄트머리의 한 페이지짜리 코너로 대폭 감축되었다. 프로미스 폴즈 공무원들의 뒷덜미를 잡고 풍자하는 데 천부적인 소질을 지녔던 만평가는 해고되었고, 프로미스 폴즈에 와보기는커녕 들어본 적도 없는 자유기고 만화가들이 그 자리를 채웠다. 사설의 경우, 예전에는 편집부 기자들이 하루에 두 번씩 직접 사설을 써서 게재했지만, 지금은 〈외부의 시선〉이라는 코너를 통해 전국의 사설들을 뽑아다 쓰고 있다. 우리들의 온전한 생각을 적는 것은 일주일에 서너 번을 넘지 않았다.

영화 평론가도 해고되어, 영화 평론은 프리랜서들이 맡아서 했다. 법정 기사 전담 부서도 폐지되어, 재판 관련 기사는 아주 중요한 것들만 다루어졌다. 물론 우리가 운 좋게 그 아주 중요하다는 재판에 관해 알게 되었다는 전제에서.

하지만 뭐니 뭐니 해도 〈스탠다드〉의 몰락을 가장 여실히 보여주는 것은 기사 작성을 해외에 외주로 맡겼다는 사실이었다. 처음에 나는 그런 일이 가능하리라고 생각하지 않았다. 그러나 러셀 일가는 캘리포니아 패서디나에 있는 어떤 신문사의 성공 사례를 듣더니 전광석화처럼 그 체제를 실천에 옮겼다. 처음 시작은 오락거리 목록처럼 간단한 것이었다. 〈스탠다드〉는 프로미스 폴즈의 현황을 정리하기 위해 굳이 시간당 15~20달러를 줘야 하는 이곳 기자를 고용할 생각이 없었다. 인도에 사는 사람에게 필요한 정보를 이메일로 쏘아주고 시간당 7달러만 주면 원하는 기사가 작성되었기 때문이다.

러셀 일가는 이 체제가 제대로 작동하는 것을 확인한 뒤 그 수준을 강화했다. 시 위원회들의 회의는 인터넷으로 생중계될 텐데 꼭 회의장으로 기자를 보내야 할까? 게다가 꼭 여기 기자가 회의를 봐야 하는 것도 아니지. 인도 뭄바이의 아무개한테 회의를 인터넷으로 시청하고 내용을 정리해서 뉴욕 프로미스 폴즈 시의 우리에게 이메일로 보내라고 해도 되잖아?

〈스탠다드〉는 돈을 아끼기 위해 수단과 방법을 가리지 않았다. 신문사의 광고 수익은 계속 곤두박질치고 있었다. 안내광고 코너는 크레익스리스트 같은 온라인 서비스에 자리를 내주면서 존폐 위기에 처했고, 광고주들도 광고 매체를 가리기 시작하더니, 지금은 비싸고 희소한 라디오 광고와 TV 광고를 신문의 전면, 반면 광고보다 선호하게 되었다. 이런 상황인데 이 지역에 한 발짝도 들여놓은 적이 없는 기자를 고용해서 지역 현안에 관한 기사를 쓰게 한들 뭐가 잘못이란 말인가? 돈만 아낄 수 있다면 해볼 가치가 있었다.

경리과 직원들에게는 이런 논리가 이상하지 않겠지만, 편집실 기자들에게는 매우 생소했다. 적어도 지금까지는 말이다. 어제 발행인의 조카인 사회부장 브라이언 도넬리가 내게 이런 말을 했다. "회의에서 오가는 말을 받아 적는 게 뭐 그리 어렵겠어? 그 자리에 실제로 앉아 있다고 해서 더 좋은 글이 나오는 건 아니잖아? 인도에 있는 친구들도 받아 적기는 무척 잘하던데."

"지겹지 않아?" 부슬비를 닦아내기 위해 간헐식 와이퍼를 작동시키며 잰이 물었다.

"맞아, 지겨워. 브라이언한테 말해 봤자 소용없지. 하지만 어쩌겠어."

"일 얘기가 아니야. 당신 부모님 말이야. 우리, 매일매일 그분들을 만나잖아? 친절하게 대해 주시는 건 물론 좋지만 정도라는 게 있는데 이건 좀 숨이 막혀."

"무슨 소리야?"

"이썬을 맡겨 놓거나 데리고 나오려면 꼭 질문 공세를 거쳐야 한단 말이야. 심문이라도 받는 기분이라고. '오늘 잘 지냈니?', '직장에서는 별일 없었니?', '저녁은 뭐 먹을 거니?' …… 보육원이라면 그런 질문 없이 얼른 이썬을 우리 손에 들려서 순순히 보내줄 텐데."

"그래, 그것 참 좋겠다. 애를 진심으로 걱정하지 않는 사람들한테 이썬을 맡기자는 거잖아?"

"내 말은 그게 아니잖아."

"여보." 나는 잰이 왜 이러는지 알 수 없었지만, 말다툼을 하고 싶지 않았다. "주로 당신이 나보다 일찍 퇴근하는 탓에 이썬을 데리러 가는 수고를 한다는 건 알아. 하지만 한 달 후면 저절로 해결되잖아. 이썬이 유치원에 가면 부모님 집에 맡기지 않아도 될 테고, 당신도 지금 난데없이 언급한 그 심문인가 뭔가에서 자유로워질 테니까." 나는 고개를 흔들며 덧붙였다. "그렇다고 당신 부모님한테 애를 맡길 수도 없는 노릇이잖아."

잰이 나를 힐끔 쳐다봤고, 나는 곧바로 그 말을 한 것을 후회했다.

"미안해. 내가 말실수했어."

잰은 아무 대꾸가 없었다.

"미안해."

잰이 깜빡이를 켜더니 부모님 집의 진입로를 향해 차를 돌리며 내게 말했다. "아버님이 또 무슨 일을 하셨는지 보러 가자고."

이썬은 거실에서 〈패밀리 가이〉를 보고 있었다. 나는 거실로 들어가 TV를 끄고 주방에 있는 어머니에게 소리쳤다. "애한테 이런 거 보여주지 말라니까요."

"그냥 만화인데 뭐 어떠니." 어머니는 흐르는 물소리 너머로 들리게끔 큰 목소리로 대답했다.

"짐 챙겨." 나는 이썬에게 말한 뒤 주방으로 들어갔다. 어머니는 나를 등지고 싱크대 앞에 서 있었다. "저 만화에서 개가 엄마랑 섹스하려는 장면이 있었단 말이에요. 아기가 엄마한테 기관총을 들이대는 장면도 있었어요."

"얘, 그게 무슨 소리야. 그런 만화를 만들 리가 없잖니? 너도 정말 네 아버지 닮아가는구나." 나는 어머니의 뺨에 입을 맞췄다. 어머니가 말했다. "너무 빡빡하게 굴지 마라."

"요즘 만화는 〈고인돌 가족〉 같지 않아요. 사실 더 재미있기는 해요. 하지만 대부분 네 살배기 애들이 보기에는 좀 그렇답니다."

이썬이 발을 질질 끌며 주방으로 들어왔다. 아이는 왠지 피곤하고 조금 혼란스러워 보였다. 예상과 달리, 이썬은 먹을 것을 달라고 보채지 않았다. 어머니가 이미 뭔가를 먹여서 그런 것 같았다.

잠시 후 주방으로 들어온 잰이 이썬 앞에 무릎을 꿇고 앉으며 말했다. "안녕, 꼬마 아저씨." 그녀는 이썬의 배낭을 들여다보았다. "물건들은 다 챙겼니?"

이썬이 고개를 끄덕였다.

"트랜스포머는 어디 갔어?" 잰이 물었다.

이썬은 잠시 생각하더니 잽싸게 거실로 뛰어들어갔다. "쿠션에 있어!" 아이가 소리쳤다.

"아버지가 또 무슨 짓을 했는데요?" 나는 어머니에게 물었다.

"죽을 작정인가 봐." 어머니가 싱크대에서 냄비를 꺼내어 건조용 선반에 올려놓으며 말했다.

"무슨 소리예요?"

"차고에 있단다. 무슨 일을 꾸미는지 직접 물어보렴. 잰, 오늘 회사에서는 별일 없었니?"

나는 부슬비를 맞으며 차고로 걸어갔다. 차고의 두 문짝은 열려 있었고, 디트로이트에서 제조된 마지막 대형 세단인 아버지의 파란색 크라운 빅토리아가 주차되어 있는 것이 보였다. 어머니의 15년 된 토러스는 바깥 진입로에 있었다. 두 자동차의 뒷좌석에는 이썬을 위한 유아용 보조의자가 장착되어 있었다.

아버지는 차고에서 작업대를 정리하고 있었다. 그는 곧게 서면 나보다 키가 컸지만, 평생 물건을 살펴보거나 연장을 찾아 돌아다니느라 아래를 내려다보며 살았던 탓에 등이 굽어 있었다. 아버지는 마흔이 되기 전부터 머리카락이 세기 시작했지만 그래도 머리숱은 무성했다. 나로서는 다행스러운 사실이었다.

"왔냐." 아버지가 말했다.

"어머니가 그러는데 뭐 볼만한 게 있다면서요?"

"그 여편네는 왜 남의 일에 참견이야."

"뭔데요?"

아버지는 손을 저었는데, 나는 그것이 신경을 끄라는 뜻인지 마지못해 알려주겠다는 뜻인지 알 수 없었다. 하지만 아버지는 곧 자신의 최신 프로젝트를 공개하기 위해 자동차 조수석 문을 열어 뭔가를 꺼냈다.

아버지가 꺼낸 것은 일반 프린터 용지 크기의 하얀색 판지들이었다. 셔츠를 새로 사면 끼워져 있는 종이들 같았다. 아버지는 그런 잡동사니를 버리지 않고 모아두는 습관이 있었다.

아버지는 판지들을 내게 건네며 말했다. "한번 봐라."

판지 한 장 한 장에는 두꺼운 검은색 매직펜으로 다양한 문구들이 커다랗게 쓰여 있었다. 이를테면, "방향 지시등은 폼으로 달고 있냐?", "내 엉덩이에서 좀 떨어져", "후미등 좀 켜시지", "전조등 좀 켜라", "그렇게 과속하다가 죽는다", "표지판에 '정지' 라고 쓰여 있는 거 안 보여?", "운전 중에 전화질 하지 마!" 따위였다.

방송국 스텝이 사회자에게 들어서 보여주는 큐 카드와 비슷한 느낌이었다.

"'내 엉덩이에서 좀 떨어져' 는 특별히 더 크게 썼다. 앞좌석에서 들어서 뒷창문을 통해 보여줘야 하니까. 하지만 이걸 들이댈 정도로 바짝 붙어 있다면 읽는 데 문제없겠지."

나는 기가 막혀서 아버지를 쳐다보았다.

"운전 중에 멍청한 짓을 하는 얼간이들한테 한마디 하고 싶을 때 쓰려고 만든 거야. 차 안에 비치해 뒀다가 상황에 맞는 걸 골라 창문에다 대고 보여주면 자기가 무슨 실수를 했는지 깨닫게 되겠지."

나는 마침내 할 말이 생각났다. "방탄유리 달았어요?"

"뭐라고?"

"아버지, 이런 거 들이댔다가는 총 맞을 거예요."

"말도 안 되는 소리."

"아버지라면 어떨 거 같아요? 아버지가 운전하고 가는데 누가 이런 걸 흔들어대면 어떻게 할 거예요?"

아버지는 나를 유심히 바라보며 말했다. "그럴 일 없어. 난 운전 잘하니까."

"그냥 그렇다고 가정해 봐요."

아버지는 잠시 입술을 씰룩거리더니 대답했다. "그 개자식이 탄 차를 도로에서 탈선시켜서 도랑에 꼬라박을 거야."

나는 아버지에게서 카드들을 빼앗아 한 장 한 장 반으로 찢은 뒤 금속 휴지통에 던져 넣었다. 아버지가 한숨을 쉬었다.

잰이 이썬과 함께 집 뒷문에서 나오는 것이 보였다. 둘은 집의 측면을 따라 제타 왜건을 향해 걸어갔다. 잰은 이썬을 보조의자에 앉히고 안전띠를 맸다.

"우리 가 볼게요." 내가 아버지에게 말했다.

"네 문제는 말이다, 변화를 지나치게 꺼려한다는 거야. 새로 세워질 교도소 건만 해도 그래. 프로미스 폴즈에 큰 활력소가 될 텐데 말이다."

"그래요. 말이 난 김에 핵폐기물 처리장도 하나 만들면 좋겠네요."

나는 잰의 옆좌석에 앉았다. 잰은 제타 왜건을 후진한 뒤 우리 집을 향해 방향을 틀었다. 그녀는 입을 꼭 다문 채 나를 쳐다보지 않았다.

"당신 괜찮아?" 내가 물었다.

잰은 집에 도착할 때까지 아무 말이 없었고, 저녁 식사 중에도 거의 말을 하지 않았다. 밤이 되자 잰은 이썬을 재우기 위해 방으로 데리고 갔다. 평소에 나와 잰은 함께 이썬을 재웠다.

위층으로 올라가 보니 잰이 이썬에게 이불을 덮어주고 있었다.

"세상에서 이썬을 제일 사랑하는 게 누굴까?" 잰이 아들에게 물었다.

"엄마?" 이썬이 조그만 목소리로 대답했다.

"그래, 엄마야." 잰이 속삭였다. "잊어버리면 안 돼."

이썬은 아무 말이 없었지만, 아이가 베개 위에서 고개를 움직이는 소리가 들린 것 같았다.

"엄마가 이썬을 사랑하지 않는다고 누가 그러면, 그 사람은 거짓말쟁이야. 알았지?"

"응." 이썬이 말했다.

"잘 자고 아침에 보자."

"물 마시고 싶어."

"자기 싫어서 꾀부리는 거 다 알아. 얼른 자."

나는 잰이 이썬의 방을 나오기 전에 조용히 우리 방으로 돌아갔다.

3

"이거 좀 봐." 〈스탠다드〉 편집실의 내 옆자리에 앉은 일반취재 기자 사만다 헨리가 말했다.

나는 바퀴 달린 의자를 굴려 사만다에게 다가가 그녀의 컴퓨터 모니터를 바라봤다. 나는 모니터에 떠 있는 내용을 읽을 수 있을 만큼 가까이 다가갔지만, 사만다의 머리카락 냄새를 맡고 있다는 오해를 받지 않을 만큼은 거리를 두었다.

"방금 인도에서 보내왔어. 주택 개발 건에 관한 도시계획 위원회 회의를 기록한 거야." 그것은 도시계획 위원회가 설계 도면의 방 크기가 너무 작다는 점을 지적하며 개발업자를 추궁하는 내용이었다. "여기, 이 단락 좀 읽어 봐." 사만다가 한 부분을 손가락으로 가리켰다.

" '리차드 헤밍스 의원은 방의 크기가 고양이를 빙글빙글 돌리기에 충분하지 않다는 사실에 놀라움을 표했다.' " 나는 그 문장을 잠시 바라보다가 씩 웃음을 지었다. "우리 아버지한테 물어볼까? '방 한가운데 서서 고양이의 꼬리를 붙잡고 팔을 뻗어 빙글빙글 돌 때 고양이의 머리가 사면의 벽에 부딪히지 않을 정도로 방의 크기가 커야 한다.' ('공간이 매우 협소하다' 라는 뜻의 'No room to swing a cat.' 이라는 관용구를 문자 그대로 이해했음을 뜻함)라는 건축 규정이 있는지 말이야."

"매일 이런 글들이 들어온다니까. 자기들이 뭔 글을 쓰고 있는지 알기나 하는 건지……. 엊그제 편집실에서 교정한 거 봤어?" 사만다가 말했다.

"응, 봤어." 그것은 프로미스 폴즈 시청이 "외양간을 보유" 하고 있으며 시청 직원들이 실제로 "소를 잃고 외양간을 고쳤음"을 함축하는 기사였다.

인도의 기자들이 미국 관용구에 익숙하지 않다는 골치 아픈 상황에서 이곳 편집진이 그들이 쓴 기사를 제대로 고치지 않으면 이런 심각한 결과물이 탄생하는 것이었다.

“다들 신경도 안 쓰이나?” 사만다가 말했다.

나는 모니터에서 물러나 의자 등받이에 기대어 머리 뒤로 깍지를 끼었다. 사만다 곁에 있다가 물러설 때면 나는 늘 안도감을 느꼈다. 내가 사만다와 사귄 것은 이미 오래전 일이지만, 그래도 함께 컴퓨터 모니터를 바라보는 일이 빈번해지면 주위에서 수군거릴 것이 뻔했기 때문이다.

등받이가 넘어갈 듯 불안해서 나는 앞으로 몸을 기울이고 팔걸이에 손을 걸치며 말했다. “의문의 여지가 없지.”

“이런 상황은 처음이야. 15년 동안 일했는데 이 지경은 처음이라고. 얼마 전 편집국장 보조원한테 새 펜을 하나 달라고 했더니 다 쓴 거부터 달라고 하지 뭐야. 어이가 없어서……. 게다가 여자화장실에는 이틀 중 하루는 망할 놈의 화장지도 없어.”

“러셀 일가가 〈스탠다드〉를 매각할 거라는 얘기가 있어.” 내가 말했다. 이는 지금 한창 신문사 내부에서 떠도는 소문이었다. “지출을 줄이면 이윤이 많아 보일 테니까 매각할 때 유리하겠지.”

사만다 헨리가 눈을 굴리며 말했다. “이런 신문사를 누가 사?”

“진행 중이라는 건 아니야. 그냥 소문이 있어.”

“러셀 일가가 신문사를 팔 생각을 하다니 믿기지가 않네. 수 세대에 걸쳐 운영했을 텐데…….”

“맞아. 하지만 지금 세대가 10년 전 신문사를 운영하던 세대랑 아주 다르다는 것이 문제지. 지금 〈스탠다드〉 이사진들의 몸에는 기자의 피가 흐르지 않을걸.”

“마들린은 기자였잖아.” 〈스탠다드〉의 발행인인 마들린을 얘기하는 것이었다. 마들린의 이력은 사만다가 굳이 말하지 않아도 나도 잘 알고 있었다.

"기자였지." 내가 말했다.

전국적으로 신문사들이 문을 닫는 상황이라 모두가 초조하긴 했지만, 사만다는 특히 앞날에 관해 걱정이 많았다. 그녀는 혼자 여덟 살 난 딸을 키우고 있었고, 몇 년 전 헤어진 남편으로부터는 땡전 한 푼도 도움을 받지 못했다. 함께 〈스탠다드〉에서 편집부 기자로 일했던 그녀의 남편은 두바이의 신문사로 이직을 했다. 돈을 받아내기 위해 지구 반대편의 누군가를 쫓아가기란 쉬운 일이 아니었다.

아이가 있는 상태에서 이혼을 했을 때, 사만다는 짐짓 꿋꿋한 척했다. '난 할 수 있어. 일도 하고 아이도 키울 수 있어.' 당시 나는 사만다의 옆자리에 앉지는 않았지만 카페테리아나 퇴근 후 술자리 등 여기저기서 종종 그녀와 마주치곤 했다. 어느 날, 보도 기자들의 기사를 보류하고 잘라내는 편집 기자들에 관해 서로 불만을 주고받던 평상시와는 달리, 사만다는 마음을 열고 자신과 딸 질리언이 얼마나 힘든지를 토로했다.

나는 내가 사만다를 구원할 수 있다고 생각했다.

나는 그녀를 좋아했다. 그녀는 섹시하고 유쾌하고 지적인 매력이 있었다. 그녀의 딸인 질리언도 좋아했다. 나는 사만다와 함께 많은 시간을 보냈고, 여러 밤을 그녀의 집에서 묵었다. 나는 내가 단순한 남자친구 이상의 존재라고 믿었다. 마치 백마 탄 기사처럼, 나는 그녀의 인생을 회복시킬 수 있었다.

따라서, 사만다에게 거절당했을 때 나는 몹시 괴로웠다.

"너무 빨라. 남편하고도 이런 식으로 하다가 망쳤어. 생각 없이 성급히 움직였지. 자기는 정말 괜찮은 남자야. 하지만……."

그 후 나는 우울한 나날들을 보내다가 잰을 만나서야 겨우 정신을 차릴 수 있었다. 그러고 나서 최근 몇 년간 사만다와 나의 사이는 그럭저럭 괜찮았다. 그러나 그녀는 여전히 싱글맘이였고, 여전히 고군분투하고 있었다.

사만다의 월급은 받는 즉시 생활비로 소진됐다. 월급으로는 생계를 해결할 수 없을 때도 있었다. 그녀는 수년 동안 노동문제 전문기자로 일해 왔지만,

신문사가 분야별 전문 기자를 고용할 수 없게 되자 일반취재를 담당하게 되었고, 그로 인해 업무량을 예측할 수 없게 되었다. 이는 딸을 양육하는 데 치명적인 걸림돌이었다. 어떻게든 밤새 끝내야 하는 기사가 떨어지면, 사만다는 아이를 돌봐줄 사람을 찾느라 고생했다.

나는 사만다처럼 매주 돈 문제로 고민하지는 않았지만, 직장을 잃게 될 경우에 관해 잰과 자주 얘기를 나누었다. 실업 급여는 오래가지 않는다. 나는 얼마 전에 잰과 함께 생명 보험에 가입했으므로, 차라리 죽어서 받는 돈이 더 많을 것이다. 신문사가 문을 닫을 경우, 나는 잰에게 보험금 30만 달러를 주기 위해 달리는 기차에 뛰어들어야 할지도 몰랐다.

"데이빗, 나 좀 잠깐 볼까?"

나는 의자를 빙글 돌렸다. 사회부장 브라이언 도넬리가 서 있었다. "무슨 일인데요?"

브라이언이 고갯짓으로 자신의 사무실 쪽을 가리키자 나는 자리에서 일어나 그를 따라갔다. 브라이언은 사무실로 가는 동안 내게 눈길을 주거나 말을 걸지 않았고, 나는 투명한 줄에 묶여 끌려가는 강아지가 된 기분이 들었다. 나도 아직 마흔이 안 된 젊은 나이였지만, 브라이언은 〈스탠다드〉의 신세대에 속했다. 그는 기자로서의 능력보다 사업 수완으로 상사들의 눈에 들었고, 스물여섯에 운영진이 되었다. 그가 즐겨 쓰는 말은 "마케팅", "트렌드", "프레젠테이션", "시너지" 따위였으며 이따금 "시대정신" 같은 말이 섞이기도 했는데, 그럴 때면 내 입에서는 "뭐 소리야." 하는 탄식이 절로 튀어나왔다. 스포츠부장과 연예부장 역시 20대 젊은이였고, 나처럼 10년 이상 일한 기자들 사이에서는 이곳이 점점 애들 놀이터가 되고 있다는 인식이 팽배했다.

브라이언은 책상에 앉으면서, 내게 문을 닫고 앉으라고 했다.

"그 교도소 기사 말인데, 제대로 알아낸 거 있나?" 브라이언이 물었다.

"리브즈 의원이 영국에서 시찰을 끝내고 스타 스팽글드 코렉션즈가 제공하는 돈으로 이탈리아에서 휴가를 보냈더군요. 예상컨대, 토지 용도 변경 신청이 시의회의 표결에 부쳐지면 리브즈 의원은 찬성표를 던질 겁니다."

"예상이라……. 아직 리브즈 의원이 공적 임무에 사적 이해관계를 개입시킨 건 아니란 말이로군. 만일 리브즈 의원이 투표를 하지 않으면? 만일 기권하면 딱히 얘깃거리는 없는 셈 아니야?"

"그게 무슨 소리예요, 브라이언? 만약 경찰이 은행 강도에게 뇌물을 받고 못 본 척 해주기로 했다면 은행이 털리기 전까지는 죄가 없다는 겁니까?"

"뭐라고? 데이빗, 지금 은행 강도 얘기하는 게 아니잖아."

브라이언은 비유법을 이해하는 데 서툴렀다. "핵심은 같잖습니까." 내가 말했다.

브라이언은 10초 동안의 대화 내용을 뇌에서 삭제하려는 듯 고개를 절레절레 흔들었다. "구체적인 얘기를 해 보자고. 호텔 영수증 말인데, 리브즈 의원이 지불하지 않았다는 게 백 퍼센트 확실해? 엘몬트 세바스찬에게 환급할 돈이었을 가능성은? 자네 말에 따르면……." 브라이언은 컴퓨터 스크린을 보며 스크롤 키를 두드렸다. "의원이 그런 가능성을 부정한 것은 아니잖아?"

"대신 저를 쓰레기라고 욕했죠."

"이 기사를 내기 전에 해명할 기회를 줘야 한다는 소리야. 안 그러면 나중에 우리 신문사를 고발해서 날려버릴지도 몰라."

"해명할 기회는 줬어요. 저기요, 누가 지시한 겁니까?"

"뭐? 지시라니?"

나는 웃으며 대답했다. "괜찮아요. 다 압니다. 여왕님께서 브라이언을 의지하고 계시다는 거."

"윗사람을 그런 식으로 부르지 말라고."

"이모님을 두둔하는 겁니까?"

브라이언은 부끄러운 줄은 아는지 얼굴을 붉혔다. "그런 건 상관없어."

"어쨌건 제 추측이 맞죠? 플림튼 여사가 지시한 게 맞잖습니까?"

러셀 일가에서 태어난 마들린은 프로미스 폴즈의 유명한 부동산 중개업자 제프리 플림튼과 결혼했다. 그녀의 남편은 2년 전 서른여덟의 나이에 동맥류로 사망하였다.

현재 서른아홉인 마들린 플림튼은 신문사 역사상 최연소 발행인이었다. 브라이언의 모친은 바로 마들린의 언니 마거릿이었다. 마거릿은 신문에는 전혀 관심이 없었으며, 오로지 해마다 개최되는 '프로미스 폴즈 시 가정 · 정원 관광' 코스에 손색없을 주택을 소유하는 것이 꿈이었다. 현재 마거릿의 집은 그 관광 코스에 매년 빠지지 않고 들어가고 있는데, 나는 그녀가 관광 기획 단장이라는 점이 영향을 끼쳤을 것으로 의심하고 있었다.

브라이언은 기자 경험이 없었으므로 리브즈 같은 족제비를 궁지에 몰아넣는 희열을 모르는 것이 당연했다. 하지만 마들린은 달랐다. 그녀는 미혼이었던 10년 전 내 옆에서 일반취재 기자로 일한 적이 있었다. 물론 오래가지는 않았다. 그것은 가업을 잇기 위한 일종의 단기 집중 훈련 코스였고, 머지않아 마들린은 상승 가도를 달리며 진급해 나갔다. 연예부장, 편집국장보, 편집국장으로 이어진 그 길의 최종 목적지는 부친 아넷 러셀이 4년 전 그녀에게 물려준 발행인의 자리였다. 마들린이 잠깐이라도 현장에서 일했다는 점을 생각할 때, 그녀가 기자 정신에 등을 돌렸다는 사실, 즉 리브즈의 사건에 몸을 사린다는 사실은 나를 몹시 실망시켰다.

브라이언이 그의 이모가 지시한 것임을 부정하지 않자, 나는 그에게 말했다. "내가 직접 얘기해 보죠."

브라이언이 손을 들며 나를 말렸다. "좋은 생각이 아니야."

"왜요? 당신보다 내가 얘기를 더 잘 전달할 수 있을 겁니다."

"데이빗, 가만있어. 내 말 들어. 그건 좋은 생각이 아니야. 마들린은 어쩌면—."

"어쩌면?"

"아니야……."

“말해 봐요. 마들린이 어쩌면 뭡니까?”

“지금 우리는 새로운 시기에 직면해 있어. 무슨 뜻인지 알겠어? 우리는 단순한 뉴스 공급자가 아니라고. 우리는…… 뭐랄까, 음…… 그러니까…… 하나의 군체群體야.”

“아, 네, 군체로군요. 〈스타 트렉〉에 나오는 것처럼.”

브라이언은 대꾸하지 않고 말을 이었다. “그래서 군체는 군체로서 생존을 해야 해. 세상을 구하는 게 다가 아니라고, 데이빗. 우리의 존재 이유는 신문을 발행하는 거야. 돈이 되는 신문, 1년이 지나도, 2년이 지나도 살아남는 신문을. 돈을 벌지 못하면 제아무리 중요한 기사를 쓰더라도 내보낼 수단이 없어지게 되니까. 빈틈이 있는 기사를 낼 수는 없어. 예전에는 몰라도 지금은 안 돼. 기사를 내기 전에 확실히 해둬야 한다고. 이게 내가 하고 싶은 말이야.”

“그래서, 마들린이 어쩌면 뭘 한다는 거예요? 날 자르기라도 한답니까?”

브라이언은 고개를 저었다. “아니야, 어떻게 그러겠어. 그럴 명분이 없잖아.” 그는 한숨을 쉬었다. “〈스타일〉로 옮기는 거, 어떻게 생각해?”

나는 의자에 몸을 파묻고 브라이언의 말이 함의하는 바를 곱씹었다. 내가 말을 꺼내기 전에 브라이언이 다시 덧붙였다. “좌천은 아니야. 기사는 계속 쓰게 될 테니까. 단, 최신 유행, 건강 문제, 치실의 중요성 따위를 다루게 되겠지. 즉, 자네가 불만을 표출할 기삿거리는 없어지는 거야.”

나는 몇 차례 숨을 들이쉬고 내쉰 후 말했다. “마들린이 교도소 건에 왜 이렇게 곤두서 있는 겁니까? 월마트에 관한 기사였다면 이해가 가요. 잠재적인 광고 수익이 줄어들 테니 당연히 난리를 치겠죠. 하지만 스타 스팽글드 코렉션즈가 주간 특별상품 전면 광고 같은 걸 신문에 낼 리 없잖습니까? ‘차량 번호판을 50% 할인가에 구매하세요!’, ‘남는 마약이 있으십니까? 프로미스 폴즈 교도소로 연락주세요.’ 설마 이런 광고를 내지는 않겠죠. 이봐요, 브라이언. 마들린이 왜 저러는 겁니까? 설마 교도소가 일자리를 창출할 거라는 주장을 믿는 거예요? 일자리가 생기면 신문 구독자도 늘어날 거로 생각하는 거냐고요?"

"그래, 그런 이유도 있어." 브라이언이 말했다.

"다른 이유는 뭡니까?"

이번에는 브라이언이 몇 차례 호흡을 하였다. 내게 뭔가 말할지 말지를 고민하고 있었다.

"좋아, 데이빗. 얘기해 줄 테니 내가 말했다는 건 비밀로 해. 뭐냐면, 만일 교도소가 세워지면 말이지, 〈스탠다드〉는 부채를 다 갚고 새 출발을 할 수 있어. 고용 상태도 훨씬 안정될 테고."

"어떻게? 수감자들에게 기사라도 맡길 생각입니까? 지역 기사를 무급으로 작성하는 사회복귀 프로그램이라도 실시할 생각인가요?" 나는 이어서 할 말을 마음속으로 생각했다. '위에 계신 분들께 한번 이런 생각을—'

"그런 게 아니야. 스타 스팽글드 코렉션즈에 교도소 부지를 팔아서 재정적인 도움을 받을 수 있다는 뜻이라고."

나는 10초쯤 입을 다물 수가 없었다. '이런 바보…….'

왜 그 생각을 못했을까? 러셀 일가가 보유한 프로미스 폴즈 남쪽의 2만 5천 평가량의 땅이 〈스탠다드〉의 새로운 부지가 될 것이라는 소문이 몇 년 동안 떠돈 적이 있었다. 하지만 5년 전 신문사의 수익이 감소하기 시작하자 그 소문은 잦아들었다.

"젠장……."

"나는 아무 말도 안 한 거야. 절대 다른 사람한테 얘기하면 안 돼. 새어 나가면 우리 둘 다 끝장이야. 자, 이제 알겠지? 기사를 내보내기 전에 철저한 확인이 필요한 이유를? 자네가 진짜 확실한 기삿거리를 물어오기만 한다면 마들린도 내보내지 않을 도리가 없어. 안 그러면 TV 뉴스가 빼앗거나 올버니의 〈타임스 유니언〉이 가로챌 테니까."

나는 의자에서 일어났다.

"어쩔 셈이야, 데이빗? 부탁이니 제발 어리석은 짓은 하지 마."

나는 인테리어를 위해 방의 크기를 가늠하듯, 브라이언의 사무실을 둘러봤다. "이 방은 '고양이를 돌릴 수 있어야 한다'라는 건축 규정에 어긋나는 것 같군요. 한번 확인해 보시죠."

나는 진정하지 못한 채 30분 동안 편집실에 앉아 있었다. 사만다가 브라이언의 방에서 무슨 일이 있었느냐고 다섯 번쯤 물어봤지만, 나는 손을 저어 그녀의 질문을 물리쳤다. 화가 치밀어 말이 나오지 않았다. 나는 브라이언의 경고를 무시하고 발행인을 만나러 갈지를 심각하게 고민했다. 마들린이 진심으로 그것을 원하는지, 기자의 도리를 저버리면서까지 신문사를 구하는 게 무슨 의미가 있는지 물어보기 위해.

하지만 결국, 나는 잠자코 있기로 했다.

이것이 오히려 자연스러운 일인지도 모른다. 출근을 하고, 내용이 뭐든 간에 지면을 채울 기사를 쓰고, 월급을 받고, 퇴근을 하고. 고향의 작은 신문사인 이곳 〈스탠다드〉에 입사하기 전에 내가 일했던 펜실베이니아의 신문사가 그랬다. 사실 세상은 그런 신문사들로 넘쳐난다. 〈스탠다드〉만은 절대 그렇지 않으리라고 믿었던 내가 순진했던 것이다.

이것은 비단 〈스탠다드〉만의 상황은 아니었다. 〈스탠다드〉가 겪는 상황은 전국의 수많은 신문사들에 똑같이 적용되는 것이었다. 다만 러셀 일가가 지닌 비장의 카드, 즉 미국 최대의 교도소 기업에 팔아 치울 예정인 땅덩이 덕분에 우리에게는 시간적인 여유가 조금 더 있었다.

'신문사가 망하면 감방에 간수로 취직해야겠군. 제기랄…….'

나는 전화를 들고 버트램 냉난방의 단축키를 눌렀다. 기자 정신을 살리기는 힘들어졌지만, 최근 손상되어 가는 내 결혼 생활에는 아직 구원의 여지가 있었다.

잰이 아닌 누군가의 목소리가 "버트램 냉난방입니다."라며 전화를 받았다. 리앤 코왈스키였다. 그녀의 목소리는 에어컨 수리점과 완벽하게 어울릴 만큼 싸늘했다.

"안녕하세요, 리앤. 데이빗입니다. 잰 있어요?" 내가 말했다.

"잠깐만요." 리앤은 소소한 대화에는 별로 취미가 없었다.

전화가 끊어지는 듯하더니 곧 잰의 목소리가 들렸다. "응."

"리앤이 오늘은 기분이 좋은가 봐?"

"그럴 리가."

"저녁에 우리끼리 외식하자. 이썬은 아버지, 어머니한테 몇 시간만 더 봐 달라고 하고. 집에 들어가면 비디오 빌려 볼까?" 나는 잠시 멈췄다가 말을 이었다. "〈보디 히트〉 어때?" 잰이 제일 좋아하는 영화였다. 윌리엄 허트와 캐슬린 터너의 에로틱한 러브신들은 나 역시 아무리 봐도 질리지 않았다.

"그러지 뭐." 잰이 대답했다.

"왜, 별로야?"

"아니야, 좋아." 잰이 목소리를 부드럽게 하며 말했다. "저녁은 어디서 먹을 거야?"

"글쎄, 프레스톤스에 가서 스테이크 먹을까? 아니면 더 클로버?" 더 클로버는 가격이 조금 비싼 편이었지만, 회사가 망해서 일자리를 잃기 전에 사치를 좀 누려두는 것도 나쁘지는 않을 것 같았다.

"지나스는 어때?" 잰이 물었다.

지나스는 나와 잰이 제일 좋아하는 이탈리안 레스토랑이었다. "좋아. 6시 정도에 간다면 예약을 하지 않아도 되겠지. 어쨌든 한번 확인해 볼게."

"그래."

"내가 당신 사무실로 갈 테니 일단 내 차를 타고 식당에 가자. 당신 차는 밥 먹고 가지러 가면 되니까."

"당신이 날 어떻게 해 보려고 술을 먹이면?"

이 말을 들으니 나는 잰이 원래 상태로 돌아온 기분이 들었다.

"내가 아침에 사무실까지 태워주면 되잖아."

주차장으로 가는 지름길에는 인쇄실이 있었다. 인쇄실에 들어서자 마들린 플림튼의 모습이 보였다.

인쇄실은 이 건물을 비로소 신문사답게 만드는 공간이었다. 신문사가 전함이라면 인쇄실은 일종의 기관실이었다. 〈스탠다드〉가 조금씩 축소되어 없어질 경우에도, 초당 15미터씩 용지를 옮기며 시간당 6만 부의 신문을 뽑아내는 이 괴물 같은 인쇄기들은 최후의 순간까지 버틸 것이다. 활판과 대지臺紙로 신문 페이지들을 조판하던 조판실은 이미 사라졌고, 편집자들은 이제 컴퓨터로 직접 각자의 페이지 레이아웃을 만들고 있었다.

마들린은 인쇄공들이 "런웨이"라고 부르는 높은 보행자용 통로 위에 올라가 있었다. 통로들은 인쇄실 측면을 따라서, 또는 인쇄기들 사이로 뻗어 있었다. 인쇄기들은 거대한 롤러들이 아니라, 상하로 배치된 여러 개의 작은 롤러들로 구성되었고, 끊임없이 신문용지를 위아래로 돌리고 옮기다가 제작이 끝난 신문을 맨 끝에서 마법처럼 뱉어냈다. 지금 인쇄실에서는 기계 정비 작업이 한창이었다. 작업복을 입은 인쇄공이 30미터 길이 공간의 끝에서 끝까지 나열된 인쇄기들의 특정 장치에 관하여 마들린에게 설명하고 있었다.

나는 마들린과 직접 얘기할 기회를 놓치고 싶지 않았지만, 감히 보행자용 통로의 철제 계단을 올라갈 생각은 없었다. 인쇄공들이 달가워하지 않으리라는 것을 알기 때문이었다. 예전만큼 강경하지는 않았지만, 인쇄기를 운전하고 정비하는 이 사내들(과 소수의 여성들)은 노사 관계에 있어서 여전히 전투적이었다. 다른 부서의 사람, 특히 경영진이 허가 없이 런웨이에 올라갈 때면 인쇄실에는 마치 원활한 대화를 위한 배려인 듯 느닷없는 정적이 흐르곤 했다. 그것은 인쇄기들이 일제히 작동을 멈추기 때문이었고, 침입자들이 물러날 때까지 기계들은 다시 움직이는 법이 없었다.

하지만 아직 강성이기는 해도, 흐르는 세월과 함께 인쇄공들의 기세는 조금 누그러져 있었다. 그들도 신문사의 상황이 그다지 좋지 않고 회복의 기미가 보이지 않는다는 사실을 알고 있었다. 아울러, 인쇄공들은 마들린 플림튼을 딱히 싫어하지 않았다. 마들린은 평범한 노동자들과 쉽게 어울리는 성격이었고, 심지어 인쇄공들의 이름을 전부 기억하고 있었다.

지금 마들린은 실로 발행인다운 옷차림을 하고 있었다. 무릎까지 내려오는 감색 스커트, 밝은 금발과 대조적인, 인쇄용 잉크가 묻어도 상관없을 만큼 짙은 색깔의 재킷. 그녀는 사람들의 이목을 끄는 편이었다. 문득 나는 마들린이 인쇄실에서만큼은 사실 저런 불편한 디자이너 브랜드의 옷 대신, 기자 시절처럼 딱 붙는 청바지를 입고 싶어 하지 않을까 하는 생각이 들었다. 아직은 청바지가 잘 어울릴 것이다. 마들린은 남편이 세상을 떠난 후에 조금 늙기는 했지만 관리를 잘한 덕인지 얼굴 주름이 많지 않았다.

마침 마들린이 아래를 내려다보자 나는 그녀의 시선을 붙잡았다.

"데이빗." 마들린이 말했다. 평상시의 인쇄실은 귀가 먹을 것처럼 시끄럽지만 지금은 인쇄기들이 멈춘 덕분에 그녀의 목소리가 뚜렷이 들렸다.

"마들린." 나도 그녀의 이름을 불렀다. 예전에 함께 편집실 생활을 했기 때문에 나는 그녀를 성 대신 이름으로 부르는 데 스스럼이 없었다. "잠깐 시간 좀 있어요?"

마들린은 고개를 끄덕이고 함께 있던 인쇄공에게 뭔가 말한 뒤 철제 계단을 내려왔다. 그녀는 내게 위로 올라오라고 권하지 않았다. 런웨이가 우리들의 놀이터가 아니라는 점을 그녀도 잘 알고 있었다.

마들린이 바닥에 내려오자마자 나는 말을 꺼냈다. "리브즈 의원 건은 확실합니다."

"무슨 소리예요?" 마들린이 말했다.

"시치미 떼지 말아요. 일이 어떻게 돌아가는지 다 알고 있어요. 우리 신문사에 그 교도소가 필요한 거 아닙니까? 괜한 소동 일으키지 말고 교도소 설립에 반대하는 지역민들을 진정시킨 다음 교도소 부지를 팔자는 계획이잖아요?"

마들린의 눈이 순간 번뜩였다. 브라이언이 떠벌렸다는 것을 눈치챈 것 같았다. '그런 자식 어찌 되든 내 알 바 아니지.'

"하지만 마들린, 결국에는 무사하지 못할 겁니다. 독자들은 당장은 아니더라도 결국 사실을 알게 될 거예요. 다시 말해, 우리가 기사의 내용 따위에는 관심 없다는 사실, 남들이 작성한 보도자료를 충실히 배달할 뿐이라는 사실, 〈스탠다드〉가 기껏해야 광고 전단지를 싸는 포장지에 불과하며, 시장이 보이스카우트에 후원금을 전달하는 사진을 홍보하는 매체라는 사실을 말입니다. 교통사고와 대형화재의 기사를 싣거나, 인기 할로윈 의상과 프로미스 폴즈 유명 인사들의 새해 결심을 다룬다고 해서 신문이 되는 건 아니에요. 신문으로서의 정체성을 내팽개치는 판에 생존이 다 무슨 소용입니까?"

마들린은 내 눈을 들여다보다가 애처로운 미소를 지었다. "요즘 어떻게 지내요, 데이빗? 잰은 잘 있어요?"

그녀는 늘 이런 식이었다. 발끈하며 화를 내는 상대방에게 날씨 얘기 따위로 딴전을 부리는 것이었다.

"마들린, 하던 얘기나 계속해요." 내가 말했다.

"도대체 왜 이래요, 데이빗?" 마들린이 웃음을 거두며 물었다.

"그건 제가 할 말입니다. 당신이야말로 왜 이러는 겁니까? 옛날에 나랑 인질극 기사 썼던 거 기억나요? 웬 남자가 자기 부인이랑 애를 인질로 삼고는 경찰이 물러가지 않으면 다 죽여버리겠다고 위협했던 사건 말입니다."

마들린은 아무 말도 안 했지만 분명 기억하고 있었다.

"그때 당신과 나는 경찰들과 인질범의 집 사이로 비집고 들어가 무슨 일이 벌어지는지 전부 지켜보고 있었죠. 경찰들이 집을 급습했고 인질범을 개 패듯이 팼어요. 남자에게 총이 없다는 것을 확인한 후에도. 인질범은 하마터면 죽을 뻔했습니다. 우리는 있는 그대로 기사를 썼어요. 경찰서가 아수라장이 될 거라는 걸 알았지만 개의치 않았죠. 결국, 정말로 난리가 났어요. 그때 우리 기분이 어땠는지 기억납니까?"

기억을 떠올리는 마들린의 눈빛이 부드러워졌다. "기억나요." 마들린은 잠시 멈췄다 말을 이었다. "그때 참 좋았죠."

"〈스탠다드〉에는 아직 그런 기분을 중요시하는, 지키고 싶어 하는 사람들이 있습니다."

"하지만 나는 그 〈스탠다드〉를 지키고 싶어요. 여러분은 본인의 기사가 제대로 나갈지 고민하면서 잠이 들겠지만, 나는 그 기사를 실을 신문사가 존재할지 고민하며 잠이 들죠. 편집실에서 일하지는 않지만 저 역시 최전방에 있답니다."

나는 그 말에 아무 대꾸도 할 수 없었다.

내가 버트램 냉난방 사무실 앞에 차를 세운 것은 5시 30분이 조금 넘어서였다. 주차장에는 리앤 코왈스키가 누군가를 기다리며 서 있었다.

나는 어코드에서 내려 버트램 냉난방 사무실로 걸어가면서 리앤에게 고갯짓으로 인사를 건넸다. "리앤, 오늘 기분은 좀 어때요?" 사실, 리앤을 몇 번 만나본 나로서는 굳이 물어볼 필요가 없는 질문이었다.

"라이얼이 도착하면 좀 나아질걸요." 리앤이 말했다. 내가 보기에, 리앤이 느끼는 기분은 딱 두 가지였다. 화 아니면 짜증. 그녀는 키가 크고 말랐으며 엉덩이와 가슴이 작았다. 우리 어머니가 봤다면 말라깽이라고 불렀을 법한, 뼈에 살이라도 붙여주고 싶은 체형이었다. 드문드문 밝게 염색된 그녀의 검은 머리카락은 전체적으로 짧았지만, 이마를 가지런히 덮은 앞머리가 이따금 눈을 찌르고는 했다.

"오늘은 차 안 끌고 왔어요?" 평소 잰의 제타 왜건 옆에 주차되어 있는 리앤의 파란색 포드 익스플로러가 오늘은 보이지 않았다.

"라이얼이 빌려 갔어요. 그의 고물차가 수리 중이거든요. 도대체 어디에 처박힌 건지, 원. 약속 시간이 벌써 30분이나 지났다고요." 리앤이 고개를 절레절레 흔들며 눈을 굴렸다. "아, 정말 짜증 나."

나는 리앤에게 어색하게 웃음을 지어 보이고는 버트램 냉난방 사무실의 문 손잡이를 돌렸다. 안으로 들어서자 서늘한 에어컨 바람이 나를 덮쳤다.

잰은 컴퓨터를 끄고 핸드백을 어깨에 메는 중이었다.

"리앤은 늘 그렇듯 기분이 좋네." 내가 말했다.

"그러게 말이야."

나와 잰은 동시에 창밖을 내다보았다. 파란색 포드 익스플로러가 커브를 돌며 주차장으로 들어오고 있었다. 포드 익스플로러의 앞유리 너머로 라이얼의 둥그스름한 얼굴과 운전대를 붙잡고 있는 그의 소시지 같은 손가락들이 보였다. 차 안에서 뭔가 움직거렸는데, 나는 그것이 커다란 개라는 것을 금방 알 수 있었다.

리앤은 조수석이 아닌 운전석으로 다가가 거칠게 차 문을 열었다. 흥분한 그녀는 손을 마구 흔들며 라이얼에게 고래고래 소리를 질렀지만, 무슨 말인지는 들리지 않았다. 궁금하기는 했지만 밖으로 나가서 그 난리 통에 끼어들고 싶은 마음은 없었다.

라이얼이 운전석에서 슬며시 밖으로 나왔다. 그는 대머리에 가까웠고 몸집이 컸으며, 겨드랑이가 돋보이는 탱크톱을 입고 있었다. 라이얼이 포드 익스플로러 앞을 주춤주춤 돌아가는 동안에도 리앤은 보닛 너머로 끊임없이 소리를 질렀다.

"저 친구는 참 재미있게 사네." 조수석의 문을 열고 들어가는 라이얼을 보며 내가 말했다.

"왜 리앤은 라이얼하고 헤어지지 않는 걸까? 맨날 욕이나 해대면서……. 근데 사실 저렇게 갈구기는 해도 리앤은 남편을 사랑하는 것 같아." 잰이 말했다.

리앤은 포드 익스플로러의 운전대를 잡고 후진시킨 뒤 먼지를 일으키며 도로를 달려 내려갔다. 차가 후진하기 전에 라이얼이 리앤을 힐끗 쳐다보았는데, 그 표정은 마치 두들겨 맞은 앙갚음을 하려는 개를 연상시켰다.

지나는 나와 잰을 자리로 안내했다. 레스토랑에는 테이블이 스무 개 정도 있었지만 아직 이른 시간이라 손님이 앉아 있는 것은 세 테이블밖에 없었다.

"하우드 씨, 하우드 부인, 다시 뵙게 돼 반갑습니다." 지나가 말했다. 예순이 넘은 통통한 체구의 지나가 운영하는 이 레스토랑은 프로미스 폴즈의 명소였다. 이곳 요리 대부분에 사용되는 환상적인 토마토소스의 레시피는 오로지 지나만 아는 비밀이었다. 나는 혹시라도 그녀에게 큰일이 생길 때를 대비하여 레시피가 어딘가에 적혀 있기를 바랐다.

"이썬은 몇 시에 데리러 가기로 했어?" 미네스트로네 수프가 나올 때쯤 잰이 물었다.

"8시, 9시 사이에."

잰은 오른손에 숟가락을 쥔 채 왼팔을 뻗어 소금을 집었는데, 그때 소매가 살짝 내려가면서 하얀 물체가 손목을 감싸고 있는 것이 보였다.

"어머님, 아버님은 이썬을 참 잘 돌봐주셔." 잰이 말했다.

어제 부모님에 관해 불만을 토로했던 것을 사과하듯 그녀가 말했다.

"응, 그렇지." 잰의 손목에 감긴 것은 붕대 같았다.

"어머님은 건강하고 기운도 넘치셔. 나이에 비해 젊으신 편이야." 잰이 말했다.

"아버지도 아직 팔팔해. 가끔 정신 나간 짓을 해서 문제지만."

잰은 잠시 말이 없다가 다시 입을 열었다. "그래서 안심이 돼. 만일 나한테……, 아니면 당신한테 무슨 일이 생기면 두 분이 많이 도와주실 거야."

"그게 무슨 소리야?"

"두 분이 계셔서 다행이라고……."

"우리한테는 아무 일도 없을 거야." 내가 말했다. "손목에 그건 뭐야?"

잰은 숟가락을 그릇에 올려놓고 오른손으로 왼쪽 소매를 당겨 내렸다.

"아무것도 아니야."

"붕대 아니야?" 내가 말했다.

"좀 긁혔어."

"한번 보자."

"아무것도 아니라니까." 나는 테이블 너머로 팔을 뻗어 그녀의 손을 붙잡고 소매를 걷어 올렸다. 폭 2, 3센티미터가량의 붕대가 손목을 빙 둘러싸고 있었다.

"맙소사, 잰, 무슨 짓을 한 거야?"

잰이 왼팔을 끌어당기며 말했다. "그만 좀 놔!" 다른 자리의 손님들과 입구 옆의 지나가 돌아볼 만큼 큰 목소리였다.

"알았어." 나는 조용히 잰의 손을 놓으며 낮은 목소리로 말했다. "어떻게 된 건지 말해 봐."

"이썬한테 줄 채소를 썰다가 칼을 떨어뜨렸어. 그게 다야."

당근을 썰다가 손가락을 다칠 수는 있어도 손목이라니, 칼이 달려들기라도 한 건가?

"신경 쓰지 마. 당신이 생각하는 그런 게 아니야. 믿어 줘. 그냥 사고였어."

"맙소사, 잰……." 나는 고개를 저으며 말했다. "요즘 왠지 당신이 걱정돼서 죽겠어."

"걱정하지 마." 잰이 짧게 대꾸하며 수프를 바라봤다.

"걱정이 돼." 나는 침을 꿀꺽 삼키며 말했다. "내가 당신 사랑하는 거 알지?"

잰은 두어 차례 뭔가 말하려고 하다가 멈췄다. 이윽고 그녀가 입을 열었다. "가끔 내가 없어지면 걱정거리가 줄어서 당신이 좀 편해지지 않을까 하는 생각이 들어. 당신한테는 이썬만 있는 편이—."

"지금 뭐라고 지껄이는 거야?"

잰은 아무 말도 하지 않았다.

나는 걱정이 돼서 미칠 것 같았고, 목소리에 점점 분노가 섞여들기 시작했다. "여보, 솔직히 대답해 봐. 요즘 무슨 생각을 하고 있었어? 그러니까…… 이거, 어떻게 말해야 하나…… 자해할 생각을 하고 있었어?"

잰은 먹지 않은 수프를 계속 쳐다봤다. "모르겠어."

나는 '드디어 이런 순간이 오고야 말았구나' 하고 생각했다. 살아가면서 피할 수 없는, 발아래로 땅이 꺼지는 듯한 바로 그런 순간 말이다. 사랑하는 사람이 병원으로 실려갔다는 연락이 온다든가, 직장 상사한테 불려 가서 내일부터 출근하지 않아도 된다는 통보를 받는다든가, 의사가 당신의 검진 결과를 살펴보더니 잠깐 앉아보라고 권하는 순간.

지금까지 일어난 일과 지금부터 일어날 일에 경계선이 그어지는 순간들.

'아내는 병들어 있다. 무슨 일이 생겼어. 뭔가 어긋난 거야. 회로의 어딘가가 잘못됐어.'

"모르겠다고? 그러니까 어떤 방식으로든 자해할 생각을 했을지도 모르겠다는 거야?"

잰의 눈빛은 그것을 인정하는 듯했다.

"언제부터 그런 생각을 한 거야?"

잰은 입술을 씰룩거리며 잠시 생각하다가 대답했다. "일주일 정도. 그냥 그런 생각이 들고는 했어. 이유는 몰라. 내 의지로 멈출 수 없었어. 당신한테 엄청난 짐이 되어버린 기분이야."

"말도 안 돼. 당신은 내 전부야."

"내가 당신한테 걸리적거린다는 거 알아. 배를 붙잡는 닻처럼."

"미친 소리 좀 그만해." 곧바로 나는 단어의 선택을 후회했다. "일주일이나 이랬다면……, 원인이 뭐야? 무슨 일이 있었어? 내가 모르는 일이 있는 거야?"

"아니, 없어." 잰은 자신 없는 목소리로 대답했다.

"사무실에서 무슨 일 있었어?" 리앤이 라이얼을 공격하던 장면을 떠올리며, 나는 리앤이 잰을 괴롭힌 것은 아닐까 생각했다. "리앤이야? 그 여자가 당신을 힘들게 했어?"

"리앤은…… 예전부터 상대하기 힘들었지만, 지금은 그럭저럭 익숙해졌어." 잰이 말했다. "원인을 설명할 수가 없어. 그냥 그런 기분이 들어. 내가 당신의 짐이라는, 나한테는 아무런 삶의 의미가 없다는 기분 말이야."

"말도 안 되는 소리. 저기, 내 생각에 당신 상담을 좀—."

"듣고 싶지 않아." 잰이 말했다.

"하지만 한번 얘기를—."

"그러다가 정신병원에 들어가겠지. 미치광이들 속에 갇히게 될 거야."

"여보, 제발 좀……. 당신 편집증 아니야?" 또다시 나는 해서는 안 될 말을 내뱉어 버렸다.

"편집증? 당신 내가 편집증 환자라고 생각하는구나."

지나가 우리 테이블로 다가오고 있었다.

"당신이 바라는 게 그런 거야?" 잰이 목소리를 높였다. "내가 영원히 없어졌으면 좋겠어?"

지나가 우리 테이블 앞에서 멈췄고 나와 잰은 그녀를 바라봤다.

"실례합니다. 저기, 그러니까……." 지나가 수프 그릇을 가리키며 말했다.

"다 드셨으면 치워드릴까요?"

내가 고개를 끄덕이자 지나가 그릇들을 치워 갔다.

나는 잰을 향해 말했다. "우리 그냥 집에 들어가는—."

잰은 이미 의자를 뒤로 밀고 있었다.

4

간밤에 나는 잠을 설쳤다. 레스토랑에서 집으로 돌아오는 길에, 그리고 돌아와서 잠자리에 들기 전에 잰에게 말을 걸어봤지만 그녀는 대화를 거부했다. 특히, 전문가의 도움을 받자는 권유에는 묵묵부답이었다.

아침에 잠을 깬 나는 매우 피곤한 상태였고, 그래서 고개를 푹 수그리고 〈스탠다드〉의 건물로 들어갈 때 내 앞을 막아선 사내를 보지 못한 채 하마터면 그의 발가락을 밟을 뻔했다.

사내의 몸집은 검은 정장, 흰색 셔츠, 검은 넥타이를 터뜨릴 듯이 거대했다. 키는 180센티미터가 넘어 보였고 머리는 삭발을 했으며, 셔츠의 칼라 뒤로 문신이 살짝 보였지만 무슨 모양인지는 알 수 없었다. 나이는 서른 정도되어 보였고 대충 보아하니 함부로 건드렸다가는 무사하지 못할 종자인 듯했다. 그가 정장을 입은 모습은 마치 번쩍이는 장신구를 뽐내는 오바마 대통령만큼이나 어색했다.

"하우드 씨?" 사내가 날이 선 목소리로 말을 걸었다.

"네, 그런데요?"

"세바스찬 씨가 당신과 커피를 한잔하고 싶어 하십니다. 할 얘기가 좀 있으시다는군요. 저 아래 공원에서 기다리고 있습니다. 제가 차로 모셔다 드리지요."

"엘몬트 세바스찬?" 나는 몇 주 동안 스타 스팽글드 코렉션즈의 사장인 엘몬트 세바스찬을 인터뷰하려고 애썼지만, 그는 내게 한 번도 회신을 주지 않았었다.

"그렇습니다. 저는 세바스찬 씨의 운전사인 웰랜드입니다."

"알았어요. 일단 가 보죠."

웰랜드는 신문사 건물 모퉁이 저편으로 나를 데리고 간 뒤, 그곳에 주차된 검은색 링컨 리무진의 문을 열었다. 나는 뒷좌석으로 들어가 회색 가죽 의자에 앉아 웰랜드가 운전대를 잡는 것을 지켜보았다. 평상시에는 운전석과 뒷좌석 사이에 유리 칸막이라도 설치되어 있는지 모르겠지만, 지금 나와 웰랜드 사이에는 아무것도 없었다. "세바스찬 씨와 일한 지는 오래되셨습니까?"

"석 달 됐습니다." 웰랜드가 차도로 접어들며 말했다.

"그럼 전에는 뭘 하셨는데요?"

"감옥에 있었습니다." 웰랜드가 망설임 없이 대답했다.

"아……, 오래 계셨습니까?"

"7년 3개월 2일. 애틀랜타 근처에 있는 세바스찬 씨의 교도소 한 곳에서 복역했지요." 웰랜드가 말했다.

"그렇군요……." 웰랜드는 시내 방향으로 차를 몰았다.

"저는 스타 스팽글드 코렉션즈의 우수한 사회복귀 프로그램이 낳은 결과물입니다. 형기가 끝났을 때 세바스찬 씨가 그 성과를 확인하고자 제게 이 운전사 일을 줬지요. 수감자들에게 두 번째 삶의 기회를 주어야 한다는 것이 세바스찬 씨의 신조입니다."

"실례지만 수감된 이유가 뭐였는지 여쭤봐도 될까요?"

"어떤 남자의 목을 찔렀습니다." 웰랜드가 거울을 힐끗 들여다보며 말했다.

나는 침을 꿀꺽 삼키며 물었다. "그 남자는 목숨을 건졌습니까?"

"네, 잠시 동안이었지만." 웰랜드가 좌회전을 하며 말했다.

웰랜드는 프로미스 폴즈(falls, 폭포)라는 이름이 유래한 폭포 아래의 공원에 차를 세웠다. 그는 차에서 내려 내가 앉은 뒷좌석의 문을 연 뒤, 강가에 놓인 피크닉 테이블을 손가락으로 가리켰다. 그곳에는 예순이 넘어 보이는 기품 있는 백발의 남자가 테이블을 등지고 벤치에 앉아 오리들에게 팝콘을 던지고 있었다. 남자는 나를 발견하고 자리에서 일어났는데, 키가 웰랜드만큼 컸지만 대신 체형이 날씬했다. 그는 활짝 웃으며 땀에 젖은 커다란 손을 내게 내밀었다.

나는 바지에 손을 문지르려다가 의식적으로 멈췄다.

"하우드 씨, 와주셔서 감사합니다. 드디어 함께 대화를 나눌 수 있게 되어 참으로 기쁘군요."

"전 언제든 만날 용의가 있었습니다. 시간이 없는 건 오히려 그쪽이었죠."

세바스찬이 웃으며 말했다. "자, 그냥 엘몬트라고 불러요. 저도 데이빗이라고 불러도 될까요?"

"그러세요."

"저는 오리들에게 먹이 주는 것을 아주 좋아합니다. 오리들이 꾸역꾸역 먹어대는 모습이 재미있지요."

"네."

"어릴 적, 저는 여름에 농장에서 일을 했어요." 세바스찬이 또다시 팝콘을 던지자 오리들이 그것을 차지하려고 달려들었다. "덕분에 커서도 신의 피조물들을 사랑할 줄 알게 됐죠."

세바스찬은 등 뒤의 테이블을 가리켰다. 테이블 위에 놓인 상자에는 테이크아웃 커피 두 잔이 크림, 설탕, 나무 막대와 함께 들어 있었다. "커피를 어떻게 드시는지 몰라서 일단 블랙으로 가져왔습니다. 필요하시면 넣어 드세요."

세바스찬은 몸을 돌려 다리를 테이블 아래로 집어넣었고 나는 그 반대편 자리로 가 앉았다. 나는 커피를 집는 대신 주머니에서 메모장과 펜을 꺼내며 말했다. "당신 앞으로 메시지를 몇 개 남겼었습니다."

세바스찬은 공원 잔디밭 너머 리무진 옆에 우뚝 서 있는 웰랜드를 쳐다보며 물었다. "저 친구에 대해 어떻게 생각하십니까?"

나는 어깨를 으쓱하며 대답했다. "모범 시민?"

세바스찬이 웃으며 말했다. "맞습니다. 아주 자랑스러워요."

"스탠 리브즈 의원의 플로렌스 여행 경비를 지불한 이유가 뭡니까?" 내가 물었다. "회사의 방침입니까? 회사의 사업에 찬성표를 던져 줄 분에게 미리 답례를 한다?"

"좋습니다, 좋아요." 세바스찬이 고개를 끄덕였다. "단도직입적이군요. 고맙습니다. 나도 직설적인 편이 좋아요. 우물쭈물하는 것은 질색입니다."

"제 질문에 답변할 방법을 찾아야 한다면 나중에 답을 주셔도 됩니다."

엘몬트 세바스찬은 슬며시 웃으면서 커피 뚜껑을 열고 크림을 세 개 부어 넣었다. "사실은 바로 그 일 때문에 데이빗 씨를 만나려고 한 겁니다. 그 질문에 대한 답을 드리려고요. 보여드릴 게 있습니다."

세바스찬은 정장 재킷 안으로 손을 집어넣더니 자신의 이름이 적힌 봉투 하나를 꺼냈다. 봉투의 열린 부분은 풀로 붙여지지 않은 채 안으로 집어넣어져 있었다. 그는 봉투를 열어 수표 한 장을 꺼낸 뒤 나에게 건넸다.

이것이 엘몬트 세바스찬의 수법인가? 기자들에게 수표를 쥐여주고 떨쳐내는 것이?

하지만 수표를 손에 쥐고 살펴보니 수취인은 내가 아닌 세바스찬 자신이었다. 지급 계좌는 스탠 리브즈의 것이었고 액수는 4,763.09달러였다. 오른쪽 모퉁이에 적힌 발급일은 이틀 전 날짜였다.

"리브즈 의원의 꼬투리를 잡았다고 생각하셨겠지요? 의원이 저에게서 선심성 이탈리아 관광을 제공받았다고 말입니다. 하지만 그건 순전히 오해예요. 당시 저는 제 친구들이 묵을 호텔방을 플로렌스에 예약한 상태였습니다. 그런데 친구들의 일정이 그만 취소되어 버렸지 뭡니까. 그래서 리브즈 의원에게 제안했지요. 어차피 남는 방이니 영국에 온 김에 함께 이탈리아에 들렀다 가자고요. 리브즈 의원은 기꺼이 승낙했지만 금품이나 향응을 제공받을 수 없음을 분명히 했어요. 그러면 곤란하다고 말입니다. 저는 그 점을 충분히 이해했어요. 그런데 숙박비가 이미 지불된 상태였기 때문에 리브즈 의원이 귀국 후 그 금액을 제게 돌려주기로 약속한 겁니다. 이 수표가 그 증거예요."

"하……, 이거, 쓰러지겠군." 나는 수표를 세바스찬에게 돌려주며 말했다.

엘몬트 세바스찬은 고르지 못한 윗니를 드러내며 웃음을 지었다. "데이빗 씨가 리브즈 의원의 명예를 훼손시킬 기사를 내보냈다면 제가 무척 곤란해졌을 겁니다. 물론 제 명예도 훼손됐겠지만 저야 이미 언론에서 난도질당한 입장이니 별로 개의치 않아요. 하지만 저 때문에 리브즈 의원의 이름에 먹칠이 되는 건 다른 얘기지요."

"이렇게 의혹이 풀려서 참 다행이겠습니다?" 내가 물었다.

세바스찬은 수표를 다시 봉투에 넣어 재킷 안으로 집어넣었다. "데이빗 씨가 저희 사업을 마음에 들어 하지 않는 것 같아 참으로 안타깝습니다. 당신이 쓴 기사들을 보니 민영 교도소가 태생적으로 악하다는 편견을 가진 것 같더군요."

"정확히 말하자면, 영리 교도소에 관해서 그렇게 생각합니다."

"부정하지 않겠습니다." 세바스찬이 커피를 한 모금 마시며 말했다. "하지만 '영리' 라는 말이 나쁜 건 아니잖아요? 일을 잘한 사람에게 금전적으로 보상하는 것은 부도덕하지 않아요. 그 일이 공동체를 위한 일, 미국을 살기 좋은 나라로 만드는 일인 경우에도 마찬가지입니다."

"제가 1인 시위하는 줄 아십니까, 세바스찬 씨?" 내가 이름이 아닌 성으로 부르자 세바스찬은 기분이 상한 듯했다. "프로미스 폴즈의 많은 시민들이 당신의 교도소가 세워지는 것을 반대하고 있습니다. 이유야 얼마든지 있지만 하나를 꼽자면 정부가 맡아 오던 일을 당신의 논벌이로 둔갑시키려 한다는 것을 들 수 있겠죠. 교도소에 복역하는 수감자가 많을수록 당신의 흑자는 늘어날 테니까요. 교도소로 이송되는 범죄자는 곧 당신의 판매 수익이 되는 셈입니다."

세바스찬은 마치 어린아이를 보듯 나를 향해 웃음을 지었다. "데이빗 씨는 장의사에 관해서는 어떻게 생각하십니까? 장의사들이 하는 일에는 문제가 없습니까? 그들은 남의 죽음을 이용해서 돈벌이를 하지요. 하지만 어찌 됐든 서비스를 제공하는 것이니 돈을 받을 자격이 있습니다. 유산 상속을 담당하는 변호사, 무덤에 바칠 화환을 파는 꽃집 주인, 묘지의 잔디를 깎는 사람도 마찬가지예요. 데이빗, 제가 하는 일은 미국을 살기 좋게 만드는 일입니다. 미국의 선량한 시민들은 안심하고 잠자리에 들 자격이 있어요. 세금이 효율적으로 쓰이도록 할 권리가 있습니다. 미국이라는 훌륭한 나라 곳곳에 민영 교도소들을 세워야 하는 이유는 그것입니다. 시민들이 밤에 편히 잘 수 있도록, 세금을 적게 낼 수 있도록 기여하는 것이지요."

"그런 식으로 벌어들인 돈이 작년에 13억 달러였죠?"

세바스찬은 짐짓 서글픈 표정으로 고개를 저으며 물었다. "데이빗 씨는 〈스탠다드〉에서 무보수로 일하십니까?"

"당신은 각종 범죄들의 최소 형량을 늘리려는 일에 앞장서고 있더군요. 그것도 미국인들의 안전한 밤을 위해서라고 말할 셈인가요?"

세바스찬은 손목시계를 힐끗 쳐다봤다. 아마도 롤렉스인 것 같았지만 사실 나는 실제로 롤렉스를 본 적이 없었다. 어쨌든 값비싼 시계임은 분명했다.

"이제 가봐야겠습니다. 수표의 사본을 드릴까요? 기사 쓰시는 데 필요하다면."

"필요 없을 것 같군요."

"그렇다면 저는 이만……." 세바스찬은 벤치에서 일어나 그의 리무진을 향해 잔디밭을 가로질러 걸어갔다. 손에는 커피 컵이 쥐어져 있었는데, 걸어가는 길에 빈 휴지통이 있었음에도 그는 스스로 컵을 버리지 않고 웰랜드에게 건넸다. 웰랜드는 세바스찬을 위해 차 문을 열고 닫은 뒤 커피 컵을 처리했다. 그는 운전석에 들어가기 전에 나를 바라보다가, 손을 총 모양으로 만들고 씩 웃더니 나를 향해 쏘는 시늉을 했다.

이윽고 리무진이 움직이는 것을 보며, 나는 그들이 나를 신문사까지 태워줄 생각이 없음을 깨달았다.

5

지나의 레스토랑에서 소동이 있은 지 열흘 후, 잰은 롤러코스터 놀이공원인 파이브 마운틴즈의 티켓 세 장을 구매했다. "롤러코스터"는 그날 이후의 잰의 모습을 적절히 표현하는 말이었다. 그녀의 심리 상태는 말 그대로 상승과 하강의 반복이었다.

열흘 전 그날, 잰은 자기가 사라지면 내가 행복할 거라고 말했고 나는 무신경하게도 그녀에게 편집증이 아니냐고 받아치며 난리를 쳤지만, 그때부터 지금까지 잰은 이썬 옆에서만큼은 제정신을 차리려고 최선을 다했다. 이썬은 엄마의 상태를 알아차리지 못한 것인지, 아니면 알아차려도 궁금하지 않은 것인지 아무것도 묻지 않았다. 머리에 떠오르는 질문을 거침없이 내뱉는 이썬의 성격을 생각해 보면 정말로 알아차리지 못했을 것이다. 잰은 지난주에 회사를 며칠 쉬었고 나는 그녀가 혼자만의 시간이 필요할 거라 판단하여 이썬을 부모님에게 맡겼다. 잰이 자기 입으로 자살하고 싶다고 말한 적은 없었지만, 나는 집에 홀로 있을 그녀를 생각하면 괜스레 불안했다.

지나스에서 언쟁이 있었던 바로 다음 날 오후, 나는 우리 집 가정의인 앤드루 새뮤얼즈와 긴급하게 약속을 잡고 몰래 회사를 빠져나왔다. 병원에 도착했을 때, 접수원은 언제나 그렇듯 내가 의사를 만나려는 이유를 꼬치꼬치 캐물었고 나는 목이 아파서 왔다고 대답했다.

"요즘 감기가 유행이에요." 접수원이 말했다.

하지만 곧 새뮤얼즈와 단둘이 있게 되자 나는 찾아온 진짜 이유를 말했다.

"실은 잰의 일 때문에 뵙자고 했어요. 아내가 요즘 제정신이 아닙니다. 우울감에 시달리고 있어요. 나와 이썬에게는 자기가 없는 편이 나을 거라지 뭡니까."

"상황이 좋지 않군요." 새뮤얼즈는 내게 몇 가지 질문을 했다. 최근에 무슨 일이 있었습니까? 가족 중 돌아가신 분이 있나요? 금전적인 문제는요? 직장은 어떻습니까? 혹시 남편께서 모르는 건강 문제라도?"

아무것도 해당되지 않았다.

새뮤얼즈는 잰에게 직접 진찰을 받으러 오라고 설득할 것을 권했다. 보이지 않는 환자를 진단할 수는 없는 노릇이었다.

나는 새뮤얼즈를 만나 보라고 잰을 압박하기 시작했다. 만일 계속 고집을 부린다면 내가 대신 가겠다는 말도 했는데, 물론 이미 갔었다는 사실은 숨겼다. 잰은 몹시 화를 냈지만 잠시 후 주방으로 들어와 이튿날 일을 쉬므로 의사를 만나러 가겠다고 말했다.

그리고 이튿날 저녁, 나는 잰에게 진찰이 어땠는지 물었다. 나는 그녀를 보자마자 그 질문부터 던진다는 인상을 주지 않기 위해 의식적으로 노력해야 했다.

"괜찮았어." 잰은 주저 없이 대답했다.

"요즘 기분이 어떤지 의사한테 얘기했어?"

잰이 고개를 끄덕이자 나는 다시 물었다. "그래서, 새뮤얼즈 씨가 뭐래?"

"그 사람은 대체로 듣기만 했어. 나 혼자 말하도록 내버려 두더라고. 오랫동안. 다음에 또 진료받으러 갈 것 같긴 한데, 오라고 강요하지는 않더라."

"새뮤얼즈 씨는 좋은 사람이야."

"어쨌든 내 상태를 말하는 것으로 진찰을 끝냈어."

하지만 나는 그것이 전부일 리 없다고 생각했다. "새뮤얼즈 씨가 뭔가 권하지는 않았어? 처방전을 써줬다거나?"

"몇 가지 복용 가능한 약물을 알려줬지만 약은 싫다고 말했어. 당신한테도 얘기했잖아. 약물에 중독되고 싶진 않단 말이야."

"그랬더니 뭐래?"

"일단 의사를 만나러 온 것만으로도 치료의 첫걸음을 뗀 거라고 말하더라. 그리고 이런 경우 전문가가—."

"정신과 의사?"

잰이 고개를 끄덕였다. "원하면 소개해주겠다고 했어."

"그러기로 했어?"

잰은 날카롭게 나를 쏘아봤다. "싫다고 했어. 내가 미친 사람 같아?"

"아니, 당신이 미쳤다는 게 아니야. 미친 사람이 아니더라도 정신과 의사를 만나러 갈 수 있잖아." 나는 하마터면 "미치기 전에 정신과 의사의 도움을 받는 거잖아"라고 말할 뻔했다.

"내가 알아서 할게."

"하지만 당신 자꾸 그런 생각을…… 그러니까 자해하려는 생각 말이야." 나는 차마 "자살"이라고 말할 수가 없었다.

"그게 어쨌다고?"

"아직도 그런 생각을 하고 있어?"

"사람이란 게 원래 별의별 생각을 다 하는 법이잖아." 그렇게 말하며 잰은 방을 나갔다.

잰이 파이브 마운틴즈의 티켓을 구매한 날, 내 받은편지함에는 다음과 같은 이메일이 와 있었다:

"얼마 전에 당신에게 연락했던 사람입니다. 당신이 스타 스팽글드 코렉션즈의 시의원 매수 건을 소사하고 있다는 것을 압니다. 그들로부터 금품과 향응을 제공받은 것은 리브즈 의원만이 아니에요. 사실상 거의 모든 의원들입니다. 이대로라면 교도소 건은 틀림없이 승인될 것입니다. 누가 얼마를 받았는지 기록된 명단이 제게 있습니다. 전화를 걸거나 이메일로 저의 정체를 밝힐 수 없으므로, 직접 만나서 이 결정적인 증거물을 전하고자 합니다. 내일 오후 5시 〈테드의 호숫가 잡화점〉 주차장에서 뵙겠습니다. 북쪽 조지 호를 향해 87번 도로를 타고 오시다가, 애디론댁 주립공원 근처에서 87번 도로와 나란히 달리는 9번 북로를 타세요. 좀 더 가면 숲이 우거지는 장소가 보일 텐데 그곳에 〈테드의 잡화점〉이 있습니다. 약속 시간보다 일찍 와서 배회하거나 오랫동안 저를 기다리거나 하지 마세요. 만약 5시 10분까지 제가 나타나지 않거든 무슨 일이 생긴 거라고 간주하세요. 전화 통화를 통해 이미 아시겠지만 저는 여자입니다. 흰색 트럭을 타고 갈 겁니다."

나는 편집실의 내 자리에 앉아 그 이메일을 몇 차례 반복하여 읽었다. 나는 혼란한 심정으로 로그아웃을 하고 카페테리아로 내려가 커피를 시켜 몇 모금 마시다가 그냥 남겨두고 자리로 돌아왔다.

"무슨 일 있어?" 옆자리의 사만다 헨리가 물었다. "내가 두 번이나 인사했는데 무시하더라?"

발신인의 핫메일 주소는 문자와 숫자의 임의적 조합이어서 누가 보냈는지에 관한 실마리를 얻을 수 없었다. 나는 이메일의 내용을 메모한 뒤 받은편지함에서 삭제하고, 휴지통으로 들어가 완전삭제를 눌렀다. 편집증적인 행동일지 모르겠지만, 〈스탠다드〉의 운영자들이 스타 스팽글드 코렉션즈에 땅을 매각하려 한다는 사실을 알게 된 이상, 신중을 기할 수밖에 없었다.

〈스탠다드〉의 누구도 신뢰할 수 없었다.

"세상에……." 나는 숨을 죽여 말했다.

프로미스 폴즈 시의원들이 엘몬트 세바스찬의 기업으로부터 뇌물, 금품, 사례금 등 돈을 받았다는 결정적인 증거를 누군가가 포착한 것이었다.

리브즈 의원의 플로렌스 여행에 관한 기사는 결국 실리지 못했다. 리브즈 의원이 세바스찬에게 줬다는 수표는 보나 마나 내가 뒷조사하고 있다는 것을 안 이후 발행한 것이었겠지만, 브라이언은 당연히 기사 게재를 저지했고 나도 이번만큼은 브라이언에게 항변할 수 없었다. 결국, 리브즈를 비롯한 시의원들을 꼼짝 못하게 만들 확고한 증거가 필요한 상황이었다.

그런데, 바로 이 익명의 이메일이 그 증거로서 나타난 것이다.

물론 나는 어찌 됐건 브라이언이 이 사건에 관한 나의 기사를 지지해 줄 것이라고는 기대하지 않았다. 며칠 전, 평소처럼 머나먼 나라에서 작성되어 전송된 글이 아닌, 우리가 직접 작성한 사설을 통해 〈스탠다드〉는 불황을 겪는 프로미스 폴즈에 민영 교도소가 생길 경우 단기적인 건설 관련 일자리뿐만 아니라 장기적 고용도 창출될 것이라는 의견을 표명했다. 게다가 범법자들을 감금하는 시설인 교도소는 시민들을 범죄로부터 보호하는 데 기여할 것이므로 굳이 "우리 집 뒷마당은 안 된다"는 태도를 견지할 필요도 없었다. 교도소가 "민영"이라는 점에 대해서는 관망적인 입장을 취했다. "현재 민영 교도소의 성과는 각 사법관할구역에 따라 다르다. 프로미스 폴즈에서는 과연 그 성과가 어떨지 증명할 기회를 주어야 한다고 생각한다."

마들린 플림튼의 입김이 가득한 사설이었다.

읽고 있자니 속이 뒤집혔다.

나는 구글 지도에 접속하여 접선 장소를 확인했다. 이메일에는 조지 호로 오라는 것 말고는 구체적인 정보가 부족했다. 이 여자가 누구인지, 어디서 일하는지 전혀 알 수가 없었다. 시청 직원인가? 사무원? 행정 보좌관? 수많은 이들이 오가는 시장실에서 일하는 사람? 세바스찬의 교도소에서 일하다가 열이 받은 교도관? 누구든 간에 이 여자는 리브즈 의원의 플로렌스 숙박비 건에 관해 알고 있다. 어쩌면 리브즈의 의원실에서 일하는 사람일지도 몰랐다. 리브즈 의원은 막돼먹은 성격으로 유명했으므로 부하 직원이 뒤통수를 쳤다 해도 이상할 것이 없었다.

결국, 조지 호에서 여자를 직접 만나는 수밖에 없었다.

* * *

"파이브 마운틴즈 티켓 샀어." 오후에 잰이 내게 전화를 걸어 말했다.

"뭘 샀다고?"

"프로미스 폴즈 북쪽에 있는 놀이공원 몰라? 롤러코스터가 많은 곳 말이야. 운전하다 몇 번 지나쳤는데."

"그건 나도 알아." 이곳에서 파이브 마운틴즈를 모르는 사람은 없었다. 지난봄 요란한 광고와 함께 프로미스 폴즈 외곽에서 개장한 놀이공원이었다.

"가기 싫어? 온라인으로 벌써 구매해 버렸는데. 이제 환불할 수도 없어."

"아니야, 좋아. 놀라서 그런 거야." 자살이라도 할 것 같던 사람이 놀이공원 티켓을 구입했으니 놀랄 수밖에. "티켓은 세 장 샀어?"

"응, 당연하지."

"거기 롤러코스터가 좀 크던데. 이썬은 어려서 탈 수 없을걸."

"어린아이들을 위한 구역이 따로 있어. 거기서 회전목마 같은 놀이기구를 타면 돼."

"그렇군." 갑자기 나는 날짜가 걱정되었다. "티켓이 내일 날짜는 아니지?" 이썬은 아직 유치원에 다니지 않았으니 어느 요일이든 상관이 없다. 어쩌면 잰은 내일 일을 쉬고, 나보고도 휴가를 내라고 할 심산인지도 모른다.

"토요일 티켓이야. 그날 안 돼?" 잰이 물었다.

"아니야, 아주 좋아. 내일이 힘들거든."

"내일은 왜?"

나는 옆자리에서 컴퓨터 자판을 두드리고 있는 사만다에게 들리지 않도록 목소리를 낮춰 말했다. "만나야 할 사람이 있어."

"누군데?"

"나도 몰라. 익명의 이메일을 받았어. 어떤 여자인데, 리브즈와 다른 의원들이 뇌물을 받은 증거가 있다는군."

"와, 세상에…… 당신이 기다리던 바잖아?"

"글쎄…… 어떨지 두고 봐야겠지."

"만나는 장소는? 어두컴컴한 골목?"

"조지 호에서 보기로 했어."

잰은 잠시 말이 없었다.

"왜 그래, 여보?"

"아무것도 아니야. 그냥 내일도 정신건강 휴가를 받을까 해서. 사무실이 요즘 꽤 한가해. 더운 날씨면 에어컨 수리 신청으로 전화기에 불이 날 텐데, 지금은 날씨가 그럭저럭 괜찮아서 꽤 조용하거든."

나는 머뭇거리다가 말을 꺼냈다. "내일 같이 갈래?" 잰과 함께 간다면 나도 동행이 생겨서 좋을뿐더러, 암울한 생각에 시달리는 잰을 하루 종일 곁에서 지켜볼 수도 있을 것이다. 물론 잰에게는 그 이유를 곧이곧대로 말하지 않았다.

"안 돼. 당신 혼자가 아니라는 걸 알면 접선자가 겁먹을 거야." 잰이 반대했다.

나는 그 점에 관해 생각해 본 뒤 다시 대답했다. "만일 접선자가 물어보면 사실대로 말하면 돼. 아내와 함께 하루를 보내기로 했다고 말이야. 접선자를 만나러 온 김에 교외 드라이브를 하는 중이라고. 오히려 안심할 거야."

잰은 여전히 뭔가 불안한 듯했다. "그럴지도 모르지만……. 하지만 이게 혹시 딥 스로트(Deep Throat: 워터게이트 사건에 닉슨 대통령이 연루되었음을 제보한 정보원의 별명)같은 거물급 내부고발자와의 비밀 접선이라면……, 우리 안전할까?"

나는 씩 웃으며 대답했다. "아니, 아주 위험할 거야."

조지 호까지의 예상 시간은 한 시간 안팎이었고 접선 시간은 5시였지만 나는 3시에 출발하기로 했다. 여자는 이메일에서 접선 가능 시간이 10분밖에 없음을 명확히 했다. 5시까지 약속 장소에 도착해서 기다리되 10분이 지나도 그녀가 나타나지 않는다면 우리는 차를 돌려 집으로 가야 하는 것이다.

잰은 이썬을 2시까지 돌보다가 부모님 집에 맡기기로 했다. 부모님은 우리가 자주 이썬을 맡겨도 개의치 않았다. 어머니는 이썬을 애지중지했고 자기가 시키는 것을 고분고분 따르는 남자아이가 집 안에 존재한다는 사실을 반겼다. 아버지는 이썬이 가지고 놀 장난감 기차 세트를 지하실에 설치하겠다는 계획을 말했는데 그것은 분명 핑계에 지나지 않았다. 아버지는 무엇이든 간에 프로젝트가 필요했을 뿐만 아니라, 시끄러운 소음과 연기를 내뿜는 커다란 라이오넬 기차 같은 모형 기차를 무척 좋아했기 때문이다. 어머니는 그런 장난감을 좋아할 리 만무했지만, 아버지가 다른 운전자들에게 들이댈 험악한 표지판을 만드는 일에서 손을 떼게 할 프로젝트라면 뭐든 지지할 것이었다.

나는 2시 45분경에 집에 도착했다. 예상과 달리 잰은 집 앞 현관(우리가 사는 구시가지의 집들에는 지붕이 달린 옛날식 현관이 있다)에서 기다리고 있지 않았다. 나는 계단을 뛰어 올라가 방충망이 달린 현관문을 열고 잰을 불렀다.

"준비 안 됐어?" 내가 물었다.

"나 위에 있어!"

나는 층계를 뛰어 올라가며 잰에게 말했다. "지금 출발해야 조지 호에 도착해서 뭘 먹거나 커피를 마시거나 할 여유가—."

방에 들어가 보니 잰은 이불 속에서 한쪽 팔로 팔베개를 한 채 침대에 누워 있었다.

"왜 그래? 몸이 안 좋아?" 내가 물었다.

잰이 이불을 젖히자 그녀의 벌거벗은 몸이 드러났다. "안 좋아 보여?"

"아무리 8월이라도 그런 차림으로 조지 호에 갔다가는 감기 걸릴걸." 내가 웃으며 말했다.

"정말로 커피 마실 시간이 필요해? 그럼 곧바로 옷 입고 출발할게."

"뭐 사실…… 아침에 커피를 마시긴 했어."

15분 후에야 우리는 차를 몰고 출발했다.

처음 30킬로미터를 운전하는 동안 나는 잰에게 무슨 말을 건넬지 궁리했지만 결과물은 없었다.

"오늘은 좀 나아 보이네." 처음에는 이렇게 말해 볼까 싶었다.

"엇그제는 우울해 보였는데……." 이렇게 말할 뻔도 했다.

"당신 이런 모습을 보니 참 좋다." 이렇게 말할까 고심하기도 했다.

하지만 결국 나는 괜히 일을 그르칠까 봐 아무 말도 못했다. 잰이 비로소 우울에서 벗어나는 중인지도 모르는데 호들갑을 떨어서 망치고 싶지는 않았다. 잰은 내가 그녀의 일거수일투족을 감시하고 한마디 한마디를 과대해석한다고 비난하면서 방어적 태도를 취할 것이다. 실제로 나는 2주간 잰에게 극도의 주의를 기울이고 있었다.

그래서 나는 별일 없는 척 행동하기로 했다. 잰은 문제가 있어서 일을 쉬는 게 아니라 단지 여가를 즐기는 것뿐이다, 취재를 하러 가는 나를 동행한 것이다, 라고.

나는 사전에 펜, 메모장, 디지털 녹음기를 준비했다. 가능하면 접선자가 폭로할 내용을 어떤 식으로든 녹음하고 싶었지만 그녀는 자신의 목소리가 녹음되는 것을 원치 않을 것 같았다.

만약에 대비하여 나는 녹음기를 주머니에 집어넣었다.

"길이 막히지 않네." 나는 주간州間 고속도로를 따라 북쪽으로 차를 몰며 말했다.

잰은 앉은 자리에서 몸을 살짝 옆으로 틀었는데, 이것은 제타 왜건에서는 하기 힘든 동작이었다. 그녀는 나, 바깥 풍경, 뒤쪽의 도로를 번갈아 바라봤다.

"나 할 말이 있어." 잰이 말했다.

불현듯 나는 일전에 레스토랑에서 받았던 것과 똑같은 느낌을 받았다.

"뭔데?"

"내가 저지른 일에 대해서……."

"무슨 일을 저질렀는데?"

"아니, 저지르지 않은 일이라고 하는 편이 맞겠다." 잰은 뒤창 너머를 바라보다가 다시 앞쪽으로 고개를 돌렸다.

"여보, 무슨 일이야? 말해봐."

"교외로 드라이브 갔던 날 기억해?"

나는 고개를 저었다. "한두 번이 아니잖아."

"저기…… 길을 자세히 기억하지 못한 채 장소를 찾아갈 때가 있잖아? 그러니까, 흰색 집에서 우회전해서 붉은색 헛간이 나올 때까지 직진한다, 이런 식으로 말이야."

"당신은 길을 잘 찾는 편이야. 거리 이름이나 도로 번호를 잘 외우지 못할 뿐이지." 내가 말했다.

"그래, 맞아. 그래서 그때 내가 어디에 있었는지, 정확히 무슨 도로였는지는 말할 수 없지만, 거긴 당신도 아는 작은 도로였어. 교외의 작은 도로. 포장이 잘 돼 있고 차가 별로 안 다니는, 밀러 화원花園으로 가는 길에 있는 거 말이야."

나는 어렴풋이 어딘지 알 것 같았다.

"그 도로를 가다 보면 다리가 하나 나와. 도로는 다리에 접어들기 전에 좁아지는데, 중앙선은 있지만 반대편에서 트럭이라도 올라치면 속도를 줄여서 먼저 지나가게 해줘야 해."

이제 어느 도로인지 정확히 알 수 있었다.

"그 다리 아래로 강이 흘러. 바위들 너머로…… 물살이 빨라."

나는 고개를 끄덕였다.

잰은 다시 뒤창을 쳐다본 뒤 나를 바라봤다. "얼마 전 그곳에 갔었어. 나는 다리 중간에서 차를 세우고 내렸지."

'듣고 싶지 않아…….'

"아주 오랫동안 그냥 서 있었어. 뛰어내리면 어떨까 생각하면서. 여기서 뛰어내려도 살 수 있을까? 다리는 그렇게 높지 않았지만 아래의 바위들은 뾰족이 튀어나와 있었어. 그러다 또 생각했지. 이왕 다리에서 뛰어내릴 작정이라면 프로미스 폭포 위에 있는 다리에서 뛰어내리자고. 당신이 나한테 해 준 얘기 기억나? 몇 년 전에 학생 하나가 거기서 뛰어내렸다는 얘기……."

"잰……."

"나는 난간 위로 올라갔어. 재질은 콘크리트였고 꽤 넓었지. 한 30초쯤 서 있었던 것 같아. 그러다가…… 다시 내려왔어."

나는 침을 삼켰다. 입안이 바싹 말라 있었다. "왜? 무엇 때문에 뛰어내리지 못했지?"

'우리를 사랑하기 때문이다. 이선과 나를 남겨두고 떠날 수가 없었기 때문이다.' 나는 생각했다.

잰이 웃으며 대답했다. "그때 자동차 하나가 내 쪽으로 다가왔어. 농부가 모는 트럭. 남이 보는 앞에서 뛰어내리고 싶지 않았거든. 그렇게 난간에서 내려오고 보니 뛰어내릴 욕구가 사라져 있었어."

'아내를 병원으로 데리고 가야 한다. 차를 돌려서 병원으로 가서 그녀를 입원시켜야 한다. 지금 당장.'

"트럭이 나타나서 천만다행이네." 나는 놀라움을 감추려 애쓰며 말했다.

"그러게." 잰은 별일 아니라는 듯 웃으면서 대답했다. 그냥 그런 생각이 들었다가 사라졌고 그게 전부다, 라고 말하는 듯했다.

"새뮤얼즈 씨는 그 얘기를 듣고 뭐라고 했어?" 내가 물었다.

"그 사람 만난 다음에 있었던 일이야." 잰은 심드렁하게 대꾸한 뒤 손을 뻗어 내 팔을 만졌다. "하지만 걱정하지 마. 오늘은 기분이 좋아. 내일도 파이브 마운틴즈에 가니까 좋을 거야."

'걱정하지 말라고? 지금 이 순간 기분이 좋은 것이 무슨 소용이야? 한 시간 후에 어떻게 될지 누가 알아? 하물며 내일은?'

"저기, 할 말이 또 있는데……."

나는 잰을 바라보며 물었다. "뭔데?"

"그냥 상상일 수도 있지만……." 잰이 다시 뒤창을 힐끔 쳐다보며 말했다. "저기 뒤쪽의 파란색 차가 집에서 나올 때부터 우리를 따라오고 있어."

6

파란색 자동차는 500미터 이상 떨어져 있어서 그 번호판을 읽는 것은 고사하고 정확한 차종을 파악하기도 힘들었다. 보아하니 제너럴 모터스나 포드사의 미국형 세단인 것 같았다. 차체는 짙푸른 색이었고 유리창에는 선팅이 되어 있었다.

"집에서 나올 때부터 따라왔다고?" 내가 말했다.

"확실하지 않아. 저렇게 생긴 차는 허다하니까. 프로미스 폴즈를 나올 때 봤던 파란색 차하고 지금 저 파란색 차는 같은 차가 아닐지도……."

지금 우리 차의 속도는 시속 110킬로미터 정도였다. 나는 액셀에서 발을 살짝 떼어 시속 100킬로미터로 속도를 줄였다. 파란색 차가 바깥쪽 차선으로 접어들어 우리를 추월할지 지켜볼 작정이었다.

파란색 차의 후미에 붙어 있던 은색 미니밴이 바깥 차선으로 접어들어 파란색 차를 앞지르더니, 파란색 차와 우리 차 사이의 넓게 벌어진 공간으로 끼어들었다.

"잘 안 보이는군." 나는 사이드 미러와 백미러를 슬쩍 들여다보면서도 정면의 도로에서 눈을 떼지 않았다. 우리 차는 속도를 줄였음에도 앞에 가는 운송용 트럭과 가까워지고 있었다.

잰이 자리에서 몸을 돌리려 하자 나는 그녀를 저지하며 말했다. "정말 쫓아오는 거라면 우리가 눈치챘다는 사실을 모르게 해야 해."

"속도를 줄였으니 이미 알아차리지 않았을까?"

"속도는 조금밖에 안 줄였어. 저 차가 정속 주행장치를 사용한다면 머지않아 우리와 가까워질 거야."

미니밴이 추월 차선으로 접어들더니 우리 차와 앞쪽 트럭을 휙 하고 지나쳤다. 나는 백미러를 들여다보았다. 파란색 차의 모습이 더욱 크고 뚜렷하게 보였다. 차종은 뷰익이었고 번호판을 보니 뉴욕 차량이었다. 번호판에 흙이 덮여 있어서 번호는 잘 보이지 않았다. "점점 가까워지고 있군."

"별일 아니었나 봐." 잰이 조금 안심한 목소리로 말했다. "이 고속도로는 길이도 길고 다른 곳으로 빠지는 출구도 많지 않잖아. 그러니 우리 뒤를 따라올 수밖에 없었겠지."

나는 깜빡이를 켜고 차선을 바꿨다. 우리 차는 서서히 트럭을 따라잡았다. "당신 말이 맞아." 나는 그렇게 말했지만 여전히 긴장이 풀리지 않았다. 파란색 차가 정말 우리를 미행하고 있는 것이라면 상황이 어떻게 되는 것인지 나는 곰곰이 생각해 봤다.

그것은 틀림없이 누군가 익명의 제보자와 나의 만남에 관해 알게 됐음을 의미했다. 미행당할 만한 그 밖의 다른 이유는 떠오르지 않았다.

미행이 접선 장소까지 이어진다면, 십중팔구 누군가 여자가 내게 보낸 이메일을 중간에 가로채서 엿본 것이 분명했다. 여자의 컴퓨터를 통해 노출됐을 것이다. 아니면 그녀가 누군가에게 접선에 관해 누설했는지도 모른다.

접선이 함정일 가능성은? 하지만 그렇다면 누가 꾸민 일인가? 리브즈 의원? 세바스찬? 그렇다면 그 목적은?

나는 트럭을 지나쳐 다시 우측 차선으로 들어왔다. 이제 파란색 차는 보이지 않았다. 트럭에 추월당하지 않기 위해 나는 현재의 속도를 유지했다. 서서히 트럭과 우리 차의 간격이 벌어졌다.

잰은 옆쪽의 사이드미러를 확인했다. "이제 안 보여. 있잖아, 이런 말 하면 당신이 좋아할 것 같은데, 나 오늘은 진짜로 편집증이 좀 있는 것 같아. 사실 지금까지의 내 상태를 보면 편집증이라는 소리를 들어도 할 말은 없지."

우리가 정말로 미행을 당하고 있는 것과 이미 간헐적인 우울감에 휘둘려 온 잰이 심지어 미행을 당하는 망상까지 하게 된 것 중 과연 어느 쪽이 나은 것일까?

파란색 차가 트럭을 지나치더니 그 앞으로 끼어들었다.

"나타났군." 내가 말했다.

"속도를 조금 내봐. 저 차도 똑같이 빨라지는지 보자." 잰이 제안했다.

나는 속도를 다시 시속 110킬로미터까지 높였다. 백미러 속 파란색 차의 모습이 서서히 작아졌다.

"속도를 안 높이네. 내 말 맞지? 내가 나사가 좀 빠진 거였어. 이제 안심해." 잰이 말했다.

조지 호로 이어지는 도로로 접어든 후 나는 5초마다 백미러를 확인하던 것을 멈췄다. 파란색 차가 여전히 좇아오고 있었는지 모르겠지만 적어도 시야에서는 벗어나 있었다. 잰은 확실하게 마음을 놓았다.

시각은 오후 4시 45분이었다. 출발하기 전에 인쇄한 구글 지도에 따르면 〈테드의 호숫가 잡화점〉까지는 5분 안에 도착할 것이다. 우리는 9번 북로를 따라 나아갔다. 나는 너무 일찍 도착하거나 잡화점을 못 보고 지나칠까 봐 운전을 서두르지 않았다.

하지만 도착하고 보니 잡화점은 못 보고 지나치기 힘든 것이었다. 그것은 숲이 우거진 고속도로의 유일한 인공물이었다. 도로에서 15미터 정도 떨어진 지점에 세워진 잡화점의 하얀색 2층 건물 정면에는 셀프 주유기들이 쭉 늘어서 있었다. 나는 깜빡이를 켜고 천천히 도로를 빠져나와 잡화점 앞으로 접어들었다. 헐거운 자갈들이 차바퀴에 눌려 으드득거렸다.

"다 왔다. 이제 그냥 기다리면 되는 거야?" 잰이 물었다.

나는 계기판의 시계를 바라봤다. 5시까지는 아직 5분이 남아 있었다. "그래, 기다리면 돼." 잡화점의 한쪽 옆으로 주차 공간들이 있었는데 그곳에는 플리머스 볼레어 한 대가 세워져 있었다. 나는 그곳으로 차를 돌려 볼레어 바로 옆까지 후진하여 들어갔다. 고속도로의 양 방향이 잘 보이는 지점이었다. 나는 차창을 내리고 시동을 껐다.

길에는 차가 많지 않았기 때문에 하얀색 픽업트럭이 나타난다면 잡화점으로 들어오기 전에 금세 발견할 수 있었다.

"제보자가 당신한테 뭘 줄 것 같아?" 잰이 물었다.

나는 어깨를 으쓱했다. "잘 모르겠어. 비공개 서류라든가, 이메일의 인쇄물, 전화 내용을 녹음한 것? 어쩌면 아무것도 없을지도……. 그냥 구두로 전달할지도 몰라. 하지만 물리적인 증거를 준다면 훨씬 좋겠지. 확실한 증거가 없는 한 〈스탠다드〉는 기사를 한 마디도 싣지 않을 테니까."

잰이 이마를 문질렀다.

"괜찮아?" 내가 물었다.

"두통 때문이야. 오는 길에 계속 머리가 아팠어. 실은 당장에라도 잠들 것 같아."

"아스피린이나 타이레놀 가져왔어?"

"응, 핸드백에 있어. 가서 물이든 뭐든 마실 것 좀 사올게. 필요한 거 있어?"

"아이스티?" 내가 말했다.

잰은 고개를 끄덕이며 차에서 내려 잡화점으로 들어갔다. 나는 계속 도로를 주시했다. 붉은색 포드 픽업트럭, 닷지의 녹색 SUV, 오토바이가 차례대로 지나갔다.

계기판의 시계가 5시 정각을 가리켰다. 앞으로 10분 안에 여자가 나타나야 한다.

'그녀가 누구인지는 모르겠지만.'

통나무를 가득 실은 트럭이 덜컹대며 지나갔고 이어서 파란색 콜벳 컨버터블이 지붕을 내린 채 날카로운 소리를 내며 조지 호를 향해 달려갔다.

이윽고 북쪽에서 픽업트럭 한 대가 등장했다.

트럭은 수백 미터 정도 떨어져 있었고 색깔이 옅었다. 나무들이 오후의 태양을 드문드문 가리고 있었기 때문에 트럭이 하얀색인지, 옅은 노란색인지, 아니면 은색인지 분간할 수가 없었다.

하지만 트럭이 가까워지자 나는 그것이 하얀색 포드 픽업트럭임을 확인할 수 있었다.

트럭은 깜빡이를 켠 뒤 남쪽으로 내려가는 도요타 코롤라가 지나가길 기다렸다가 잡화점 주차장으로 들어와 셀프 주유기가 있는 곳으로 향했다.

나는 심장이 두근거렸다.

트럭 운전석의 문이 열리더니 예순쯤 되어 보이는 남자가 내렸다. 키가 크고 마른 체형에 면도를 하지 않았고 체크무늬 워크셔츠와 청바지를 입고 있었다. 그는 신용카드를 주유기에 꽂은 뒤, 차에 기름을 넣기 시작했다.

그는 내가 있는 쪽을 전혀 바라보지 않았다.

"젠장……."

나는 다시 고속도로로 눈길을 돌렸다. 그런데 바로 그때, 파란색 뷰익 세단이 지나가는 것이 보였다.

"오랜만이군……." 나는 숨을 죽인 채 속삭였다.

뷰익은 제한 속도보다 천천히 움직이고 있었다. 〈테드의 호숫가 잡화점〉에서 벌어지는 일을 파악할 수 있을 만큼 느렸지만 멈춰 서는 것처럼 보이지 않을 만큼 빨랐다.

나는 뷰익 안에 탄 사람을 볼 수 없었다. 차창들이 어둡게 선팅이 되어 있었기에 안에 탄 사람이 남자인지 여자인지, 한 명인지 여러 명인지조차 알 수 없었다.

뷰익은 북쪽을 향해 나아가더니 시야에서 사라졌다.

시각은 5시 5분이었다.

잰이 스내플 아이스티와 생수병을 양손에 들고 잡화점에서 나왔다. 그녀는 내게 뭔가 말을 건네면서 조수석 문을 열었다.

"잡화점에서 무슨 생각 했는지 알아? 만약 당신이 접선자를 발견하고는 나를 여기 남겨둔 채 가버리면 어쩌지? 하고 생각했어."

"접선자는 코빼기도 안 보여." 내가 말했다. 주유 중이던 하얀색 픽업트럭은 잰이 돌아오기 전에 이미 떠나버렸다. "하지만 재미있는 일이 있었지."

"그래?" 잰은 내게 아이스티를 건네고 생수병의 플라스틱 뚜껑을 돌려 따면서 물었다.

"우리를 쫓아오던 파란색 뷰익이 방금 지나갔어."

"뭐? 농담이지?" 잰이 말했다.

"정말이야. 북쪽으로 사라졌어."

"같은 차가 확실해?"

나는 고개를 저었다. "하지만 차가 움직이는 모습에 께름칙한 구석이 있었어. 마치 이쪽을 찬찬히 훑어보는 것 같았다고."

잰은 타이레놀을 몇 알 꺼내어 입에 털어 넣고 물을 들이켠 뒤 시계를 바라보며 말했다. "4분 남았구나. 이 시계 맞는 거야?"

나는 고개를 끄덕였다. "하지만 접선자의 시계는 아닐지도 모르지. 약속한 시간보다 몇 분 더 기다릴 생각이야. 그러니 아직 시간 여유가 있어."

나는 아이스티의 절반가량을 한 번에 벌컥 들이켰다. 차가운 음료가 혓바닥에 닿자 비로소 나는 내가 상당히 목말라 있었음을 깨달았다. 잰과 나는 5분 동안 아무 말 없이 자리에 앉아 지나가는 자동차들에 귀를 기울였다.

"저기, 픽업트럭이다." 잰이 말했다. 하지만 트럭은 회색이었고 잡화점으로 들어오지 않았다.

"저기, 북쪽을 봐." 내가 말하자 잰이 그쪽을 바라봤다.

파란색 뷰익이 200미터 정도 떨어진 지점에서 이쪽으로 다가오고 있었다. 나는 운전석의 문을 열었다.

"어쩌려고 그래? 나가지 마." 잰이 말했다.

하지만 나는 이미 주차장을 가로지르고 있었다. 나는 그 뷰익을 자세히 보고 싶었다. 번호판을 봐야 한다. 나는 주머니에 손을 집어넣고 디지털 녹음기를 꺼냈다. 차 번호를 글로 적는 대신 음성으로 녹음할 생각이었다.

"데이빗! 그러지 마!" 잰이 외쳤다.

나는 갓길을 향해 달리면서 손에 쥔 녹음기의 전원을 켰다. 뷰익은 100미터 정도 떨어져 있었다. 속력을 내고 있는지 엔진 소리가 더욱 커졌다.

"그래, 어서 와라, 이 자식아." 점점 가까워지는 뷰익을 보며 내가 말했다.

뷰익이 가까워지자 드디어 정면의 번호판이 보였다. 하지만 번호판에는 아까 봤을 때처럼 흙이 말라붙어 있었다. 뷰익이 잡화점을 지나치자 나는 차의 후면 범퍼의 번호판을 유심히 쳐다봤지만 그곳에도 흙이 묻어 있기는 마찬가지였고, 보이는 것은 맨 끝의 7과 5라는 숫자뿐이었다. 나는 재빨리 녹음기에다 대고 그 숫자들을 속삭였다. 뷰익은 빠른 속도로 나아가더니 커브를 돌아 사라졌다.

나는 녹음기를 끄고 주머니에 집어넣은 뒤 우리 차를 향해 터덜터덜 걸어갔다.

"어쩔 작정이었어?" 잰이 물었다.

"번호판을 확인하려고 했어. 그런데 흙으로 가려져 있더군."

나는 차 안으로 들어가 고개를 저었다. "제기랄. 같은 차가 확실해. 누군가 알고 있는 거야. 이 접선에 관한 정보가 새어 나간 거라고."

따라서 리브즈 의원을 비롯한 프로미스 폴즈 시의원들의 비리를 밝힐 증거를 제보할 여자의 하얀색 픽업트럭이 〈테드의 호숫가 잡화점〉에 나타나지 않은 채 5시 20분이 되었음에도 나는 놀라지 않았다

"안 올 것 같군." 내가 말했다.

"그럼 안 되는데……. 이 접선은 당신한테 굉장히 중요한 거잖아. 좀 더 기다려 볼까?"

나는 5분을 더 기다린 뒤, 차의 시동을 걸었다.

집으로 돌아오는 길에도 잰의 두통은 나아지지 않았다. 잰은 좌석을 뒤로

젖히고 집에 오는 내내 잠을 잤다. 프로미스 폴즈에 다다랐을 즘 잠시 잠에서 깨어난 잰은 몸이 좋지 않으니 먼저 집에 내려준 뒤 나 혼자 이썬을 데리러 가달라고 부탁했다.

이썬을 데리고 집에 돌아와 보니 잰은 침대에 누워 있었다. 나는 혼자서 이썬을 재웠다.

"엄마는 아파?" 이썬이 물었다.

"피곤해서 그래."

"내일은 괜찮아?"

"내일?"

"내일 롤러코스터 타러 가잖아. 잊어먹었어?" 이썬이 말했다.

"응, 아빠가 깜빡했네." 나 역시 피로감을 느끼면서 대답했다.

"나 큰 열차 타야 해? 큰 열차 무서워."

"아니야. 재미있는 것만 탈 거야. 무서운 건 안 타도 돼." 나는 이썬의 이마에 입을 맞췄다. "내일 재미있게 놀자."

나는 이썬에게 잘 자라고 뽀뽀를 한 뒤 복도를 지나 우리 부부의 방으로 들어갔다. 잰에게 내일 정말 파이브 마운틴즈에 갈 수 있겠냐고 물어보려고 했으나 그녀는 잠들어 있었다. 나는 소리가 나지 않게 조심하며 옷을 벗고 불을 끈 뒤 이불 속으로 들어갔다.

나는 이불 아래에서 손을 더듬어 잰의 손을 찾았다. 나는 나의 손가락을 그녀의 손가락에 맞물렸고 잠든 그녀도 무의식 중에 깍지를 낀 손에 힘을 주었다.

잰의 따뜻한 손 덕분에 나는 마음이 놓였다. 나는 그녀의 손을 놓고 싶지 않았다.

"사랑해." 내가 속삭였다. 그리고 그것이 내가 아내의 곁에서 잠든 마지막 밤이었다.

PART TWO

7

"제 아들은 어디 있습니까?" 내가 물었다.

나는 에어컨이 가동되는 파이브 마운틴즈 사무실의 접수처에 앉아 있었다. 놀이공원의 사무실들은 출입구 바로 안쪽의 미국 식민지 시대풍 세트 뒤에 잘 숨겨져 있었다. 지금 내가 있는 사무실에는 몇 명의 사람들이 있었다. 파이브 마운틴즈의 관리자인 서른 살쯤 된 짧은 금발 머리의 글로리아 펜윅이라는 여자, 이름은 모르겠지만 그녀의 보조원인 20대 남자, 그리고 파이브 마운틴즈 홍보 책임자인 이제 갓 스물이 됐을 법한 여자 등이었다. 놀이공원에서 일하는 요원들이 가슴에 이름이 새겨진 옅은 황갈색 셔츠와 바지를 입는 것에 반해 사무실의 그들은 전부 말끔한 캐주얼 차림이었다.

하지만 내가 이썬이 어디 있는지 물어본 상대는 그들이 아니라 프로미스 폴즈 시 경찰청 형사인 배리 덕워스라는 살찐 남자였다. 그의 배는 허리띠 너머로 삐져나와 있었고, 그는 바지에서 자꾸만 빠져나오는 땀에 전 흰색 셔츠를 집어넣느라 애를 먹고 있었다.

"제 부하 경찰과 함께 있습니다." 덕워스가 말했다. "디디라는 여경이에요. 상냥한 친구입니다. 아드님에게 아이스크림을 사주고 저쪽 복도에 함께 있어요. 괜찮습니까?"

"네, 좋아요. 이썬은 상태가 어떻습니까?"

"나쁘지 않습니다. 괜찮은 것 같아요. 하지만 아드님 없이 저와 하우드 씨 단둘이 얘기하는 편이 좋을 것 같습니다."

나는 고개를 끄덕였다. 머리가 멍하고 어지러웠다. 잰을 마지막으로 본 후 몇 시간이 지나 있었다.

"차가 있는 곳으로 간 다음 무슨 일이 있었는지 다시 말씀해 주시겠습니까?" 덕워스가 말했다. 관리자인 펜윅, 그녀의 보조원, 홍보 책임자가 우리 곁을 서성거리고 있었다. "하우드 씨와 단둘이 얘기할 수 있을까요?" 덕워스가 그들을 향해 물었다.

"그럼요, 그럼요. 하지만 혹시 필요한 게 있으신지……." 펜윅이 말했다.

"CCTV는 살펴봤습니까?" 덕워스가 물었다.

"물론이죠. 그런데 CCTV에서 누구를, 무엇을 찾아야 하는 건지 잘 모르겠어요. 그 여자분의 사진이 있다면 크게 도움이 될 텐데."

"인상착의는 설명드렸습니다. 나이는 30대 중반, 키는 173센티미터, 검은 머리, 야구모자 뒤쪽으로 빠져나온 포니테일……. 모자에 레드삭스 로고가 있다고 했습니까?" 덕워스가 나를 향해 묻자 나는 고개를 끄덕였다. "……붉은색 상의, 흰색 반바지. 이런 용모와 일치하는 사람을 찾아보세요. 그 밖의 이상한 점들도 발견되면 알려주십시오."

"알겠습니다. 그렇게 할게요. 하지만 아시다시피 CCTV가 설치되지 않은 공공장소들이 있어요. 놀이기구들에는 기술 문제를 사전에 파악하느라 전부 설치했지만요."

"알고 있습니다. 아까 들었어요." 덕워스가 대답했다. 그는 웃으면서 그들이 자리를 비켜주기를 기다렸다. 그들이 떠나자 덕워스는 접수처의 의자 하나를 끌고 와 나의 정면에 놓고 앉았다.

"자, 그럼……." 덕워스가 말했다. "아까 주차장으로 갔다고 하셨는데, 어떤 차종입니까?"

나는 침을 삼켰다. 입안이 바싹 말라 있었다. "어코드입니다. 잰의 제타 왜건은 집에 두고 왔어요."

"알겠습니다. 그럼 계속해서 정황을 말씀해 주시죠."

"이썬과 저는 출입구 옆에서 30분 정도 기다렸어요. 휴대폰으로 전화를 했지만 아내는 받지 않았죠. 그래서 혹시 차가 있는 데로 돌아가지 않았을까 생각했어요. 거기서 우리를 기다리고 있을지도 모른다고요. 이썬을 데리고 출입구 밖으로 나가서 차가 있는 곳으로 가봤지만 아내는 없었습니다."

"부인이 거기 있었던 흔적은 없었습니까? 떨어뜨린 물건이라든가……."

나는 고개를 저었다. "아내는 배낭을 가지고 있었어요. 안에는 점심거리와 이썬에게 갈아입힐 옷이 들었을 겁니다. 하지만 차에 배낭은 없었어요."

"네, 그래서 그다음에 어떻게 하셨습니까?"

"다시 놀이공원으로 돌아왔어요. 주차장으로 간 사이 아내가 왔을지도 모른다고 생각했습니다. 티켓을 보여주고 다시 안으로 들어갔어요. 출입구 옆에서 기다렸지만 아내는 나타나지 않았습니다."

"그래서 놀이공원 직원에게 말씀하셨군요."

"그전에도 다른 직원에게 물어봤었습니다. 그 직원은 안전요원에게 연락을 취했고 잰이 찾아온 적이 없음을 확인했죠. 하지만 주차장에서 돌아온 다음에 또 다른 직원에게 혹시라도 사고 같은 것이 없었는지 물어봤어요. 잰이 어딘가에서 쓰러졌거나 기구에서 떨어졌을 수도 있으니까요. 직원은 없을 거라고 말한 뒤 무전기로 연락을 취했고 아무 일도 없음이 확인되었어요. 그래서 결국 경찰에 연락하게 된 겁니다."

배리 덕워스는 잘했다고 칭찬하듯 고개를 끄덕였다.

"물 좀 마셔야겠어요." 내가 말했다. "이썬은 정말 괜찮습니까?"

"괜찮습니다." 접수처에는 식수대가 하나 있었다. 덕워스 형사는 자리에서 일어나 원뿔형 종이컵에 물을 담아 내게 건넨 뒤 다시 의자에 앉았다.

"고맙습니다." 나는 한 번에 물을 들이켰다. "그 남자는 찾고 있습니까?"

"어떤 남자 말입니까?" 덕워스가 물었다.

"제가 말한 그 남자요."

"달아났다는 사람 말이군요?"

"맞아요. 턱수염을 기르고 있었던 것 같아요."

"그 밖에 다른 인상착의는 어땠습니까?"

"아주 잠깐이어서 자세히 보지 못했습니다."

"그 남자가 아드님의 유모차를 두고 달아나는 중이었다는 말씀이죠?"

"맞습니다."

"남자가 유모차를 훔쳐가는 것을 보셨습니까?"

"아니요."

"유모차를 밀고 가는 모습을 보지 못했다는 말씀입니까?"

"네."

"유모차를 발견하셨을 때는요? 남자가 유모차를 붙잡고 있거나 그 옆에 서 있었습니까?"

"아니요. 말씀드렸다시피, 이썬을 발견했을 때 그 남자가 사람들 속으로 달려가는 것을 언뜻 봤을 뿐입니다."

"그럼 그냥 사람들 속으로 달려가는 남자였을 수도 있었겠군요." 덕워스 형사가 말했다.

나는 잠시 머뭇거리다가 끄덕였다. "그냥 제 느낌이 그랬다는 겁니다."

"하우드 씨……." 덕워스는 말을 하다가 멈췄다. "성함이 데이빗 하우드 씨군요. 왠지 낯익은 이름입니다만……."

"신문에서 보셨을 겁니다. 〈스탠다드〉에서 기자로 일하고 있어요. 하지만 범죄 기사는 담당하지 않으니 형사님을 만난 적은 없을 겁니다."

"그렇군요. 분명 어디선가 읽었나 봅니다. 우리 경찰서는 〈스탠다드〉를 구독하고 있으니까요."

그때 불현듯 떠오르는 생각이 있었다. "아내는 집에 돌아갔을지도 몰라요. 그렇지 않을까요? 택시를 타거나 해서."

나는 그가 벌떡 일어나 사람을 시켜 확인할 것이라고 예상했으나 그는 잠자코 앉아 있었다. "이미 하우드 씨 댁으로 사람을 보냈습니다만 안에 아무도 없었습니다. 노크도 하고, 전화도 걸고, 창문으로 들여다보기도 했지만 이상한 점은 없었습니다."

나는 고개를 저으며 바닥을 바라보다가 다시 말을 꺼냈다. "제 부모님 집에 전화해 보겠습니다. 혹시 거기에 갔을지도 몰라요."

덕워스가 바라보는 가운데 나는 휴대폰을 꺼내 버튼을 눌렀다.

"여보세요?" 어머니가 전화를 받았다.

"어머니, 저예요. 혹시 잰이 거기에 있나요?"

"뭐라고? 아니, 없어. 잰이 왜 여기 있겠니?"

"그게…… 그냥 연락이 안 돼요. 혹시 잰이 그쪽으로 가거든 저한테 바로 연락주세요."

"그래, 알았다. 그런데 연락이 안 된다니 무슨—."

"이만 끊어야겠어요. 나중에 말씀드릴게요."

나는 휴대폰을 닫고 주머니에 넣었다. 덕워스는 이해한다는 듯이 애처로운 눈으로 나를 바라봤다.

"부인의 가족은요?" 덕워스가 물었다.

나는 고개를 저었다. "잰은 가족이 없습니다. 만날 만한 가족이 없어요. 잰은 형제가 없고 부모와는 인연을 끊었습니다. 서로 만나지 않은 지 벌써 몇 년이 흘렀어요. 지금쯤이면 세상을 떠났을지도 모릅니다."

"친구들은 어떻습니까?"

또다시 나는 고개를 저었다. "없어요. 함께 시간을 보내는 친구는 아무도."

"직장 동료는요?"

"잰과 함께 버트램 냉난방 사무실에서 일하는 리앤 코왈스키라는 여자가 있어요. 하지만 잰과 친하지 않습니다. 같이 어울려다니지 않아요."

"왜 그렇죠?"

"리앤은 성격이 좀 드센 편이거든요. 잰과 사이가 나쁘지는 않지만 퇴근하고 함께 놀거나 하지는 않아요."

덕워스 형사는 그 점에 개의치 않고 리앤의 이름을 적어 두었다.

"좀 민감한 문제일 수도 있습니다만 몇 가지 질문을 드리겠습니다." 덕워스가 말했다.

"말씀하세요."

"부인께서 뭐랄까, 방황을 한다거나 이상한 행동을 보인 적은 없습니까?"

나는 조금 멈칫하다가 대답했다. "없습니다."

덕워스는 나의 머뭇거림을 눈치챘다. "확실합니까?"

"네."

"그렇다면 이런 질문은 좀 실례입니다만, 외도는 어떻습니까? 부인이 다른 사람을 만나고 있었을 가능성은요?"

나는 고개를 저었다. "없어요."

"최근에 다투신 적은 없습니까? 말싸움을 주고받거나……."

"없어요. 보세요, 이렇게 앉아 있을 시간이 있나요? 나가서 찾아봐야 하는 거 아닙니까?"

"수색은 다른 사람들이 하고 있습니다, 하우드 씨. 소지하고 계신 부인의 사진은 없습니까? 지갑에 넣고 다니는 사진이나 휴대폰으로 찍은 사진은요?"

나는 휴대폰으로는 사진을 잘 찍지 않는 편이었다. "집에 있습니다."

"하우드 씨가 집에 도착하실 때쯤이면 아마도 부인을 발견하겠지만," 덕워스가 나를 안심시키려는 듯 말했다. "혹시 찾지 못한다면 그 사진들을 제 이메일로 보내주시겠습니까?"

"알겠습니다."

"좋습니다. 그럼 지금은 일단 어떻게 수색 범위를 좁힐 수 있을지 저와 함께 궁리해 보시죠."

나는 고개를 끄덕였다.

"자, 다시 아까의 질문으로 돌아가서, 최근 부인께 뭔가 일이 있었죠?"

“네?”

“저한테 말씀하시지 않은 게 있을 텐데요? 눈빛을 보니 숨기시는 게 있더군요.”

“네, 그래요. 하지만 제가 한 말은 사실입니다. 잰은 방황을 하거나 이상한 행동을 하지 않았어요. 하지만…… 하지만 입에 담기는커녕 생각하기도 싫은 일이 하나 있습니다.”

덕워스는 나의 말을 기다렸다.

“이 근처에 다리가 있나요?” 내가 물었다.

“네?”

“고속도로에 있는 것 같은 커다란 다리가 아니라 작은 다리 말이에요. 시냇물 위에 놓인…….”

“있을 겁니다, 하우드 씨. 왜 그런 걸 물으시죠?”

“2주 전부터 아내가…… 아내는 제정신이 아니었어요.”

“네.” 덕워스가 참을성 있게 말했다.

“아내는…… 우울했습니다. 저한테 무슨 말을 했냐면…….”

나는 감정이 북받쳐 올랐다.

“하우드 씨?”

“잠깐…… 잠깐만요.” 나는 한 손으로 입을 꼭 덮었다. 마음을 다잡고 집중하기까지 시간이 걸렸다. “몇 주 동안 아내는 생각에 사로잡혔는데…….”

“생각?”

“그러니까…… 자해하려는 생각, 자살 말입니다. 정말 자살하려 했던 건 아니었을 겁니다. 손목에…… 손목에 붕대를 감고 있었는데 채소를 썰다가 베였다고 했어요. 그리고 하루는 다리가 있는 곳으로 갔―.”

“다리에서 뛰어내리려고 했습니까?” 덕워스가 단도직입적으로 물었다.

“다리로 차를 몰고 갔지만 뛰어내리지는 않았어요. 트럭이 나타나는 바람에…….” 나는 횡설수설하는 기분이었다. “잰은…… 모든 게 견디기 힘들다고 했어요. 어느 날 밤, 자기가 사라지는 편이 저와 이썬에게 나을 거라고 말하더군요."

"왜 그런 말을 했다고 생각하십니까?"

"모르겠습니다. 지난 며칠 동안 아내는 마치 두뇌의 회로가 합선된 것 같았어요. 다리로 갔던 일은 어제 들었습니다. 트럭이 나타날 때까지 난간 위에 서 있었다며……."

"듣기 괴로우셨겠습니다."

"네……." 나는 고개를 끄덕이며 눈물을 꾹 참았다. "아주 힘들었어요."

"부인께 의사를 만나보라고 권하지는 않았습니까?"

"그러기 전에 제가 먼저 만났습니다. 우리 집 가정의인 새뮤얼즈 씨를 만났어요." 덕워스는 그 이름을 안다는 듯 고개를 끄덕였다. "새뮤얼즈 씨에게 아내의 행동에 관해 얘기했더니 자기가 직접 만나봐야겠다고 하더군요. 그래서 저는 잰을 설득했고, 잰은 새뮤얼즈 씨를 만났습니다. 하지만 그건 다리에서의 사건이 있기 전이었어요. 아내는 새뮤얼즈 씨를 만난 이후에 다리로 갔다고 말했습니다."

"부인께서 약을 복용하고 있었습니까?"

"아니요. 사실 아내에게 약에 관해 물어봤습니다. 저는 새뮤얼즈 씨가 약을 처방해 주기를 바랐거든요. 하지만 아내는 약 때문에 변하고 싶지 않다고 했어요. 약물의 도움 없이 해결하고 싶다고 했죠."

"잠깐 실례하겠습니다." 덕워스는 재킷 속에서 휴대폰을 꺼냈다. 그는 문 밖으로 나가 어딘가로 전화를 걸었다. 무슨 말을 하는지 정확히 들리지 않았지만 "시냇물"이라든가 "자살"이라는 단어를 알아들을 수 있었다.

나는 자리에 앉아 양손을 비볐다. '일어나서 나가야 해. 여기서 시간을 낭비하느니 차라리 뭔가를—.'

그때 덕워스가 돌아와서 자리에 앉았다.

"혹시 부인께서 정말로 그랬을 거라고 생각하십니까? 스스로 목숨을 끊었을 거라고?" 덕워스가 물었다.

"모르겠습니다. 제발 아니길 바랄 뿐이에요."

"경찰은 놀이공원 내부를 샅샅이 수색하고 있습니다. 더불어 놀이공원 바깥에서 차량들을 조사하고 사람들과 얘기를 나누고 있어요." 덕워스가 말했다.

"고맙습니다. 하지만 이해가 안 가는 것이 한 가지 있어요." 나는 고개를 저었다. "아니, 여러 가지가 있어요."

"어떤 겁니까?"

"제 아들, 왜 누군가가 제 아들을 몰래 데려갔던 걸까요?"

"저도 잘 모르겠군요. 하지만 아드님이 무사한 것은 다행이지 않습니까?" 덕워스가 말했다.

나는 약간의 안도감을 느꼈다. 덕워스 형사의 말이 맞았다. 적어도 이썬은 무사했다. 아들이 나쁜 짓을 당한 흔적은 없었다.

"누군가 아들을 몰래 데리고 가자마자 아내가 사라지다니, 이게 무슨 기가 막힌 우연인지……." 내가 말했다.

덕워스 형사는 뭔가를 생각하는 듯 고개를 끄덕였다. "그렇군요."

놀이공원 관리자인 글로리아 펜윅이 다시 나타났다. "저기, 형사님?"

"네?"

"발견한 것이 있는데 좀 보시겠어요?"

"뭡니까?" 내가 벌떡 일어나며 말했다. "아내를 찾았습니까?" 하지만 펜윅은 나를 아랑곳하지 않고 덕워스를 바라봤다.

"뭐냐니까요?" 다시 내가 물었다.

펜윅은 덕워스를 표면이 천으로 된 칸막이들에 둘러싸인 좁은 사무 공간으로 안내했고 나는 그 뒤를 따랐다. 나이 어린 홍보 책임자가 컴퓨터 앞에 앉아 있었다. 스크린에는 입자가 거친 흑백 영상들이 떠 있었다.

홍보 책임자가 말했다. "경비팀이 하우드 씨 가족이 입장할 때쯤 출입구에서 찍힌 영상들을 조사했어요."

나는 화면을 바라봤다. 출입구 바로 안쪽에 설치된 카메라가 출입구를 촬영한 영상이었다. 나는 출입구에 줄지어 있는 대여섯 개의 부스에서 놀이공원 이용객들이 티켓을 사거나 온라인으로 예매한 티켓을 제시했음을 떠올렸다. 지금 화면 속의 부스들 앞에는 놀이공원에서 오늘 하루를 즐기기 위해 몰려든 인파에 섞인 이썬과 나의 모습이 보였다.

"어려운 일은 아니에요. '하우드' 라는 이름을 입력하기만 하면 입장 시간을 포함한 티켓 정보를 알 수 있거든요." 키보드 앞의 홍보 책임자가 말했다.

"네, 우리가 맞아요." 나는 손가락으로 화면을 가리키며 말했다.

"부인은 어디 있습니까?" 덕워스가 물었다.

나는 손가락으로 가리키려다 멈추고 대답했다. "아내는 함께 있지 않았습니다. 이썬과 저만 먼저 입장했어요."

덕워스가 눈을 가늘게 하며 물었다. "왜 그러셨나요, 하우드 씨?"

"잰이 배낭을 깜빡했어요. 출입구에 다다랐을 때 갑자기 생각난 거였죠. 이썬과 저보고 먼저 들어가 있으라고 했습니다. 나중에 아이스크림 가판대 근처에서 만나기로 했어요."

"그래서 실제로 그렇게 하셨군요? 하우드 씨와 아드님이 먼저 들어가신 겁니까?"

"맞습니다."

"하지만 부인을 마지막으로 본 것은 그때가 아니었죠?"

"네, 잰은 놀이공원으로 들어와 우리를 만났습니다."

덕워스는 고개를 끄덕이고 홍보 책임자에게 말했다. "아이스크림 가판대 근처의 영상을 볼 수 있습니까?"

홍보 책임자는 의자에서 반쯤 몸을 돌렸다. "아니요. 현재 그 부근에는 카메라가 없어요. 출입구와 놀이기구에만 설치되어 있거든요. 다른 곳에도 카메라를 설치할 계획이지만 아시다시피 저희 놀이공원은 생긴 지 얼마 안 됐어요. 우선은 당장 필요한 곳에만 CCTV를 설치했어요."

덕워스는 아무 말도 하지 않았다. 그는 잠시 나를 바라보더니 경찰들을 만나러 가야겠다며 문쪽으로 걸어갔다.

"이썬을 좀 볼 수 있을까요?" 내가 말했다.

"물론입니다." 덕워스는 고개를 끄덕이며 말했다. 그는 곧 복도로 나가 문을 닫고 사라졌다.

8

프로미스 폴즈 시 경찰청 소속 배리 덕워스 형사는 복도를 지나 칸막이들이 들어찬 방으로 들어갔다. 그는 평일 이곳 책상들 앞에 많은 사람들이 앉아 파이브 마운틴즈의 영업 관련 업무를 하고 있을 거라고 생각했다. 그들은 놀이기구를 작동시키고, 티켓을 팔고, 쓰레기를 치우는 직원들과 달리 토요일과 일요일에 출근하지 않았다.

하지만 덕워스가 놀이공원에 도착했을 무렵 관리자인 펜윅은 이미 나와 있는 상태였다. 파이브 마운틴즈는 뉴욕 주 북부에 생긴 지 얼마 안 된 명소였고 토요일이 가장 붐비는 날이었기 때문에 출근을 한 것이었다. 펜윅은 잰의 실종에 관해 듣자마자 파이브 마운틴즈의 이미지가 개판이 될지도 모른다고 직감하며 홍보 책임자를 불러들였다. 만일 잰 하우드가 롤러코스터 선로 어딘가를 헤매고 있다거나, 놀이공원을 가로지르는 얕은 수로에 빠졌다거나, 이곳에서 파는 핫도그를 먹고 질식했다면, 펜윅과 직원들이 누구보다도 먼저 사태를 파악하고 통제해야 했다.

그런데 알고 보니 그뿐 아니라 누군가 어린아이의 유모차를 부모로부터 몰래 빼앗아 끌고 가기까지 했다는 것이다. 이 이야기가 외부로 새어 나간다면 그야말로 끝장이다. 눈 깜짝할 사이 페이스 페인팅 부스에서 웬 어린아이가 토막 살인당했다는 소문이 부모들 사이에 쫙 퍼질 것이다.

덕워스가 들어간 방에는 경찰복을 입은 30대 중반의 디디 캠피언과 어린 이썬 하우드밖에 없었다. 두 사람은 사무실 의자에 앉아 서로를 마주 보고 있었다. 캠피언은 양팔을 무릎에 올린 채 상체를 숙인 상태였고, 이썬은 의자 끄트머리에 걸터앉아 다리를 흔들고 있었다.

“디디.” 덕워스가 말했다.

이썬이 먹고 있던 아이스크림은 콘이 약간 남아 있었다. 이썬은 피곤한 눈으로 덕워스를 바라봤다. 조그만 아이는 어리둥절한 표정을 지은 채 아무 말이 없었다.

“이썬하고 기차 얘기하는 중이었어요.” 디디 캠피언이 말했다.

“기차 좋아하니, 이썬?” 덕워스가 물었다.

이썬은 고개를 끄덕였다. 아이는 아무 말도 안 하려고 최선을 다하는 듯, 입술을 입안으로 쑥 집어넣었다.

“조금 있다가 아빠한테 데려다 줄게. 괜찮지?” 덕워스가 말했다.

아이는 다시 고개를 끄덕였다.

“아저씨는 캠피언 경관님이랑 저쪽에서 잠깐 얘기를 하려고 해. 멀리 안 갈 거야.”

이썬은 걱정스러운 눈으로 덕워스와 캠피언을 번갈아 쳐다봤다. 덕워스는 이썬이 캠피언 경관을 좋아하고 따르게 되었음을 알 수 있었다.

“금방 올 게.” 캠피언은 이썬의 무릎을 쓰다듬으며 안심시켰다.

그녀는 자리에서 일어나 덕워스와 함께 이썬으로부터 몇 미터 떨어진 지점으로 이동했다.

“애는 좀 어때?” 덕워스가 캠피언에게 물었다.

“엄마와 아빠를 보고 싶어해요. 둘 다 말이에요. 어디 있냐고 계속 물어보더군요.”

“그 밖에 말한 건 없었나? 유모차를 끌고 간 사람에 관해서는?”

“그 일에 관해서는 아무것도 몰라요. 줄곧 잠들어 있었나 봐요. 그리고 아빠와 함께 기다렸는데 엄마가 오지 않더라는 말을 했어요.”

덕워스는 캠피언을 향해 몸을 기울이며 말했다. “엄마를 마지막으로 본 것이 언제인지 얘기하던가?”

캠피언이 한숨을 쉬며 말했다. "질문을 잘 이해하지 못하는 것 같았어요. 집에 가고 싶다, 롤러코스터 타기 싫다, 작은 놀이기구들도 싫다, 계속 이런 말들만 반복했어요. 엄마랑 아빠가 보고 싶다는 말과 함께요."

덕워스는 고개를 끄덕였다. "알았어. 이제 아이를 아빠에게 데려다 줘야겠군." 캠피언은 덕워스가 얘기를 마쳤다고 생각하며 이썬이 있는 곳으로 돌아가 앉았다.

그때 문이 열리더니 펜윅이 나타났다. "형사님?"

"네."

"경찰에서 수색 중이라는 것은 압니다만 저희 파이브 마운틴즈 직원들이 이미 놀이공원 구석구석을 살펴봤답니다. 그런데 이 여자의 흔적은 어디에도 없었어요. 그러니까 곤경에 처한 여자의 흔적 말이에요. 여자가 화장실이나 출입 제한구역에서 기절했다거나, 어딘가에서 떨어졌다거나, 그 밖에 해로운 일을 당한 흔적은 아무 데도 없었어요. 그래서 말씀인데, 이제 놀이공원에 배치된 경찰 병력을 좀 줄여도 되지 않을까요? 사람들이 불안해하고 있어요."

"사람들이라고요?" 덕워스가 물었다.

"놀이공원의 손님들 말입니다." 펜윅이 자기방어적으로 대꾸했다. "주위에 온통 경찰인데 당연히 뭐가 잘못됐겠구나 하고 생각하겠죠. 계속 이대로라면 테러범이 롤러코스터에 폭탄을 설치했다고 생각할걸요."

"주차장 쪽은 어떻습니까?" 덕워스가 물었다.

"그쪽도 찾아봤어요." 펜윅이 자신 있게 말했다.

덕워스는 그녀에게 한 손가락을 치켜들어 보인 뒤 휴대폰을 꺼내어 버튼을 눌렀다. "그래, 스미디, 나야. 놀이공원 주차장 출구에 인력을 하나 배치해서 나가는 차들을 조사하라고 해. 차 안에 실종된 여자의 인상착의와 일치하는 사람이 있는지 확인하라고 말이야. 혹시 여자를 발견했는데 고분고분하지 않거든 내가 도착할 때까지 차를 잡아두도록 해."

펜윅은 레몬을 깨문 듯한 표정을 지었다. “설마 나가는 차들을 전부 조사할 작정인가요?”

“아닙니다.” 덕워스는 그렇게 대답했지만 할 수만 있다면 그러고 싶었다. 그는 귀가하는 차량들을 모조리 멈춰 세워 트렁크를 열어볼 권한이 없다는 것이 아쉬웠다. 덕워스는 주차장에 있는 차들에 너무 적게, 그리고 너무 늦게 신경을 썼다고 후회했다. 잰 하우드가 변고를 당했다면 즉, 누군가 그녀를 트렁크에 쑤셔 넣기라도 했다면 이미 몇 시간 전에 주차장을 떠났을 것이다. 하지만 일단은 가능한 최선을 다할 수밖에 없었다.

“큰일이에요. 정말 큰일이에요. 이런 식으로 언론의 주목을 받으면 곤란하다고요. 이 여자가 정신적인 문제가 있어서 어디선가 헤매고 있다면 그건 우리 잘못이 아니잖아요? 여자의 남편은 우리를 고소할 작정일까요? 혹시 돈을 뜯으려고 자작극이라도 하는 거 아닐까요?” 펜윅이 말했다.

“걱정하시는 바를 하우드 씨에게 전해 드릴까요? 하우드 씨는 〈스탠다드〉의 기자이니 자신의 고충에 대해 펜윅 씨가 보여준 크나큰 동정심을 기꺼이 기사로 실어줄 겁니다.”

펜윅의 얼굴에서 핏기가 가셨다. “신문사에서 일한다고요?”

덕워스가 고개를 끄덕였다.

펜윅은 덕워스를 쓱 지나쳐 이썬에게로 다가가 무릎을 꿇으며 말했다. “꼬마야, 안녕? 아이스크림 더 먹을래?”

덕워스의 손에 쥐어져 있던 휴대폰이 울렸다. 그는 전화기를 귀에 가져다 댔다. “여보세요.”

“덕워스 형사님, 거너입니다. 경비팀 사무실에 있어요. 남편과 아들이 출입구를 지나는 영상을 몇 분 전에 그쪽으로 전송했습니다.”

“방금 봤어.”

“부인은 안 보였죠?”

“그래. 하우드 씨 말로는 부인이 무슨 물건을 가지러 주차장으로 돌아가면서 먼저 들어가 있으라고 말했다더군."

"네, 그렇군요. 그렇다면 부인은 몇 분 후에 들어왔겠군요?"

"그래." 덕워스가 말했다.

"하우드 씨 가족은 티켓을 온라인으로 구매하고 인쇄해서 가져왔잖습니까? 그래서 아까 하우드 씨와 아들의 티켓이 출입구에서 스캔되고 처리된 시점을 정확히 파악할 수 있었어요."

"알고 있어."

"그래서 부인이 가지고 있었을 티켓의 정보를 확인하고, 그 티켓이 출입구에서 처리된 시점을 알아내어 그때 CCTV에 찍힌 영상을 찾아보려고 했어요."

"그런데 무슨 문제가 있나?" 덕워스가 물었다.

"찾지 못했어요."

"무슨 말이야? 부인이 놀이공원에 오지 않았다는 말인가?"

"그걸 모르겠어요. 경비팀에 말해서 온라인으로 예매된 티켓들을 모조리 검색해 봤는데, 하우드라는 명의의 비자카드로 구입된 티켓은 두 장뿐이었습니다. 성인 한 장, 아동 한 장."

9

문이 열리더니 이썬이 안으로 뛰어들어왔다. 나는 아들을 두 팔로 들어 올려 꽉 껴안고는 뒷머리를 쓰다듬었다.

"괜찮니?" 내가 묻자 이썬은 고개를 끄덕였다. "경찰관 아저씨, 아줌마가 잘해 줬어?"

"아이스크림 먹었어. 다른 아줌마가 하나 더 사준다고 했는데, 두 개 먹으면 엄마가 화내니까 안 먹었어."

"그러고 보니 우리 점심도 안 먹었구나."

"엄마 어디 있어?" 이썬은 그렇게 물으면서도 걱정하는 기색은 없었다.

"이제 집에 가자." 내가 말했다.

"엄마 집에 있어?"

나는 이썬을 따라 방으로 들어온 덕워스를 힐끗 쳐다봤다. 그의 얼굴은 무표정했다.

"일단 집에 가자. 집에 들렀다가 할머니랑 할아버지 보러 가자."

이썬을 껴안은 채 나는 낮은 목소리로 덕워스에게 물었다. "이제 어떻게 하죠?"

덕워스가 숨을 들이쉬고 내쉬사 그의 배가 들썩거렸다. "일단 댁으로 돌아가십시오. 도착하면 곧바로 부인의 사진을 보내주세요. 소식을 듣게 되어도 연락 주시고요." 나는 이미 덕워스의 명함을 받아 가지고 있었다. "뭔가 발견되면 저희 쪽에서도 연락 드리겠습니다."

"알겠습니다." 내가 말했다.

"부인께서 찾아가거나 연락을 취할 만한 사람들의 명단을 작성해 보셔도 좋겠습니다."

"그렇게 할게요."

"아까 티켓을 어떻게 구매했다고 하셨죠?"

"말씀드렸다시피 인터넷으로 구매했습니다."

"직접 하셨습니까?"

"잰이 했어요."

"즉, 컴퓨터로 티켓을 구매한 것은 하우드 씨가 아니라 부인이었군요?"

나는 그의 요점을 이해할 수가 없었다. "네, 그래요."

덕워스는 왠지 그 사실을 곰곰이 생각하고 있었다.

"뭔가 잘못됐습니까?" 내가 물었다.

"온라인으로 구매된 티켓은 두 장뿐이었습니다. 성인 한 장, 아동 한 장."

나는 눈을 깜빡거렸다. "그건 좀…… 이상하군요. 뭔가 착오가 있었나 봅니다. 잰은 놀이공원에 들어왔어요. 티켓 없이 입장할 수 없었을 텐데요? 혼동이 있었나 보군요."

"좀 더 조사해 보라고 지시하겠습니다. 하지만 만약 정말로 성인 티켓이 한 장밖에 구매되지 않았다면 어떻게 된 일일까요?"

나로서는 영문을 알 수가 없었다. 하지만 정말로 그렇다면 가능한 설명은 하나밖에 없었다.

"아마도 잰이 실수를 한 거겠죠. 온라인 구매 도중에 가끔 그런 일들이 일어나기도 합니다. 예전에 호텔 방을 예약할 때 웹사이트가 잠깐 멈춘 적이 있었는데, 예약 확인 내용을 보니 방이 하나가 아니라 두 개가 예약되어 있더군요."

덕워스가 천천히 고개를 끄덕거렸다. "그럴 가능성도 있겠습니다."

하지만 지금 이 설명의 문제점은 파이브 마운틴즈로 오는 도중 잰이 핸드백에서 꺼낸 티켓이 세 장이었다는 사실이다. 잰은 나에게 그중 두 장을 건네주었고, 배낭을 가지러 갔다가 혼자 입장하기 위해 자신의 티켓은 지니고 있었다.

나중에 놀이공원 안에서 만났을 때도 잰은 티켓에 문제가 있었다는 말은 하지 않았다.

나는 덕워스에게 이 점을 언급하려다가 그만뒀다. 입밖으로 꺼내기에 상당히 거북한 또 다른 설명이 불현듯 떠올랐기 때문이다. 게다가 지금 내 목을 감싸 안고 있는 이썬 앞에서는 절대 거론할 수 없는 얘기였다.

그것은 잰이 자신이 놀이공원에 올 수 없게 될 것이라 생각하고 자신의 티켓을 사지 않았을 것이라는 가설이었다. 잰이 나에게 보여준 나머지 한 장의 티켓은 그냥 종잇조각이었을지도 모른다.

'자살하기로 마음먹은 사람이 놀이공원 티켓을 살 리가 없겠지.'

하지만 아내와 엄마가 목숨을 끊은 상황에서 나와 이썬이 파이브 마운틴즈로 놀러 갈 거라고 생각했을 리는 없을 텐데…….

"뭔가 짚이는 게 있습니까?" 덕워스가 물었다.

"아닙니다. 그냥…… 음…… 이썬을 데리고 집에 가야겠어요. 형사님께 사진도 보내드려야 하고……."

"그렇게 하세요." 덕워스는 내가 나갈 수 있도록 옆으로 비켜섰다.

파이브 마운틴즈를 빠져나가는 길에는 현실감이 없었다.

나는 이썬을 유모차에 태우고 사무실 밖으로 나왔다. 놀이공원의 출입구는 멀지 않았고, 주위는 온통 아이들과 어른들의 웃음소리로 가득했다. 풍선은 아이들의 손에 붙잡혀 흔들거리다가 아이들이 손을 놓으면 하늘 높이 솟아올랐다. 흥겨운 음악소리가 군것질거리 가판대와 기념품 가게에서 울려 퍼졌고, 머리 위 롤러코스터에서는 승객들의 공포와 기쁨이 뒤섞인 비명이 들렸다.

눈에 띄는 모든 곳이 신나는 아수라장이었다.

나는 손잡이를 꼭 붙잡고 유모차를 밀었다. 가는 길에 프로미스 폴즈 시 경찰복을 입은 경찰들이 몇 명 보였는데 그들은 수색을 한다기보다 그저 하릴없이 걷고 있었다. 아마도 더 이상 수색할 곳이 없는 듯했다.

적어도 놀이공원 안에서는.

유모차에 앉은 이썬이 몸을 돌려 나를 바라봤다. "엄마 집에 있어?" 이썬은 벌써 다섯 번째 그렇게 물었다.

나는 대답하지 않았다. 잰이 집에 있는지 없는지 모를뿐더러 집에 있을 거라고 기대하지도 않았기 때문이다. 나는 잰에게 매우 안 좋은 일이 일어났을 거라는, 잰이 스스로에게 매우 안 좋은 짓을 저질렀을 거라는 예감을 떨칠 수 없었다.

'제발 내 예감이 틀리기를…….'

나는 차에 도착하여 이썬을 유아용 보조의자에 앉히고 안전띠를 채운 뒤 장난감들을 이썬의 손이 닿는 곳에 쏟아 부었다. "배고파. 샌드위치 먹고 싶어." 이썬이 말했다.

"샌드위치?"

"엄마 배낭에 샌드위치 있어."

지금 이곳에 배낭은 없었다.

"집에 가면 뭘 좀 먹자. 조금만 참아. 금방 갈 거야." 내가 말했다.

"배트맨 어디 갔어?"

"응?"

이썬은 자신의 액션 피겨들을 뒤졌다. 스파이더맨, 로빈, 조커, 울버린. 마블 코믹스와 DC 코믹스의 캐릭터들이 뒤섞여 있었다. "내 배트맨!"

"거기 있을 거야."

"없어!"

나는 이썬의 보조의자 주변과 뒷좌석의 틈새들을 살폈다.

"떨어졌나 봐." 이썬이 말했다.

"어디에 떨어졌다는 거니?"

이썬은 마치 어디인지 가르쳐 달라는 듯 나를 쳐다봤다.

나는 혹시 이썬의 배트맨이 바닥에 떨어져 앞좌석 아래로 굴러 들어갔는지 살펴봤다.

이썬이 울기 시작했다.

"젠장, 이썬!" 나는 소리를 질렀다. "그렇지 않아도 골치 아픈데 그만 좀 해!"

팔을 조금 더 뻗자 뭔가가 손에 잡혔다. 조그만 다리였다. 나는 배트맨을 끄집어내 이썬에게 건넸다. 이썬은 행복한 얼굴을 하고 복면의 영웅을 만지작거리더니, 곧 옆자리에 툭 던져놓고는 다른 장난감을 가지고 놀기 시작했다.

파이브 마운틴즈를 나가는 차량 행렬은 길게 정체되어 있었다. 경찰관 한 명이 나가는 차들을 일일이 멈춰 세워 차 안팎을 둘러보는 것이 마치 국경 검문소의 광경 같았다. 20분 후 우리 차는 주차장 출구에 다다랐다. 경찰이 내게 말을 걸기 위해 몸을 숙이자 나는 차창을 내렸다.

"실례합니다. 나가는 차량들을 잠시 조사하고 있습니다. 잠깐이면 됩니다." 자세한 설명은 없었다.

"당사자입니다." 내가 말했다.

"네?"

"경찰에서 찾고 계신 여자는 제 아내예요. 잰 하우드. 빨리 집에 돌아가서 아내의 사진을 덕워스 형사님께 보내야 합니다."

경찰은 고개를 끄덕인 후 전진하라는 손짓을 했다.

뒷좌석의 이썬이 말했다. "경찰관 아줌마가 수수께끼 가르쳐 줬어."

"뭔데?"

"아빠는 기자니까 좋아할 거라고 했어."

"그래, 무슨 수수께끼인데?"

"흑백인데 온통 새빨간 것은?"

"음…… 모르겠다."

"신문." 이썬이 키득거리며 말했다. 아이는 잠시 말을 멈췄다가 말했다.

"근데 왜 신문이야?" 그리고 다시 멈췄다가 물었다. "엄마는 저녁밥 만들고 있어?"

"엄마!" 현관문을 들어서며 이썬이 소리쳤다.

나도 함께 잰의 이름을 외치려다가 이썬에게 대답이 돌아오는지를 기다려 보기로 했다.

"엄마?" 이썬이 두 번째로 외쳤다.

"엄마 집에 없나 보다. 가서 TV 보고 있어. 아빠가 찾아볼게."

이썬은 고분고분 거실로 걸어 들어갔고 나는 얼른 집 안을 살펴봤다. 나와 잰의 방, 화장실, 이썬의 방. 나는 1층으로 돌아와서, 내벽이 드러난 지하실로 내려갔다. 잰이 그곳에 없다는 것을 확인하는 데는 1초도 걸리지 않았다. 마지막 남은 곳은 차고였다.

나는 주방과 차고를 연결하는 문손잡이를 붙잡으려다 머뭇거렸다.

아까 집에 들어왔을 때 잰의 제타 왜건은 진입로에 있었다. 즉, 차고에는 잰의 차가 없다.

그러니까 적어도 잰은 자동차 안에서 자살 기도를 하지는—.

'제기랄, 어서 문이나 열어.' 나는 스스로를 다그치며 손잡이를 돌린 뒤 차 한 대가 수용되는 크기의 차고로 들어섰다. 차고는 언제나처럼 엉망진창이었다.

안에는 아무도 없었다.

구석에는 러버메이드 사의 커다란 플라스틱 휴지통 두 개가 있었다. 나는 그 휴지통들이 사람을 담을 만큼 크다는 사실을 의식해 본 적이 없었다. 하지만 지금 내 생각은 전에 없이 온갖 방향으로 뻗어 나가고 있었다. 나는 휴지통으로 다가가 그중 하나의 뚜껑 위에 손을 올려놓고 잠시 붙들고 있다가 휙 들어 올렸다.

안에는 쓰레기를 담은 봉지가 들어 있었다.

또 다른 휴지통은 아예 비어 있었다.

주방으로 돌아와 보니 낡혀 있는 노트북 컴퓨터가 전화기 옆에서 며칠간 쌓인 우편물과 전단지들 속에 파묻혀 있는 것이 보였다.

나는 노트북 컴퓨터를 주방 식탁으로 가져와 전원버튼을 누르고, 손가락으로 톡톡 두드리며 그것이 깨어나기를 기다렸다. 컴퓨터가 작동을 시작하자마자 나는 사진 프로그램을 열었다. 작년 가을 가족이 함께 시카고로 놀러 갔을 때 찍은 사진들이 디지털카메라에서 컴퓨터로 옮겨진 가장 최근의 사진들이었다.

나는 사진들을 쭉 훑어봤다. 한 장은 시카고 과학 산업 박물관의 여객기 아래 서 있는 잰과 이썬. 한 장은 유선형 여객열차인 벌링턴 제퍼 앞의 잰과 이썬. 두 장은 개럿츠 치즈 콘을 먹다가 손가락과 입을 온통 노랗게 물들인 채 시카고 밀레니엄 파크를 거니는 두 사람.

내가 주로 촬영을 담당했기 때문에 대부분의 사진에는 잰과 이썬만 등장했다. 하지만 이썬과 내가 함께 찍힌 사진도 한 장 있었다. 장소는 등 뒤에 요트들이 보이는 물가였고 이썬이 내 무릎 위에 앉아 있었다.

나는 잰이 가장 잘 나온 사진 두 장을 살펴봤다. 작년 가을 잰의 검은 머리카락은 지금보다 길었고 얼굴의 왼쪽을 부분적으로 덮고 있었지만, 얼굴 생김새를 가리지는 않았다. 갈색 눈, 매끄러운 광대뼈, 작은 코. 턱 왼쪽의 눈에 잘 띄지 않는 L자형 흉터는 어릴 때 자전거를 타다 넘어지면서 생긴 것이었다. 목에 걸린 가느다란 목걸이에는 황금색 빵에 다이아몬드 같은 설탕이 입혀진 컵케이크 모양을 한 작은 펜던트가 달려 있었다. 잰이 어릴 적부터 간직하고 있던 목걸이였다.

나는 주머니에서 덕워스 형사의 명함을 꺼내어 거기 적힌 이메일로 사진을 전송했다. 이것보다 잘 나오지 않았지만 다른 각도에서 찍힌 사진 두 장도 혹시 도움이 될까 해서 추가로 보내기로 했다.

나는 "첫 번째 사진이 가장 좋은 것 같지만 다른 것도 추가로 보내드립니다. 찾아보고 더 보내드리겠습니다. 특별한 소식이 있으면 연락 주세요."라는 설명과 함께 세 번째 사진을 이메일로 보낸 뒤, 첫 번째 사진을 스무 장 인쇄했다.

나는 손을 뻗어 전화기를 집어 식탁 위에 올려놓았다. 덕워스가 이메일을 확인할 때까지 기다릴 수 없었다. 나는 사진을 전송했다고 알리기 위해 그의 휴대폰으로 전화를 걸었다.

"덕워스입니다."

"데이빗 하우드입니다. 방금 사진을 보냈어요."

"댁에 도착하셨습니까?"

"네."

"부인의 흔적은 없습니까? 전화기에 메시지를 남겼다거나……?"

전화기의 표시등은 깜빡이지 않았고 새로 이메일이 온 것도 없었다. "없어요."

"알겠습니다. 보내주신 부인의 사진을 즉시 뿌리도록 하죠."

"저는 〈스탠다드〉에다 알리겠습니다." 나는 사회부에 전화를 걸어야겠다고 생각했다. 일요일자 신문에 잰의 사진을 실을 시간적인 여유가 아직 있었다.

"그 부분은 저희에게 맡겨 주시죠. 잘 아시겠지만, 사건에 관한 보도자료는 한곳에서 내보내는 게 낫습니다." 덕워스가 말했다.

"하지만—."

"하우드 씨, 아직 몇 시간 지나지 않았습니다. 실종 사건 때문에 경찰이 이렇게까지 신속히 움직이는 경우는 드물어요. 사건이 파이브 마운틴즈에서 발생했다는 점 등을 고려하여 평소보다 긴박하게 처리하고 있습니다."

나는 잠자코 그의 말을 들었다.

"부인께서 오늘 밤 제 발로 집에 돌아오면 상황은 종료됩니다. 그런 경우가 종종 있어요."

"이번도 그런 경우라고 생각하세요?"

"그건 알 수 없습니다. 제 말은 신문에 기사를 내기 전에 몇 시간 더 기다리자는 겁니다. 기사를 내지 말자는 것이 아니라 한두 시간 후에 검토해보자는 말이에요."

"한두 시간……." 내가 말했다.

"연락드리죠. 사진들은 고맙습니다. 수사에 아주 큰 도움이 될 겁니다."

거실에 가보니 이썬이 바닥에 쭈그리고 앉아 〈패밀리 가이〉를 보고 있었다.

"이썬, 너 그거 보면 안 돼." 나는 리모컨을 들고 TV를 껐다. "아빠가 보지 말라고 했잖아!"

이썬이 아랫입술을 쑥 내밀고 속삭였다. "미안해요."

잰이 사라지고 나서 두 번째로 이썬에게 고함을 지른 것이었다. 나는 양팔로 이썬을 꼭 껴안으며 말했다. "소리 질러서 미안해."

나는 이썬의 얼굴을 들여다보며 웃음을 지었다. "괜찮니?"

아이는 고개를 끄덕이며 코를 훌쩍였다. "엄마 언제 와?" 엄마는 아빠처럼 심술을 부리지 않을 거라고 생각하는 듯이 이썬이 물었다.

"경찰에 엄마 사진을 보냈어. 경찰이 엄마를 찾으면 엄마한테 우리가 집에서 기다리고 있다고 말해 줄 거야."

"경찰이 왜 엄마를 찾아? 엄마가 도둑질했어?" 이썬의 얼굴에는 걱정하는 기색이 역력했다.

"아니야, 엄마는 도둑질 안 했어. 엄마가 나쁜 짓 해서 찾는 게 아니야. 도와주려고 찾는 거야."

"뭘 도와주는데?"

"집에 오는 길 찾는 거."

"엄마가 차 타고 갔으면 괜찮은데."

"응?"

"엄마 차에 TV 지도 있잖아."

내비게이션을 말하는 것이었다.

"그걸로 찾을 수 있는 길은 아니야." 내가 말했다. "자, 우리 이제 뭘 할 거냐면 말이지, 자동차 타고 할아버지랑 할머니가 뭐 하고 계신지 보러 갈 거야."

"엄마가 집에 올 거니까 여기 있을래."

"있잖아, '아빠랑 이썬은 할아버지, 할머니 댁에 있어요' 하고 엄마한테 메모를 남기자. 도와줄 거지?" 이썬은 자기 방으로 달려가더니 빈 종이와 크레용 상자를 가지고 돌아왔다.

"내가 글자 써도 돼?" 이썬이 물었다.

"그럼."

나는 이썬을 주방 식탁에 앉혔다. 아이는 얼굴을 종이 위에 바짝 갖다 댄 채 크레용을 움직이면서 그것이 그리는 선을 주시했다. 이썬은 유치원을 다니지 않았지만 글자 쓰는 법을 익히고 있었다.

이썬이 그린 것은 서로 상관이 없는 대문자들이었다. 그중에는 거꾸로 그려진 것도 있었다.

"아주 잘했어. 자, 이제 가자." 이썬이 다른 데로 눈을 돌린 틈을 타서 나는 종이 아랫부분에 다음과 같이 적었다. "잰, 이썬하고 부모님 집에 가 있을게. 제발 꼭 연락해 줘."

이썬이 액션 피겨와 장난감 자동차를 챙기며 돌아다니는 동안 나는 가만히 기다렸다. 서둘러 출발하고 싶었지만 또다시 이썬을 다그칠 용기는 없었다.

나는 이썬을 자리에 앉히고 안전띠를 채운 뒤 시내를 가로질러 부모님의 집으로 차를 몰았다. 우리는 갑작스럽게 부모님을 찾아간 적이 별로 없었고,

방문하기에 앞서 사전에 연락을 취하는 편이었다. 하지만 지금의 상황은 전화로는 도저히 설명할 수 없었다.

"도착하면 들어가서 TV 보고 있어. 아빠는 할아버지, 할머니랑 얘기해야 하니까."

"〈패밀리 가이〉는 빼고?"

"그래."

부모님 집의 진입로로 들어설 때 마침 어머니가 안에서 유리창으로 바깥을 내다보고 있었다. 아버지가 현관문을 열었다. 이썬은 현관 계단을 뛰어 올라가더니 할아버지를 지나쳐 집 안으로 쏙 들어갔다.

아버지가 현관 계단을 걸어 나왔고 어머니가 그 뒤를 따랐다. 아버지의 시선이 내 차를 향했다.

"잰은 어디 있어?" 아버지가 물었다.

나는 그만 아버지의 품에 쓰러져 흐느끼기 시작했다.

10

앤드루 새뮤얼즈는 자신이 틀에 박힌 유형에 속한다는 것을 인정하고 싶지 않았지만, 그것은 어쩔 수 없는 사실이었다.

경찰관들은 도넛을 먹고, 우체국 직원들은 서로의 사진을 찍어주고, 의사들은 골프를 친다. 그런데 새뮤얼즈는 의사였고 골프를 쳤다.

그는 골프가 싫었다.

골프의 모든 것이 싫었다. 골프장을 걸어 다니는 것도 싫었고 폭염 때문에 선크림을 바르는 것도 싫었다. 그는 공을 칠 준비가 다 되었는데 같이 경기하는 멍청한 자식들이 그린에서 느긋하게 빌빌대는 꼴을 지켜봐야 하는 것도 싫었다. 골프 칠 때 입어야 하는 조잡한 옷들도 싫었다. 하지만 무엇보다도 골프의 존재 자체가 싫었다. 남녀가 작은 공을 쫓아다니며 땅바닥의 조그만 구멍으로 공을 집어넣는 행위를 위해 수천수만 에이커의 땅을 소모하다니, 이게 제정신으로 할 짓인가!

하지만 골프 경기에 대해 그만큼의 반감이 있음에도 새뮤얼즈는 비싼 골프채와 스파이크 슈즈를 장만하고 있었다. 그뿐만 아니라 그는 심지어 프로미스 폴즈 골프 컨트리클럽의 회원이었다. 프로미스 폴즈에서 시장, 의사, 변호사, 잘 나가는 사업가라면 그 클럽에 가입하는 것이 일종의 상식이었다. 그런 부류에 속함에도 골프 클럽에 가입하지 않은 사람이 있다면, 다들 그 사람이 프로미스 폴즈 먹이 사슬의 밑바닥으로 추락하고 있을 것이라고 지레 짐작하고는 했다.

그런 사정으로 새뮤얼즈는 지금 초특급 떠버리에다 다각적으로 개차반인 스탠 리브즈 시의원, 즉 자신의 처남과 함께 화창한 일요일 오후의 골프장 15번 홀에 서 있는 것이었다. 몇 달 전부터 리브즈는 같이 18홀 경기를 하자며 새뮤얼즈를 졸라댔었다. 새뮤얼즈는 가까스로 경기 일정을 미뤄왔지만 결국 내세울 핑곗거리가 바닥이 나버렸다. 유감스럽지만 더 이상은 교외 여행, 결혼식, 주말의 장례식 따위로 둘러댈 수가 없었다.

"너무 오른쪽으로 휘어쳤어." 리브즈가 새뮤얼즈의 티샷을 평가했다. "내가 하는 걸 봐."

새뮤얼즈는 자신의 드라이버를 가방에 집어넣고 처남의 움직임을 지켜보는 시늉을 했다.

"스윙할 때 몸의 중심을 움직이면 안 돼. 느린 동작으로 보여줄 테니 잘 봐."

'이것 빼고 이제 세 홀 남았군.' 새뮤얼즈는 생각했다. 그가 서 있는 지점에서 골프 클럽의 회관이 보였다. 카트를 타고 17번, 18번 페어웨이를 가로질러 4분만 가면 에어컨이 가동되는 레스토랑에서 시원한 샘 아담스 맥주를 마실 수 있다. 이것은 새뮤얼즈가 골프 경기를 하는 유일한 낙이었다.

"봤어?" 리브즈가 말했다. "완벽한 드라이브였어! 그런데 매제가 친 공은 어디로 간 거야?"

"어딘가 있겠죠."

"재미있지? 우리 같이 골프친 게 좀 뜸했군."

"네. 마지막으로 친 지 꽤 됐죠." 새뮤얼즈가 말했다.

"골프를 하면 근심을 잊을 수 있어서 좋아. 매제도 병원 일 때문에 스트레스 받겠지만 도시를 운영하는 일은 그야말로 하루 24시간 주 7일 근무거든."

새뮤얼즈는 얼간이 리브즈가 랜들 핀리 전 시장에게 무슨 짓을 저질렀을지 문득 궁금해졌다.

"전 그렇게 힘든 일은 못할 거예요." 새뮤얼즈가 말했다.

그때 그의 휴대폰이 울렸다.

"휴대폰을 켜 놓고 있었어?" 리브즈가 투덜댔다.

"잠깐만요." 새뮤얼즈는 간절한 마음으로 주머니에서 휴대폰을 꺼내며 생각했다. '제발 응급 환자이길…….' 15분이면 병원에 도착할 수 있었다.

"여보세요?" 새뮤얼즈가 말했다.

"새뮤얼즈 선생님이십니까?"

"네, 그렇습니다."

"저는 프로미스 폴즈 시 경찰청의 배리 덕워스 형사입니다."

"아, 형사님, 안녕하세요?"

"형사"라는 말에 리브즈가 움찔했다.

"안녕하세요. 골프 코스 어딘가에 계시다고 들었습니다. 병원에 물어봤더니 알려주더군요. 선생님 전화번호도 그쪽에 부탁해서 받았습니다."

"그러셨군요. 그런데 무슨 일이신지……?"

"직접 만나뵙고 드릴 말씀이 있습니다. 지금요."

"저는 지금 프로미스 폴즈 골프 컨트리클럽에 있습니다. 15번 홀이에요."

"저도 클럽 회관에 와 있습니다."

"네, 제가 그쪽으로 가겠습니다." 새뮤얼즈는 휴대폰을 주머니에 집어넣었다. "형님, 경기 마무리는 혼자서 하셔야겠어요."

"무슨 일이야?"

새뮤얼즈는 짐짓 당혹스러운 척 양손을 들어 올려 보였다. "호출이 오면 언제든 달려가야 하는 형님의 처지를 조금 알 것 같습니다."

"잠깐만, 매제가 카트를 타고 가버리면 나는—."

하지만 새뮤얼즈는 이미 카트와 함께 사라지는 중이었다.

배리 덕워스는 카트 승차가 이루어지는 스포츠 용품점 밖에서 기다리고 있었다. 새뮤얼즈는 덕워스와 악수를 하며 말했다. "음료수 좀 드시겠습니까?"

"아니요, 시간이 없습니다. 선생님 환자에 관해 물어볼 것이 있습니다."

새뮤얼즈의 숱 많은 회색 눈썹이 순간적으로 치켜 올라갔다. "누구 말씀인가요?"

"잰 하우드입니다."

"잰 씨에게 무슨 일이……?"

"사라졌습니다. 남편인 데이빗 하우드와 아들을 데리고 파이브 마운틴즈로 놀러 갔다가 실종됐습니다."

"맙소사……."

"놀이공원을 이미 샅샅이 수색했지만 한 번 더 살펴볼 예정입니다." 덕워스는 새뮤얼즈를 건물 그림자 속으로 이끌었다. 뜨거운 햇볕을 피하는 동시에 다른 사람들에게 대화가 들리지 않도록 거리를 두기 위해서였다.

"하우드 씨는 부인이 자살했을 가능성이 있다고 하더군요." 덕워스 형사가 말했다.

새뮤얼즈는 고개를 끄덕이다가 가로저었다. "정말 끔찍한 일이군요. 잰 씨는 참 좋은 사람인데……."

"좋은 분이었을 거라고 생각합니다." 덕워스가 말했다. "하우드 씨는 부인이 2주간 우울감에 시달렸다고 말했습니다. 감정 기복이 심했고, 자기가 사라지면 남편과 아들이 행복할 거라는 말을 했다더군요."

"언제 그런 말을 했나요?" 새뮤얼즈가 물었다.

"하우드 씨의 말이 맞다면 하루나 이틀 전이었습니나."

"잰 씨는 아직 사살한 게 아니라 실종 상태인 거죠? 아직 찾지 못하셨죠?"

"맞습니다. 그래서 급하게 수사를 진행하고 있습니다."

"제가 어떻게 도와드리면 될까요, 형사님?"

"진료 내용을 발설해선 안 된다는 것은 알고 있습니다만, 잰 하우드가 갈 만한 곳이라든가 할 만한 행동을 알려 주신다면, 그리고 그녀가 자살할 가능성이 얼마나 큰지 알려 주신다면 수사에 많은 도움이 되겠습니다."

"그런 거라면 저는 별 도움이 못 될 것 같군요."

"부탁입니다, 새뮤얼즈 씨. 사적인 세부사항을 여쭤보는 게 아닙니다. 잰 하우드의 소재를 파악하는 데 도움이 될 만한 정보면 충분해요. 자살이라도 하기 전에 찾아야 합니다."

"형사님, 저도 아는 것이 있다면 기꺼이 말씀드리고 싶습니다. 비밀 유지 의무를 신경 쓸 상황이 아니니까요. 저도 잰 씨가 무사히 살아서 돌아왔으면 좋겠어요."

"잰 하우드가 선생님께 뭔가 말한 적이 없습니까? 자살하고 싶다는 말을 했다든가, 주변의 관심을 끌려는 듯한 말을 했다든가……."

"저한테는 아무 말도 하지 않았어요."

"아무것도요? 진료를 받으면서 아무 말도 안 했단 말입니까?"

"진료를 받으러 오지 않았거든요."

덕워스 형사는 눈을 깜빡거렸다. "오지 않았다고요?"

"잰 씨를 마지막으로 본 것은 8개월 정도 전이었어요. 정기 검진이었습니다. 우울감이나 자살 욕구 때문에 찾아온 적은 없었어요. 왔었다면 좋았을 텐데……."

"하우드 씨가 부인 때문에 선생님을 찾아간 적이 있었죠? 그때 하우드 씨에게 부인이 진찰받으러 오도록 설득해 보라는 말씀을 하셨다고……."

"사실입니다. 지난주에 데이빗 씨가 찾아왔어요. 무척 걱정하고 있더군요. 잰 씨의 상태를 판단하고 적절한 상담자를 찾기 위해서는 제가 직접 만나보고 진찰해야 한다고 말했습니다."

"그런데 오지 않았단 말씀입니까?

새뮤얼즈는 고개를 끄덕였다.

"하우드 씨는 선생님이 부인을 진찰했다고 말하던데요?" 덕워스가 물었다.

새뮤얼즈는 고개를 저었다. "기다렸지만 잰 씨는 진료 예약을 하지 않았어요. 정말 유감스럽습니다. 제가 먼저 전화를 걸 수도 있었지만 그러면 데이빗 씨가 저를 찾아왔다는 것이 탄로가 나서……. 아, 이럴 줄 알았으면 그냥 전화할 걸 그랬어요. 그랬으면 이 지경이 되지는 않았을 텐데……."

11

마음이 좀 진정되자 나는 주방 식탁에 앉아 어머니와 아버지에게 상황을 설명했다. 거실에서는 이썬이 만화영화 〈카〉(Cars)에 등장하는 다양한 장난감 교통수단들과 열띤 논쟁을 벌이고 있었다.

"혼자 생각을 정리하고 싶은가 보군." 아버지가 말했다. "여자들이 원래 그래. 마음이 복잡해지면 정리될 때까지 시간이 걸리거든. 곧 연락이 올 거다."

어머니는 자신의 손을 뻗어 내 손 위에 올렸다. "잰이 어디 있을지 함께 생각해 보자."

"생각해 봤어요. 집에도 없었고 여기에도 안 왔잖아요. 어디에 있는지 갈피를 못 잡겠어요."

"친구들은 어떠니?" 어머니는 그렇게 물어보기는 했지만 이미 대답을 짐작하는 듯했다.

"잰은 친한 친구가 없어요. 사교적인 편이 아니에요. 그나마 같이 일하는 리앤과는 얘기를 좀 하는 편이지만 별로 마음에 들어 하지는 않았어요."

이썬이 주방으로 들어오더니 부릉부릉 하는 소리를 내며 장난감 차를 식탁 위에서 밀어댔다.

"이썬, 저리 좀 가." 내가 다그치자 이썬은 부릉부릉 하는 소리와 함께 주방을 두 바퀴 돌다가 거실로 돌아갔다.

"혹시 모르니까 리앤이라는 사람한테 연락을 해 보자." 나는 어머니의 의견에 동의했다. 내가 리앤의 전화번호를 몰랐기 때문에 어머니는 전화번호부를 가지고 와서 K로 시작하는 부분을 펼쳤다.

어머니가 "K. 라이얼"을 찾아서 전화번호를 부르자 나는 전화를 걸었다.

두 번의 통화연결음이 울렸다. "네?"

"라이얼 씨?"

"네."

"저 데이빗 하우드예요. 잰의 남편……."

"아, 데이빗 씨. 어떻게 지내요?"

나는 그의 질문에 답하지 않고 물었다. "리앤 씨 있어요?"

"쇼핑하러 나갔을걸요." 라이얼이 술이 깨지 않은 목소리로 말했다. "돌아오려면 시간이 좀 걸릴 텐데, 내가 뭐 도와줄 일 있어요?"

잰의 실종에 관해 라이얼에게 말할까? 라이얼의 목소리를 들어보니 주위에서 특별한 일이 발생하지는 않은 듯했다. 하지만 그는 내가 그의 아내와 통화하려 했다는 사실을 수상쩍게 여길 것이 분명했다.

"아니에요. 나중에 다시 연락할게요." 내가 말했다.

"무슨 일인데요?"

"잰에게 선물을 사주려고 하는데 리앤 씨 의견을 참고하고 싶어서요."

"그래요?" 만족한 목소리로 라이얼이 대답했다. "들어오면 전화했었다고 말할게요."

내가 전화를 끊자 주방에서는 침묵이 흘렀다. 이윽고 아버지가 사무적이고, 동시에 지나치게 큰 목소리로 말했다. "잰이 자살했을 리가 없어."

"여보, 목소리 좀 낮춰요." 어머니가 아버지에게 속삭였다. "거실에 이썬이 있잖아요."

이썬은 시끄럽게 자동차 소리를 내면서 놀고 있었기 때문에 어차피 우리의 대화를 들을 수 없었다.

"미안해." 아버지는 필요 이상으로 크게 말하는 습관이 있었다. 청력에 문제가 있어서 그런 것은 아니었다. 귀에는 이상이 없었지만, 남들이 자신의 말을 경청하지 않는다는 생각에 큰 목소리로 말하는 것이었다. 어머니와 대화할 때도 아버지는 늘 그런 편이었다. "여하튼, 잰은 그럴 애가 아니야."

"하지만 지난 2주 동안의 잰은 평소와 달랐어요." 내가 말했다.

어머니는 뺨을 타고 내리는 눈물을 훔치며 말했다. "나도 네 아버지랑 같은 생각이구나. 그런 낌새는 전혀 없었어."

"2주 전에는 저도 몰랐어요. 하지만 잰은 전부터 그런 생각에 시달리고 있었던 거예요. 제가 제대로 신경 쓰지 못했어요."

"레스토랑에서 잰이 무슨 말을 했다고?" 어머니가 물었다.

나는 대답하기까지 시간이 걸렸다. 그 말을 입 밖으로 꺼내려니 목이 멨다. "자기가 없어지면 제가 행복해질 거라는 그런 말을 했어요. 저와 이썬에게 그편이 나을 거라면서……. 도대체 왜 그런 말을……."

"제정신이 아니었겠지. 딱 보면 그렇잖아? 잰이 힘들어할 이유가 어디 있어? 착한 남편에, 멋진 아들에, 좋은 집에, 괜찮은 직장에, 뭐가 문제야? 나는 이해가 안 간다."

어머니는 한숨을 쉬며 '그냥 무시해라.' 라는 표정으로 나를 쳐다봤다. 어머니가 아버지를 돌아보며 말했다. "같이 살 남편과 발 뻗고 잘 집이 있다고 완벽한 인생은 아니에요."

아버지가 얼굴을 찌푸렸다. "무슨 얘기가 하고 싶은데?"

어머니는 고개를 저으며 나를 바라봤다. "알아들을 턱이 없지." 어머니는 무거운 분위기를 가볍게 할 요량으로 그렇게 말했다.

"난 내 의견을 말한 것뿐이야." 아버지는 얼굴을 찌푸리며 고개를 숙여 식탁을 응시했다. 문득 아버지의 눈에 눈물이 맺히는 것이 보였다.

"아버지." 나는 그의 손을 꼭 붙잡았다.

아버지는 내 손을 밀어내고 식탁에서 일어나 주방을 나갔다.

"속상한 티 안 내려고 저러는 거야." 어머니가 말했다. "너한테 문제가 생길 때마다 아주 힘들어하잖니."

나는 일어나서 아버지를 따라가려 했지만 어머니가 내 손을 붙잡았다. "금방 돌아올 거야. 마음 진정시키게 시간을 좀 주자꾸나."

아버지가 거실에서 이썬에게 말하는 소리가 들렸다. "할아버지가 새로 구한 기차 카탈로그 보여줄까?"

"나 TV 보고 있어요." 이썬이 말했다.

"이썬은 얼마나 알고 있니?" 어머니가 내게 물었다.

"잘은 몰라요. 집에 돌아오지 않은 엄마를 경찰이 찾고 있다는 것 정도. 엄마가 은행을 털었느냐고 묻길래 그런 건 아니라고 말해 줬어요."

무거운 분위기 속에서 어머니의 얼굴에 잠시 웃음이 감돌았다.

나는 마음속에서 줄곧 나를 잡아끌고 있던 생각을 말했다. "가볼 곳이 있어요."

"뭐? 어디를 가려고?"

"다리요."

"다리라니?"

"잰이 뛰어내리려고 했던 다리. 파이브 마운틴즈 근처의 다리들을 조사해 달라고 경찰에게 말하기는 했지만 잰이 말한 다리는 밀러 화원으로 가는 길에 있어요. 프로미스 폴즈 서쪽."

"어딘지 알겠다."

"경찰이 아직 거기는 조사하지 않았을 거예요. 제가 위치를 자세히 말하지 않았거든요."

"경찰에 연락해서 조사해 보라고 하지 그러니?"

"경찰이 조사하려면 시간이 걸릴 거예요. 하지만 전 당장 뭐든 해야겠어요. 이썬 좀 봐줄 수 있어요?"

"물론이지. 아버지하고 같이 가렴."

"괜찮아요."

"데리고 가렴. 네 아버지도 할 일이 생기면 좋아할 거야."

나는 고개를 끄덕였다. "아버지." 나는 거실을 향해 소리쳤다. 표정을 가다듬은 아버지가 주방으로 돌아왔다. "저랑 어디 좀 같이 가요."

"어디 가는데?"

"가면서 설명할게요."

내가 차를 운전한 탓에 아버지는 가는 내내 안절부절못했다. 운전자에게 아버지는 그리 좋은 동승자가 아니었다. 그는 마치 자신이 운전대를 잡지 않으면 대형 사고라도 날 것처럼 굴고는 했다.

"앞에 빨간 신호등이다." 아버지가 말했다.

"알고 있어요." 나는 신호등을 향해 운전하면서 액셀에서 발을 뗐다. 신호등에 다다르기 전에 녹색불이 켜졌고 나는 다시 힘껏 액셀을 밟았다.

"그렇게 운전하면 기름이 금방 떨어진다." 아버지가 말했다. "액셀을 마구 밟거나, 멈출 때 액셀에서 서서히 발을 떼지 않고 브레이크를 확 밟거나 하면 안 돼. 연료를 한꺼번에 잡아먹는 짓이야."

"알아요. 전에도 말씀하셨어요."

아버지는 나를 힐끗 쳐다보며 말했다. "미안하다."

나는 그를 향해 웃어 보였다. "괜찮아요."

"잘 버티고 있는 거니?"

"아니요……."

"희망을 버리면 안 돼. 아직 너무 이르다."

"저도 알아요."

"그 다리가 어디 있는지는 알아?"

"네, 알아요." 이제 우리는 프로미스 폴즈를 벗어나 서쪽으로 향하고 있었다. 3킬로미터 정도 지나자 내가 찾고 있던 작은 도로가 나타났다. 그것은 2차선 포장도로였고, 도로를 따라 다양한 풍경들이 펼쳐졌다. 탁 트인 농지, 빽빽한 숲, 그리고 다시 농지. 그 다리는 무성한 숲을 가로지르는 시냇물 위에 놓여 있었다.

“저기 있어요.” 내가 말했다.

그것은 큰 다리가 아니었다. 15~20미터 정도의 너비에, 시멘트 표면은 아스팔트로 뒤덮여 있었고, 1미터 높이의 콘크리트 난간이 양옆에 붙어 있었다. 나는 다리에서 최대한 갓길 쪽으로 차를 붙이고 시동을 껐다.

주변은 조용해서 다리 아래를 흐르는 물소리밖에 들리지 않았다. 우리는 차에서 내려 다리 중앙으로 걸어갔다. 아버지는 내 곁에 꼭 붙어 있었다.

나는 먼저 서쪽 난간으로 가서 시냇물을 내려다봤다. 바닥까지는 5, 6미터 남짓이어서 떨어져도 심하게 다칠 것 같지 않았다. 물속의 바위들이 얕은 수면 위로 툭 튀어나와 있었다. 보아하니 물의 깊이는 깊어 봤자 30센티미터가 되지 않았다. 한두 해 전 여름, 몇 주 동안 비가 오지 않았던 적이 있었는데, 당시 이 시냇물은 바싹 말라붙어 얼마 동안 바닥이 드러나기도 했었다.

나는 넋이 나간 채 바위를 감싸며 흘러가는 시냇물을 바라봤다. 주위는 온통 고요했다.

“저쪽도 확인해 보자.” 아버지가 내 팔을 건드리며 말했다. 우리는 다리의 반대편으로 가서 난간 위로 상체를 숙였다.

시냇물에 시체 같은 것은 보이지 않았다. 만일 누군가 다리에서 뛰어내렸다고 해도 시냇물의 깊이가 얕고 수력이 약했기 때문에 아래로 떠내려가지는 않았을 것이다. 정말 누군가 뛰어내렸다면 지금 여기서 보여야 했다.

“내려가서 자세히 봐야겠어요.” 내가 말했다. 다리에서는 아래쪽을 샅샅이 살펴보기가 힘들었다.

“나도 같이 갈까?” 아버지가 물었다.

“여기 계세요.”

나는 다리의 끄트머리로 달려가 방향을 틀어 경사면을 내려갔다. 내려가는 것은 별로 시간이 걸리지 않았고 그곳에서 보이는 것은 버려진 맥주 캔들과 맥도날드 포장지들뿐이었다.

"뭐 찾은 거 있어?" 아버지가 외쳤다.

"아니요." 나는 다시 경사면을 타고 다리 위로 올라갔다.

이 다리에서는 뛰어내린다고 해도 머리부터 떨어지지 않는 한 죽지 않을 것이다.

"다행이구나." 아버지가 말했다.

나는 아무 말도 하지 않았다.

"방금 떠오른 생각인데 잰은 유서 같은 것을 남기지 않았잖아? 진짜로 목숨을 끊을 작정이었다면 유서 정도는 남겼을 텐데. 안 그러니?"

나는 어떻게 생각해야 할지 몰랐다.

"나라면 자살하기 전에 유서를 남겼을 거야. 보통 그러잖아. 다들 어떤 형태로든 작별인사를 남기고 싶어 하니까 말이다."

"모두 그러지는 않아요. 현실은 영화하고 다르잖아요."

아버지는 어깨를 으쓱하며 말했다. "혹시 잰이 일을 저지르기 전에 만나러 갈 만한 사람은 없을까?"

"어떤 사람이요?" 내가 물었다.

"친가 쪽 가족이라든가……."

"잰에게는 가족이 없어요. 연락하고 지내는 가족은 전혀."

아버지도 잰이 부모와 결별했다는 것을 알고 있었지만 깜빡 잊어버린 것이었다. 조금만 생각해 봤다면 아버지는 잰과 내가 누구의 부모님과 크리스마스를 보낼지를 두고 다툰 적이 없었음을 떠올렸을 것이다.

"바로 그 가족을 보러 간 게 아닐까?" 아버지가 말했다. "오랜 세월 인연을 끊었던 부모를 찾아가 화해를 한다거나, 흉금을 털어놓는다거나……."

나는 다리 위에 서서 건너편의 나무들을 바라봤다.

"다시 말해 보세요."

"잰이 부모를 찾아갔을지 모르잖아? 세월이 많이 흘렀으니 그동안 쌓였던 말을 털어놓고 싶어서, 부모에게 자기 심정을 얘기하고 싶어서……."

내가 아버지에게 다가가 어깨를 탁 두드리자 아버지는 깜짝 놀랐다.

"그럴듯하네요."

"네 아버지가 얼굴만 잘생긴 게 아니란다."

12

어니 버트램은 스토니우드 드라이브의 자기 집 현관에서 목이 긴 맥주병을 들고 앉아 있었다. 그때 검은 자동차가 앞의 도로 경계석에 멈춰 서는 것이 보였다. 버트램 냉난방의 사장인 그는 평범해 보이는 저 승용차가 사실은 잠복 경찰차임을 알 수 있었다. 조그만 휠 캡과 크롬 광택이 없는 차체. 하얀 와이셔츠를 입고 넥타이를 삐딱하게 맨 뚱뚱한 남자가 차에서 내렸다. 남자는 다시 차 안으로 몸을 집어넣어 재킷을 꺼낸 뒤 그것을 걸치며 버트램의 집 진입로를 걸어 올라왔다. 남자는 버트램의 승합차를 바라보다가 현관으로 시선을 돌렸다.

"버트램 씨 되십니까?" 남자가 물었다.

버트램은 자리에서 일어나 맥주병을 현관의 넓은 난간 위에 올려놓았다.

"무슨 일이십니까?" 버트램은 "경찰관님" 하고 덧붙이려다가 남자가 사복 차림임을 깨닫고는 주춤했다.

"프로미스 폴즈 시 경찰청의 덕워스 형사입니다." 남자가 현관의 층계를 오르며 말했다. "쉬고 계시는 중에 잠시 실례하겠습니다."

버트램이 옆의 고리버들 의자를 가리키며 말했다. "방금 저녁 식사를 끝낸 참입니다. 앉으세요."

덕워스가 자리에 앉자 버트램이 물었다. "맥주 좀 드릴까요?" 버트램은 난간 위에 올려놓은 맥주병을 집어 들며 자리에 앉았다. 덕워스 형사는 버트램의 바지의 단추가 풀려 있고 지퍼가 조금 내려가 있음을 눈치챘다. 저녁 식사 직후의 부른 배를 위한 조치였다.

“감사하지만 괜찮습니다. 몇 가지 여쭤볼 게 있어서 왔습니다.” 덕워스가 말했다.

버트램이 눈썹을 치켜세웠다. “아, 네.”

“잰 하우드라는 사람이 버트램 씨의 사무실에서 일하고 있습니까?”

“그렇습니다만.” 버트램이 대답했다.

“오늘 잰 하우드로부터 연락을 받은 적이 있습니까?”

“없습니다. 토요일이잖아요. 월요일 아침까지는 볼 일이 없어요.”

그때 현관문이 조용히 열리더니 파란색 스판덱스 면바지를 입은 땅딸막한 여자가 나타났다. “손님 왔어, 여보?”

“응. 이분은…….”

“덕워스입니다.”

“아이린, 경찰서에서 나오신 덕워스 형사님이야. 형사님은 맥주를 드실 수 없다고…… 아, 그럼 레모네이드는 어떠세요?”

“먹다 남은 애플파이도 있어요.” 아이린 버트램이 말했다.

덕워스 형사는 잠시 고민하다 대답했다. “그럼 사양하지 않겠습니다. 한 조각 부탁드려요.”

“아이스크림도 같이 드릴까요? 그냥 바닐라 아이스크림인데.” 아이린이 말했다.

“네. 바닐라 좋습니다.” 덕워스가 말했다.

아이린은 집으로 들어가 현관문을 닫았다. 어니 버트램이 덕워스 형사에게 말했다. “전자레인지에 데워 먹는 냉동 애플파이긴 한데, 그래도 집에서 만든 맛이 나요.”

“좋습니다.” 덕워스가 말했다.

“그런데 잰한테 무슨 일이라도?”

“실종됐습니다.” 덕워스 형사가 말했다.

“뭐요? 실종? 무슨 소리예요?”

“오늘 남편과 아들과 함께 파이브 마운틴즈에 갔는데 정오부터 소재를 파악할 수가 없습니다.”

“이런 황당한 일이…….” 어니 버트램이 말했다. “도대체 무슨 일이 생긴 겁니까?”

“모릅니다. 그것을 안다면 그녀를 찾아낼 확률이 높아지겠습니다만.” 덕워스가 말했다.

“실종이라니…….” 버트램은 덕워스 형사를 향해서가 아닌 혼잣말처럼 중얼거렸다. “엄청난 사건이구먼…….”

“언제 마지막으로 잰 하우드를 보셨죠?” 덕워스가 물었다.

“목요일이요.”

“어제가 아니라요?”

“네. 잰은 금요일에 휴가였습니다. 지난 2주 동안 몇 번인가 휴가를 냈어요.”

“왜 그랬습니까?”

버트램은 어깨를 으쓱하며 말했다. “그거야 휴가를 낼 수 있었으니까요. 잰은 휴가가 밀려 있었어요. 한꺼번에 쓰는 대신 드문드문 쓰고 싶다고 말하더군요.”

“병가는 아니었군요.” 덕워스가 말했다.

“네, 아니었어요. 올여름은 꽤 한가한 편이라 휴가를 내도 상관없었어요. 아니, 상관이 있지. 2주 동안 에어컨을 한 대도 못 팔았다니까요. 곧 여름이 끝날 텐데! 에어컨은 날씨가 더워지는 봄과 초여름에 많이 팔려요. 하지만 요즘 같은 불경기에 누가 1, 2천 달러나 써 가면서 집에 새로 에어컨을 장만하겠어요? 주택 담보 대출 갚기도 힘든 판이니 쓰던 에어컨을 부서질 때까지 돌리는 거죠. 게다가 요새는 그리 덥지도 않아서 수리 일도 별로 없었어요.”

“네…….” 덕워스가 말했다.

현관문을 열고 나타난 아이린 버트램이 덕워스 형사에게 소프트볼 크기의 아이스크림을 곁들인 파이 한 조각을 건넸다.

"와!" 덕워스가 감탄했다.

"잰이 실종됐다는구먼." 어니 버트램이 아이린에게 말했다.

"실종?" 아이린이 의자에 털썩 주저앉으며 말했다.

"응. 사라졌다는군."

"사라지다니, 어디서?"

"저기 새로 생긴 롤러코스터 놀이공원에 갔다가 없어졌대." 버트램은 덕워스에게 시선을 돌렸다. "롤러코스터에서 추락한 건 아닐까요?"

"아니요. 그건 아닙니다."

"롤러코스터라는 게 통 안전하지가 않단 말이죠." 버트램이 말했다.

덕워스는 애플파이를 포크로 찍어 입속에 집어넣고 곧바로 아이스크림을 집어넣었다. 애플파이와 아이스크림이 입안에서 뒤섞였다. "맛이 아주 좋군요." 덕워스가 말했다.

"제가 직접 만들었어요." 아이린이 말했다.

"냉동이라고 말해 버렸는데……." 어니 버트램이 말했다.

"이런 머저리!"

"버트램 씨가 보기에 지난 몇 주간 잰 하우드의 기분은 어땠습니까?" 덕워스 형사가 물었다.

"기분이요?"

덕워스는 입안 가득 파이를 머금은 채 고개를 끄덕였다.

"괜찮았던 것 같습니다만, 왜 그런 걸……?"

"평소와 다르지 않았습니까? 우울해 보인다거나 고민이 있어 보인다거나."

버트램은 맥주를 쭉 들이켜며 말했다. "그렇지 않았어요. 하지만 사실 밖을 돌아다니느라 사무실에 많이 못 갔어요. 아가씨들이 땡땡이치고 밖에 나가 몸 파는 일을 했대도 저야 알 길이 없죠."

"여보!" 아이린은 어니 버트램의 어깨를 주먹으로 쳤다.

"그냥 농담이었어요." 버트램이 덕워스 형사에게 말했다. "저희 직원들은 다들 훌륭한 여성들입니다."

"왜 그런 농담을 해!" 아이린이 말했다.

"그렇다면 잰 하우드가 최근 우울한 상태였다고 해도 눈치채지 못하셨겠군요?" 덕워스가 애플파이를 우물거리며 물었다.

"우울한 사람은 잰이 아니라 리앤이었어요. 처음 만난 5년 전부터 쭉." 버트램이 말했다.

"잰 하우드는 우울하지 않았다는 말씀입니까?"

"잰은……." 버트램은 문득 고심하는 표정을 지었다. "오히려 흥분한 상태였어요."

"흥분?"

"단어 선택이 적절하지 못했나…… 불안? 아니, 그것도 아닌데…… 여하튼 곧 무슨 일이 터질 것처럼 행동했죠."

덕워스는 포크를 내려놓고 접시를 고리버들 의자의 넓은 팔걸이 위에 올려놓았다. 아이스크림이 녹고 있어서 얼른 해치우지 않으면 금방 접시 가장자리에서 뚝뚝 흘러내릴 참이었다.

"무슨 일이 터질 것처럼?"

"모르겠어요. 하지만 요즘 휴가나 조퇴를 신청할 때 잰은 좀 이상했어요. 뭐랄까, 뭔가 기다리거나 기대하는 것 같았다고나 할까."

"어니는 사람들의 마음을 아주 잘 읽어요. 집집마다 방문하면서 난방기와 에어컨을 고치다 보면 사람들의 속내를 잘 알게 되거든요." 아이린이 말했다.

덕워스는 마치 아이린의 말이 큰 도움이라도 됐다는 듯 그녀를 바라보며 웃음을 지었다.

"잰 하우드는 최근 얼마나 자주 휴가를 냈습니까?" 덕워스가 물었다.

"글쎄요. 그 리앤이라는 아가씨가—."

"여보, '아가씨' 가 뭐야. 그냥 여직원이라고 해. 그리고 형사님, 아이스크림이 접시에서 추락하기 직전이에요." 아이린이 말했다.

덕워스는 녹아내리는 아이스크림을 포크로 집어 접시 가운데에 몰아넣은 뒤, 그 위로 파이를 으깨어 입 속에 집어넣었다.

"리앤이라면 잰이 몇 번 휴가를 썼는지 알 거예요. 제가 기억하는 건 어제, 이번 주 초에 한 번, 그리고 지난주에 두 번이에요." 버트램이 말했다.

덕워스는 메모장을 꺼내어 뭔가를 끄적거렸다. 기록을 마친 뒤 그는 고개를 들어 버트램에게 말했다. "아까 말씀하신 것에 대해 좀 여쭤보겠습니다."

"네?"

"잰 하우드가 흥분 상태였다고 하셨죠? 구체적으로 얘기해 주시겠습니까?"

버트램은 생각에 잠겼다. "글쎄요, 그건 뭐랄까…… 여자들이 뭔가 행사를 준비할 때의 느낌이었어요. 여행을 한다든가, 친지의 방문을 기다린다든가, 뭐, 그런 거 말입니다."

"자살 욕구에 시달리는 사람처럼 보이지는 않았습니까?"

아이린이 가슴에 한 손을 얹으며 말했다. "맙소사! 잰이 자살했다고 추측하시는 거예요?"

"그냥 여쭤보는 겁니다." 덕워스가 말했다.

"그렇지는 않았어요. 하지만 속마음을 어찌 알겠습니까? 꼭꼭 숨겨놓은 뭔가가 있었는지." 버트램이 말했다.

덕워스가 고개를 끄덕였다. 그는 남은 파이와 아이스크림을 세 입에 걸쳐 해치웠다.

"그런데 어제는 어딜 갔나요?" 버트램이 물었다.

"누가 어디를 갔냐는 말씀입니까?" 덕워스가 되물었다.

"잰하고 데이빗. 어제 어딘가 놀러 갔을 텐데. 목요일에 퇴근하기 전에 잰이 말했어요."

"오늘 파이브 마운틴즈에 놀러 간 것 말고 말입니까?"

버트램은 고개를 저었다. "남편이 금요일에 자기를 어딘가로 데려갈 거라고 말했어요. 하지만 자세히 얘기할 수 없다고 하더군요. 비밀 여행이라는 듯 말이죠. 짐작건대 데이빗이 뭔가 깜짝 선물을 준비한 것 같았어요."

덕워스는 또다시 뭔가를 끄적거린 뒤 메모장을 재킷 안에 집어넣었다. 그가 버트램에게 시간을 내줘서 감사하다는 말을, 아이린에게 파이를 잘 먹었다는 말을 하려는 찰나 집에서 전화벨이 울렸다.

아이린이 자리에서 벌떡 일어나 안으로 들어갔다.

덕워스 형사가 의자에서 일어나자 버트램도 따라 일어나며 말했다. "데이빗은 지금 제정신이 아니겠군요. 아내에게 무슨 일이 생겼는지조차 모르는 판이니."

덕워스가 고개를 끄덕였다. "말씀하신 대로입니다."

"얼른 잰을 찾아야 할 텐데……."

아이린이 문가에서 말했다. "라이얼이에요."

버트램이 고개를 저었다. "왜 전화했대?"

"리앤이 하루 종일 안 보인대요. 그게, 어제부터 못 봤대요."

덕워스의 눈빛이 번뜩였다. "리앤 코왈스키?"

버트램은 집으로 들어가 현관의 테이블에 놓인 전화기의 수화기를 집어 들었다. 덕워스가 뒤따라 들어왔다.

"라이얼?" 버트램은 잠시 듣고만 있다가 입을 열었다. "아니, 나는 몰라. …… 언제부터? …… 그렇게 오래 쇼핑할 리가 없잖아. 아무리 여자라도 그렇지. 잰 얘기는 들었어? 지금 경찰서에서—."

"좀 바꿔주시겠습니까?" 덕워스가 버트램으로부터 수화기를 받아들었다.

"코왈스키 씨? 저는 프로미스 폴즈 시 경찰청의 배리 덕워스 형사입니다."

"아…… 예."

"댁의 부인에게 무슨 일이 있습니까?"

"집에 안 들어왔어요."

"들어올 시간이 얼마나 지났죠?"

"몇 시간 됐어요. 쇼핑하러 나갔거든요. 아마도……. 토요일에는 보통 쇼핑하러 가요. 쇼핑몰에 갔다가 식료품점에 들렀다 돌아오고는 해요."

"잰 하우드라는 사람이 부인의 직장 동료가 맞습니까?"

"네, 둘이 어니의 사무실에서 일해요. 저기, 다시 어니 좀 바꿔주실래요? 마누라를 급하게 호출한 건지 물어보고 싶은데."

"호출하지 않았습니다." 덕워스가 말했다.

"잰한테 무슨 일 있어요? 잰의 남편이 조금 전에 전화해서 리앤을 찾던데. 어니의 집에는 어쩐 일이에요? 무슨 일이 있어요?"

덕워스는 다시 메모장을 꺼냈다. "댁의 주소가 어떻게 되시죠?"

13

나는 잰에게 솔직하지 못한 일이 하나 있었다.

거짓말을 한 것은 아니었다. 다만 잰에게 말을 하지 않고 숨긴 것이 있었다. 설령 잰이 내게 먼저 물어봤더라도 나는 거짓말을 했을 것이다. 그럴 수밖에 없었다. 사실대로 말했다면 잰은 불같이 화를 냈을 테니까.

외도를 한 것은 아니었다. 나는 외도를 했다고 오해받을 짓조차 한 적이 없었다. 이것은 여자 문제가 아니었다.

1년 전쯤 나는 잰의 친가를 찾아간 적이 있었다.

프로미스 폴즈에서 자동차로 약 세 시간 걸리는 곳에 바로 잰이 성장기를 보낸 친가가 있었다. 그곳은 로체스터 시 남동쪽 핏츠포드라는 동네의 링컨가였다. 길쭉하고 너비가 좁은 2층 건물. 벽에서는 흰색 페인트가 벗겨지고 있었고, 두 개의 검은색 덧창들이 1, 2층 외벽에 비뚤게 매달려 있었다. 현관의 금속 덧문의 방충망은 해어졌고, 굴뚝에서는 벽돌 몇 개가 빠져 있었다. 집은 보수를 필요로 하는 상태이긴 했지만 폐가처럼 보이지는 않았다.

당시 나는 버펄로 시에 가서 도시 계획가 한 명을 인터뷰하고 귀가하는 길이었다. 그 도시 계획가는 과속방지턱, 교차로 일단정지 등 주거지역 교통속도 통제를 위한 기존의 장치들이 운전자들의 화를 돋워 폭주를 조장할 뿐 실효성이 없다고 말하며 우회로, 원형 교차로, 조경된 중앙분리대 등을 권장했다. 90번 도로를 운전하던 중 나는 잰이 성장기를 보냈을 로체스터의 동네에 가보기로 작정하고 방향을 틀어 북쪽 490번 도로로 접어들었다.

어쩌면 이미 버펄로를 나서기 전에 나는 그곳에 가보자고 마음먹었는지도 모른다.

이것은 모두 며칠 전 화장실 세면대 뒤에서 물이 샌 덕에 가능한 일이었다.

그날 잰은 사무실에 있었고 나는 시의회 회의 취재차 며칠간 야근을 한 대체 휴가를 얻어 집에 있었다. 당시만 해도 우리는 회의 취재를 뭄바이의 라지브나 아말 같은 친구들에게 맡기지 않고 직접 담당했었다. 세면대의 물이 새는 걸 본 나는 지하실로 내려가 난방기와 온수 탱크가 설치된 부분을 살폈다. 간주間柱 사이에서 물방울이 꾸준히 뚝뚝 떨어지고 있었는데, 그곳은 구리 파이프들이 북쪽으로 구부러지면서 위층 화장실로 이어지는 지점이었다.

나는 집에 긴급 사태가 발생할 때면 늘 하던 버릇대로 아버지에게 전화를 걸었다.

"파이프에 작은 구멍이 생긴 것 같군. 내가 곧 그리로 가마." 아버지의 목소리에는 즐겁고 들뜬 기색이 역력했다.

30분 후 아버지가 소형 프로판 용접기를 비롯한 연장들을 들고 등장했다.

"문제는 벽 속인데, 어디인지 찾기만 하면 해결될 거야." 아버지가 말했다.

화장실 세면대 뒤쪽, 바닥에서 30센티미터 정도 위에서 쉭 하는 소리가 들렸다. 세면대는 기둥형이었기 때문에 우리는 뒤쪽 벽에 다가가 귀를 기울일 수 있었다.

아버지는 날 끝이 뾰족한 톱을 꺼냈다. 톱을 외벽에 찔러 넣어 뜯어낼 생각인 듯했다.

"아버지," 나는 꽃무늬 벽지가 찢겨 나갈 것이 아쉬워서 아버지를 만류했다. "반대편에서 작업을 하면 어떨까요?"

"반대편에 뭐가 있는데?" 아버지가 물었다.

"잠깐만요." 돌아서 가보니 화장실 세면대 반대편에 있는 것은 수건과 리넨 따위를 보관하는 벽장이었다. 나는 벽을 드러내기 위해 벽장 아래 칸에 있는 빨래 바구니, 화장지 더미, 티슈 상자 따위를 꺼냈다. 파이프를 고치기 위해 벽을 뜯어내야 한다면 보이지 않는 쪽을 뜯는 편이 나을 것이다.

물건들을 다 꺼낸 뒤 나는 벽장 안으로 기어들어가 물이 새는 소리에 귀를 기울였다.

그때 문득 벽장 안쪽의 밑부분을 두르고 있는 널빤지가 표면으로부터 조금 떨어져 나와 있는 것이 보였다. 건드려 보니 널빤지는 못으로 박히지 않은 채 고정되어 있었다. 손가락을 널빤지와 표면 사이에 집어넣은 순간 뭔가 만져졌다.

내 손에 만져진 것은 레터 사이즈 봉투의 윗면이었고, 그 봉투는 널빤지 뒤에 딱 들어맞아 완벽히 숨겨져 있었다. 나는 봉투를 빼냈다. 봉투의 겉면에는 아무것도 적혀 있지 않았고, 봉투는 봉인되지 않은 채 닫는 부분이 안으로 접혀 들어가 있었다. 안에는 종이 한 장과 열쇠가 들어 있었다.

나는 열쇠를 남겨두고, 접혀 있는 공문서 느낌의 종이를 꺼내 들었다.

그것은 출생증명서였다.

잰의 출생을 증명하는 문서. 잰이 내게 숨겼던 정보가 여기에 고스란히 담겨 있었다. 잰의 성이 "리클러"라는 것은 이미 알고 있었지만, 아무리 물어봐도 알 수 없었던 부모의 이름이라든가 주소가 바로 이 문서에 적혀 있었다.

나는 이제 잰의 어머니의 이름이 그레천이고 아버지가 호러스라는 것을 알게 되었다. 그녀가 태어난 곳은 로체스터의 먼로 지역 병원이었고, 집은 링컨 가의 어딘가에 있었다.

나는 이 정보들을 머릿속에 암기한 뒤 출생증명서를 다시 접어 봉투에 집어넣었다. 함께 있는 열쇠는 용도를 알 수가 없었다. 어디에 쓰이는 것인지 모르겠지만 집 열쇠는 아닌 것 같았다. 나는 열쇠도 봉투에 집어넣은 뒤 봉투를 원래 장소에 집어넣고 널빤지를 다시 밀어 넣었다.

화장실로 돌아가 보니 아버지는 이미 화장실 벽에 구멍을 뚫어 놓았다.

"찾았다! 저기 물 새는 거 보이지? 수도 밸브 좀 잠가 봐."

버펄로로 출장을 가기 전에 나는 인터넷 전화번호부를 뒤져 로체스터 지역에 거주하는 다섯 명의 리클러를 찾아냈다. 그중 H. 리클러는 한 명뿐이었다.

그는 아직 링컨 가에 살고 있는 것으로 등록되어 있었다.

그렇다면 잰의 부모 중 적어도 한 사람은 아직 생존해 있는 것이다. 호러스 리클러가 사망했다면, 부인인 그레천이 전화번호부 상의 명의를 변경하지 않았기 때문일 것이다.

나는 이를 확인하기 위해 회사 전화기를 이용해 전화를 걸었다. H. 리클러의 번호를 돌리자 6, 70대쯤 되어 보이는 여자의 목소리가 전화를 받았다. 그레천임이 분명했다.

"리클러 씨 계신가요?" 내가 물었다.

"잠깐만요." 여자가 대답했다.

30초쯤 지나자 피곤한 목소리의 남자가 대답했다. "여보세요."

"행크 리클러 씨 되십니까?"

"아니, 호러스 리클러예요."

"이런, 죄송합니다. 전화 잘못 걸었네요."

나는 거듭 사과한 후 전화를 끊었다.

잰은 부모에 관해 얘기하는 것을 극도로 싫어했고, 그래서 나는 더욱 그들이 궁금했다.

"그 사람들하고 엮이고 싶지 않아." 지금까지 잰은 그렇게 말했다. "일단 내 쪽에서 만날 생각이 전혀 없고, 그쪽도 내가 없어져서 괴롭지는 않을 거야."

나는 이썬의 출생을 그녀의 부모에게 알리자고 말했지만 잰은 요지부동이었다.

"그 사람들은 눈곱만큼도 관심이 없을걸." 잰이 말했다.

"손자가 존재한다는 걸 알면 상황이 달라질지도 모르잖아. 이제 화해할 때라고 생각한다거나……."

잰은 고개를 저었다. "그럴 일 없어. 저기, 이 얘기는 그만 하자."

나는 실업자들을 취재하다가 직업소개소에서 잰을 만난 6년 전부터 지금까지, 그녀의 아버지가 형편없는 개차반이었고 어머니는 술과 우울에 절어 지냈다는 것밖에는 들은 것이 없었다.

잰은 부모에 관한 얘기를 잘 꺼내지 않았다. 하지만 나는 잰의 부모에 관해, 그리고 잰이 그들과 함께 살았던 시절에 관해 몇 년에 걸쳐 단편적으로 들을 수 있었다.

"그 사람들은 모든 걸 내 탓으로 돌렸어." 2년 전 나의 부모님이 어린 이썬을 그들의 집에 재우러 데려갔던 어느 토요일 밤 잰이 내게 말했다. 그날 우리는 와인을 세 병이나 마셨는데, 잰이 술을 잘 안 마신다는 점에서 이것은 매우 드문 경우였다. 우리는 곧 침실로 올라가 한참 동안 미뤄온 쾌락을 만끽할 참이었다. 그런데 그때 뜻밖에도 잰은 그동안 숨겨온 어린 시절 얘기를 꺼냈다.

"당신 탓으로 돌리다니, 무슨 말이야?" 내가 물었다.

"주로 그 작자가 그랬지. 내가 자기들 인생을 망쳐 놓았다고."

"뭐라고? 어떻게? 당신은 그냥 어린애였잖아. 그저 존재하고 있었던 것뿐인데……."

잰은 흐릿한 눈으로 나를 바라봤다. "그래, 바로 그게 이유였지. 아버지는 나를 '힌디' 라고 불렀어."

"힐디?"

"아니, 힌디."

"'힌디 어' 할 때 '힌디' 말이야?"

잰은 고개를 저으며 와인을 한 모금 마셨다. "발음은 같지만 뜻은 달라. 그건 힌덴부르크 비행선 사고를 줄인 말이었어. 그 시절에 나는 그 비행선처럼 통통하기도 했지만 그보다는 아버지가 나를 자신의 재앙이라고 여겼기 때문이었지."

"너무하는군."

"맞아. 하지만 내 열 살 생일 때 했던 짓에 비하면 그건 차라리 자식 사랑이었지."

나는 물어보려다 말고 잰이 먼저 말해주기를 기다렸다.

"아버지는 나를 뉴욕으로 데려가서 브로드웨이 뮤지컬을 보여주겠다고 약속했어. 그건 정말 내 꿈이었지. 어릴 때 나는 TV를 보며 토니상 시상식에 빠져들었고, 일요일자 뉴욕 타임스의 예술면을 구할 때마다 뮤지컬 광고를 보면서 배우들의 이름을 외우고 비평을 읽었거든. 아버지는 뮤지컬 〈그리스〉의 티켓을 구했다고 말했어. 버스를 타고 뉴욕으로 가서 호텔에서 묵을 거라고 말했지. 나는 믿기지가 않았어. 그렇게 오랫동안 나를 거들떠보지도 않았던 아버지였으니 말이야. 하지만 이제 내가 열 살이 됐으니 어쩌면……."

잰은 다시 와인을 한 모금 들이켰다.

"이윽고 뉴욕으로 떠날 날이 왔어. 나는 짐을 챙겼지. 극장에서 입을 의상도 골라 놨어. 붉은 드레스와 검은 신발. 그런데 아버지는 말이야, 아무 준비도 안 하고 앉아 있지 뭐야. 내가 어서 가자고 말했더니 그는 씩 웃으며 이렇게 말했어. '뉴욕 좋아하네. 버스? 호텔? 〈그리스〉? 꿈 깨. 실망이라는 놈은 아주 개 같은 녀석이야. 너도 이제 그 맛을 좀 알았을 거다.'"

나는 할 말을 잃었다. 잰이 웃으며 말했다. "드디어 행복이 오려나 싶더라니……. 〈그리스〉고 뭐고 차라리 그냥 죽고 싶었지."

나는 할 말이 떠올랐다. "그런 상황을 어떻게 견뎠어?"

"그래서 집을 나갔어."

"어디로 갔는데? 친척 집?"

"아니, 아니야. 그게 아니라……." 잰은 갑자기 손을 입에 가져다 댔다.

"토할 것 같아."

하지만 이튿날 아침 잰은 간밤의 얘기를 언급하지 않았다.

그로부터 얼마 후, 잰은 열일곱 살에 집을 떠난 뒤로 20년 동안 부모와 연락한 적이 없다고 말했다. 그녀의 의사와 관계없이 그녀에게 부모의 근황을 알려줄 형제도 없었다.

잰은 지금쯤 그들이 죽었을 거라고 추측했다.

그리고 지금, 나는 전화 연락을 통해 그들이 아직 살아있음을 확인했다.

나는 벽장 속에서 발견한 봉투에 관해 잰에게 얘기하지 않았다. 내가 그녀의 비밀을 엿봤다는 사실을 숨길 생각이었다. 잰이 자신의 출생을 숨기려고 이렇게까지 수고를 들였다는 것을 생각하니 마음이 좋지 않았지만, 그녀가 나를 신뢰하지 않은 것은 올바른 판단이었다. 출생증명서를 발견한 나는 잰이 두려워하던 바로 그 일을 실행하기로 결심한 것이다.

버펄로에서 귀가하던 길에 북쪽으로 방향을 틀어 링컨 가에 있는 잰의 친가를 찾은 나는 벗겨지는 페인트와 삐딱한 덧창들을 하염없이 응시했다. 마치 그 광경에서 어떤 숨겨진 의미가 비어져 나오기라도 할 것처럼. 2층에는 창문 두 개가 보였는데 나는 잰의 방이 그중 하나였을지, 아니면 내게 보이지 않는 건물 뒤편에 있었을지 궁금했다.

나는 어린 잰의 모습을 떠올려 봤다. 현관문을 드나드는 잰의 모습, 앞마당에서 뛰어노는 모습, 인도에서 줄넘기를 하고 자동차 진입로에서 사방치기를 하는 모습……. 하지만 이런 이미지들은 지나치게 평화로운 것이었다. 사랑 대신 분노와 노여움으로 가득한 집에서 성장한 아이에게 그런 소박한 즐거움은 사치였을 테니까. 잰에게는 현관문을 나서는 일이 감옥에서의 석방과 같은 것이었을지도 모른다. 나는 잰이 친구의 집으로 달려가서 놀다가 마지못해 집에 돌아오는 장면을 상상했다.

나는 집 건물을 계속 바라봤지만 아무것도 알 수 없었다. 무엇을 기다려야 하는지 갈피조차 잡을 수 없었다.

그리고 그때, 잰의 부모가 나타났다.

나는 그들의 집에서 두 집 떨어진 곳의 길 건너편에 주차해 있었기 때문에 20년 된 올즈모빌에서 내리는 호러스와 그레천 리클러의 시선을 끌지는 않았다.

호러스는 천천히 차 문을 열고 바닥에 발을 내려놓았다. 좌석에서 몸을 돌려 차에서 나오는 일이 그에게는 다소 수고스러운 동작이었다. 관절염 같은 질환을 앓고 있는 듯했다. 그는 60대 후반이나 70대 초반으로 보였는데 머리카락이 듬성듬성했고 얼굴에는 검버섯이 조금 피어 있었다. 땅딸막한 체격이었으나 뚱뚱하지는 않았고, 비록 고령이었지만 쓰러뜨리려면 힘깨나 들 것 같은 인상이었다.

그는 악마 같은 인간으로 보이지는 않았다. 하지만 악마라는 것이 본래 모습을 잘 감추는 법이다.

호러스가 자동차를 빙 돌아 트렁크로 가는 사이 그레천이 차에서 내렸다. 그녀 역시 몸동작이 느렸지만 남편만큼 삐걱대지는 않았다. 그레천은 호러스보다 늦게 차에서 내렸지만 먼저 트렁크에 도착하여 그가 열쇠를 꽂아 트렁크 뚜껑을 열 때까지 기다렸다.

그레천의 인상에는 특별할 것이 없었다. 그녀는 150센티미터가 안 되는 키에, 체중도 40킬로그램이 넘지 않아 보이는 조그맣고 여윈 여자였다. 그레천은 트렁크 속으로 몸을 숙여 식료품이 든 비닐 봉지 대여섯 개를 붙잡아 꺼낸 뒤 현관문으로 향했다. 남편은 아무것도 들지 않은 채 트렁크를 닫고 그녀의 뒤를 따랐다.

곧, 두 사람은 집 안으로 사라졌다.

노부부는 집에 오는 길에 한마디도 주고받지 않은 것 같았다. 그저 필요한 물건들을 사고 돌아온 듯한 느낌이었다.

나는 지금의 광경에서 아무 정보도 얻어낼 수 없었지만, 이 노인들이 아무 목적 없이 마지못해 여생을 살아가고 있다는 인상을 받았다. 호러스가 그레천에게 적대적인 태도를 보이거나 한 것은 아니었지만, 분명 어떤 슬픔이 그들의 주변을 에워싸고 있었다.

'당신들이 슬퍼하면서 살았으면 좋겠어. 당신들이 저지른 짓만큼 끔찍하게

불행했으면 좋겠어.'

아까 올즈모빌이 진입로로 들어서는 것을 보면서 나는 차에서 뛰쳐나가 호러스 리클러에게 덤벼들고 싶은 충동을 느꼈다. 당신은 정말 형편없는 자식이라고, 자기 딸을 (비록 감정적인 차원에 그쳤지만) 그렇게 학대했으니 아버지라고 불릴 자격조차 없다고 말해주고 싶었다. 당신이 짓밟았던 딸은 지금 잘 살고 있다고, 훌륭한 손자가 있지만 당신 같은 개자식에게는 절대 보여주지 않을 거라고 말하고 싶었다.

하지만 결국 아무 말도 하지 못했다.

나는 호러스 리클러가 아내 그레천과 함께 집으로 들어가는 것을 그저 바라만 봤다. 그들의 등 뒤로 현관문이 닫히는 것을 보고만 있었다.

이윽고, 나는 차를 몰아 집에 돌아왔고 잰에게는 내가 오는 길에 어디에 들렀는지 얘기하지 않았다.

14

아버지와 다리를 둘러보고 귀가하는 길에 나는 리클러 부부를 찾아갔던 일을 떠올렸다.

그때 내가 차에 앉아 호러스 리클러에게 퍼붓고 싶었던 말들은 잰이 지금까지 그들에게 하고 싶었던 말이 아니었을까? 잰은 아버지에게 당한 학대의 기억에 오랫동안 잠식당한 나머지 그것에 관한 얘기조차 꺼내지 못했던 것은 아니었을까? 아버지가 저지른 짓이 아직까지 상처로 남아 있다고 수긍하는 순간 무너져 버릴까 봐 두려웠기 때문에? 지난 2주간 잰은 나약했고 자해라도 할 것만 같았다.

지금 나는 아무것도 알 수가 없었다.

나는 잰의 관점에서 생각해 봤다. '나는 지금 최악의 상황에 처했고 목숨을 끊을 작정이다. 자살하기 전에 나는 아버지를 대면할 것인가? 내가 그를 어떻게 생각하고 있는지 말할 것인가? 왜 나를 지켜주지 않았냐고 어머니를 원망할 것인가? 당신들 때문에 인생을 망쳤다고 선언한 뒤 목숨을 끊을 것인가?'

나는 몸서리를 쳤다.

"괜찮아?" 아버지가 물었다.

"괜찮아요."

"잰이 거기에 없어서 다행이다. 다리 아래 말이야. 정말 다행이야. 하긴 보니까 그런 다리라면 자살하려다가도 관둘 수밖에 없겠더구나."

아버지는 진심으로 애쓰고 있었다. 사실 다리를 둘러봤다고 해서 큰 소득이 있는 것은 아니었다. 잰이 그곳에 없음을 확인했을 뿐, 그녀의 행방은 여전히 오리무중이었다. 그러나 나는 긍정적인 면을 바라보려는 아버지의 노력에 핀잔을 주고 싶지는 않았다.

"그렇겠죠? 그럴 거예요." 내가 말했다. 잰은 프로미스 폴즈 시내에 있는 크기가 훨씬 큰 다리도 언급했다. 하지만 잰이 거기서 일을 저질렀다면 분명 누군가 목격했을 것이고, 아마 그 즉시 경찰에 신고했을 것이다.

아버지가 정면을 가리키며 말했다. "저거 봤어? 저 자식이 깜빡이를 안 켜네. 그거 켜는 게 뭐 그리 어렵다고! 염병할……."

우리 앞을 가던 자동차는 곧 반대편 차선으로 옮기더니 좌회전을 하여 어떤 집의 진입로에 들어갔다. 우리는 그 차를 지나쳐 직진해 나갔다.

"아니, 저건 또 뭐하는 짓거리야? 미국 시민들이 전부 스턴트맨이 됐나? 누가 뒤에서 추월한다거나 반대편 차선에 나타난다거나 하면 어쩌려고 저 따위 짓을! 도대체 저런 작자들이 면허증은 어떻게 딴 건지, 원!"

내가 아버지의 논평에 아무런 대꾸도 하지 않자, 아버지는 노여움을 누그러뜨리더니 이윽고 말을 꺼냈다. "아까 내가 말한 거 생각해 봤어? 잰이 자기 부모를 만나러 갔을 가능성 말이다."

"생각해 봤어요."

"그 사람들하고 연락할 방법은 있어? 네 엄마 말로는 잰이 부모 얘기는 하지 않는다던데. 누구인지 어디 사는지도 얘기하지 않는다면서?"

"찾을 수 있어요."

"그래? 어떻게?"

"로체스터에 살아요. 제가 주소를 알아요."

"잰이 말한 모양이구나."

"그렇지는 않아요."

"나라면 그쪽에 전화를 걸어서 잰이 찾아갔는지 물어보겠다. 로체스터라면 지금쯤 잰이 도착하고도 남을 거리니까 말이다."

하지만 무엇을 타고 간단 말인가? 내 차는 물론 아니고, 잰의 차는 집에 주차되어 있는데.

"로체스터까지 차로 얼마나 걸리지? 3시간? 4시간?" 아버지가 물었다.

"3시간이 안 걸려요."

"돌아가면 전화를 걸어보자. 장거리 전화이긴 하지만 상관없다."

아버지로서는 크게 선심을 쓴 셈이었다. 아버지는 자기 집 전화로 장거리 전화를 거는 것을 몹시 싫어했다.

나는 아버지를 슬쩍 쳐다보며 웃음을 지었다. "고마워요, 아버지. 하지만 제가 잰의 이름을 대면 그쪽에서 바로 전화를 끊어버릴 거예요."

아버지는 그에 관해 생각하며 고개를 저었다. "부모라는 사람들이 어떻게 그럴 수가 있어?"

"저도 모르겠어요."

"사실 너도 시키는 대로 고분고분 따르는 녀석은 아니었다만 그렇다고 우리가 너랑 연을 끊은 적은 없었잖아?" 아버지가 애써 웃음을 지으며 말했다.

"너도 가끔 진짜 밉상이었어."

"인정해요."

"부모는 말이다, 자녀가 스스로 인생의 결정을 하게끔 내버려 둬야 해. 그 결정이 마음에 안 들더라도 말이야."

"그런 분이 저한테 그렇게 자주 충고를 하셨단 말이군요."

아버지가 나를 쏘아봤다. "얄미운 녀석."

우리는 프로미스 폴즈 시내로 접어들었고 몇 블록만 더 가면 부모님의 집이었다. 날은 거의 저물었고 가로등에는 불빛이 켜져 있었다. 나는 경찰차들이 집 앞에 세워져 있을 것 같은 불길한 예감을 느끼며 모퉁이를 돌았다. 하지만 도로 경계석에 낯선 차량은 한 대도 보이지 않았다.

현관문에는 어머니가 서 있었다. 우리가 차를 진입로에 주차하는 사이 어머니는 문을 열고 밖으로 나왔다. 그녀의 얼굴에는 희망과 기대가 가득했지만 나는 고개를 저었다.

"아무것도 발견한 게 없어요. 잰은 없었어요."

"그럼 잰은 아직…… 그……."

"네, 그렇지 않아요. 이쪽에는 아무 소식 없었어요? 경찰에서 연락 온 것은요?"

어머니는 고개를 저었다. 우리는 집으로 들어갔다. 마침 이썬이 실내 계단의 세 번째 층계에서 뛰어내릴 태세를 취하고 있었다.

"이썬, 너 그러다가—."

이썬은 쿵하는 소리와 함께 1층 바닥으로 뛰어내렸다. "이거 봐라!" 아이는 다시 세 번째 층계로 뛰어 올라가더니 같은 동작을 반복했다.

"애가 아주 난리였단다." 어머니가 말했다. "아까 마카로니 먹을 때 콜라를 반 컵 정도 줬거든." 어머니는 이썬이 소동을 벌일 때마다 아이가 먹거나 마신 음식을 탓했다. 그러나 내가 겪은 바로 음식은 크게 관계가 없었다.

나는 어머니에게 키스하고 전화를 걸기 위해 주방으로 들어갔다. 나는 덕워스 형사의 명함을 들고 그의 휴대폰 번호를 눌렀다.

"덕워스입니다."

"데이빗 하우드예요. 소식이 있으면 전화를 주셨겠지만 그래도 혹시나 해서 연락 드렸어요."

"별다른 소식은 없습니다." 덕워스가 조심스러운 목소리로 말했다.

"아직 수색을 하고 계신가요?"

"하고 있습니다, 하우드 씨." 덕워스가 말을 멈췄다가 이었다. "만약 오늘 밤 사이 진전이 없다면……, 부인께서 집에 돌아오지 않으신다면 아침에 신문 보도를 내겠습니다."

나는 잰이 부모님 집의 현관문을 열고 들어오는 장면을 상상했다. 이썬이 또다시 바닥으로 뛰어내렸는지 거실에서 쾅하는 소리가 들렸다.

"좋아요. 기자 회견도 합니까?"

"아직 그럴 단계는 아닌 것 같습니다. 부인의 사진과 인상착의, 실종 경위를 신문에 내는 정도면 충분합니다."

"제 생각엔 기자 회견이 필요한 단계인 것 같습니다만."

"일단 내일 아침에 상황을 보면서 얘기하시죠." 덕워스가 말했다. 나는 왠지 억제된 듯한, 뭔가를 숨기려는 듯한 그의 목소리가 석연치 않았다.

"저는 내일 아침에 여기 없을 거예요." 내가 말했다.

"어디에 가십니까?"

"로체스터. 잰의 부모가 거기 살고 있습니다."

옆에서 내 말을 들은 어머니의 눈이 휘둥그레졌다. 잰의 친가에 관해 말한 적이 없으니 당연한 반응이었다.

나는 덕워스 형사와 통화를 이어나갔다. "잰이 부모와 연락을 끊은 지 20년은 됐을 거예요. 잰의 부모는 우리 결혼식에 오지도 않았고, 손자가 있다는 사실조차 모릅니다. 하지만 잰이 혹시 그들을 만나러 가지 않았을까 하는 생각이 들었어요. 잰이 부모를 만나러 가야 할 이유가, 그동안 내게 얘기하지 않은 이유가 있을지 몰라요. 마침내 부모에게 자신의 심정을 터놓고 얘기할 마음이 생겼다든지……."

"그렇군요." 덕워스는 잠자코 내 말을 들었다.

"전화를 걸어볼까 하다가 직접 대면하는 편이 좋겠다고 생각했습니다. 그 사람들은 저를 만난 적이 없어요. 그런데 갑자기 생면부지의 남자가 전화를 걸더니 '내가 당신들 사위인데, 당신들 딸이 실종됐다, 혹시 그리로 가지 않았느냐?' 하고 물어본다면 뭐라고 생각하겠어요? 그리고 어쩌면 잰은 자기가 그곳에 있다는 사실을 제게 알리고 싶어 하지 않을지도 몰라요. 그런 상황이라면 제가 연락했다는 말을 듣고 바로 떠나버리겠죠."

"흠, 네……." 덕워스는 그리 납득하지 못하겠다는 듯한 목소리로 말했다.

어머니가 거실에서 이썬에게 소리를 질렀다. "이제 그만!"

"조금 있다가 로체스터로 출발할 겁니다. 오늘 밤은 거기서 묵고 내일 아침에 잰의 부모를 만나러 갈 거예요." 내가 말했다.

덕워스는 나의 로체스터 일정에 관심을 보이지 않고 물었다. "부인과 리앤 코왈스키에 관해 말씀해 주시겠습니까?"

나는 예상치 못한 그의 질문에 당혹스러워하며 대답했다. "말씀드렸다시피 같이 일을 합니다. 각별한 사이는 아니에요."

"어제 하우드 씨와 아드님은 몇 시쯤 파이브 마운틴즈에 도착했습니까?"

나는 덕워스 형사가 잰을 빼놓고 "하우드 씨와 아드님"이라고만 언급한 것이 꺼림칙했다.

"11시쯤이었던 것 같아요. 출입문에서 티켓을 스캔했으니 몇 시 몇 분인지 기록됐을 텐데요?"

"말씀대로입니다." 덕워스가 말했다.

"무슨 일이에요? 무슨 일이 있는 거라면 말씀해 주세요." 내가 물었다.

"특별한 소식이 있으면 연락드리겠습니다. 하우드 씨 휴대폰 번호는 알고 있으니까요."

나는 전화를 끊었다. 어머니와 아버지가 나를 바라보며 곁에 서 있었다.

"잰이 부모 얘기를 하던?" 어머니가 물었다.

"제가 알아냈어요."

"그래, 부모가 누군데?"

"호러스와 그레천 리클러."

"네가 안다는 것을 잰이 아니?"

나는 고개를 저었다. 지금은 자세한 얘기를 할 정신이 없었다. 나는 녹초가 된 몸을 주방 조리대에 기대었다.

"좀 쉬어야겠구나." 어머니가 말했다.

"로체스터로 가야 해요."

"내일 아침에?"

"아니요, 지금 당장." 나는 문득 주위가 고요하다는 것을 깨달았다. "이썬은 어디 있어요?"

"고맙게도 소파에 쓰러져 있다." 어머니가 말했다.

"오늘 밤에 이선 좀 봐주세요."

"너 지금 이 상태로는 운전 못 해. 가다가 사고 날 거야." 어머니가 나를 말리며 말했다.

"이선한테 잘 자라고 인사하고 올 테니 커피 끓여서 보온병에다 좀 담아주세요."

어머니가 또다시 나를 만류하기 전에 나는 거실로 들어갔다. 이선은 양팔로 몸을 부둥켜안은 채 소파 끄트머리에 머리를 올리고 누워 있었다.

"아들, 아빠 잠깐 나갔다 올게. 아들은 오늘 밤 여기서 자는 거야."

아무런 대꾸가 없었다. 아이의 눈꺼풀은 어느새 무거워져 있었다. 이윽고 이선이 대답했다. "엄마는 쇼핑몰 갔어?"

"응, 아마도."

"응……." 밤에 닫히는 꽃잎처럼 이선의 눈꺼풀이 서서히 감겼다.

15

배리 덕워스는 휴대폰을 닫고 라이얼 코왈스키에게 말했다. "기다리게 해서 죄송합니다."

"잰의 남편이에요?" 라이얼 코왈스키가 함께 거실에 앉아 있는 덕워스 형사에게 물었다. 라이얼은 검은색 티셔츠와 무릎까지 오는 주머니투성이의 지저분한 반바지를 입고 있었다. 덕워스는 라이얼이 서른다섯이라는 나이에 벌써 대머리가 된 것인지 아니면 삭발을 한 것인지 궁금했다. 어떤 사람들은 빠지기 시작하는 머리카락을 완전히 밀어버리고는 멋으로 삭발한 것이라고 주장하기도 하니까.

덕워스는 주방에서 핏불테리어 한 마리가 걸어나오는 것을 보았다. 집 안이 온통 개 냄새로 가득했기 때문에 그는 이미 이곳에 개가 살고 있음을 짐작했다.

"네, 맞습니다." 덕워스가 말했다.

"잰의 남편이 우리 마누라를 봤답니까?"

"아니요." 덕워스는 그렇게 말하면서 속으로는 '봤어도 안 봤다고 하겠지.' 라고 중얼거렸다. 잰 하우드의 직장 동료가 실종됐다는 사실을 제외하고도 이 사건에는 미심쩍은 점이 한두 가지가 아니었다.

"부인이 언제 집을 나갔는지 다시 한번 알려 주시겠습니까?"

라이얼 코왈스키는 팔꿈치를 무릎에 올리고 상체를 숙인 채 소파에 앉아 있었다. "사실 마누라가 나간 시간에 저는 자고 있었어요. 어젯밤 집에 늦게 들어왔거든요. 늦잠을 잤어요."

"어젯밤엔 어디 계셨습니까?"

"트렌턴이라는 동네 술집에 있었어요. 친구들과 함께 술을 좀 마셨습니다. 믹이 저를 집까지 태워다 줬어요."

"믹?"

"믹 앵거스. 새커리 대학에서 같이 일하는 동료예요."

"학교에서는 어떤 일을 하십니까?"

"건물 보수를 담당하고 있어요. 믹도요."

"집에는 몇 시에 돌아오셨죠?"

라이얼은 얼굴을 찡그리며 기억을 떠올리려고 애썼다. "글쎄요, 세 시? 다섯 시?"

"돌아오셨을 때 부인이 집에 있었습니까?"

"그랬을걸요." 라이얼은 고개를 끄덕이며 말했다.

"그랬을 거라니, 무슨 뜻입니까?

"집에 없다고 생각할 이유가 없었어요."

"무슨 말씀이죠?"

"사실 어젯밤 마누라를 보거나 하지는 않았어요. 침실에 들어가지도 못했어요. 소파에서 잤습니다."

"왜 그러셨습니까?"

"술에 취해서 들어오면 리앤이 저를 죽이려고 드니까요. 하긴 술을 마시든 안 마시든 마찬가지지만. 그리고 어제는 밖에서 저녁을 먹기로 약속했는데 제가 깜빡했어요. 변명하기 귀찮아서 그냥 거실에서 잤어요."

"어젯밤은 계속 트렌턴에 계셨습니까?"

"네. 영업이 끝난 다음에는 주차장에서 믹과 한두 잔 더 마셨고요."

"집까지 태워다 줬다는 그 친구하고 말입니까?" 덕워스가 못마땅한 목소리로 말했다.

라이얼은 대수롭지 않다는 듯 덕워스에게 손사래를 쳤다. "믹은 아무리 술을 마셔도 술 안 마신 사람들보다 운전을 더 잘해요."

"부인과 저녁 식사는 어디서 하실 계획이었습니까?"

"켈리스였던가?" 마치 덕워스 형사의 동의를 구하듯 라이얼이 대답했다. "목요일에 마누라한테 켈리스에 가자고 말했는데 그만 까먹어 버렸지 뭡니까."

"간밤에 트렌턴에서 부인께 전화를 걸지는 않았습니까?"

"제 휴대폰이 꺼져 있었어요."

"그럼 집에 돌아와서 그대로 소파에서 잠드셨고, 아침에는 부인을 보셨습니까?"

"그게 중요해요? 알았어요. 술에 취해서 잠이 들 때 마누라가 무슨 말을 한 것 같아요. 하지만 확실하지는 않아요."

"부인은 토요일에 주로 뭘 합니까?"

"늘 비슷해요. 8시 반쯤 되면 집을 나가요. 주말에 마누라는 혼자서 외출을 해요. 간밤에 제가 친구들하고 술을 마시지 않더라도 마찬가지예요. 몇 번 함께 외출하자고 제안한 적이 있었지만 실은 마누라가 거절할 줄 알고서 그런 거였어요. 마누라는 혼자 외출하는 것을 좋아해요. 뭐, 그것 때문에 제가 마음이 상한다거나 하는 건 아니고요."

"부인은 어디로 외출하십니까?" 덕워스가 물었다.

"쇼핑몰. 한두 군데가 아니에요. 여기랑 올버니 사이에 있는 쇼핑몰들은 모조리 들를걸요. 마누라는 그중에서도 크로스게이츠와 콜로니 센터를 좋아해요. 도대체 여자 한 명한테 필요한 옷이며 신발이며, 장신구, 화장품이 왜 그렇게 많은 건지……."

"부인은 토요일에 돈을 많이 쓰는 편이로군요?"

"그 돈이 다 어디서 나는지 모르겠어요. 우리는 형편이 별로 좋지 않거든요. 아무튼 이해가 안 가는 건, 쇼핑몰마다 입점한 가게들이 똑같을 텐데 왜 굳이 여러 군데를 돌아다니는가 하는 거예요." 라이얼이 말했다.

"네, 동감합니다." 덕워스는 그것이 라이얼 코왈스키가 지금까지 내뱉은 말 중 유일하게 슬기로운 말이라고 생각했다.

"마누라는 쇼핑몰 순회를 다 끝낸 다음에 식료품점에 들러요. JC 페니를 비롯한 백화점들을 돌아다니는 동안 리앤식 특제 요리에 쓸 냉동식품들이 녹아버리면 안 되니까."

"부인이 어제 정확히 어디로 갔는지는 모르십니까?"

"몰라요."

"부인은 어디서 식료품을 삽니까?"

라이얼은 어깨를 으쓱하며 대답했다. "식료품점?"

발 달린 소형 샌드백처럼 생긴 핏불테리어가 카펫이 깔리지 않은 나무 마룻바닥에 발톱을 딱딱 부딪치며 걸어왔다. 개는 빈 의자 앞의 정사각형 깔개 위로 가서는 털썩 드러누웠다.

"부인은 토요일에 보통 몇 시쯤 돌아옵니까?" 덕워스가 물었다.

"3시나 4시? 늦어도 5시에는 돌아왔어요."

"오늘 몇 시에 일어나셨죠?"

"1시쯤."

"부인께 전화를 걸어봤습니까?"

"휴대폰으로 전화를 걸어봤지만 음성사서함으로 넘어갔어요. 마누라는 늦는다는 연락도 안 했어요."

덕워스는 천천히 고개를 끄덕이며 물었다. "마지막으로 부인을 보거나 부인과 얘기한 것이 몇 시였습니까?"

라이얼은 잠시 생각한 뒤 대답했다. "어제 오후? 마누라가 사무실에서 저한테 전화를 했어요. 몇 시에 저녁 먹으러 나갈 거냐고 물어보더군요." 라이얼은 핀으로 팔을 찔리기라도 한 듯 몸을 움츠렸다.

"다시 말해, 어제 오후 이후로는 부인과 얘기한 적이 전혀 없다는 말씀이군요?"

라이얼은 고개를 끄덕였다.

"오늘 아침에 보시지도 않았고요?"

라이얼은 다시 한번 고개를 끄덕였다.

"친구의 차를 타고 집에 돌아왔을 때 부인의 자동차가 집에 있었습니까?"

"그것까지 살펴볼 정신이 없었어요."

"그렇다면 부인이 어젯밤 집에 없었을 가능성도 있군요." 덕워스가 말했다.

"집에 없었다면 도대체 어디 있었다는 말인가요?"

"그건 저도 모릅니다. 제가 궁금한 것은 코왈스키 씨가 어젯밤 귀가했을 때, 또는 오늘 아침에 부인께서 집에 있는 것을 똑똑히 목격했는가 하는 것입니다."

라이얼은 말문이 막혔다. "집에 있었던 것 같아요. 집에 없을 이유가 없잖아요?"

"부인께서 이용하시는 은행과 카드 회사들을 알려주시겠습니까?"

"왜요?" 라이얼이 물었다.

"부인의 카드 사용 내역을 확인하면 행방을 파악할 수 있습니다."

라이얼은 머리를 긁적이며 대답했다. "리앤은 물건을 살 때 현금만 써요."

"왜 그렇습니까?"

"실은 우리 신용카드가 취소됐어요."

덕워스가 한숨을 쉬었다. "부인이 전에도 이런 적이 있습니까? 밖에 나가서 오랫동안 들어오지 않았다거나 밤새 친구와 함께 있었다거나……. 아니면…… 외람된 말씀입니다만 혹시 외도를 했다거나……?"

라이얼은 고개를 저으며 주먹을 쥐고 두툼한 입술을 꼭 다물었다. "그럴 리가 없어. 외도라니, 말도 안 돼."

덕워스는 라이얼이 뭔가 숨기고 있음을 알아차렸다. "코왈스키 씨?"

"리앤은 내 여자예요. 딴 놈이랑 놀아나다니, 절대 그럴 리 없어요."

"그런 적이 있습니까?"

라이얼은 잠시 침묵하다가 입을 열었다. "없어요."

"코왈스키 씨, 솔직하게 말씀해 주셔야 합니다. 살다 보면 그런 일도 생기는 법이에요." 덕워스가 말했다.

라이얼은 입술을 씰룩거리더니 이윽고 입을 열었다. "몇 년 전에 리앤과 저는 힘든 시기를 겪었어요. 지금하고는 달랐죠. 지금이야 꽤 잘 지내는 편이에요. 당시 리앤이 바에서 웬 놈팡이랑 눈이 맞은 적이 있어요. 하지만 하룻밤 상대였을 뿐 계속 만나지는 않았어요."

"그 남자는 누구였습니까?"

"누군지는 몰라요. 제가 알아낸 게 아니라 리앤이 알려준 거였으니까요. 미안해서 자백한 게 아니라 제게 본때를 보여주려고 그런 거였죠. 네가 잘하지 않으면 얼마든지 다른 놈이랑 사라질 수 있다, 뭐 그런 뜻이었겠죠. 그 사건 이후 저는 나쁜 버릇을 고쳤어요."

덕워스는 거실을 찬찬히 둘러보다가 다시 라이얼에게 시선을 고정시켰다.

라이얼은 금방이라도 울음을 터뜨릴 것 같았다. "진짜 무슨 일이라도 생긴 게 아닌지 너무 걱정돼요. 교통사고라도 난 건가, 혹시 확인해 보셨어요? 리앤의 차는 포드 익스플로러예요. 파란색이고 1990년 모델인데 녹이 좀 슬었어요."

"말씀하신 차종이 연루된 교통사고 소식은 없었습니다. 부인과 잰 하우드의 관계는 어땠습니까?" 덕워스가 물었다.

라이얼은 눈을 깜빡거렸다. "같이 일하는 사이인데."

"두 사람은 친구인가요? 퇴근 후에 같이 어울린다는가 주말에 놀러다닌다든가."

"에이, 아니에요." 라이얼이 말했다. "이건 비밀인데, 리앤은 잰이 재수없다고 그랬어요. 자기가 제일 잘난 줄 안다고요."

끝으로 덕워스는 라이얼에게 몇 가지 기초적인 질문을 한 뒤 메모장에 그

대답을 기록했다.

"부인의 생년월일이 어떻게 되십니까?"

"어…… 2월 9일이에요. 1973년."

"정확한 성명은요?"

라이얼은 코를 훌쩍이다가 입을 열었다. "리앤 캐서린 코왈스키. 결혼하기 전의 성은 보스윅."

덕워스는 계속 끄적거리면서 물었다. "체중은?"

"글쎄요…… 65…… 아니, 55킬로그램 정도. 마른 편이에요. 키는 168에서 170센티미터."

"머리 모양은 어떻습니까?"

"검은색. 짧은 편이고 몇 가닥 염색했어요."

덕워스는 리앤 코왈스키의 사진을 요구했다. 라이얼이 제공할 수 있는 제일 괜찮은 사진은 그와 리앤이 서로의 입에 웨딩 케이크를 쑤셔 넣는 10년 전 결혼사진이었다.

덕워스는 코왈스키의 집 앞 도로 경계석에 세워둔 차를 몰기 전에 휴대폰을 꺼내어 전화를 걸었다. "거너인가?"

"네, 덕워스 형사님."

"아직 파이브 마운틴즈야?"

"하루 종일 여기 있었죠. 지금 마무리하는 중입니다."

"어떻게 됐어?"

"보고 드릴게요. 우선 온라인에서 구매했다는 그 세 번째 티켓의 행방을 다시 확인해 봤습니다."

"그랬는데?"

"혹시 시스템에 문제가 있는지 조사해 봤지만 그건 아니었어요. 즉, 잰 하우드가 놀이공원에 들어왔다고 해도 온라인으로 구매한 티켓을 이용한 것은 아니라는 결론입니다."

"알겠어." 덕워스가 말했다.

"그래서 남편이 준 사진들을 토대로 놀이공원 출입구들을 드나든 사람들을 하루 종일 살펴봤습니다. 남편과 아들이 출입구에 등장한 시간부터 경찰이 신고를 접수한 시간까지를 프레임 단위로 세분화해서 살펴봤어요."

"그래, 그런데?"

"쉽지 않았어요. 일단 사람들이 너무 많았고, 얼굴이 흐리게 나온 경우라든가 모자로 얼굴이 가려진 경우들이 있었어요. 따라서 잰 하우드가 출입구를 지나갔지만 포착하지 못했을 가능성이 있습니다. 여하튼 사진과 남편의 설명을 기반으로 조사를 진행했어요."

"하지만 발견되지 않았다?"

"네, 전혀. 있는데 못 찾은 것이 아니라면."

"고마워. 수고했어. 이제 그만 퇴근해."

"분부대로 기꺼이 퇴근하겠습니다." 거너가 말했다.

"캠피언도 아직 거기 있나?"

"줄곧 여기 있었어요. 지금 저기 문밖에 있네요."

"좀 바꿔 줘."

거너가 전화기를 내려놓고 디디 캠피언 경관을 소리쳐 부르는 것이 들렸다. 20초 정도 후 캠피언이 전화를 받았다.

"캠피언입니다."

"나야, 디디 경관. 하루 종일 고생 많았지?"

"네, 형사님."

"오늘 아침에 만난 그 꼬마에 관해 물어볼 게 있어."

"물어보세요."

"꼬마가 엄마를 놀이공원에서 봤다고 하던가?"

"무슨 말씀이시죠?"

"꼬마가 아침에 진짜로 잰 하우드를 봤느냐고."

"아이는 엄마에 관해 물어봤어요. 엄마한테 무슨 일이 있냐고요. 그래서 저는 당연히 아이가 놀이공원에서 엄마를 봤다고 생각했습니다만."

"혹시 말이야, 뭐랄까…… 실은 엄마가 거기 없었는데 있었다고 착각하도록 유도됐을 가능성은 없을까?"

"그 말씀은 예를 들면, 이제 엄마 만나러 가자, 엄마는 화장실 갔어, 뭐 이런 식의 얘기를 아빠가 아이한테 했을지도 모른다는 말씀인가요?"

"그래, 바로 그거야." 덕워스가 말했다.

"흠……."

"꼬마는 지금 네 살밖에 안 됐잖아? 네 살짜리 애라면 '야, 너 투명인간이야!' 라고 반복해서 말해도 진짜라고 믿을 테니까. 즉, 꼬마의 아빠가 꼬마로 하여금 있지도 않은 엄마가 있다고 생각하게끔 유도했을 가능성이 있어."

"아이는 약간 졸린 것 같았어요. 피곤해 보였죠. 하지만 머리가 나쁜 애는 아니었답니다." 캠피언이 말했다.

"들어봐. 데이빗 하우드는 가족이 다 함께 파이브 마운틴즈에 놀러 왔다고 말했지만 티켓은 두 장밖에 사지 않았어. 게다가 부인이 자살 욕구에 시달리고 있었고 의사에게 진찰을 받았다고 했는데, 알고 보니 부인은 의사를 만나러 간 적이 없었어."

"없었다고요?"

"없었어. 아까 의사인 새뮤얼즈한테 들은 거야. 그리고 잰 하우드가 일하는 냉난방 회사의 사장도 만났지. 그 사장 말이, 지난 2주간 잰 하우드에게 우울한 느낌은 없었다더군. 오히려 왠지 흥분한 상태였다고 말했어. 뭔가를 기다리는 사람 같았다나?"

"이상하네요."

"잰 하우드에게 자살 욕구가 있었다고 말한 사람은 오로지 남편뿐이야. 의사는 잰 하우드를 진찰한 적이 없었고, 사장도 그녀가 괜찮아 보였다고 말했으니까."

"다시 말해, 남편이 자작극을 벌였다?"

"그 사장 이야기에 따르면, 잰 하우드는 금요일에 남편과 차를 타고 어디론가 갈 계획이었어. 사장이 어디 가느냐고 물었더니 잰 하우드는 비밀이라고 말했다더군. 남편이 준비한 깜짝쇼라고 말이지."

"그럼 이제 어떻게 할 생각이세요?"

"자네 아직 교대 근무 중인가?"

캠피언이 한숨을 쉬었다. "저 이미 업무량의 두 배는 일하고 있어요. 세 배로 만들 작정이세요? 아주 죽을 맛이에요."

"보도자료 내 본 적 있지?"

"네, 그쪽 업무도 해 봤어요."

"데이빗 하우드에게는 내일 보도자료를 내겠다고 말했지만 오늘 밤에 내야겠어. 어떻게 반응하는지 한번 보자고. 아직 11시 뉴스에 기사를 낼 시간이 있으니 간략하게 작성해 봐. 잰 하우드의 사진과, 파이브 마운틴즈에서 마지막으로 행방이 파악됐다는 내용 정도면 충분해. 늘 하던 대로 '잰 하우드의 행방을 아시는 분은 경찰에 제보 바랍니다', 이런 문구도 집어넣고."

"알겠습니다." 캠피언이 말했다.

덕워스는 캠피언에게 고맙다는 말을 하고 휴대폰을 닫았다. 그는 잰 하우드가 파이브 마운틴즈에 오지 않았을 거라는, 그녀의 남편이 무슨 짓을 했을 거라는 의혹을 떨칠 수가 없었다.

그것이 리앤 코왈스키의 실종과 어떤 관계가 있는지는 알 수 없었다. 하지만 그녀와 잰 하우드는 직장 동료이고, 동시에 실종됐다. 우연이라고 치부하기에는 지나치게 공교로웠다. 덕워스 형사는 일단 잰 하우드에게 초점을 맞춰 수사를 진행하기로 했다. 리앤 코왈스키의 흔적은 수사 도중에 저절로 발견될 것이다.

16

내가 로체스터에 도착하기 30분 전에 휴대폰이 울렸다.

"뉴스에 나왔다. TV에 나왔어." 어머니였다.

"뭐라고요? 뭐가 나왔어요?"

"잰의 사진이 나왔고, 행방을 알면 경찰에 제보해 달라는 내용이더구나. 이게 잘 되고 있는 거니?"

"네." 나는 느릿느릿 입을 열었다. "하지만 덕워스 형사는 보도자료를 낼지 말지 내일 결정하자고 했었는데, 왜 마음을 바꿨을까……. 자세한 설명이 나오던가요?"

"자세하지는 않았어. 잰의 이름, 나이, 키, 실종 당시 입었던 옷……."

조금 떨어진 곳에서 아버지가 외치는 소리가 들렸다. "눈 색깔!"

"맞아. 눈 색깔이랑 머리 모양."

"실종된 장소는요?"

"짤막하게 나왔다. 파이브 마운틴즈 부근에서 마지막으로 행방이 파악됐다고. 그런데 이썬을 끌고 갔다던 남자 얘기는 없었어. 그 얘기도 해야 하지 않을까?"

"덕워스 형사는 왜 나한테 연락하지 않았을까…… 보도자료를 낼 생각이었다면 미리 알려줬을 텐데……." 내가 중얼거렸다.

곧 〈스탠다드〉로부터 전화가 올 것이다. 이게 무슨 말도 안 되는 일이냐고, 어떻게 우리 신문사 기자의 부인이 실종된 사건을 다른 언론사에서 먼저 보도할 수 있느냐고 난리를 치겠지. 종이 신문이야 어차피 내일 아침에 나온다고 해도 웹사이트에는 지금 바로 올릴 수 있었을 테니 말이다.

하지만 그런 걱정을 할 여유가 없었다.

"도착했니?" 어머니가 묻자 아버지가 소리를 질렀다. "운전할 때 커피 마시라고 해!"

"거의 다 왔어요. 호텔에서 묵고 내일 아침 잰의 부모를 만나러 가려고 했는데 아무래도 지금 바로 찾아가야겠어요. 머리가 복잡해서 잠을 못 잘 것 같아요. 당장 뭐든지 해야겠어요."

전화기 너머에서는 아무런 대답도 들려오지 않았다.

"여보세요?"

"미안하다. 고개를 끄덕거렸지 뭐니. 너한테 보이지 않는다는 걸 깜빡했네." 어머니의 지친 웃음소리가 들렸다.

"이썬은 어때요?"

"소파에 그대로 놔뒀어. 딴 데로 옮기다가 깨워버리면 또 난리를 칠 것 같아서. 우리도 이제 자러 가야겠구나. 그래도 혹시 무슨 일 생기면…… 소식을 들으면 전화해 주렴, 알았지?"

"그럴게요. 어머니도 무슨 일 있으면 연락 주세요."

휴대폰을 재킷에 집어넣기 전에 나는 덕워스 형사에게 전화를 걸어서 왜 지금 잰의 실종을 보도했는지 물어볼까 생각했다. 하지만 잠시 후면 로체스터에 도착할 것이므로, 나는 곧 있을 잰의 부모와의 만남에 집중하기로 했다.

잰에게 들은 얘기도 있고 해서 나는 그들과의 만남에 마음이 설레지는 않았다. 그렇다고 그들이 잰에게 저지른 짓을 비난할 생각도 없었다. 나는 지금 잘잘못을 따지려고, 과거의 행실을 탓하려고 그들을 만나러 가는 것이 아니었다.

그들이 잰을 만났는지 물어보기만 하면 끝이다. 간단명료하다. 잰이 그들을 찾아왔는지, 연락을 했는지, 아니면 그들이 잰이 있을 만한 곳을 아는지.

자정이 지날 무렵, 나는 90번 도로를 빠져나와 490번 도로를 타고 북쪽으로 향했다. 나는 곧 팔미라 로드로 빠지는 출구로 접어들었고, 금방 링컨 가에 이르는 길이 나타났다.

시간은 12시 10분. 가로등 불빛만이 거리를 밝히고 있었다. 주말 밤이니 한두 집 정도는 늦게까지 불을 밝히고 파티를 할 법도 했지만, 이곳 주민은 대부분 노인들인 듯했다. 토요일도 밤 10시만 지나면 불이 꺼지는 동네.

나는 거리를 내려가 일전에 딱 한 번 본 적 있는 바로 그 집 앞에 차를 세웠다. 진입로에는 올즈모빌이 주차되어 있었고 현관문의 등불만이 집을 밝히고 있었다.

나는 시동을 끄고 자동차에 잠시 앉아 있었다. 식어가는 엔진에서 탁탁거리는 소음이 들렸다.

'과연 잰이 저곳에 있을까?'

혹시 잰이 정말로 부모를 만나러 왔다 해도 그들이 잰에게 하룻밤 자고 가라고 청할 만큼 일이 잘 풀렸을 것 같지는 않았다.

"자, 가보자." 나는 낮은 목소리로 중얼거렸다.

차에서 내려 되도록 살며시 문을 닫았다. 링컨 가의 다른 주민들을 깨울 필요는 없었다. 나는 텅 빈 도로를 가로질러 리클러 부부 집의 진입로를 올라가 현관문으로 다가갔다.

홀로 불을 밝히고 있는 전구 밑에서 나는 초인종을 살폈다. 초인종은 문틀의 오른편에 붙어 있었다. 나는 엄지손가락으로 초인종을 꾹 눌렀다.

초인종이 작동하지 않는 것인지, 아무 소리도 들리지 않았다. 문득 벽에 달린 금속 우편함에 "전단지 및 광고 우편물 사절!"이라고 적힌 스티커가 붙어 있는 것이 보였다. 리클러 부부는 귀찮은 방문객과 우편물 때문에 고생하는 듯했다. 그렇다면 초인종의 작동을 멈추는 것은 괜찮은 해결 방법이었다.

물론 일부러 멈춘 것이 아니라 그냥 고장이 난 것일지도 모른다. 확인을 위해 나는 또다시 초인종을 눌러봤지만 여전히 아무런 소리도 들리지 않았다.

현관문의 금속 덧문을 열자 빛바랜 놋쇠 고리가 붙어 있는 것이 보였다. 나는 고리로 현관문 표면을 다섯 차례 두드렸다. 그 소리는 현관에 서 있는 나에게는 마치 총성과도 같았지만 과연 리클러 부부를 깨울 수 있을지는 알 수 없었다.

15초쯤 지나도 집 안에서 불빛이 보이지 않자 나는 다시 고리로 문을 두드렸다. 세 번째로 문을 두드리려는 순간, 창문 너머로 계단을 내려오는 등불이 보였다.

누군가 깨어났다.

나는 행여 그들이 계단을 내려오기도 전에 현관문에 있는 사람이 떠났다고 생각하고 돌아갈까 봐 두 번 더 가볍게 문을 두드렸다. 곧이어 가운과 파자마 차림의 호러스 리클러가 나타났다. 얼마 남지 않은 그의 머리카락이 사방으로 뻗쳐 있었다.

현관문에서 떨어진 거리에서 호러스가 소리를 질렀다. "누구요?"

"리클러 씨?" 나는 소리를 지르지는 않았지만 현관문 너머의 호러스에게 들릴 만큼 큰 목소리로 말했다. "얘기 좀 할 수 있을까요?"

"당신 누구요? 지금 시각이 몇 시인 줄 알아? 총 가지고 있으니 허튼수작 마!"

그가 정말로 총을 구비하고 있는지는 모르겠지만 보아하니 손에 들고 있지는 않았다.

"저는 데이빗 하우드라고 합니다. 부탁이에요, 할 얘기가 있습니다. 아주 중요한 얘기예요."

그때, 또 다른 누군가가 계단을 내려왔다. 머리카락이 헝클어진 채 잠옷과 가운을 걸친 그레천 리클러였다. 그녀가 남편에게 현관에 있는 게 누구인지, 무슨 일이 있는지 묻는 소리가 어렴풋이 들렸다.

"잰에 관해서 할 얘기가 있어요!" 내가 말했다.

호러스 리클러는 지금 내가 한 말을 자신이 제대로 들은 건지 의아해하며 머뭇거리더니 문으로 다가왔다. 잠금장치가 돌아가는 소리와 함께 도어체인이 미끄러지며 문이 조금 열렸다.

"그게 무슨 소리야?" 호러스 리클러가 물었다. 그레천은 남편의 등 뒤에 꼭 붙어 있었는데, 남편을 보호막으로 삼느라 그런 것인지 잠옷 차림의 자신을 가리려고 그런 것인지 불분명했다. 아마 둘 다 이유인 것 같았다.

"주무시는데 방해해서 죄송합니다, 리클러 씨, 리클러 부인. 정말 죄송합니다. 상황이 워낙 긴급해서 어쩔 수 없었어요."

"누구예요?" 그레천 리클러가 물었다. 그녀의 목소리는 낡은 레코드판을 고속으로 돌릴 때처럼 음고가 높고 지직거렸다.

"저는 데이빗 하우드라고 합니다. 잰의 남편이에요."

두 사람은 나를 뚫어지게 쳐다봤다.

"이런 식으로 뵐 생각은 아니었지만 선택의 여지가 없었어요. 밤중에 프로미스 폴즈에서 차를 몰고 왔습니다. 잰이 실종돼서 찾는 중이에요. 혹시라도 아내가 두 분을 만나러 오지 않았을까 하는 생각에……."

두 사람은 여전히 나를 바라보고 있었다. 얼어붙은 호러스 리클러의 얼굴에 점점 노여운 빛이 감돌았다.

"당신, 뭔가 착각했군. 어서 우리 집 현관에서 꺼져." 호러스가 말했다.

"부탁입니다. 당신과 따님 사이가 어땠는지 저도 알아요. 오랫동안 연을 끊고 살았다는 것도 압니다. 하지만 아내에게 나쁜 일이 생겼을까 봐 걱정돼 죽겠습니다. 잰이 찾아오거나 전화를 한 적이 없습니까? 아니면 혹시 잰이 갈 만한 곳이나 만날 만한 사람을 아신다거나……."

호러스의 얼굴이 분노로 벌게졌다. 그는 양 옆구리에서 주먹을 꽉 쥐고 있었다.

"너 뭐야? 지금 무슨 개수작이야? 똑똑히 들어. 내가 늙기는 했지만 계속 까불면 링컨 가 한복판에서 박살을 내버릴 테다."

나는 포기하지 않고 말을 이었다.

"제가 집을 잘못 찾은 것은 아니죠? 두 분은 호러스와 그레천 리클러이고, 따님의 이름은 잰이 맞죠?"

이윽고 그레천이 남편의 등 뒤에서 나와 나를 향해 속삭였다.

"맞아요."

"우리 딸은 죽었어." 호러스가 이를 악물고 말했다.

그의 이 한마디가 각목처럼 내 머리를 가격했다. 최악의 사태가 이미 벌어졌다. 나는 너무 늦게 이곳에 온 것이었다.

"그럴 수가……. 언제…… 무슨 일이……?"

"우리 딸은 오래전에 죽었어."

나는 안도의 한숨을 내쉬었다. 잰에게 무슨 일이 생긴 줄 알았더니 그게 아니라 그들과 잰이 인연을 끊은 지 오래되었기 때문에 죽은 사람이나 마찬가지라는 뜻이었던 것이다. "리클러 씨의 심정은 이해합니다. 하지만 따님을 단 한 순간이라도 사랑했다면 제발 저를 도와주세요."

그레천이 말했다. "오해하고 있군요. 딸아이는 정말로 죽었어요."

또다시 온몸에 충격이 왔다. 이제 너무 늦었다. 잰은 정말로 부모를 만나러 이곳에 왔던 것인가? 여기서 목숨을 끊은 것인가? 그것이 잰이 마지막으로 할 수 있는 복수였던가? 로체스터에 와서 부모가 보는 앞에서 목숨을 끊는 것이?

나는 가까스로 입을 열었다. "그게…… 무슨 말씀입니까……?"

"우리 딸은 어릴 때 죽었어요." 그레천이 말했다. "다섯 살 때……. 끔찍한 일이었어요."

PART THREE

17

여자는 눈을 떴다. 그리고 어둠에 적응하기 위해 눈을 몇 차례 깜빡거렸다.

그녀는 침대에 누워 천장을 바라보고 있었다. 방 안은 더웠다. 어디선가 에어컨이 웅웅거리며 덜컹대고 있었지만 별 효과가 없었던 탓에 그녀는 잠결에 이불을 허리까지 내린 상태였다.

그녀는 땀이 났는지 보기 위해 팔을 뻗어 배를 더듬었다. 피부는 뜨겁지 않았지만 축축했다. 문득 자신이 벌거벗고 있음을 깨닫고 그녀는 어리둥절했다. 옷을 벗고 자는 습관은 이미 오래전에 버렸다. 신혼 몇 달간은 그런 상태로 자는 게 자연스러웠지만 결국 뭔가 걸치게 되었던 것이다.

고속도로에 늘어선 키 큰 가로등 불빛이 구부러지고 휘어진 창문 블라인드로 새어 들어왔다. 그녀는 쉴 새 없이 지나가는 자동차들의 소리에 귀를 기울였다. 대형 트레일러들이 으르렁거리며 한밤의 고속도로를 질주하고 있었다.

그녀는 이곳이 어디인지를 떠올려 봤다.

이불에서 다리를 끄집어내어 침대에 앉은 뒤, 그녀는 바닥에 발을 내려놓았다. 발가락에 닿은 싸구려 공산품 카펫이 까끌거렸다. 그녀는 몸을 숙이고 양손으로 머리를 감싼 채 잠시 침대에 가만히 앉아 있었다. 머리카락이 눈앞으로 드리워졌다.

머리가 아팠다. 그녀는 아스피린과 마실 물이 마법처럼 짠하고 나타나기를 바라며 침대 옆 테이블을 힐끔 쳐다봤다. 하지만 어렴풋한 불빛 속에서 보이는 것이라곤 구겨진 지폐와 동전, 밤 12시 10분을 알리는 디지털 시계, 그리고 금발의 가발뿐이었다.

기껏해야 한 시간밖에 못 잔 셈이었다. 그녀는 10시 반쯤 침대에 들어갔지만 11시가 훨씬 넘을 때까지 얼룩진 천장을 바라보며 이리저리 뒤척였다. 그러다 결국 잠이 들기는 했지만 그것도 썩 편안한 잠은 아니었다.

그녀는 천천히 침대에서 일어나 두 걸음을 걸어 창문으로 다가가 블라인드의 틈새로 밖을 내다봤다. 딱히 볼 만한 것은 없었다. 주차장 공간의 4분의 1 정도에는 자동차들이 주차되어 있었고 고속도로에서도 잘 보일 만큼 높은 광고 표지판에는 "베스트 웨스턴 모텔"이라고 적혀 있었다. 저 멀리 더욱 높은 표지판들이 보였는데, 그중 하나는 엑슨 모빌, 또 하나는 맥도날드의 표지판이었다.

여자는 방문으로 다가가 문이 잠겨 있는지 확인했다.

그리고 소리가 나지 않게 조용히 화장실로 걸어가 문을 밀었다. 그녀는 안으로 들어가 손으로 전등 스위치를 더듬어 찾은 뒤 천천히 문을 닫고 불을 켰다.

순간 강렬한 조명이 그녀의 눈을 찔렀다. 그녀는 실눈을 뜬 채 불빛에 적응할 때까지 기다렸다가 다시 눈을 뜨고 세면대의 커다란 거울에 비친 벌거벗은 자신을 응시했다.

"이런……." 그녀의 검은 머리카락은 지저분하게 헝클어져 있었다. 눈 밑이 검었고 입술은 말라 있었다.

세면대 옆에는 캔버스 천으로 된 작은 세면도구 가방이 열린 채 놓여 있었다. 아까 가방에서 꺼냈던 칫솔, 화장품, 솔빗 등은 아직 집어넣지 않았다. 그녀는 가방을 넓게 열어 안을 뒤졌다.

"있다." 그녀는 원하는 물건을 찾았다. 그것은 바로 여행용 크기의 아스피린 병이었다. 그녀는 병 뚜껑을 열고 아스피린 두 알을 손바닥에 꺼냈다. 아스피린을 입안에 털어 넣은 뒤 몸을 숙여 수도꼭지를 틀고 아스피린을 삼킬 만큼의 물을 손으로 받아 마셨다. 고개를 젖혀 약을 목구멍으로 내린 그녀는 다시 손으로 물을 받아 마시고, 팔을 뻗어 수건을 집어 손과 턱을 닦았다.

그녀는 고개를 숙여 오른쪽 발목 안쪽에 붙은 반창고를 보며 얼굴을 찌푸렸다. 상처는 아직 낫지 않았다. 아물려면 며칠은 더 걸릴 것이다.

그때 그녀의 배가 큰 소리로 꼬르륵거렸고 그 소리는 좁은 화장실의 타일에 부딪혀 메아리쳤다. 그녀는 배가 고팠다. 두통의 원인은 바로 배고픔이었다. 신경과민 탓에 하루 종일 그녀는 아무것도 먹지 못했다. 지금이라면 음식을 넘길 수 있을 것 같았다.

저 맥도날드는 24시간 영업을 하는 지점일 것이다. 한밤중의 트럭 운전사들에게도 어디든 먹을 곳은 필요할 테니까. 빅맥이라면 허기를 달랠 수 있다. 지금 그녀에게는 그저 그런 햄버거마저도 진수성찬이었다. 모텔 방에는 도리토스와 반쯤 남은 마즈 초코바 외에는 먹을 것이 없었다. 운전 중에 먹을 군것질거리들이 있기는 했지만, 그녀는 거의 손대지 않았었다.

배가 무척 고팠지만 그녀는 위험을 무릅쓰고 모텔 방을 나갈 생각이 없었다. 일단 지금은 여기 잠자코 있는 것이 최선이다. 대낮에도 그렇지만 특히 한밤중에 혼자 돌아다니는 여자는 사람들의 이목을 끌기에 충분했다.

그녀는 화장실 문손잡이를 잡고 불을 끈 뒤 손잡이를 돌렸다. 침대로 돌아가다가 물건들에 걸려 넘어지지 않도록 그녀는 또다시 눈을 어둠에 적응시켰다.

그녀는 혹시라도 파란색 포드 익스플로러가 나타나지 않을까 조바심을 내며 다시 창밖을 내다봤다. 하지만 그 차는 여기서 멀리 떨어진 곳에 내다버렸으니 그럴 리는 없었다. 언젠가는 결국 발견될 것이다. 그것이 결과적으로 좋을지 나쁠지는 알 수 없었다. 라이얼은 지금쯤 경찰에 연락을 했을 것이다. 아무짝에도 쓸모없는 작자이긴 하지만 마누라가 집에 돌아올 시간이 지났다는 것쯤은 눈치챘을 테니까. 라이얼은 하루 종일 술을 퍼 마시고, 친구들하고 밤늦게까지 돌아다니고, 집안일은 전혀 거들지 않았다. 그리고 그 냄새나는 개. 포드 익스플로러에서도 그 냄새가 진동하고 있었다. 하지만 라이얼은 성질이 고약한 술꾼은 아니었다. 아주 가끔, 얼굴에 더 이상 참지 않겠다는 결의가 비치기도 했지만 그런 표정은 오래가지 않았다. 라이얼은 도무지 반격할 줄 모르는 남자였다.

여자가 방금 전까지 자고 있던 침대의 반대쪽에서 다른 누군가가 뒤척였다.

그녀는 창문에서 몸을 돌렸다. 다시 자는 것 말고는 딱히 할 일이 없었다. 아스피린의 효과가 나타나면 곧 다시 잠들 수 있을 것이다. 시계를 보니 밤 12시 21분이었다.

이제 그녀에게 일찍 일어나야 할 이유는 없었다. 출근해야 할 회사도 없었다. 아침을 만들어 먹일 사람도 없었다.

그녀는 살며시 침대에 앉아 천천히 다리를 들어 이불 안으로 집어넣고, 숨을 죽이며 머리를 베개에 뉘었다. 모텔 침대의 좋은 점은 매트리스가 스프링이 아니라 콘크리트가 든 것처럼 딱딱해서 같이 자는 사람을 방해하지 않고도 들락날락할 수 있다는 것이었다.

하지만 이번에는 그렇지 않았다.

반대편에 누운 누군가가 몸을 돌려 그녀에게 말했다. “어이, 무슨 일 있어?”

“쉿, 계속 잠이나 자.” 그녀가 말했다.

“무슨 일인데?”

“머리가 아파서. 아스피린 찾고 있었어.”

“저기 작은 용기에 들어 있더라.”

“그래, 찾았어.”

손 하나가 그녀의 가슴으로 다가오더니 엄지와 검지로 젖꼭지를 주물렀다.

“드웨인, 나 머리 아프다고 했잖아. 더듬지 말란 말이야.”

남자는 손을 거두며 말했다. “스트레스 때문에 지친 거야. 잰인지 뭔지에서 벗어나려면 시간이 걸리겠지.”

여자가 말했다. “뭘 벗어나? 그 여자는 이미 죽었어.”

18

"알아들었으면 빨리 우리 집 현관에서 꺼져." 호러스 리클러가 말했다.

"저는…… 그게 무슨 말씀인지……." 나는 열린 현관문 앞에서 호러스와 그레천 리클러 부부의 얼굴을 멍하니 쳐다보며 말했다.

"고약한 놈." 현관문을 몸으로 밀어 닫으며 호러스가 말했다.

"잠깐! 잠깐만요! 그건 말이 안 됩니다."

"맞는 말이야. 한밤중에 자는 사람을 깨워서 죽은 딸을 들먹이다니, 말이 안 되고말고." 호러스가 말했다.

그가 문을 완전히 닫기 전에 그레천이 입을 열었다. "여보."

"왜?"

"잠깐 기다려 봐요." 현관문은 열리지도 닫히지도 않은 상태로 멈췄다. 그레천이 내게 물었다. "댁이 누구라고요?"

"데이빗 하우드입니다. 프로미스 폴즈에서 왔어요."

"부인의 이름이 잰……?"

호러스가 말을 막았다. "그만해, 여보. 미친놈이야. 상대하지 마."

내가 말했다. "맞습니다. 재니스, 줄여서 잰이에요. 지금은 잰 하우드입니다만 결혼 전 이름은 잰 리클러였어요."

"잰 리클러라는 이름을 가진 사람은 세상에 많아요. 집을 잘못 찾아오셨나 봐요." 그레천이 말했다.

나는 현관문이 닫힐세라 문에 손바닥을 올려놓았다. "하지만 출생증명서상에 나온 부모의 이름은 호러스와 그레천이었고 태어난 곳은 바로 이곳 로체스터였습니다."

노부부는 내 말을 믿어야 할지 망설이며 나를 바라봤다.

뜻밖에도 그레천이 아닌 호러스가 먼저 내게 물었다. "생년월일은?" 내가 설마 답을 알지 못할 것이라고 생각했는지 그의 목소리는 도전적이었다.

"1975년 8월 14일." 내가 대답했다.

갑자기 두 사람은 마치 몸속의 공기가 남김없이 빠진 듯 보였다. 호러스는 가슴을 가격당한 사람처럼 몸을 굽히며 고개를 떨궜다. 그는 현관문을 잡은 손을 놓고 뒤돌아서 집 안으로 한 걸음 들어갔다.

그레천은 얼굴이 어두웠지만 그대로 문가에 머물러 있었다.

"미안합니다. 두 분에게도 그렇겠지만 저에게도 충격이에요."

그레천은 슬픈 표정으로 고개를 저었다. "이건…… 남편에게 너무 괴로운 상황이에요."

"어떻게 설명해야 할지 모르겠습니다." 내가 말했다. 무릎에서 힘이 빠졌고 몸이 조금 떨렸다. "오늘 오후, 그러니까 토요일 정오경에 아내가 실종됐습니다. 사라졌어요. 아내가 접촉할 만한 사람들을 생각하다가 두 분을 만나러 여기까지 왔습니다."

"댁의 부인이 왜 우리 딸의 출생증명서를…… 어떻게 그런 일이 가능하죠?" 그레천이 말했다.

나는 그에 대한 설명을 생각하기 전에 입을 열었다. "저기, 좀 들어가도 될까요?"

그레천이 남편을 돌아봤다. 그는 우리의 대화를 듣고 있었지만 우리를 쳐다보고 있지는 않았다. "여보?" 그레천이 묻자 호러스는 아무래도 상관이 없다는 듯 한 손을 쳐들었다. 집에 들이든 말든 알아서 하라는 뜻이었다.

"그럼 들어오세요." 문을 활짝 열며 그레천이 말했다.

그레천은 나를 거실로 안내했다. 거실에는 노부부가 그들의 부모로부터 물려받았을 법한 가구들이 들어차 있었는데, 그중에서 만든 지 20년이 안 되어 보이는 것은 칙칙한 소파 하나뿐이었다. 거실에서 유일하게 색감을 지니고 있는 물건은 뜨개질한 엉성한 꽃무늬 커버가 씌워진 쿠션들이었다. 쿠션들은 밋밋한 서류 봉투에 붙은 우표들처럼 소파와 의자들 사이에 흩어져 있었다. 벽에는 싸구려 풍경화들이 천장에 닿을 만큼 높은 위치에 걸려 있었다.

내가 먼저 의자에 앉자 그레천은 몸에 두른 가운을 꼭 끌어당기며 소파에 앉았다. "여보…… 호러스…… 이리 와서 앉아요."

거실에는 액자에 끼워진 가족사진들이 있었다. 대부분의 사진에는 리클러 부부가 함께 또는 따로 등장했고, 종종 남자아이가 같이 있었다. 사진들을 시간순으로 나열하면 그대로 소년의 세 살 적부터 20대 초반까지의 성장 과정이 될 것 같았다. 성인이 된 소년이 제복을 입고 찍은 사진도 한 장 있었다.

그레천은 내가 사진을 보는 것을 눈치채고 말했다. "브래들리예요."

나는 고개를 끄덕였다. 평소 같았으면 아드님이 참 잘 생겼다고 칭찬이라도 했겠지만 지금은 그렇게 예의를 차릴 정신도 기운도 없었다.

호러스 리클러가 마지못해 소파로 다가와 부인 옆에 앉았다. 그레천은 파자마를 입은 남편의 무릎 위에 자신의 손을 올렸다.

"죽었소." 내가 젊은 아들의 사진을 보는 것을 보고 호러스가 말했다.

"아프가니스탄에서 급조폭발물에 희생당했어요." 그레천이 말했다.

"상심이 크셨겠습니다."

"캐나다인 두 명과 함께 사망했어요. 2년 전 카불의 외곽에서."

거실에 몇 초간 정적이 흘렀다.

"우리는 아들과 딸을 모두 잃었어요." 그레천이 말했다.

나는 머뭇거리며 말을 꺼냈다. "그런데 따님 사진은 안 보이는군요." 나는 다섯 살에 죽었다는 딸의 얼굴을 몹시 확인해 보고 싶었다. 만약 잰이 맞다면 어릴 적 사진이라고 해도 분명 알아볼 수 있을 것이다.

"꺼내 놓지 않았어요."

나는 잠자코 설명이 이어지기를 기다렸다.

"너무 괴로워서……. 오랜 세월이 흘렀지만 그때를 생각하면 아직 괴로워요." 또다시 불편한 정적이 흘렀다. 호러스가 말할 준비를 하듯 입술을 씰룩거리더니 이윽고 말을 내뱉었다. "내가 죽였어."

나는 놀란 나머지 가까스로 입을 열었다. "뭐라고요?"

수치스럽다는 듯 호러스는 자신의 무릎을 내려다봤다. 그레천이 남편의 무릎을 꼭 붙들며 다른 한 손을 그의 어깨에 올렸다. "여보, 이러지 마요."

"하지만 사실이야. 이제 둘러 말하지 않아도 돼."

그레천이 내게 말했다. "그건 너무도 끔찍한 사고였어요. 남편 잘못이 아니에요." 눈물을 참는 듯 그녀의 얼굴이 일그러졌다. "그날 저는 딸도 잃고 남편도 잃었어요. 30년 전 그날 이후 남편은 예전의 모습을 찾지 못했어요. 호러스는 선한 사람이에요. 그건 누구도 부정할 수 없어요."

"무슨 일이 있었나요?" 내가 물었다.

그레천이 입을 열기 전에 호러스가 말을 가로챘다. "내가 말해주지." 그는 자신의 죄를 고해하는 사람처럼 운을 뗐다. "딸도 잃고 아들도 잃은 마당에 이제 뭐가 어떻게 되든 상관없으니까."

호러스는 이야기를 잇기 위해 온몸의 힘을 끌어모았다.

"1980년 9월 3일이었어. 나는 일을 마치고 집으로 돌아왔고 그레천은 저녁 식사를 차리고 있었지. 앞마당에서는 어린 잰과 콘스턴스라는 친구가 놀고 있었어."

"다투고 있었어요." 그레천이 끼어들었고 나는 그녀에게 고개를 돌렸다. "내가 창문에서 보고 있었어요. 여자아이들은 곧잘 다투고는 하잖아요."

호러스가 다시 말을 이었다. "나는 저녁을 먹고 친구들을 만나러 나갈 참이었소. 볼링을 하러. 당시 볼링 리그에 참가하고 있었거든. 집에 늦게 들어왔던 탓에 식사를 최대한 빨리 먹어치워야 했지. 6시에 친구들을 만나기로 했는데 밥을 다 먹었을 때는 이미 6시 10분이었소. 나는 차로 달려가 안으로 뛰어들고는 진입로에서 정신없이 후진을 했어."

나는 호러스의 말이 이어지기를 기다렸다. 가슴이 울렁거렸다.

"남편 잘못이 아니었어요." 그레천이 다시 입을 열었다. "잰이…… 치였어요."

"네?"

"내가 차를 그렇게 빨리 몰지 않았다면 괜찮았을 텐데……. 여보, 잰의 친구 탓은 이제 그만해." 호러스가 말했다.

"하지만 사실이잖아요. 그때 두 아이는 진입로 옆에서 다투고 있었어요. 그러다가 콘스턴스가 잰을 자동차가 있는 쪽으로 밀쳤어요. 그 순간 호러스가 후진을……." 그레천이 말했다.

"맙소사……."

다시 호러스가 입을 열었다. "곧바로 내가 뭔가를 쳤다는 것을 느꼈어. 그래서 차를 급제동하고 나왔더니……."

그는 말을 멈추고 눈물이 고이는 것을 막을 요량으로 두 주먹을 꽉 쥐었다. 효과가 있었는지 호러스는 눈물을 흘리지 않았지만, 그레천의 눈에는 눈물이 그렁그렁했다.

나는 침을 꿀꺽 삼켰다.

"잰의 친구가 비명을 질렀어요." 그레천이 말했다. "이건 그 아이의 잘못이에요. 하지만 어린애를 탓할 수는 없잖아요? 애들은 자신의 행동이 어떤 결과를 초래할지 모르니까요. 예측하는 법을 모르죠."

"차를 몬 건 그 꼬마가 아니야. 내가 운전대를 잡고 있었어. 내가 제대로 확인하지 않아서 그렇게 된 거야. 행동의 결과를 예측하지 못한 건 나였어. 그 빌어먹을 볼링장에 늦게 도착할까 봐 정신이 나갔던 거라고." 호러스는 고개를 저었다. "게다가 견딜 수 없는 것은, 내가 아무런 처벌도 받지 않았다는 사실이야. 다들 그건 내 잘못이 아니라고, 사고였다고, 어쩌다 생긴 끔찍한 일이었다고 말했지. 나는 어떤 처벌이든 받고 싶었어. 하지만 그렇대도

달라질 건 없었겠지. 사형이 아닌 한 무슨 벌을 받든 나는 자신에게 더 지독한 벌을 내리고 싶었을 테니까."

"호러스는 두 번이나 자살을 기도했어요." 그레천이 말했다.

호러스는 내게서 시선을 피했다. 자신이 털어놓은 사건보다 자살 기도 실패가 더욱 부끄러운 듯 보였다. 그는 더 이상 말이 없었고 그것이 사건의 전말이었다.

"잰을 밀었던 아이의 삶도 그날로 망가져 버렸어요. 따지고 보면 그 아이도 불쌍해요." 그레천이 말했다. "하지만 나는 아이와 그 부모를 동정한 적이 한 번도 없어요. 당연하게도 그 가족은 사건이 있고 나서 다른 동네로 이사를 갔어요. 우리도 이곳을 떠나는 편이 좋았을 텐데……."

"차를 탈 때마다 내가 저지른 짓이 떠올랐지. 기나긴 세월 동안 한시도 잊을 수가 없었어." 호러스가 말했다.

나는 지금 세상에서 가장 슬픈 집에 들어온 기분이 들었다.

지금 나는 말 그대로 제정신이 아니었다. 호러스 리클러가 자신의 딸을 차로 치어 죽인 이야기 자체도 물론 충격적이었지만 나를 뒤흔든 것은 그 이야기가 지닌 함의였다.

호러스의 이야기 속 주인공은 바로 잰이었다. 내 아내의 출생증명서에 등장한 잰이었다.

하지만 호러스의 잰은 수십 년 전에 이미 사망했다. 그리고 나의 잰은 적어도 오늘까지는 살아 있었다.

내 아내는 호러스와 그레천 리클러 부부의 딸의 이름과 출생증명서를 가지고 있었다.

그러나 그 둘이 동일 인물이 아니라는 점은 명명백백했다.

나는 말문이 막혔다. 지금까지 들은 이야기들로 넋이 나간 나는 이제 노부부에게 무엇을 물어봐야 할지도 알 수 없었다.

"괜찮아요?" 그레천이 물었다.

“미안합니다. 저는…….”

“안색이 안 좋아요. 눈 밑이 부은 걸 보니 오랫동안 잠을 못 잤나 보군요.”

“저는…… 어떻게 이해해야 좋을지 모르겠습니다.”

“말 한번 잘하는군.” 호러스가 목소리에 역정을 실으며 말했다. “우리도 당신을 어떻게 이해해야 할지 모르겠소.”

나는 애써 마음을 가다듬으며 말했다. “사진을…… 따님의 사진을 볼 수 있을까요?”

그레천은 내 부탁을 들어줘도 될지 물어보듯 남편과 시선을 주고받은 뒤, 소파에서 일어나 뚜껑 달린 낡은 책상과 의자가 있는 거실의 한쪽 구석으로 걸어갔다. 그녀는 그곳에 앉아 책상 서랍을 열고 안으로 팔을 뻗었다.

사진을 찾는 데 시간이 걸리지 않은 것을 보니 그레천은 가끔씩 몰래 사진을 꺼내어 보는 듯했다. 나는 호러스의 입장을 이해했기에 딸의 사진이 밖에 나와 있지 않은 이유를 알 수 있었다. 자신이 죽인 딸과 날마다 시선을 마주치고 싶어 할 사람은 세상 어디에도 없을 테니까.

사진은 시어스 타워 같은 곳에서 찍었을 법한 가로 7.5, 세로 12.5 센티미터 정도의 흑백 인물 사진이었다. 빛이 조금 바래 있었고 한쪽 모서리가 말려올라가 있었다.

그레천은 사진을 나에게 건넸다. “두 달 전쯤 찍은 사진이에요. 그 일이 있기 두 달 전쯤…….”

잰 리클러는 아름다운 소녀였다. 보조개, 빛나는 눈동자, 금발의 곱슬머리를 지닌 천사 같은 얼굴.

나는 그 얼굴에 아내의 흔적이 있는지 살폈다. 아내의 눈, 가장자리가 올라간 그녀의 입, 또는 코의 윤곽…….

나는 이 사진이 다른 아이들의 사진들과 뒤섞여 테이블 위에 놓여 있다고 가정해 봤다. 그런 상황에서 내가 이 사진을 들고 “이거예요. 이 소녀가 내 아내입니다.”라고 말할 수 있는 흔적이 조금이라도 있는지 생각해 봤다.

아니, 전혀 없었다.

나는 사진을 그레천 리클러에게 돌려주며 조용히 말했다. "고맙습니다."

"어때요?"

"혹시나 하고 기대하는 것도 말이 안 되겠지만…… 제 아내가 아니에요."

호러스가 불평하듯 그르렁거렸다.

"아내의 사진을 보여드릴까요?" 나는 재킷 안으로 손을 집어넣어 덕워스 형사에게 이메일로 보냈던 시카고에서 찍은 사진을 한 장 꺼냈다.

호러스가 먼저 사진을 집어들고 보는 둥 마는 둥 하더니 그레천에게 건넸다.

그레천은 자기 딸의 이름을 지닌 여자의 사진을 그에 걸맞은 관심을 가지고 살펴봤다. 그녀는 멀찍이 팔을 뻗어 사진을 보다가 현미경으로 관찰하듯 가까이 끌어당겨 들여다본 뒤 테이블 위에 올렸다.

"짚이는 것이라도……?" 내가 물었다.

"아니, 그저…… 부인이 참 아름답군요." 그레천은 마치 꿈을 꾸듯 말했다. "우리 딸이 살아 있다면 댁의 부인처럼 예뻤을 텐데……." 그녀는 사진을 집어 나에게 건네려다가 멈췄다. "이 여자가…… 댁의 부인이 우리 딸의 이름을 사용했다면 이 동네와 인연이 있는 사람일 거예요. 혹시 제가 부인을 만나게 될지도 모르니 가지고 있는 편이 나을까요?"

사진은 어차피 여러 장 인쇄해 놓았다. 이제 이유는 불분명해졌지만 여전히 잰이 이곳에 나타날 여지가 있으므로 리클러 부부에게 잰의 얼굴을 각인시키는 편이 좋을 것이다. "네, 가지고 계세요."

그레천은 사진을 받아든 뒤 딸의 사진과 함께 책상 서랍 안에 집어넣었다. 그녀는 우리에게 등을 돌린 채 책상 옆에 서 있었다.

호러스가 내게 말했다. "그 여자가 우리가 자기 부모라고 말했단 말이군?"

"아내는 두 분의 이름을 말한 적이 없어요. 제가 출생증명서에서 발견한 것뿐입니다."

그레천이 천천히 몸을 돌리며 말했다. "부인이 댁을 자기 부모에게 데려간 적이 없다니, 이상하지 않았나요?"

"아내는 부모와 연을 끊었다고 했어요. 두 분을 찾아오게 된 것도 그 때문입니다. 아내가 부모와 다시 연락을 하고 싶은 게 아닐까 짐작했어요. 뭔가 할 말이 있다거나……. 2주 동안 아내는 정신적으로 심각한 상태였습니다. 우울했어요. 아내가…… 뭐랄까…… 마음속의 응어리를 풀고 싶을 거라고 생각했어요. 오랜 시간 자신을 괴롭힌 과거와 대면함으로써……."

"잠깐만 실례해요……." 그레천이 조금 떨리는 목소리로 말했다.

호러스와 나는 굳이 대꾸하지 않았다. 그레천이 계단을 올라가 문을 닫는 소리가 들리자 호러스가 내게 말했다. "다 나았다고 생각했는데 아물어 가던 상처가 난데없이 터진 꼴이구먼."

"미안합니다."

"그래, 뭐, 될 대로 되라지."

나는 고개를 끄덕여 유감을 표시한 뒤 자리에서 일어나려고 했지만 다리가 후들거렸다.

"설마 그 꼴로 차를 운전하려는 거요?" 호러스가 말했다.

"괜찮아요. 가는 길에 커피라도 마시면 됩니다."

"커피로는 해결이 안 될 것 같구먼." 이것은 호러스가 지금까지 내게 건넨 말 중 그나마 부드러운 말이었다.

"집에 돌아가야 합니다. 아들을 맡겨 놓고 왔어요. 힘들면 도중에 차를 세우고 잠깐 눈을 붙이면 돼요."

계단 위에서 그레천이 말했다. "아들이 몇 살이에요? 부인과 함께 있는 사진에서는 세 살 정도로 보이던데……."

그레천이 계단을 내려오며 천천히 모습을 드러냈다. 잠깐 동안 다시 기운을 차린 듯했다. "네 살입니다. 이름은 이썬이에요."

"결혼한 지 얼마나 됐어요?"

"5년 됐습니다."

"댁이 차를 몰고 가다가 조는 바람에 사고라도 나면 아들에게 큰일 아닌가요?"

그녀의 말이 옳았다. "잘 곳을 찾아볼게요."

그레천은 호러스가 앉아 있는 소파를 가리키며 말했다. "괜찮으면 여기서 묵고 가요."

문득 나는 밝은색 뜨개질 쿠션들이 흩어져 있는 소파가 매우 아늑해 보였다.

"폐를 끼치고 싶지는—."

"사양하지 말아요."

나는 감사하며 고개를 끄덕였다. "아침에 일어나면 곧바로 나가도록 하겠습니다."

호러스는 얼굴을 찡그리며 미간에 주름을 잡은 채 내게 물었다. "이거, 물어봐도 될지 모르겠지만, 자기가 잰 리클러라고 말하며 돌아다니는 당신 부인은 그럼 도대체 누구란 말이오?"

사실 나도 아까부터 마음속에서 스멀거리던 바로 그 질문을 모른 척하려고 애쓰던 중이었다.

호러스가 말을 이었다. "어떻게 우리 딸에게 그런 짓을 할 수 있지? 이름을 빼앗다니. 우리 딸이 그렇게 죽은 것도 모자라 왜 그런 수모까지 겪어야 해?"

19

일요일 아침 6시 30분, 덕워스 부부의 라디오 알람이 작동하기 시작했다.

덕워스 형사는 움직이지 않았다. 기상 캐스터가 오늘은 날씨가 흐릴 것이고 최고 기온이 21도를 넘지 않을 것이며 월요일에는 비가 올 가능성이 있다고 예보했지만 그는 하나도 듣지 못했다.

그러나 모린 덕워스는 이미 한참 전부터 깨어 있었으므로 일기 예보를 전부 들을 수 있었다. 그녀는 악몽 때문에 새벽 네 시에 잠에서 깨어났다. 악몽의 주인공은 여자 친구 트리쉬와 유럽 여행을 하고 있는 덕워스 부부의 열아홉 살 난 아들 트레버였는데, 아들이 여행을 떠난 지 이틀이 됐건만 늘 하던 버릇대로 전화 연락도 없고 이메일도 한 통 보내지 않자 모린은 걱정으로 안절부절못하고 있었다. 그녀의 악몽에서 트레버는 에펠 탑에서 번지 점프를 했고 하강 도중 하늘을 나는 원숭이들로부터 습격을 받았다.

집 떠난 자식에게 일어날 수 있는 사고들은 여러 가지가 있겠지만, 악몽에 나온 사건이 발생할 가능성이 없다는 점은 모린도 잘 알고 있었다. 그녀는 이 악몽에 특별한 의미가 없다고, 불안한 징조 따위가 아니라고, 그저 바보 같고 우스꽝스러운 꿈일 뿐이라고 스스로를 다그쳤다. 그리고 평상시 같으면 다시 잠들 수 있었을 것이다. 하지만 오늘 남편의 코 고는 소리는 창문이라도 흔들릴 만큼 시끄러웠다.

모린은 침대에서 배리 덕워스의 몸을 밀어 옆으로 돌아눕게끔 만들었지만 효과가 없었다. 이것은 마치 작동 중인 전기톱 옆에서 자는 것이나 마찬가지였다.

그녀는 이런 비상사태에 대비하여 침대 옆에 상비해 놓은 귀마개로 귀를 틀어막았지만 벌거벗은 채 입술에 립밤만 바르고 눈보라를 헤쳐 나가는 정도의 효과가 있을 뿐이었다.

6시 29분이 되었을 때 모린은 이미 시계를 바라보고 있었다. 그녀는 알람이 울리기를 기다리면서 초를 세었다. 그녀가 측정한 시간은 실제보다 딱 2초가 모자랐다.

예전에 모린은 남편에게 코 위쪽에 붙이면 비강을 열어준다는 밴드를 붙이고 자도록 했었지만 쓸모가 없었다. 자기 전에 복용하는 코골이 방지 알약을 사 먹이기도 했는데 역시 실패였다.

결국 모린은 남편이 살을 빼는 수밖에 없다고 생각했다. 그런 연유로 그녀는 남편의 아침 식사에 과일과 시리얼을 내놓았고, 당근투성이의 점심 도시락을 챙겨주었으며, 저녁 식사에서는 튀긴 음식과 버터를 줄였다.

모린은 침대에서 일어나 방 안에 널린 너저분한 옷가지들을 주워들었다. 간밤에 그녀가 벗어놓은 옷들, 일을 마치고 늦게 귀가한 남편이 던져 놓은 바지와 셔츠였다. 어제 남편은 놀이공원에서 실종된 여자를 찾느라 평소보다 늦게 일을 마쳤다.

모린은 남편의 바지를 쳐다보았다. '이게 뭐야? 아이스크림이잖아? 게다가 파이 부스러기가 섞여 있어.'

"여보." 모린이 불렀지만 덕워스는 움직이지 않았다. "배리." 남편의 코 고는 소리를 이기기 위해 그녀는 더욱 큰 목소리로 말했다.

모린은 남편이 있는 쪽으로 걸어가서 그의 어깨를 건드렸다.

덕워스는 코로 숨을 컥 하고 들이쉬다가 눈을 떴다. 그는 라디오에서 나오는 방송을 들으며 눈을 몇 차례 깜빡였다.

"그래…… 알았어……. 알람 소리 못 들었어." 배리 덕워스 형사가 말했다.

"나는 들었어." 모린이 말했다. "오늘 정말 출근할 거야?"

덕워스는 베개에 놓인 머리를 옆으로 옮기며 말했다. "어젯밤에 낸 보도자료에 반응이 있는지 알아봐야 해."

"그런데 이거 뭔지 설명 좀 해 봐." 모린은 얼룩진 바지를 덕워스의 코앞에 들이대며 말했다.

덕워스는 실눈을 뜨고 바지를 바라봤다. "매춘부를 사복 수사 중이었어. 근무 도중에 손으로 서비스를 좀 받았지."

"희망사항이겠지. 아이스크림이잖아."

"그렇군."

"어디서 먹은 거야?"

"그 실종된 여자, 그 여자 회사 사장을 만났거든. 버트램 냉난방이라고 써진 트럭 본 적 있지?"

"그래."

"거기서 먹었어. 사장 부인이 파이를 가져다 줬어."

"아이스크림을 곁들여서?"

"응."

"무슨 파이?"

"애플파이."

모린 덕워스는 상황을 전부 이해했다는 듯 고개를 끄덕였다. "아침 식사로 애플파이가 먹고 싶네. 하지만 지금은 없으니까 어쩔 수 없지."

"그럼 뭐가 있는데?"

"당신 먹을 과일이랑 섬유질 식품."

"여보, 요즘 세상에 고문은 불법이야. 정권이 바뀐 지가 언젠데……."

그때 전화벨이 울렸다.

모린은 별로 놀라지 않았다. 형사의 집에서는 평소에도 밤낮을 가리지 않고 전화벨이 울리는 법이다. "내가 받을게." 그녀는 자기가 누웠던 쪽에 놓인 전화기의 수화기를 들었다. "여보세요…… 네, 안녕하세요…… 아니요,

괜찮아요. 깨어 있었어요…… 네, 남편은 옆에 있어요…… 크레인을 불러서 침대에서 끌어내리려던 참이었어요."

모린은 팔을 뻗어 수화기를 남편에게 건넸다. 덕워스는 침대에 모로 누워 수화기를 받아들었다.

"전화 바꿨습니다."

"안녕하세요, 형사님. 이거 좀 받아 적어보세요."

덕워스는 전화기 옆에 상비된 펜과 종이를 집어 들었다. 그는 상대방이 불러준 이름과 전화번호를 적고 약간의 메모를 했다. "좋아, 고마워." 전화를 끊으며 그가 말했다.

모린이 기대하는 눈빛으로 남편을 바라봤다.

"반응이 있었어." 덕워스가 말했다.

덕워스는 일단 샤워를 하고 옷을 입은 후 한 손에 커피를 들고 주방으로 가서 아까 받아 적은 번호로 전화를 걸었다.

신호가 두 번 울리고 누군가 전화를 받았다. "테드 잡화점입니다." 남자의 목소리였다.

"테드 브레일 씨 되십니까?" 덕워스가 물었다.

"맞습니다."

"성함을 맞게 발음했습니까?

"네, 점자를 뜻하는 '브레일' 하고 같은 발음이에요."

"저는 프로미스 폴즈 시 경찰청의 배리 덕워스 형사라고 합니다. 30분 전쯤 경찰에 제보를 하셨다고요?"

"맞아요. 간밤에 뉴스를 봤어요. 아침에 일어나서 가게 문을 여는데 아무래도 경찰에 연락해야 할 것 같아서……."

"가게 위치가 어떻게 됩니까?"

"조지 호 위쪽이에요. 87번 도로."

"네, 어딘지 압니다. 경치가 아주 좋은 곳이죠."

모린이 바나나와 딸기가 토핑된 시리얼 그릇을 남편 앞에 내려놓았다.

"네. 저기, 제가…… 그 여자를 봤어요."

"잰 하우드를 보셨단 말씀이죠?"

"맞아요. 우리 가게에 왔어요."

"그게 언제였습니까?"

"금요일. 다섯 시경에."

"오후 다섯 시요?"

"네. 가게에서 물하고 아이스티를 샀어요."

"혼자였습니까?"

"가게에는 혼자 들어왔어요. 하지만 남자랑 같이 온 것 같았어요. 아마도 남편이랑. 남편은 가게 밖에 차를 주차하고 그 안에 있었어요." 테드 브레일이 묘사한 차의 모양은 데이빗 하우드의 차와 일치했다.

"가게에 들러서 마실 것을 사고 바로 떠났습니까?"

"아니요. 두 사람은 오랫동안 차 안에서 얘기를 했어요. 제가 몇 번인가 밖을 내다봤었거든요. 5시 30분쯤에는 보이지 않더군요."

"선생님이 본 사람이 잰 하우드가 확실합니까?"

브레일은 망설임 없이 대답했다. "네, 그럼요. 평소 같았으면 기억을 못하겠지만 그때 그 여자가 저한테 말을 걸었거든요. 게다가 얼굴도 반반한 편이라 기억하기 쉬웠어요."

"여자가 무슨 말을 했습니까?"

"뭐라더라…… 아, 이쪽은 처음 와 본다고 했어요. 본인이 기억하는 한에서는. 제가 어디로 가는 중이냐고 물었더니 잘 모른다고 대답하더군요."

"모른다고요?"

"남편하고 교외로 드라이브 왔다고 했어요. 숲으로 간다면서. 남편이 준비한 깜짝 선물 같은 거라고 했어요. 남편이 남들한테는 비밀로 하라고 했다면서요."

덕워스는 그의 말을 곱씹으며 물었다.

"그것 말고 또 무슨 말을 했습니까?"

"그게 다예요."

"여자의 기분은 어땠습니까?"

"기분이요?"

"행복했다거나, 우울했다거나, 아니면 무슨 고민이 있어 보였다거나?"

"글쎄요, 그냥 좋아 보였는데……."

"알겠습니다. 전화 주셔서 고맙습니다. 필요하면 다시 연락드리겠습니다."

"도움이 됐으면 좋겠군요."

덕워스는 전화를 끊고 시리얼 그릇을 내려다봤다. "여기 좀 섞어 먹게 설탕이나 휘핑크림 없어?"

모린은 덕워스의 맞은 편에 앉으며 말했다. "벌써 이틀이 지났어." 덕워스는 모린이 트레버 얘기를 하고 있음을 곧바로 알아챘다. 그는 팔을 뻗어 아내의 손을 꼭 잡았다.

20

나는 이른 시간에 리클러 부부의 소파에서 깨어났다. 하지만 그들 역시 아침 일찍 일어나는 편이었기에 그것이 폐가 되지는 않았다. 6시경에 호러스 리클러가 주방을 쿵쾅거리며 돌아다니는 소리가 들렸고, 나는 소파에 누운 채 그가 슬리퍼와 가운 차림으로 싱크대 앞에 서 있는 것을 보았다. 호러스는 컵에 물을 받아 알약 두어 개를 입에 털어 넣더니 몸을 돌려 발을 질질 끌면서 다시 계단으로 향했다.

호러스가 사라지자 나는 그레천이 직접 뜨개질을 한 이불을 걷어냈다. 그렇게 커다란 이불을 손으로 제작하려면 적어도 이백 살까지는 살아야 할 것 같았다. 가방에 갈아입을 옷을 챙겨오기는 했지만 나는 재킷과 신발만 벗은 채 입던 옷 그대로 잠이 들었다. 그레천이 평범한 베개를 준 덕분에 손뜨개질한 쿠션은 쓰지 않았다.

"소파에 자게 해서 미안해요." 간밤에 그레천이 말했다. "아들 방에는 다른 사람을 재우지 않아요. 아들이 쓰던 그대로 남겨 두느라고……. 손님 방은 창고가 되어 버렸어요. 찾아오는 사람이 워낙 없어서……." 그레천은 잠시 생각하더니 말했다. "그러고 보니 밤에 잠을 자고 간 손님이 전혀 없었네요. 댁이 처음이에요."

나는 샤워를 할까 하다가 거기까지는 폐를 끼치지 않기로 했다. 나는 세면도구가 담긴 가방을 들고 뒤쪽에 있는 1층 화장실로 가서 면도를 하고 이빨을 닦은 뒤 뻗친 머리에 물을 묻혀 가다듬었다. 화장실에서 나오니 커피 향이 나고 있었다.

주방에 옷을 갖춰 입은 그레천이 서 있었다. 그녀가 나를 향해 말했다.

"일어났어요?"

"네."

"잘 잤어요?"

"네, 잘 잤습니다." 나는 간밤에 심란하고 복잡한 심경으로 잠자리에 들었지만 몸이 녹초가 되었던 탓에 곧바로 곯아떨어졌던 것이다. "잘 주무셨어요?"

그레천은 자신의 대답에 기분을 상하지 않았으면 좋겠다는 듯 미소를 지으며 말했다. "잘 못 잤어요. 댁의 이야기를 듣고 마음이 안 좋았어요. 게다가 힘든 기억들이 되살아나서……. 저보다 남편이 힘들었어요. 물론 저도 잰을 잃어서 괴로웠지만 그 일이 일어난 경위를 생각해 보면 남편이 훨씬……."

"무슨 말씀인지 알아요. 미안합니다. 저는…… 몰랐어요."

"당시 많은 사람들이 영향을 받았어요. 저와 남편은 물론이고, 우리 친척들, 잰이 다니던 학교…… 잰의 담임이었던 스티븐스 씨는 일주일 동안 휴가를 냈어요. 정신적으로 힘들었던 거죠. 잰의 반 친구들도 큰 충격을 받았어요. 잰을 밀었던 아이는…… 요즘 같았으면 정신과 치료라도 받았을 텐데. 어쩌면 부모가 그런 조치를 취했을지도 모르겠군요. 교장이었던 앤드류스 씨는 교내에 잰을 기리는 작은 명판을 세웠어요. 하지만 저는 차마 명판을 보러 갈 수가 없었어요. 남편도 상황을 견딜 수가 없었죠. 그런 법석을 달가워하지 않았어요. 그저 자기를 감옥에 넣어 달라고만 말했죠. 잰의 죽음은 많은 사람들을 뒤흔들었어요."

"저도 그중 한 명이군요."

"댁도 그중 한 명이죠. 커피 드실래요?"

"네, 고맙습니다."

"하지만…… 당신의 경우는 달라요." 그레천이 말했다.

그녀는 유리병에 담긴 커피를 머그잔에 따랐다. 나는 그녀의 말을 기다렸다.

"댁은 우리 딸을 모르니까요. 본 적이 없죠. 저와 남편을 만난 적도 없었고요. 그렇지만 댁은 지금 여기 앉아 있네요. 보이지 않는 끈으로 우리와 이어진 채……."

나는 커피에 크림을 부은 후 젓지 않고 액체들이 섞이는 모습을 지켜보며 고개를 끄덕였다. "네, 어떤 식으로 이어졌는지는 모르겠지만."

그레천은 조리대에 양손을 올려놓았는데, 그것은 마치 중대 발표나 어떤 직언을 예고하는 제스처 같았다. "하우드 씨, 댁의 부인에게 무슨 일이 일어났을까요?"

"모르겠어요." 나는 솔직하게 대답했다. "어리석은 짓을 저지르지 않았을까 걱정이 될 따름입니다."

그레천이 내 말의 뜻을 파악하는 데에는 약간의 시간이 걸렸다. "하지만 혹시 그렇지 않다면…… 댁의 부인이 살아서 돌아온다면……." 그녀는 어떻게 말해야 할지 몰라 머뭇거렸다.

"돌아온다면……?"

"부인을 찾아도…… 부인이 무사해도…… 예전과는 다르지 않을까요?"

"무슨 말씀이신지……?"

"댁의 부인은 잰 리클러가 아니에요. 그 점은 아시겠죠?"

나는 시선을 돌렸다.

"부인이 당신이 이제껏 알던 사람이 아닌데 과연 예전과 똑같을 수 있겠어요?"

"아마……." 나는 천천히 입을 열었다. "뭔가 착오가 있었을 겁니다. 지금은 몰라도 분명 설명할 방법이 있을 거예요."

그레천은 계속 나를 바라보며 물었다. "어떤 설명 말인가요?"

"모르겠습니다."

"남의 신원을 도용해야 할 이유가 도대체 뭔가요? 왜 그래야 하나요?"

"모르겠어요."

"게다가 많고 많은 사람들 중에서 하필 우리 딸을……."

나는 역시 대답할 수가 없었다.

"어젯밤 남편이 댁한테 말했죠? 우리 딸이 왜 그런 수모를 겪어야 하냐고요. 우리 딸에게 어떻게 그런 짓을 할 수 있어요? 지금 우리에게 남은 건 딸아이의 이름과 기억뿐인데. 그런데 여태껏 누군가 그것을 훔쳐 쓰고 있었다니……."

"저는 잰이—." 아내의 이름이 내 목구멍에서 걸려 나오지 않았다. "설명할 길이 있을 거예요. 무슨 이유에서인지 아내가 다른 사람의 이름을 사용했지만 그래도 두 분에게, 그리고 따님의 기억에 해를 끼칠 의도는 없었을 겁니다."

'내가 지금 무슨 소리를 하고 있는 건가? 무슨 설명이 가능하다는 거야?'

"아마……." 나는 머릿속의 생각을 천천히 내뱉었다. "왠지 모르겠지만 아내는 자기 자신의 신원을 사용할 수 없었을 거예요. 그래서 대신 사용했던 이름이, 아내에게 주어졌던 이름이 어쩌다 보니 따님의 이름이었던 겁니다."

그레천은 회의적인 눈초리로 나를 바라봤다. 나는 고개를 숙여 손대지 않은 커피잔을 쳐다봤다.

"간밤에 남편은 잠을 못 잤어요. 단지 괴로워서가 아니라 화가 치밀었던 거예요. 딸이 그런 짓을 당했다는 사실에 대한 분노, 댁의 부인을 향한 분노였어요. 본 적도 없는 댁의 부인에 대한……."

"저는…… 저는 그저…… 아내와 두 분이 직접 만나서 얘기할 기회가 있기를 바랄 따름입니다." 내가 말했다.

리클러 부부의 집을 나서기 전에 나는 잰이 그곳에 나타날 경우를 대비하여 내 휴대폰 번호와 집 주소, 집 전화번호를 적어서 그레천에게 건넸다. 부모님의 주소와 전화번호도 함께 적었다.

"연락 부탁드려요." 내가 말했다.

그레천은 나를 달래듯, 그리고 내게 전할 만한 소식은 아마 없을 것이라는 듯 미소를 지었다.

집으로 돌아가는 길에 휴대폰이 울렸다. 어머니였다.

"무슨 일 있니? 연락이 없어서 얼마나 걱정한 줄 알아?"

"몇 시간 후면 도착해요." 내가 말했다.

"잰은 찾았어?"

"아니요."

"리클러 부부는? 만났니?"

"네."

"잰이 그쪽에 안 갔어? 들은 소식 없대?"

"없대요." 나는 자세한 얘기를 하고 싶지 않았다. 이썬이 분명 난리를 쳤으리라는 생각에 아이가 어땠느냐고 물어보려다가 그만둘까 싶었지만, 결국 물어봤다.

"애는 잘 있어. 오늘 아침에는 글쎄, 트럭이 집에 충돌했나 싶었는데 이썬이 계단에서 뛰어내리는 소리더구나. 지금은 네 아버지가 애를 지하실에—."

"가뒀어요?"

어머니가 소리를 내어 웃었다. "둘이 지하실에서 장난감 기차에 관해 토론 중이란다."

"알았어요. 일단 집에 좀 들렀다가 나중에 이썬 데리러 갈게요."

"그래. 사랑한다, 아들아." 어머니가 말했다.

"저도요."

고속도로는 정처 없는 생각을 하기에 좋은 장소이다. 마음만 먹으면 자동차를 한가로이 몰면서 이런저런 생각들을 할 수 있다. 하지만 지금 내 생각들은 사방으로 뻗어 나가는 듯 보여도 결국 하나의 점을 중심으로 빙글빙글 돌고 있었다.

어째서 내 아내는 오래전 다섯 살의 나이로 사망한 소녀의 이름과 출생증명서를 가지고 있을까?

이것은 엄청난 우연의 일치 따위가 아니었다. 단순한 동명이인의 경우가 아니었다. 잰의 출생증명서를 추적한 결과 나는 실제로 리클러 부부를 만난 것이었다.

나는 내가 그레천에게 제시했던 가설을 생각해 봤다. 잰이 어쩔 수 없이 신원을 바꿨을 것이라는 가설.

나는 생각을 전개했다. 잰 리클러. 나와 결혼한 바로 그 잰 리클러. 6년 동안 나와 함께 살며 내 아이를 낳은 여자. 그녀는 사실은 잰 리클러가 아니었다.

어릴 적에 사망한 사람의 이름을 알기만 하면 새로운 신원을 간단하게 위조할 수 있다는 것은 그리 대단한 비밀은 아니었다. 오랫동안 신문사에서 일한 덕에 나는 그 방법을 알게 되었다. 우선 사망자의 출생증명서를 발급받는다. 이는 과거에 출생 신고와 사망 신고가 제대로 연동되지 않았던 탓에 가능한 일이었다. 그리고 그렇게 발급받은 출생증명서를 토대로 새로운 신원 즉, 사회보장번호, 도서관 대출 카드, 운전면허증 등을 얻는 것이다.

다른 사람이 되는 것은 얼마든지 가능한 일이었다. 그렇게 내 아내는 잰 리클러가 되었고 나와 결혼하여 잰 하우드가 되었다.

하지만 아내가 그 이전에 누구였는지는 알 수 없었다.

과거의 삶을 버리고 새로운 삶을 살아야 할 가장 그럴듯한 이유는 어떤 것이 있을까?

순간 내 머릿속에 떠오른 것은 바로 "증인 보호"라는 용어였다.

"맙소사……." 나는 나 혼자 있는 차 안에서 소리를 내어 말했다.

아마도 그게 답일 것이다. 잰은 어떤 사건을 목격했고 법정에서 증언을 했던 것이다. 누구에게 불리한 증언을……? 조직 폭력단? 그들 말고 또 누가 있을까? 폭주족? 누구든 간에 잰을 추적하여 보복할 능력이 있는 개인이나 조직일 것이다.

그런 경우 정부는 잰에게 새로운 신원을 제공해야 했을 것이다.

아내는 내게 그 사실을 숨겨야 했을 것이다. 내가 그 사실을 알게 되면 나 자신도 모르는 위험에 노출될 것이라고, 그리고 더욱 중요한 것은 이썬마저도 위험해질 것이라고 두려워했을 것이다.

그렇다면 출생증명서를 숨긴 이유는 자명해진다. 아내는 내가 자신의 신원을 캐묻고 까발리기를 원치 않았을 것이다. 아내 자신은 둘째 치고 그러한 행위 때문에 우리 가족이 흔들릴 테니까.

아내가 증인 보호를 받고 있었다면, 새로운 장소에서 새로운 인생을 살고 있었던 것이라면, 그것은 그녀의 실종과 어떤 관계가 있을까?

누군가 아내의 소재를 파악한 것일까? 아내는 자신이 조만간 발각될지도 모른다고 느낀 것일까? 그래서 스스로를 지키기 위해 달아난 것일까?

하지만 그렇다면 내게 조금이라도 알려줄 방법이 있지 않았을까?

조금이라도…….

만약 잰의 목숨이 위험하다면 이렇게 그녀를 찾으려고 애써서는 안 되는 것이 아닐까? 어쩌면 나는 잰을 해치려는 자들을 그녀에게로 인도하는 셈이 아닐까?

하지만 나의 이런 추리들은 잰이 증인 보호를 받고 있다는 가설이 조금이라도 맞을 경우에만 타당한 것이다.

이 상황을 배리 덕워스 형사에게 알려줘야 한다. 덕워스 형사라면 과거 중요한 재판에서 결정적인 역할을 했던 증인들 중 잰이라는 가명을 얻게 된 사람이 있는지 알아낼 방법이 있을 것이다. 어쩌면—.

그때 전화벨이 울렸다. 나는 재빨리 옆좌석에 놓인 휴대폰을 집어들었다.

"여보세요?"

"데이빗?"

"네, 맞습니다."

"이봐, 데이빗. 지금 본인이 특종거리가 됐다는 거 알아? 그런데 정작 본인이 일하는 신문사에는 한 마디도 안 하다니, 그게 말이 돼?"

사회부장 브라이언 도넬리였다.

"저기, 브라이언—."

"지금 어디야?"

"90번 고속도로요. 로체스터에서 돌아가는 길입니다."

"이봐, 이건 대참사라고."

"네. 잰이 어제 실종—."

"젠장, 경찰이 보도자료를 발표한 것은 우리 직원들이 모두 퇴근하고 잠자리에 들어간 때였어. 덕분에 TV, 라디오에 버젓이 등장한 특종이 우리 신문에는 전혀 실리지 못했단 말이야. 심지어 그 특종이란 것이 우리 직원이라니! 마들린이 지금 무진장 열 받았어. 왜 전화 한 통 하지 않은 거야?"

"미안해요, 브라이언." 나는 짐짓 진지한 척 마음에도 없는 말을 했다. "경황이 없었어요."

"이봐, 사만다 바꿔줄 테니 1면 기사에 인용할 말을 좀 해 놓으라고. 하지만 가급적이면 자네가 직접 1인칭으로 기사를 써봐. 기사 제목은 '〈스탠다드〉 기자에게는 무슨 일이 있었나?' 정도. 내가 분위기 파악도 못한다고 욕할지 모르겠지만—."

"걱정하지 마세요."

"여하간 1인칭 기사로 하면 아주 좋겠어. 경찰이 정확한 자초지종을 알려주지 않았으니 자네가 자세히 설명을 한다면 찾는 데에도 도움이 될 거야. 그러니까, 자네 부인…… 어……."

"잰." 내가 말했다.

"그렇지. 그러니까 자네가—."

나는 휴대폰을 탁 닫아 조수석으로 던졌다. 몇 초 후 휴대폰이 다시 울렸다. 나는 휴대폰을 열고 귀에 가져다 댔다.

"데이빗? 나 사만다야."

"그래, 안녕."

"브라이언하고 통화하는 거 들었어. 내가 대신 사과할게. 뭐 저런 머저리 같은 자식이 다 있어? 어떻게 그 따위로 지껄일 수 있담!"

"그래, 참 대단하신 분이야."

"잰은 아직 못 찾았지?"

"응."

"좀 얘기해 줄 수 있어? 뭐든 좋으니까 공식적으로."

"그냥…… 그냥 잰이 빨리 집으로 돌아왔으면 좋겠어."

"저기, 이 사건과 관련해서 경찰이 움직이는 모양이 좀 이상해." 사만다가 말했다.

"무슨 말이야?"

"별 얘기를 안 해줘. 덕워스 형사가 수사를 담당하고 있는데, 그 사람 알아?"

"사만다."

"이런, 당연히 알고 있겠지. 아무튼 그 덕워스 형사가 사건의 세부 사항을 말해주지를 않아. 기껏해야 사건이 파이브 마운틴즈에서 일어났다는 것 정도만—"

"사만다, 나 지금 집으로 돌아가는 중인데 도착하면 덕워스 형사를 만날 거야. 그러면 상황을 정확하게 파악할 수 있겠지. 솔직히 경찰이 밤중에 보도자료를 낼 줄 몰랐어. 뉴스에 나왔다는 얘기를 듣고 나도 당황스러웠어."

"알겠어. 그럼 비공식적인 질문인데, 너 괜찮은 거야?"

"아니, 안 괜찮아."

"있잖아, 내가 나중에 전화할게. 아무래도 기운을 차리려면 시간이 좀 걸리겠지?"

"고마워, 사만다."

정오가 되기 직전에 나는 집에 도착하여 진입로에 차를 멈췄다.

나는 혹시나 하는 마음에 현관문을 들어서자마자 잰의 이름을 불렀다.

대답은 없었다.

집에 도착하기 30킬로미터 전부터 내 머릿속은 출생증명서에 관한 생각으로 가득했다. 그 증명서를 다시 봐야 한다. 그것이 상상 속의 물건이 아니었음을 확인해야 한다.

위층으로 올라가기 전에 나는 전화기에 부재중 메시지가 없는지 확인했다. 다섯 개의 메시지가 있었는데 전부 각기 다른 언론 매체로부터의 인터뷰 요청이었다. 나는 잰의 실종을 최대한 많은 사람들에게 알리기 위해 적극적으로 인터뷰를 해야 할지도 모른다고 생각하며 메시지들을 전부 저장했다.

그러고 나서 나는 위층으로 올라갔다.

나는 리넨이 보관된 벽장을 열고 바닥의 물건들을 전부 끄집어냈다. 그리고 안으로 기어들어가 주방 서랍에서 꺼내온 드라이버를 가지고 벽장 안쪽 밑부분에 둘러진 널빤지를 비집어 벌렸다.

잰 리클러의 출생증명서와 열쇠가 들어있던 서류 봉투는 사라지고 없었다.

21

여자는 침대의 옆쪽에서 자던 남자가 이불을 젖히고 까끌까끌한 카펫을 조용히 걸어 화장실로 가던 순간까지 잠들어 있었다. 그녀는 잠들기 전에 한참 동안 천장을 바라보며 다시 잠들 수 있을까 생각했었다. 그녀는 자신이 행한 일, 남겨두고 온 인생을 생각했다.

그들이 묻고 온 시체.

그러다가 어느 순간 그녀는 잠이 들었다. 피로가 마침내 불안을 이긴 것이었다. 하지만 그것은 편안한 잠이 아니었다.

그녀처럼 드웨인도 벌거벗은 채 잠을 잤다. 드웨인 오스터하우스는 키 180센티미터 정도의 마르고 탄탄한 남자였다. 오른쪽 엉덩이에는 숫자 "6"이 조그만 문신으로 새겨져 있었다. 드웨인은 6이 자신의 행운의 숫자라고 생각했다. "사람들은 7을 좋아하지만 나는 6이 좋아." 젊고 잘빠진 몸과는 대조적으로 그의 머리카락은 숱이 줄어들며 하얗게 세고 있었다. '교도소 생활 때문일 거야.' 여자는 방을 가로지르는 남자를 한쪽 눈으로 바라보며 생각했다. '머리가 세기에는 아직 이른 나이잖아.'

드웨인은 화장실 문을 닫았지만 여자는 그가 오줌 누는 소리를 들을 수 있었다. 아무리 기다려도 소리는 멈추지 않았다. 여자는 팔을 뻗어 리모컨을 잡고 TV를 켠 뒤 엄지손가락으로 버튼을 눌러 소리를 키웠다. 뉴욕 시외의 아침 뉴스가 방송 중이었는데, 남자 진행자와 여자 진행자는 어느 커플이 제일 먼저 TV 생방송으로 결혼할 것인지에 관해 떠들고 있었다.

화장실 문이 열리자 변기의 물이 내려가는 소리가 방 안을 가득 채웠다.

"어이." 남자가 TV를 힐끔 쳐다보며 말했다. "웬 목소리가 들리나 했더니, 일어났네?" 남자가 다시 침대로 기어들어오는 사이 여자는 음소거 버튼을 눌렀다.

"그래, 일어났어."

"잠은 잘 잤어?"

"아니, 형편없었어."

"나는 말이야, 잠이 깰 때면 딴 놈들이 내는 소리에 귀를 기울였어. 숨 쉬는 소리, 코 고는 소리, 한밤중에 딸딸이 치는 소리. 그런 소리들은 잠을 방해할 것 같겠지만 서로 뒤섞이면 오히려 편해지는 법이거든. 뉴욕 같은 데서 사는 거랑 비슷하지. 그런 데서는 밤중에 자동차 경적 소리로 시끄럽지만 계속 듣다보면 어느새 잘 느끼지 못하게 되잖아. 그런데 말이야, 그렇게 살다가 갑자기 소음이 없는, 에, 그러니까, 익숙한 소음이 없는 곳에서 자게 되면 차이를 확 느낄 수 있어. 아까 깨어났을 때 '어라, 씨발, 여기가 어디야?' 하는 생각이 들더라고. 밤새 고속도로에서 망할 트럭들이 왔다 갔다 하는데, 내겐 익숙한 소음이 아니었거든. 참, 머리는 좀 어때?"

"뭐?"

"간밤에 머리가 아프다고 했잖아. 아직도 아파?"

"아니." 하지만 그녀는 그렇게 대답한 것을 즉시 후회했다.

이불 아래에서 드웨인의 손이 다가오더니 그녀의 다리 사이로 들어갔다.

"저기……." 여자가 말했다. "너 너무 오랫동안 갇혀 있었구나. 왜 이렇게 빨리 본 행사를 하려고 그래? 5분 있다가 다시 감방에 들어가기라도 해야 해?"

"미안, 미안." 드웨인이 말했다. 여자는 이미 비슷한 얘기를 다른 상황에서 한 적이 있었다. 어젯밤 고속도로 옆의 빅 보이에서 저녁을 먹는데, 여자가 냅킨을 펼쳐서 무릎에 얹기도 전에 드웨인은 식사를 절반 정도 끝내 버렸다. 그는 마치 화재가 발생한 식당에서 머리카락에 불이 붙기 전에 배를 채우고 가겠다는 각오를 한 사람처럼 음식물을 입에 마구 쑤셔 넣었던 것이다. 여자가 그 사실을 지적하자 드웨인은 다른 사람이 음식을 낚아채기 전에 식사를 끝내는 습관이 들어서 그렇다는 설명을 했다.

드웨인은 손을 옮겨 여자의 젖꼭지를 어루만지기 시작했다. 여자는 몸을 돌려 그를 바라보며 생각했다. '상대를 좀 해 줄까?' 역할극을 할 시간이다. 그녀는 팔을 뻗어 드웨인의 성기를 붙잡았다. 그가 교도소에서는 어떤 식으로 성욕을 해결했을지 궁금했다. 남자들하고 잤나? 그녀가 아는 한 드웨인에게 동성애적 취향은 없었지만, 5년이라는 세월은 섹스 없이 보내기에는 긴 시간이었다. 어떻게든 때우긴 때워야 했을 것이다. 진짜로 잤을까? 여자는 나중에 물어볼까 하고 생각하다가 그러지 않기로 했다. 감옥에 있는 동안 딴 남자의 물건을 가지고 놀아봤느냐는 질문에 대부분의 남자들은 날카롭게 반응할 테니까.

사실 그런 건 아무래도 상관이 없었다. 단순히 궁금해서 물어보고 싶을 따름이었다.

드웨인은 여자의 엔진을 발동시키는 데 30초의 전희면 충분하다고 판단했다. 그는 여자 위에 올라탔다. 상황은 1분도 채 되지 않아 종료됐고 그녀는 오히려 금방 끝난 것이 내심 고마웠다.

"아주 잘했어." 여자가 말했다.

"진짜야? 사실 좀 더 오래 할 수 있었는데 어쩌다 보니 금방 끝나 버렸네."

"아니야, 좋았어."

"참," 드웨인이 팔꿈치로 몸을 떠받치며 말했다. "이제 뭐라고 부르지? 평소 쓰는 이름 말고 다른 이름을 알려줘야 하지 않겠어? 사람들 앞에서 부를 이름 말이야. '블론디'는 어때?" 그는 침대 옆 테이블에 놓인 여자의 가발을 향해 고갯짓을 하며 씩 웃었다. "저 가발 썼을 때 진짜 섹시해 보이더라."

여자는 잠시 생각하다가 대답했다. "케이트."

"케이트?"

"그래. 지금부터 나는 케이트야."

드웨인은 침대에 털썩 드러누워 금이 간 석고 천장을 올려다봤다. "좋아. 그럼 케이트, 난 끝났다는 게 아직도 꿈만 같아. 100년은 지난 기분이야. 딴 놈들은 복역 기간을 꾸역꾸역 잘도 채웠지. 형기가 끝나지 않기를 바라는 것처럼. 어차피 감방을 나가도 딱히 기대할 것이 없는 놈들이었으니까. 하지만 나는 망할 감방을 나서는 순간 펼쳐질 멋진 인생을 상상하며 하루하루를 보냈어."

"너와 달리 다른 사람들에게는 출소 후 손에 넣을 '그것'이 없었을 테니까." 케이트가 말했다.

드웨인이 그녀를 힐끗 쳐다봤다. "당연하지. 게다가 나한테는 너도 있었잖아."

물론 케이트는 지금 드웨인이 하는 얘기가 케이트에 관한 것이 아니라는 것쯤은 잘 알고 있었다.

"네가 나를 지구에서 가장 멍청한 새끼라고 생각한다는 거 알아." 드웨인이 말했다.

케이트는 아무 말도 하지 않았다.

"그도 그럴 것이, 그때 우리는 만반의 준비가 끝난 상태였잖아. 그런데 내가 그런 어이없는 일을 저질러서 빵에 들어갈 줄이야. 어쩌자고 그런 머저리 같은 짓을 했느냐고 나도 매일 스스로를 욕했어. 하지만 먼저 건드린 건 그 새끼야. 내가 참았어야 했는데. 여하튼, 정당방위였어. 그런데 변호사 놈이 돈을 받고 날 넘긴 거라고."

케이트가 이미 들은 얘기였다.

"큐대로 내 머리를 내려치는데 그럼 어떡해? 그냥 멍청하게 고분고분 맞고 있어야 해? 응?"

"네가 그 사람한테 빌린 돈을 갚았으면 그런 일이 없었겠지." 케이트가 말했다. "돈만 갚았으면 그가 너를 큐대로 내려칠 일도 없었을 거고 네가 8번 공을 집어들어 그의 이마 한가운데를 뭉갤 일도 없었을 거야."

"그래도 선고가 내려지기 전에 그 새끼가 혼수상태에서 깨어나서 다행이야. 안 그러면 무기징역이었겠지." 드웨인이 말했다.

두 사람은 몇 분간 말이 없었다. 이윽고 드웨인이 정적을 깨며 입을 열었다. "음, 사실 말이야, 감옥에 있는 동안 좀 걱정하긴 했어."

"뭘?"

"네가 기다려주지 않을까 봐. 꽤 긴 시간이었잖아. 기다리면 '그것'을 얻기는 하지만 너무 긴 시간이었어."

케이트는 손가락을 뻗어 드웨인의 젖꼭지 주변으로 느릿느릿 원을 그렸다.

"너만큼 힘들지는 않았겠지만 네가 교도소에 있는 동안 나도 나름대로 감금 생활을 했어."

"여하튼 넌 진짜 똑똑했어. 이름을 바꾸더니 바람처럼 사라졌잖아? 그렇게 능숙하게 처신하다니, 혀를 내두를 수밖에."

사실 당시 케이트는 당장 필요하지 않을지라도 준비를 미리 해 놓은 상태였다. 유비무환. 그렇게 해 두는 편이 좋을 것 같았다. 하지만 그렇게 빨리 쓸모가 있을 줄은 그녀도 몰랐다.

드웨인은 케이트와 "그 일"을 꾸미던 시절 가명을 사용하고 있었으므로 (케이트처럼 서류까지 갖춘 것은 아니었지만) 혹시라도 "그자"가 찾아다니더라도 잡히지 않을 자신이 있었다. 폭행 사건으로 경찰에 체포됐을 당시에도 기사에는 그의 진짜 이름이 나왔기 때문에 걱정할 것은 없었다. 하지만 드웨인이 당구공으로 멍청한 짓거리를 하기도 전에, 케이트는 숨어지내야 할 "그 상황"이 발생하자마자 안전책을 마련하기 시작했다. 무지개 다리 끝에 "그것"이 기다리는데 도착하기도 전에 죽을 수는 없었다. 케이트는 목숨을 운에 맡기고 싶지 않았다. 그도 그럴 것이 그 "운반자"는 결국 죽지 않고 살아났기 때문이다.

"저기, 그 남자 말인데……." 드웨인이 말했다.

"무슨 남자?"

"뭐? 무슨 남자냐니? 당연히 네가 결혼한 남자 말이지."

"그 남자가 왜?"

"어떤 작자였어?"

케이트는 대꾸하지 않으려다가 대답했다. "나를 사랑했어. 자나 깨나."

"그래서, 어떤 놈이었는데?"

"자기 능력을 펼치지 못한 사람이었지."

드웨인은 고개를 끄덕였다. "나는 달라. 나는 내 능력을 펼칠 거야. 나와 함께라면 넌 든든하고 밝은 미래를 누릴 수 있어. 내 계획이 뭔지 알려 줄까? 난 보트 생활을 할 거야. 완벽하게 자유로워지는 거지. 한곳에 머물다가 마음에 안 들면 밧줄을 풀고 딴 곳으로 가면 그만이야. 그렇게 세계 구석구석을 누비는 거지. 어때? 보트 위의 인생, 마음에 안 들어?"

"글쎄, 생각해 본 적이 없어서……." 케이트는 드웨인의 가슴을 쓰다듬던 손가락을 멈추고 드러누워 천장을 바라보다가 말했다. "아마 나는 뱃멀미 때문에 힘들 거야. 어릴 때 부모와 카페리를 타고 미시간 호를 건너다가 배 난간에서 토한 적이 있지." 케이트는 말을 멈추고 잠시 생각에 잠겼다. "하지만 섬은 좋아. 해변이 있는 섬. 피나 콜라다를 들고 하루 종일 앉아서 파도가 밀려오는 광경을 볼 수 있는…… 귀찮게 하거나 괴롭히거나 명령하는 사람 없이 평화로운 여생을 보낼 수 있는 그런 곳……."

드웨인은 그녀의 말에 아랑곳없이 다시 입을 열었다. "큰 보트를 사야겠어. 그 뭐더라, 그래, 개인 전용실이 있는 보트 말이야. 작은 침실들도 있어야 해. 잠수함 같은 데 있는 갑갑한 거 말고 넉넉한 크기의 침실. 매일 밤 보트에 팍팍 부딪히는 물소리를 들으며 느긋하게 잠드는 거야."

"팍팍?"

"에…… '팍팍' 이 아니라 '철썩' 인가? '철썩' 이 맞겠지?"

"너, 보트 타 보기는 했어?" 케이트가 물었다.

드웨인 오스터하우스는 순간적으로 얼굴을 찌푸렸다. "꼭 겪어 봐야 좋아할 수 있는 건 아니잖아? 예를 들어, 난 비욘세랑 안 자 봤지만 자면 좋으리란 걸 안단 말이지."

"그래, 비욘세가 네 연락을 기다리고 있다더라." 케이트가 이불을 걷으며 말했다. "난 가서 샤워를 해야겠어."

케이트는 화장실로 걸어가며 떨어져 살았던 5년간 드웨인에게 과연 무슨 일이 있었던 것일까 궁금해했다. 뭔가가 예전과 달랐다. 물론 드웨인은 원래 그리 똑똑한 남자는 아니었지만 그것을 벌충하는 장점들이 존재했다. 아슬아슬하고 흥미진진한 생활, 한결같고 멋진 섹스, 운에 몸을 맡기는 스릴. 다음 날 무슨 일이 벌어질지 예상할 수 없던 그 시절.

그때만 해도 케이트는 드웨인에게 나름대로 만족했다. 드웨인은 그녀의 목적에 부합하는 남자였고 그녀가 필요로 하는 것을 얻게끔 도와주었다. 지금 드웨인이 변했다고 느껴지는 것은 놀랄 일이 아니다. 누구라도 5년 동안 감옥에 갇혔다가 나오면 달라지는 것이 당연할 테니.

아니, 어쩌면 드웨인의 문제가 아닐지도 모른다. 변한 것은 그가 아닐지도 모른다.

"아침을 먹어야겠어. 양이 많은 걸로. 계란, 소시지, 팬케이크가 전부 나오는 '그랜드 슬램' 을 먹어야지. 진짜 배고파 죽겠어." 드웨인이 말했다.

데니스에 간 드웨인과 케이트는 낮은 좌석에 앉았다. 바로 뒷자리에는 한 남자가 여섯 살쯤 된 두 사내아이를 데리고 앉아 있었다. 드웨인을 등지고 앉은 그 남자는 쌍둥이로 보이는 아들들에게 의자 위에서 일어나지 말고 가만히 앉아 있으라고 다그치는 중이었다.

웨이트리스가 두 사람에게 메뉴판을 건네자 드웨인은 입이 찢어질 듯한 미소를 지으며 말했다. "이쪽에 있는 케이트랑 나한테 커피를 좀 줘요." 웨이트리스가 커피포트를 가지러 간 사이 드웨인이 씩 웃으며 케이트에게 말했다. "새 이름에 익숙해지려고 한번 해 봤어."

"그래. 수상하다고 의심받기 딱 좋게 잘도 말하더라."

웨이트리스가 돌아와 머그잔 두 개를 테이블 위에 올려놓고 커피를 따른 뒤 앞치마 주머니에서 크림을 꺼냈다.

드웨인이 케이트에게 말했다. "나는 소시지, 베이컨, 햄을 먹을 건데 너도 같은 걸로 주문해. 너 뼈에 살 좀 붙여야겠어." 그는 웨이트리스를 향해 씩 웃으며 말했다. "커피 가득 채워요."

"네, 알겠습니다. 주문은 지금 하실래요? 아니면 좀 있다가 하실래요?"

"도넛 먹을래!" 드웨인의 등 뒤에서 사내아이가 소리쳤다.

"도넛은 안 돼." 아이의 아빠가 말했다. "베이컨이랑 계란을 먹자. 너 스크램블드에그 좋아하지?"

"싫어, 도넛 먹을래!" 아이가 칭얼거렸다.

드웨인은 치밀어 오르는 짜증을 억누르며 고기가 추가된 그랜드 슬램을 시켰고 케이트는 간단한 팬케이크를 주문했다. "감자튀김, 소시지는 빼고 그냥 팬케이크만 주세요. 시럽 곁들여서요."

웨이트리스가 자리를 뜨자 드웨인은 고개를 돌려 그의 짜증을 돋운 꼬마를 힐끗 쳐다보고는 케이트에게 몸을 숙여 속삭였다. "가발이 좀 비뚤어졌다."

케이트는 손을 올려 마치 진짜 머리카락을 가다듬는 척 가발이 이상하게 보이지 않게끔 매만졌다.

"금발이 참 잘 어울린다. 차라리 금발로 염색하지그래? 응?" 드웨인이 말했다.

"만일 경찰이 인상착의에 금발을 포함시키면 그땐 어쩌라고? 다시 염색해? 차라리 색깔이 다른 가발들을 가지고 다니는 편이 나아."

드웨인이 음흉한 웃음을 지었다. "저기, 매일 밤 다른 가발을 써 봐."

"감방에서는 그렇게들 하나 봐? 오늘 밤은 붉은 가발, 내일 밤은 갈색 가발. 그럼 상대가 남자라는 사실을 잊을 수 있는 거야?"

자기도 모르게 케이트가 내뱉었다.

드웨인이 눈을 가늘게 뜨며 말했다. "너 지금 뭐라고 했어?"

"신경 쓰지 마."

"무슨 말이 하고 싶은 거야? 응?"

"신경 쓰지 말라니까."

쌍둥이는 아빠가 감자튀김을 안 시켜줄 거라고 으름장을 놓자 칭얼거림을 멈췄지만 대신 서로를 쿡쿡 찌르며 다투고 있었다. 아빠가 그만하라고 소리를 지르자 아이들은 서로 상대방이 시비를 걸었다고 주장했다.

드웨인의 시선이 케이트를 파고 들었다.

"신경 쓰지 말라고." 케이크가 말했다.

"내가 호모라고 생각하는 거야?" 드웨인이 물었다.

"아니야."

"그거 좀 했다고 호모가 되지는 않아."

'역시 그랬군.' 케이트는 생각했다.

"너는 넘지 말아야 할 선을 넘었어. 이번엔 내가 한번 넘어볼까, 케이트 씨?"

"드웨인……."

"친구를 땅에 파묻은 기분이 어때?"

"그 여자는 친구가 아니야."

"같이 일했다면서?"

"친구가 아니라니까 알았어. 내가 잘못했어. 미안해."

"새가 먼저 했어!" 사내아이가 훌쩍거리며 말했다.

드웨인은 눈을 감고 이를 악물었다. "망할 애새끼들."

"애들 탓이 아니야." 케이트가 드웨인의 표적을 그녀의 실언으로부터 아이들에게 돌릴 요량으로 말했다. "부모가 식당에서의 행실을 제대로 안 가르쳐서 그런 거야. 저 아빠는 애들이 갖고 놀 거리를 가져와야 했어. 색칠 공부라든가 비디오 게임 같은 거. 보통 그렇게들 한다고."

드웨인은 코로 몇 차례 심호흡을 했다.

웨이트리스는 뒷좌석의 가족에게 음식을 가져다준 뒤, 케이트와 드웨인에게 주문한 음식을 가져왔다. 드웨인은 마치 먹을 것을 찾아 쓰레기통을 뒤지는 곰처럼 식사에 착수했다.

"밥 먹어." 드웨인의 등 뒤에서 쌍둥이의 아빠가 말했다.

"안 먹어." 아이가 대꾸했다.

그때 다른 아이가 케이트와 드웨인의 테이블 끝에 등장했다. 아이가 두 사람의 음식을 뚫어지게 쳐다보자 드웨인이 말했다. "꺼져."

그러자 아이는 카운터 쪽으로 타박타박 걸어가기 시작했다. 아이의 아빠가 자리에서 몸을 휙 돌려 말했다. "올튼, 이리 와!"

드웨인이 케이트를 보며 '올튼?' 하고 소리 없이 입을 움직였다.

케이트는 팬케이크에 시럽을 끼얹고 삼각형 모양으로 한 조각 잘라낸 후 포크로 찍었다. 지난 24시간 동안 식욕이 가실 만한 여러 가지 사건들이 있었음에도 그녀는 배가 고팠다. 한밤중에 잠에서 깨어 창밖의 맥도날드 간판을 바라보던 순간부터 쭉 그녀는 허기가 졌다. 그리고 지금, 케이트는 왠지 이 식당에 오래 있지 못할 것 같다는 예감이 들어서 먹는 속도를 빨리했다.

드웨인이 입안에 음식을 쑤셔 넣더니 머그잔의 커피를 들이켜 입안의 음식물들을 뒤섞었다. 그는 먹을 것으로 가득 찬 입을 놀렸다. "확률이 과연 얼마였을까, 응?"

케이트는 드웨인의 말을 곧바로 이해하지 못했다. 두 사람이 오늘 이곳에서 만나 오랫동안 미뤄왔던 "그 준비"를 하게 된 확률을 말하는 것일까?

케이트가 답이 없자 드웨인이 말했다. "그 여자를 마주친 확률 말이야. 그 여자가 우리를 본 확률."

"올튼, 당장 이리 오지 못해!"

"그래도 말이지……." 드웨인이 말을 이었다. "우리는 그 불리한 상황을 오히려 유리하게 바꾼 셈이야."

"그래, 그렇다고 해 두자." 케이트가 말했다.

"올튼, 아빠 말 안 들으면 혼난다. 얼른 이리 돌아와!"

"계란 맛 없어!" 자리에 앉아 있는 아이가 말했다.

드웨인이 몸을 돌리더니 한 손으로 남자의 목덜미를 붙잡고 그를 옆으로 내리박았다. 남자의 머리가 의자에 쾅하고 부딪혔다. 그가 팔을 테이블 위에서 허우적거리자 계란과 베이컨이 담긴 접시와 커피잔이 그와 바닥을 향해 떨어졌다. 숨을 쉬려고 퍼덕거리는 남자의 눈이 공포에 질려 휘둥그레졌다. 드웨인의 근육투성이 팔이 마치 강철 기둥처럼 남자를 억누르자 남자는 애처롭게 눈을 깜빡거렸다. 자리에 앉아 있던 아이는 아연실색하여 그 광경을 지켜보았다.

드웨인이 말했다. "댁의 애들하고 얘기를 좀 하고 싶었는데 여기 있는 내 여자친구 말이 저 애새끼들이 짐승처럼 날뛰는 게 다 댁의 탓이라더군. 그러게 밖에서 똑바로 행실하도록 네가 잘 가르쳤어야지, 응?"

케이트가 일어나며 말했다. "나가자."

22

"그게 언제라고 하셨죠?" 배리 덕워스가 물었다.

지나는 기억을 떠올리려고 애썼다. "지난주 초였던가? 월요일이나 화요일…… 아니, 지난주가 아니라 지지난 주였던 거 같아요."

"지금 당장은 아니더라도," 덕워스 형사는 피자 반죽이 오븐에서 구워지는 냄새를 맡으며 말했다. "혹시 그날 발급하신 영수증을 찾는 것이 가능합니까?"

"아마 가능할 거예요. 하우드 씨는 보통 신용카드로 계산하거든요." 지나가 말했다.

"좋아요. 다행입니다. 말씀하신 일이 정확히 언제 일어났는지 알아야 할지 모릅니다." 덕워스는 지나가 증인석에서 증언하는 장면을 상상했다. 만약 그녀가 사건이 일어난 정확한 시간을 대지 못한다면 피고 측 변호인은 지금 냄새를 풍기며 구워지고 있는 피자처럼 그녀를 조각내버릴지도 모른다.

"그러니까…… 하우드 씨 부부는 여기 단골이군요?"

지나는 대답을 망설였다. "단골? 글쎄요…… 3주에 한 번? 아니, 한 달에 한 번 정도 들르는 것 같아요. 저기요, 제가 잘한 걸까요?"

"무슨 말씀이죠?"

"경찰에 연락한 거 말이에요. 하지 말걸 그랬나 봐요."

덕워스는 하얀 천이 덮인 식당 테이블 위로 팔을 뻗어 지나의 손을 토닥거렸다. "옳은 일을 하신 겁니다."

"처음에 그 뉴스를 본 건 제가 아니라 아들이었어요. 여기 주방에서 일하는데 TV에서 뉴스를 보다가 '엄마, 저 사람들 우리 식당에 온 적 있지 않아요?' 라고 묻더라고요. 아들이 방송국 웹사이트에서 찾아 준 기사를 봤더니, 세상에, 하우드 부인이지 않겠어요! 그리고 그 순간 그날 밤 일이 떠오른 거예요. 하지만 막상 경찰에 연락하고 나니 제가 해서는 안 될 짓을 저지른 것 같아서……."

"그렇지 않습니다." 덕워스 형사가 말했다.

"하우드 씨를 곤란하게 만들고 싶지 않아요. 그분이 부인에게 나쁜 짓을 했을 리가 없어요. 정말 좋은 사람이에요."

"동감입니다."

"하우드 씨는 팁도 잘 주는 편이에요. 아주 많지는 않지만 적당해요. 하우드 씨에게는 제가 연락했다는 걸 비밀로 했으면 좋겠는데……."

"저희는 항상 신중을 기하고 있습니다." 덕워스는 비밀을 지키겠다는 약속을 하지 않았다.

"아들이 경찰에 알려야 한다고 해서, 그래서 연락했어요."

"하우드 부부가 평소 식당에서 어땠는지 말씀해 주시겠습니까?"

"보통은 아주 행복해 보였어요. 저는 손님들 얘기를 엿듣지 않으려고 노력해요. 다들 사적인 대화를 나눌 테니까요. 하지만 주고받는 말이 잘 들리지 않더라도 사이가 안 좋은 부부는 티가 나죠. 의자 등받이에 기댄 채 서로로부터 멀찍이 앉아 있다거나 상대방을 쳐다보지 않는다거나……."

"몸짓과 표정 말이군요?" 덕워스가 말했다.

지나가 열심히 고개를 끄덕였다. "네, 그거예요. 그런데 지난번에는 그 정도가 아니었어요. 두 사람이 나누는 대화가 들렸거든요. 적어도 하우드 부인의 말은 들렸어요."

"무슨 내용이었습니까?"

"유쾌한 내용은 아니었던 것 같아요. 둘 다 굉장히 언짢아 보였죠. 제가 테이블로 다가가는데 부인이 남편에게 '나한테 무슨 일이 생기면 좋겠지?' 라던가…… 아무튼 그 비슷한 말을 했어요."

"부인이 정확히 그렇게 말했습니까?"

"좀 달랐을지도……. 아마 자기가 죽으면 남편이 좋아할 거라고 말했던 것 같아요. 아니, 자기가 없어지면 좋을 거라고 말했던가……, 그런 느낌의 말이었어요."

"하우드 씨가 부인에게 그런 말을 하는 것을 들으셨습니까?"

"아니요. 아마도 부인이 화를 내기 전에 말했겠죠. 부인이 죽어버렸으면 좋겠다고 말했다던가……. 저는 그렇게 생각했어요."

"하지만 실제로 들으신 건 아니고요?" 덕워스가 메모장에 글을 끼적이며 물었다.

지나는 잠시 생각하다가 대답했다.

"네. 하지만 부인은 굉장히 화가 나 있었어요. 갑자기 자리에서 일어나더군요. 두 사람은 주문한 요리를 남겨두고 나갔어요."

덕워스가 허공에 대고 코를 벌름거리며 말했다. "여기 요리를 남기고 나갔다니, 상상이 안 가는군요."

지나가 활짝 웃으며 말했다. "저희 집 특제 피자 한 조각 드릴까요?"

덕워스도 웃으며 말했다. "사양하면 큰 실례가 되겠죠?"

치즈와 포르토벨로 버섯으로 만든 맛이 기가 막힌 피자를 먹고 난 뒤, 덕워스는 자신의 차로 돌아와 전화를 몇 통 걸었다.

그는 우선 아내에게 연락을 했다. "여보, 나야. 별 소식 없어?"

"응." 모린이 대답했다.

"이메일도 안 왔어?"

"응. 그쪽은 여기보다 대여섯 시간 정도 빠르니까 지금쯤 깨났을 텐데……."

"아직 자고 있을지도 몰라."

“알았어. 걱정하지 마. 신경 쓰지 말고 일해. 챙겨준 샐러드는 먹었어?”
“솔직히, 먹었는데 배가 안 부르네.”
“내일은 바나나도 넣을게.”
“그래. 나중에 또 전화할게.”

두 번째 전화는 리앤 코왈스키가 돌아왔는지 알아보기 위한 것이었다. 덕워스는 리앤의 남편과 길게 이야기를 하고 싶지 않았기 때문에 그에게 전화하는 대신 수사본부에 연락하여 리앤의 소재를 파악했다.

리앤은 아직 돌아오지 않았다.

덕워스 형사는 이제 리앤의 사건에 대한 수사력을 강화할 때라고 생각했다. 그가 잰 하우드의 실종에 집중하는 동안 리앤의 실종을 전담할 사람이 필요했다. 그리고 두 사건이 연관되어 있다는 전제 하에 각각의 수사 과정을 하루에 몇 차례씩 비교함으로써 사건들의 교차점을 확인할 필요가 있었다. 그는 조치를 취하기 위해 프로미스 시 경찰청으로 전화를 걸었다.

덕워스 형사는 날이 저물기 전에 조지 호에 가볼 생각이었지만 그 전에 한 군데 들를 곳이 있었다.

운전을 하면서 그는 지금까지의 상황을 정리했다.

데이빗 하우드가 경찰에 연락하여 파이브 마운틴즈로 함께 놀러 온 부인이 사라졌다고 신고했다. 하지만 부인이 놀이공원에 입장한 기록은 없었다. 남편과 아들의 티켓은 온라인으로 구매되었지만 부인의 것은 구매되지 않았다.

‘그런 식으로 일을 그르치는 놈들이 있지. 몇 푼 아끼려다가 평생을 감옥에서 썩는 놈들. 그렇게 똑똑한 놈들이 그런 멍청한 실수를 할 리 없다고 흔히들 생각하겠지만, 1993년 세계무역센터 폭탄 테러를 거들었던 얼간이도 폭발물을 옮기려고 빌린 트럭의 보증금을 돌려받다가 붙잡혔잖아.’

파이브 마운틴즈의 CCTV에는 잰 하우드의 모습이 찍혀 있지 않았다. 물론 그것만으로는 아직 확언할 수는 없겠지만 데이빗 하우드에게는 몹시도 불리한 정황이었다. 덕워스는 만전을 기하기 위해 카메라 영상을 다시 한번 철저히 살펴봐야겠다고 생각했다.

부인이 자살 욕구를 느끼고 있었다는 데이빗 하우드의 진술도 테스트를 통과하지 못했다. 지금까지 덕워스 형사가 만난 사람들은 부인의 심리 상태에 관한 하우드의 판단에 동의하지 않았다. 그중에서도 가장 치명적인 사실은 부인이 우울감 때문에 가정의와 상담했다고 말한 하우드의 진술과는 반대로 정작 의사는 그녀가 병원에 온 적이 없다고 말한 것이었다.

게다가 지나의 말에 따르면, 심지어 잰 하우드는 자기가 사라지면 남편이 좋아할 거라는 말까지 했다. 상황은 심히 수상쩍었다.

게다가 조지 호에서의 드라이브. 데이빗 하우드는 덕워스 형사에게 이 드라이브에 관해 언급한 적이 없었다. 그런데 잰 하우드가 실종되기 전날 그녀를 조지 호에서 목격했다는 사람이 나타났다. 잡화점 주인 테드 브레일의 말에 따르면, 잰 하우드는 그날 자신들의 목적지가 어디인지 몰랐고 남편이 깜짝쇼 같은 것을 준비했다고 말했다. 잰 하우드의 회사 사장인 어니 버트램 역시 그녀가 금요일에 남편과 함께 "비밀" 여행을 떠날 예정이었다고 말함으로써 브레일의 진술을 뒷받침했다.

그렇다면 잰 하우드를 마지막으로 본 사람은 테드 브레일이 되는 것인가? 그럴 것이다. 물론 데이빗 하우드를 제외한다면. 살아있는 잰 하우드를 마지막으로 본 사람은 다름 아닌 그녀의 남편일 거라는 덕워스의 확신은 점점 강해지고 있었다.

그리고 그것이 잰 하우드의 최후였을 것이라는 예감이 덕워스 형사를 사로잡고 있었다.

아를린 하우드는 일부러 분주하게 일을 했다. 평소에는 그녀의 남편이 그녀를 귀찮게 하거나 심지어 이래라 저래라 지시하면서, 툭 터놓고 말해 눈엣가시처럼 굴기도 했지만, 다행히도 남편은 지금 손자를 데리고 노느라 정신이 없었다. 돈 하우드는 아까 차고에서 발견한 낡은 크로케 세트를 이썬의 도움을 받아 뒷마당에 설치했다. 하지만 이썬은 나무 공을 철주문 사이로 쳐서 넣는 것과는 전혀 다른 자기만의 경기 방식을 터득했다. 나무 공을 아무 방향이나 원하는 곳으로 후려치는 동작만으로도 아이는 충분히 즐거워했고, 결국 돈은 손자에게 크로케 경기의 상세한 규칙을 가르치려던 계획을 곧바로 단념했다.

그러는 동안 아를린은 다양한 활동을 하고 있었다. 그녀는 설거지와 다림질을 했고, 인터넷으로 공과금을 냈으며, 신문을 읽었고, 채널을 이리저리 돌리며 TV를 봤다. 한 가지 아를린이 하지 않은 것이 있다면 1분 이상 전화를 사용하는 일이었다. 전화기를 수신 상태로 유지하기 위해서였다. 데이빗이나 경찰이 언제 전화를 걸지 모른다.

어쩌면, 잰이 전화를 걸지도 모른다.

아를린은 며느리 생각에 노심초사하다가도 아들과 손자의 일을 걱정했다. 잰에게 무슨 일이 생긴다면 어쩌나? 데이빗은 그걸 어떻게 견뎌낼까? 엄마를 잃은 이썬은……?

아를린은 그런 생각까지 하고 싶지는 않았다. 하지만 그저 낙관적으로 일관하기에 그녀는 천성적으로 현실적인 사람이었다. 최악의 경우에 대비하는 편이 좋다. 상황이 예상보다 좋아진다면 일종의 보너스라고 생각하면 된다.

아를린은 잰이 어디로 갔을지, 잰에게 무슨 일이 일어났을지 궁리하느라 머리가 아팠다. 사실 그녀에게는 아들과 남편에게 털어놓지 못한 것이 하나 있었다. 특히 그녀의 말을 비밀로 지켜줄 능력이 결여된 남편에게는 절대로 얘기할 수 없는 것이었다. 그것은 바로 아를린이 잰에게서 왠지 모를 꺼림칙함을 느낀다는 사실이었다.

그 꺼림칙함의 정체를 꼭 집어 말할 수는 없었지만, 그것은 잰이 남자들을 대하는 방식과 관련이 있었다. 데이빗은 시의 직업소개소에서 일자리를 구하는 사람들을 취재하던 중 잰을 만났고, 그 즉시 그녀에게 푹 빠져들었다. 당시 프로미스 폴즈에 온 지 얼마 안 된 잰은 일자리를 구하는 중이었고, 데이빗은 신문에 인용할 거리를 얻기 위해 그녀를 인터뷰했다. 하지만 잰은 말수가 적었고, 자신의 이름이 신문에 나오거나 기사에 자신이 등장하는 것을 원치 않았다.

그때 잰의 무언가가 데이빗의 마음을 건드렸다. 데이빗은 아를린에게 당시 잰이 마치 표류하는 사람 같았다고 말했었다.

잰은 기사 인터뷰를 거절했지만 데이빗의 끈질긴 질문 공세 끝에 결국 현재 동반자 없이 혼자 살고 있으며 프로미스 폴즈에 인척이 아무도 없다는 것을 밝혔다.

데이빗은 어째서 당신처럼 아름다운 여자가 혼자 사느냐고 묻고 싶었지만 뻔한 수작 같아서 그만뒀다. 아를린은 아들의 찬사에 공감했다.

데이빗은 인터뷰에 적극적인 다른 구직자들과 이야기를 나눈 뒤 직업소개소를 나오다가 밖에서 버스를 기다리고 있는 잰을 발견했다. 그가 잰에게 차를 태워주겠다고 제안하자 잰은 머뭇거리다가 승낙했다. 그녀의 목적지는 어느 당구장 위층의 셋방이었다.

"참견할 바는 아니지만 그 동네는 당신이 살기에 적당한 곳이 아니에요." 데이빗이 말했다.

"지금 형편으로는 어쩔 수 없어요. 일을 구하면 좋은 곳을 찾아야죠."

"월세가 얼마예요?"

잰이 눈을 크게 뜨며 말했다. "그쪽이 참견할 바가 아니잖아요?"

"말해 봐요." 결국 잰은 데이빗의 질문에 대답했다. 그리고 데이빗은 신문사로 돌아가 기사를 작성하여 넘긴 뒤 안내 광고를 담당하는 동료 직원에게 전화를 걸었다. "내일 신문에 낼 임대물 중에 괜찮은 것들 좀 알려줘. 집 보러 다니는 친구가 있어서. 응…… 현재 예산은……."

동료는 데이빗에게 이메일로 네 개의 리스트를 보냈다. 데이빗은 퇴근길에 당구장 건물 앞에 차를 세우고 위층으로 올라가 복도를 내려갔다. 방문을 노크하자 잰이 나타났다.

데이빗은 인쇄해 온 임대물 리스트들을 잰에게 건넸다. "내일 신문에 실릴 임대물이에요. 적어도 세 곳은 여기보다 훨씬 좋은 지역에 있습니다. 월세는 지금 내시는 거랑 똑같아요." 데이빗은 잰의 등 너머로 방 안을 슬쩍 들여다보며 말했다. "이사 준비는 금방 끝나겠군요."

"저한테 왜 이러시는 거예요?" 잰이 물었다.

그리고 돌아오는 주말에 데이빗은 잰의 이사를 도왔다.

사만다 헨리가 데이빗에게 의지하지 않게 된 이후, 드디어 구원의 손길을 필요로 하는 사람이 또다시 등장했고 데이빗은 구원자의 역할을 반갑게 받아들인 것이다. 아를린은 그렇게 생각했다.

잰과 데이빗의 이성 교제 기간은 짧았다. (아를린은 "이성 교제"라는 단어를 떠올리며 얼굴을 찡그렸다. '요즘 그런 구닥다리 같은 말을 쓰는 사람이 어디 있어? 나도 참 늙었구나.') 하지만, 상황은 그에 아랑곳없이 신속하게 진행되었다.

몇 달 후 데이빗과 잰은 결혼했다.

"기다릴 필요 없어요." 데이빗은 아를린에게 말했었다. "완벽하게 맞는 인연이 나타났잖아요. 이미 시간을 많이 낭비했어요. 게다가 제 명의로 된 집도 있으니까……." 2년 전 데이빗은 세입자들의 돈을 빨아먹고 사는 경제부장의 권유로 집을 한 채 구입했었다.

"잰도 결혼을 서두르니?"

"저기, 어머니와 아버지도 만난 지 얼마 안 돼서 결혼했잖아요?"

"좋은 시석이야." 논이 지나가다가 대화를 듣고 한마디 거들었다. 돈과 아를린은 만난 지 5개월 만에 함께 야반도주를 했었다.

사실 돈은 데이빗에게 잰을 소개받은 첫날부터 잰을 마음에 들어 했다. 그래서 잰은 손쉽게 시아버지 될 사람의 환심을 샀다. 하지만 시어머니가 될 아를린의 경우는 달랐다. 아를린의 생각이 지나친 것인지도 모르지만 아를린은 잰이 남자들에게 이상하리만치 스스럼이 없다고 느꼈다. 남자들은 스스로도 의식하지 못한 채 잰이 원하는 것을 잰에게 주었다.

'하긴, 그러는 게 당연하지.' 라고 아를린은 생각했다. 잰은 누가 봐도 육감적인 여자였다. 그녀는 갖춰야 할 것을 빠짐없이 갖췄다. 슈퍼모델 정도의 얼굴은 아니지만 두툼한 입술과 커다란 눈, 작고 귀여운 코가 잘 어우러져 있었고, 기다란 다리는 꽉 끼는 치마부터 낡은 청바지까지 모든 옷에 어울렸다. 게다가 잰은 성적 매력을 헤프지 않은 방식으로 발산했다. 눈을 요염하게 깜빡이거나 애교 있는 콧소리를 내지 않아도 그녀의 매력은 마치 향기처럼 저절로 뿜어져 나왔다.

데이빗이 잰을 집에 데려올 때면 돈은 시종이라도 된 것처럼 굴었다. 그는 잰이 코트 벗는 것을 거들었고, 그녀의 빈 술잔을 채웠고, 소파 쿠션을 대령했다. 참다못한 아를린은 데이빗과 잰이 들렀다 돌아간 어느 날 밤 돈에게 말했다. "그만 좀 해요. 왜 그래요? 정말 가관이야. 다음엔 등 마사지라도 해 주시려고?"

자신의 호의가 과했음을 깨달은 돈은 의식적으로 자제하기 시작했지만, 여전히 아들의 여자친구이자 신붓감인 잰에게 사족을 못 썼다.

그러한 잰의 매력은 아를린 앞에서는 무용지물이었다. 물론 잰은 아를린을 극진히 대했다. ("극진"이라는 단어에 아를린은 다시 새삼 자신의 나이를 의식했다.) 하지만 남자들을 사로잡는 자신의 매력이 시어머니에게 통하지 않는다는 사실은 잰 자신도 잘 알고 있는 바였다.

'부모와 인연을 끊을 정도면 평범한 애는 아니야.' 라고 아를린은 생각했다. 세상 모든 가정이 아를린의 집처럼 사랑으로 넘치는 것은 아니었지만 잰의 경우는 도가 지나쳤다. 심지어 잰은 이썬이 태어났다는 사실조차 부모에게 알리지 않았다. '손자의 탄생을 알 권리를 박탈당하다니, 도대체 딸에게 무슨 짓을 했길래…….'

아를린은 '무슨 사연이 있겠지.' 라며 스스로를 설득했다. 그렇지만 꺼림칙함은 완전히 가시지 않았다.

그때 초인종이 울렸다.

아를린은 현관문 옆의 옷장 안을 살펴보며 구석에 걸린, 몇 년째 꺼내 입지 않은 코트들을 자선 단체에 기부할까 고민하던 중이었다. 초인종 소리에 깜짝 놀란 그녀는 가슴을 부여잡으며 "아, 하느님!" 하고 소리쳤다.

아를린은 현관문을 가린 옷장 문을 닫았다. 현관문 유리창 너머로 넥타이를 느슨하게 맨 정장 차림의 뚱뚱한 남자가 서 있었다.

"놀라서 쓰러질 뻔했어요." 현관문을 열며 아를린이 말했다.

"죄송합니다. 저는 프로미스 폴즈 시 경찰청의 덕워스 형사입니다. 아를린 하우드 씨?"

"맞아요."

"데이빗 하우드 씨의 모친 되십니까?"

"네."

"데이빗 하우드 씨 부인의 실종 사건을 담당하고 있습니다. 몇 가지 여쭤볼 것이 있어서 왔습니다."

"아, 그러시군요. 어서 들어오세요." 아를린은 문지방을 넘어서는 덕워스에게 물었다. "아직…… 못 찾으셨죠?"

"네, 아직. 아드님은 여기 있습니까?" 덕워스가 물었다.

"아니요, 하지만 손자는 있어요. 할아버지랑 뒷마당에서 놀고 있는데, 데려올까요?"

"아니, 괜찮습니다. 이썬은 어제 만났어요. 꼬마 녀석이 참 잘 생겼더군요."

평소였으면 아를린 하우드는 덕워스 형사의 칭찬에 우쭐했을 테지만 지금은 형사의 방문에 그저 불안할 뿐이었다. 그녀는 덕워스 형사에게 거실 소파에 앉으라고 권하다가 문득 그 위에 이썬의 액션 피겨들이 널브러져 있는 것을 보았다.

"괜찮습니다." 덕워스가 액션 피겨들을 옆으로 치우면서 말했다. "스무

살 난 제 아들 녀석도 아직까지 이런 걸 모으고 있어요." 덕워스가 소파에 앉자 아를린도 인형들을 치우고 그 옆으로 앉았다.

"남편을 불러올까요?" 아를린이 물었다.

"우선 부인과 먼저 얘기를 나누고 부군과는 나중에 따로 얘기를 하겠습니다. 그러고 보니 처음 뵙는군요."

"네, 제가 도울 일이 있으면 무엇이든—."

"무슨 말씀인지 알아요. 아드님이 많이 괴로워하고 있죠?"

"우리 모두 괴로워요. 이썬은 어려서 상황의 심각성을 모르지만. 엄마가 잠깐 어딘가 갔다 올 거라고 생각해요."

덕워스는 말문을 열 기회를 포착했다. "하지만 그게 아니라고 생각하십니까?"

"네? 아니, 제 말은…… 우리 모두 당연히 그러기를 바라죠. 하지만 그건 정말 잰답지 않은 행동이라서……. 생전 아무 말 없이 어딜 간 적이 없거든요. 적어도 데이빗은 잰이 그랬다는 얘기를 한 적이 없……." 아를린은 말이 헛나왔다고 생각하며 입술을 깨물었다. "저기, 데이빗은 우리한테 뭘 숨기고 그러지 않아요. 우리를 믿고 의지해요. 남편과 제가 직장을 다니지 않아서, 손자를 놀이방에 보내는 대신 우리에게 맡기고 있답니다. 다음 달부터 이썬은 유치원에 다닐 거예요."

"그렇군요." 덕워스 형사가 말했다. "최근 잰 하우드 씨에게서 이상한 점은 없었습니까? 기분이 안 좋아 보인다거나?"

"맞아요. 데이빗이 지난 몇 주 동안 잰이 침체 상태였다고, 우울했다고 말했어요. 데이빗은 그 때문에 심각하게 고민했어요. 참, 잰이 다리에서 뛰어내리려고 했다는 얘기는 들으셨나요?"

"들었습니다."

"도대체 왜 그랬을까요……."

"그럼, 부인도 느끼셨습니까? 잰 하우드 씨가 우울하다는 것을 말이에요."

아를린은 곰곰이 생각했다. "그게, 잰은 우리 집에 들렀다가 금방 가는 편이라서. 아침에 이썬을 맡기고 갔다가 밤에 데리러 오는 게 전부거든요. 기껏해야 말 몇 마디 나눌 뿐이에요."

"네, 잠깐 마주칠 뿐이라는 점을 참고하죠. 어쨌건 최근 잰 하우드 씨가 심리적으로 불안했다는 의견에 동의하십니까?"

"글쎄요……." 아를린은 머뭇거렸다. "잰은 저와 시아버지 앞에서는 늘 밝은 표정이어서…… 속으로 힘들지만 감추려고 애썼겠죠."

"다시 말해 부인은 잰 하우드 씨의 우울한 행동을 직접 목격한 적이 없다는 말씀이군요?"

"기억나는 것은 없어요."

"알겠습니다. 제 질문이 이상하게 들려도 신경 쓰지 마세요. 도움이 될 만한 모든 질문들을 해보는 것뿐입니다. 아시겠죠?"

"네."

"잰 씨가 리앤 코왈스키와 놀러 가거나 한 적은 없었습니까? 둘은 친한 사이였습니까?"

"리앤이라면 잰하고 같은 사무실에서 일하는 여자 말인가요?"

"맞습니다."

"저는 잘 몰라요. 잰의 친구나 지인에 관해서는 전혀. 그건 데이빗한테 물어보셔야 할 거예요."

"알겠습니다." 덕워스 형사가 말했다. "그럼 이제 잰 하우드 씨가 실종되기 전날의 동선을 파악해 보겠습니다."

"그게 중요한가요?" 아를린 하우드가 물었다.

"실종자의 습관과 행동을 이해하는 데 도움이 됩니다."

"알겠어요."

"잰 하우드 씨가 파이브 마운틴즈로 가기 전날인 금요일에 무엇을 했는지 아십니까?"

"아니요, 잘 모르…… 참, 그렇지, 잰과 데이빗은 드라이브를 간다고 했어요."

"그렇습니까?" 덕워스가 메모장에 끼적거리며 말했다. "어디로 드라이브를……?"

"어디였지……. 그날 데이빗이 이썬을 평소보다 오래 맡아달라고 부탁했어요. 가볼 곳이 있는데 잰도 함께 갈 거라면서요."

"두 사람이 어디로 갔는지 아십니까? 무엇을 할 계획이었는지……?"

"그건 잘 모르겠어요. 데이빗에게 물어봐야 할 것 같은데, 전화 통화를 해볼까요? 지금 로체스터에서 돌아오는 길이에요."

"아니요, 괜찮습니다. 혹시 아시는 게 있는지 궁금했습니다."

"회사와 관계된 일 같았어요. 아시겠지만 데이빗은 〈스탠다드〉에서 기자로 일하고 있답니다."

"네, 알고 있습니다. 아드님이 취재차 어디론가 갔던 거라고 추측하십니까? 이를테면, 인터뷰라든가?"

"글쎄요……. 데이빗은 지금 프로미스 폴즈에 세워질 교도소 기사를 담당하고 있는데, 그 얘기 들으셨나요?"

"들었습니다. 아드님은 평소에도 업무 관련 여행에 부인을 대동했습니까?"

아를린은 머뭇거리다가 어깨를 으쓱하며 말했다. "저는…… 잘 몰라요."

"데이빗 씨가 드라이브를 마치고 돌아올 때까지 이썬을 맡아달라고 부탁했습니까?"

"네, 맞아요."

"돌아온 것은 몇 시였습니까?"

"저녁이었어요. 날이 저물기 전. 데이빗이 이썬을 데리러 왔어요."

"부부가 왔다는 말씀이죠?" 덕워스가 물었다.

"그게…… 데이빗 혼자였어요."

"부인은 차 안에 있었나요?"

"아니에요. 잰은 집에…… 데이빗 혼자 왔어요."

덕워스는 목덜미에서 짜릿한 느낌을 받았지만 마치 아무렇지도 않은 듯 고개를 끄덕이며 물었다. "왜 그랬을까요? 집에 돌아가는 길에 함께 들러 아들을 데려가는 편이 자연스러울 텐데 말입니다."

"몸이 안 좋았대요." 아를린이 말했다.

"네?"

"데이빗이 그랬어요. 돌아오는 길에 잰이 몸이 안 좋다고 하길래 먼저 집에 데려다 줬다고요."

"그렇군요. 어디가 안 좋았습니까?" 덕워스가 물었다.

"두통이었을 거예요. 데이빗이 그렇게 말했어요."

"네. 그래도 이튿날 아침 파이브 마운틴즈로 가는 데는 지장이 없었던 모양이군요. 아침에는 어때 보였습니까?"

"저는 아침에 잰을 못 봤어요. 우리 집에 안 들르고 곧장 놀이공원으로 갔으니까요." 그때 밖에서 차 문이 닫히는 소리가 들렸다. 아를린은 소파에서 일어나 창가로 향했다. "데이빗이에요. 데이빗이라면 형사님의 질문에 답을 드릴 수 있을 거예요."

"동감입니다." 덕워스도 소파에서 일어나며 말했다.

23

부모님의 집 앞으로 차를 몰고 들어오는데 도로 경계석에 서 있는 잠복 경찰차가 보였다.

나는 맥박이 빨라지는 것을 느끼며 경찰차 뒤에 차를 세웠다. 나는 서둘러 차에서 내려 현관 계단을 두 단씩 뛰어올랐다. 문을 벌컥 열었더니 안에는 배리 덕워스 형사가 서 있었다.

"하우드 씨." 형사가 말했다.

"무슨 일이 있습니까?" 나는 짧은 계단을 달려 올라왔을 뿐이었지만 숨을 헐떡이고 있었다. 솟구치는 아드레날린 때문이었다.

"아닙니다. 새로운 소식은 없어요." 덕워스 형사가 말했다. 형사의 뒤에 서 있는 어머니의 눈에 절망과 슬픔이 섞여 있었다. "지나가다 잠시 들렀습니다. 어머님과 잠시 얘기를 나누고 있었어요."

"발견된 것이 없습니까? 놀이공원은 다시 수색하셨어요? CCTV에 아무것도 없었습니까? 혹시—."

덕워스가 한 손을 쳐들며 말했다. "진척이 있으면 맨 먼저 알려드리겠습니다."

나는 그만 맥이 빠졌다. 하지만 정작 소식을 전해야 할 사람은 나였다.

"형사님께 드릴 말씀이 있습니다." 내가 덕워스 형사에게 말했다.

"네, 좋습니다."

"우선 아들을 좀 보고 올게요." 뒷마당에서 이썬이 웃는 소리가 들렸다. 나는 덕워스 형사를 지나쳐 뒷마당으로 가려 했지만 그가 내 팔을 붙들며 말했다.

"지금 곧바로 얘기하는 편이 좋겠습니다."

나는 덕워스 형사의 눈을 똑바로 바라봤다. 형사는 새로운 소식이 없다고 했지만 나는 그가 뭔가 숨기고 있음을 느낄 수 있었다. 바로 말해 주지 않는 것을 보니 분명 희소식은 아니었다.

"무슨 일이 있었군요." 나는 형사를 향해 속삭였다. "설마…… 잰의 시신이……."

"아닙니다. 그건 아니에요. 일단 경찰서로 가서 저를 좀 도와주시죠."

나는 카페인을 과다복용했을 때와 같은 기분이 들었다. 마치 전기 충격이 몸을 훑어 내리는 느낌. 내 팔을 붙들고 있는 덕워스 형사도 그것을 느낄 수 있을 것만 같았다.

나는 불안한 목소리를 애써 감추며 말했다. "알겠습니다."

덕워스 형사가 내 팔을 놓고 문밖으로 나가자 어머니가 다가와 나를 껴안았다. 그녀는 무슨 말을 해야 할지 몰라 입을 다물고 있었다.

"괜찮아요, 어머니. 미안한데 이썬을 계속 맡겨야—."

"그게 무슨 바보 같은 말이니? 어서 가보렴." 어머니가 나를 껴안은 팔을 풀었다. 그녀의 두 눈에 눈물이 그렁그렁했다. "데이빗, 미안하다. 내가…… 말실수를 한 것 같아."

"네? 무슨 일인데요?"

"저 형사가 수상한 눈으로 쳐다봤어. 아까 대화 중에 내가 잰이—."

"하우드 씨!"

고개를 돌려 뒤를 바라봤더니 덕워스 형사가 잠복 경찰차의 조수석 문을 열고 나를 기다리고 있었다.

"저 가볼게요." 나는 어머니를 한 번 껴안은 뒤 계단을 달려 내려가 재빨리 경찰차의 앞좌석으로 들어갔다. 덕워스 형사가 문을 닫아주려고 했으나 그전에 내가 문손잡이를 붙잡아 쾅하고 차 문을 닫았다.

덕워스 형사가 운전석으로 들어오자 나는 그에게 말했다. "제 차를 몰고 뒤따라가는 편이 낫지 않을까요? 다시 여기로 데려다 주시려면 번거롭잖아요?"

"걱정 마세요." 덕워스 형사는 자동차의 기어를 넣고 뒤를 돌아본 뒤 속력을 높였다. "같이 타고 가면서 얘기나 좀 하시죠."

"왜 굳이 경찰서까지 가야 합니까?"

덕워스는 고개를 살짝 저을 뿐 질문에 대꾸하지 않았다. "로체스터에 갔다가 오늘 아침에 돌아오셨다고요?"

"네."

"로체스터에는 무슨 일로 가셨다고 했죠?"

"잰의 부모를 찾으러 갔습니다."

"몇 년 동안 서로 안 보고 지냈다던 부모 말이군요?"

"네."

"그래서, 만나셨습니까?

나는 머뭇거렸다. "실은 그 얘기를 드리고 싶었습니다. 하지만 그 전에 한 가지 궁금한 게 있어요."

덕워스 형사가 나를 훑어보며 말했다. "말씀하세요."

"음…… 예를 들어 FBI 같은 기관이 증인 보호를 받는 사람을 프로미스 폴즈에 정착시켰다고 합시다. 그러면 형사님네 경찰청에 그 사실을 귀띔해 줄까요?"

덕워스는 즉시 대답하지 않은 채 입안에서 혀를 돌리며 뜸을 들이다가 물었다. "다시 한번 말씀해 주시겠습니까?"

나는 질문을 반복했고, 덕워스는 대답했다.

"흠…… 상황에 따라 다를 것 같습니다만 대개 FBI는 지방 경찰관들을 무식한 촌놈들로 치부하기 때문에 그런 정보를 공유하지 않습니다. 게다가 그들의 관점에서 생각해 보면 많은 사람들에게 정보가 노출될수록 기밀이 지켜지기 힘들 테니까요."

나는 그 점을 곰곰이 생각했다. "그럴 수 있겠군요."

"왜 그런 걸 물어보십니까?" 덕워스가 물었다.

"꼭 그렇다는 증거는 없습니다만 어쩌면 잰이—."

"잠깐, 제가 추측해 볼까요?" 덕워스가 말했다. "부인은 숨어 지내는 증인이었다, 그런데 소재가 발각됐다, 그래서 달아났다?"

"지금 제 말이 웃깁니까? 저는 형사님께 알려드려야 할 것 같아서—."

"아닙니다. 진지하게 듣고 있습니다. 아주 진지하게 듣고 있어요."

"제가 허튼소리를 하고 있다고 생각하는 거예요?"

나는 덕워스 형사가 아니라고 대답할 줄 알았지만 그는 아무 말이 없었다. 나는 말을 이었다. "잰이…… 제가 알고 있는 잰이 아닌 것 같아요."

형사는 또다시 나를 힐끗 쳐다봤다. "그럼 누굽니까? 말씀해 보세요. 듣고 있으니까요."

"저도 몰라요. 실은…… 어젯밤에 알게 된 사실이 있는데, 저도 설명할 수 없는 사실이에요. 그것이 잰의 실종과 관련이 있을지도 모릅니다."

"무슨 사실을 알아내셨습니까?"

"어제 로체스터에서 잰의 출생증명서에 나온 부모를 만났어요."

"어떤 사람들이죠?"

"호러스와 그레천 리클러 부부. 그들에게는 정말 잰이라는 딸이 있었어요. 하지만 그 딸은 다섯 살 때 죽었습니다."

덕워스는 다시 입속에서 혀를 굴렸다. "흠……."

"사고였습니다. 진입로에서 후진하는 아버지의 차에 치였다더군요."

"이런…… 평생 잊지 못할 처참한 사건이군요."

"그래요." 나는 덕워스 형사가 생각을 정리할 때까지 기다렸다. "상황이 이해가 가십니까?"

"흠…… 경찰서에 도착하면 제가 적당한 사람에게 연락을 해서 알아보라고 하겠습니다. 그동안 데이빗 씨와 저는 다른 얘기를 좀 해야겠어요."

"거기 앉으세요." 무미건조한 방 안의 무미건조한 테이블 앞의 무미건조한 의자를 가리키며 덕워스 형사가 말했다.

"여기는 취조실이잖아요?" 내가 물었다.

"그냥 방이라고 생각하세요. 데이빗 씨와 단둘이서 할 얘기가 있습니다. 여기만큼 대화를 나누기에 좋은 공간도 없어요. 잠깐 기다리세요. 증인 보호와 관련해서 연락을 취해 놓겠습니다. 커피나 음료수 드시겠습니까?"

나는 괜찮다고 대답했다.

"금방 다녀오겠습니다." 덕워스 형사는 취조실을 빠져나가며 문을 닫았다.

나는 테이블로 다가가 잠시 우두커니 서 있다가 결국 철제 의자에 앉았다.

아무래도 느낌이 좋지 않았다.

'덕워스 형사는 나를 경찰서로 데리고 왔다. 할 얘기가 있다고 했지만 뭔지 얘기해 주지 않은 채, 나를 여기 집어넣더니 혼자 남겨두고는 나갔다.'

취조실의 한쪽 벽에 거울이 걸려 있었다. 나는 왠지 덕워스 형사가 거울을 가장한 저 평면유리 뒤편에 서서 나를 관찰하고 있을 것 같았다. 내가 안절부절못하거나, 이리저리 거닐거나, 손가락으로 초조하게 머리를 만지기를 기다릴 것만 같았다.

나는 의자에 앉아 마음을 가다듬었다. 하지만 속에서 뭔가가 들끓고 있었다.

5분 후 취조실의 문이 열렸다. 덕워스 형사는 한 손에 커피를 들고 겨드랑이에 생수병을 낀 채 다른 손으로 문손잡이를 돌렸다.

"제가 마실 커피를 좀 가져왔습니다. 필요하실까 봐 물도 가져왔어요." 덕워스 형사가 말했다.

"내가 바보인 줄 알아요?" 내가 말했다.

"네?"

"내가 모를 줄 아냐고요. 지금 돌아가는 상황 말입니다. 날 경찰서로 끌고 와 취조실에 혼자 남겨 놓고는 쩔쩔매게 만들었잖아요. 무슨 꿍꿍이인지 다 압니다."

"무슨 말씀인지 모르겠군요." 덕워스 형사는 의자를 끌어당기며 커피와 생수병을 테이블에 올려놓았다.

"저는 유능한 기자가 아닙니다. 유능했다면 언론 정신 따위 오래전에 저버린 〈스탠다드〉에 있지 않겠죠. 하지만 이 바닥에서 꽤 일했어요. 그래서 지금 돌아가는 상황 정도는 파악을 한다는 말씀입니다. 형사님은 저를 용의자로 생각하는 거잖아요?"

"그렇게 말한 적 없습니다."

"그럼 아니라고 말씀해 보시죠. 제가 이 사건과 무관하다고 말씀해 보세요."

"그보다 그저께 조지 호로 나들이 가셨던 일에 관해 얘기해 보면 어떨까요?"

"네?"

"왜 숨겼습니까?"

"숨기다니요? 잰이 실종된 것은 어제잖아요? 그런데 그저께의 일을 왜 얘기해야 합니까?"

"그럼 지금이라도 말씀해 주시죠."

"그게 왜 중요하죠?"

"말하기 싫은 이유라도 있습니까, 하우드 씨?"

"아니요, 전혀 그렇지는……. 좋아요, 말씀드리죠. 잰과 저는 제보자를 만나러 조지 호로 갔습니다. 정확히 말하자면, 제가 제보자를 만나러 가는 길에 잰을 대동했어요."

"제보자?"

"현재 제가 담당하는 기사와 관련된 제보자 말입니다."

"무슨 기사를 담당하고 계시죠?"

나는 말을 해도 될지 망설였다. 〈스탠다드〉의 기사를 경찰에 노출시켜도 괜찮은가? 언론 윤리에 어긋나는 것이 아닐까? 언론인의 원칙을 위반하는 것 아닌가?

하지만 이렇게 된 마당에 원칙 따위가 무슨 상관인가?

"스타 스팽글드 코렉션즈가 프로미스 폴즈에 교도소를 세우려는 것에 관한 기사입니다. 저는 스타 스팽글드 코렉션즈로부터 뇌물을 받은 시의원 한 명을 주시하고 있었죠. 그런데 며칠 전 이메일을 한 통 받았어요. 정치 헌금이나 사례금을 받은 또 다른 시의원들이 있다는 내용이었습니다. 교도소 설립에는 토지 용도 변경이 필요한데 이것이 시의회 표결에 부쳐질 때 찬성표를 던져달라는 거였죠."

"이메일을 보낸 사람은 누구였습니까?"

"그건 말씀드릴 수 없군요."

"아하……." 덕워스 형사는 눈알을 굴리는 제스처를 취하려다가 의식적으로 자제했다. "기밀 사항이란 말이군요. 제보자 보호를 위한."

"그게 아니에요. 익명의 이메일이었습니다."

"하지만 만나셨다면서요? 그렇다면 직접 보셨을 거 아닙니까?"

"그 여자는 오지 않았어요."

"여자?"

"이메일에서 자신은 여자이고 하얀색 트럭을 타고 오겠다고 명시했습니다. 하지만 결국 나타나지 않았죠."

"만나기로 한 장소는 어디였습니까?"

"조지 호 북쪽의 잡화점 겸 주유소. 〈테드의 잡화점〉이라는 곳이었어요."

"그 잡화점에 가셨단 말이군요?"

"네. 금요일 오후. 만나기로 한 시각은 5시였습니다."

"그런데 부인을 데리고 가셨다고요?"

"네."

"왜 그러셨습니까? 평소에도 취재하러 가실 때 부인과 함께 가십니까?"

"아니, 보통 때는 그러지 않아요."

"과거에도 출장에 부인을 대동한 적이 있습니까?"

나는 잠시 생각한 뒤 대답했다. "있습니다. 정확히 무슨 일이었는지는 기억이 안 나요. 그리고 몇 년 전 시상식 만찬에도 함께 갔었죠."

"시상식 만찬을 취재 중이었습니까? 아니면 데이빗 씨가 수상 후보자였습니까?"

"수상 후보자였어요. 속보 기사 취재상."

"업무는 아니었군요. 그런 자리에는 보통 배우자를 대동하지 않습니까?"

"그렇죠." 나는 동의했다.

"그래서, 상을 받으셨어요?" 덕워스가 물었다.

"아니요."

"그럼 다시 하던 얘기로 돌아와서, 이번 건에는 왜 부인을 대동하셨습니까?"

"말씀드렸다시피 아내는 몇 주간 우울한 상태였습니다. 금요일에 휴가를 받을 거라고 하길래 같이 드라이브나 가자고 제안했습니다. 저로서도 운전하는 길에 말동무할 사람이 있으면 좋으니까요."

"알겠습니다. 가시는 길에 부인과 무슨 얘기를 나누셨습니까?" 덕워스 형사가 물었다.

나는 짜증과 피로를 느끼며 고개를 저었다. "모르겠어요. 저와 잰은…… 저기, 그런데 질문의 의도가 뭡니까?"

"부인의 실종과 연결되는 사건들을 전체적으로 정리해 보는 겁니다."

"조지 호로 드라이브 간 것은 잰의 실종과 연결되지 않았어요. 파이브 마운틴즈로 놀러 가기 전날 있었던 별개의 사건일 뿐입니다. 다만……."

덕워스가 고개를 갸우뚱했다. "다만?"

'그 자동차. 잰은 그 자동차가 우리를 미행하는 것 같다고 말했어. 게다가 그 차는 나와 제보자가 만나기로 한 장소를 얼쩡거렸지.'

"누군가 우리를 미행했습니다." 내가 말했다.

덕워스는 의자 등받이에 몸을 기대며 눈썹을 치켜세웠다. "미행……."

나는 고개를 끄덕였다. "자동차 한 대가 우리를 좇아오는 것을 잰이 봤어요. 잡화점 주차장에 도착해서 제보자를 기다리는데 그 차가 잡화점 옆을 몇 번 지나쳤습니다. 도로를 올라갔다가 방향을 틀어 다시 내려왔어요. 차 번호를 확인하려고 달려갔더니 쏜살같이 달아났죠."

덕워스가 가슴께에서 팔짱을 꼈다. 그의 배가 마치 테이블처럼 팔뚝을 떠받치고 있었다. 그는 아직 커피를 건드리지 않았고 나도 아직 생수병의 뚜껑을 열지 않았다.

"미행……." 덕워스가 반복했다.

"틀림없이 미행이었습니다."

"미행자가 누구라고 짐작하십니까?"

"모르겠어요. 그때는 누군가가 저와 제보자의 만남을 눈치채고 몰래 좇아온 거라고 짐작했습니다. 제보자가 나타나지 않은 이유도 그래서라고 생각했어요. 미행이 붙은 걸 알아채고 도망간 거라고 말입니다."

"지금은 다르게 생각하십니까?"

"모르겠어요. 형사님은 금요일 사건에 무척이나 집착하시는군요. 여하튼 잰의 부모라고 생각했던 사람들을 만나 그간의 상황을 알게 된 지금, 어쩌면 그 자동차가 잰을 미행한 것일지도 모른다는 의문이 듭니다. 그렇다면 모든 상황이 설명이 돼요. 잰은 증인 보호를 받으며 숨어 지내는 중이었다, 그런데 누군가에게 소재가 발각되어 미행을 당했다, 그래서 어디론가 사라져야 했다."

덕워스가 마침내 커피를 한 모금 마시더니 웃으며 말했다. "믿기지 않겠지만 이 커피는 정말 기가 막히게 맛있습니다. 절도 사건을 담당하는 친구가 커피 내리는 데 일가견이 있어요. 스타벅스 커피보다 낫습니다. 경찰서에서 이런 훌륭한 커피를 마실 확률이 얼마나 되겠어요? 데이빗 씨도 한잔하시죠."

"됐습니다."

"부인께는 어디로 간다고 말씀하셨습니까?"

"사실 그대로 말했어요. 제보자를 만나러 간다고 말했습니다."

"교도소 기업으로부터 뇌물을 받은 시의원들을 폭로할 사람을 말이죠?"

"네, 그래요. 이메일의 내용이 맞다면."

"그 이메일을 좀 보여주시겠습니까? 받으신 날짜가 언제였죠?"

"지난 목요일이었습니다. 그런데…… 삭제했어요."

"이해가 안 가는 행동이군요. 왜 그러셨습니까?"

"왜냐하면……." 나는 천천히 대답했다. "네트워크에 남겨두고 싶지 않았기 때문이죠."

"본인이 일하는 신문사의 네트워크인데 굳이 그럴 필요가 있었습니까?"

나는 잠시 생각한 뒤 대답했다. "〈스탠다드〉의 모든 사람들이 이 기사에 저처럼 적극적으로 매달리는 것은 아니라고 생각했으니까요."

"무슨 뜻입니까?"

"확실한 증거를 잡기 전까지 기사의 진행 상황을 노출시키지 않는 것이 좋다고 판단했다는 뜻입니다. 윗사람들이 기사 게재를 거부하지 못할 만큼 확실하게 하고 싶었던 거죠. 제가 쥐고 있는 패를 들켜서는 안 됐어요. 그래서 그들이 이메일을 읽지 못하도록 삭제한 거예요."

덕워스는 미덥지 못하다는 표정을 지으며 다른 질문을 던졌다. "이메일 주소는 기억나십니까?"

나는 취조실을 둘러본 뒤 스스로에게 짜증을 내며 고개를 저었다. "아니요. 숫자와 문자를 무작위적으로 조합해서 만든 주소였어요. 핫메일 계정이었습니다."

"알겠습니다. 그러시면 미행을 했다는 자동차는 어땠습니까? 제조사라든가 모델이?"

"짙은 푸른색 뷰익이었어요. 창문에 선팅이 되어 있는 일반 세단이었습니다."

덕워스가 흥미롭다는 듯 고개를 끄덕였다. "번호판은 확인하셨습니까?"

"확인하려고 했지만 번호판이 흙으로 덮여 있었습니다. 뉴욕 차량이라는 것만 확인했어요."

"흙이 덮였던 것은 자동차 전체입니까, 아니면 번호판입니까?"

"차는 깨끗했어요. 번호판만 지저분했습니다. 일부러 번호판을 흙으로 가린 것 같지 않나요?"

"그럼요. 틀림없이 그랬을 겁니다." 덕워스가 말했다.

"지금 제 비위 맞추시는 겁니까? 솔직히, 형사님은 제 말을 한마디도 믿지 않잖아요. 다 보입니다. 얼굴에 쓰여 있어요. 하지만 저와 잰은 정말 거기 있었습니다. 믿지 못하겠다면 그날 잡화점에서 일했던 직원에게 물어봐요. 가게 이름이……." 나는 잡화점의 정확한 이름을 머릿속에서 짜내었다. "〈테드의 호숫가 잡화점〉. 그것이 가게 이름이었어요. 잰이 들어가서 마실 것을 사왔습니다. 직원이 잰을 기억할 겁니다."

덕워스는 말없이 나를 바라봤다.

"왜요?"

"거기 가셨다는 말은 믿습니다. 그 부분은 전혀 의심하지 않아요."

덕워스 형사의 말은 나의 허를 찔렀다. 분명 내 말을 믿지 않는 것 같았는데 최종적으로 내 주장을 인정한 것이었다.

"그럼 뭐가 문제예요?"

"집에는 언제 돌아가셨습니까?"

"5시 반까지 거기 있었습니다. 제보자가 나타나지 않을 거라는 확신이 들자 차를 몰고 집으로 갔어요."

"부인과 함께?" 덕워스가 물었다.

"물론이죠."

"중간에 다른 곳에 들르지 않았습니까?"

"부모님 집에 들렀어요. 이썬을 데리러."

"부인과 함께 아드님을 데리러 가셨단 말이군요?"

나는 덕워스 형사가 이미 답을 알고 있음을 눈치챘다. "아니요. 저 혼자 갔습니다."

"이거, 헷갈리는군요." 덕워스 형사는 그렇게 말했지만 나는 그것이 본심이 아님을 알 수 있었다. "왜 혼자 가셨죠?"

"잰은 몸이 안 좋았습니다. 두통이었어요. 먼저 집에 데려다 달라고 했습니다. 시부모를 상대할 컨디션이 아니라고 말이죠. 아니, 사실은 만나기 싫어서 핑계를 댄 거겠지만……."

덕워스는 짐짓 과장스럽게 고개를 끄덕였다. "네, 네. 하지만 부모님 집은 데이빗 씨의 집에 가는 길에 있잖습니까? 조지 호에서 귀가하시는 길에 부모님 집을 지나잖아요? 말씀하신 대로 한다면 같은 길을 굳이 한 번 더 왔다 갔다 해야 할 텐데요?"

"맞는 말이에요. 하지만 부모님이 우리와 얘기하는 것을 좋아해서 어쩔 수 없었어요. 잰이 차 안에 있는 걸 안다면 부모님은 굳이 밖으로 나와서 말을 걸었을 겁니다. 하지만 잰은 그럴 상태가 아니었어요. 그래서 먼저 집에 데려다 줬어요. 그런데 도대체 무슨 말이 하고 싶은 거예요? 내가 잰을 조지 호에 버려두고 오기라도 했다는 겁니까?"

덕워스가 즉시 대답하지 않자 다시 내가 말했다. "이썬을 경찰서로 부를까요? 아들에게 증언을 하라고 할까요? 그날 엄마가 아빠와 함께 집에 돌아왔다는 것을?"

"안 그러셔도 됩니다. 네 살짜리 꼬마에게 그렇게까지 할 생각은 없어요."

"왜? 아들이 증언해 줘 봤자 당신은 믿지 않을 작정이니까? 이썬이 어려서 뭐든 내가 시키는대로 말할 거라고 생각하나요?"

"저는 그런 말 한 적 없습니다." 덕워스가 다시 커피를 한 모금 마시며 말했다.

"아무튼 잡화점에 한번 가보세요. 그날 일한 직원을 찾아서 얘기해 보라고요."

"그 점은 전혀 문제가 없습니다. 부인이 그날 하우드 씨가 말한 시간에 잡화점에 있었다는 것은 이미 확인됐습니다."

나는 잠자코 기다렸다.

"문제는 부인이 잡화점에서 나눈 대화입니다."

"그게 무슨 말이에요?"

"부인은 남편이 깜짝쇼를 준비했다는 말을 했다더군요. 그래서 정작 본인은 그곳에 온 이유를 모른다고 말입니다."

"뭐라고요?"

"부인은 하우드 씨가 왜 자기를 그곳에 데려갔는지 몰랐다는 말입니다. 하우드 씨의 의중을 전혀 몰랐다는 것이죠."

나는 복부를 얻어맞은 기분이 들었다.

"헛소리예요. 잰은 그곳에 간 이유를 알고 있었어요. 누가 말했는지 몰라도 거짓말입니다."

"누가 왜 거짓말을 한단 말입니까?" 덕워스가 물었다.

"몰라요. 하지만 그건 사실이 아니에요. 잰이 그런 말을 했을 리가 없습니다. 그럴 이유가 없어요."

"하우드 부인은 본인이 사라지면 당신이 행복할 거라는 말을 했다던데, 그건 왜입니까? 심지어 자기가 죽어버리면 당신이 좋아할 거라고 했다던데요?"

"뭐요?"

"들으신 바대로입니다."

"그게 대체 무슨 소리야?"

"사실을 부인하십니까?"

나는 입을 열었지만 몇 초 동안 아무 말도 나오지 않았다. 마침내 나는 조용히 말했다. "지나스."

"네?"

"2주 전이었어요. 지나스에서 저녁 식사를 하는 중, 아니, 저녁 식사를 할 참이었죠. 형사님은 지금 그때 있었던 일을 들먹이는 거잖습니까?"

"무슨 일이 있었는지 말씀해 보시죠."

"지나스에서 잰은 제정신이 아니었어요. 이상한 말들을 지껄였어요. 그러다 갑자기 감정이 폭발하더니 레스토랑에 있는 사람들에게 다 들릴 만큼 큰 소리로 자기가 없어지면 제가 좋아할 거라는 식의 말을 했어요. 하지만 죽어버리면 좋겠냐는 말은 한 적이 없습니다."

"즉, 부인이 죽기를 바라지는 않지만 어쨌건 없어지기를 바란다는 말씀입니까?"

"아니! 그렇지 않아요. 잰이 그런 말을 한 것은 사실이지만 제가 정말로 잰이 없어지기를 바라다니, 그건 사실이 아니에요! 잰은 우울감 때문에 그런 거예요. 그것 말고는 이유가 없어요. 지나 씨가 그러던가요? 잰이 자기가 죽어버리면 내가 좋아할 거라는 말을 했다고? 새빨간 거짓말입니다."

"부인의 우울감 말씀입니다만, 흥미로운 점은 그것을 느낀 사람이 하우드 씨밖에 없다는 겁니다."

나는 고개를 격렬하게 흔들었다. "아니요. 그렇지 않아요. 담당 의사 선생에게 물어보십시오. 새뮤얼즈 씨에게 물어봐요. 확인해 줄 겁니다."

덕워스가 측은하게 나를 바라봤다. "부인은 새뮤얼즈 씨를 찾아간 적이 없습니다."

"그럴 리가! 지금 전화를 걸어봐요."

"이미 새뮤얼즈 씨를 만났습니다. 부인은 우울감 때문에 그를 만나러 간

적이 없어요." 덕워스가 말했다.

그 순간 나는 뇌가 없어져 버린 듯 입을 쫙 벌린 채 아무 말도 하지 못했다. 나는 입을 다물지 못하고 덕워스 형사를 바라보며 지금 들은 정보를 해석하려고 애썼다.

마침내 내가 말했다. "새빨간 거짓말입니다."

하지만 나는 곧 잰이 거짓말을 했을 가능성이 있음을 깨달았다. 잰은 내가 그녀의 우울감을 가지고 이러쿵저러쿵하는 것을 원치 않았으니까. 그러나 잰이 조지 호로 간 이유를 모르더라고 말한 잡화점의 그 작자는 지독한 거짓말쟁이다. 거기에는 이견의 여지가 없다.

"즉, 모든 사람이 거짓말을 하고 있군요. 그럼 파이브 마운틴즈의 CCTV와 컴퓨터는? 기계들도 거짓말을 하는 겁니까?"

"티켓 얘기로군요."

"부인의 카드로 구매된 티켓은 두 장밖에 없었어요. 성인 한 장, 아동 한 장. 당신은 부인이 놀이공원에 가지 못할 것을 알았기 때문에 티켓을 두 장만 구매한 것 아닙니까? 부인의 핸드백에서 카드를 꺼낸 것은 온라인에서 표를 살 때였나요? 아니면 카드 정보를 미리 적어 놓았습니까?"

"제가 구매하지 않았어요. 잰이 직접 샀습니다. 그리고 잰은 놀이공원에 왔어요. 티켓 건은 저도 설명할 수가 없어요. 아마도…… 잰은 주차장에 갔다가 돌아와 보니 그제서야 티켓에 이상이 있다는 것을, 구매가 제대로 되지 않았다는 것을 알게 되어 현금을 내고 들어온 건지도 모르죠."

"출입구의 카메라에 찍힌 영상들을 살펴봤습니다만 부인은 없었습니다. 들어가는 모습도, 나가는 모습도 없었어요."

"그렇다면 카메라에 이상이 있었겠죠. 찍히지 않은 부분이 있는 겁니다."

나는 집게손가락으로 덕워스 형사를 겨누다가 나의 말에 힘을 실을 요량으로 테이블을 찔렀다. "이봐요, 이러시는 이유는 이해합니다. 하지만 잘못 짚으신 거예요. 지금 형사님이 해야 할 일은 잰의 출생증명서와 관련된 배경을,

잰의 부모인 줄 알았는데 그게 아니었던 사람들과 관련된 배경을 조사하는 겁니다."

"그러시면 그 출생증명서를 좀 보여주시죠." 덕워스가 말했다.

"저한테…… 없습니다."

"집에 있습니까?"

나는 고개를 저었다. "출생증명서는 숨겨져 있었어요. 리넨을 보관하는 벽장 안의 널빤지 뒤 봉투에 담겨 있었는데, 오늘 로체스터에서 돌아오자마자 다시 찾아봤더니 사라져 있었습니다."

"허……."

"보세요, 형사님은 그런 정보쯤 쉽게 얻을 수 있잖아요? 정부에 기록이 있을 테니까, 사본을 얻을 수 있잖습니까?"

덕워스는 천천히 고개를 끄덕였다. "그럴 수 있습니다."

"하지만 그럴 생각이 없겠죠? 내 말을 하나도 믿지 않으니까."

"제가 어느 쪽을 믿었으면 좋겠습니까? 부인이 자살 욕구에 시달린다는 얘기? 아니면 부인이 증인 보호를 받고 있다는 얘기? 혹시 제가 모르는 세 번째 가설이 있습니까?"

나는 테이블 위에 팔꿈치를 올리고 머리를 감싸 쥐었다. "이 순간 어딘가에 아내가 있어요. 지금 형사님이 할 일은 아내를 찾아내는 겁니다."

"아시다시피 그 문제를 신속하게 해결할 방법이 있습니다." 덕워스가 말했다.

나는 고개를 들었다. "네?"

"하우드 씨가 제게 부인의 행방을 알려주면 됩니다. 자, 무슨 짓을 한 겁니까? 당신 부인에게 무슨 짓을 한 거예요?"

24

"난 잰에게 아무 짓도 안 했어!" 나는 배리 덕워스 형사를 향해 소리를 질렀다. "하느님께 맹세코 난 아무 짓도 안 했어. 도대체 내가 왜 잰을 해치겠어요? 나는 잰을 사랑합니다! 맙소사, 잰은 내 아내예요. 내 아이의 엄마란 말입니다!"

덕워스 형사는 침착하고 무표정하게 앉아 있었다.

"거짓말이 아닙니다! 꾸며낸 얘기가 아니에요! 잰은 정말로 우울했어요. 의사를 만났다고 했단 말입니다. 하지만 아마 만나러 가지 않았나 보죠. 솔직하지 못했던 거예요. 여하튼 저한테는 만났다고 말했습니다."

여전히 아무런 대꾸가 없었다.

"잰의 우울감을 느낀 사람이 없다는 것은 나도 설명할 수가 없어요. 아마…… 아마도 잰은 저와 있을 때만 본모습을 드러냈나 봐요. 남들 앞에서는 별일 없는 척 연기를 했겠죠." 나는 짜증을 내며 고개를 저었다. "무슨 말을 해야 할지 모르겠군요." 그때 한 가지 생각이 떠올랐다. "리앤을 한번 만나봐요. 아직 만난 적이 없죠? 리앤은 잰의 사무실 동료입니다. 매일매일 잰을 만나는 사람이에요. 잰이 다른 사람은 속여도 리앤은 못 속였을 겁니다."

"리앤……." 덕워스는 그 이름을 천천히 되뇌었다.

"리앤 코왈스키. 전화번호부에 있을 겁니다. 남편의 이름은…… 잠깐만요, 역시 'L'로 시작하는데…… 라이오넬? 라이얼?"

"한번 살펴보겠습니다." 덕워스가 말했다. 말투로 미뤄볼 때 그는 리앤을 만날 필요가 없다고 생각하거나, 아니면 이미 만나본 듯했다. "부인과 리앤 코왈스키 씨의 관계는 어땠습니까?"

"관계?"

"친했습니까?"

"말했잖아요. 같이 일하는 사이일 뿐이에요. 리앤은 항상 배알이 뒤틀린 것처럼 구니까요."

"함께 어울려다닌 적이 없습니까?" 덕워스가 물었다.

"어울려 다닌 적?"

"점심을 먹는다든가, 쇼핑을 한다든가, 아니면 영화를 본다거나?"

"아니요."

"퇴근 후 가끔 함께 시간을 보낸다거나?"

"몇 번을 말해야 합니까? 그런 적 없어요. 그게 왜 중요합니까?"

"그냥 물어봤습니다." 덕워스가 말했다.

"리앤을 만나봐요. 리앤이든 누구든 눈에 띄는 사람은 전부 만나보라고요. 누구도 내가 잰의 실종과 관계있다고 생각하지 않을 겁니다. 나는 잰을 사랑해요."

"그렇겠죠."

"제기랄, 당신 지금 완전히 잘못 짚었어." 나는 의자를 뒤로 밀치며 일어났다. "지금 내가 체포된 상태입니까?"

"물론 아닙니다."

"변호사가 필요한 상황인가요?"

"변호사가 필요하다고 생각하십니까?" 덕워스가 물었다.

재치 있게 넘어가기 어려운 질문이었다. 만일 긍정한다면 죄를 지은 것처럼 보일 것이고 부정한다면 바보처럼 보일 테니까.

"제 차가 부모님 집에 있으니 거기까지 태워—, 아니, 됐어요. 제가 알아서 가겠습니다."

"자동차 얘기가 나왔으니 말입니다만, 아까 나갔을 때 수색 영장을 신청했습니다. 하우드 씨와 부인의 자동차는 저희가 확보하고 있습니다. 그리고 하우드 씨의 집을 수색할 예정입니다."

"뭘 한다고?"

"따라서 변호사에게 연락해 두시는 편이 좋을 겁니다."

"집을 수색할 예정이라니?"

"실은 이미 하고 있습니다."

"내가 잰을 집에 숨기기라도 했단 말이야? 지금 제정신이에요?"

때마침 내 휴대폰이 울렸다. 액정 화면에는 부모님의 집 전화번호가 표시되어 있었다.

"여보세요?"

"데이빗?" 어머니였다.

"네."

"지금 네 차가 견인되고 있어!"

"알아요, 어머니. 저도 방금 들었—."

"내가 그러지 말라고, 그쪽은 세 시간 동안 무료로 주차할 수 있는 곳이라고 말했지만—."

"어머니가 막을 수 없어요."

"빨리 와라! 지금 트럭 뒤에 네 차를 싣고 있구나! 네 아버지가 착오가 있는 거라고 말했—."

"어머니! 제 말 좀 들어봐요! 저 지금 경찰서인데 저 좀 태우러—."

"저희가 댁까지 태워 드리겠습니다." 덕워스가 말했다.

나는 그를 쏘아보며 말했다. "필요 없으니까, 닥쳐."

"응? 뭐라고 했니?" 어머니가 말했다.

"아버지를 경찰서로 좀 보내줘요. 알았죠?"

"괜찮은 거니? 너 혹시 지금—."

"어머니, 그냥 아버지를 이리로 보내줘요. 설명은 집에 가서 할게요." 나는 휴대폰을 닫고 코트 안에 넣었다.

"개자식……." 나는 덕워스를 향해 말했다. "이 망할 개자식아. 나는 범인이 아니야. 프로미스 폴즈를 샅샅이 뒤져야 할 판에 우리 집을 수색하겠다고? 지금 잰이 목숨을 끊기 직전이면 어쩔 거야? 어디선가 도움의 손길을 기다리고 있다면 어떡할 거냐고? 몸을 다쳤을지도 모르는데, 그런데 당신은 지금 뭘 한다고? 남의 인생을 망가뜨릴 작정이야?"

덕워스가 내게 문을 열어 보이자 나는 취조실을 빠져나왔다. 내가 중앙 로비를 향해 걸어가자 덕워스는 내 뒤를 따랐다. 내가 경찰서를 나갈 때까지 소동을 일으키지 않게끔 지켜볼 심산인 듯했다. 사람들이 오가는 정문에 이르렀을 때 나는 문득 멈춰 서서 덕워스 형사를 돌아봤다. "증인 보호에 관해서는 알아보지도 않았겠지?"

덕워스는 대꾸하지 않았다.

"당신은 잰의 과거에 대해서 알아봐야 해. 처음에는 그저 잰이 자살 욕구에 시달린다고만 생각했어. 그렇게밖에는 생각할 수 없었으니까. 하지만 상황이 그보다 훨씬 심각하다는 것을 알게 된 거야. 그게 뭔지는 도저히 모르겠지만……."

"알겠습니다. 수사 진행에 필요하다고 판단되면 꼭 조사해 보죠."

"내 말 똑똑히 들어." 나는 덕워스 형사에게 몸을 기울이며 그의 얼굴에다 대고 말했다. "나는 아내를 죽이지 않았어."

"오호……." 곁에서 낯익은 목소리가 들렸다.

덕워스와 나는 동시에 고개를 돌렸다. 옆에 서 있는 것은 프로미스 폴즈의 스탠 리브즈 시의원이었다. 그의 얼굴은 능글맞은 웃음으로 가득했다.

"이거, 내 눈이 잘못된 게 아니라면," 리브즈가 말했다. "〈스탠다드〉의 고결하신 데이빗 하우드 선생 아니신가? 주차 위반 벌금을 물러 경찰서에 왔는데 이런 해괴한 소식을 들을 줄이야."

25

나는 덕워스를 남겨두고 경찰서 정문을 향해 걸어갔다. 가다가 슬쩍 뒤를 돌아보니 스탠 리브즈 의원이 덕워스 형사에게 뭔가 말을 하고 있었다.

5분 뒤 아버지의 파란색 크라운 빅토리아가 경찰서 앞 도로 경계석에 나타났다. 나는 조수석에 올라타서 힘껏 차 문을 닫았다.

"조심해. 유리창 깨질라." 아버지가 말했다.

"집에 무슨 일이 일어나고 있는 거예요?"

"네 엄마가 전화 통화에서 말한 그대로야. 네 차를 가져갔다."

차 열쇠는 내게 있었지만 경찰은 열쇠 없이도 손쉽게 차 안으로 들어가거나 차를 끌고갈 수 있을 것이다.

"불법주차가 아닌데." 아버지가 말했다.

"불법주차라서 견인한 게 아니에요."

아버지가 실망스러운 눈빛으로 나를 바라봤다. "그럼 압류당한 거냐? 그러게 자동차 할부금을 제때 냈어야지."

아버지는 자기 아들이 설마 살인 용의자일 것이라고는 상상하지 못하고 그저 돈을 좀 떼어먹었을 거라 짐작한 것이었다.

"아버지, 경찰이 증거를 찾고 있어요."

"증거?"

"경찰이…… 경찰이 저를 용의자로 보고 있어요."

"무슨 용의자?"

"제가 잰에게 무슨 짓을 했다고 생각해요."

"뭐라고!? 아니, 도대체 왜 그런 터무니없는 생각을?"

"아버지, 저 좀 집에 데려다 주세요."

"너는 잰의 남편이잖아! 이놈의 경찰이 정신이 나갔나? 네가 잰을 해쳤다고 생각하다니! 아니, 그 전에 왜 잰에게 무슨 일이 생겼을 거라고……." 갑자기 아버지는 한 가지 가능성을 떠올렸다. "맙소사, 데이빗…… 설마 찾은 거냐? 시신을?"

"아니에요. 원래 부인이 실종되면 그 남편이 의심을 받잖아요." 나는 아버지를 안심시키려는 것인지 아니면 스스로를 안심시키려는 것인지 그렇게 말했다. 덕워스가 나를 심문한 것은 어쩌면 형식적인 수사 과정일지도 모른다. 그냥 그런 당연한 절차.

아니, 그렇지 않아. 그런 단순한 문제가 아니야. 잰의 실종을 둘러싼 사실들이 점점 내게 적대적인 모습을 드러내고 있다. 인터넷으로 구매된 티켓이 두 장뿐이라는 정황, 나와 잰이 조지 호에 갔다 온 뒤로 이썬과 나를 제외하고는 아무도 잰을 보지 못했다는 정황, 지난 2주간 잰이 나 말고 다른 사람에게 자신의 우울감을 언급한 적이 없다는 정황.

그런 정황들은 대개 어떻게든 해명이 가능한 것이었지만, 호숫가 잡화점 점원의 거짓말만큼은 도저히 이해할 수가 없었다. 잰이 자기는 어디로 가는지 모르며 남편이 깜짝쇼를 준비한 것 같다는 말을 했다니, 도대체 그 점원은 왜 그런 거짓말을 했을까?

말도 안 되는 소리야.

잰은 음료수를 사러 잡화점에 들어갔을 뿐이다. 그 이상도 이하도 아니다. 잰이 카운터의 점원과 담소를 나눌 리가 없다. 드라이브를 하는 이유를 말할 리는 더더욱 없다. 날씨 얘기를 짧게 주고받는 정도라면 모르겠지만 영문도 모른 채 조지 호까지 왔다는 말을 했다니, 그럴 리가 없다. 비밀리에 제보자를 만나기 위해 왔다는 사실을 숨기려고 했다면, 잡화점 점원이 어쩐 일로 왔냐고 물을 경우 대충 둘러대면 그만이었을 텐데.

따라서 잡화점 사람이 경찰에 말한 것은 새빨간 거짓말이다.

하지만 어쩌면 덕워스 형사가 거짓말을 한 것일 수도 있다.

이것은 나의 반응을 보기 위해, 나를 떠보기 위해 덕워스 형사가 꾸며낸 이야기일지 모른다. 하지만 그는 우리가 조지 호에 갔다는 사실을, 잰이 음료수를 사러 잡화점에 들어갔다는 것을 어떻게 알았을까? 즉, 잡화점에서 잰에게 음료수를 판 사람이 실종 관련 뉴스를 보고 경찰에 신고한 것은 사실인 것이다.

"왜 그래? 무슨 생각 하는 거냐?" 아버지가 물었다.

"무슨 생각을 해야 할지 모르겠어요." 내가 대답했다. "그냥 저 좀 집까지 데려다 주세요."

길모퉁이를 돌자 우리 집 앞에 경찰차들이 정차되어 있는 것이 보였다. 진입로에 잰의 차가 보이지 않는 것을 보니 부모님 집에서 내 차를 견인하는 동시에 끌고 간 모양이었다. 나는 아버지가 차를 세우기도 전에 차에서 뛰쳐나가 잔디밭을 가로질러 현관 계단을 뛰어올랐다. 현관문은 열려 있었고 집 안에서 사람들의 말소리가 들렸다.

"이봐요!" 나는 소리를 질렀다.

경찰복을 입은 여자가 2층 계단 위에 나타났다. 어제 파이브 마운틴즈에서 내가 덕워스 형사와 얘기를 나누는 동안 이썬을 돌보았던 캠피언이라는 여경이었다.

"하우드 씨."

"영장을 보여줘요." 내가 말했다.

"알렉스!" 캠피언이 외치자 서른이 안 되어 보이는 작고 호리호리한 남자가 잰과 나의 방에서 나왔다. 그는 머리카락이 빳빳하게 짧았고, 스포츠 재킷과 흰색 와이셔츠, 면바지를 입고 있었다.

"이분이 하우드 씨예요." 캠피언 경관이 말했다.

남자는 계단을 내려와 내게 다가왔지만 악수를 청하지는 않았다. 남편이 부인을 죽인 증거를 찾기 위해 그의 집을 뒤집어엎는 마당에 굳이 그런 예의를 차릴 필요는 없었다. "알렉스 심슨 형사입니다." 그는 재킷 안으로 손을 집어넣어 세 번 접힌 종이 한 장을 꺼내어 내게 건넸다. "가택 수색 영장입니다."

나는 종이를 받아들고 읽는 시늉을 했지만 화가 치밀어 올라 글자들이 눈에 들어오지 않았다. "도대체 뭐가 필요한 겁니까? 얘기해 봐요. 제가 얼마든지 보여 줄게요!"

"그런 방식으로 수색을 진행하지는 않습니다." 심슨이 말했다.

나는 계단을 뛰어 올라갔다. 잰과 나의 방에서 캠피언 경관이 서랍장을 열고 양말과 속옷들을 파헤치고 있었다. 그녀는 서랍에서 잰의 가터벨트를 발견하고는 잠깐 멈칫하다가 계속 수색을 진행했다. "꼭 이렇게까지 해야 합니까?"

캠피언은 아무런 대답이 없었다. 그때, 주방에 있던 노트북 컴퓨터가 침대 위에 놓여 있는 것이 눈에 띄었다. "저건 왜 여기 있는 거죠?" 내가 물었다.

"경찰서로 가져갈 거예요." 캠피언이 말했다.

"무슨 소리예요! 거기에는 은행 관련된 정보라든가 친구들 연락처가—."

"데이빗."

뒤돌아보니 아버지가 문가에 서 있었다. "이 작자들이 이썬의 방에다 무슨 짓을 했는지 좀 봐라."

나는 복도를 가로질러 이썬의 방으로 갔다. 침대의 시트는 벗겨져 있었고 매트리스가 벽에 기대어 진 채 측면으로 세워져 있었다. 장난감들을 보관하는 플라스틱 통들은 텅 빈 채 바닥에 이리저리 흩어져 있었다.

"이것들 봐요! 왜 아들 방까지 이 지경으로 만든 겁니까!?"

1층에 있던 심슨 형사가 계단을 올라왔다. "하우드 씨, 수색이 진행되는 동안 집에 계실 권리는 있습니다만 방해하시면 곤란합니다. 계속 이러시면 강제로 내보낼 수밖에 없습니다."

나는 분노가 치밀어 올라 말이 나오지 않았다. 무슨 말이든 내뱉으려 하는 순간 재킷 안의 휴대폰이 울렸다.

"여보세요."

"데이빗, 나 사만다야. 이게 도대체 무슨 일이야?"

"사만다, 지금은 통화하기 힘들어."

"데이빗, 그냥 단도직입적으로 말할게. 지금은 친구로서 전화를 건 게 아니야. 너를 취재하려고 전화했어. 기사에 인용할 말이 필요해."

월요일자 〈스탠다드〉는 오늘 밤에야 인쇄될 것이므로 지금 사만다에게 필요한 것은 웹사이트에 올릴 기삿거리였다. 아직 웹사이트에 들어가보지 못했지만 간밤에 잰의 실종이 TV 뉴스에 나왔으므로 지금쯤이면 관련 기사가 올라가 있을 것이었다.

나는 이썬의 방에서 나와 다시 잰과 나의 방을 돌아보았다. 실종자도 찾지 못하면서 쓸데없이 그 남편이나 못살게 구는 프로미스 폴즈 경찰들은 죄다 얼간이들이라고 외치고 싶었다.

하지만 나는 그 대신 전화기에다 대고 말했다. "그래, 말해 봐."

"네가 이번 실종 사건의 용의자라고 하던데, 사실이야?" 사만다가 물었다.

내가 경찰서를 나온 지 30분도 안 됐는데 어떻게 〈스탠다드〉가 벌써 그 사실을—.

'스탠 리브즈.'

물론 덕워스 형사는 리브즈 의원에게 아무것도 알려주지 않았을 것이며 기자회견을 열 시간적 여유도 없었을 것이다. 하지만 스탠 리브즈가 엿들었던 나의 멍청한 한마디는 신문사에 제보할 거리가 되기에 충분했다. 틀림없이 그 교활한 족제비는 〈스탠다드〉에 익명으로 제보를 했겠지. 취재 담당자에게 전화를 걸어 "아까 당신네 기자를 경찰서에서 봤는데 막 화를 내면서 자기가 아내를 죽이지 않았다고 하더라"라는 말만 하면 기자실을 온통 아수라장으로 만들 수 있을 테니까.

〈스탠다드〉에 전화를 걸고 난 뒤에는 아마 TV와 라디오 방송국에 연락을 했을 것이다.

"사만다, 그 얘긴 어디서 들은 거야?"

아버지가 옆에서 나를 바라보며 소리 없이 '누구냐?' 라는 입모양을 지었다.

"그건 말할 수 없다는 걸 알잖아. 정말 미안해. 하지만 답변을 부탁해. 경찰이 너를 체포할 예정이야? 네가 용의자, 아니, 요주의 인물이라는 게 사실이야? 잰의 시체가 발견됐어?"

"잠깐, 사만다, 내가 먼저 물어볼게. 경찰은 뭐래? 경찰의 공식 입장이 뭐야?"

"경찰은 아직 아무 말도—."

"그럼 그냥 소문이잖아. 누가 익명으로 제보를 했지?"

"데이빗, 지금 내가 하는 건 너도 늘 해오던 거야. 나는 제보 내용을 확인하고 있는 것뿐이라고. 너도 외부에 공표할 생각이 있다면 나한테 하는 편이 좋을 거야. 〈스탠다드〉는 어쨌든 네가 일하는 신문사잖아. 네게 유리한 기사를 내줄 곳이 여기 말고 어디 있겠어?"

나는 그 말에 선뜻 동의할 수가 없었다.

밖에서 끼익 하고 자동차가 멈추는 소리가 들렸다. 휴대폰을 귓가에 댄 채 나는 아버지를 지나쳐 계단을 내려가 현관으로 갔다.

밖에 있는 것은 TV 중계차였다.

"사만다, 나 이만 가봐야겠어." 나는 전화를 끊었다.

"지건 〈뉴스 채널 13〉 아니냐?" 아버지가 말했다.

"네, 아버지. 맞아요. 여길 나가야겠어요. 지금쯤 아버지 집에도 중계차가 몰려들고 있을 거예요. 사람들이 이썬을 괴롭힐지 몰라요. 어서 가봐요."

"그래, 알았다."

"함께 태연하게 걸어나가서 아버지 차를 타고 가는 거예요."

"알았어."

중계차 안에서 운전사와 여기자가 나왔지만, 아버지와 나는 아랑곳하지 않고 걸어나갔다. 나는 도나 웨그먼이라는 이름의 그 여기자를 알고 있었다. 짙은 갈색 머리카락의 20대 후반 백인 여성. 도나 웨그먼은 뉴스 중계 도중 눈앞에서 머리카락을 걷어내는 버릇이 있었다.

"실례합니다. 데이빗 하우드 씨 되시나요?" 웨그먼이 소리쳤다.

나는 등 뒤의 집을 가리키며 대답했다. "형사들에게 물어보세요. 하우드 씨가 어디 있는지 알려줄 겁니다."

자동차를 운전하는 도중 아버지가 말했다. "너도 이미 생각해 봤겠지만 변호사에게 연락을 취하는 편이 좋지 않겠니?"

"네. 그게 좋을 것 같아요." 내가 대답했다.

"벅 토마스 씨 어때? 그 변호사 기억하지? 옆집 글렌던네 진입로가 우리 구역을 침범했을 때 도와줬던 변호사 말이다. 좋은 사람이었잖아."

"이번에는 다른 분야의 전문가에게 부탁해야 할 것 같아요."

아버지는 고개를 끄덕이며 수긍했다. "변호사를 고용하려면 돈이 많이 들 거야. 혹시 돈이 모자라면 말이다, 우리한테 모아둔 게 좀 있어. 필요하면 말해."

"고마워요, 아버지. 하지만 경찰이 아직 저를 범인으로 지목한 것은 아니에요. 뭔가 꼬투리를 잡았다면 덕워스 형사가 저를 경찰서에서 순순히 내보내지 않았겠죠."

아버지는 도로에서 눈을 떼지 않은 채 고개를 끄덕였다. "그래, 네 말이 맞다. 넌 잘못한 게 없으니까 네 집과 자동차를 아무리 뒤져도 증거 따위는 안 나올 테지."

아버지는 나를 안심시킬 요량으로 한 말이겠지만 그다지 효과는 없었다.

"아니, 저놈이. 깜빡이도 안 켰어." 아버지가 정면을 바라보며 말했다.

26

그들은 드웨인이 감옥에서 풀려난 후 형에게서 빌린 황갈색 픽업트럭을 타고 매사추세츠 유료고속도로를 유유히 나아가고 있었다. 15년 된 쉐보레 트럭은 휠캡에 녹이 많이 슬어 있었지만 운전하기에는 그런대로 괜찮았다. 하지만, 연료가 지나치게 빨리 소비되었고 게다가 에어컨까지 고장이 나 있었다.

"에어컨이 정말 고장 난 거야?" 케이트가 물었다.

"한번 켜 봐."

"켰어. 뜨거운 바람밖에 안 나와."

"자기 몸이 달아올라서 그런 거 아니야?" 드웨인이 말했다. "그냥 창문을 열어."

"형이 너를 미워하나 봐. 아니고서야 이런 고물차를 빌려줄 리가 없지."

"그럼 걸어가든가."

그래도 형에게서 빌린 트럭이라면 불법 차량은 아닐 테니 안심이었다. 드웨인은 항상 안 좋은 시기에 경찰에게 붙잡히고는 했다. 하지만 이 트럭은 합법적인 번호판을 달고 있으므로 운전 중에 검문을 받더라도 아무 문제 없었다. 고맙게도 드웨인은 면허증도 갱신해서 가지고 있었다.

"고등학교 때 '케이트'라는 애가 있었어. 가슴이 깊게 파인 옷을 즐겨 입었지. 몸을 숙일 때 안이 슬쩍 보이는데도 그 여자애는 전혀 신경 쓰지 않았어. 요즘 뭐하나 궁금하군." 드웨인이 말했다.

"한 가지 확실한 건, 그 여자는 38도의 날씨에 냉방이 안 되는 고물 픽업트럭을 타고 매사추세츠 유료고속도로를 달리고 있지는 않을 거라는 거야. 그냥 포드 익스플로러를 탔어야 했어. 낡긴 했지만 에어컨은 작동했잖아."

드웨인이 케이트를 쏘아봤다. "왜 그래? 아직도 화가 안 풀렸어?"

데니스에서의 사건을 말하는 것이었다. 데니스를 나와 트럭에 올라타 고속도로에 들어서자마자 케이트는 드웨인을 호되게 나무랐다.

"도대체 어쩔 생각이었어?" 케이트가 물었다. "아마 경찰에 신고했을 거야."

"그게 무슨 큰일이라고 그래?" 드웨인이 말했다. "오히려 그 자식은 나한테 고마워해야 해."

"뭐?"

"지금부터 그 애새끼들은 제대로 행실머리를 배우게 될 거야. 커서 짐승 같은 인간이 되지 않을 거라고."

50킬로미터를 오는 동안 케이트는 계속 뒤돌아봤지만 경찰차는 나타나지 않았다. 그들이 트럭을 타고 데니스를 떠나는 모습을 아무도 보지 못한 것 같았다.

숨죽여 지내야 하는 이 시기에 드웨인의 욱하는 성미는 상당한 골칫거리였다. 케이트는 보스턴에 도착해서 일을 끝마칠 때까지 드웨인의 머리 뚜껑이 열리지 않기를 간절히 바랐다.

"아까 일은 미안해." 고속도로를 따라 운전하면서 드웨인이 말했다. "그러니까 그만 좀 갈궈. 나 좀 봐주라."

케이트는 차창 밖으로 손을 내밀어 바람이 손가락 사이를 빠져나가는 것을 느꼈다. 두 사람은 잠시 동안 말이 없었다. 이윽고 케이트가 먼저 입을 열었다.

"어땠어?"

"뭐가?"

"감옥 말이야."

"구체적으로 뭐가 궁금한 거야?"

"그거 물어보는 게 아니야. 그냥 일상생활 말이야."

"그럭저럭 괜찮았어. 반복적인 생활이었으니까 무슨 일이 일어날지 예측할 수 있었지. 기상 시간, 취침 시간, 밥 먹는 시간, 마당에 나가는 시간 따위를 정확히 알 수 있었어. 다시 말해 기다릴 것들이 있었던 셈이지."

이것은 케이트가 예상한 대답이 아니었다. "하지만 죄수니까 아무 데도 갈 수 없잖아?"

드웨인은 왼팔을 창턱에 걸치며 말했다. "그래. 하지만 이런저런 결정을 할 필요가 없어서 좋았어. 뭘 입을까? 뭘 먹을까? 뭘 해야 하지? 이런 고민들은 사실 피곤하잖아. 다들 잘도 매일매일 고민을 하고 결정을 한다는 게 난 가끔 신기해. 그러니 아침에 일어나자마자 오늘 무슨 일이 일어날지 알 수 있는 상황은 오히려 편했어."

"아주 천국이었겠네."

"늘 그런 건 아니야." 드웨인은 케이트가 빈정거리고 있다는 것을 눈치채지 못했다. "음식은 맛이 끔찍했고 양도 부족했어. 줄을 늦게 서면 아예 못 먹기도 했지. 심지어 세탁 횟수도 줄어 들었어. 교도소가 민영화된 다음부터 이 새끼들은 한 푼이라도 아끼려고 안달이야."

"민영화?"

"그 교도소는 정부가 아니라 민간 회사가 운영하는 거였어. 급료가 형편없어서 간수들은 다음 월급날까지 어떻게 살아야 할지 전전긍긍이었지. 애들도 키워야 하고 주택 담보 대출도 갚아야 하고 자동차 할부금도 갚아야 하니 돈이 이만저만 드는 게 아니었거든. 감방에 갇혀 지내는 생활이 차라리 낫겠다 싶었다니까. 우리 둘이 그런 문제들로 골치 아프려면 시간이 좀 걸리겠지?"

드웨인은 차로를 바꿔 앞서 가는 버스를 추월하며 말했다.

"내 말 알겠어? 결정의 고민을 이해하겠냐고? 내가 원하는 유일한 결정은 말이야, 얼마나 큰 보트를 사느냐 하는 것뿐이야."

사실 케이트는 이미 그것에 관해 생각하는 중이었다. 그녀도 잘 알고 있었다. 지난 몇 년간 그녀의 삶이 바로 드웨인이 얘기하는 그런 삶이었던 것이다. 결정. 끝없는 결정. 자신에 관한 결정뿐 아니라 타인을 위한 결정까지.

그것은 피곤한 일이었다.

"하나만 물어볼게. 지금은 자유롭다고 느껴?"

드웨인이 실눈을 뜨며 대답했다. "당연하지. 자유를 느끼고 말고. 교도소가 아무리 좋다고 해도 이 자유와 바꾸지는 않을 거야."

케이트 역시 이제 교도소를 탈출한 셈이었다. 그녀는 담을 넘어 탈옥을 했고, 지금 이 순간 고속도로를 달리는 트럭의 대시보드에 발을 올린 채 머리를 흩날리며 사방으로 흩어지는 바람을 만끽하고 있었다.

'이런 게 행복이겠지.'

하지만 그녀의 기분은 기대보다 좋지 않았다.

그들의 계획은 매우 단순했다.

우선 두 군데의 은행에 간다. 각 은행의 대여금고에서 "그것"을 되찾은 뒤 드웨인이 알아둔 감정가를 찾아가 그 가치를 평가받고 가격을 책정받는다. 케이트는 가격이 적절하지 않으면 흥정을 해보고 여전히 탐탁지 않으면 다른 감정가를 찾아갈 생각이었다. 최초로 책정된 가격을 받아들일 이유는 없다.

케이트는 여지껏 기다린 대가를 얻어야 했다. 대가가 없다는 것은 상상할 수 없었다. 두 사람은 반드시 부자가 되어야 했다. 문제는 얼마나 큰 부자가 되느냐 하는 것이었다. 이러한 기대야말로 그녀를 오랜 세월 버티게 한 힘이 되었다. 기다림의 끝에 수백만 달러의 돈이 있을 것이라는 기대야말로 그녀의 의지를 불태웠다.

만약 케이트와 드웨인이 서로 대여금고 열쇠를 맞바꿔 보관하지 않았다면, 또는 머저리 같은 드웨인이 폭행 사건으로 감옥에 들어가지만 않았더라면, 케이트는 어떻게든 혼자서라도 자기 몫인 절반을 챙길 수 있었을 것이다. 하지만 드웨인이 체포되자 그의 수중에 있던 케이트의 열쇠는 다른 소지품들과 섞여 그녀의 손이 닿지 않는 장소에 보관돼 버렸다. 그런 사정으로 케이트는 그저 기다리는 수밖에 도리가 없었던 것이다.

숨어서 버틴다. 무엇보다 잘 숨는 것이 중요했다. 케이트는 자신이 쫓기는 신세가 됐음을 알고 있었다. 그녀는 신문을 통해 "운반자"가 기적적으로 살아났음을 알게 되었다. 그 남자는 일단 회복하고 나면, 값비싼 다이아몬드들과 함께 자신의 왼손을 앗아간 자들을 잡기 위해 혈안이 될 것임이 틀림없었다.

케이트는 드웨인보다 자신이 위험하다는 것을 알고 있었다. 운반자가 본 것은 그녀의 얼굴이었다. 그는 기절하기 직전에 그녀의 눈을 똑바로 응시하고 있었다. 케이트는 그 남자가 다시 깨어나리라고는 생각하지 못했다.

'그 피…….'

운반자는 케이트가 자신에게 접근한 경위를 머지않아 알아냈을 것이다.

그것은 그의 여자친구, 정확히 말하면 전 여자친구를 통해서였다. 그녀의 이름은 알라나였으며 보스턴 외곽의 어느 바에서 케이트와 함께 야간근무를 하던 동료였다. 알라나는 쉬는 시간에 함께 담배를 피우면서 전 남자친구가 얼마나 못된 놈이었는지 불평을 늘어놓았다. 만날 아프리카 따위를 돌아다니느라 바빴고, 집에는 절대 데려가지 않았으며, 심지어 직업이 뭔지조차 말해주지 않았다는 것이다. 알라나는 남자친구가 누군가를 만나는 동안 그의 아우디에 혼자 남은 적이 있었다. 남자친구는 10분 안에 돌아오겠다고 말하면서 어떤 건물로 들어갔고, 알라나는 그때를 틈타 운전석 아래 처박힌 스포츠 백을 뒤지기로 결심했다. 알라나는 남자친구가 헬스장에 가는 것을 본 적이 없었다. 게다가 가방은 스포츠 백 치고는 냄새가 나지 않았다. 스포츠 백에서 냄새가 나지 않다니 무슨 용도로 썼길래? 알라나는 가방 안을 뒤졌다. 안에는 반바지, 러닝슈즈, 팔목밴드 대신 벨벳 천으로 싸인 작은 상자들이 있었다. 상자 하나를 열자 안에 여섯 개의 다이아몬드가 들어있었다. 알라나가 눈이 휘둥그레진 채 그것들이 진짜 다이아몬드일까 궁금해하는 사이, 예상보다 일찍 돌아온 그녀의 남자친구가 그 광경을 보더니 노발대발했고 이후 연락을 끊어버렸다.

케이트(당시에는 다른 이름을 사용하고 있었지만)는 알라나의 얘기를 듣고 생각했다. '다이아몬드?'

케이트는 몇 주 전부터 만나고 있던 드웨인이라는 남자에게 그 얘기를 들려주었다. 두 사람은 알라나의 전 남자친구의 소재를 알아낸 뒤 그를 지켜보며 일상적인 동선을 파악했고 유인책을 계획했다. 그가 암트랙 열차를 타고 뉴욕에서 돌아올 때에 맞춰 리무진을 대기시켜 놓고 기다린다는 계획이었다.

진통제의 효과에서 깨어난 운반자는 알라나에게서 정보가 새어나갔음을 쉽게 추리해 냈을 것이다.

이윽고 사건이 일어난 지 두세 달 후, 알라나 디사트라는 여성의 시체가 로웨스 부두 앞바다에서 발견되었다는 기사가 〈글로브〉의 웹사이트에 실렸다. 알라나 디사트는 분명 죽기 전에 살인자에게 그가 하는 일에 관해 누구누구에게 떠벌렸는지를 낱낱이 실토했을 것이다.

그중엔 필경 코니 태팅거라는 이름도 포함됐을 것이다.

그것이 바로 케이트가 모습을 감춰야 했던 이유였다.

"지금쯤 네 얘기가 뉴스에 나왔을까?" 드웨인이 물었다.

케이트는 깊은 생각에 잠긴 나머지 드웨인의 질문을 인지하는데 시간이 걸렸다.

"저기 호텔들이 보이는 큰 교차로에서 세워 봐." 케이트가 말했다.

드웨인은 픽업트럭을 91번 도로와 90번 도로의 교차점 서쪽의 출구 차선으로 몰아 근처 호텔 앞에 세웠다. 호텔에는 천 명에 한 명 있을까 말까 한, 노트북 컴퓨터 없이 출장 중인 비즈니스맨이 이메일을 확인할 수 있는 비즈니스 센터가 있었다.

케이트는 비즈니스 센터로 걸어 들어가 과장된 어조로 여직원에게 말했다.

"지금 제 남편이 프런트에서 방을 알아보고 있어요. 그런데 예약하기 전에 병석에 누운 고모의 상태를 확인해 보고 싶어요. 계속 전화를 걸어봤지만 통화 중이거나 음성메시지로 넘어가는데, 혹시 누군가 상황을 알리기 위해 이메일을 보냈을지도 몰라요. 고모가 위독한 상태라면 메인으로 돌아가야 해요. 방을 예약하기 전에 미리 알아봐야—."

"그러세요. 저 컴퓨터를 쓰시면 됩니다. 무료예요." 여직원이 말했다.

케이트는 먼저 〈스탠다드〉의 웹사이트를, 다음에는 지역 TV 방송국 몇 군데의 웹사이트를 확인했다.

그녀가 알고 싶은 것은 두 가지였다.

지금 언론은 잰 하우드의 실종으로 떠들썩한가?

그리고 시체는 발견되었는가?

케이트는 가능한 모든 기사들을 훑어본 뒤 비즈니스 센터의 여직원에게 말했다. "고맙습니다. 고모가 위독하다는군요. 돌아가야 할 것 같아요."

"정말 안됐습니다." 여직원이 말했다.

케이트는 트럭으로 돌아와서 드웨인에게 말했다. "아직 시체가 발견되지 않았어."

"좋은 소식은 아니네?"

"시간문제야."

드웨인은 3초 정도 생각에 잠겼다가 입을 열었다. "배고프다. 뭐 좀 먹으러 가자."

27

내가 부모님 집의 현관문을 열고 들어가자마자 이썬이 내 품으로 달려들었다. 나는 아이를 붙잡아 허공에 들어 올리고 양쪽 뺨에 뽀뽀를 했다.

"집에 갈래." 이썬이 말했다.

"아직 안 돼, 아들." 내가 말했다. "아직은 안 돼."

이썬이 고개를 흔들었다. "집에 갈래. 엄마 보고 싶어."

"말했잖아. 지금은 안 된다니까."

이썬이 화를 내며 몸을 뒤틀자 나는 어쩔 수 없이 이썬을 내려놓았다. 이썬은 발을 쿵쿵대며 현관문으로 걸어갔다.

"어디 가?"

"집에 갈 거야."

"너 가만있어." 나는 이썬을 쫓아가 가슴께에서 붙잡고 공중에서 휙 돌렸다. 나는 이썬을 다시 집 안으로 데려가 바닥에 내려놓고 엉덩이를 가볍게 찰싹 때렸다. "가서 놀고 있어."

이썬은 주방으로 사라졌다. 곧 냉장고 문을 여는 소리가 들렸다. 이썬은 이곳에서 노는 것을 좋아했지만 어제 이른 아침부터 집에 가지 못했던 것이다. 게다가 나는 부모님이 그들의 손자를 끔찍이 사랑한다 해도 계속 환대를 바라기에는 지나치게 신세를 졌다는 생각이 들었다.

"미안해요." 내가 어머니에게 말했다.

"괜찮아. 제 엄마가 보고 싶겠지. 그런데 무슨 일이니? 사람들이 왜 네 차를 가져간 거야?"

그때 아버지가 집으로 들어오면서 말했다. “경찰이 얘네 집에 무슨 짓을 했는지 알아? 아주 아수라장으로 만들어 놨어!”

나는 이썬에게 들릴세라 어머니를 현관 지붕 밑으로 데리고 나갔다. “경찰이 제가 잰에게 무슨 짓을 했다고 의심하고 있어요.”

“아, 데이빗.” 어머니는 놀라움이 아닌 슬픔의 탄식을 내뱉었다.

“제가 잰을 죽였다고 의심하는 것 같아요.”

“왜? 경찰이 왜 그런 의심을 하니?”

“상황들이 제가 의심을 받게끔 돌아가고 있어요. 그중 몇 가지는 그냥 우연이에요. 금요일에 조지 호에 다녀온 뒤 저 말고 아무도 잰을 보지 못했다거나 인터넷으로 산 티켓에 착오가 있었다거나.”

“착오?”

“하지만 도저히 설명이 안 되는 것도 있어요. 사람들이 거짓말을 해요. 조지 호의 잡화점에서 일하는 사람도 거짓말을 했어요.”

“데이빗, 나는 무슨 말인지 통 모르겠구나. 사람들이 왜 거짓말을 하겠니? 일부러 너를 곤란하게 만들려고 한다는 말이니?”

“얘한테 필요한 건 변호사야. 변호사가 필요해.” 방충망 너머에서 아버지가 말했다.

“조지 호에 가봐야겠어요. 그 사람에게 왜 거짓말을 했냐고 물어봐야겠어요.”

“지금 내 말 듣고 있는 거냐?”

“그 얘긴 됐어요, 아버지.”

“네 아버지 말이 맞아. 경찰이 네가 잰을 어떻게 했다고 의심한다면—.”

“시간이 없어요. 잰을 찾아야 해요. 그리고 왜 상황이 이렇게 꼬여서 제가 의심을 받는지 그 이유—.”

“왜 그러니?” 어머니가 물었다.

“리브즈.”

"시의원 말이니? 스탠 리브즈 의원?" 어머니가 물었다.

"리브즈가 이 사건을 알게 된 건 제가 경찰서에서 내뱉은 말을 엿들었기 때문이라고 생각했는데, 그게 아니라 이미 알고 있었던 것인지도 모르겠군요."

"무슨 말이냐, 그게?" 아버지가 물었다.

"엘몬트 세바스찬. 그럴 수가…… 나를 싫어한다는 것은 알고 있었지만 설마 그렇게까지……."

머릿속에서 생각들이 쏜살같이 흘러갔다. 서로 떨어진 점들은 금새 이어졌고 전체적인 그림이 드러났다.

잰에게 무슨 일이 일어났고 내가 그 혐의를 받게 된다면 나는 스타 스팽글드 코렉션즈의 프로미스 폴즈 교도소 유치에 관한 기사를 쓰지 못하게 되는 것이다.

엘몬트 세바스찬이 교도소 유치를 위해 시의원들에게, 아니, 적어도 리브즈 의원에게 뇌물을 제공했다는 내용의 기사가 신문에 실리지 못하게 되는 것이다.

이것은 타당한 가설일까? 아니면 단지 내가 정신이 나간 것일까?

기자 하나의 입을 막기 위해 그렇게까지 수고를 할 가치가 있을까? 〈스탠다드〉는 프로미스 폴즈의 유일한 지역 신문이었고 비록 몰락하고 있기는 했지만 여전히 이 지역에서 영향력을 지니고 있었다. 그리고 나는 〈스탠다드〉에서 유일하게 이 문제를 주시하는 기자였다. 영리 교도소 유치의 문제뿐만 아니라 스타 스팽글드 코렉션즈가 목적을 위해 사용한 수단까지 파헤치는 사람이었다.

물론 나 하나 힘을 잃는다고 해서 엘몬트 세바스찬의 문제가 전부 해결되지는 않겠지만 그로서는 손해 볼 것이 없었다.

하지만 이 가설이 맞다면 즉, 엘몬트 세바스찬이 나를 무력화시키기 위해 음모를 꾸민 것이라면 로체스터에서의 일은 어떻게 설명할 것인가? 잰의 과거, 잰의 존재하지 않는 과거를 어떻게 설명할 것인가?

“물 좀 마셔야겠어요.” 문득 나는 입을 열었다.

어머니는 나를 주방으로 데려갔다. 그곳에는 이썬이 고개를 옆으로 돌린 채 리놀륨 바닥에 드러누워 부드럽고 순조로운 엔진 소리를 내며 장난감 자동차를 시야 속에서 이리저리 움직이며 놀고 있었다. 어머니는 수도꼭지를 틀어 물이 차가워질 때까지 기다렸다가 컵에 따라 내게 건넸다.

나는 물을 쭉 들이켠 뒤 말했다. “또 다른 문제가 있어요.”

어머니와 아버지는 나의 말이 이어지기를 기다렸다.

“잰에 관한 얘기예요.”

나는 이썬이 내 얘기를 들을 수 없도록 부모님을 주방 밖으로 데리고 나갔다.

30분 뒤 나는 아버지의 차를 타고 도로를 달리고 있었다. 이미 엎질러진 물이었지만, 나는 로체스터의 일을 부모님에게 말한 것이 조금 후회됐다. 아버지는 고래고래 소리를 지르며 잰에게 잘못된 출생증명서를 발급했을 무능한 공무원들을 욕했다.

“틀림없다.” 아버지가 말했다. “잰은 출생증명서를 발급받으려고 신상 명세를 보냈겠지만 공무원 자식들이 다른 잰 리클러의 출생증명서를 보낸 거야. 그리고 잰은 우편함에서 출생증명서를 꺼낸 뒤 한 번도 읽어보지 않았던 거지. 엄청난 세금이 공무원들의 평생 직장을 위해 소비되는데 정작 녀석들은 일을 제대로 할 생각이 없어.”

반면 어머니는 내 이야기에 큰 충격을 받았고, 창문 너머 뒷마당에서 이썬이 크로케 공들을 이리저리 후려치며 놀고 있는 모습을 하염없이 바라봤다. 이윽고 어머니가 말했다. “애한테는 뭐라고 말해야 하니? 제 엄마가 사실은 누구라고 말해야 하는 거니?”

내가 증인 보호 제도에 관한 가설을 제시하자 아버지는 그 가설이 그럴듯하다고 말하면서 정부의 게으름뱅이들을 장황하게 욕하던 것을 멈췄다. (아버지는 자신도 한때 시청 직원이었다는 사실을 전혀 상기하지 못했다.) 아버지가 나의 가설을 적극적으로 받아들이자 나는 오히려 가설의 타당성에 의구심이 들었다.

내가 아버지 차의 운전석에 들어가는 순간까지도 아버지는 변호사를 알아보자는 말을 멈추지 않았다. 이 점에 관해서는 분명 아버지가 옳았지만, 지금 나는 지난 이틀간 일어난 일들을 새로운 누군가에게 일일이 설명할 여유가 없었다.

지금은 해야 할 것들이 많았다.

나는 아버지를 달래기 위해 대답했다. "변호사가 필요하다고 생각하세요? 그럼 아버지가 좀 알아봐 주세요. 진입로 사건을 맡았던 변호사 말고 다른 사람으로요."

나는 조지 호로 운전하는 내내 백미러를 주시했다. 지난번 잰과 조지 호로 가던 길에 목격했던 파란색 뷰익이 나타날 것이라고 기대한 것이 아니라, 덕워스 형사나 그의 부하가 나를 지켜보고 있을 거라고 생각했기 때문이었다. 덕워스가 나를 용의자로 지목하고 있다면 내가 그의 시야를 벗어나도록 놔둘 리가 없었다.

누군가 나를 미행하고 있었다면 그는 일을 아주 능숙하게 하고 있는 셈이었다. 조지 호로 운전하는 동안 내 시선을 사로잡은 차는 한 대도 없었다. 오후 3시가 조금 넘은 시각, 나는 차도를 빠져나와 〈테드의 호숫가 잡화점〉 주차장에 도착했다.

잡화점 주변은 적막했다. 주유를 하는 사람은 아무도 없었고 주차장에는 두 대의 자동차가 주차되어 있었다. 그중 한 대는 잡화점을 관리하는 사람의 차일 테니 안에 있는 손님은 한 명뿐임을 짐작할 수 있었다.

잡화점의 문을 열고 들어가자 딸랑하는 종소리가 났다. 카운터에는 60대 후반 내지 70대 초반으로 보이는 여윈 남자가 있었다. 그는 서 있는 것처럼 보였지만 자세히 보니 높은 의자의 가장자리에 걸터 앉아 있었다. 내가 들어가자 남자는 나를 향해 고개를 까딱하며 살짝 미소를 지었다.

내가 들어오기 전부터 잡화점에 있었던 통통한 여자 손님 하나가 카운터에 도리토스 한 봉지와 특대형 스니커즈 바, 다이어트 콜라 한 병을 내려 놓았다. 남자는 물건들을 계산하고 봉지에 담아 여자 손님에게 건네며 인사를 했다.

여자 손님이 나가자마자 나는 남자에게 물었다. "테드 씨 되십니까?"

"네, 맞습니다. 무슨 일이세요?"

"저는 프로미스 폴즈 〈스탠다드〉의 기자입니다. 덕워스 형사로부터 들었습니다만, 이 잡화점에 계신 어떤 분이 실종된 여성에 관해 제보를 했다더군요. 테드 씨가 그분인가요?"

"네, 바로 접니다." 테드는 경쾌한 어조로 대답했다. 신문사에서 인터뷰를 하러 왔다는 생각에 기분이 들뜬 것 같았다.

"그 잰 하우드라는 여성이 이곳에 있었나요?"

"네, 있었습니다. 기자님이 지금 여기 서 있는 것이 확실한 만큼 확실합니다."

"그래서 경찰에 연락을 하셨습니까? 아니면 경찰이 먼저 연락을 해왔나요?"

"그게 말이죠." 테드는 의자에서 미끄러지듯 내려와 카운터 위로 몸을 기울였다. "간밤에 뉴스를 봤어요. 여자가 실종됐다는 뉴스 말이에요. 단번에 얼굴을 알아봤어요."

"흠." 나는 주머니에서 메모장을 꺼내어 메모를 했다. "잠깐 봤을 뿐일 텐데 그렇게 쉽게 알아볼 수 있었단 말인가요?"

"보통의 경우라면 기자님 말이 맞겠죠. 그런데 그 여자, 꽤 수다스러웠어요. 그래서 얼굴을 자세히 보게 된 겁니다. 게다가 반반하게 생겼거든요."

수다스럽다고? 잰이?

"여자가 무슨 말을 하던가요?"

"남편하고 드라이브 중이라고 말했어요."

"느닷없이 그런 말을 하던가요?"

"아니요, 처음에는 이곳 경치가 좋다는 말을 했어요. 조지 호에는 처음 와 본다고 말이에요. 그래서 제가 근처에 묵고 계시냐고 물었더니 그건 아니고 남편하고 드라이브 온 거라고 말했습니다."

테드의 이야기에는 조금도 이상한 것이 없었다. 그저 그런 가벼운 담소. 덕워스 형사는 왜 이런 별것 아닌 대화를 과장해서 말한 것일까?

"그리고요?" 내가 물었다. "여자는 뭘 사고 나갔습니까?"

"제 기억으로는 음료수를 샀습니다. 뭐였는지 확실히 모르겠어요. 아마도 아이스티였던 것 같습니다."

"그리고 그냥 나갔습니까?"

"이 주변에 즐길 만한 것이 없는지 물어보더군요. 재미있는 게 없냐고 말이죠."

"재미있는 거라고요?"

"그런데, 기록 안 하세요?" 테드가 물었다.

나는 문득 내가 메모를 하고 있지 않음을 깨달았다. 나는 미소를 지으며 대답했다. "걱정하지 마세요. 중요한 것은 기억해 두겠습니다."

"제 말이 잘못 인용될까 봐서요."

"걱정 마세요. 재미있는 거라니, 무슨 뜻입니까?"

"그 여자는 남편이 여기까지 드라이브 온 이유를 궁금해했어요. 그래서 혹시 근처에 뭔가 즐길 거리가 있는 건 아닐까 물어봤던 거죠. 남편이 아마도 깜짝 선물을 준비한 것 같다고 말하더군요."

"여자가 이곳으로 온 다른 이유를 언급하지는 않던가요? 예를 들어, 음, 누군가를 만나러 왔다던가?"

테드는 그 질문을 생각해 봤다. "그러지 않았어요. 남편이 이유를 알려주지 않은 채 자기를 여기까지 데리고 왔다고 말했어요."

나는 메모장과 펜을 카운터에 내려놓고 잠시 동안 입을 다물었다. 테드가 어리둥절한 표정으로 물었다.

"무슨 문제라도 있습니까?"

"테드 씨, 왜 거짓말을 하십니까?" 내가 물었다.

"네?"

"왜 거짓말을 하시냐고요."

"무슨 소리예요? 나는 사실을 말하고 있어요. 경찰에 제보한 것과 똑같은 얘기를 했다고요."

"그렇지 않아요. 당신은 거짓말을 하고 있습니다."

"당신 머리가 어떻게 된 거요? 그 여자는 여기 있었어요. 지금 댁이 서 있는 바로 그 지점에. 이틀밖에 안 된 일이에요."

"그 여자가 여기 왔다는 것은 저도 압니다. 하지만 여자가 했다는 말은 믿지 않아요. 누군가 돈을 주던가요? 경찰한테 그렇게 제보하라고? 그런 겁니까?"

"댁은 도대체 누구요?"

"말씀드렸다시피 기자입니다. 헛소리를 하는 제보자들을 싫어하는 기자이죠." 내가 대답했다.

"젠장, 정 못 믿겠다면 경찰한테 테이프를 보여달라고 하면 되잖아."

"테이프?"

"테이프라고 불렀지만 디스크나 디지털이나 뭐 그런 걸로 됐겠지. 어쨌든 봐요." 테드는 자신의 어깨 뒤편을 손가락으로 가리켰다. 조그만 카메라가 벽에 고정된 받침대에 설치되어 있었다. "녹음이 되는 거예요. 음질이 썩 좋지는 않지만 자세히 들으면 대화 내용이 들려요. 2007년도에 끔찍한 강도를 당했어요. 그때 그 개새끼가 총질을 했는데 총알이 내 귀를 스쳐서 벽에 박혔죠. 그 일을 당하고 카메라와 마이크를 설치한 거예요."

"녹음됐다고?" 내가 물었다.

"경찰한테 물어봐요. 오늘 아침에 와서 복사해 갔습니다. 아니, 도대체 왜 내가 거짓말을 한다는 거예요?"

"그 여자는 왜 그런 말을 했을까요?" 내가 말했다. 하지만 그것은 테드가 아닌 나 자신을 향한 것이었다.

나는 메모장을 집어들어 재킷 안에 집어넣고 잡화점 입구를 향해 걸어갔다.

테드가 외쳤다. "신문에는 언제 나와요?"

나는 고개를 저으며 땅바닥을 바라보면서 잡화점을 나섰다. 나는 잰이 조지 호에 온 이유를 모른다고 말한 이유가 뭔지, 내가 깜짝 선물을 준비했다고 말한 이유가 뭔지 추리해 보려고 애썼다. 비밀리에 제보자를 만나러 왔다는 사실을 남에게 숨긴 것은 이해할 수 있다. 사실대로 털어놓는 것이 오히려 어리석다. 하지만 낯선 사람에게 일부러 말을 걸어서 그런 거짓말을 하다니, 도대체 왜?

나는 생각에 잠긴 나머지 엘몬트 세바스찬의 운전사이자 그의 교도소에서 복역했던 웰랜드가 나를 덮치기 위해 밖에서 기다리고 있다는 사실을 눈치채지 못했다.

28

웰랜드는 나의 재킷을 잡아채더니 나를 〈테드의 호숫가 잡화점〉 벽에 세차게 밀어붙였다. 나는 숨이 턱 막혔다.

"이게 무슨—."

내가 말을 마치기도 전에 웰랜드의 얼굴이 내 얼굴에 바짝 다가왔다. "이봐, 하우드 씨." 나는 헐떡이며 숨을 들이쉬었다. 웰랜드의 뜨거운 숨에서 양파 냄새가 났다.

"이거 놔." 내가 말했다. 자동차 완충 장치 같은 웰랜드의 양팔이 나를 건물 벽에 고정시켰다.

"세바스찬 씨가 선생님과 대화를 좀 나누고 싶어 하십니다." 웰랜드가 과장스럽게 예의를 차리며 말했다.

몇 미터 떨어진 곳에 리무진이 시동을 끄지 않은 채 주차되어 있는 것이 보였다. 닫힌 차창들은 선팅이 되어 있었다. 웰랜드의 말은 즉, 그의 주인이 지금 저 리무진 안에서 나를 기다리고 있다는 뜻이었다.

"이 새끼야, 이거 놓으라니까." 나는 여전히 나를 벽에 밀어붙이고 있는 웰랜드에게 말했다.

웰랜드는 잡은 손을 놓지 않고 말했다. "뭣 좀 물어보자."

나는 잠자코 그의 말을 기다렸다.

"너 같은 사내들은 평생 스스로를 '증명' 해 보일 필요가 없어. 무슨 말인지 알아? 남자 대 남자라는 거 말이야." 마지막 문장을 말하는 웰랜드에게서 자긍심이 느껴졌다. "증명해 본 적이 없지? 여섯 살 이후 다른 사내들과 힘을 겨뤄 본 적이 있어?"

나는 여전히 아무 대꾸도 하지 않았다. 그때 잡화점 문이 열리더니 테드가 고개를 내밀었다. "거기 무슨 일 있어요?"

웰랜드가 그를 쏘아봤다. "꺼져, 늙은이."

테드가 다시 안으로 들어갔다.

웰랜드는 나를 밀어붙인 손을 푼 뒤 바이스처럼 내 팔을 꽉 붙잡고 리무진으로 끌고 갔다. 그는 자동차의 뒷문을 열고 나를 안으로 밀어넣었다.

가죽으로 덮인 푹신푹신한 뒷좌석의 반대편 끝에는 엘몬트 세바스찬이 앉아 있었다. 그의 손에는 마즈 초코바가 바나나처럼 윗부분의 껍질이 벗겨진 채 들려 있었다. 나는 웰랜드가 뒷문을 닫기 직전에 차 안으로 다리를 들여놓았다.

"하우드 씨, 반갑습니다." 세바스찬이 말했다.

웰랜드가 자동차를 빙 돌아 운전석으로 들어갔다. 그는 차를 몰아 잡화점의 주차장을 나갔다. 속도가 너무 빨라서 몸이 뒤로 쏠렸다.

"이런 걸 납치라고 하죠?" 내가 말했다.

세바스찬이 빙긋 웃었다. "그런 터무니없는 말씀을." 그가 뭔가를 씹는 시늉을 하며 말했다. "이건 업무 회의입니다."

"미행하는 줄 몰랐어요. 이렇게 큰 차라면 숨기 힘들 텐데."

세바스찬이 고개를 끄덕였다. "몇 킬로미터 정도 뒤에 있었습니다."

"그런데 어떻게—."

"지난번에는 우리가 서툴렀어요. 차 한 대로 쫓아왔으니까. 하우드 씨는 훌륭하게도 그것을 알아차렸지요. 그래서 이번에는 여러 대의 차를 이용했습니다. 인원을 여러 명 활용했지요. 저처럼 많은 기관들로 이루어진 네트워크를 지니고 있는 사람은 다양한 인력을 활용할 수 있습니다. 대부분 운전을 할 줄 알아요. 심지어 도난 차량으로 면허를 딴 친구들도 있답니다." 그는 자신의 농담에 큭큭대며 웃었다. "여하튼 하우드 씨가 이곳에 멈춘 순간 그 정보가 우리에게 전달됐습니다."

"지금 어디로 가는 겁니까?" 웰랜드가 방향을 북쪽으로 돌리는 것을 보며 내가 물었다.

"특별히 정해진 곳은 없습니다." 세바스찬이 대답했다. "그냥 이리저리 돌아다닐 거예요." 그는 마즈 초코바를 다 먹고 껍질을 조그맣게 뭉쳐 바닥에 던졌다. 차 안에 다른 쓰레기가 버려져 있지 않은 것을 보니 웰랜드의 임무는 운전뿐만이 아닌 것 같았다.

"이거 엄청난 기삿거리로군." 내가 말했다. "'교도소 사장, 〈스탠다드〉 기자를 납치하다.'"

"하우드 씨가 그런 기사를 쓸 일은 없을 겁니다." 세바스찬은 혀를 움직여 이빨에 낀 초콜릿을 빼내며 말했다.

"왜 그렇게 생각하죠?"

"아직 저의 제안을 듣지 않으셨기 때문이지요. 들으면 생각이 좀 달라질 겁니다."

"무슨 제안인데요?"

세바스찬은 팔을 뻗어 내 무릎을 건드렸다. "우선, 오늘 당장 답을 주지 않으셔도 괜찮습니다. 지금 부인이 안 좋은 일을 당해 정신이 없으실 테니까요."

"다 알고 있군."

"모를 수가 없지요. 하우드 씨도 뉴스는 보셨을 텐데요? 어떤 기사들은 당신을 '요주의 인물'이라고 부르던데 그건 '용의자'의 완곡한 표현이 아니겠습니까? 어떻게 생각하시는지?"

"리브스가 경찰서를 나가자마자 댁한테 연락을 한 모양이군요."

세바스찬이 빙긋 웃었다. "세상에서 희소식보다 발이 빠른 것은 나쁜 소식뿐이지요. 물론 기자인 하우드 씨는 이미 그 사실을 잘 알고 계시겠지만. 말씀해 보세요. 왜 언론은 늘 부정적인 것에만 초점을 맞출까요? 참 맥빠지고 씁쓸한 일 아닙니까?"

"비행기가 안전하게 착륙했다는 소식은 신문 기삿거리로 어울리지 않으니까요." 내가 말했다.

"맞습니다. 훌륭한 지적이에요. 하지만 제 상황은 다르잖아요? 그런데, 필수적인 서비스를 제공함으로써 코딱지만 한 촌동네에 일자리와 부를 가져오겠다는 제 의지에 대한 보답은 비탄뿐입니다. 적어도 하우드 씨 같은 부류의 사람들로부터는."

"하지만 제가 일하는 신문사는 아니죠. 〈스탠다드〉는 당신에게 아주 우호적이니까요. 마들린과 토지매매 계약은 했습니까?"

세바스찬이 미소를 지었다. "현재 스타 스팽글드 코렉션즈는 몇 군데 후보를 놓고 고민 중입니다."

"제가 곤경에 처했기 때문에 당신의 계획에 관한 기사를 쓰지 못할 것이라고 생각하는 이유는?"

"흠, 저는 언론에 관해 잘 모릅니다만, 〈스탠다드〉 같은 작은 신문사라도 살인 용의자에게 아무렇지도 않게 기사를 맡기지는 않을 텐데요? 아마도 하우드 씨는 곧 휴가를 가게 될 것 같습니다만."

세바스찬은 뭔가 들은 게 있는 것일까, 아니면 그냥 추측하는 것일까? 여하튼 나도 그의 의견에 동의했다.

"그리고 솔직히 말씀하신 곤경과 상관없이 기사를 계속 쓰지 않는 게 좋을 겁니다."

"왜 그런가요?" 내가 물었다.

"그건 나중에 얘기하지요. 우선은 아까 언급한 저의 제안에 관해 얘기해 볼까요?"

"어서 해 보시죠."

"진로 변경을 해 보시지 않겠습니까?"

"무슨 변경이라고요?"

"진로 변경. 신문에는 이제 미래가 없습니다. 하우드 씨도 앞으로의 대책을 고민하고 계실 텐데요?"

"무슨 말이 하고 싶은 겁니까?"

"스타 스팽글드 코렉션즈가 이곳에 교도소를 세우면, 아, 확실히 말씀드리지만 세우게 될 겁니다. 그렇게 되면 우리에겐 유능한 언론 담당자가 필요합니다. 언론과 상대할 사람 말이지요. 미디어의 움직임에 익숙한 사람이야말로 적임자 아니겠습니까?"

"지금 진담이군요."

"그럼요. 제가 실없는 농담이나 할 사람으로 보입니까, 데이빗?" 앞좌석에서 웰랜드가 키득거리는 것이 들렸다.

"전혀요." 내가 말했다.

"저는 지금 진심으로 말하는 겁니다. 당신이 언론 담당자가 되어주었으면 좋겠어요. 〈스탠다드〉에서 얼마를 받는지 다 압니다. 연봉이 7, 8만 달러 정도 되지요?"

그것보다 적다.

"그 두 배의 초봉을 드리겠습니다. 아내와 어린 아들이 있는 남자에게는 나쁘지 않은 조건이지요."

세바스찬은 유독 "아들"이라는 단어를 천천히 발음했다.

"아직 교도소 건물이 착공되지도 않았잖아요? 교도소가 만들어지는 동안 저는 그것을 반대하는 기사를 계속 쓸 생각인데요?"

"사전에 준비 작업이 많습니다. 동의만 하신다면 즉시 일을 시작하게 될 겁니다." 내가 아무 대답이 없자 세바스찬은 계속 말을 이었다. "이봐요, 데이빗, 우리 둘 다 알 만큼 아는 사람들이잖아요. 당신을 우롱할 생각이 없으니 솔직히 말하지요. 당신이 이 제안을 받아들인다면 나의 두 가지 문제가 한 번에 해결됩니다. 교도소 설립에 관한 적대적인 기사가 사라지는 동시에 미디어에 빠삭한 총명한 젊은 동료가 생기는 것이지요. '적이 밖에서 텐트 안을 향해 오줌을 누도록 놔두는 것보다 텐트 안으로 들여 밖을 향해 오줌을 누게 하는 편이 낫다' 라는 옛말이 있잖아요? 데이빗, 저는 당신을 텐트 안으로 초대합니다. 당신이 곤경을 벗어나도록 도와줄 준비가 돼 있어요."

나는 잠시 후 대답했다. "아시다시피 전 지금 정신이 없는 상황입니다."

세바스찬은 몸을 뒤로 기대며 고개를 끄덕였다. "그럼요, 그럼요. 힘든 상황인데 이런 제안을 드리는 것도 사실 말이 안 되지요."

"하지만 지금 답을 드릴 수 있습니다."

"아하, 그래요? 그럼 답을 들어볼까요?" 세바스찬이 당황스러운 듯 말했다.

"네. 거절하겠습니다."

세바스찬은 짐짓 실망한 표정을 지었다. "그렇다면 이제 다른 주제를 논의해야겠군요. 제안을 받아들이셨다면 절차가 간단했을 텐데 아쉽습니다. 안타깝게도 일이 까다롭게 됐어요."

"무슨 주제인가요?"

"제보자가 누구입니까?"

"네?"

"지금 누구와 접선하러 왔지요?"

"접선하러 온 게 아닙니다."

세바스찬은 마치 실망스러운 행동을 한 어린아이를 보듯 나를 보며 웃었다. "데이빗, 이러지 말아요. 당신이 금요일에 여기 왔던 이유를 알고 있습니다. 어떤 여자가 당신에게 연락을 했지요? 그녀가 나타나지 않았다는 것도 알고 있어요. 그런데 이틀이 지난 오늘 당신은 다시 이곳에 왔습니다. 그런데 접선하러 온 게 아니라는 말을 믿으라고요? 여자가 오늘도 나타나지 않았습니까?"

"그런 게 아니라니까요."

세바스찬은 한숨을 쉬며 차창 밖으로 지나가는 경치를 바라봤다. 나에게 고개를 돌리지 않은 채 그가 말했다. "재미있는 이야기가 있는데 한번 들어 보겠습니까?"

"저야 묶인 몸이니 듣지 않을 도리가 없군요." 리무진은 계속 도로를 달려 내려가고 있었다.

"예전에 애틀란타 외곽에 있던 우리 교도소에 '버디(Buddy)' 라는 별명의 재소자가 있었습니다. 좀 골치 아픈 녀석이었지요."

웰랜드가 백미러를 통해 뒷좌석을 힐끔 쳐다봤다.

세바스찬이 말했다. "녀석이 '버디' 라는 별명을 얻은 이유는 모두 녀석과 친구가 되고 싶어했기 때문이었습니다. 사교적이거나 재미있는 놈이라서 그런 게 아니라 다들 녀석과 한편이 되는 것이 득이 된다고 생각했거든요. 꽤나 사나운 놈이었지. 버디는 아리안 형제단(Aryan Brotherhood) 소속이었어요. 전국 교도소의 재소자들이 경외하는 백인 지상주의 폭력단 말이에요. 들어본 적 있나요?"

나는 잠자코 세바스찬을 쳐다봤다.

"물론 들어봤겠지요." 세바스찬이 말했다. 그는 뒷좌석의 중간으로 살짝 이동하여 운전석의 웰랜드에게 큰 소리로 물었다. "웰랜드, 자네는 교도소에서 지내봤으니까 잘 알겠지? 아리안 형제단은 어떤 놈들인가?"

웰랜드가 백미러를 들여다보며 말했다. "세상에서 최고로 무시무시한 망나니들입니다."

"그래. 적절한 평가야. 웰랜드, 자네가 당시 상황을 좀 설명해 보겠나? 내가 얘기하면 잘난 척하는 것처럼 들릴 것 같아서 말이야."

웰랜드는 잠시 생각을 정리한 뒤 입술을 핥으며 말했다. "버디가 세바스찬 씨의 눈에 거슬리는 짓을 했습니다. 버디는 오줌으로 글을 쓰는 기술이 뛰어났습니다."

"무슨 기술이라고요?" 내가 물었다. 내게 떠오르는 것은 어릴 때 밖에서 눈밭 위에 오줌으로 이름을 썼던 기억뿐이었다.

"오줌은 투명 잉크 같은 효과가 있습니다. 오줌으로 글을 쓴 종이를 빛에 갖다 대거나 가열하면 적힌 글이 나타납니다. 세바스찬 씨는 버디가 그런 방식으로 수많은 메시지들을 외부로 유출했음을 알게 됐습니다. 그래서 다시는 그런 짓을 못하게 만들 생각이셨습니다. 아무래도 교도소 운영에 방해가 될 테니까."

세바스찬은 그 말에 미소를 지었다.

"어느 날 세바스찬 씨는 버디를 집무실로 불러들였습니다. 물론 수갑을 채워서. 같이 있던 간수가 버디의 바지를 벗겼습니다. 발목까지 내렸어요." 이야기를 계속하는 것이 불편하다는 듯 웰랜드가 헛기침을 하며 목을 가다듬었다. "그리고 세바스찬 씨가 버디의 거기에 5만 볼트를 가했습니다."

나는 고개를 돌려 세바스찬을 쳐다봤다.

"테이저를 썼어요. 전기충격기." 세바스찬이 말했다.

"성기에 전기충격을 가했다고요?"

"쉽지 않은 작업이었습니다." 세바스찬이 말했다. "전기충격기에서 발사되는 철심은 미세 조준이 불가능해요. 하지만 운이 좋았는지 잘 명중했지요."

'반면 상대방의 운은 최악이었군.' 나는 생각했다.

"나머지는 직접 말씀하시는 편이 나을 것 같습니다." 웰랜드가 말했다.

세바스찬이 말을 이었다. "나는 버디에게 설명했습니다. 소변에 피가 섞이면 투명 잉크로 쓰기 힘들 거라고. 솔직히 5만 볼트를 가하면 국가가 버디에게 비아그라를 제공해야 하는 사태가 벌어지지 않을까 걱정했지만 다행히도 예상한 결과가 나타났어요."

자동차 안에 잠시 정적이 흘렀다. 이윽고 세바스찬이 말했다. "설마 아리안 형제단의 일원을 울릴 수 있으리라고는 생각하지 못했지요."

"그런 짓을 당했는데 울지 않을 수 없겠죠." 내가 말했다.

"오, 그게 아니에요." 세바스찬이 말했다. "버디가 전기충격에서 정신을 차리자 나는 여섯 살 난 그의 아들 사진을 보여줬습니다. 당시 버디의 여자 친구와 함께 살고 있던 아들 말이지요. 그리고 설명했어요. 너한테 강간이나 위협을 당하고 최근에 출소한 친구들이 네 아들이 사는 곳을 알게 되면 매우 불행한 사태가 벌어질 거라고. 그때 놈의 눈에서 눈물이 한 방울 떨어져 뺨을 타고 흘러내렸답니다."

"그렇군요."

"그렇습니다." 엘몬트 세바스찬이 말했다. "자, 그러니까 말인데, 〈스탠다드〉의 기자인 당신에게 이메일을 보내어 여기서 접선하자고 제안한 것이 누구였는지 알려 주지 않겠습니까?"

"당신이 그 이메일에 관해 어떻게 알았는지 모르겠군요." 나는 그렇게 말했지만 그 경위를 충분히 짐작할 수 있었다. "하지만 이미 알고 계시다면 발신인이 익명이라는 사실도 알겠죠?"

세바스찬은 고개를 끄덕였다. "알고말고요. 하지만 그것 말고도 접선 방식은 수두룩하지요. 첫 번째 시도는 실패로 끝났어도 그 여자가 다른 방법으로 당신을 만났을 거라고 생각합니다만."

"그러지 않았어요. 어떻게 할지 고민 중인가 보죠."

"그럼 오늘 여기 온 이유는?"

"잡화점 주인을 만나러 왔어요. 아내에 관해 물어보기 위해. 금요일에 아내는 음료수를 사러 잡화점에 들어갔습니다. 아내가 잡화점 주인과 나눈 대화가 그녀의 행방을 알아내는 데 도움이 될 거라고 생각했어요."

세바스찬은 곰곰이 생각한 뒤 말을 꺼냈다.

"데이빗, 저는 회사의 기밀이 새어나가는 것을 참을 수 없습니다. 어떤 회사도 마찬가지예요. 애플이나 마이크로소프트는 물론 스타 스팽글드 코렉션즈도 그렇습니다. 그 이메일이 발송된 곳은 둘 중 하나입니다. 우리 회사이거나 프로미스 폴즈 시청, 구체적으로 스탠 리브즈 의원과 관계된 사람. 지난번 해명했다시피 저는 정치인들과의 관계가 아주 깨끗합니다. 하지만 부당한 혐의는 치명적일 수 있어요. 타당한 혐의보다 더 치명적일 수도 있지요."

웰랜드가 차의 속력을 줄였다. 나는 정면을 바라봤지만 속도를 줄여야 할 이유는 딱히 없었다.

"그러니 저로서는 당신에게 연락해서 우리 회사가 범법 행위를 저질렀다는 오해를 불러일으킨 것이 누구인지 파악할 필요가 있습니다. 그 이메일의 발신인은 몇 가지 사실을 밝혔더군요. 자신이 여자이며 하얀색 트럭을 타고 오겠다는 것. 제가 알아본 바로 스타 스팽글드 코렉션즈에는 하얀색 트럭을 소지하거나 입수하여 두 시간 안에 이곳에 도착할 수 있는 여직원이 네 명 있습니다. 시청에는 시의원들의 통신 내용을 엿볼 수 있는 여직원이 여섯 명 정도 있지요. 그들의 차량에 관해서는 알아보는 중입니다. 하지만 데이빗 씨가 거들어준다면 조사의 강도를 높이는 수고를 크게 덜 수 있을 거예요."

웰랜드가 낮은 목소리로 "강도를 높이는 수고"라고 속삭이는 것이 들렸다. 웰랜드가 깜빡이를 켰고, 차는 곧 좁은 자갈길을 따라 빽빽한 숲을 비집고 들어갔다.

"세바스찬 씨, 당신에게 경의를 표합니다." 내가 말했다. "위협하는 솜씨가 굉장해요. 아리안 형제단의 울보 일화가 주는 교훈은 명확히 이해했습니다. 만약 당신이 제 아들을 조금이라도 위협한다면 저는 언론인의 윤리 따위는 얼마든지 쓰레기통에 던져버릴 용의가 있습니다."

세바스찬은 화가 난 척 얼굴을 찡그렸다. "데이빗, 그 이야기를 그렇게 받아들였단 말이에요? 그냥 재미있으라고 한 이야기인데."

나는 말을 이었다. "당신이 제 아들을 위협한다면, 그리고 아들을 구할 방법이 제보자를 배신하는 것뿐이라면 저는 제보자를 화형이라도 시킬 거예요. 마음이 편하지는 않겠지만 피는 신문 잉크보다 진한 법이니까."

세바스찬이 고개를 끄덕였다.

나는 덧붙여 말했다. "그리고 당신이 정말로 제 아들을 해친다면, 만약 아들의 장난감 하나라도 빼앗아 간다면, 반드시 당신을 찾아내어 죽여버릴 겁니다."

세바스찬이 피곤하다는 듯 웃음을 지었다. "우리 재미있는 상상을 하나 해봅시다. 경찰이 당신의 혐의를 입증하면 어떻게 될까요? 부인의 시체가 발견됐는데 당신이 죽였다는 것이 밝혀진다면? 당신은 재판을 통해 유죄 판결을 받을 테고 10년이든 20년이든 형기가 정해지겠지요. 그런데 그 교도소가 하필 우리 교도소라면? 우리 쪽에서 일을 서두르면 당신은 프로미스 폴즈 교도소로 올 수도 있어요. 재미있을 것 같지 않습니까?" 세바스찬이 낄낄거리며 웃었다. "웰랜드, 자네 생각은 어떤가?"

"적절한 단어가 있습니다." 웰랜드가 자동차를 멈추며 말했다. "아이러니."

"동감이야." 세바스찬이 말했다.

차창 밖을 내다보니 차는 숲으로 둘러싸인 외딴 곳에 멈춰 있었다.

나는 세바스찬에게 물었다. "걱정되지 않아요?"

"무슨 뜻인지?"

"아리안 형제단은 이곳저곳에 많이 있습니다. 당신이 버디에게 한 짓을 보복할지도 모르는데 두렵지 않습니까? 예를 들어 당신 가족을 해코지할지도 모르잖아요?"

"제게 가족이 있다면 그렇겠지요. 하지만 다행히 사랑하는 사람으로 인한 부담이 없기 때문에 저는 업무적으로 최상의 활동을 하고 있습니다."

나는 다시 창밖을 내다봤다. 물어보고 싶지 않았지만 나는 참지 못하고 질문을 던졌다. "여기서 뭐하고 있는 겁니까? 차를 왜 세웠어요?"

웰랜드가 앞좌석에서 몸을 움직여 백미러를 통해 주인의 눈을 바라봤다. 세바스찬의 지시를 기다리는 것이었다.

"경치가 아름답지 않습니까?" 세바스찬이 말했다. "고속도로에서 1, 2킬로미터 떨어졌을 뿐인데도 문명으로부터 수백 킬로미터는 벗어난 기분이에요. 장관입니다."

나는 여차하면 달아날 심산으로 문손잡이에 손을 가져다 댔다. 그러나 이런 외딴 곳에서 도주에 성공할 확률은 그리 높지 않아 보였다.

"하지만 이런 으슥한 곳은 교도소 철장 속만큼이나 위험하기도 하지요." 세바스찬이 말했다. "바로 지금 이 순간 당신의 경우처럼."

나와 세바스찬은 서로의 눈을 응시했다. 나는 지독하게 겁에 질렸지만 절대 시선을 피하지 않으리라고 결심했다. 지금 세바스찬은 웰랜드를 시켜 나를 죽이고 아무도 찾을 수 없는 곳에 묻어버릴 수 있었다.

이윽고 세바스찬이 지쳤다는 듯 한숨을 쉬었다. 그는 나로부터 시선을 돌리며 웰랜드에게 말했다. "차를 돌려. 돌아가." 그리고 나에게 말했다. "오늘 운수가 좋군, 데이빗. 제보자에 관한 당신 얘기는 믿도록 하겠어요. 아니, 믿습니다."

나는 순간적으로 엄청난 안도감을 느꼈다. 엘몬트 세바스찬이 내게 던진 새로운 고민거리 즉, 살아남아서 오늘 하루를 무사히 마칠 수 있는가 하는 고민거리와 그 공포의 해소 덕분에 다른 문제들을 잠시나마 잊을 수 있었다.

"하지만 아직 끝난 게 아닙니다." 그가 말했다. "제보자의 정체를 모르겠다면 알아내서 알려주시면 고맙겠어요. 제보자가 당신에게 또 접선을 시도할 테니까. 한 번 더 업무 회의를 합시다."

나는 대꾸를 하지 않았다. 리무진이 다시 움직이고 있었다. 웰랜드는 앞의 좁은 교차로에서 힘겹게 차를 돌린 뒤 고속도로로 돌아갔다. 나는 목적지가 테드의 잡화점이기를 바랐다.

"마들린이었습니까?" 내가 물었다.

"무슨 말씀인지?" 세바스찬이 말했다.

"마들린 플림튼. 〈스탠다드〉의 발행인 말입니다."

"그 사람이 어쨌다는 말인가요?"

"마들린에게서 제보자의 이메일을 전달받은 겁니까? 발행인이라면 신문사

계정을 통해 오가는 이메일들을 읽을 공공연한 권한이 있겠죠. 이메일을 최대한 빨리 삭제했지만 아마 늦었었나 보군요. 마들린과 거래를 했습니까? 그녀가 자기 직원을 배신하여 당신 발등에 떨어진 불을 꺼주는 대신 당신은 그녀로부터 땅을 사기로?"

세바스찬의 눈이 반짝였다.

"신문사에서 일하는 사람들은 이래서 문제야." 그가 말했다. "빈정거리는 게 너무 심해."

29

"그 사진은 왜 자꾸 보고 있어?" 호러스 리클러가 아내 그레천에게 물었다.

그레천은 링컨 가의 현관 계단에 앉아 양팔을 무릎에 올린 채 데이빗 하우드가 남기고 간 그의 부인의 사진을 양손으로 붙잡고 있었다. 사진은 평범한 종이에 인쇄된 것이어서 한손으로만 잡으면 바람에 펄럭여 뒤집어졌다.

호러스는 아내가 앉아 있는 계단에 놓인 그들의 딸, 잰의 사진을 보았다. 딸의 사진은 액자에 끼워져 있었다.

"뭐하고 있어?" 호러스가 물었다.

"그냥 생각 좀 하고 있어요." 그레천이 대답했다.

"커피 마실 거야? 아직 남은 게 좀 있어."

그레천은 아무 말이 없었다. 그녀는 사진을 바라보던 고개를 들어 거리를 응시했다. 그녀의 눈에 아이들의 모습이 보였다. 앞마당에서 뛰어노는 두 명의 조그만 여자아이들. 원을 그리며 빙빙돌다가 웃기도 하고 다투기도 하는 아이들.

다음 순간 호러스가 현관을 뛰쳐나와 자동차로 달려간다. 기어를 후진으로 넣고 액셀을 밟는다.

"커피 마실 거야?"

그레천은 고개를 뒤로 돌렸지만 잘 돌아가지 않았다. 그녀는 식료품점 주차장에서 차를 후진할 때 특히 이것을 통감했다. 차가 뒤로 움직이는 것을 지켜보기 위해서는 결국 백미러에 의존해야 했다. 후진할 때 그녀는 차를 아주 천천히 몰았다. 혹시라도 뭔가를 칠 경우 그 소리를 듣고 얼른 브레이크를 밟기 위해서였다.

"아니, 괜찮아요, 여보. 고마워요." 그레천이 말했다.

"당신 무슨 생각을 그렇게 하는 거야?"

그레천이 대꾸가 없자 호러스는 현관 계단으로 내려가 털썩 주저앉았다. 양 무릎이 지독히 쓰라렸기 때문에 그의 동작에는 불편함이 묻어났다. 자세를 잡고 나자 그는 자신의 어깨를 아내의 어깨에 기대었다.

호러스가 말했다. "어젯밤 꿈에 브래들리가 나왔어. 마치 아프가니스탄에서 아무 일도 없었던 것처럼. 꿈에서 브래들리는 아프가니스탄에는 가지도 않았고 망할 놈의 탈리반 따위도 존재하지 않았지. 나는 현관에 앉아 있었고 당신도 지금처럼 내 옆에 앉아 있었어. 거리를 내려다보고 있자니 브래들리가 군복을 입고 이쪽으로 걸어오는 거야."

그레천의 뺨에서 눈물이 흘러내렸다.

"브래들리의 곁에는 잰이 있었어." 호러스가 갈라지는 목소리로 말했다.

"잰은 아직 어린 꼬마였고 오빠의 손을 꼭 붙잡고 있었지. 두 아이는 함께 집으로 돌아오고 있었어."

그레천은 한 손으로 사진을 붙잡은 채 다른 손으로 소매 안에서 티슈를 한 장 꺼내어 눈에 갖다 댔다.

"순간 나는 그 아이들이 살아있지 않다는 것을 깨달았어." 호러스가 말했다. "당신과 내가 죽은 거였어. 꿈속의 링컨 가는 하늘나라였던 거야."

그레천은 훌쩍이며 코를 풀고는 눈물을 훔쳤다.

"미안해." 호러스가 말했다. "당신한테 꿈 얘기를 하지 말았어야 했는데. 이게 다 그 자식이 우리 집에 나타나서 옛날 일을 들춰냈기 때문이야. 그 자식은 여기 오지 말았어야 했어. 우린 이미 괴로움을 겪을 만큼 겪었는데 그 녀석이 자기 문제를 들고 등장하는 바람에 또 이렇게 됐잖아. 무슨 생각으로 불쑥 나타나서 그런 어처구니없는 헛소리를 지껄인 건지 영문을 모르겠군."

그레천은 또다시 훌쩍이며 눈물을 훔치고 티슈를 둥글게 뭉쳤다.

호러스는 딸의 사진을 집어들었다. 그의 몸이 구겨지듯이 사진을 감쌌다.

"당신 잘못이 아니에요." 그레천은 지금까지 이미 천 번은 했을 그 말을 다시금 반복했다.

호러스는 아무런 대꾸가 없었다.

그레천은 다시 양손으로 잰 하우드의 인쇄된 사진을 붙잡고 바라봤다.

호러스가 말했다. "우리 딸의 이름과 출생증명서가 도용됐다니…… 아, 이런 어린아이의 이름을 훔칠 생각을 하다니!"

"흔한 일이에요." 그레천이 조용히 말했다. "흔히 일어나는 일이에요. 예전에 TV에서 보여준 적이 있어요. 공동묘지에서 어릴 때 죽은 사람의 묘비를 찾아내 그 이름으로 전혀 새로운 신원을 꾸미는 과정 말이에요."

"미친 놈들." 호러스가 낮은 목소리로 말했다. 그는 아내가 응시하고 있던 잰 하우드의 사진을 쳐다봤다. "예쁜 여자네."

"맞아요."

"그 친구는 부인한테 무슨 일이 생겼는지 몰라서 힘들겠지? 죽었는지 살았는지조차 모를 테니까. 모른다는 건 참 괴로운 거야."

"그래도 희망은 있는 거잖아요." 그레천이 사진에서 눈을 떼지 않은 채 말했다. "하루 종일 이 사진을 봤어요. 어젯밤 이 사진을 받았을 때 한눈에 알아본 게 있어요."

"그때 당신 기분이 안 좋아 보였어." 호러스가 말했다. "2층으로 올라가 버렸잖아."

그레천은 무슨 말인가를 꺼내려고 애쓰고 있었다. "호러스……."

호러스는 한쪽 팔로 아내의 어깨를 감싸며 말했다. "괜찮아."

"호러스, 이 사진을 봐요."

"봤잖아."

"이 부분을 좀 봐요." 그레천이 손가락으로 가리켰다.

"잠깐만." 호러스는 한숨을 쉬며 아내의 어깨를 감쌌던 팔을 거뒀다. 그는 셔츠의 윗주머니에 손을 집어넣어 금속 테두리의 작은 돋보기 안경을 꺼내어 펼쳤다. 안경은 얼룩과 먼지로 지저분했지만 그는 개의치 않고 안경 다리를 귀에 걸쳤다.

"어디를 보라는 말이야?"

"바로 여기요."

"뭘 보라는 건데?"

"이거요."

호러스는 양손으로 사진을 붙잡았다. 잠시 동안 사진을 살펴보던 그의 얼굴이 점점 어두워졌다.

"이거 미치겠구먼." 호러스가 말했다.

30

웰랜드가 리무진을 돌려 고속도로로 접어들자 나는 엘몬트 세바스찬에게 말했다. "이메일을 보낸 여자의 정체를 알아내어 당신에게 알려준다고 한번 가정해 보죠."

세바스찬이 눈썹을 살짝 치켜세웠다.

"그 여자를 어떻게 할 작정이죠?" 내가 물었다.

세바스찬이 대답했다. "얘기를 좀 할 생각입니다."

"얘기?"

"아무도 피해를 입지 않은 걸 다행으로 알라고 얘기할 겁니다. 그리고 윗사람에게 불충한 것은 올바른 행동이 아니라고 가르쳐 줄 생각이에요."

"그 여자가 당신 회사의 직원이라는 전제에서 말이죠?"

"아니면 리브즈 의원 밑에서 일하거나. 친구나 상사의 뒤통수를 치는 건 나쁜 짓이니까요."

"내가 그 여자 뒤통수를 치는 것은 괜찮고요?" 세바스찬은 나를 바라보며 웃었다. 테드의 잡화점에 이르자 자동차는 속력을 줄이는 듯하다가 다시 빨라졌다. "지나쳤잖아요." 내가 웰랜드에게 말했다.

"알려줘서 고맙습니다." 웰랜드가 말했다. "하마터면 모를 뻔했습니다."

나는 세바스찬을 바라봤다. "어떻게 된 거예요?"

세바스찬 역시 영문을 모르는 듯했다. "웰랜드?"

운전석의 웰랜드가 대답했다. "지금 들어가면 위험할 것 같습니다."

"뭘 봤길래 그래?"

"누가 하우드 씨를 기다리고 있습니다." 웰랜드가 말했다.

테드의 잡화점에서 누가 나를 기다리고 있다고?

"저기 모퉁이를 돈 다음에 차를 멈춰." 세바스찬이 말했다.

웰랜드는 몇 초간 자동차의 속도를 유지하다가 곧 차를 돌려 자갈이 깔린 갓길로 접어들었다. 자동차가 완전히 멈추자 세바스찬이 내게 말했다. "만나서 반가웠어요, 데이빗."

나를 원래 있던 지점으로 데려다 주지 않는다는 점에서 이 자들은 꽤나 일관적이었다.

차 문을 여는 나를 향해 세바스찬이 말했다. "제가 말씀드린 것들을 성심껏 고려해 주시길 바랍니다."

나는 차에서 내려 차 문을 닫지 않은 채 테드의 잡화점을 향해 걸었다. 세바스찬이 몸을 굽혀 직접 문을 닫도록 하려고 일부러 그런 것이었지만 뒤를 돌아보니 웰랜드가 운전석에서 내려 차의 반대편으로 돌아가고 있었다. 웰랜드는 곧바로 차 문을 닫지 않고 차 안으로 몸을 숙이더니 마즈 초코바의 껍질을 집어들고 나왔다. 그는 차 문을 닫고 나를 향해 고개를 돌렸다. 그리고 지난번처럼 손가락으로 총 모양을 만들어 나를 겨눴다.

이번에는 두 발이었다.

갓길을 따라 걷는 도중 휴대폰이 울렸다. 어머니였다.

"상황이 심각해지고 있어." 어머니가 말했다.

"무슨 말씀이세요?"

"방송국 차량이랑 기자들 말이야. 다들 너를 만나고 싶어 하는데 네가 없으니까 나랑 네 아버지를 붙잡는구나. 게다가 이썬의 사진을 찍으려고 해."

"맙소사, 갑자기 왜들 그렇게 몰려온 거예요?"

"너희 신문사 웹사이트랑 다른 웹사이트들을 확인해 봤는데 소식이 점점 퍼지는 중이야. '부인의 실종, 혐의를 받는 기자', '기자가 경찰에게 외친다:

나는 내 아내를 죽이지 않았어' 같은 문구들이 헤드라인으로 떴단다. 네 신문사뿐 아니라 TV 뉴스 웹사이트에도 나오고 라디오에도 나오고 있어. 너무하는구나, 데이빗. 너에 대해 그런 식으로 말하다니. 사실 직접적으로 말하는 게 아니라 에둘러 말하거나 의심하는 얘기들이긴 하지만—."

"알아요. 리브즈가 불을 붙이니까 다들 몰려든 거예요. 이썬은 어때요?"

"집 밖으로 안 내보내고 있다. TV 앞에 앉혀 놨어. DVD로 디즈니 만화를 틀어줘서 보게 했단다. 데이빗, CNN 웹사이트에도 관련 기사가 나왔어. 짧은 기사인데—."

"어머니, 제 걱정 말고 이썬을 챙겨주세요. 이썬은 이 상황을 알고 있나요?"

"애가 밖을 내다보길래 창문에 가지 말라고 말했단다. 기자들이 이썬의 사진을 찍어서 신문이랑 TV에 내보낼지도 모르잖니."

"잘하셨어요. 이썬은 기자들이 온 이유를 알고 있나요?"

"아니, 몰라. 내가 말도 안 되는 얘기를 지어내서 둘러댔거든."

"무슨 얘기인데요?"

"예전에 배트맨이 이 집에 살았기 때문에 가끔 사람들이 구경 온다고."

이런 상황에서도 나는 웃지 않을 수 없었다. "맞아요. 그 집은 웨인 가 저택하고 똑같이 생겼어요."

"나도 왜 그런 얘기를 지어냈는지 모르겠다. 그냥 맨처음 떠오른 게 그거였어. 잠깐만, 네 아버지가 너랑 얘기 좀 하고 싶다는구나."

"네, 어머니, 고마—."

"아들?"

"네, 아버지."

"어디야?"

"조지 호 북쪽의 고속도로에서 걷는 중이에요."

"그런 데서 뭐하는 거냐?"

"아버지, 무슨 일이에요?"

"사람을 찾았어."

"무슨 사람이요?"

"변호사 말이다. 이름은 '본듀런트' 야."

들어 본 적이 있는 이름이었다. "나탈리 본듀런트?" 내가 물었다.

"그래, 그 사람이야. 이름을 보니 프랑스 출신인가?"

"모르겠네요."

"변호사 사무실에 연락해서 이번 주말 비상근무자의 전화번호를 받았는데 그게 그 사람이었어. 너를 만나고 싶다고 하더구나."

"고마워요. 잘하셨어요, 아버지."

"오늘 가서 만나봐라. 지금 여기는 아주 난리야, 난리."

"알겠어요."

"변호사 전화번호를 불러주마. 받아적을 수 있어?"

주머니 안에 메모장이 있었다. "네, 불러주세요." 나는 메모장을 꺼내어 아버지가 말하는 전화번호를 받아적었다.

"지금 당장 전화를 거는 게 현명할 거야." 아버지가 말했다.

"일단 차부터 좀 타고요."

"내 차는 무사한 거냐?" 아버지가 물었다. 이런 상황 속에서도 아버지는 평상시 중히 여기던 것을 잊지 않고 챙겼다.

"무사해요."

"네가 곧장 전화를 걸 것 같지 않으니 그 변호사의 조언을 전달해 주마."

"뭔데요?"

"경찰한테 아무것도 말하지 말래."

그때 테드의 잡화점이 시야에 들어왔다. 배리 덕워스 형사가 아버지의 차에 기대어 서 있는 것이 보였다.

"산책하기 좋은 날씨죠?" 다가가는 나를 보며 덕워스 형사가 말했다. 주차장 한쪽에 그의 잠복 경찰차가 주차되어 있었다. 아까 웰랜드가 차를 멈추려다가 만 이유는 바로 저 경찰차를 봤기 때문일 것이다. 잠복 경찰차들에는 일반 차량과 구분되는 분위기가 있었다.

"그렇군요." 내가 말했다. 오늘은 다들 나를 미행하기로 작정한 모양이군.

나는 내가 곧 차를 타고 떠날 작정이라는 눈치를 주기 위해 주머니 안에서 차 열쇠를 더듬었다.

"여기서 뭐하고 계십니까?" 덕워스가 물었다.

"저도 똑같은 질문을 드리고 싶은데요."

"하지만 저의 경우는 대답하지 않아도 의심받을 것이 없죠."

"잡화점의 테드 씨를 만나러 왔습니다."

"차를 여기 두고 고속도로를 산책하시는 이유는요? 저 아래엔 별로 볼 것도 없을 텐데."

나는 세바스찬과의 일을 덕워스에게 말하고 싶었다. 하지만 세바스찬의 위협은 과연 내가 그것을 함부로 밝혀도 좋을지 망설이게 할 정도로 심한 것이었다. 더군다나 말해봤자 덕워스는 어차피 믿지도 않을 것이다.

"그냥 걸으면서 생각 좀 했습니다."

"테드 씨의 얘기에 관해서 말인가요?"

"그 사람한테 벌써 들은 모양이군요."

"간략히 들었습니다." 덕워스가 말했다. "그러시면 안 됩니다. 목격자를 찾아가서 괴롭히다니요. 그릇된 행동입니다."

"당신이 전해 준 테드 씨의 증언을 도저히 납득할 수 없었습니다. 직접 듣고 싶었어요."

"그래서 들으셨습니까?"

"네."

"아직도 테드 씨가 거짓말을 한다고 생각하십니까?"

"보안 카메라에 녹음됐다고 하더군요. 잰과 나눈 대화 말이에요."

"맞습니다. 군데군데 섞여 있는 잡음을 제거해 봤습니다. 테드 씨가 한 말은 기본적으로 사실이었습니다."

"이해할 수 없어요."

"저는 이해할 수 있습니다."

"그러시겠죠. 내가 잰에게 무슨 짓을 했다고 생각할 테니까. 하지만 난 아무 짓도 하지 않았어."

"당신을 차에 태워 돌아다니다가 도로에 떨군 사람은 누굽니까?"

덕워스는 그것 역시 이미 알고 있었다. 분명 테드로부터 웰랜드가 나를 억누르고 있던 광경에 대해 들은 것이다.

"엘몬트 세바스찬과 그의 운전사였어요."

"교도소 회사 사장 말입니까?"

"그래요."

"그 사람이 여기서 뭘 하고 있던 거죠?"

"저와 얘기를 하러 온 거였어요. 기사에 필요해서 제가 예전부터 인터뷰를 요청했거든요."

"당신한테 기삿거리를 제공하러 여기까지 일부러 차를 몰고 왔다?"

"이봐요, 저는 집에 돌아가야 합니다. 들어보니 지금 그쪽 상황이 썩 좋지 않아요."

"맞습니다." 덕워스가 말했다. "언론에서 야단법석입니다. 참고로 말씀드리자면 도화선에 불을 붙인 것은 제가 아닙니다. 당신 친구 리브즈 씨가 아닐까 싶어요. 여하튼 방송국과 신문사에서 연락을 해오면 경찰은 묻는 말에 답할 수밖에 도리가 없습니다. 이런 식으로 일을 떠벌리는 것은 제 스타일이 아니에요."

"네, 참고하겠습니다. 고맙군요." 내가 말했다. "그건 그렇고, 저를 미행했습니까?"

"그런 건 아닙니다." 덕워스가 말했다.

"그럼 여기 왜 오셨죠?"

"다른 사건이 있어서 현장으로 가는 도중에 테드 씨와 얘기를 나누기 위해 잠깐 들렀습니다. 프로미스 폴즈 소속 경관 하나가 이미 보안 카메라 영상을 가져가느라 들르긴 했지만 제가 직접 만나는 것이 원칙이니까요. 테드 씨로부터 당신이 왔고 차가 아직 주차되어 있다고 들었습니다."

"그래서 저를 기다린 거로군요."

덕워스는 천천히 고개를 끄덕였다.

"아까 말씀하신 다른 사건은 뭡니까?" 내가 물었다.

그때 덕워스의 휴대폰이 울렸다. 그는 전화기를 귀에 가져다 대고 말했다.

"덕워스…… 네…… 검시관은 도착했습니까? …… 현장에서 2, 3킬로미터 정도 떨어진 곳에 있어요…… 네, 곧 뵙겠습니다."

덕워스는 통화를 마치고 귀에서 휴대폰을 뗐다.

"뭐예요?" 내가 물었다. "검시관이라니요?"

"하우드 씨, 여기 고속도로를 조금 올라가면 나오는 지점에서 발견된 것이 있습니다."

"발견된 것?"

"도로 바로 옆에서 얕은 무덤이 발견됐습니다. 흙을 파내고 덮은 지 얼마 안 된 무덤이었습니다."

나는 몸을 가누기 위해 팔을 뻗어 차를 짚었다. 목구멍이 바싹 말라붙고 관자놀이의 맥박이 빨라졌다.

"시체가 안에 있다고요?"

덕워스가 고개를 끄덕였다.

"누구예요?" 내가 물었다. "잰이에요?"

"아직 확인되지 않았다고 합니다."

나는 눈을 질끈 감았다.

'이렇게 끝나면 안 돼.'

덕워스가 말했다. "제 차를 타고 함께 가보시죠."

나와 덕워스 형사는 아까 세바스찬과 웰랜드가 나를 태우고 갔던 북쪽으로 향했다. 하지만 1킬로미터가 되지 않은 지점에서 덕워스 형사는 깜빡이를 켜더니 구불구불하고 비좁은 자갈길로 접어들었다. 덕워스 형사의 차 안에서는 감자튀김 냄새가 진동하고 있었고 나는 그 냄새 때문에 속이 메스꺼웠다.

멀지 않은 앞에 몇 대의 경찰차와 승합차가 길을 막고 있는 것이 보였다.

"여기서부터 걸어가겠습니다." 덕워스가 속도를 줄여 차를 세우며 말했다.

"누가 그 무덤을 발견했습니까?" 내가 물었다. 양손이 덜덜 떨렸기 때문에 나는 덕워스가 알아채지 못하도록 오른손으로 차 문손잡이를 꽉 잡고 왼손을 허벅지 아래에 집어넣었다. 덕워스가 나의 불안을 눈치채면 내가 죄가 있기 때문에 그러는 거라고 생각할 것이므로 나는 불안감을 숨기려고 애썼다.

하지만 아내가 실종된 상황에서 시신이 발견됐다는 소식을 듣고 불안해하지 않을 남편은 없을 것이다. 무고하다면 더더욱.

"이곳 경찰들로부터 들었습니다만 이 길 끝에 오두막집이 몇 채 있는데 그 중 한 곳에 사는 남자가 땅의 모양이 이상해서 확인을 해보니 시체가 묻혀 있어서 경찰에 신고를 했다더군요." 덕워스가 말했다.

"신고한 게 언제였어요?"

"한두 시간 정도 됐습니다. 지역 경찰들이 현장을 확보한 뒤 저희에게 연락을 했습니다. 잰 하우드의 실종에 대한 협조를 얻기 위해 저희가 이쪽에 이미 연락을 취했거든요."

"금요일에 잰과 여기 왔을 때 아무 일도 없었다고 말씀드렸잖아요?" 내가 말했다.

"네, 분명히 말씀하셨죠." 덕워스가 말했다. 그는 차 문을 열며 나를 바라봤다. "원하시면 차 안에 계셔도 좋습니다."

"아니요. 잰인지 아닌지 봐야겠습니다."

"그러세요. 저희에게도 도움이 될 겁니다. 감사합니다."

'개새끼.'

우리는 차에서 내려 자갈길을 걸어 올라갔다. 자갈이 신발 밑에서 으드득거렸다. 사건 현장으로부터 제복 차림의 경관 하나가 우리 쪽을 향해 다가왔다.

"덕워스 형사님?"

덕워스는 고개를 끄덕이고 손을 내밀며 경관에게 말했다. "신속하게 알려주셔서 감사합니다." 경관이 나를 바라봤다. 내가 그에게 인사를 하기 전에 덕워스 형사가 먼저 입을 열었다. "이분은 하우드 씨입니다. 실종된 잰 하우드의 남편입니다." 덕워스와 경관은 짧게 시선을 주고받았다. 나는 경관이 사전에 나에 관해 어떤 얘기를 들었을지 문득 궁금해졌다.

"하우드 씨, 저는 달트리라고 합니다. 부인 일은 유감이에요. 무척 힘드시겠습니다."

"제 아내입니까?" 내가 물었다.

"아직 확인되지 않았습니다."

"여자예요? 여자의 시체인가요?"

달트리는 허락을 구하듯 덕워스를 바라봤다. 덕워스가 아무 말이 없자 달트리가 대답했다. "네, 여자의 시체입니다."

"직접 봐야겠어요."

덕워스가 팔을 뻗어 내 팔을 가볍게 건드렸다. "좋은 생각인지 잘 모르겠군요."

"무덤은 어느 쪽인가요?" 내가 물었다.

달트리가 손가락으로 가리키며 말했다. "차들 뒤에 있어요. 왼쪽입니다. 아직 시체를 옮기지 않았어요."

덕워스가 나를 꼭 붙잡으며 말했다. "제가 먼저 가보겠습니다. 여기서 달트리 씨와 기다리고 계세요."

"아니요." 나는 가쁜 숨을 쉬며 말했다. "저도—."

"기다려요. 하우드 씨가 봐야 한다고 판단되면 그때 부르겠습니다."

나는 덕워스 형사의 눈을 들여다 봤지만 그의 속내를 읽을 수 없었다. 덕워스가 나를 불쌍히 생각해서 이러는 것인지 아니면 나를 가지고 노는 것인지 판단이 서지 않았다.

"알겠습니다." 내가 대답했다.

덕워스가 무덤을 향해 걸어가자 달트리가 내 앞을 막아섰다. 내가 덕워스를 쫓아 달려갈지도 모른다고 생각한 듯했다. "비가 올 것 같군요." 달트리가 말했다.

나는 덕워스의 경찰차로 다가가 그 주위를 두세 바퀴 돌았다. 내 시선은 저편의 덕워스 형사를 향하고 있었다.

5분 정도 지나자 덕워스 형사가 돌아와 나를 향해 집게손가락으로 오라는 시늉을 했다. 나는 그를 향해 달려갔다.

"만약 괜찮으시다면 시체의 신원을 확인해 주시면 도움이 되겠습니다." 덕워스가 말했다.

"오, 맙소사." 나의 무릎이 후들거렸다.

덕워스가 내 팔을 붙잡았다. "부인인지 아닌지는 아직 모릅니다. 하지만 그럴지도 모르니 마음의 준비를 하시는 편이 좋겠습니다."

"잰일 리가 없어요. 잰이 여기까지 올 이유가……."

"잠깐 숨 좀 돌리세요." 덕워스가 말했다.

나는 몇 차례 심호흡을 하고 침을 삼킨 뒤 말했다. "보러 가요."

덕워스는 현장을 가리고 서 있는 두 대의 경찰차 사이로 나를 인도했다. 경찰차들을 빠져나가자 왼쪽 배수로 너머로 지대가 올라가는 부분에 쌓여있는 1.5미터 정도의 흙무더기가 보였다. 도로에서도 흙무더기의 모습은 잘 보였다. 흙무더기 위에는 흙이 묻은 하얀 손과 팔의 일부가 걸쳐져 있었다. 그

팔의 주인은 바로 저 흙무더기 너머에 있었다.

나는 걸음을 멈추고 현장을 바라봤다.

"하우드 씨?" 덕워스가 말했다.

나는 다시 심호흡을 했다. "괜찮아요."

"참고로 현장을 어지럽히시면 안 됩니다. 시신을 건드리셔도 안 됩니다. 간혹 슬픔에 빠진 나머지 그러는 분들이……."

"알겠습니다."

덕워스가 나를 무덤으로 인도했다. 가까이 다가가자 흙무더기의 건너편이 보였다. 덕워스가 나를 멈춰 세웠다.

"여깁니다." 덕워스가 말했다. 나를 바라보는 그의 시선이 느껴졌다.

무덤 속에 누워 있는 죽은 여자의 얼굴은 흙으로 지저분했다. 나는 시체의 얼굴을 본 뒤 무릎을 굽히며 털썩 주저앉았다. 나는 앞으로 고꾸라지며 양손으로 얼굴을 덮었다.

"아, 하느님 맙소사!"

덕워스가 내 옆으로 무릎을 굽히며 앉아 내 어깨를 붙잡았다. "말씀해 주세요, 하우드 씨."

"아니에요." 내가 속삭였다. "잰이 아니에요."

"확실합니까?"

"리앤이에요. 리앤 코왈스키."

31

"케이트"라는 가명을 쓴 지 얼마 안 된 건 사실이지만, 그녀는 좀처럼 그 이름에 익숙해질 수가 없었다. 자신의 이름이라고 느낄 때까지 며칠은 걸릴 것 같았다. 리앤의 중간 이름을 줄여서 사용하자는 것은 그녀에게 맨 처음 떠오른 아이디어였다. 그렇게 하는 것이 자연스러워 보였다.

흥미롭게도 그녀는 지난 몇 년 동안 자신의 본명을 잊은 채 살아왔다. 누군가 "어이, 코니!" 하고 부른다 해도 그녀는 뒤돌아보지 않았을 것이다. 사람들이 그녀를 코니라고 부르던 시절은 아주 오래전에 끝났다.

지금 그녀의 걱정은 "잰!"이라고 부르는 소리에 반사적으로 반응하지 않을까 하는 것이었다.

그녀는 여전히 "잰"이었다. 6년이라는 세월은 하나의 이름에 익숙해지기에 충분한 시간이었다. 오랜 세월 그녀는 "잰!" 하는 부름에 답을 해 왔다.

그리고 "엄마!"라는 부름에도.

그녀는 잰이 죽었다고 어젯밤 드웨인에게 말했지만 사실 그것은 스스로를 향한 말이었다. 그녀는 잰을, 잰의 삶을 떠나고 싶었다. 잰에게 안식을 주고 싶었다. 잰을 위한 장례식. 애도의 말을 바치며.

하지만 잰은 사라지지 않았다. 잰은 여전히 그녀의 큰 부분을 차지하고 있었다. 그렇지만 그녀는 잰이 아닌 다른 누군가가 되어가는 중이었다. 그것은 일종의 진화 과정이었다. 예전부터 그녀는 한 단계에서 다음 단계로 진화하며 살아왔다. 단지 잰이라는 단계는 정리하는 데 시간이 좀 더 걸릴 뿐이었다.

보스턴으로 향하는 트럭 안에서 그녀는 팔을 들어 올려 가발의 위치를 가다듬었다.

그 가발은 잰이 파이브 마운틴즈를 들어가고 나올 때 썼던 것이었다. 잰은 가발을 쓰고 놀이공원 출입구로 들어갔고 여자 화장실의 좌변기 칸에서 가발을 벗은 뒤 데이빗과 이썬을 만나러 갔다. 가발과 갈아입을 옷은 배낭에 넣어 왔다. 데이빗이 이썬을 찾으러 달려갔을 때 잰은 데이빗의 지시대로 출입구로 가는 대신 가까운 화장실로 들어가 옷을 갈아입었다.

잰은 반바지를 청바지로, 민소매 셔츠를 긴소매 블라우스로 갈아입었다. 운동화를 벗고 샌들을 신었다. 그리고 변장의 정점인 금발 가발을 착용했다. 그녀는 벗어버린 옷가지들이 발견되지 않도록 배낭 안에 챙긴 뒤 아들이 납치 당한 여자로는 보이지 않는 유유한 걸음걸이로 화장실을 나왔다. 그녀는 여유롭게 출입구를 지나 주차장을 걸어 드웨인을 만났고 그의 차에 올라탔다. 드웨인은 가짜 턱수염 때문에 가렵다고 야단이었지만 그녀는 주차장을 빠져나갈 때까지 달고 있으라며 그를 달랬다.

그녀는 이썬을 걱정하지 않았다. 데이빗이 찾지 못하더라도 누군가 이썬을 발견할 것이다. 아이는 무사할 것이다. 유괴는 사람들이 데이빗을 더욱 의심하도록 하기 위한 장치였다. 이썬에게는 아무 일도 없을 것이다.

그녀는 드라마민을 탄 주스가 상황이 종료될 때까지 이썬을 잠재우기를 바랐다. 아이는 앞으로 며칠, 또는 몇 주 동안 눈물 때문에 고생할지도 모르지만 유괴를 겪는 것보다는 차라리 그편이 나았다.

엄마로서 아들에게 해줄 수 있는 최소한의 배려였다.

아이를 갖고 엄마가 되는 것은 애초에 그녀의 계획에 없었다. 하지만 생각해 보면 결혼도 계획된 것은 아니었다.

그녀가 프로미스 폴즈를 선택하게 된 것은 우연에 가까웠다. 그녀는 지도에서 프로미스 폴즈를 발견하고 인터넷에서 검색을 했다. 뉴욕 북부의 무난한 도시. 옛스럽고 밋밋하고 대학교가 밀집된 동네. 죄지은 사람이 몰래 숨어살 만한 곳으로는 보이지 않았다. 뉴욕은 종적을 감추고 싶은 사람이 찾을 만한 도시였다. 버펄로, 로스앤젤레스, 마이애미는 군중에 섞여 자취를 감출 수 있는 곳이다.

프로미스 폴즈 같은 곳에 숨어살 거라고는 누구도 상상할 수 없으리라.

그녀는 프로미스 폴즈에 연고나 지인이 없었다. 프로미스 폴즈는 워싱턴의 타코마만큼이나 "운반자"가 짐작하기 힘든 장소였다.

그녀는 프로미스 폴즈로 가서 집과 직업을 구하고 드웨인이 형기를 마칠 때까지 때를 기다릴 작정이었다. 드웨인이 출소하면 함께 보스턴으로 가서 열쇠를 교환하고 대여금고를 열어 다이아몬드를 찾아 돈으로 바꿀 것이다.

오랜 세월을 기다려야 하겠지만 그럴 가치가 있었다. 평생 바닷가에 앉아 반바지에 모래가 들어갈 걱정이나 하면서 지내는 게 가능할 만큼의 돈이라면. 〈보디 히트〉의 매티 워커처럼 꿈 같은 삶을 살게 해 줄 돈이라면.

그것은 그녀가 항상 원했던 것이다.

그래서 그녀는 프로미스 폴즈로 가서 후줄근한 지역의 당구장 건물 위층에 방을 얻고 일자리를 얻기 위해 시청의 직업소개소로 갔다. 그리고 그곳에서 풋내기 신문기자 데이빗 하우드를 만났다.

그녀가 보기에 데이빗은 매력적인 남자였다. 그는 잘 생긴 편이었고 무척 상냥했다. 하지만 그녀는 신문 기사에 등장할 생각이 전혀 없었다. 그녀는 최대한 몸을 사려야 했다. 인터뷰에 응하면 다음은 사진 촬영을 요구 받을 것이다.

'그건 곤란해.'

하지만 그녀는 데이빗과 짧은 대화를 나누었고, 직업소개소 밖에서 다시 그와 마주쳤다. 데이빗은 그녀에게 집까지 태워주겠다고 제안했고 그녀는 대수롭지 않게 승낙했다. 데이빗은 그녀가 사는 곳을 보자마자 기절할 듯이 펄쩍 뛰었다. "마약 거래나 매춘을 할 생각이 아니라면 이런 데서 살면 안 돼요."

"걱정 말아요. 저는 다 큰 어른이잖아요." 그녀는 웃음을 지으며 데이빗에게 말했다. "자기 일은 자기가 알아서 해야죠."

그리고 몇 시간 후, 데이빗이 추천 임대물 리스트를 들고 그녀의 방문 앞에 나타났다. 그녀는 눈물이 나오려는 것을 참았다. 우는 시늉을 해야 할 상황이 아니면 그녀는 좀처럼 울지 않는 편이었다. 어쨌든 데이빗의 행동은 무척이나 다정한, 그녀가 지금껏 겪어 보지 못한 배려였다.

그녀는 데이빗의 도움을 받아 이사를 했다. 다음에는 그의 저녁 초대에 응했다.

그리고 머지않아 그녀는 데이빗을 침대로 허락했다.

몇 달 후 데이빗은 직접적인 청혼 대신 어정쩡한 말투로 두 사람이 평생을 함께할 경우 피할 수 있는 나쁜 일들에 관한 의견을 늘어놓았다.

잰은 좋은 기회가 왔음을 직감하고 넌지시 데이빗의 의견에 동의했다.

독신 여성으로 프로미스 폴즈에서 지내는 것보다 더욱 완벽히 숨는 방법은 기혼 여성으로 프로미스 폴즈에 사는 것이었다. 그녀는 〈비버는 해결사〉(Leave It to Beaver)의 가정주부, 준 클리버가 되기로 했다. 뿐만 아니라 잰은 준 클리버가 워드 클리버에게 해 주지 못한 것을 데이빗에게 해 줄 수 있었다. 잰처럼 한 남자의 꿈을 이루어줄 능력을 지닌 여자는 〈비버는 해결사〉의 세계에 존재하지 않았다. (잰은 "큰 식칼"이라는 뜻을 지닌 "클리버"가 자신이 보스턴에서 저지른 짓에 딱 맞는 이름이라고 생각했다.)

데이빗과 함께라면 그녀는 완벽한 아내가 되어 완벽히 지루한 일을 할 수 있었다. 조그맣고 완벽한 집에서 소소하고 완벽한 삶을 살 수 있었다. 소도시 지역 신문 기자의 아내라는 신분은 다이아몬드 절도범과는 어울리지 않았다.

이곳이라면 누구도 그녀를 발견하지 못할 것이다.

그리고 그녀의 예상은 적중했다. 물론 첫해는 나름대로 괴로움이 있었다. 누군가 문을 두드릴 때마다 그녀는 "그 남자"일까 봐 공포에 떨었다. 하지만 그것은 계량기 검침원이거나, 미국 암학회에서 기부금을 받으러 온 사람이거나, 차고 문이 열렸음을 알려주러 온 이웃이었다.

또는 쿠키를 팔러 온 걸스카우트 단원이거나.

"그 남자"는 아니었다.

1년 정도 지나자 그녀는 마음을 놓기 시작했다. 코니 태팅거는 죽었다. 이제 잰 하우드의 시대가 열렸다.

적어도 드웨인이 출소할 때까지는.

그녀에게는 얼마든지 가능한 일이었다. 역할극. 어릴 적부터 해 오던 익숙한 놀이. 하나의 역할을 마치고 다음 역할로 옮기는 일. 자신이 아닌 누군가가 되어 스스로를 속이는 일.

그녀는 어린 시절 그렇게 하루하루를 보냈다. 어린 그녀가 삶을 지탱하려면 그것밖에 방법이 없었다. 아버지는 그녀 때문에 자신의 인생이 망가졌다며 매일 그녀를 질책했고, 자기밖에 모르는 술에 찌든 어머니는 아버지를 말릴 생각조차 하지 않았다.

그래서 그녀는 아이들이 흔히 사용하는 방법을 택했다. 바로 가상의 친구를 만드는 것. 다만 차이점이 있다면 그녀는 그 친구와 함께 노는 대신, 스스로 그 친구가 되었다. 브로드웨이 뮤지컬 스타 말콤 윈터스와 에드위나 윈터스의 귀한 딸 에스텔 윈터스. 나의 집은 뉴욕. 내가 저 못되고 비열한 남자와 술에 찌든 여자와 함께 사는 이유는 앞으로 맡을 배역을 연구하기 위해서일 뿐이야. 나는 저들의 딸이 아니야. 그럴 리 없잖아? 나처럼 특별한 사람이 저렇게 천하고 끔찍한 인간들의 딸이라니, 말도 안 되지.

물론 현실이 그렇지 않음을 그녀도 알고 있었다. 하지만 그녀는 자신이 에스텔이라고 상상함으로써 영원히 집을 나갈 그날이 올 때까지 버틸 수 있었다.

드디어 오랜 시간이 지나 상상 속의 친구이자 방어 기제였던 에스텔 윈터스를 저 세상으로 고이 보낼 날이 왔다.

그리고 얼마간 그녀는 코니 태팅거로서 생활했다. 하지만 코니라는 이름을 사용하면서도 그녀는 무엇이든 될 수 있었다. 상황의 요구에 따라 착한 아이가 될 수도, 나쁜 아이가 될 수도 있었다.

거리를 전전하며 생활할 때면 그녀는 연기가 아닌 생존을 위해 나쁜 아이가 되었다. 지붕 밑에서 잠을 자기 위해, 뱃속에 먹을 것을 집어넣기 위해 그녀는 필요한 무엇이든 했고 필요한 누구하고든 어울렸다.

그러다가 소위 제대로 된 일, 예를 들어 그녀의 어머니가 "다리털을 밀어야 하는 일"이라고 부를 법한 사무직 같은 일을 할 때도 있었다. 그럴 때면 그녀는 거리의 부랑아에서 얌전한 여성으로 순식간에 변신했다.

역할이 무엇을 요구하든 그녀는 할 수 있었다.

데이빗과 결혼한 그녀는 소도시의 가정 주부라는 역할을 손쉽게 연기해 냈다. 사실 그다지 힘든 역할은 아니었다. 아니, 오히려 즐거웠다. 그녀는 때가 올 때까지 얼마든 이 역할을 소화해 낼 수 있었다. 그리고 때가 오면 얼마든지 짐을 챙겨서 떠날 수 있었다.

잰이 고려하지 못한 것은 바로 아이였다. 그것은 전혀 계획되지 않은 요소였다.

결혼한 지 얼마 안 된 어느 날, 그녀는 임신한 것 같은 기분이 들었다. 설마하며 그녀는 데이빗이 출근한 뒤 화장실에 앉아 임신테스트를 했다. 테스트 용지를 쥐고 10분을 기다리자 결과가 나타났다. '제기랄.'

운 좋게도 그날 아침 데이빗은 집에 놓고 간 물건을 가지러 집으로 돌아왔다. 데이빗이 느닷없이 2층에 나타나자 그녀는 탁월하게 아무 일 없다는 표정을 지었지만 데이빗은 그녀의 얼굴이 심상치 않음을 느꼈다. 그때 임신테스트 포장지가 그의 눈에 띄었고, 결국 그녀는 임신 사실을 데이빗에게 털어놓을 수밖에 없었다.

"속상할 일이 아니잖아." 데이빗이 말했다.

그녀가 출산하기로 결심한 것은 부분적으로는 계산된 것이었다. 아이가 있으면 숨어지내기에 더욱 유리하다. 더욱 완벽히 군중 속에 섞일 수 있다. 게다가 데이빗은 아이를 원한다. 낙태를 하면 이 결혼 생활이, 이 훌륭한 엄폐물이 망가져 버릴 것이다. 지금까지 이 결혼 생활은 매우 순조롭게 진행되었다.

아이를 사랑하는 엄마, 이것은 또 다른 역할이다. 비교적 난이도가 높지만 지금까지 숱한 역할들을 해 냈는데 이 역할을 못할 이유가 뭐가 있겠는가?

일단 이런 관점을 취하고 나자 잰은 아이를 원하게 되었다. 그녀는 경험하고 싶었다. 엄마가 된다는 게 무엇인지 알고 싶었다. 그녀는 미래를, 드웨인이 출소한 뒤의 일을 잠시 잊어버렸다. 생애 최초로 그녀는 장기적인 관점을 버렸다. 유일한 것은 지금 이 순간이었다. 무대 위의 위대한 여배우들처럼.

하지만 드웨인이 출소하자 그녀는 원래의 계획을 기억해냈다. 돈을 가지러 간다. 돈을 손에 넣고 나면 남는 것은 마지막 역할, 바로 자립적인 여성이다. 뭔가를 얻기 위해 남의 도움을 받지 않아도 되는 여성. 연기를 하지 않아도 되는 여성. 자기 모습 그대로 존재할 수 있는 여성.

피나 콜라다를 들고 해변으로 가자. 데이빗도 없고, 드웨인도 없는 곳으로.

하지만 한 가지 걸림돌이 있었다.

'이썬.'

그녀는 엄마로서의 역할에 완벽히 몰입하며 살아왔다. 따라서 감정적인 앙금이 남으리라는 것쯤은 알고 있었다. 하지만 그 역할에서 빠져나오는 것이 이렇게까지 힘들 거라고는 예상하지 못했다.

잰은 파이브 마운틴즈에서의 계획을 실행하는 것이 까다로울 것임을 알고 있었다.

그녀는 한두 차례 휴가를 얻어 파이브 마운틴즈에 들러 CCTV 카메라들의 위치를 파악해 놓았다. 계획을 실행하다 행여 아는 사람을 만날 가능성도 없진 않았지만 잰은 크게 걱정하지 않았다. 파이브 마운틴즈에 머무는 시간은 짧을 것이고 그 시간의 대부분은 잰 하우드의 모습이 아닐 테니까. 적어도 변장을 마치고 화장실에서 나온 후에는.

만약 그녀가 파이브 마운틴즈에서 친구, 이웃, 또는 버트램의 사무실에 들렀던 손님의 눈에 띌 경우 계획은 중지된다. 그녀는 드웨인에게 그녀가 나타나지 않거든 이번은 포기하고 다음에 다시 시도하는 것으로 알라고 말해 두었다.

하지만 일은 순조롭고 완벽하게 진행되었다.

문제는 현장을 "떠난 뒤에" 아는 사람을 마주치리라고는, 파이브 마운틴즈에서 수 킬로미터 떨어진 지점에서 아는 사람을 만나리라고는 꿈에도 생각하지 못했다는 점이었다.

드웨인이 하필 그 주유소에 멈추지만 않았어도 아무 일 없었을 것이다. 당시 계기판의 바늘은 연료의 4분의 1 정도를 가리키고 있었다. 100킬로미터는 충분히 가고도 남을 양이었다. 하지만 드웨인은 연료를 꽉 채운 상태에서 출발하고 싶어 했다. 심리적인 문제라는 것이었다.

그들은 올버니 외곽 고속도로의 큰 쇼핑몰 앞에 차를 세우고 기름을 넣었다. 그런데 그들 바로 옆에서 그 여자가 주유를 하고 있었다.

"잰?" 리앤 코왈스키였다. "잰 아니야?"

'다 이 얼간이 때문이야.'

때마침 드웨인이 잰의 생각을 알아차리기라도 한 듯 말했다. "지금 아주 잘 가고 있어. 금방 보스턴에 도착할 거야."

"다행이네." 잰이 말했다. 하지만 보스턴에 가까워질수록 잰의 마음은 초조해졌다. 잰은 이성적으로 생각하라고 스스로를 다그쳤다. 보스턴은 대도시이고 잰이 그곳을 떠난 지 이미 5년이 넘었다. 그녀를 알아볼 사람이 있을 리 없었다. 게다가 잰과 드웨인은 보스턴에 오래 머물 계획이 아니었다.

"궁금한 게 있는데, 가족을 남겨두고 떠나니까 어때? 미안한 마음이 들어?" 드웨인이 물었다.

"나도 인간이야. 아들을 버렸는데 당연히 미안하지 않겠어?" 잰이 말했다.

"아들이 아니라 남편 말이야. 그 불쌍한 녀석은 어떻게 된 영문인지도 모를 텐데."

"그래? 그럼 경찰이 나를 찾아 미국 전역을 뒤지도록 놔둘 걸 그랬나? 다들 내가 죽었다고 생각하도록 만드는 것보다 그편이 나았겠네?" 잰이 물었다.

"아니, 네가 잘못했다는 말이 아니야. 넌 정말 대단했어. 진짜야. 남편 앞에서만 우울한 척 연기를 해서 남편이 경찰의 의심을 받게 일을 꾸미다니 존경스러워. 씨발, 진짜 존경스러워. 내 요점은 너 그 녀석이랑 산 지 오래됐잖아. 그런데 어떻게 그게 가능하냐는 거지. 필요할 때까지만 붙어 있다가 버리다니. 녀석은 네가 진짜로 자기를 사랑한다고 착각한 거잖아."

잰은 드웨인을 바라봤다. "난 그냥 할 일을 한 거야." 그리고 다시 열린 차창으로 고개를 돌렸다. 더운 바람이 그녀의 얼굴을 스쳤다.

"넌 아주 잘했어." 드웨인이 존경스럽다는 듯이 말했다. "미안하지 않으면 뭐 어때? 아니, 그편이 훨씬 낫지. 새로운 인생을 시작할 텐데 과거에 저지른 일 때문에 죄책감을 느끼면 곤란하잖아. 그냥 그 녀석의 표정이 떠올라서 물어본 거야. 네가 잡화점 점원에게 한 말이라든가, 네가 의사를 만나러 가지 않았다는 사실을 알게 됐을 때 녀석이 지을 표정 말이야. 게다가 놀이공원 카메라에 네가 찍히지 않았다는 것을 알게 되면? 아주 그냥 혼이 쏙 빠지겠지?"

"다른 얘기 하면 안 될까?" 잰이 말했다.

"무슨 얘기 하고 싶어?"

"물건을 사겠다고 말한 사람과 얘기한 게 언제야?"

"출소한 다음 날." 드웨인이 말했다. "전화를 걸어서 내가 누군지 맞춰보라고 했지. 아주 놀라더라. 나를 만날 생각은 오래전에 포기했다더군. 폭행 사건 이후 그에게 연락할 기회가 없었어. 몇 년 동안 코빼기도 안 보이니 그냥 포기한 거지. 그래서 '방금 돌아왔어요. 아직 거래할 생각 있어요?' 라고 물어봤어. 그랬더니 '아니, 지금 장난해요?' 라고 말하더군. 내가 죽었거나 어떻게 됐다고 생각한 모양이야. 아, 그리고 재미있는 얘기가 있는데, 사라진 다이아몬드에 관한 신문 기사가 전혀 없었대. 손이 잘린 남자에 관한 소식은 있었지만 다이아몬드 얘기는 없었다더군."

"놀랄 일이 아니야." 잰이 말했다.

"그래? 왜?"

"불법 다이아몬드를 도둑맞았다고 경찰에 신고할 수 없을 테니까. 그 다이아몬드들은 존재 자체가 불법이야. 2000년에 다이아몬드 인증 제도가 생긴 이후 그렇게 된 거지. 킴벌리 협약(전쟁 비용 충당에 이용되는 블러드 다이아몬드의 수출입을 막기 위해 생긴 인증제도) 말이야. 너는 교도소에 있어서 그 영화를 못 봤겠지? 레오나르도 디카프리오가 출연한 건데 시에라리온에서—."

"시에라 사막 아니야?" 드웨인이 말했다.

"사하라 사막이겠지."

"아하, 그렇군."

"여하튼 그런 인증제도라든가 다이아몬드 수출입 단속에 아랑곳없이 여전히 거대한 불법 다이아몬드 시장이 존재해. 그 바닥에 몸담은 놈들이 경찰에 가서 도둑맞은 다이아몬드를 찾아달라고 징징댈 수 있겠어? 우리가 훔친 양이 아무리 많다고 해도 말이야. 알 카에다가 불법 다이아몬드를 팔아서 수백만 달러를 챙겼다는 건 알아?"

"진짜야?"

"그래." 잰은 손을 차창 밖으로 내밀어 스치는 바람을 느꼈다.

"그렇다면 우리는 테러와의 전쟁을 거들어 준 셈이군." 드웨인이 씩 웃었다.

잰은 드웨인에게 눈길을 주지 않았다. 그녀는 조심하자고 생각했다. 드웨인은 지독한 멍청이지만 그 이면에는 위험한 짐승이 도사리고 있었다.

한 가지 우스운 것은 드웨인은 폭력을 행사하는 데는 거리낌이 없지만 피를 쳐다보지 못한다는 점이었다. 드웨인다운 어이없는 강박이었다.

"그 남자는 누구야?" 잰이 물었다.

"이름은 바누라. 이름 좋지? 흑인이야. 진짜 시커먼 흑인. 아까 네가 말한 시에라 머시기 출신인가?"

"어떻게 연락해?"

"전화번호 적어놨어. 남쪽 브레인트리에 살고 있어."

"내일 거래하겠다고 얘기했어?"

"정확한 날짜는 얘기 안 했어. 그냥 대기하고 있으라는 눈치만 줬지."

잰은 미리 연락해 두는 편이 좋을 거라고 드웨인에게 말했다. 바누라가 현금을 준비하려면 시간이 걸릴지도 모르기 때문이다.

"좋은 생각이야." 드웨인이 말했다.

잰은 보스턴에 오래 머물고 싶지 않았다. 다이아몬드를 되찾고 현금과 맞바꾸면 곧바로 빠져나올 생각이었다.

차가 유료 고속도로를 벗어나자 드웨인은 기름을 채울 주유소부터 찾았다. 그가 기름을 넣는 동안 잰은 주유소의 가게 안으로 들어가 안을 둘러보았다. 잰은 선글라스 진열대 주위를 빙글빙글 돌다가 문득 옆에 있는 몸집이 큰 여자를 쳐다봤다. 여자는 몸을 숙인 채 자신의 딸에게 그만 좀 징징거리라고 다그치는 중이었다. 여자의 핸드백은 어깨에 걸린 채 등 뒤로 돌아가 있었다.

핸드백은 열려 있었고 안이 훤히 들여다보였다.

잰은 여자의 핸드백에는 관심이 없었다. 보스턴에 갈 때까지 필요한 현금은 충분했다. 게다가 다이아몬드 거래를 마치고 나면 감당할 수 없을 정도로 많은 돈이 수중에 들어올 것이다.

하지만 휴대폰은 쓸모가 있다.

잰은 한 번의 깔끔한 동작으로 일을 해치웠다. 그녀는 선반의 물건을 집는 시늉을 하며 여자 너머로 몸을 굽혔다. 그리고 한쪽 팔을 뻗어 컵케이크 두 개가 담긴 포장지를 집으면서 동시에 다른 팔을 여자의 핸드백 안에 집어넣어 얇은 휴대폰을 꺼낸 뒤 자신의 청바지 앞주머니에 집어넣었다.

잰은 컵케이크를 사서 트럭으로 돌아갔다. 컵케이크는 이썬이 아주 좋아하는 간식이었다. 이썬은 컵케이크를 먹을 때 초콜릿 아이싱을 가로지르는 구불구불한 흰색 크림 선 주변을 갉아먹고는 했다. 크림 선을 마지막까지 남겨놨다가 먹기 위해서였다. 잰이 트럭으로 돌아왔을 때 드웨인은 주유를 끝내고 있었다. 잰은 컵케이크를 트럭 창문으로 던져넣은 뒤 안으로 들어가서 운전석에 앉은 드웨인에게 휴대폰을 건네며 말했다.

"그 남자한테 전화해."

컵케이크를 먹으려고 보니 아이싱이 녹아서 셀로판 포장지에 들러붙어 있었다.

잰은 첫 번째 컵케이크의 포장지를 조심스럽게 떼어 비교적 멀쩡한 상태로 구해냈다. 그녀가 컵케이크를 건네자 드웨인은 한입에 그것을 삼켰다.

두 번째 컵케이크는 처참했다. 아이싱의 대부분이 벗겨져 포장지에 들러붙어 있었다. 그녀는 어쩔 수 없이 이빨로 포장지에 붙은 아이싱을 긁어냈다.

그것은 아들이 가르쳐 준 기술이었다.

"엄마, 이거 봐라."

장을 보고 집으로 돌아가는 길에 유아용 보조의자에 앉은 이썬이 운전석의 잰에게 말했다. 잰이 뒤돌아보니 이썬이 포장지에서 끊김 없이 분리해 낸 푸딩 표면 같은 아이싱이 보였다. 이썬이 주변을 갉아먹고 남겨 둔 흰색 크림 선은 집게손가락 아래에 붙어 있었다. 이썬은 초콜릿 범벅이 된 입으로 자랑스러운 표정을 지으며 말했다.

"손가락 크림!"

드웨인이 휴대폰을 탁 닫으며 말했다. "내일 괜찮다는군. 정오나 그 전에 도착할 거라고 말해 뒀어. 은행이 몇 시에 열더라, 9시 반? 10시? 먼저 내 몫을 찾고 그다음 네 몫을 찾자. 네 몫이 테네시 같은 데 보관된 게 아니라면 물건 찾는 건 금방 끝나겠지. 어때?"

잰은 다른 곳을 쳐다보며 말했다.

"좋아."

"왜 그래? 괜찮아?"

"괜찮아. 운전이나 해."

32

오스카 파인은 검은색 아우디 A4를 핸콕 거리에 세웠다. 차는 남쪽을 바라보고 있었고 왼편에는 주의회 의사당의 뒷모습이 보였다. 내리막인 이 지점에서는 의사당의 황금 돔이 보이지 않았지만 오스카 파인에게는 상관없었다.

오스카 파인은 비컨힐이 마음에 들었다. 그에게는 이 동네의 장점들이 보였다. 좁은 길거리, 역사적인 분위기, 아름답고 낡은 벽돌집, 꽃이 풍성한 창가의 화분들, 울퉁불퉁한 보도와 자갈길, 현관 계단에 설치된 쇠로 된 구두 흙털개 (지금은 길이 흙이나 오물로 덮여 있지 않기 때문에 흙털개는 그다지 쓸모가 없었다). 다만 한 가지, 이 동네는 너무 붐볐다. 사람들이 너무 많았다. 오스카 파인은 번잡한 동네를 싫어했고 혼자 조용히 지내는 편을 선호했다.

그러나 일을 하기 위해 잠깐 비컨힐에 들르는 것은 나쁘지 않았다.

오스카 파인은 맞은편 길거리의 위쪽으로 열두 번째 집을 주시하고 있었다. 지금은 초저녁. 마일즈 쿠퍼가 일을 마치고 집에 돌아올 시간이었다. 마일즈의 아내 패트리샤는 매사추세츠 종합병원에서 간호사로 일하고 있는데, 평소처럼 야간 근무를 하기 위해 아까 한 시간 전에 집을 나섰다. 패트리샤는 보통은 병원까지 걸어갔지만 가끔 케임브리지까지만 걷고 거기서 버스나 택시를 타기도 했다. 그리고 야간 근무를 마치면 텔레그래프 힐에서 출퇴근하는 동료의 차를 얻어 타고 돌아오고는 했다. 동료는 돌아가는 길에 남편 마일즈를 태워주기도 했다.

오스카는 며칠째 마일즈 부부의 동선을 지켜보고 있었다. 사실 이렇게까지 용의주도할 필요는 없었다. 그는 이미 마일즈 쿠퍼의 일상에 관해 잘 알고 있었다. 마일즈 쿠퍼는 주말이면 보트를 타면서 시간을 보냈고 경마에 돈을 낭비했다. 그리고 포커를 즐겼지만 실력이 형편없었다. 오스카는 마일즈의 포커 실력을 직접 봐서 잘 알고 있었다. 마일즈는 어이가 없을 정도로 패를 감추는 데 서툴렀다. 그는 패가 나쁠 때면 고개를 젓는 버릇이 있었다. 좌우로 1밀리미터쯤 되는 미세한 움직임이었지만 오스카가 알아차리기에는 충분했다. 그리고 손에 플러시라도 쥘 때면 오른쪽 무릎을 위아래로 피스톤처럼 움직였기 때문에 바닥이 떨리고는 했다.

오스카는 마일즈 쿠퍼에 관해 그밖에도 여러 가지를 알고 있었다. 마일즈는 위장병 때문에 병원에 다니고 있었고, 중간 크기의 병에 든 과일맛 나는 텀스(속쓰림 제거제)를 날마다 복용했다. 교외에 있는 마일즈의 창고에는 그의 동생이 훔친 할리데이비슨 오토바이 3대가 보관되어 있었다. 그리고 2주에 한 번 마일즈는 노스엔드로 가서 세일럼 거리의 이탈리아 빵집 위층에 사는 여자를 불러내어 300달러를 지불하고, 그녀가 천천히 옷을 벗고 그의 성기를 빨도록 시켰다.

오스카는 또한 마일즈 쿠퍼가 보스의 재물을 훔치고 있음을 알았다. 어느 날 그것을 알아챈 보스가 오스카를 불러 말했다.

"내 대신 손 좀 봐주도록 해."

"알겠습니다."

그런 연유로 오스카는 나흘이 넘도록 마일즈의 움직임을 추적했다. 오스카는 마일즈의 아내와 딸이 있을 때 그를 찾아가고 싶지 않았다. 20대인 딸은 프로비던스에 살고 있었는데 주말이면 종종 이곳에 들렀다. 오늘은 일요일이어서 딸이 왔을 가능성이 있었지만 오스카는 살펴본 결과 오지 않았다는 결론을 내렸다. 평소의 동선대로라면 마일즈 쿠퍼는 이제 곧 주의회 의사당 쪽에서 경사진 길을 걸어 내려—.

나타났다.

50대 후반, 과체중, 벗겨지기 시작하는 머리카락, 텁수룩한 잿빛 콧수염. 사이즈가 안 맞는 정장과 하얀색 셔츠. 넥타이는 매지 않았다.

마일즈 쿠퍼는 집앞에서 주머니를 뒤져 열쇠를 꺼냈다. 그리고 다섯 단으로 된 시멘트 계단을 올라 현관문을 열고 안으로 들어갔다.

오스카 파인은 아우디에서 내렸다.

그는 거리를 비스듬하게 가로질러 맞은편 마일즈 쿠퍼의 집으로 갔다. 그리고 초인종을 눌렀다.

현관문 너머에서 마일즈의 발걸음 소리가 들리더니 문이 열렸다.

"어이, 오스카." 마일즈가 말했다.

"안녕, 마일즈."

"여기는 웬일이야?"

"좀 들어가도 될까?" 오스카가 말했다.

마일즈의 눈이 번쩍였다. 오스카 파인은 그 번쩍임의 의미를 알았다. 그것은 공포였다. 지난 5년 동안 오스카는 사람들의 마음을 읽는 능력이 늘었다. 과거에 그는 자만했고 스스로를 과신했다. 부주의했다. 적어도 한 번은.

오스카는 마일즈가 자신을 내쫓지 않을 거라고 생각했다. 오스카가 자신을 의심할지도 모르는 상황에서 그를 집에 들이지 않으면 더욱 의심을 불러일으키리라는 것을 마일즈는 알고 있었다.

"물론이지. 들어와." 마일즈가 말했다. "반가워. 여기는 웬일이야?"

오스카는 안으로 들어가 문을 닫았다. 그리고 이미 알고 있는 사실을 마일즈에게 물었다. "패트리샤는 집에 있어?"

"일하고 있어. 내가 집에 도착할 때쯤이면 패트리샤가 일을 시작한지 30분 정도 되는 시간일걸. 술 마실래?"

"아니, 괜찮아." 오스카가 말했다.

"정말 괜찮아? 나는 맥주 마실 거야."

"난 됐어." 오스카가 마일즈를 따라 주방에 들어가며 말했다. 오스카 파인은 평소에 술을 마시지 않았는데 마일즈는 그것을 기억하지 못했다.

마일즈는 냉장고를 열고 몸을 굽혀 맥주병을 꺼냈다. 그리고 뒤로 돌았을 때는 오스카가 그를 향해 총을 겨누고 있었다. 총은 오스카의 오른손에 쥐어져 있었고, 그의 왼손은 재킷 주머니에 넣어져 있었다. 총열의 끝에는 길쭉한 관 모양의 물체가 달려 있었다. 소음기였다.

"맙소사, 오스카. 씨발, 지금 뭐하는 거야? 놀라서 쓰러질 뻔했잖아."

"그가 알고 있어." 오스카가 말했다.

"안다니? 누가? 누가 뭘 알아? 제발 그거 좀 치워. 바지에 오줌 쌀 뻔했어."

"그가 알고 있다고." 오스카가 다시 말했다.

마일즈는 맥주병의 뚜껑을 돌려 따고는 뚜껑을 조리대 위로 던졌다. 그리고 입술을 실룩이며 말했다. "도대체 무슨 말 하는 건지 모르겠군."

"이봐, 마일즈, 바보처럼 굴지 마. 그가 알고 있다니까. 시치미 떼지 말라고."

마일즈는 맥주를 쭉 들이켜고 주방의 나무 의자로 가 앉았다.

"젠장." 마일즈는 손이 떨려 맥주병을 잡고 있을 수가 없어 테이블 위에 올려놓았다.

"어떻게 된 사정인지 알고 있는 편이 좋을 거야." 오스카가 말했다. "영문도 모르고 죽으면 억울하니까."

"오스카, 왜 이래. 우리 알고 지낸 지 오래됐잖아. 나 좀 봐줘. 돈은 갚을 수 있어."

"아니." 오스카가 말했다.

"갚을 수 있어. 이자까지 쳐서. 보트를 팔면 돼. 내일 당장 팔게. 모아둔 현금도 좀 있어. 사실 그렇게 많이 슬쩍 한 것도 아니야. 보스한테 돌려줄게. 지금 당장. 약속할게. 나한테 오토바이도 몇 대 있거든? 동생 것을 보관하고 있는데 팔아서 그 돈을 보스한테 줄게. 동생 녀석이야 씨발, 내 알 바 아니지. 자업자득이야. 사실 녀석이 돈을 내고 산 오토바이가 아니—."

총에서 퓩, 퓩 하는 소리가 났다. 오스카 파인이 발사한 총알 두 개가 마일즈 쿠퍼의 머리에 박혔다. 마일즈 쿠퍼는 앞으로 고꾸라지며 바닥에 부딪혔다. 그것으로 끝이었다.

오스카는 집 밖으로 나가 거리를 내려갔다. 그리고 아우디에 올라타 비컨힐을 떠났다.

오스카 파인은 컨테이너 선적장船積場의 보안 출입구 앞에서 차의 속도를 줄였다. 부스 안의 경비원이 자동차와 운전사를 알아보고 버튼을 누르자 출입문이 서서히 오른쪽으로 열렸다. 오스카는 차가 들어갈 만큼 틈이 벌어지자 곧장 선적장 안으로 들어갔다.

안에는 수천 개의 네모난 컨테이너들이 거대한 레고 블록처럼 알록달록하게 쌓여 있었다. 컨테이너의 색깔은 오렌지색, 갈색, 초록색, 파란색, 은색으로 다양했고 시 랜드, 에버그린, 머스크, 코스코 등의 상표가 붙어 있었다. 컨테이너들이 여섯 개나 쌓여 있는 지점을 통과할 때면 마치 강철로 된 비좁은 협곡을 운전하는 느낌이었다. 교외에 위치한 이 선적장은 면적이 12,000평 가까이 되었다. 오스카는 선적장 끝으로 차를 몰고 가서 가시철사가 둘둘 말려 있는 3미터 높이 울타리 앞에 세웠다. 그는 비컨힐을 나오면서 세븐일레븐에서 산 우유를 들고 아우디에서 내려 에버그린 컨테이너 앞으로 갔다. 그 위에는 두 개의 컨테이너가 더 쌓여 있었다. 그는 주머니에 손을 집어넣어 열쇠를 꺼내 에버그린 컨테이너의 문을 열었다.

컨테이너의 문을 열어젖히자 1미터 안쪽에 또 다른 벽과 보통 크기의 문이 나타났다. 그는 두 번째 열쇠로 그 문을 열고 바깥쪽으로 당겼다. 안으로 들어서자 약간의 불빛을 제외하면 완벽한 암흑이 자리 잡고 있었다.

오스카는 오른손으로 안쪽 벽을 더듬어 스위치들을 찾아냈다. 그가 스위치들을 전부 올리자 컨테이너 안은 즉시 불빛으로 가득 찼다.

세로로 골이 파인 바깥쪽 철제 벽과 달리, 컨테이너의 안쪽 벽은 재질이 부드러웠고 연한 황록색으로 칠해져 있었다. 내벽은 전부 건식벽이었으며 커다란 현대 미술품들로 장식돼 있었다. 바닥은 금속이 아닌 반짝이는 나무 바닥이었다. 문을 열면 바로 보이는 것은 가죽 소파와 그에 어울리는 가죽 안락의자, 그리고 46인치 평면 스크린 벽걸이 TV였다. 중간에는 좁은 주방이 있었는데, 그곳에는 알루미늄 조리대가 설치되어 있었고 천장에 움푹 들어간 열두 개의 둥근 전등이 빛을 발하고 있었다. 주방 뒤로는 우아한 침실과 화장실이 보였다.

그때 무슨 소리가 들렸다. 그리고 곧, 무언가가 오스카 파인의 다리를 쓰다듬었다.

오스카가 아래를 내려다보자 녹빛의 고양이가 부드럽게 가르릉거리고 있었다.

“우유 사왔어.” 오스카가 말했다. 컨테이너에 들어올 때 보이던 약간의 불빛은 오스카가 고양이를 위해 켜 놓고 간 야간용 전등이었다. 그는 우유병을 조리대에 올려놓고 왼팔로 끌어안은 뒤 오른손으로 병뚜껑을 돌려 따 우유를 바닥의 그릇에 부었다. 고양이는 소리 없이 그릇을 향해 살금살금 다가가 그릇 안으로 고개를 떨궜다.

오스카는 재킷에서 총을 꺼내 조리대 위에 올려놓았다. 그가 커다란 찬장을 열자 냉장고가 나타났다. 오스카는 우유를 냉장고 안에 집어넣고 대신 콜라 캔을 꺼냈다. 그는 집게손가락으로 캔 뚜껑을 따서 바닥이 두꺼운 유리컵에 콜라를 부었다.

“잘 있었어?” 오스카가 고양이에게 물었다.

오스카는 조리대 앞의 가죽 의자에 앉았다. 조리대 위에는 은색 노트북 컴퓨터가 한 대 놓여 있었다. 화면은 검었다. 측면의 버튼을 눌러 컴퓨터가 작동하기를 기다리는 동안 오스카는 리모컨을 집어들고 평면 스크린 TV를 켰다. TV에는 CNN이 틀어져 있었고 오스카는 채널을 바꾸지 않았다.

노트북이 완전히 켜지자 오스카는 우선 이메일부터 확인했다. 하지만 들어온 건 스팸 메일뿐이었다. '놈들을 찾아야 해.' 그는 생각했다. '마일즈가 아니라 그놈들을 처죽여야 해.' 오스카는 북마크된 웹사이트들을 확인했다. 한 웹사이트는 그가 투자한 다양한 상품들의 시세를 보여주었다. 하지만 요즘 오스카는 시세를 보면 스트레스를 받을 뿐이었다. 한편 오스카의 낙인 또 다른 웹사이트에는 잠자는 새끼 고양이들의 짧은 동영상들이 있었다.

오스카는 웹서핑을 하면서 드문드문 TV를 올려다보았다.

그때 TV에서 뉴스 앵커가 말하는 것이 들렸다. "……흔하지 않은 상황이군요. 뉴스 취재를 업으로 삼는 사람이 뉴스의 기삿거리가 되었습니다. 경찰은 잰 하우드의 생사여부를 아직 공표하지 않았지만, 잰 하우드의 남편이자 올버니 북쪽 프로미스 폴즈의 지역 신문사 〈스탠다드〉의 기자인 데이빗 하우드가 사건의 '요주의 인물' 임을 언급했습니다. 잰 하우드는 지난 금요일 남편 데이빗 하우드와 함께 조지 호로 간 뒤 행방이 묘연한 상태입니다."

오스카 파인은 아주 잠깐 TV 화면으로 눈을 돌렸지만 별 관심을 보이지 않고 다시 컴퓨터를 바라봤다. 그러나 다음 순간, 그는 다시 TV로 시선을 돌렸다.

TV에 실종된 여자의 사진이 등장했다. 사진은 오스카가 쳐다본 순간 사라졌고 화면은 데이빗과 잰 하우드의 집으로 넘어갔다. 그리고 이어서 데이빗 하우드의 부모의 집이 나타났다. 나이 든 여자가 현관에 나와 방송국 사람들에게 떠나라고 말하고 있었다.

오스카는 실종된 여자의 사진이 다시 나오기를 기다렸지만 사진은 나오지 않았다.

오스카는 다시 노트북 컴퓨터로 고개를 돌렸다. 그리고 오른손으로 구글 뉴스 검색창에 "잰 하우드"와 "프로미스 폴즈"를 쳐 넣었다. 몇 개의 웹사이트가 검색됐다. 그중 프로미스 폴즈 〈스탠다드〉의 웹사이트에는 사만다 헨리라는 기자가 실종 사건을 종합 정리한 기사가 있었고 거기에 실종된 여자의 사진이 실려 있었다.

오스카는 사진을 클릭하여 확대했다. 그리고 오랫동안 사진을 응시했다. 머리카락이 달랐다. 그가 기억하는 머리카락은 붉은색이었는데 지금은 검은색이었다. 그리고 당시 여자는 짙은 화장에 거미 다리 같은 속눈썹을 붙이고 있었지만 지금 사진의 여자는 인상이 부드러웠다. 평범한 가정주부의 인상. 아니, 평범하지는 않다. 섹시한 아줌마.

오스카는 다시 사진을 클릭하여 더욱 확대했다. 저기 있다. 작은 흉터. L자 모양의 작은 흉터가 여자의 뺨에 있었다. 여자는 분을 처발라서 흉터를 잘 가렸다고 생각했겠지만 오스카는 처음이자 마지막으로 그녀를 마주했던 그 순간에 그 흉터를 보았다.

저 흉터면 충분하다. 여자의 흉터. 그리고 손이 존재했던 왼팔 끄트머리에서 느껴지는 욱신거림.

오스카 파인은 곧 전화 연락을 시작했다.

PART FOUR

33

덕워스와 나는 리앤 코왈스키의 시신이 들어간 파헤쳐진 무덤으로부터 물러났다. 나의 몸은 떨리고 있었다.

"토할 것 같아요." 나는 그렇게 말하고 곧바로 토하기 시작했다. 덕워스는 내가 토를 확실히 마칠 때까지 기다렸다.

"리앤이 왜 여기 있는 거예요?" 내가 물었다. "도대체 왜 여기에?"

"제 차로 돌아갑시다." 덕워스가 말했다. 덕워스는 땀을 흘리고 있었다. 그는 내가 시체를 확인할 때 옆에 쭈그리고 앉아 있었는데, 다시 일어서는 동작을 할 때 숨을 헐떡였었다.

"리앤이 여기 있다는 건……." 내가 말했다.

"있다는 건?"

나는 힘들게 질문을 내뱉었다. "다른 무덤은 없었습니까? 이 무덤 말고 다른 무덤은?"

덕워스는 나의 생각을 알아내려는 듯 나를 뚫어지게 쳐다봤다. "다른 무덤이 있다고 생각하십니까?"

"뭐라고요?" 내가 말했다.

"돌아갑시다."

우리는 말없이 덕워스의 경찰차로 향했다. 그는 마치 병자를 대하듯 차 문을 열어 내가 차에 타도록 도운 뒤 반대편의 운전석에 들어가 앉았다. 30초가 넘도록 우리는 아무 말도 하지 않았다. 덕워스는 자동차 열쇠를 조금 돌려 차창을 내렸다. 부드러운 산들바람이 차 안으로 들어왔다.

나는 고개를 돌려 덕워스를 바라봤다. 시동을 걸지는 않았지만 그는 정면을 응시하며 운전대를 붙잡고 있었다.

"누구의 시체인지 이미 알고 있었나요?" 내가 덕워스에게 물었다. "리앤 코왈스키인지 알고 있었냐고요?"

덕워스는 나의 질문을 무시하고 역으로 내게 물었다. "하우드 씨, 지난 금요일 부인과 여기 왔을 때 리앤 코왈스키도 같이 왔습니까?"

나는 등받이에 머리를 기대고 눈을 감았다. "무슨 소리야? 우리가 왜 리앤을 데려와요?"

"리앤 코왈스키가 당신을 쫓아왔습니까? 여기서 리앤 코왈스키를 만나기로 했습니까?"

"아니야, 아니라고."

문득 나는 리앤 코왈스키가 혹시 내게 익명의 이메일을 보내어 잡화점에서 만나자고 한 제보자가 아닐까 생각했다. 하지만 그것은 전체적인 맥락과 도저히 연결되지 않았다.

"당신이 제보자를 만나기로 한 지점으로부터 얼마 떨어지지 않은 이곳에서 리앤 코왈스키의 시체가 발견됐는데 이상하지 않습니까?"

나는 덕워스에게로 고개를 돌렸다. "이상하지 않냐고요? 씨발, 이상하지 않냐고? 그래. 아주 이상해. 이틀 동안 일어난 이상한 일들을 한번 쭉 읊어볼까? 응? 자, 들어봐. 아내가 실종됐어. 웬 낯선 사내가 아들을 유괴하려고 했어. 아내의 출생증명서는 다섯 살 때 죽은 여자아이의 것이었고 아내는 내가 이제까지 알던 사람이 아닌 것 같아. 게다가 아내는 저 잡화점에 들어가서 남편이 자기를 왜 여기 데려왔는지 모르겠다고 말했어. 내가 자기를 속이기라도 했다는 듯이 말이야. 왜 그랬을까? 왜 그런 거짓말을 했을까? 파이브 마운틴즈 티켓은 또 어떻게 된 거야? 자살 욕구 때문에 새뮤얼즈 씨를 만나러 갔다는 거짓말은? 자, 그런데 이런 마당에 리앤 코왈스키가 저기 죽어서 누워 있는 사실이 이상하지 않냐고 나한테 묻는다면, 그래, 씨발, 아주 이상해. 지금까지의 모든 상황이 다 이상하다고!"

덕워스는 천천히 고개를 끄덕였다. 이윽고 그가 입을 열었다. "당신 차를 간단히 조사해 봤습니다. 금요일에 부인과 이곳에 타고 왔던 차 말이에요. 트렁크에서 혈흔과 머리카락이 발견됐습니다. 앞좌석 수납공간에는 구겨진 영수증이 있더군요. 강력 접착테이프를 구매한 영수증."

방금 전까지 열변을 토하던 나는 할 말을 잃었다.

"당신이 잡화점으로 돌아오기 직전에 그 연락을 받았습니다. DNA 테스트는 시간이 좀 걸릴 겁니다. 그래서 말인데 수고를 좀 덜어주지 않겠습니까? 어떤 테스트 결과가 나올까요?"

도움을 받아야 할 순간이 왔다.

조지 호에서 집으로 돌아가는 길에 나는 아버지가 소개한 변호사인 나탈리 본듀런트에게 휴대폰으로 전화를 걸었다. 간단한 인사와 설명을 마치고 그녀가 공식적으로 내 사건을 맡기로 결정하자 내가 말했다. "아버지가 당신에게 연락한 후로 일이 좀 있었습니다. 여러 가지로."

"말씀해 보세요." 나탈리가 말했다.

"잰의 직장 동료인 리앤 코왈스키라는 여자의 시체가 발견됐어요. 금요일에 드라이브를 갔던 지점으로부터 멀지 않은 곳에서."

"그렇지 않아도 경찰의 의심을 받는 마당에 그런 문제가 추가됐다는 말씀이군요?"

"그래요."

"하우드 씨, 또 다른 시체가 발견될까요? 부인의 시체 말이에요."

"제발 그러지 않길 바랄 뿐입니다."

"그렇게 되면 당신이 빼도 박도 못하고 범인이 될 테니까? 아니면 정말로 부인이 살아 돌아오기를 바라는 건가요?"

나탈리의 직설적인 질문에 나는 오히려 마음이 풀어졌다.

"후자입니다." 내가 말했다. "그리고 덕워스 형사에게 들었는데 제 자동차 트렁크에서 혈흔과 머리카락이 발견됐다는군요. 게다가 앞좌석에는 강력 접착테이프를 구입한 영수증이 있었고요."

"당신을 떠본 것일 수도 있죠. 그것들을 설명할 수 있나요?"

"아니요. 머리카락이라면 물론 가능합니다. 트렁크에 물건을 집어넣고 꺼내는 사이 몇 가닥 떨어질 수도 있으니까. 하지만 다른 건 모르겠어요. 도대체 왜 트렁크에 피가 묻어 있는지도 모르겠고, 오랫동안 사본 적도 없는 강력 접착테이프 영수증이 왜 차 안에 있는지도 모르겠습니다."

"덕분에 경찰은 편해졌겠군요." 나탈리 본듀런트가 말했다.

"무슨 뜻입니까?"

"당신을 범인으로 지목하는 상황 증거들이 속속 나타나고 있잖아요."

나탈리는 나에게 사건을 처음부터 얘기해 보라고 말했다. 나는 가급적 간략하게, 하지만 신문 기사를 작성하듯 체계적으로 이야기를 시작했다. 나는 우선 전체적인 상황을 설명한 뒤 세부사항에 초점을 맞췄다. 거기에는 로체스터에 갔다 온 일, 잰이 이제까지 내가 알던 사람이 아닐지도 모른다는 사실도 포함됐다.

"그건 어떻게 설명할 건가요?" 나탈리가 물었다.

"못합니다. 잰이 증인 보호를 받고 있을 가능성에 관해 덕워스 형사에게 물어봤습니다만 진지하게 받아들이지 않았어요. 그도 그럴 것이, 잰이 우울감 때문에 괴로워했다는 말을 덕워스에게 했었는데 그의 조사에 따르면 아무도 그 말에 동의하지 않았거든요."

나탈리는 잠시 잠자코 있다가 입을 열었다. "난관이 굉장히 많네요."

"알려줘서 고맙습니다."

"경찰이 발견하지 못한 것은 시체뿐이에요." 나탈리가 말했다. "리앤 코왈스키의 시체가 발견됐지만 부인의 시체는 아직이니까요. 그건 좋은 상황이에요. 부인의 생존 가능성 때문에도 그렇지만 경찰이 당신을 범인으로 확증

하지 못한다는 점에서. 물론 시체 없이도 가능하긴 해요. 시체가 발견되지 않았는데 살인죄로 유죄 판결을 받은 사람들은 많답니다."

"기운 나는 얘기가 아니군요."

"기운 나게 해주는 것이 제 일은 아니니까요. 제 일은 당신을 감옥에서 구해내거나, 그러지 못할 경우 최대한 형기를 줄이는 거예요."

운전을 하고 있지 않았다면 나는 눈을 감았을 것이다. 전화 통화는 길었고 어느새 나는 집에 거의 도착했다. 시간은 8시를 막 지나 있었다.

갑자기 떠오르는 생각이 있었다.

"무덤에 이상한 게 있었어요. 리앤의 시체가 있던 무덤."

"뭔데요?"

"시체가 묻힌 구덩이는 도로 바로 옆에 있었어요. 사실 무덤이라고 하기도 애매했죠. 사람 하나 들어갈 정도의 구멍을 파고 위에 대충 흙을 덮은 거였으니까. 숲 속으로 몇 걸음만 더 들어가서 묻었더라면 쉽게 발견되지 않았을 텐데. 사람이 많지 않은 도로이긴 하지만 그렇게 눈에 잘 띄는 곳에 시체를 묻다니, 좀 어설펐어요."

"시체가 발견되게 일부러 그랬다는 말씀인가요?"

"아까는 의식하지 못했지만 지금 생각해 보니 그래요."

"내일 아침 11시에 제 사무실로 오세요." 나탈리가 말했다. "수표책 들고 와요."

"알겠습니다." 나는 부모님의 집으로 향하며 말했다.

"그리고 저 없이 경찰하고 얘기하지 말아요."

"알았어요." 나는 부모님의 집이 있는 거리로 방향을 틀었다. 바로 정면에 집이 보였다.

집 앞 길거리에는 방송국과 신문사 무리를 중심으로 떠들썩한 모임이 벌어지고 있었다.

두 대의 TV 중계차와 세 대의 자동차. 사람들이 어지럽게 돌아다니고 있었다.

'제기랄.'

"참." 나탈리 본듀런트가 말했다. "언론에도 아무 말 하지 말아요."

"노력해 볼게요." 나는 전화를 끊었다.

부모님의 집에 이 정도로 기자들이 모여있는 것을 보니 지금쯤 내 집도 사람들에 포위되어 있을 것이다. 중계차 하나가 진입로를 반쯤 막아서고 있어서 나는 부모님 집 맞은편에 차를 세웠다.

집에 몰래 들어갈 방법은 없었다. 나는 부모님을 만나야 했고 미치도록 아들이 보고 싶었다.

나는 아버지의 차에서 내려 거리를 터벅터벅 가로질렀다. 각 중계차에서 기자와 카메라맨이 한 명씩 뛰어나오며 내 이름을 불렀다. 세 대의 차량에서는 메모장과 디지털 녹음기를 든 청년들이 나타났다. 그리고 사만다 헨리가 낯익은 빛바랜 붉은 혼다 시빅에서 내렸다. 그녀는 미안하고 안쓰러운 표정을 지으며 내게 다가왔다. 마치 '저기, 미안해. 하지만 나도 일이라서 어쩔 수 없어.' 라고 말하는 것 같았다.

기자들이 질문을 퍼부으며 내 주위를 에워쌌다.

"하우드 씨, 부인에 관해 한마디 해 주시죠."

"하우드 씨, 부인에게 무슨 일이 일어났는지 아십니까?"

"경찰이 왜 당신을 용의자로 생각하는 건가요?"

"부인을 죽였습니까, 하우드 씨?"

나는 기자들을 밀쳐내고 집으로 뛰어가야 한다는 생각을 억눌렀다. 나는 나탈리의 조언을 기억하고 있었지만 신문사에서 오래 일했기 때문에 답변을 거부한 채 기자들을 제치고 가면 마치 죄지은 사람처럼 보일 것임을 알고 있었다. 나는 멈췄다. 그리고 조용해지면 답을 하겠다는 뜻으로 손바닥을 들어 올렸다.

"몇 마디 하겠습니다." 두 명의 카메라맨이 사진을 찍기 위해 이리저리 움직였다. 나는 잠시 마음을 가라앉히고 생각을 정리했다. "저의 아내 잰 하우드는 가족끼리 파이브 마운틴즈에 갔던 어제 아침 실종됐습니다. 저는 아내를 찾기 위해 가능한 모든 것을 하고 있습니다. 아내가 무사히 돌아오기를 기도하고 있습니다. 여보, 이 방송을 보고 있다면 제발 연락해. 무사하다고 알려줘. 이썬과 내가 당신을 사랑하고 보고 싶어한다는 거 알지? 제발 안전하게 집에 돌아와 줘. 무슨 일이 있었는지 모르겠지만 해결할 수 있을 거야. 같이 헤쳐나가자. 그리고 이 방송을 보시는 분 중 잰을 봤거나 행방을 아시는 분, 무슨 일인지 아시는 분은 저나 경찰에 연락을 주십시오. 제가 원하는 것은 아내가 집에 돌아오는 것뿐입니다."

머리를 예쁘게 손질한 TV 방송국의 여기자가 내 얼굴에 마이크를 들이대며 물었다. "경찰에게 자신이 부인을 죽이지 않았다고 말씀하셨다는데, 왜 그런 말씀을 하셨습니까? 공식적인 용의자가 되셨나요?"

"그냥 사실을 말한 것뿐입니다." 나는 목소리에 평정을 잃지 않으려고 애쓰며 대답했다. 집을 쳐다보니 어머니가 커튼 틈새로 나를 바라보고 있었다.

"이런 종류의 사건에서 경찰은 모든 가능성들을 고려해야 합니다. 실종자의 배우자에 대한 의심을 포함해서 말이죠. 평범한 수사 과정이라고 생각합니다."

"즉, 용의자란 말씀인가요?" 여기자가 끈질기게 물었다. "경찰은 당신이 부인을 살해했다고 생각합니까?"

"아내가 죽었다는 증거는 발견되지 않았습니다." 내가 말했다.

"당신이 시체를 솜씨 좋게 숨겼기 때문에 그런 건가요?" 여기자가 물었다.

나는 흥분하지 않기 위해 무척 애써야 했다. "그따위 질문에는 대답하지 않겠습니다."

첫 번째 여기자만큼은 아니지만 역시나 머리를 잘 손질한 다른 방송국의 여기자가 물었다. "부인이 당신과 함께 파이브 마운틴즈에 갔다는 증거가 없다는 사실은 어떻게 설명하시겠습니까?"

"어제 파이브 마운틴즈에 갔던 사실을 증명하라고 요구받을 때 애를 먹을 사람은 한 천 명쯤 될 겁니다. 아내는 저와 함께 거기 있었어요. 그리고 실종됐습니다."

"거짓말 탐지기 테스트를 받으셨습니까?" 올버니에서 왔을 법한 행색이 엉망인 기자가 물었다.

"아니요."

"거절하셨나요?"

"받으라는 요청도 없었습니다."

첫 번째 여기자가 끼어들었다. "받으실 생각입니까?"

"말씀드렸다시피 아무도 저한테—."

"만약 우리가 자리를 마련하면 받으실 생각이 있나요?" 두 번째 여기자가 물었다.

"내가 왜 당신들하고 거짓말 탐지기 테스트를—."

"거절하시는 거군요? 거짓말 탐지기를 착용한 상태에서는 부인의 실종에 관한 질문을 받고 싶지 않다는 말씀이죠?"

"어이가 없군." 내가 말했다. 나는 점점 자제심을 잃고 있었다. 이 작자들에게 대꾸를 하고도 아무 일 없이 빠져나올 수 있으리라 생각한 것부터 어리석었다. 나 스스로가 기자이기 때문에 기자들의 함정을 피할 수 있다고 생각했지만, 결국 나도 다른 이들과 다를 것이 없었다.

내 상태를 눈치챈 사만다가 나를 도울 요량으로 부드러운 질문을 던졌다.

"데이빗 씨, 지금 심경이 어떠세요? 당신과 아드님에게 참으로 괴로운 사태일 것 같은데요?"

나는 고개를 끄덕였다. "끔찍해요. 무슨 일이 일어났는지 몰라서 괴롭습니다. 이런 일은 처음이에요. 이건 직접 겪지 않고서는 알 수 없는 일입니다."

"기사를 쓰던 입장에서 기삿거리로 쓰이는 입장이 되셨는데 기분이 어떠십니까? 기자들이 작당한 것처럼 질문을 퍼붓는 이런 상황이 어색하지 않으세요?" 사만다가 질문을 이어갔다.

"작당"이라는 말에 기자들이 사만다를 향해 험상궂은 표정을 지었다.

나는 하마터면 웃을 뻔했다. "괜찮아요. 이 바닥 사정은 잘 압니다. 자, 저는 이만 가보겠습니다."

기자들이 내가 지나가도록 길을 텄다. 내가 사만다의 팔꿈치를 잡고 이끌자 그들 사이에서 불평하는 소리가 들렸다. 왜 저래? 단독 인터뷰라도 할 셈인가?

"데이빗, 나도 마음이 불편해." 현관문의 계단을 올라가며 사만다가 말했다. "알다시피 난 그냥—."

"알아." 내가 말했다. 내가 열기 전에 어머니가 먼저 현관문을 열었다. 어머니는 아침에 봤을 때보다 1, 2년은 더 나이 들어 보였다. 그녀는 무표정하게 사만다를 쳐다봤다.

"어머니, 사만다 기억하죠?" 나와 사만다가 사귀던 시절 어머니는 사만다를 만난 적이 몇 번 있었다.

사만다가 고개를 숙여 인사했지만, 어머니는 반응이 없었다. 어머니는 기자인 사만다를 적대시하는 것이 분명했다.

"이썬은 어디 있어요?" 내가 묻자 어머니가 대답했다. "네 아버지가 데리고 나갔다. 밥 먹고 나서 진짜 기차를 보러 철길 있는 데로 간다더구나. 집이 좀 잠잠해지면 연락을 주기로 했어."

탁월한 조치였다. 나는 무엇보다 이썬이 이 상황에서 벗어나 있다는 사실에 안심이 됐다.

나는 사만다에게 말했다. "아까 질문 고마워. 덕분에 잘 빠져나왔어."

"별말씀을. 나는 기사를 쓰고 싶은 거지 너를 괴롭히고 싶은 게 아니야."

"고마워."

"네가 잰에게 아무 짓도 하지 않았다고 믿어." 사만다는 나를 유심히 바라봤다. "그렇지?"

"맙소사, 사만다."

"진짜야. 정말로 믿어."

"어정쩡하나마 믿어줘서 고맙군."

사만다가 양쪽 입꼬리를 올리며 웃었다. "객관적인 척이라도 해야 해. 하지만 난 네 편이야. 믿어줘. 그래도 내가 제출한 기사를 편집부에서 가공하지 않는다고는 보장 못 해. 그러고 보니 시간이……." 사만다는 손목시계를 쳐다봤다. 시간은 8시 10분이었다. 9시 30분까지 기사를 제출하면 종이 신문 1판에 실을 수 있었다.

"자, 하고 싶은 말을 해 봐." 사만다가 말했다. "단독 인터뷰를 할 생각이 있으면 빨리 하자. 어쨌건 〈스탠다드〉는 네가 일하는 신문사잖아."

"등 뒤를 조심해." 내가 말했다.

"뭐?"

"네가 위험하다는 건 아니야. 하지만 조심해. 마들린이 이메일을 감시하고 있는 것 같아."

"뭐라고?" 사만다가 입을 쩍 벌리며 말했다. "발행인이 우리의 개인 이메일을 훔쳐보고 있다는 거야?"

"그래. 회사의 시스템을 통해 오가는 이메일."

"말도 안 돼. 왜? 왜 그렇게 생각해?"

"얼마 전에 익명의 이메일을 받았어. 어떤 여자였는데 교도소 유치에 찬성하는 대가로 뇌물을 받은 시의원들에 관해 제보하겠다더군."

"그런데?"

"이메일은 내 받은편지함에 있었어. 그리고 나는 몇 분 후 바로 이메일을 삭제했지. 그런데 엘몬트 세바스찬이 그 이메일에 관해 알고 있었어. 여자가 내게 제보하려 했다는 사실을 알고 있더란 말이지. 처음에는 제보자 쪽에서 정보가 새어나간 거라고 생각했는데 그게 아닌 것 같아. 〈스탠다드〉의 누군가가 엘몬트 세바스찬에게 알려준 거야. 그런데 마들린 말고는 직원의 이메일을 읽을 권한을 지닌 사람이 없잖아."

"마들린이 왜 그런 짓을 해?"

"너의 이메일을 읽을 이유는 없어. 하지만 내 이메일을 읽을 이유는 있지. 러셀 가는 스타 스팽글드 코렉션즈가 교도소 부지로 쓸 땅을 팔고 싶어해. 즉, 스타 스팽글드 코렉션즈의 사업에 걸림돌이 되는 기사는 〈스탠다드〉에도 도움이 안 되는 셈이지. 마들린은 그 이메일을 읽고 세바스찬에게 알려줬을 거야."

"브라이언일 가능성은? 마들린이 브라이언에게 이메일을 읽으라고 시킨 것은 아닐까? 마들린은 브라이언의 사무실에 자주 들락날락하잖아."

나는 그것에 관해 생각해 봤다. "그럴지도 모르지. 여하튼 요점은 발행인을 믿으면 안 된다는 거야. 명심해."

"아까 편집부에서 기사를 가공할지 모른다고 말한 건 진지한 얘기가 아니었는데 지금 그 말을 듣고 보니 정말 그럴지도 모르겠구나. 이 사건을 편파적으로 보도해서 네가 더욱 의심을 받게 만들지도 몰라. 그 교도소 건은 네 담당이니까. 네가 손을 떼면 그 건을 맡을 사람이 없겠지?"

"모르겠어." 나는 나를 막으려고 엘몬트 세바스찬이 지금까지 취한 조치들에 관해 사만다에게 말하지 않았다. 일자리의 제공, 아들에 대한 은밀한 위협. 나는 세바스찬이 잰의 실종과 관련됐다는 가설을 폐기하지 않았지만 아직 납득할 만한 연결 고리를 찾을 수 없었다.

"이제 가봐야겠어." 사만다가 말했다. "기사를 제출해야 해."

"나는 잰의 실종과 관련이 없어." 나는 마지막으로 반복했다.

사만다는 내 가슴에 부드럽게 손을 얹었다. "알아, 믿어. 너를 팔아서 기사를 쓰지는 않을 거야."

사만다가 자리를 떴다.

어머니가 말했다. "재 마음에 안 들어."

내가 우리 집 진입로에 들어선 시각은 9시였다. 집 앞에 진을 친 신문사나 방송국 사람은 없었다. 다들 부모님 집에서 취재한 것으로 만족하고 이제 나를 괴롭히지 않을 모양이었다. 적어도 오늘 밤은.

이썬은 집에 오는 길에 잠이 들었다. 나는 유아용 보조의자에서 이썬을 조심스레 들어 올려 집으로 걸어갔고 아이는 내 어깨에 머리를 기대었다. 현관을 들어서자마자 오늘 경찰이 집을 뒤졌다는 사실이 떠올랐다. 여기저기 내팽개쳐진 소파 쿠션들, 책장에서 꺼내어진 책들. 카펫은 뒤집혀 있었다. 파손된 물건은 없었지만 정리정돈 할 것들이 많았다.

나는 이썬을 살며시 소파 위에 누인 뒤 작은 담요를 덮어주고 2층에 올라가 아이의 방을 정리했다. 매트리스를 제자리에 돌려놓고, 인형들을 통에 담고, 옷가지를 서랍에 집어넣었다.

방은 난장판이었지만 정리하는 데는 15분 정도밖에 걸리지 않았다. 나는 1층으로 내려가 아이를 소파에서 들어 올려 침대로 데리고 갔다. 그리고 이썬을 침대에 누이고 옷을 벗겼다. 셔츠를 머리 위로 빼낼 때 이썬이 깨지 않을까 싶었지만 아이는 어수선한 움직임 속에서도 쭉 잠들어 있었다. 나는 울버린이 그려진 파자마를 찾아 이썬에게 입히고 담요를 덮어주었다. 그리고 아이의 이마에 가볍게 뽀뽀를 했다.

이썬은 눈을 뜨지 않은 채 졸린 목소리로 속삭였다.

"엄마, 안녕히 주무세요."

34

드웨인이 몸을 굴려 잰에게서 떨어지면서 말했다. "오늘처럼 중요한 날은 역시 섹스로 시작해야 해."

잰은 모텔 침대에서 걸어나와 화장실로 들어가 문을 닫았다.

드웨인은 침대에 드러누워 천장을 바라보며 머리 밑으로 깍지를 끼고 웃었다. "어이, 이제 다 끝났어. 몇 시간만 지나면 모든 준비가 끝난다고. 오늘 일 끝내고 뭘 할 건지 알아? 보트를 보러 갈 거야. 요즘 보트를 팔려는 사람들이 수두룩할걸? 다들 경기 침체 때문에 가지고 있는 물건들을 팔려고 안달일 테니 절호의 기회야. 선실이 딸린 6미터, 아니 9미터짜리 크루저를 헐값에 사야지. 물론 헐값이 아니라도 살 수 있겠지만 평생을 써야 할 돈이니 펑펑 낭비해서는 안 되잖아. 안 그래?"

잰에게 들린 것은 "어이"라는 말뿐이었다. 그녀는 보스턴 시내에서 8킬로미터 떨어진 이 싸구려 모텔의 수도꼭지 트는 법을 파악하느라 허둥대면서 샤워기를 틀었다. 잰은 보스턴이 가까워질수록 초조해졌다. 그들은 이제 보스턴에서 매우 가까운 지점까지 와 있었다.

드웨인은 이불을 걷어내고 벌거벗은 채 방 안에 섰다. 그는 리모컨을 집어 TV를 켠 뒤 빠른 속도로 채널을 넘겼다.

"여기는 TV 채널들이 별로군." 드웨인이 말했다. "성인 채널에 추가 요금을 받아야 하나? 방값도 많이 내는데."

드웨인은 만화 채널에 TV 화면을 고정시키고 애니메이션 〈배트맨〉을 보다가 지루해져서 다시 채널을 돌렸다. 뉴스 채널이 넘어가고 스탠드업 코미디

쇼가 나오는 찰나, 드웨인은 "씨발, 뭐야?"라고 중얼거리며 몇 채널 뒤로 돌아갔다. 잰이었다. 잰의 사진이었다.

"야!" 드웨인이 소리쳤다. "좀 나와 봐!"

샤워 중인 잰은 드웨인의 말을 듣지 못했다.

드웨인이 화장실 문을 열어젖히며 소리쳤다. "씨발, 너 TV에 나왔어!"

드웨인이 TV 볼륨을 크게 높인 탓에 TV 수납장이 떨리기 시작했다. 앵커가 뉴스를 보도하고 있었다. "—하지만 데이빗 하우드 씨는 거짓말 탐지기 테스트를 받아보겠냐는 기자의 요청을 단호하게 거절했습니다. 프로미스 폴즈 〈스탠다드〉의 기자인 하우드 씨는 지난 토요일 아내 잰 하우드가 놀이공원 파이브 마운틴즈에서 실종됐다고 주장하는 반면, 경찰은 지난 금요일 오후 이후 잰 하우드를 본 사람은 없다고 밝혔습니다. 한편 오늘 아침에는 실종된 잰 하우드의 직장 동료의 시체가 조지 호 근처에서 발견됐습니다. 목격자에 따르면 잰 하우드는 실종 직전 남편과 함께 조지 호 근처에 있었던 것으로 밝혀졌습니다. 오늘 오후 보스턴권은 날씨가 대체로 맑을 것으로 예상—."

드웨인은 TV를 끄고 다시 화장실로 갔다. 그는 샤워 커튼 안으로 손을 집어넣어 수도꼭지를 잠갔다. 잰의 머리카락은 비누거품투성이였다.

"드웨인! 뭐야!"

"내 말 못 들었어?"

"뭐?"

"뉴스에 나왔어. 다들 네 남편을 몰아붙이고 있어. 거짓말 탐지기 테스트를 받아보라는 둥 하면서 말이야. 그리고 시체가 발견됐대."

잰은 비누가 묻은 눈을 가늘게 뜨고 드웨인을 바라봤다. 그녀의 벌거벗은 몸에서 물이 뚝뚝 떨어졌고 곧바로 한기가 느껴졌다. "그래, 알았어."

"잘된 거지?"

"나 샤워 좀 할게." 잰이 말했다.

"나도 같이 할까?"

잰은 샤워 커튼을 치는 것으로 답을 대신했다. 그녀는 다시 수도꼭지를 더 들어 틀었다. 차가운 물이 쏟아지자 잰은 주먹질을 피하려는 것처럼 몸을 움츠렸다. 그녀는 낮은 목소리로 욕을 하며 수도꼭지를 돌리다가 뜨거운 물에 델 뻔했다. 잰은 수도꼭지를 거꾸로 돌려 알맞은 온도를 맞췄고, 쏟아지는 물에 얼굴을 들이대어 눈에 들어간 샴푸를 씻어냈다.

하지만 눈이 쓰라린 것은 샴푸 때문만은 아니었다.

한밤중에 잰은 문득 자신이 울고 있음을 깨달았다. 스스로도 믿기지가 않았다. 드웨인은 전기톱처럼 코를 골며 자고 있었기 때문에 그녀의 울음소리에 깨나지 않았다.

정신없이 흐느꼈던 것은 아니다. 잰은 볼썽사납게 엉엉 운 적이 한 번도 없었다. 하지만 그런 그녀도 가끔 감정이 격해질 때가 있었다.

눈물이 몇 방울 떨어지자 잰은 눈물을 멈추려고 애썼다. 그녀는 평소의 모습을 잃고 싶지 않았다.

아픈 마음을 들키고 싶지 않았다.

하지만 잰은 침대에 누운 채 이썬의 머리를 쓰다듬는 상상을 하고 있었다. 손바닥에 느껴지는 이썬의 부드러운 머리카락. 이썬의 냄새. 아침에 일어난 이썬이 엄마가 깨어났는지 보려고 엄마, 아빠의 방을 향해 마룻바닥을 아장아장 걸어오는 소리. 이썬이 치리오스 시리얼을 집어들어 입에 넣고 씹어 먹는 소리. TV 앞에 책상다리를 하고 앉아 꼬마 기관차 토마스를 보는 모습.

잰이 누워있는 침대로 기어들어 오는 이썬의 체온.

'돈을 생각해.'

한밤중 모텔 침대에 누워, 잰은 머릿속을 비집고 들어오는 이썬을 내치려고 애썼다. 잠이 안 올 때 양을 세듯 그녀는 다이아몬드를 셌다.

하지만 잰의 눈에 어른거리는 것은 이썬의 얼굴이었다.

데이빗과 사귄 순간부터 잰은 모든 것이 돈을 위한 것이라고 다짐했다. 가짜 신원, 결혼 생활, 양육. 이 모두가 "일"의 일부였다. 부를 얻기 위한 과정이었다. 드웨인이 출소할 때까지 견디다가 떠나면 된다. 뒤돌아보지 않고 걸어나가면 된다. 그리고 다이아몬드를 현금으로 바꾸면 드웨인과도 안녕이다.

마지막으로 무대 의상을 갈아입는 것이다.

프로미스 폴즈에서 잰이 취한 조치대로만 된다면, 아무도 그녀를 찾지 않을 것이다. 적어도 살아있는 그녀를 찾지는 않을 것이다. 잰의 시체가 발견되지 않으면 경찰은 데이빗이 시체를 매우 잘 처리했다고 결론을 내릴 것이다. 물론 데이빗은 자기는 모르는 일이라고, 자신은 무죄라고 말하겠지만, 죄를 지은 사람은 누구든 그렇게 주장하는 법이다.

시간이 흐르면 데이빗은 사태의 진상을 파악할지도 모른다. 하지만 아내가 놓은 덫에 걸렸다는 것을 알게 된들 감옥에 갇혀서 뭘 할 수 있겠는가? 가진 돈은 변호사를 고용하느라 다 써버릴 테니 사설탐정을 고용할 수도 없을 것이다.

어쨌건 이썬은 무사할 것이다. 할아버지와 할머니가 보살펴 줄 테니까. 할아버지인 돈은 가끔 괴팍한 짓을 하긴 해도 마음씨가 좋은 사람이다. 그리고 잰은 아를린의 시선이, 마치 잰이 뭔가 일을 꾸미고 있는데 그게 뭔지 모르겠다는 듯한 시선이 마음에 들지 않았지만, 아를린이 이썬을 잘 키울 것이라고 확신했다. 아를린은 아직 살 날이 많이 남았고 이썬을 끔찍이 사랑했다.

잰은 그렇게 생각하며 애써 위안을 얻었다.

일단 돈을 손에 넣기만 하면, 그래서 그녀를 기다리는 새로운 인생, 원하는 무엇이든 할 수 있는 새로운 인생이 펼쳐지기만 하면, 지난 5년은 깨끗이 잊어버릴 수 있다. 아무 일도 없었던 것처럼. 5년간 알고 지낸 사람들, 그녀로 인해 세상에 등장한 아이는 존재하지 않았던 것처럼.

일단 돈을 손에 넣기만 하면.

돈은 모든 것을 바꿀 것이다.

돈은 어떤 상처라도 치유한다. 계속 전진하게 해준다. 그렇게 믿으며 잰은 지금까지 살아왔다.

드웨인은 클래런던 서쪽의 비컨 거리에서 트럭을 멈췄다.

"다 왔어." 드웨인이 말했다.

잰은 오른쪽을 바라봤다. 그들의 트럭이 세워진 곳은 스타벅스와 고급 신발들을 파는 가게 사이에 끼인 매사추세츠 신탁 앞이었다.

"여기야?" 잰이 물었다.

"여기야. 네가 가진 열쇠로 여기 대여금고를 열 수 있어."

두 사람은 그런 식으로 다이아몬드를 보관했다. 각자의 몫인 절반을 자기만 아는 대여금고에 맡긴 뒤 열쇠를 맞바꾼 것이다. 따라서 다이아몬드를 현금으로 바꾸기 위해 그들에게는 서로가 필요했다.

"들어가자." 잰이 말했다.

두 사람은 트럭에서 내려 은행 정문으로 걸어 들어가 안내 데스크로 다가갔다.

잰이 여직원에게 말했다. "대여금고를 열고 싶어요."

"알겠습니다." 중년 여직원이 말했다. 그녀는 보관인의 이름을 물은 뒤 접수 대장에 드웨인의 서명을 받고 두 사람을 금고실로 안내했다. 금고실의 3면의 벽에는 우편함처럼 생긴 작은 직사각형 문들이 나열되어 있었다.

"여기가 선생님의 대여금고입니다." 여직원은 열쇠를 꺼내어 문의 구멍에 끼워 넣었다. 잰은 5년 동안 들고 있던 열쇠를 꺼내 문의 다른 구멍에 끼워 넣었다. 문이 열리고, 여직원이 길쭉한 검은 상자를 꺼냈다.

여직원이 상자를 기울이자 안에서 뭔가가 약하게 덜그럭거렸다.

"이쪽 방을 사용하시면 됩니다." 여직원은 방문을 열고 그들과 함께 안으로 들어갔다. 그리고 상자를 카운터에 내려놓고 방을 나가며 문을 닫았다. 방은 가로세로 1.5미터 면적에 조명이 밝았다. 카운터 앞에는 푹신한 사무용 의자가 놓여 있었다.

"교도소 방보다 훨씬 작네." 드웨인이 말했다. 그는 상자 뚜껑을 손가락으로 걸듯이 잡고 들어 올렸다. "오호."

상자 안에는 신발이나 슬리퍼를 보관할 법한, 입구가 끈으로 졸라 매어진 검은색 주머니가 들어 있었다.

잰은 손을 뻗어 주머니를 꺼냈다. 그리고 주머니를 열지 않은 채 손으로 더듬어 내용물을 확인했다.

"이빨 같은 느낌이야." 잰이 불안한 목소리로 말했다.

잰은 주머니의 끈을 풀고 내용물을 카운터에 쏟아 부었다.

다이아몬드들이 쏟아져 나오기 시작했다. 이빨보다 훨씬 작고 훨씬 반짝거리는 다이아몬드들이 카운터 표면에 부딪히며 흩어졌다. 수십 개의 다이아몬드들. 눈짐작으로 세기 힘들 정도였다.

"오, 씨발, 하느님." 마치 이 다이아몬드들을 처음 본 사람처럼 드웨인이 말했다. 그는 다이아몬드를 몇 개 집어 들고 손바닥 위에 올려놓고 굴렸다. 그는 마치 감정사라도 된 듯, 다이아몬드들을 형광등 아래에 들고 살펴봤다.

잰은 믿기지 않아 고개를 천천히 가로저었다.

"이건 아직 절반일 뿐이야, 이 여자야." 드웨인이 말했다. "씨발, 우리는 이제 부자다."

"진정해." 잰이 말했다. "정신 차려야 해. 안 그러면 바보 같은 짓을 해서 일을 그르칠 수 있어."

"아니, 내가 무슨 짓을 한다고 그래? 이거 가지고 옆에 커피집 가서 라떼라도 사 먹을까 봐?" 드웨인이 물었다.

"나는 그냥…… 이렇게 많은 줄은 몰랐어." 잰이 속삭였다.

잰은 다이아몬드들을 모아서 다시 주머니에 담았다. "바닥에 하나 떨어진 것 같아."

드웨인이 몸을 굽혀 손과 무릎으로 바닥을 짚고, 올이 짧은 공산품 카펫 표면을 손바닥으로 더듬었다. "찾았다." 드웨인은 그렇게 말하며 두 팔로 잰의 다리를 안고 끌어당겼다. 그리고 얼굴을 잰의 청바지 가랑이에 파묻었다.

"여기서 하자." 드웨인이 말했다.

"축하식은 나중에." 잰이 말했다. "일단 돈부터 손에 넣고. 그다음에 머리가 빠개지도록 하자." 잰은 '원하는 대로 얼마든지 해주지.' 라고 생각했다.

드웨인은 일어나서 잰이 들고 있는 주머니를 건네받았다.

"내 핸드백에 넣을까?" 잰이 말했다.

"아니, 괜찮아." 드웨인이 주머니를 청바지 앞주머니에 쑤셔 넣으며 말했다. 앞주머니가 보기 싫게 불룩해졌다. "잘 들어가네."

드웨인은 잰의 안내에 따라 북쪽으로 향했다. 그리고 하버드 다리를 통과하여 찰스 강을 건너 케임브리지 거리로 넘어갔다.

"이 근처에 세워." 잰이 말했다.

"어디 있는데?" 드웨인은 차를 도로 경계석으로 몰고 가서 주차했다. 드웨인은 근처의 아메리카 은행을 보고 그곳에 대여금고가 있을 것이라고 짐작했지만 잰은 길 건너의 리비어 연방 은행을 가리켰다.

"씨발, 좋았어." 드웨인은 반대편 앞주머니에 손을 넣어 오랫동안 보관해온 대여금고 열쇠를 만지작거렸다.

드웨인이 트럭 문을 열려고 할 때 잰이 그의 팔을 붙들며 말했다. "이번에는 내가 가지고 있겠어."

"그래, 알았어. 뭐 대단한 일이라고." 드웨인이 팔을 빼내며 말했다.

"진담이야." 잰이 말했다.

두 사람은 거리를 비스듬히 가로질렀다. 그들은 차들이 지나갈 때까지 중앙선에서 기다리다가 스쳐 가는 SUV에 치일 뻔했다. '이거 참.' 잰은 생각했다. '잠시 후면 엄청난 돈이 들어오는데 타호 따위에 치여 죽을 수는 없지.'

두 사람은 무사히 길을 건너 은행으로 들어가 아까와 거의 동일한 절차를 밟았다. 이번에는 동인도계의 젊은 남자가 그들을 금고실로 안내하였고 금고의 내용물을 확인하도록 밀폐된 방으로 들여보냈다.

"오래된 티도 안 나네." 잰이 주머니를 열어 내용물을 테이블에 쏟아 붓는 것을 보며 드웨인이 말했다.

잰은 다이아몬드들을 다시 주머니에 담고 핸드백에 집어넣었다. 두 사람은 은행을 나와 트럭으로 돌아갔다.

이제 약탈품은 모두 회수되었다.

잰은 생각했다. '드웨인 없이 드웨인의 몫을 가질 수 있다면 더할 나위 없이 완벽할 텐데.'

잰은 아마 드웨인도 비슷한 심정일 거라고 생각했다.

35

사만다는 나를 배신하지 않았다. 그리고 내가 보기에는 사회부가 기사를 멋대로 바꾸지도 않았다. 기사는 요란하게 꾸며지거나 편향되거나 왜곡됨이 없이 지난 이틀간 일어난 일들을 사실적이고 직설적이고 곧이곧대로 나열하고 있었다. 기사는 잰의 실종과 관련하여 경찰이 내게 여러 가지를 물었다고는 밝혔지만 나를 용의자로 칭하지는 않았다. 실제로 덕워스 형사를 비롯한 프로미스 폴즈 시 경찰청의 누구도 내가 용의자라고 직접적으로 말한 적은 없었다.

사만다는 조지 호에서 여성의 시체가 발견됐다는 사실도 넌지시 기사에 포함시켰다. 예민한 독자라면 사건들을 연결하여 내가 잰을 죽여 그곳에 묻었다고 짐작할지도 모르겠으나 기사는 직접적으로 그런 말을 하지 않았다. 기사 마감 시간인 일요일 밤까지만 해도 경찰은 그 시체가 리앤 코왈스키의 것임을 확인하지 못한 상태였다. 아마 지금쯤 신문사 웹사이트에는 시체의 신원에 관한 내용이 업데이트 되었을 것이다. 어제 경찰이 집을 수색하면서 노트북 컴퓨터를 가지고 간 덕분에 나는 그것을 확인할 수 없었다.

월요일인 오늘, 나는 할 것들이 많아 이썬을 부모님께 맡길 생각이었다. 여덟 시가 조금 지나서 나는 침대 가장자리에 걸터앉아 이썬의 어깨를 문질러 깨웠다.

"아들, 일어날 시간이야." 나는 담요를 걷어내며 말했다. 이썬의 침대는 장난감 자동차와 액션 피겨들로 난장판이었다.

"나 피곤해." 이썬은 장난감 자동차를 하나 집더니 테디 베어 인형을 끌어

안듯 얼굴 가까이로 끌어당겼다.

"알아. 그런데 너 좀 있으면 유치원 다녀야 하잖아. 그럼 매일 일찍 일어나야 해."

"유치원 가기 싫어." 이썬이 베개로 고개를 돌리며 말했다.

"처음엔 다들 그렇게 말해. 하지만 다녀보면 좋아하게 될 거야."

"유치원 안 가. 할아버지랑 할머니네 집에 갈 거야."

"어제는 할아버지랑 할머니 집이 싫다더니?" 내가 지적하자 이썬은 얼굴을 베개에 파묻어 버렸다. 말싸움에 지지 않기 위한 슬기로운 전략이었다.

"할아버지랑 할머니도 계속 볼 거야. 하지만 유치원에 다니면 다른 사람들도 만날 수 있어. 너랑 나이가 같은 친구들."

이썬은 숨을 쉬기 위해 고개를 돌렸다. "엄마 아침밥 만들어?"

"아빠가 만들 거야. 뭐 먹을래?"

"치리오스." 이썬은 그렇게 말한 뒤 덧붙였다. "커피."

"그건 곤란해. 커피를 주면 너를 확 깨울 수는 있겠지만."

"커피 맛있어?"

"아주 맛이 없어. 보통은."

"그런데 왜 마셔?"

"습관. 많이 마시다 보면 얼마나 맛없는지 잊어버리게 되거든."

"나 엄마 볼래."

나는 이썬의 어깨에 손을 댄 채 부드럽게 문지르며 말했다. "엄마는 아직 안 왔어."

"엄마가 멀리 간 지……." 이썬은 잠시 눈을 감았다. "두 밤 지났어."

"알아."

이썬은 침대에서 가지고 놀 인형들을 모으며 물었다. "엄마 낚시하러 갔어?"

"낚시?"

"낚시하러 멀리 가잖아." 이썬은 로빈 인형을 보며 망토의 주름을 폈다.

"할아버지도 낚시하러 멀리 가잖아."

"맞아. 하지만 엄마는 낚시하러 간 게 아닐 거야."

"왜?"

"엄마는 낚시를 별로 좋아하지 않거든."

"그럼 어디 갔는데?" 이썬은 한 손으로 로빈을, 다른 손으로 울버린을 잡은 채 말했다. 두 인형은 서로 마주 보고 있었는데, 결투를 하려는 것인지 담소를 나누려는 것인지 판단하기 어려웠다.

"나도 알고 싶구나." 내가 말했다. "저기, 아빠가 이썬한테 할 얘기가 있어."

이썬은 치리오스가 다 떨어져서 토스트를 먹어야 한다는 말이라도 예상하듯 천진한 표정으로 나를 바라봤다. 나는 이썬을 내게 집중시키기 위해 액션 피겨들을 꼭 쥐고 있는 아이의 주먹을 아래로 밀어 내렸다.

"이썬은 오늘 할아버지, 할머니 집에 있어야 해. 그런데 TV나 라디오, 아니면 찾아오는 사람들이 아빠에 대해 안 좋은 말을 할지도 몰라."

"무슨 말?"

"아빠가 엄마한테 못되게 굴었다는 말." 나는 아들에게 사람들이 아빠가 엄마를 죽였다고 생각한다고는 차마 말할 수 없었다.

"아빠는 엄마한테 못되게 안 굴었는데?" 이썬이 말했다.

"그래. 네 말이 맞아. 그런데 말이야, 아무 짓도 안 했는데 친구들이 이썬 흉볼 때가 가끔 있잖니?"

이썬이 고개를 끄덕였다.

"아빠가 지금 그런 상황이야. 아빠가 엄마한테 나쁜 짓을 했다고 사람들이 말하고 있어. 예를 들어 TV에서 뉴스 하는 사람들이 그래."

이썬은 잠시 생각하더니 팔을 뻗어 내 손을 쓰다듬으며 말했다. "내가 사람들한테 말할까? 아니라고 말할까?"

나는 흠칫 이썬으로부터 시선을 돌렸다. 그리고 양쪽 눈에 뭐가 들어간 시늉을 했다.

"응, 아니야. 하지만 고마워. 이썬은 할아버지, 할머니랑 재미있게 놀고 있으면 돼."

"알았어." 이썬은 다시 뭔가를 생각하더니 말했다. "엄마가 말한 거랑 비슷하다."

"무슨 말이니? 엄마가 뭐랬는데?"

"'사람들이 엄마를 나쁘게 말해도 엄마가 이썬 사랑하는 거 잊으면 안 돼.' 라고 했어."

나도 그 말을 들은 기억이 났다.

"나중에 사람들이 나에 대해서도 나쁘게 말할 거야?" 이썬이 물었다.

"아니야. 절대로." 나는 몸을 숙여 이썬의 이마에 뽀뽀를 했다.

이썬을 데리고 현관을 나오는데 오른쪽에 사는 이웃인 크레이그가 출근을 위해 지프 체로키에 올라타고 있었다. 우리가 3년 전 이곳으로 이사 온 이래, 크레이그는 만나면 "안녕하세요?", "날씨 좋죠?", "잘 지내요?" 같은 인사를 빼먹은 적이 없었다. 그는 성격이 좋은 친구였고, 내게서 울타리 전지기 따위를 빌릴 때면 사용이 끝나자마자 곧바로 돌려주고는 했다.

크레이그는 나를 힐끗 쳐다봤지만 아무 말이 없었다. 내가 먼저 그에게 인사를 했다. "안녕하세요?"

역시 아무 반응이 없었다. 크레이그는 차에 올라타 안전벨트를 매더니 나를 바라보지 않은 채 시동을 걸었다. 그는 후진을 하여 도로로 나가더니 휙 하고 사라졌다.

이썬을 뒷좌석의 유아용 보조의자에 앉히고 버클을 채우는데, 지나가던 자동차 한 대가 우리 집 진입로 근처에서 점점 속력을 줄이는 소리가 들렸다.

나는 고개를 들었다. 지나가던 코롤라의 창문이 내려가더니 안에 탄 남자가 외쳤다. “오늘은 누구를 죽이시려고?” 남자는 한바탕 웃으면서 액셀을 밟아 저너머로 쏜살같이 사라졌다.

“저 사람이 뭐래?” 이썬이 물었다.

“아빠가 아까 얘기한 거 기억하지?” 나는 보조의자의 버클을 채우며 말했다.

나는 이썬을 부모님 집에 맡긴 뒤 〈스탠다드〉를 향해 차를 몰았다. 나탈리 본듀런트를 만나기 전에 잠깐 들를 시간이 있었다.

나는 먼저 편집실로 갔다. 내가 걸어 들어가자 안에 있던 몇 안 되는 사람들이 일제히 하던 일을 멈추고 나를 쳐다봤다. 하지만 나를 부르거나 말을 거는 사람은 아무도 없었다. 나는 마치 형장으로 걸어가는 사형수처럼 내 자리로 향했다.

전화에는 몇 건의 음성 메시지가 녹음되어 있었다. 대부분은 이미 우리 집에 연락을 했던 언론 매체들로부터 온 것이었다. 농담인지 진담인지 모르겠지만, 그중 한 건은 〈닥터 필 쇼〉라는 프로그램으로부터였다. 쇼에 출연해서 이 사건에 관한 내 입장을 말해 보지 않겠냐는, 내가 아내를 죽이고 시체를 숨기지 않았다고 미국 전역에 선언하지 않겠냐는 내용이었다.

나는 그 메시지를 삭제했다.

그리고 컴퓨터에 로그인을 시도했지만 실패했다. 내가 입력한 암호가 승인되지 않았다.

“이건 또 왜 이래?”

그때 등 뒤에서 목소리가 들렸다. “이봐.”

브라이언이었다. 내가 의자를 돌려 마주 보자 그가 내게 말했다. “오늘 회사에 올 줄 몰랐어. 그러니까, 자네 지금 좀 경황이 없잖아.”

“잠깐 들렀습니다. 말씀하신 대로예요. 정말 경황이 없어요.”

“잠깐 볼까?” 브라이언이 말했다.

브라이언은 집무실에 들어가 문을 닫고 내게 의자를 가리켰다. 나는 그 의자에 앉았고 브라이언은 책상 뒤편의 자리에 앉았다.

"이거 말하기 참 곤란한데 음…… 그러니까 내 생각에, 아니, 우리 생각에 자네 잠깐 일을 쉬는 게 좋겠어. 정직이긴 하지만 휴가라고 생각해. 그래, 휴가."

"왜요, 브라이언? 내가 책을 쓸 계획이라도 있을까 봐서요?" 책을 쓰는 것은 기자들의 일반적인 휴가 사유 중 하나였다.

나는 물론 어떻게 된 영문인지 잘 알고 있었다. 하지만 이런 상황에서도 나는 족제비처럼 비열한 브라이언을 움찔하게 할 기회를 놓치고 싶지 않았다.

"아니야, 그런 게 아니야." 브라이언이 말했다. "자네가 현재 처한 곤경을 고려할 때, 그러니까 부인의 실종과 관련해서 경찰이 이것저것 물어보는 상황을 고려할 때, 기자로서 역량을 발휘하는 게 좀 힘들지 않겠어?"

"언제부터 우리 신문사가 기자의 역량에 신경을 썼습니까? 드디어 인도의 기자들을 해고하고 우리 기자들을 시청에 보내 취재할 마음이 들었나요?"

"맙소사, 데이빗. 심통 부리지 마."

"말해 봐요, 브라이언. 당신이에요?"

"뭐?"

"내 이메일 훔쳐 본 게 당신이냐고요."

"무슨 소리야?"

"아니에요. 됐어요. 당신이 훔쳐봤다고 해도 어차피 마들린이 시켜서 한 걸 테니까."

"진짜 무슨 소린지 모르겠는데."

"그건 됐고요, 정직 기간 동안 유급입니까, 무급입니까?"

브라이언은 내 눈을 똑바로 보지 못했다. "우리 사정을 알잖아, 데이빗. 일 안 하는 사람한테까지 월급을 줄 여유가 없어."

"유급 휴가가 3주 남았습니다. 지금 쓸게요. 그러면 일 안 해도 돈이 나오겠죠? 3주 안에 제 문제가 해결되지 않으면 그때 가서 무급으로 정직시키세요."

브라이언은 내 제안을 생각했다. "가능한지 알아볼게."

알아볼 대상은 물론 마들린이겠지.

"고마워요. 하지만 제가 직접 알아보죠."

"무슨 뜻이야?"

나는 자리에서 일어나 문을 열었다. "나중에 봐요, 브라이언."

나는 편집실을 나와서 개인 우편함들을 지나쳤다. 내 우편함에는 서너 통의 봉투들이 꽂혀 있었는데 그중 하나는 급여 명세서였다. 어쩌면 내 마지막 급여 명세서가 될지도 몰랐다. 나는 봉투들을 주머니에 쑤셔 넣고 계속 걸어갔다.

내가 향한 곳은 발행인의 집무실이었다. 집무실 문 앞에는 마들린 플림튼의 임원 비서 섀넌이 앉아 있었다.

"아, 데이빗. 정말 유감이에요. 그……." 섀넌이 허둥대며 말했다. 뭐가 유감이라는 거지? 아내가 실종돼서? 경찰이 나를 의심해서? 아니면 그렇지 않아도 힘든데 발행인이 내게 돈을 주지 않겠다고 마음을 먹어서?

나는 말리는 섀넌을 지나쳐 오크 나무 패널로 장식된 마들린의 집무실로 들어갔다.

마들린은 넓은 책상 뒤에 앉아 귀에 수화기를 갖다 댄 채 뭔가를 내려다보고 있었다. 그녀는 고개를 들고는 눈을 깜빡거리지 않고 나를 응시했다.

"저기, 일이 좀 생겼어요. 조금 있다 섀넌을 통해 다시 연락할게요." 마들린은 수화기를 내려놓고 내게 말했다. "안녕하세요, 데이빗."

"도와주셔서 감사하다는 말씀을 드리고자 왔습니다." 내가 말했다.

"앉아요, 데이빗."

"됐어요. 서 있을게요. 아까 브라이언에게 들었는데 제가 당분간 길거리에 나앉게 됐더군요."

"사정은 딱하게 생각해요." 마들린이 가죽 의자에 등을 기대며 말했다. "물론 당신이 부인의 불상사와 관련이 없다는 전제에서 말이죠."

"관련이 없다고 말하면 믿을 겁니까?"

마들린은 잠깐 멈췄다가 대답했다. "네. 믿을게요."

나는 그 말에 당혹스러웠다.

"이런저런 얘기들이 들리고 있어요. 경찰에 아는 사람이 있어서 물어봤는데 데이빗은 요주의 인물이 아니라 용의자예요. 경찰은 부인에게 일어난 일이 당신 짓이라고 생각하고 있어요. 따라서 저는 두 가지 점에서 마음이 안 좋아요. 우선 잰에게 무슨 일이 생겼을까 봐 걱정이에요. 데이빗의 심정을 충분히 이해합니다. 두 번째는 당신을 둘러싸고 있는 이 마녀 사냥 때문에 유감이에요. 저는 데이빗을 조금은 알아요. 예전부터 좋은 사람이라고 생각해 왔어요. 가끔 좀 독선적이거나 이상주의적이라서 큰 그림을 못 볼 때가 있지만 당신은 마음만은 항상 올바른 사람이에요. 잰에게 무슨 일이 일어났다고 해도 저는 당신이 관련됐을 거라고 생각하지 않습니다."

나는 자리에 앉았다. 마들린의 말이 진심인지 아니면 나를 가지고 노는 것인지 판단할 수가 없었다.

"하지만, 현재로선 당신에게 일을 맡길 수는 없어요. 기사의 대상에게 기사를 쓰도록 시킬 수는 없단 말이죠."

"브라이언에게 유급 휴가를 쓰면 안 되냐고 물었습니다."

마들린이 고개를 끄덕였다. "좋은 생각이에요. 그렇게 하세요."

"한 가지 물어볼 게 있습니다. 솔직히 대답해 주시면 좋겠어요."

마들린은 잠자코 내 말을 기다렸다.

"내 이메일을 훔쳐 봤나요? 스타 스팽글드 코렉션즈가 시의원들에게 뇌물을 줬다고 제보하는 이메일을 발견하고 엘몬트 세바스찬에게 알려줬습니까?"

마들린은 그녀를 응시하는 내 눈을 지긋이 바라봤다. "아니요." 그녀가 말을 이었다. "나중에 복귀해서 엘몬트 세바스찬이나 그에게서 뇌물을 받은 사람에 관해 증거를 잡게 되면 1면에 그 기사를 싣도록 할게요. 저도 그 사람이 싫어요. 저를 겁주더군요. 같이 일하고 싶지 않아요."

나는 의자에서 일어나 집무실을 나갔다.

내가 나탈리 본듀런트의 사무실에 들어가자 그녀는 책상에서 일어나 나를 향해 다가왔다. 내게 악수를 청할 줄 알았지만 그녀는 리모컨을 집어들고 건너편 벽에 쏙 들어가 있는 TV를 켰다.

"잠깐만요." 나탈리가 말했다. "방금 화면 맞춰 놨는데. 아, 여기다."

그녀가 재생 버튼을 누르자 화면에 내 모습이 나타났다. 화면 속의 나는 기자들의 혼잡한 무리를 헤치고 나가면서 내게는 거짓말 탐지기 테스트를 받을 이유가 없다고 주장하고 있었다.

나탈리는 정지 버튼을 누르고 리모컨을 의자에 던지며 나를 돌아봤다.

"저기요, 사실은 감옥에 가고 싶은 거 아니에요?"

36

잰은 살인자의 역할을 제대로 할 자신이 없었다. 그것은 진정한 연기력이 필요한 역할이었다. 지금까지 그녀의 연기 대부분은 주어진 상황에 대처하거나 군중 속에 섞여 살기 위한 것, 또는 시간을 때우기 위한 것이었다.

하지만 살인? 살인은 아니었다.

만약 드웨인의 몫인 다이아몬드를 가지고 도망칠 기회가 온다면 잰은 물론 그렇게 할 것이다. 물어볼 필요도 없다. 사라지는 역할이라면 데이빗을 대상으로도 해 봤으니 드웨인을 가지고 못할 이유도 없다. 하지만 다이아몬드를 갖기 위해 드웨인을 죽일 수 있냐고 묻는다면?

드웨인의 머리에 총알을 박아넣거나 그의 심장을 칼로 찔러야 한다면?

잰은 누군가를 죽여본 적이 없었다. 적어도 고의적으로 죽인 적은 없었다.

하지만 물론 잰은 바보가 아니었다. 그녀는 법의 관점에서 자신이 살인자임을 잘 알고 있었다. 리앤 코왈스키의 허우적거리는 팔과 다리가 축 늘어질 때까지 입과 코를 틀어막은 사람은 드웨인이었지만, 잰은 그런 드웨인을 말리지 않았다. 그 과정을 잠자코 지켜봤다. 그래야 한다고 생각했다. 게다가 리앤의 시체를 조지 호로 싣고 가서 드웨인 형의 픽업트럭 뒤에 실린 삽을 이용하여 눈에 잘 띄는 곳에 얕게 묻자고 제안한 것은 잰이었다. 데이빗과 잰이 그 외딴 동네에 갔음을 경찰이 곧 알게 될 테니, 리앤을 그곳에 묻으면 데이빗을 더욱 확실히 함정에 빠뜨릴 수 있었다. 그러니 모든 것이 들통 날 경우, 잰과 드웨인이 한패라는 사실은 자명했다.

잰은 오스카 파인의 손목에 수갑으로 묶인 서류 가방을 훔치기 위해 그의 손을 잘랐지만 그가 죽지 않고 살아난 것은, 다시 말해, 자신이 살인자가 되지 않은 것은 운이 좋아서 그런 것임을, 신이 도와서 그런 것임을 잘 알고 있었다.

사실 그때 그들은 절박했다. 잰과 드웨인의 예상과 달리 남자는 수갑 열쇠를 가지고 있지 않았다. 서류 가방의 암호를 적은 종이도 없었다. 가방과 수갑을 연결한 체인은 고장력강高張力鋼으로 만들어진 것이라 그들이 소지한 연장으로는 끊을 수가 없었다. 하지만 살과 뼈라면 끊을 수 있었다.

그들에게 선택의 여지가 없었던 건 다 그 "개자식"이 자초한 일이었다.

그래서 드웨인이 마취총을 쏘아 남자를 쓰러뜨린 대신 잰이 그 일을 맡았다. 만약 그 전날 사람의 손목을 자를 각오가 됐냐는 질문을 받았다면 잰은 아니라고 대답했을 것이다. 절대로 싫다고, 수백만 년이 지나도 싫을 거라고 말했을 것이다. 하지만 그날 잰은 언제 누가 불쑥 나타날지 모르는 보스턴의 텅 빈 주차장의 리무진 안에서 절대로 할 수 없을 것 같았던 그 일을 해냈다. 수백만 달러어치의 다이아몬드라는 훌륭한 동기가 그 일을 가능케 했다.

이런 일쯤 당연한 거 아니야? 그렇게 많은 다이아몬드를 손에 넣으려면? 그래서 잰은 기꺼이 그 역할을 맡았다. 그 역할을 할 능력이 있는, 사람의 손목을 자를 수 있는 여자가 되었다. 그리고 일을 마치는 긴 시간 동안 역할에 충실했다.

불행히도 남자는 정신을 잃기 전에 잰의 얼굴을 오랫동안 바라봤다. 잰은 화장실벽에 칠해도 될 만큼 많은 양의 립스틱과 아이섀도로 얼굴을 떡칠한 상태였지만 남자가 그녀의 얼굴을 알 것이라는 우려를 떨칠 수 없었다. 솔직히, 그 개자식이 과다출혈로 죽어버렸다면 훨씬 좋았을 것이다. 그랬더라면 5년 동안 숨어 살아야 할 필요가, 한 남자와 결혼을 해서 아이를 낳고 망할 놈의 냉난방 사무실에서 일할 필요가, 거짓 인생을 살아야 할 필요가—.

'집중해.' 잰은 스스로를 다잡았다.

'한 번에 한 단계씩 해나가자. 다이아몬드를 회수했으니 이제 현금으로 바

꾸기만 하면 돼. 다음 일은 다음에 생각하자.'

잰과 드웨인은 보스턴 남쪽을 향해 가는 중이었고 덕분에 잰은 마음이 조금 놓였다. 보스턴 같은 대도시에서 오스카 파인을 마주칠 확률은 매우 낮았지만 여전히 마음이 초조했던 것이다. 보스턴 시내를 벗어난 지금, 그녀는 숨통이 좀 트이는 것 같았다. 이제 브레인트리로 가서 바누라라는 사내를 찾아 다이아몬드의 가치를 감정받고 가격을 흥정하여 현금을 손에 넣은 뒤 두 사람의 새로운 삶을 시작하면 그만이다.

아니지, "나의" 새로운 삶이다. 어떤 형태로든 드웨인은 과거로 잊힐 테니까.

드웨인에게도 물론 장점들은 있었다. 그는 대단히 탄탄한 근육질의 몸을 지녔다. 금방이라도 간수가 쳐들어올 것처럼 허겁지겁 하지만 않는다면 섹스도 꽤나 잘하는 편이었다. 게다가 다이아몬드를 훔칠 당시 드웨인은 완벽한 조력자였다. 관점에 따라 아둔함으로 해석될 수도 있는 두둑한 배짱을 가지고 그는 잰의 계획을 도왔다. 마취총을 입수하고 리무진을 운전한 것도 드웨인이었다. 그러므로 그가 사람의 손목을 자를 수 없었던 탓에 잰이 그 역할을 했어도 불평할 수가 없었다. 모든 것을 다 해주기를 바랄 수는 없는 노릇이었다.

그리고 잰은 대여금고를 열기 위해 드웨인이 필요했다. 지금은 바누라와 만나기 위해 그가 필요하다.

하지만 잰은 드웨인 같은 남자를 원하지 않았다. 그녀의 미래에 존재할 남자는 해변의 오두막집으로 음료수를 날라다 줄 남자뿐이었다.

데이빗의 비교 우위는 드웨인 따위가 상대할 수 없는 명석함에 있었다. 거기에는 이론의 여지가 없었다. 프로미스 폴즈 〈스탠다드〉 같은 신문사보다 좋은 직장에서 일하지 않는 것이 이상할 만큼 그는 영리했다. 2년 전 데이빗은 토론토에 있는 캐나다 최대 신문사로부터 스카우트 제의를 받았다. 하지만 잰은 캐나다로 건너가는 것이 내심 불안했다. 그녀의 가짜 신분은 꽤나

견고한 것이었지만 위조된 신분으로 국경을 건너야 한다는 사실은 그녀를 망설이게 했다. 그래서 잰은 부모님과 떨어져 사는 것은 좋지 않을 것 같다며 데이빗을 설득했고, 그는 결국 아내의 의견을 따랐다.

잰은 돈을 손에 넣고 새로운 신분을 마련할 때, 확실한 1급 위조 여권을 만들어 미국과 작별할 생각이었다. 바누라라는 남자에게 솜씨 좋은 사람을 주선해 달라고 부탁하자. 그러고 나서 태국이나 필리핀처럼 이 돈이 영원히 유지될 나라로 떠나자. 어쩌면 아름다운 고향 미합중국에서도 영원히 쓸 수 있을 만큼 많은 돈이 들어올지도 모르지만 매일매일 등 뒤를 불안해하며 벌벌 떨면서 살 수는 없었다.

'데이빗, 불쌍한 남자.'

그 남자는 자기가 굉장한 기자라고 생각하겠지만 〈스탠다드〉에서 굉장해 봤자 얼마나 굉장하겠는가? 그는 모험을 즐기는 사람이 아니었다. 항상 안전에 철저했다. 연기 탐지기의 배터리를 늘 최상의 상태로 유지했고 난방기의 필터도 깨끗이 청소했다. 각종 요금도 꼭 제시간에 지불했다. 지붕의 널이 하나라도 느슨해지면 혼자서든 아버지와 함께든 당장 올라가 못을 박아 고정시켰다. 그는 모든 기념일과 밸런타인 데이를 챙겼고 가끔 아무 이유 없이 꽃을 사 들고 귀가하기도 했다.

재수 없이 완벽한 남자였다.

완벽한 남편.

완벽한 아빠.

'그만 생각해.'

드웨인은 남쪽 워싱턴 방면으로 차를 몰며 앞유리를 통해 도로표지판들을 보다가 자리에서 몸을 틀더니 큰소리로 방귀를 뀌었다.

"씨발, 호바트가 어디 있는 거야?"

그들은 바누라의 집을 찾아냈다. 하얀 널빤지들로 표면이 뒤덮인 1.5층짜리 건물이었다. 드웨인은 진입로에 세워진 크라이슬러 미니밴 뒤에 트럭을 세웠다.

"봤지?" 드웨인이 말했다. "똑똑한 친구라니까. 이목을 끌지 않는 법을 알아. 이 친구는 마음만 먹으면 포르셰 정도는 간단하게 탈 수 있어. 하지만 그러면 이웃사람들이 '와, 어디서 저런 차가 났대?' 라면서 수군거릴 테지. 집도 여기보다 더 큰 데서 살 수 있을 텐데. 조용히 사는 방법을 아는 놈이야."

"예전과 똑같이 살아야 한다면 굳이 부자가 될 필요가 없잖아?" 잰이 물었다.

대답하기 어렵다는 듯이 드웨인이 고개를 저었다. "모르겠어. 다른 곳에 집이 또 있나? 바하마 같은 곳에."

드웨인은 차 문에 손을 올려놓았다. 그의 몫인 절반의 다이아몬드는 여전히 청바지 앞주머니에 쑤셔 넣어져 있었고, 잰의 몫은 그녀의 핸드백 안에 있었다.

"뒷문으로 들어오라던데." 드웨인은 집의 측면을 따라 이어지는 진입로의 끄트머리를 향해 고갯짓을 하며 말했다.

"저기, 걱정되지 않아? 우리의 전 재산을 들고 들어가야 하는데." 잰이 물었다. "그 남자가 다이아몬드를 강제로 빼앗으려고 할지도 모르잖아? 그땐 어떻게 하려고?"

"이봐, 그 친구는 비즈니스맨이야. 고객을 해코지해서 평판을 망칠 리가 없잖아."

하지만 잰은 여전히 안심이 되지 않았다.

"그래, 알았어. 정 걱정된다면……." 드웨인은 의자 아래로 손을 뻗어서 총열이 짧은 작은 권총을 꺼냈다.

"맙소사. 권총은 언제 난 거야?"

"출소하고 곧바로. 형한테서 트럭 빌릴 때 같이 빌렸어."

'교통경찰에 걸렸으면 끝장날 뻔했군.' 잰은 생각했다. 하지만 어쨌건 무기가 있다는 사실이 다소 위안이 되었다.

드웨인은 좌석 뒤의 비좁은 공간에 팔을 뻗어 청재킷을 집어들었다. 그는 운전석에 앉은 채 불편한 자세로 청재킷을 입고 총을 재킷의 오른쪽 주머니에 집어넣었다. "총을 흔들어대면서 들어가기 싫었는데. 하지만 네 말이 맞아. 가지고 가는 게 낫겠지. 자, 그럼 부자가 되러 가볼까?"

그들은 트럭에서 내려 미니밴을 지나쳐 진입로를 올라갔다. 드웨인은 집 뒷면에서 밖을 내다볼 수 있는 작은 구멍이 달린 1층 높이의 나무문을 찾았다. 그리고 왼쪽의 작고 둥근 흰색 버튼을 눌렀다. 두꺼운 문 너머에서 초인종 소리는 들리지 않았지만 몇 초 후 걸쇠가 풀리는 묵직한 소리가 났다.

문을 연 것은 키 크고 깡마른 짙은 갈색 피부의 남자였다. 그는 몸집보다 몇 치수 큰 티셔츠를 입고 있었고 허리에 로프 모양의 벨트를 매어 헐렁한 카고바지를 붙들고 있었다. 그가 웃음을 짓자 두 줄의 누런 치아가 드러났다.

"드웨인 씨?"

'본명을 알려주다니. 훌륭하군.' 잰은 생각했다.

"바누라 씨." 드웨인은 바누라와 악수를 하고 나서 잰을 소개했다. "이쪽은…… 에…… 케이트입니다."

그녀는 껄끄러운 웃음을 지었다. 잰이 될 수도, 코니가 될 수도 없으니 남는 것은 케이트밖에 없었다. "안녕하세요."

바누라는 잰에게 악수를 청한 뒤 두 사람을 안으로 들였다. 문 뒤에는 지하로 내려가는 좁은 계단이 있었다. 이 뒷문을 통해서는 집의 다른 부분으로는 들어갈 수 없었다. 그들이 들어오자 바누라는 육중한 막대를 원위치로 되돌려 문을 가로막았다. 그리고 전등 스위치를 켜면서 두 사람을 계단 아래로 안내했다.

계단의 벽면에는 싸구려 액자에 끼워진 사진들이 늘어서 있었다. 컬러 사진과 흑백 사진이 섞여 있었는데 흑백 사진 쪽이 차라리 보기에 좋았다. 사진들은 대개 젊은 흑인들을 찍은 것이었다. 맨발에 누더기를 걸친 어린아이들이 폐허와 빈곤에 찌든 아프리카의 황량한 풍경을 배경으로 찍혀 있기도 했다. 아이들은 소총을 겨누거나 의기양양하게 양손을 들어 올린 자세로 카메라를 향해 우스꽝스러운 표정을 짓고 있었다. 몇 장의 사진에는 남자들이 피투성이 시체 위에서 포즈를 취하고 있었다. 잰은 열두 살쯤 된 흑인 아이가 시체의 잘려나간 팔을 야구 방망이처럼 흔드는 사진을 보고는 그만 눈을 돌렸다.

두 사람이 바누라를 따라 들어간 방에는 밝은 조명이 드리워진 기다란 작업대와 함께 여러 가지 물건들이 빽빽하게 들어차 있었다. 검은 벨벳 천이 작업대를 뒤덮고 있었고 그 위에는 형태가 다른 확대경 세 개가 금속 막대에 달려 있었다.

"앉으세요." 바누라는 상자들로 뒤덮인 지저분한 소파와 5달러쯤 되어 보이는 이케아 스타일의 사무용 의자 두 개를 가리키며 심한 아프리카 억양으로 말했다.

"그럽시다." 드웨인은 소파에 아직 남아 있는 좁은 공간에 털썩 앉았다.

"총은 필요 없어요." 바누라가 작업대의 의자에 드웨인을 등지고 앉으면서 말했다.

"뭐라고요?"

"오른쪽 주머니에 있는 총." 바누라가 말했다. "당신들한테서 아무것도 빼앗지 않아요. 당신들도 저한테서 아무것도 빼앗지 못할 거고. 그건 아주 아주 멍청한 짓이니까."

"아, 그럼요, 그럼요." 드웨인이 초조하게 웃으며 말했다. "그냥 조심한 것뿐이에요. 알잖아요."

바누라는 확대경들의 위치를 잡은 뒤 스위치를 켰다. 확대경들 안에 장치된 조명이 켜졌다.

"물건을 좀 볼까요?" 바누라가 말했다.

자리에 앉지 않은 잰이 핸드백에 손을 집어넣어 다이아몬드 주머니를 꺼냈다. 드웨인은 소파에 앉은 채 등을 뒤로 쭉 펴서 앞주머니에 집어넣은 다이아몬드를 꺼냈다. 그는 대수롭지 않은 물건을 던지듯 다이아몬드 주머니를 잰에게 던졌고, 그녀는 두 개의 주머니를 바누라에게 건넸다.

바누라는 조심스레 주머니들을 열어 내용물을 검은 벨벳 천 위에 쏟아부었다. 그는 다이아몬드를 여섯 개 정도 골라 밝은 조명과 확대경 아래에서 하나씩 살펴봤다.

"물건 좋은 건 알죠?" 드웨인이 말했다.

"네." 바누라가 말했다.

"자, 결론은?"

"잠깐 기다려 봐요."

"드웨인, 살펴보게 가만 놔둬." 잰이 말했다.

드웨인은 얼굴을 찡그렸다.

바누라는 여섯 개의 다이아몬드를 다 살펴본 뒤 의자에 앉은 채 천천히 두 사람을 돌아보며 말했다. "아주 좋군요."

"그래, 그렇겠지." 드웨인이 말했다.

"어디서 났어요? 그냥 궁금해서 그러는데." 바누라가 물었다.

"에이, 바니 보이, 왜 이래. 전에도 말했잖아. 그건 알려줄 수 없다고."

바누라는 고개를 끄덕였다. "그럼 됐어요. 차라리 모르는 편이 나을지도 모르죠. 중요한 것은 물건의 품질이니까. 여하튼 이것들은 최상품이에요. 양도 많군요."

"그래서 가격은 얼마 정도인가요?" 잰이 물었다.

바누라는 고개를 돌려 잰을 유심히 바라보면서 대답했다. "육백 드릴 생각이 있습니다."

잰이 눈을 깜빡이며 말했다. "네?"

"육백만?" 드웨인이 앉은 자세를 꼿꼿이 하며 말했다.

바누라가 무겁게 고개를 끄덕였다. "그 정도면 후하게 쳐드리는 겁니다."

육백만 달러는 잰의 상상을 훨씬 넘어선 액수였다. 이백만, 삼백만 달러라면 모를까 육백만 달러는 실감하기 어려운 금액이었다.

드웨인은 애써 흥분을 감추며 자리에서 일어났다. "그건 내 행운의 숫자 아닌가." 그는 자신의 엉덩이에 문신이 새겨진 부분을 손바닥으로 찰싹 때렸다. "흠, 좋아요. 그 정도면 나와 내 파트너는 흥정할 용의가 있어요. 자, 그럼 얘기를 좀 해 볼까."

"팔게요." 잰이 말했다.

바누라는 고개를 끄덕이고 다시 작업대를 향해 몸을 돌렸다. 그는 무작위로 다른 다이아몬드들을 골라 살펴봤다. "품질이 일관적이군요."

"씨발, 품질이야 A급이지." 드웨인이 말했다. "돈은 어디 있어요?"

바누라는 다이아몬드에서 눈을 떼지 않은 채 얼굴을 찌푸렸다. "그런 거액을 집에 보관하지는 않아요. 준비하는 데 시간이 걸립니다. 물건은 일단 도로 가져가요. 오후에 거래를 합시다."

"여기서?" 드웨인이 물었다. "다시 여기로 돌아오라고요?"

"네." 바누라가 말했다. "미리 말하겠는데, 아주 큰 액수의 거래인 만큼 거들어줄 사람이 한 명 참여할 겁니다. 그리고 총을 들고 내 집에 들어올 수 없다는 점도 명심해요."

"그럼요, 그럼요." 드웨인이 말했다. "우리도 제대로 할 생각이에요."

바누라는 손목시계를 바라봤다. 잰이 보기에 그것은 값싼 타이맥스 시계였다. "2시에 와요." 바누라가 말했다.

"현금으로 줄 거죠? 수표는 싫은데." 드웨인이 물었다.

바누라가 한숨을 쉬었다.

"미안해요." 잰이 말했다. "우리는 그냥…… 솔직히 좀 흥분해서 그래요."

"압니다." 바누라가 말했다. "뭘 할지 계획은 세웠습니까?"

"네." 잰은 자세한 답을 하지 않았다.

"아, 그럼요." 드웨인이 말했다.

바누라는 다이아몬드를 모아 한 주머니에 담았다. 주머니 하나에도 충분히 담을 수 있는 양이었다. "괜찮죠?" 바누라가 물었다.

"네." 잰이 말했다.

바누라가 주머니를 내밀자 잰은 드웨인이 손대기 전에 얼른 그것을 건네받아 핸드백에 집어넣었다.

"그럼 2시에 봐요." 잰이 말했다.

바누라는 두 사람을 따라 계단을 올라가 문의 조그만 구멍을 통해 밖에 아무도 없음을 확인하고 문을 가로막은 막대를 들어 올렸다.

"잘 가요." 바누라가 말했다. "다음에 또 총 들고 오면 참지 않겠습니다."

두 사람이 밖으로 나가자 막대가 철컹하면서 걸리는 소리가 들렸다.

"육백만!" 드웨인이 말했다. "들었어? 씨발, 육백만이래!"

드웨인은 두 팔로 잰을 껴안았다. "기다린 보람이 있었어. 씨발, 보람이 있었어."

잰은 웃음을 지었지만 실감이 나지 않았다.

아무래도 지나치게 많은 액수였다.

바누라는 다시 작업대에 앉아 휴대폰을 집어 들었다. 그리고 휴대폰을 열어 전화번호를 눌렀다.

그는 휴대폰을 귀에다 갖다 댔다. 통화연결음이 한 번 들렸다.

"여보세요?"

"그 사람들이 맞아." 바누라가 말했다.

"시간은?"

"2시."

"고마워." 오스카 파인이 전화를 끊으며 말했다.

37

나탈리 본듀런트가 데이빗에게 말했다. "둘 중 하나예요. 누가 당신을 함정에 빠뜨렸거나, 아니면 당신이 부인을 죽였거나."

"난 아내를 죽이지 않았어요. 죽이기는커녕 잰에게 무슨 일이 일어났는지도 모른다고요."

"무슨 일이든 일어났을 거예요. 부인은 실종됐잖아요. 물론 살아있을지도 모르지만 무슨 일이 일어난 것만은 분명해요."

나는 이제 막 선임된 나의 변호사에게 내가 알고 있는 모든 것을 말했다. 지난 2주간 있었던 모든 일을. 거기에는 엘몬트 세바스찬과의 대화 및 드라이브도 포함되어 있었다.

나탈리는 책상 뒤에 앉은 채 의자 등받이에 기대었다. 그녀는 천장을 올려다보는 것 같았지만 눈을 감고 있었다.

"그건 아닐 거예요." 그녀가 말했다.

"뭐가요?"

"세바스찬이 당신을 함정에 빠뜨렸다는 가설 말이에요. 부인에게 무슨 짓을 한 다음 당신이 한 것처럼 꾸몄다는 가설."

"비판자 한 명의 입을 막기 위해 그렇게까지 수고하는 것은 지나치니까?"

나탈리가 고개를 저었다. "그렇다기보다 그건 그 사람 스타일이 아니에요. 당신 얘기로 판단하건대, 엘몬트 세바스찬은 매우 단도직입적인 사람이에요. 처음에는 당신을 돈으로 회유하려고 했죠. 스카우트 제의. 그런데 당신이 거절하니까 다음은 단순한 협박이었어요. 잘못 걸리면 재미없어, 네 아들이 위험할 거야, 이런 식으로."

"그렇군요." 내가 말했다.

"명쾌한 해답이 코앞에 있어요."

"명쾌한 해답?"

나탈리 본듀런트는 눈을 뜨고 몸을 숙이며 팔꿈치를 테이블 위에 올려놓았다. "몇 가지 짚어 봅시다. 먼저 파이브 마운틴즈의 티켓."

"네."

"아동용 한 장, 성인용 한 장만 온라인으로 구매됐죠."

"맞아요."

"부인의 우울감을 알고 있는 것은 당신뿐이었어요. 부인은 의사를 만났다고 당신에게 말했지만 거짓말이었어요."

"네."

"조지 호의 잡화점을 나간 이후 부인을 본 사람은 아무도 없었어요. 아들을 데리러 부모님 집에 갈 때 부인은 당신 혼자 가게 했죠. 게다가 잡화점 주인에게는 당신이 자기를 왜 조지 호로 데려 왔는지 모르겠다는 말까지 했어요."

"그렇다더군요."

나탈리는 나의 애매한 대답을 무시하고 말을 이었다. "덕워스 형사의 말은 거짓말이 아니었어요. 경찰이 자동차 트렁크에서 정말로 머리카락과 혈흔을 발견했어요. 그리고 앞좌석 수납공간에는 강력 접착테이프를 구매한 영수증이 있었고요. 사람을 납치할 때 유용하게 쓸 수 있는 강력 접착테이프 말이에요."

"강력 접착테이프 같은 건 산 적이 없어요." 내가 말했다.

"누군가 산 거죠." 나탈리가 말했다. "당신 노트북 컴퓨터의 인터넷 방문 기록에 뭐가 있었는지 알아요?"

나는 눈을 깜빡이며 물었다. "몰라요. 뭐가 있었는데요?"

"시체 처리법을 소개하는 웹사이트들."

"그걸 어디서 들었어요?"

"당신이 도착하기 전에 덕워스 형사와 얘기를 나눴어요. 숨김없이 전부 다 얘기했죠."

"헛소리야." 내가 말했다. "난 그런 웹사이트 들른 적 없어요."

"저는 덕워스 형사에게 이번 사건에서 하늘이 경찰을 좀 심하게 돕고 있다고 지적했어요. 그런데 다름 아닌 그런 전폭적인 하늘의 도움이야말로 당신이 함정에 빠졌다는 증거인 거죠."

"함정? 덕워스 형사가 그렇게 말했어요?"

"그럴 리가. 경찰이야 증거가 확실할수록 더욱 당신이 범인이라고 믿겠죠. 최근 당신 부인 이름으로 가입된 생명 보험도 있더군요."

"네? 그걸 어떻게 알았어요?"

"저는 덕워스 형사에게 몇 가지를 알려줬고 덕워스는 전부 소상히 털어놨죠. 자, 보험에 관해 얘기해 보시죠."

"잰의 의견이었어요. 보험에 들어 두는 게 좋을 것 같다고 말하길래 찬성했습니다."

"잰의 의견이라." 나탈리가 고개를 끄덕이며 되뇌었다.

"왜요?"

"정말 파악이 안 되나 봐요?"

"파악? 뭘요? 제가 무지막지한 곤경에 처했다는 사실? 알죠, 알고말고요. 그리고 언론을 상대하지 말라는 이유도 이제 알겠습니다."

나탈리는 고개를 가로저었다. "데이빗, 부인에 관해 얼마나 잘 알아요?"

"잘 알죠. 아주 잘 알아요. 5년 넘게 같이 살았는데 잘 알 수밖에 없죠."

"네, 부인의 이름을 모른다는 점만 제외하면. 잰 리클러는 아니잖아요. 잰 리클러는 어릴 때 죽었으니까."

"설명할 방법이 있을 겁니다."

"물론 그렇겠죠. 여하튼 부인의 정체도 모르면서 부인을 잘 안다고 주장할 수 있나요?"

그녀의 질문은 몇 초 동안 허공에 멈춰 있었다.

마침내 내가 말했다. "덕워스 형사가 FBI에 알아보고 있을 겁니다. 잰은 증인 보호를 받는 중이었을 거예요. 법정에서 누군가에게 적대적인 증언을 한 뒤 몸을 숨기느라 은밀하게 새로운 신원을 부여받았을 거예요."

"덕워스에게 그렇게 말했어요?"

나는 고개를 끄덕였다. "덕워스 형사는 처음에 제 말을 믿지 않았어요. 왜냐하면 저는 잰이 우울한 상태라고 말했는데 덕워스 형사가 만난 주변인들은 아무도 그 말에 동의하지 않았으니까."

"그럼 FBI에 확인을 안 했겠네요?"

"모르겠습니다."

"부인의 감정 기복을 느낀 것이 당신뿐이라는 사실은 어떻게 설명하실래요?"

"글쎄요. 아마 잰은 저한테만 솔직한 모습을 보여줬던 거 아닐까요?"

"솔직한 모습?" 나탈리가 말했다. "지금 우리가 얘기하는 여자는 당신을 처음 만난 그 순간부터 당신에게 자기 정체를 숨긴 여자예요."

나는 대꾸할 말이 없었다.

"우울한 척 연기한 거 아닐까요?" 나탈리가 물었다.

역시 대꾸할 말이 없었다.

"당신에게 보여주기 위한 연기."

나는 천천히 입을 열었다. "계속 해 봐요."

"좋아요. 처음부터 얘기해 볼게요. 일단 부인의 새로운 이름과 삶에 관해 FBI에 문의할 생각은 접어요. FBI는 굳이 어릴 때 죽은 사람을 파헤치지 않아도 새로운 신원쯤 간단히 만들 수 있으니까. 무에서 유를 창조하는 거죠. 그들은 한 개인에게 필요한 온갖 종류의 서류 양식을 구비하고 있거든요. 수지 크림치즈가 되고 싶으세요? 문제없습니다. 여기, 수지 크림치즈의 신분증이 발급됐으니 가져가시죠, 이런 식이라고요. 자, 그래서 묻겠는데, 부인이 신원을 위조했다고 생각해 본 적은 없어요?"

나는 잠시 멈췄다가 대답했다. "그것도 생각해 봤지만 잰이 그런 짓을 할 이유를 도저히 모르겠어요."

"데이빗, 당장에라도 경찰이 체포 영장을 들고 들이닥칠지 몰라요. 당신과 부인이 함께 드라이브를 갔던 지점으로부터 얼마 떨어지지 않은 곳에서 리앤 코왈스키의 시체가 발견됐다는 것만으로도 경찰이 열을 올리기에 충분하다고요. 시체만 발견되면 되는 상황에서 드디어 시체가 발견된 거잖아요. 그게 부인의 시체가 아니라서 경찰이 실망할 거라고 착각하지 말아요. 경찰은 당신이 부인을 죽였고, 리앤 코왈스키가 그것을 목격했거나 알아냈기 때문에 그녀 역시 죽였다고 추측할 테니까. 굳이 부인의 시체를 찾을 필요도 없게 된 거죠. 리앤 코왈스키의 시체만으로도 사건을 성립시키기에 충분합니다. 당신이 부인의 시체는 잘 숨겼지만, 뭔가 실수를 해서 당황한 탓에 리앤 코왈스키의 시체는 어설프게 처리한 거라고 결론을 내면 되니까요. 내가 경찰이라면 그렇게 할 거예요."

"나는 리앤을 죽이지 않았어." 내가 말했다.

나탈리는 그런 말은 안 해도 된다는 듯 나를 향해 손사래를 쳤다. "당신은 지금 함정에 빠진 거예요. 그리고 내가 아는 한 당신을 함정에 빠뜨릴 수 있는 사람은 딱 한 명밖에 없어요."

갑자기, 머리가 아주 무거워졌다. 나는 잠시 고개를 떨궜다가 이윽고 고개를 들어 나탈리를 바라보며 말했다.

"잰."

"빙고." 나탈리가 말했다. "파이브 마운틴즈의 티켓을 산 것은 잰이에요. 자신이 우울하다는 얘기를 당신에게, 아니, 당신에게만 들려준 것도 잰이고요. 왜? 그렇게 하면 자기에게 무슨 일이 생겼을 때 당신이 경찰에 그 얘기를 할 테니까. 그리고 경찰은 조사를 통해 그것이 거짓말이라는 것을 알아내겠죠? 자, 시체 처리 방법을 찾아 인터넷을 돌아다닌 흔적을 당신 노트북 컴퓨터에 남길 수 있는 것은 누굴까요? 부인의 머리카락과 혈흔을 당신 차 트렁크에 남길 수 있는 사람은? 조지 호의 잡화점에 들어가 남편이 왜 숲 속으로 자기를 끌고 왔는지 모르겠다고 말할 수 있는 사람은? 부인이 죽을 경우 당신에게 30만 달러가 선사될 생명 보험에 가입한 사람은?"

나는 아무 말도 하지 않았다.

"여태껏 자신의 정체를 속인 사람은?" 나탈리가 계속 물었다. "오래전에 차에 치여 죽은 아이의 신원을 훔친 사람은?"

땅바닥이 솟아올라 나를 집어삼키는 것 같았다.

"당신 부인은 정체가 뭐예요? 당신이 얼마나 못된 짓을 했길래 당신한테 살인 혐의를 뒤집어씌운 거냐고요?"

"난 아무 짓도 안 했어요."

나탈리 본듀런트는 눈을 굴렸다. "세상의 모든 아내들은 한두 번쯤 남편을 확 죽이고 싶다는 생각을 합니다만 이건 경우가 달라요. 아주 아주 다른 차원이에요."

"하지만 왜?" 내가 물었다. "만약 잰이 나를 사랑하지 않게 된 거라면, 결혼 생활을 접고 싶어진 거라면, 그냥 떠나면 됐잖아요? 다 끝났다고 통보하고 그냥 나가면 됐잖아요? 왜 당신이 말하는 그런 수고를 했단 말인가요?"

나탈리는 내 질문을 곰곰이 생각하다가 대답했다. "왜냐하면 그 이상의 뭔가가 있었기 때문이죠. 그냥 떠나서는 충분치 않은 이유가. 그녀는 아무도 자기를 찾지 않길 원했던 겁니다. 자신이 죽었다고 생각하기를 원한 거죠. 그러면 아무도 그녀를 찾지 않을 테니까."

"하지만 제가 있잖아요. 잰은 제가 그녀를 찾기 위해 무슨 짓이든 하리란 걸 알 겁니다."

"감옥에 갇힌 처지로는 쉽지 않죠. 사건을 종료해야 하는데 시체가 발견되지 않을 경우 경찰에게 남는 것은? 바로 당신이에요. 자, 그것으로 사건 해결. 그리고 당신의 잰은 어디선가 새로운 삶을 사는 거죠."

나는 멍한 머리로 가죽 의자에 앉아 있었다.

"믿을 수 없어요. 잰이 이 모든 것을 꾸몄을 리가 없어요." 나는 도저히 사태를 납득할 수 없었다. "조지 호로 드라이브 간 일은 어때요? 내가 금요일에 제보자를 만나러 조지 호로 갈 예정이라는 것을 잰이 알았을 턱이 없어요."

나탈리가 어깨를 으쓱했다. "글쎄요? 그렇게 따지면 파이브 마운틴즈에서 아들을 데리고 달아난 사람은 누굴까요? 누가 당신으로 하여금 한눈을 팔게 했을까요? 리앤 코왈스키는 무슨 연관이 있죠? 몰라요. 하지만 지금 시점에서 당신 얘기만 가지고 판단하자면 부인이 이 모든 것의 배후에 있다고밖에는 결론지을 수 없어요. 그녀는 떠나야 했고 당신을 연막으로 이용한 겁니다. 당신은 희생양, 또는 호구였던 거죠. 이렇게 말하기는 좀 그렇지만 그녀는 아주 성공적으로 일을 해낸 거예요."

"잰이 왜 나한테 그런 짓을……?" 나는 속삭였다. 하지만 더욱 중요한 물음이 있었다. "왜 이선에게 그런 짓을……."

나탈리는 팔짱을 끼고 잠깐 생각하더니 대답했다.

"뭐, 그리 착한 사람이 아니었나 보죠."

38

"아무래도 이상해." 잰이 말했다.

두 사람은 브레인트리의 펄 거리에 있는 맥도날드에 앉아 있었다. 드웨인은 더블사이즈 빅맥 두 개, 초코셰이크, 큰 사이즈의 감자튀김을 주문했다. 잰은 커피 한 잔을 시켰지만 그나마도 손대지 않고 있었다.

드웨인이 음식물로 꽉 찬 입을 열었다. "뭐가 이상해?"

"너무 많아."

"무슨 소리야?"

"너무 많은 액수라고."

드웨인이 입을 열자 감자튀김과 햄버거 빵과 특제 소스가 뒤섞여 있는 것이 보였다. "네 몫을 받기 싫어? 그럼 내가 가져갈게."

"왜 그 사람은 그렇게 많은 액수를 서슴없이 제안했을까?" 잰이 물었다.

드웨인이 여전히 음식물로 꽉 찬 입을 계속 놀렸다. "혹시 놈이 우리를 속인 거 아닐까? 훨씬 더 비싸게 쳐줘야 하는 건데 그 정도로 끝낸 거 아니냐고."

잰과 나이가 비슷한 여자가 조그만 남자아이 하나를 이끌고 두 테이블 건너편에 앉았다. 네댓 살쯤 되어 보이는 남자아이는 의자에 앉아 다리를 위아래로 휘적휘적 흔들어 댔다. 아이의 엄마는 해피밀을 아이의 앞에 놓더니 치즈버거의 포장지를 깠다. 아이는 감자튀김 하나를 집고서 마치 칼을 먹는 묘기를 하듯 고개를 뒤로 젖히며 천천히 입안으로 넣었다.

잰이 고개를 돌려 다시 드웨인을 바라보는 순간, 여자가 말하는 소리가 들렸다. "이썬, *그거* 하지 마."

잰은 옆으로 고개를 휙 돌렸다. 지금 제대로 들은 건가?

여자가 말했다. "우유 열 수 있어, 네이썬? 엄마가 열어 줄까?"

"내가 열 거야." 아이가 말했다.

"걱정이 지나치네." 드웨인이 말했다. "이 순간을 위해 몇 년을 기다려 놓고는 이제 와서 너무 불안해하지 마."

"그렇게 많은 돈은 기대하지 않았어." 잰이 조용히 말했다. "생각해 봐. 물론 비싼 물건이긴 해. 하지만 소매가는 고사하고 도매가도 받지 못하는 게 보통이야. 기껏해야 10퍼센트, 높게 쳐서 20퍼센트 정도라고."

"아마 놈도 그렇게 쳐준 거 아닐까?" 드웨인이 말했다. "물건이 우리는 상상할 수 없을 정도로 아주 아주 비싼 거 아니겠냐고."

"심지어 다이아몬드를 전부 살펴보지도 않았어. 몇 개만 집어 봤잖아."

"무작위로 뽑아 봤고, 물건이 훌륭하다고 판단했어." 드웨인이 짐짓 권위적으로 말하며 빨대 끝을 물고 음료를 빨았다. "아, 씨발, 왜 이렇게 안 빨려."

건너편의 여자가 드웨인을 힐끗 쳐다봤다.

"말조심해." 잰이 말했다. 그녀는 건너편을 바라보며 사과하듯 미소를 지었다. 여자는 여전히 언짢아 보였다. 네이썬은 드웨인의 말을 못 들은 듯, 치즈버거를 양손으로 꼭 붙잡고 한입 깨물었다.

"화내지 마." 드웨인이 말했다. "애가 그 말을 한 번도 못 들어봤을까 봐?"

"못 들어봤을 수도 있지." 잰이 속삭였다. "엄마가 양육을 제대로 했다면. 아이가 나쁜 친구들과 놀거나 나쁜 TV 프로그램을 보지 못하게 주의했다면 말이야."

잰은 시어머니가 이썬이 〈패밀리 가이〉를 보도록 방치했을 때 데이빗이 화를 내던 장면을 떠올렸다. 아주 잠시 미소가 그녀의 입가를 스쳤다.

"뭐야?" 드웨인이 물었다.

"아무것도 아니야." 잰은 다시 원래의 화제로 돌아왔다. "아무튼 난 꺼림칙 해."

"좋아." 드웨인이 먹던 음식을 다 삼키고 말을 이었다. "그래서 뭐가 불만인데? 놈이 예상보다 많은 돈을 제안했다 치자고. 그래서 뭐가 걱정이야? 나중에 쫓아와서 돈을 뱉어내라고 할까 봐?"

"아니, 돈을 돌려주라는 말은 안 하겠지." 잰이 말했다. "아까 계단 벽에 걸린 사진들 봤어?"

드웨인이 고개를 저었다. "못 봤어."

잰은 생각했다. '네가 못 보는 게 어디 그뿐이겠어.'

드웨인은 손목시계를 쳐다봤다. "돈 받으러 갈 때까지 두 시간 남았다. 시간 때울 겸 보트 파는 데나 들러볼까?"

"귀금속점에 가보자." 잰이 말했다

"뭐? 야, 다이아몬드가 갖고 싶으면 주머니에 있는 거 하나 가져가. 무진장 많으니까 하나쯤 없어져도 그 새끼는 눈치 못 챌 거야."

건너편의 여자가 다시 드웨인을 쏘아봤다. 드웨인은 여자를 마주 보며 과장스럽게 말했다. "아이고, 이거 미안합니다."

"뭘 사려는 게 아니야." 잰이 말했다. "다른 곳에서 감정을 받아보고 싶어."

여자가 아들이 먹던 것을 쟁반에 올려놓더니 반대편 끝으로 자리를 옮겼다.

드웨인은 고개를 가로저으며 말했다. "애들이 어릴 때 다양한 체험을 하게 만들지 않으면 나중에 커서 험한 세상 살기 힘들 텐데."

"쓸데 없는 짓이야." 운전석에 앉은 드웨인이 말했다. 트럭은 지금 도로를 면한 〈로스 귀금속〉 앞에 주차되어 있었다. 가게의 문과 창문은 검은 철제 막대들로 가로막혀 있었다.

“다른 의견도 들어봐야겠어.” 잰이 말했다. “만일 이 귀금속점에서도 아까와 똑같이 다이아몬드를 몇 개 집어보고 비슷한 가격을 부른다면 그 남자의 제안을 안심하고 믿을게.”

“만약 이 가게에서 더 좋은 가격을 부른다면 놈과 다시 흥정을 해보자.” 드웨인이 말했다. “가격을 올리겠다고 말하자고.”

다이아몬드 주머니는 아직 잰의 핸드백 안에 있었다.

“뒷문으로 빠져나갈 생각은 하지 마.” 드웨인이 말했다. “반은 내 거야.”

“육백만 달러나 제안받은 마당에 굳이 도망갈 필요가 있겠어?”

“내 행운의 숫자가 6이라고 말했었나?”

아무렴. 벌써 100번은 들었지.

잰은 트럭에서 내려 귀금속점의 바깥쪽 문을 열고 작은 벽감 안으로 들어갔다. 안쪽 문은 자물쇠로 잠겨있어서 들어갈 수 없었지만 철 막대들과 유리 너머로 가게 안이 들여다보였다. 카운터 뒤에는 잘 차려입은 5, 60대쯤 되어 보이는 여자가 앉아 있었는데, 머리카락이 마치 공기를 집어넣어 부풀린 것처럼 보였다. 여자가 버튼을 누르자 벽감 안에 목소리가 울려 퍼졌다.

“어떻게 오셨습니까?” 여자가 물었다.

“감정받고 싶은 물건이 있어요. 지금 바로요.” 잰이 말했다.

커다란 버저 소리가 나자 잰은 문손잡이를 잡아 당겼다. 그리고 안으로 들어가 카운터로 다가갔다.

“어떤 물건을 감정받으시려고요?” 여자가 예의 바르게 물었다.

잰은 카운터에 핸드백을 올려놓고 안에 든 주머니에서 조심스럽게 여섯 개의 다이아몬드를 꺼냈다. 잰은 다이아몬드들을 손바닥 위에 올려놓고 여자에게 내보였다.

“이 다이아몬드들의 대략적인 가격을 알 수 있을까요? 감정을 담당하시는 분이 계세요?”

"제가 담당합니다." 여자가 말했다. "보험 가입을 위한 감정인가요? 그런 경우 보관 확인증을 받고 물건을 여기 맡기고 가시면 돼요. 일주일 후에 오시면 감정 증명서를 발급—."

"증명서는 필요 없어요. 그냥 얼른 봐 주시고 의견을 말씀해 주세요."

"알겠습니다. 좋아요. 그럼 한번 볼까요?"

카운터의 유리 표면에는 가로 60센티미터 세로 45센티미터 정도의 탁상용 달력이 깔려 있었다. 좁고 검은 선들로 된 격자의 흰색 칸들에 숫자가 적힌 달력이었다. 여자는 감정용 접안렌즈를 집어들고 카운터의 등불이 달력을 향하도록 조정한 뒤, 잰에게 다이아몬드가 놓인 손바닥을 밝은 곳에 올려놓으라고 말했다.

여자는 고개를 숙여 다이아몬드를 보더니 핀셋 같은 도구로 두 개를 집어들어 자세히 살폈다.

"어때요?" 잰이 물었다.

"잠깐만요. 전부 살펴볼게요." 여자가 말했다. 여자는 여섯 개의 다이아몬드를 일일이 살폈다. 그리고 그 과정이 끝날 때까지 한마디도 하지 않았다.

감정이 끝나자 여자가 말했다. "이것들은 어디서 구하셨어요?"

"가족 유산이에요." 잰이 말했다. "물려받은 거예요."

"그렇군요. 그 주머니 안에 더 가지고 계시죠?"

"몇 개 더 있어요. 지금 보신 것과 똑같을 거예요."

"네, 그럴 거예요." 여자가 말했다.

"어때요? 대략적으로 말씀해 주세요. 가격이 얼마 정도일까요? 한 개에 얼마예요?"

여자는 한숨을 쉬었다. "보여드릴 게 있어요."

여자는 다이아몬드 한 개를 검은 선이 그어진 평평한 표면에 올려놓았다.

"위에서 다이아몬드를 내려다보세요." 잰은 고개를 숙여 다이아몬드를 내려다보았다. "아래 검은 선이 보이세요?"

잰은 고개를 끄덕였다. "네, 보여요."

여자는 몸을 돌려 벽에 늘어선 캐비닛의 좁은 서랍에서 뭔가를 꺼냈다. 그녀의 손에는 다이아몬드 하나가 들려 있었다. 그녀는 그 다이아몬드를 잰의 다이아몬드 옆으로 검은 선 위에 올려놓았다. 두 다이아몬드는 생김새가 똑같았다.

"자, 이 다이아몬드를 통해서도 검은 선이 보이는지 확인해 보세요." 여자가 말했다.

잰은 다시 고개를 숙였다. "보이지 않아요. 선이 안 보여요."

"그것은 다이아몬드가 다른 보석이나 물질과 다르게 빛을 굴절시키고 반사시키기 때문이에요. 다이아몬드 안에서는 빛이 굉장히 많은 방향으로 튀어나가요. 그래서 반대편의 물체를 볼 수가 없는 거예요."

잰은 점점 불안해졌다.

"무슨 말이에요? 제 다이아몬드가 품질이 나쁘다는 거예요?" 잰이 물었다.

"아니요. 그런 뜻이 아니에요. 선생님이 갖고 계신 것은 다이아몬드가 아닙니다."

"그럴 리가 없어. 이건 다이아몬드예요. 보세요. 저것하고 똑같이 생겼잖아요."

"선생님께는 그렇게 보일 거예요. 하지만 이것은 다아이몬드가 아니라 큐빅 지르코니아입니다. 인공적으로 만들어진 물질인데 보시다시피 다이아몬드와 매우 흡사하지요. 다이아몬드 광고에 사용되기도 해요." 그 말을 뒷받침하기 위해 여자는 캐비닛 위에 올려진 보석 전문잡지 하나를 집어들고 페이지를 넘겼다. 페이지마다 눈부신 다이아몬드들의 사진이 실려 있었다. "이것도 가짜, 저것도 가짜, 이것도 가짜. 광고 사진을 찍을 때마다 진짜 다이아몬드를 사용한다면 보안에 드는 비용이 천문학적이거든요."

잰에게는 아무 소리도 들리지 않았다. 손에 있는 물건이 다이아몬드가 아니라는 말을 들은 후부터 잰에게는 아무것도 들리지 않았다.

"그럴 리 없어." 잰이 낮은 목소리로 말했다.

"지금까지 다이아몬드라고 믿어 왔던 가족의 유산인데 충격이 크실 거라고 생각합니다."

"그렇다면 이 보석은," 잰이 진짜 다이아몬드를 가리키며 말했다. "망치로 내리쳐도 부서지지 않지만 제 것은 부서질 거란 말인가요?"

"둘 다 부서질 거예요. 다이아몬드도 쪼갤 수 있습니다."

"하지만 제 다이아몬드도, 제 큐빅……."

"큐빅 지르코니아."

"이것도 가격은 매길 수 있죠?" 잰은 절망감을 감추지 못한 채 물었다.

"그럼요." 여자가 말했다. "한 개에 50센트?"

39

배리 덕워스 형사는 갓길에 차를 세웠다. 50미터 앞에는 올버니 북서쪽의 2차선 아스팔트 도로 양옆으로 경찰차들이 주차돼 있었다. 도로는 숲이 우거진 언덕의 측면을 따라 뻗어 있었다. 길은 왼쪽에서 오른쪽으로 경사져 내려가다가 덕워스가 주차한 갓길 너머로는 아래쪽 숲을 향해 가파르게 떨어졌다.

바로 그 지점에서 사이클을 타고 지나가던 사람이 SUV를 한 대 발견했다.

현장에 도착한 구조대는 우선 로프를 이용하여 자동차가 떨어진 곳으로 조심스레 내려갔다. 그들은 부상자를 언덕으로 올려 앰뷸런스에 태우는 작업이 쉽지 않으리라고 걱정했지만 그것은 쓸데없는 걱정이었다.

떨어진 포드 익스플로러 안에는 아무도 없었고 승차했던 사람이 다친 흔적도 없었다. 핏자국도 없었고, 금이 간 앞유리에 머리카락이 엉겨붙어 있지도 않았다.

번호판을 조사한 결과 포드 익스플로러의 주인은 프로미스 폴즈에 사는 라이얼 코왈스키로 밝혀졌다. 곧이어 지역 경찰들은 자동차 주인의 부인이 실종된 상태임을 알게 됐고 배리 덕워스 형사에게 연락을 취했다.

추락한 SUV에 관해 연락을 받기 12시간 전인 전날 밤, 덕워스 형사는 라이얼 코왈스키를 찾아가 리앤이 조지 호 근처에 묻혀 있음을 알렸다.

소식을 들은 라이얼은 울부짖으면서 머리가 찢어져 피투성이가 될 때까지 벽에 머리를 찧었고 그의 개도 옆에서 따라 울부짖었다.

덕워스는 자동차가 발견됐다는 소식을 들었지만 라이얼에게 연락하지 않았다. 라이얼에게 알려주기 전에 일단 현장에 가서 상황을 파악해 볼 생각이었다.

덕워스는 언덕 위에 서서 SUV가 지나간 궤적을 바라봤다. 풀이 납작하게 눌리고 흙이 파인 자국. 아래쪽 나무들의 껍질이 벗겨져 있는 것을 보니 포드 익스플로러가 떨어지면서 부딪힌 모양이었다. 자동차는 키 큰 소나무에 정면 충돌하는 것을 끝으로 추락을 멈췄다.

배리 덕워스는 의아했다.

아니, 이 차가 도대체 왜 여기 있는 거지? 지도를 보면 프로미스 폴즈를 기준으로 조지 호는 북쪽에, 올버니는 남쪽에 위치했다. 차가 남쪽의 언덕에 곤두박질쳐 있는데 시체는 북쪽의 조지 호에?

"차가 발견되지 않도록 여기 처박아 놓은 거로군." 덕워스는 혼잣말로 중얼거렸다. "하지만 시체는 발견되도록 일부러 그렇게 묻어놓았어."

덕워스 형사가 도착하기 전에 자동차를 몇 차례 살펴본 지역 경찰은 자동차 바닥에서 토요일 이른 오후에 주유를 한 영수증을 찾았다고 말했다. 주유소는 도시 북쪽 고속도로의 엑슨 주유소였다. 덕워스는 주유소의 위치를 받아 적은 뒤, 현장에 있는 사람들에게 이 포드 익스플로러가 살인사건과 연관되어 있다고 알린 뒤 끌어올리자마자 바로 경찰 조사팀에 넘기도록 지시했다.

엑슨 주유소로 가는 길에 휴대폰이 울린 탓에, 덕워스는 주유소에서 사먹을 간식거리에 관한 상상을 멈춰야 했다. 그가 선택한 간식은 트윙키였다. 마지막으로 트윙키를 먹은 지 벌써 몇 주가 지났다.

"여보세요."

"안녕, 배리. 잘 지냈어요?"

"안녕, 나탈리. 오늘 컨디션은 어때요?" 덕워스 형사는 나탈리 본듀런트와 대립 관계에 있기는 했지만 그녀를 마음에 들어 했다.

"좋아요. 그쪽은?"

"더할 나위 없이 좋아요. 의뢰인은 자백할 마음이 생겼답니까?"

"유감스럽지만 아직요. 배리, 한 가지 물어볼 것이 있어요."

"물어봐요."

"당신네 얼간이 부하들이 하우드 씨 집을 수색할 때 지문을 검출했나요?"

배리 덕워스는 휴대폰으로 귀를 긁으며 말했다. "아니요. 폭행의 흔적이 있는지는 살펴봤지만 지문은 검출하지 않았어요."

"왜요?"

"나탈리, 그 집은 공식적으로 범행 현장이 아니에요. 우리는 다른 종류의 증거들을 찾고 있었어요. 예를 들어 하우드의 컴퓨터에서 발견된 웹사이트 같은 거 말입니다."

"인터넷 검색이야 아무나 할 수 있는 거잖아요."

덕워스는 그 말에 개의치 않고 나탈리에게 물었다. "그런데 지문은 왜요?"

"부인의 지문을 찾아보려고요. 만약 경찰에 지문 검출 계획이 없다면 제가 사람을 보내서 직접 검출하겠어요."

"집에 부인의 지문이 있는 건 매우 당연한 일 아닙니까, 나탈리?" 배리 덕워스가 조심스레 물었다.

"부인의 지문이 데이터베이스에 등록됐는지 검색할 거예요. 부인의 정체를 알아봐야겠어요."

"하우드 씨 얘기를 믿는 겁니까? 부인이 증인 보호를 받는 중이라고 하던가요? 아니면 클론하고 바꿔치기라도 됐답니까?"

"FBI에 확인 안 해 봤죠?"

"확인했습니다." 배리 덕워스가 말했다. "증인 보호는 아니었어요. FBI가 거짓말한 게 아니라면."

"부인의 가짜 이름은 어때요? 조사해 봤어요?"

덕워스는 조사하지 않았지만 직접적인 대답을 피했다. "설령 부인이 정체를 숨겼다고 해도 하우드가 부인을 어떻게 했을 가능성은 사라지지 않습니다."

"배리, 당신 지금 완전히 잘못 짚고 있어요. 그 넉넉한 뱃속에서 잘못 짚었다는 감이 오지 않나요?"

"통화 즐거웠어요, 나탈리." 배리 덕워스는 전화를 끊었다.

나탈리의 마지막 한 마디에 덕워스는 트윙키를 먹을 즐거움이 싹 가셨다. 하지만 더욱 골치 아픈 것은 나탈리의 지적처럼 덕워스의 넉넉한 뱃속에서도 잘못 짚었다는 감이 들고 있다는 것이었다.

40

나탈리 본듀런트의 사무실에서 집까지 어떻게 운전해 왔는지조차 기억나지 않았다. 나탈리의 상황 해석에 크게 충격을 받은 나는 혼수상태에 빠진 사람처럼 그녀의 사무실 건물을 걸어나왔다. 트라우마라든가 전쟁 신경증에 시달리는 사람처럼 나는 정신을 차릴 수 없었다.

'잰이 나를 함정에 빠뜨렸다.'

그랬다. 적어도 표면적으로는. 지금까지 나는 다른 설명이 가능하다고 스스로를 설득해 왔던 것이다. 지난 5년간의 삶을 뒤집어엎지 않아도 될 설명, 사랑스러운 아내이자 내 아이의 엄마인 잰을 냉혹한 범죄자로 만들지 않아도 될 설명.

하지만 사실을 직시하도록 훈련을 받아온 또 다른 나는, 잰의 실종 이후 내가 억눌러온 또 다른 나는, 나탈리의 설명을 즉각적으로 부정할 수 없었다.

잰의 실종을 꾸민 것이 나라고 의심하는 덕워스 형사에게는 현재의 정황 증거만으로도 내 혐의가 명확했다. 잰이 우울감으로 자살할지도 모른다는 내 이야기는 전혀 입증되지 않았다. 그 이야기가 힘을 잃어감에 따라 내가 거짓말을 한다는 의혹은 점점 커져갔다.

그리고 문득 정신을 차려보니 나는 어느새 유력한 용의자가 되어 있었다.

'잰이 나를 함정에 빠뜨렸다.'

집에 돌아오는 길, 이 문장이 내 머릿속을 끊임없이 맴돌았다. 의식하지 못한 사이 나는 주머니에서 자동차 열쇠를 꺼내 아버지의 차에 시동을 걸어 프로미스 폴즈의 저편에서 이편으로 운전해 왔고, 우리 집 진입로로 들어가 현관문을 열고 있었다.

우리 집.

나는 차 열쇠를 현관문 옆의 테이블에 던져놓고 잠시 멍하니 서 있었다. 별안간, 이 집이 생전 처음 보는 공간처럼 느껴졌다. 5년 동안 여기서 일어난 일들이 거짓을 기반으로, 잰의 가짜 신원을 기반으로 벌어진 것이라면, 과연 이곳을 집이라고 부를 수 있을까? 이곳은 매일매일 연극이 상연됐던 허울뿐인 무대가 아니었을까?

"잰, 넌 도대체 누구야?" 나는 텅 빈 집을 향해 말했다.

나는 계단을 올라 잰과 나의 방으로 들어갔다. 경찰이 뒤집어엎었던 방은 꼼꼼하게 정리되어 있었다. 나는 침대 발치에 서서 가만히 방 안을 바라봤다. 옷장, 서랍장, 작은 테이블들.

나는 벽장부터 시작하기로 했다. 나는 안에 있는 잰의 물건들을 모조리 끄집어냈다. 블라우스와 원피스와 바지들을 옷걸이에서 빼내어 침대에 던져놓고, 선반에 올려진 스웨터와 신발들을 꺼내 바닥에 던졌다. 나는 내가 뭘 찾는지 알지 못했다. 뭘 찾고 싶은지도 알지 못했다. 다만, 잰의 물건들을 모조리 밝은 빛 속에 꺼내놓고 싶을 뿐이었다.

벽장이 끝나자 나는 잰이 사용하는 서랍들을 전부 열어젖혔다. 서랍들을 엎어 안에 있는 내용물을 침대 위에 쏟아부었다. 그중 몇 개는 바닥에 떨어졌다. 속옷, 양말, 스타킹. 나는 빈 서랍들을 옆으로 던져놓고 침대 위의 물건들을 미친 듯이 뒤졌다.

나는 뭔지 모를 무언가를 찾아 헤매며 울분을 터뜨리고 있었다. 잰은 왜 그런 짓을 했지? 왜 떠났을까? 무엇을 피해, 무엇을 향해 달아난 거지? 나를 희생양으로 삼아야 할 만큼 중요한 이유가 있었나? 파이브 마운틴즈에서 이썬을 유괴한 남자는 누구지? 그 남자와 함께 떠난 걸까?

이 질문들은 여전히 그 하나의 질문으로 귀결됐다. 도대체 잰은 누구인가?

나는 갑자기 방을 나갔다. 이제 방은 경찰이 뒤졌을 때보다 훨씬 엉망진창이 되었다. 나는 계단을 내려가 지하실로 향했다. 그리고 커다란 드라이버와 망치를 집어들고 계단을 두 단씩 올라 2층으로 돌아왔다.

나는 리넨 보관용 벽장을 열어 물건들을 바닥에 끄집어냈다. 무릎을 꿇고 밑부분의 널빤지들을 잡아당겨 널빤지와 벽이 만나는 부분에 드라이버의 끄트머리를 대고 망치로 내리박았다.

지금 내 동작에 조심성 따위는 조금도 없었다.

널빤지가 벽에서 벌어지자 나는 망치를 그 틈새로 집어넣고 잡아당겼다. 널빤지가 쪼개졌다. 나는 벽장 밑을 둘러싼 널빤지들을 전부 쪼개어 떼낸 뒤 등 뒤로 집어던졌다.

작업이 끝났지만 벽장 안에서는 아무것도 발견되지 않았다. 나는 이썬의 방에 있는 옷장도 똑같은 방법으로 조사했다. 안에 있는 인형과 조그만 신발들을 끄집어낸 뒤 안쪽을 두르고 있는 널빤지들을 모두 제거했다. 아무것도 나오지 않았다. 나는 잰과 나의 방으로 돌아가 또다시 뒤졌지만 역시 아무것도 없었다.

나는 2층을 걸어 다니며 내가 초래한 파괴의 현장을 둘러보았다.

이제 시작일 뿐이었다.

나는 손과 무릎으로 땅을 짚은 채 나무로 된 바닥을 두드리면서 느슨하거나 흔들리는 부분이 없는지 살폈다. 나는 2층 복도의 양탄자를 걷고 조사를 시작했다. 누군가 손을 댄 듯한 부분이 보여서 두 바닥널 사이에 드라이버를 집어넣고 비집었다. 바닥이 쪼개지고 못들이 튀어나왔다.

나는 바닥에 난 구멍에 얼굴을 바짝 들이대고 손으로 안을 더듬었다. 아무것도 없었다.

2층 바닥널들을 몇 개 더 비집어 본 뒤 나는 1층으로 내려갔다. 깔개들을 전부 걷어내고 바닥을 두드리며 이곳저곳을 비집어 열었다. 현관의 벽장을 열어 밑을 두르고 있는 널빤지들을 제거했다. 주방으로 가서 서랍들을 꺼내 뒤집어엎었다. 냉장고를 열고 안을 살폈다. 밀가루 봉지와 설탕 봉지들의 내용물을 쏟아붓고 찬장에서 여분의 식료품이 보관된 비닐봉지들을 꺼냈다. 자주 사용하지 않는 베이킹 접시들의 뚜껑을 열었다. 의자를 가져와 주방 찬장의 윗부분을 살폈다.

아무것도 없었다.

나는 문득 액자에 끼워진 가족사진들을 모조리 살펴봐야겠다는 생각이 들었다. 이썬의 사진, 잰의 사진, 잰과 나의 사진, 우리 셋의 사진, 부모님의 결혼 30주년 사진.

나는 액자를 분리하여 사진들을 끄집어내고, 덧대어진 판지와 사진 사이에 뭔가 끼워져 있지 않을까 살펴보았다.

역시 아무것도 없었다.

나는 거실의 쿠션들을 들고 커버의 지퍼를 열었다. 의자들을 뒤집어엎었고, 소파를 거꾸로 눕혀 밑면의 얇은 천을 찢은 뒤 안에 손을 집어넣고 뒤졌다. 그러다가 스테이플러 못에 손바닥을 찔리기도 했다.

1층에서 물건을 숨기는 것이 가능한 모든 것들을 뒤진 후 나는 지하실로 내려갔다.

지하실에서는 산더미 같은 상자들이 나를 기다리고 있었다. 낡은 책, 가족 기념품, 사용하지 않는 소형 가전제품, 캠핑용 침낭, 내가 대학 시절 쓰던 물건들.

1, 2층에서처럼 나는 극도의 흥분 상태로 난폭하게 지하실을 뒤졌다. 물건들이 순식간에 사방으로 흩어졌다.

나는 잰의 정체가 무엇이며 그녀가 지금 어디에 있을지 밝혀줄 실마리를 찾기 위해 절망적으로 발악했다.

하지만, 결국 무엇하나 찾지 못했다.

2층의 리넨 보관용 벽장 밑 널빤지 뒤에 있던 출생증명서가 유일한 실마리였을 것이다. 잰이 이 집에 숨겨놓은 유일한 흔적. 혹시 다른 것을 숨겨놨다 해도 떠날 때 잊지 않고 챙겨갔을 것이다.

출생증명서와 봉투.

봉투 안에는 열쇠도 하나 들어 있었다. 이상하게 생긴 열쇠. 문을 여는 열쇠처럼 보이지는 않았다. 다른 용도에 쓰이는 것이 분명했다. 나는 문득, 전에 봤던 비슷한 모양의 열쇠가 머릿속에 떠올랐다. 은행의 대여금고 열쇠.

잰은 나를 만나기 전에 뭔가를 대여금고 안에 보관했을 것이다. 그리고 이제 그 물건을 찾으러 갈 시간이 온 것이었다.

이썬과 나를 버리고 떠날 시간이 온 것이었다.

나는 집 안을 천천히 걸으며 파괴의 현장을 바라보았다. 흡사 폭격이라도 당한 광경이었다.

계단 말고는 앉을 만한 곳도 많지 않았다. 나는 계단 아래쪽에 털썩 주저앉아 양손에 얼굴을 파묻었다. 그리고 울기 시작했다.

만약 잰이 죽었다면 내 인생도 망가진 셈이다.

하지만 잰이 살아있다면, 다시 말해 그녀가 나를 배신했다면, 그 역시 나을 것이 없었다.

나탈리 본듀런트의 해석이 맞다면 잰은 지금 살아있다. 그리고 나는 스스로를 구하기 위해 그녀를 찾아내야 한다.

하지만 잰을 아내로서 되찾고 싶은 생각은 이제 없었다.

나는 뺨에서 눈물을 닦아내며 젖은 눈의 초점을 맞추다가 내게 남은 마지막 희망을 떠올렸다. 내가 삶을 지탱해야 하는 이유인 한 가닥 희망.

이썬.

이썬을 위해 살아남아야 한다.

이 곤경을 헤쳐나가야 한다. 사건의 진상을 밝혀 감옥으로부터 벗어나야 한다. 이썬을 위해.

이썬이 아빠를 잃게 해서는 안 된다. 그리고 나 역시 아들을 잃을 마음이 없었다.

41

귀금속점을 나와 픽업트럭으로 돌아온 잭은 아무 말이 없었다. 하지만 드웨인은 뭔가 일이 있다는 것을 눈치챘다. 잭의 얼굴은 돌처럼 굳어 있었고 트럭의 문손잡이를 끌어당기는 손은 떨리고 있었다.

"무슨 일이야?" 드웨인이 물었다. "안에서 뭐래?"

잭이 말했다. "그냥 가."

"어딜 가?"

"그냥 가. 아무 데나. 빨리."

드웨인은 시동을 켜고 기어를 넣은 뒤 트럭을 몰았다. 지나가던 링컨 한 대가 불쑥 튀어나온 그들의 트럭 때문에 급히 브레이크를 밟았다.

"도대체 무슨 일이야?" 드웨인이 운전을 하며 물었다. "귀신이라도 본 얼굴이잖아. 아니면 변비?" 잭이 웃지 않자 드웨인이 말했다. "농담하는데 웃지도 않네. 보석 가게에서 뭐랬는데?"

잭이 고개를 돌려 드웨인을 바라봤다. "헛수고였어."

"뭐? 무슨 소리야?"

"전부 헛수고였어. 우리가 한 일, 기다린 세월, 모두 다. 다 헛짓거리였다고."

"코니, 그게 무슨 소리야? 이런 씨발, 알아듣게 좀 설명해 봐."

"쓸모없는 가짜였어." 잭이 말했다.

"뭐?"

"다 가짜라고!" 잭이 드웨인에게 소리를 질렀다. "큐빅 어쩌고 하는 가짜야! 다이아몬드가 아니야! 아무 가치가 없는 물건이야! 무슨 말인지 알겠어?"

드웨인은 도로 한가운데에서 급제동을 했다. 뒤편에서 요란한 경적 소리가 들려왔다.

"씨발, 지금 무슨 소리야?" 브레이크에 발을 올린 채 드웨인이 물었다.

"귀먹었어? 사람 말 못 알아들어? 자, 내가 아주 천천히 말해줄게. 똑똑히 들어. 쓸모-없는-가짜야."

드웨인의 얼굴이 새빨개졌다. 양손으로 운전대를 너무도 꽉 쥔 나머지 그의 손가락 관절들이 새하얘졌다.

또다시 경적 소리가 울리더니 아까의 링컨이 그들의 트럭 옆으로 다가와 멈춰 섰다. 안에 탄 남자가 소리를 질렀다. "야, 이 씨발놈아! 운전 어디서 배워 먹었냐?"

드웨인은 운전대에서 손을 떼고 좌석 아래에서 총을 꺼내 빙글 돌린 뒤 차창 밖으로 겨누었다.

"그럼 네놈이 좀 가르쳐주시지?" 드웨인이 소리를 질렀다.

링컨의 운전사는 액셀을 힘껏 밟았다. 차는 끼익 소리를 내며 사라졌다.

드웨인은 총을 손에 쥔 채 잰을 돌아보며 말했다. "얘기해 봐."

"귀금속점의 여자에게 다이아몬드 여섯 개를 무작위로 골라서 보여줬어. 그 여자 말이 전부 다 가짜래."

"그럴 리가 없어." 드웨인이 이를 악물며 말했다.

"그 여자가 그렇게 말했어. 아무 쓸모 없는 물건이야!" 잰이 말했다

"아니, 그렇지 않아."

"내 의견이 아니야. 그 여자가 렌즈 같은 걸 들고 살펴보더니 그렇게 결론을 내린 거라고."

드웨인은 격분하며 고개를 흔들었다. "그년이 틀렸어. 씨발년이 우릴 속인 거야. 물건이 가치가 없다고 속인 다음에 헐값으로 사려는 속셈이야. 틀림없

어."

"아니야." 잰이 고개를 저으며 말했다. "물건을 사겠다는 말은 한마디도 안 했어."

"당장은 그렇겠지." 드웨인이 말했다. "하지만 분명 네가 가게로 돌아와서 '얼마 주실래요? 천 달러? 오백 달러?' 라고 말하기를 기다릴걸?"

잰이 드웨인에게 소리를 질렀다. "제발 말 좀 들어! 저건 아무 가치가—."

드웨인이 갑자기 잰에게 달려들더니 왼손으로 그녀의 목덜미를 움켜잡고 좌석의 머리받이를 향해 세차게 밀어붙였다. 그의 오른손에는 아직 총이 들려있었다.

잰은 숨이 막혔다. "드웨—."

"내 말을 잘 들어. 그 씨발년이 너한테 무슨 말을 했든 난 쥐좆 만큼도 관심 없어. 바누라 새끼가 육백만 달러를 주겠다고 했잖아. 난 그 제안을 기꺼이 받아들일 거야."

"드웨인, 숨 막—."

"오호라, 너 혹시…… 내가 맞춰 볼까? 사실 그년이 다이아몬드 가격을 후하게 쳐준 거 아니야? 넌 생각했겠지, '바보 드웨인에게는 가짜였다고 말하자.' 그럼 내가 '이런, 씨발, 할 수 없지. 포기하고 빨리 어디든 떠나야겠어.' 라고 할 줄 알았지? 그러면 넌 돌아가서 아주 후한 조건으로 거래를 하고 돈을 챙기는 거야. 너 처음부터 그럴 작정이었지?"

드웨인은 계속 잰의 목을 억눌렀고 잰은 숨을 헐떡였다. 잰은 드웨인의 팔을 밀어내려고 했지만 그의 팔은 단단한 철골처럼 끄떡도 하지 않았다.

"불쌍한 남편을 몇 년 동안 가지고 놀았는데 며칠 동안 날 속이는 것쯤은 식은 죽 먹기였겠지, 응? 안 그래? 드웨인이 감옥에서 나올 때까지 기다렸다가 열쇠를 되찾고 다이아몬드를 판 돈을 독차지한다, 그리고 드웨인을 버린다."

잰은 점점 의식이 희미해져 갔다.

"내가 멍청이 같지?" 드웨인은 자신의 얼굴을 잰의 얼굴에 바짝 가져다 대며 물었다. 맥도날드 음식의 냄새가 밴 그의 뜨거운 숨결이 잰을 감쌌다. "무슨 꿍꿍인지 모를 것 같아?"

잰의 눈꺼풀이 파르르 떨리며 고개가 한쪽으로 기울어졌다.

드웨인이 잰의 목에서 손을 뗐다.

"씨발, 다 필요 없어. 다이아몬드는 육백만 달러에 팔 거야. 돈을 손에 넣은 다음 네 몫은 내가 결정하겠어."

잰은 기침을 해대며 세차게 숨을 헐떡거렸다. 그녀는 한 손을 목에 가져다 댔다. 드웨인은 기어를 넣고 도로를 쏜살같이 달려 내려갔다.

그것은 잰이 죽음과 가장 가까웠던 순간이었다. 목숨이 끊어진다는 생각이 들면서, 두 가지가 그녀의 뇌리를 스쳐 갔다.

'죽일 수 있어. 난 이 남자를 죽일 수 있어.' 그리고,

'이썬.'

드웨인은 거래를 하러 가기로 한 2시가 될 때까지 근처를 빙글빙글 돌았다. 잰은 옆자리에 앉아 그가 진정하기를 잠자코 기다렸다.

이윽고 잰이 속삭였다. "내 말 좀 들어봐."

드웨인은 잰을 바라보지 않고 입안에서 혀를 뺨 쪽으로 내밀었다.

"제발 내 말 좀 들어봐. 하고 싶은 대로 해. 하지만 일단 내 말을 끝까지 들어봐." 드웨인이 닥치라고 말하지 않자 잰은 계속 얘기를 이었다. "너무 좋아서 거짓 같은 상황이 있지? 그건 보통 실제로 거짓이라서 그런 거야."

"아, 그만해."

"귀금속점 여자가 다이아몬드들을 가짜라고 평가했다는 말이 거짓말이라고 생각하지? 하지만 일단 정말이라고 가정해 보자. 그렇다면 바누라는 왜 다이아몬드들이 최상급이라고 말했을까?"

드웨인은 고개를 저었다. "좋아, 네 말이 정말이라면 그 귀금속점 여자가 뭘 모르는 거겠지."

"그 여자는 전문가야. 보석 감정이 직업이라고."

드웨인은 잠시 생각한 뒤 말했다. "그렇다면 바누라가 뭘 모르는 거군."

이번엔 잰이 고개를 저으며 말했다. "그 사람도 전문가야."

드웨인은 코웃음을 치며 말했다. "씨발, 둘 다 전문가면 도대체 누가 틀렸다는 거야? 분명 둘 중 한 명은 제대로 알지도 못하면서 지껄인 거잖아?"

"둘 다 전문가야." 잰이 말했다. "하지만 둘 중 한 명이 거짓말을 한 거지. 그런데 귀금속점 여자가 거짓말을 할 리는 없어."

"왜 그럴 리가 없어? 네가 헐값에 다이아몬드를 판다면 그 여자는 횡재하는 거잖아."

"내 생각은 달라."

드웨인이 눈을 가늘게 떴다. "무슨 소리야? 바누라 자식이 우리한테 거짓말했다는 거야?"

"그래."

"액수를 속였다는 거야? 막상 거래할 때가 되면 육백만 달러가 아니라 삼백만 달러만 내놓을 심산이다, 뭐 그런 얘기야?"

"아니, 쓸모없는 돌멩이들이니 한 푼도 주지 않겠지." 잰이 말했다. 하지만 이 순간에도 잰은 스스로의 말을 믿을 수 없었다. 그동안 들인 시간과 기다림은…….

드웨인의 표정이 다시 어두워졌다. 분노가 되돌아오고 있었다. 잰은 그 심정을 이해했다. 돈은 그 맛이 느껴질 정도로 가까이 다가와 있었다. 드웨인은 그 꿈이 짓밟히는 것을 견딜 수 없었던 것이다.

"쓸모없다면 왜 놈이 처음부터 그렇게 말하지 않은 거지?" 드웨인이 물었다. "왜 우리한테 2시에 다시 찾아가는 수고를 시킨 거냐고?"

"모르겠어." 잰이 말했다.

"나는 알아." 드웨인이 말했다. "그런 거액을 집에 보관하는 건 위험하기 때문이지. 바누라는 돈을 가지러 멀리까지 가야 해. 아니면 누굴 시켜서 가져오게 하거나. 놈도 우리처럼 대여금고에 돈을 맡겨 놨을 테니 가서 꺼내와야 하는 거야. 그래, 그런 거야."

갑자기 드웨인은 트럭의 방향을 틀어 도로 경계석에 멈췄다.

"다이아몬드 하나 줘봐." 드웨인이 말했다.

"뭐?"

"아무거나 하나만 줘봐."

잰은 핸드백에 손을 집어넣어 작은 "돌조각" 하나를 꺼내 드웨인에게 건넸다. 드웨인은 그 돌조각을 꼭 쥐고 트럭을 나가더니 잰이 앉은 쪽 차창 너머 보도 위로 올라갔다. 그는 허리를 굽혀 돌조각을 보도 위에 올려놓고 똑바로 선 다음 신발 뒤축으로 힘껏 밟았다. 다리를 들어 올려보니 돌조각은 사라지고 없었다.

"제기랄." 드웨인이 말했다. "어디 갔어?"

드웨인은 신발 바닥을 살폈다. 돌조각이 고무로 된 신발 바닥에 박혀 있었다. 트럭에 손을 얹어 몸을 지탱한 채 그는 손가락으로 신발에 박힌 돌조각을 빼내어 잰의 코에 들이댔다.

"봐, 이거 보라고. 아무 이상 없잖아."

드웨인의 실험은 아무것도 입증하지 못하는 것이지만 잰은 지금 그를 설득하는 것이 불가능하다는 것을 알았다.

드웨인은 돌조각을 차창 너머로 잰에게 건넨 뒤 트럭을 빙 돌아 다시 운전석으로 들어왔다.

드웨인이 잰에게 말했다. "보트를 사면, 씨발, 널 닻으로 써버릴 거야."

42

오스카 파인이 원하는 것은 이미지 회복이었다.

물론 그는 존중도 원했다. 자존감과 함께 타인의 존경을 원했다.

그리고 말할 필요도 없이 그는 복수를 원했다.

그러나 가장 핵심적인 개념은 "구원"이었다. 그는 스스로를 구원해야 했다. 사태를 바로 잡고 자신의 질서를 되찾아야 했다. 그 유일한 방법은 그의 손을 빼앗은 여자를 찾는 것이었다. 시간이 얼마가 걸리든 오스카 파인은 그 여자를 찾아야 했다.

그것은 상처 이상의 문제였다. 신체의 손상을 넘어서는 문제였다. 그것은 굴욕이었다. 오스카 파인은 언제나 최고였다. 문제가 생기면 다들 오스카 파인에게 연락하는 것을 당연하게 생각했다. 그는 해결사였다. 어떤 상황이든 깔끔히 정리해 주는 해결사.

그는 단 한 번도 일을 그르친 적이 없었다.

하지만 결국 일이 벌어졌다. 아주 처참한 일이.

사실 오스카 파인은 뭔가 사건이 벌어질 것임을 알고 있었다. 그렇기 때문에 일부러 가짜 다이아몬드를 서류 가방에 담아 옮긴 것이었다. 당시, 비밀이 새어나갔을 거라는 우려가 있었다. 그들이 다이아몬드를 미국으로, 여러 곳의 시장들로 수송하는 루트가 외부에 노출된 것 같았다.

그래서 오스카 파인은 제안을 했다. 미끼를 운반합시다. 내가 원래 사용하던 루트로 가짜를 운반하고, 진짜는 한 번도 사용한 적이 없는 다른 루트로 옮깁시다. 오스카 파인은 보스턴 내항內港 아래까지 가짜를 옮기는 시나리오를 계획했다. 도중에 습격을 당해 가짜를 빼앗기거나 파손되더라도 진짜는 무사할 것이다.

극적 효과를 위해 오스카 파인은 수갑으로 서류 가방을 손목에 묶었다. 보통은 서류 가방이 아니라 스포츠 백에 물건을 넣어 운반했다. 수갑은 "제발 훔쳐가세요."라는 커다란 표지판이나 마찬가지였다.

서류 가방 안에는 보석이 담긴 천 주머니들이 있었다. 그중 하나의 안감에는 GPS 발신기가 꿰매져 있었다. 강도가 총을 들이대며 위협하면 오스카 파인은 순순히 서류 가방의 암호를 알려줄 것이고, 강도는 안에 든 주머니들을 가져갈 것이다. 그러면 오스카 파인은 핸드폰 크기의 GPS 수신기를 통해 강도가 어디로 갔는지 알 수 있다.

하지만 보스들은 확신하지 못했다. "자네를 그냥 죽여버리면 어쩌려고 그래?"

"강도가 원하는 것은 서류 가방 암호입니다. 순순히 협조하면 굳이 저를 죽여서 득이 될 게 없어요."

오스카 파인은 리무진이 나타났지만 운전사가 내려서 문을 열어주지 않는 것을 보고 뭔가 이상하다는 것을 즉시 눈치챘다. 그는 직접 문을 열고 차에 타야 했다.

'그래, 원하는 대로 해 주지. 어차피 그럴 생각이었으니까.'

오스카 파인은 차 문을 열고 들어갔다. 뒷좌석 반대편 끝에는 붉은 머리를 한 반반한 여자 하나가 앉아 있었다. 짙은 립스틱, 가슴이 깊게 파인 상의와 짧은 스커트, 얇은 검은색 스타킹, 굽이 높은 야한 하이힐. 오스카 파인은 이 어설픈 상황이 함정임을 곧바로 파악하고 웃음이 나올 뻔했다. 진짜 아마추어들이로군.

여자가 말했다. "당신한테 보너스를 주라고 하던데요?"

보너스? 하, 그래, 잘도 주겠다. 하지만 오스카 파인은 그들의 장단에 맞춰주기로 했다. 속아 넘어간 척하자. 곧 총이 등장할 것이다. 그러면 서류 가방과 암호를 넘겨주면 돼. 나는 어딘가 길바닥에 떨궈주겠지.

하지만 마취총이 문제였다.

운전석에서 마취총이 발사됐다. 오스카 파인의 오른쪽 젖꼭지 아래에 박힌 침은 재킷을 뚫고 들어갔다. 피부가 따끔거렸다.

'저 개새끼가…….'

효과는 즉각적이었다. 오스카 파인이 비틀거리자 여자가 몸을 기울이더니 서류 가방을 잡아채고 끌어당겼다. 서류 가방이 손목에 묶여 있었기 때문에 오스카 파인은 뒷좌석에 앉은 채 앞으로 고꾸라졌다.

'좋지 않아.' 오스카 파인은 생각했다. '아주 좋지 않아.' 팔과 다리가 무감각해지고 있었다. 넘어질 때 팔을 뻗어 몸을 지탱하고 싶었지만 팔이 움직이지 않았다. 뒷좌석이 푹신한 덕분에 넘어져도 아프지는 않았다.

오스카 파인은 "뭐야 씨발"이라고 말하고 싶었지만 정작 입에서는 "워아이아"라는 소리밖에 나오지 않았다.

이런 일이 벌어지리라고 왜 예측하지 못했을까? 마취침 때문에 몸이 마비되고 머리가 어지럽고 말이 잘 나오지 않았지만 사고는 정상적인 속도로 흘러갔다. '누구도 건드릴 수 없었던 내가 한순간에 아마추어가 돼 버리다니.'

오스카 파인은 상황이 어떻게 전개될지 알고 싶었다. 우선 이들은 서류 가방을 가져가려 할 것이다. 틀림없다. 오스카 파인은 기꺼이 서류 가방 안의 큐빅 지르코니아들을 그들에게 주고 싶었다. 하지만 말이 나오지 않아 서류 가방 암호를 알려줄 수가 없었다. 서류 가방의 손잡이 옆에는 자물쇠가 달려 있었는데 다섯 개 숫자로 이루어진 암호를 입력하지 않으면 열리지 않았다. 열쇠는 없었다.

오스카 파인에게는 운전석의 남자가 보이지 않았지만 뒷좌석의 여자는 잘 보였다.

남자와 여자는 서류 가방을 열지도 수갑에서 분리하지도 못하자 서로에게 소리를 질렀다. 금속이 짤그랑거리는 소리가 들렸다. 이들은 연장을 들고 온 것이었다. 연장 몇 개가 자동차 바닥에 떨어져 있었다. 그들은 오스카 파인의 손목을 붙잡고 살피더니 내동이쳤다가 다시 집어들었다. 여자가 오스카 파인의 주머니와 재킷을 뒤져 휴대폰과 GPS 수신기를 발견하고 자신의 주머니에 챙겨 넣었다.

그리고 오스카 파인의 발목에 묶인 띠에서 총을 발견했다. "세상에." 여자는 총도 가져갔다.

그들은 오스카 파인에게 암호를 내놓으라고 소리를 질렀다. 오스카 파인은 입을 열었지만 말이 나오지 않았다. 그는 말을 하거나 움직일 수는 없었지만 지금의 상황을 잘 인식하고 있었다.

오스카 파인은 손가락 끝에 얼얼함을 느꼈다. 감각이 다시 돌아오는 듯했다. 그렇게 강한 마취제는 아닌 모양이었다.

'완전히 맛이 갔어.' 여자가 말했다.

'열쇠를 찾아봐.' 운전사가 말했다.

'말했잖아. 주머니는 다 뒤졌어. 수갑 열쇠 따위는 없다고.'

'서류 가방 암호는? 암호를 적어둔 종이가 있지 않을까? 지갑 같은 데?'

'뭐? 암호를 적어서 들고 다닌다고? 그런 머저리가 어디 있어!' 여자가 말했다.

'그럼 체인을 잘라.' 운전사가 말했다. '일단 서류 가방을 들고 가자. 여는 방법은 나중에 생각하고.'

'이거 생각보다 훨씬 단단하네. 절단하려면 한 시간은 걸리겠어.' 여자가 말했다.

'수갑을 손 위로 당겨서 뺄 수 없을까?' 운전사가 말했다.

'내가 계속 얘기했잖아. 이걸 절단해야 한다니까.'

'수갑은 안 끊길 거라고 말하지 않았어?' 운전사가 말했다.

'수갑 얘기하는 게 아니야.' 여자가 말했다.

오스카 파인은 팔의 감각을 되찾기 위해 애썼다. 이제 저들의 계획이 명백해졌다.

운전사가 아닌 여자가 그 실행을 맡자 오스카 파인은 조금 놀랐다.

오스카 파인은 "기다려"라고 말하고 싶었다. 마취제의 효력이 약간이라도 떨어질 때까지만 기다려 주면 된다. 그가 그들을 공격할 정도가 아니라 입을 열어 말을 할 수 있을 정도가 될 때까지만, 서류 가방의 암호를 알려줄 수 있을 때까지만.

그러면 그들은 절단을 멈출 것이다.

"이아어." 오스카 파인이 말했다.

"뭐?" 여자가 말했다.

"아에."

여자는 고개를 저으며 그를 내려다봤다. 표정 변화가 마스크처럼 여자의 얼굴을 스쳐 지나갔다. 오스카 파인은 여자의 얼굴을 절대 잊을 수 없을 것이다. 만약 그가 이 상황에서 살아남는다면.

"미안해." 여자가 말했다.

그리고 절단을 시작했다.

부상은 처참했고 심리적으로도 충격적이었다. 이런 고통은 보통의 경우 오스카 파인을 기절시켰겠지만, 지금은 오히려 약한 마취제의 효과로부터 그를 각성시키고 있었다.

여자와 운전사가 서류 가방을 들고 달아나자 오스카 파인은 남은 손을 이용해 넥타이를 푼 뒤 손이 잘려나간 손목의 윗부분을 동여맸다. 문득 아침 뉴스에서 봤던 일화 하나가 뇌리를 스쳤다. 그것은 계곡을 여행하던 중 떨어지는 바위에 손이 깔리는 조난을 당한 젊은이의 이야기였다. 그는 며칠 간 그 상태로 방치되었고, 급기야 주머니칼을 이용해 자신의 손을 잘라냈다.

'그 녀석 같은 처지가 될 줄이야.' 오스카 파인은 생각했다. '제기랄, 처음

반은 남이 해 준 꼴이로군.' 가장 어려운 부분은 그 여자가 해 준 셈이었으니 오스카 파인이 할 일은 흐르는 피를 지혈하는 것뿐이었다.

남아 있는 한 줌의 의지로 오스카 파인은 넥타이의 끝을 뒤틀어 손목을 조였다. 그렇게 하면 피가 빠져나가는 속도를 늦출 수 있었다.

하지만 그걸로는 부족했다. 피는 여전히 흘러나오고 있었다.

오스카 파인은 죽어가고 있었다.

휴대폰이 있다면 전화를 걸어 구조 요청을 할 수 있을 것이다. 하지만 휴대폰은 여자가 가져갔다. 차 문을 열고 나가 지나가는 사람을 불러 세울 힘도 없었다.

'이제 다 끝이야.'

"차에서 좀 내려보시겠습니까?"

뭐?

누군가 차창을 두드리고 있었다. "저기요, 경찰입니다! 리무진을 여기 주차하시면 안 돼요. 좀 내려보시겠습니까? 안 내리시면 강제로 끌어내겠습니다."

오스카 파인은 경찰에게 아무런 단서도 줄 수 없었다.

얼굴은 못 봤어요.

서류 가방 얘기는 하지 않았다.

왜 손을 잘랐는지 모르겠어요.

짐작 가는 이유요? 사람을 잘못 봤겠죠. 나한테 이런 짓을 할 사람은 없어요. 그 새끼들이 나를 다른 사람으로 착각한 것 같아요.

경찰은 오스카 파인의 말을 조금도 믿지 않았다.

오스카 파인도 그것을 알고 있었다. '믿든 말든 마음대로 해.'

문제는 진짜 다이아몬드의 운반자도 습격을 당했다는 것이다. 하지만, 진짜 운반자는 일을 그르치지 않았다. 그는 습격자를 총으로 쏘아 쓰러뜨렸고 습격자는 숨이 끊어지기 전에 내부자로부터 정보를 얻었음을 실토했다.

즉, 오스카 파인을 덮친 자들은 전혀 다른 곳에서 나타난 놈들이었던 것이다.

오스카 파인을 고용한 이들은 그에게 돌봐줄 테니 걱정하지 말라고 했다.

오스카 파인은 거절했지만 고용인들은 그의 병원비를 지불했다. "제 잘못으로 이렇게 된 건데 폐 끼치기 싫습니다." 하지만 고용인들은 고집을 굽히지 않았다. 그리고 몇 달 후 오스카 파인은 회복했다. 의료원들이 현장에서 오스카 파인의 오른손을 찾아들고 왔지만 의사들은 손을 다시 붙이는 데 실패했다.

오스카 파인은 물론 물리적인 고통을 느꼈다. 하지만 더욱 괴로운 것은 수치심이었다.

그는 일을 망쳤다. 힘겨루기에서 패배했다. 게다가 남들에게 병원비를 부담시키는 폐까지 끼쳤다.

"저 아직 일 할 수 있습니다." 오스카 파인이 말했다. "그만두고 싶지 않아요." 그러자 고용인들은 "걱정하지 마. 필요할 때 연락하도록 하지. 요금은 지금하고 똑같이 주겠네."라고 말했다.

오스카 파인은 그들이 연락하지 않으리라는 것을 알았다. 신체 일부도 지키지 못하는 멍청이를 믿고 일을 맡길 리가 없었다.

그래서 오스카 파인은 말했다. "앞으로 다섯 건은 무료로 해드리겠습니다. 필요한 것을 말씀만 하세요." 고용인들은 생각했다. '그래? 그렇다면 이 친구가 과연 재기할 수 있는지 한번 지켜볼까?'

그리고 그는 재기에 성공했다.

비록 한 손을 잃었지만 오스카 파인은 여러 방면에서 예전보다 훨씬 능숙해졌다. 자만심이 줄어들고 신중해졌다.

그리고 더욱 무자비해졌다. 예전에 부드러웠다는 뜻은 아니지만, 그래도 상대방이 목숨을 구걸할 때면 묵묵히 귀를 기울이기는 했었다. 그렇다고 결말이 뒤바뀐 것은 아니었다. 단지 상대방의 마음이 조금은 편해지리라고 생각했다. 단 한 순간이라도 희망의 빛을 보게 해 준다면.

하지만 이제 오스카 파인은 그냥 주저 없이 할 일을 했다.

지난 6년간 오스카 파인은 한시도 쉬지 않고 그 여자를 찾았다. 사람들의 얼굴을 살피고, 군중을 훑어보고, 인터넷을 돌아다녔다. 그에게는 단 한 가지 단서가 있었다. "콘스턴스 태팅거"라는 이름. 오스카 파인이 그 이름을 알게 된 것은 오지랖 넓은 알라나 년으로부터였다. 예전에 오스카 파인이 잠시 차를 나간 사이, 알라나는 차 안에 있던 스포츠 백을 뒤졌었다. 따라서 오스카 파인이 아는 한, 다이아몬드 운반에 관해 아는 사람은 고용인들을 제외하면 알라나밖에 없었다.

오스카 파인은 알라나에게 누군한테 다이아몬드 얘기를 했는지를 물었고, 알라나는 죽기 전에 "콘스턴스 태팅거"라는 이름을 불었다.

오스카 파인이 유일하게 기록을 입수할 수 있었던 것은 콘스턴스 태팅거가 로체스터 출신이라는 점이었다. 그녀의 부모는 딸의 친구가 진입로에서 후진하는 차에 치여 죽은 사건이 일어난 뒤 다른 지역으로 이사를 갔다. 테네시, 오리건, 마지막으로 텍사스. 콘스턴스 태팅거는 열여섯이나 열일곱 살쯤 집을 나갔고 이후 그녀의 부모는 딸의 소식을 듣지 못했다. 이것은 엘패소에 있는 가정집 주방에서 콘스턴스 태팅거의 부모가 오스카 파인에게 털어놓은 이야기였다.

오스카 파인은 그들의 말이 사실이라고 믿었다. 그들은 주방 의자에 묶여 있었고 오스카 파인이 여자의 목에 칼을 들이대고 있었기 때문이다. 유감스럽게도 그들이 실토한 정보는 별로 쓸모가 없었다.

오스카 파인은 부부의 목을 베었다.

오스카 파인은 그날 이후 그 여자가 가명을 사용했을 것이라고 생각했다. 따라서 여자를 찾는 것은 무척 어려운 일이 될 것이다. 하지만 그는 결코 포기하지 않았다. 오스카 파인은 그 여자와 공범자가 가짜 다이아몬드를 아직 팔지 않았음을 알고 있었다. 오스카 파인과 그가 속한 조직은 주위의 알 만한 사람들에게 그들이 나타나면 제보해 달라고 부탁했다. 진짜든 가짜든, 그렇게 많은 다이아몬드라면 반드시 사람들의 이목을 끌 것이다.

하지만 몇 년이 지나도 가짜 다이아몬드로 거래하려는 자들은 나타나지 않았다.

혹시 다이아몬드가 가짜라는 것을 눈치챘나? 하지만 눈치챘더라도 어리숙한 거래상을 속여서 팔려고 했을 텐데?

뭔가 잘못됐다. 계획 변동? 그렇다면 가능한 시나리오가 너무나도 많았다. 하지만 오스카 파인은 희망을 버리지 않았다. 놈들은 언젠가는 다이아몬드를 팔아치우려고 할 것이다.

TV에서 본 잰 하우드의 얼굴은 화장기가 없고 건강했다. 하지만 오스카 파인은 알 수 있었다.

저건 "그 여자"다.

콘스턴스 태팅거다.

오스카 파인은 저 여자가 어떤 인간이며 어떤 짓을 할 수 있는지 알고 있었다. 저 여자는 아직 팔팔하다. 자신을 건사하는 방법을 안다. 분명 돈이 필요할 것이다.

오스카 파인은 전화 연락을 시작했다.

"정말 고마워." 오스카 파인은 지하 작업실의 의자에 앉아 바누라에게 말했다.

"천만에, 친구." 바누라가 말했다. "그런데 그 새끼가 나보고 '바니 보이' 라더군."

"무례한 놈." 오스카 파인이 말했다.

"아주."

"그런데 가짜 다이아몬드가 확실해?"

"확실해."

"그래서 얼마 주겠다고 말했나?"

"육백."

오스카 파인은 웃었다. "그 새끼 그 소리 듣고 꼴렸겠군."

바누라가 고개를 끄덕였다. "맞아. 하지만, 여자는 뭐랄까, 표정이……."

"미심쩍었다?"

"그래, 미심쩍었어. 내가 가격을 너무 높게 불렀나 싶더군."

"걱정하지 마." 오스카 파인이 손목시계를 바라봤다. "이제 곧 2시다."

바누라가 씨익 웃었다. "판을 벌일 시간이야."

43

주방에서 전화가 울렸다. 집을 엉망진창으로 만들어도 아무것도 발견되지 않은 지금, 뭘 어떻게 해야 할지 모른 채 나는 자기 연민에 빠져 계단에 앉아 있었다.

나는 계단에서 일어나 비집어 빼낸 바닥널들을 조심스레 피해 가며 주방으로 향했다.

"여보세요." 전화기의 화면을 봤지만 발신인의 이름과 번호가 차단되어 있었다.

"넌 지옥에서 썩어야 해." 여자의 목소리였다.

"누구시죠?"

"우리는 부인을 죽인 놈이랑 한동네에 살고 싶지 않아. 등 뒤를 조심하는 게 좋을 거야."

"응원해 주셔서 고맙습니다. 그런데 댁의 전화번호가 뜨지 않을 거라고 생각했나 봐요? 댁도 등 뒤를 조심하세요."

"뭐라고요?" 여자는 황급히 전화를 끊었다.

반성 좀 해라.

수화기를 내려놓자마자 또다시 전화가 울렸다. 내가 허풍을 떨었다는 것을 눈치챘나? 하지만 이번에는 화면에 이름은 아니지만 전화번호가 떴다. 나는 수화기를 들었다.

"하우드 씨?"

"네, 접니다."

"저는 아네트 키치너라고 해요. 〈굿모닝 올버니〉의 프로듀서입니다. 저희 프로에 선생님을 초대하고 싶습니다. 스튜디오까지 오지 않으셔도 돼요. 저희가 찾아뵙고 현재 처하신 상황에 관해 여쭤볼까 해요. 선생님의 입장을 밝혀주시면 좋겠습니다."

"어떤 입장 말입니까?" 내가 물었다.

"선생님이 부인의 실종에 개입됐다는 혐의를 반박할 좋은 기회예요."

"저기, 제가 뭘 잘못 아는 것이 아니라면 저는 아직 아무 혐의도 없습니다."

머릿속에서 나탈리 본듀런트가 '끊어, 이 바보야.' 라고 말하는 것이 들렸다.

나는 전화를 끊었다.

그리고 다시 한번 집 안을 거닐었다. 비집어진 바닥널, 벽장에서 분리된 널빤지, 여기저기 흩어진 쿠션. 내가 머리가 어떻게 된 건가? 한 시간 가까이 나는 제정신이 아니었던 것이다.

들어오면서 잠가 놓은 현관문에서 인기척이 들렸다. 나는 현관으로 다가갔다.

"데이빗?" 아버지가 현관문 너머에서 소리치고 있었다.

나는 잠금장치를 풀고 문을 열었다. 아버지는 난장판이 된 집 안을 보더니 눈이 휘둥그레졌다.

"세상에, 데이빗, 이게 무슨 일이냐?" 아버지가 안으로 들어오면서 말했다. "경찰은 불렀어?"

"괜찮아요, 아버지."

"괜찮다니. 어서 경찰을 불러야—."

"저예요. 제가 한 거예요."

아버지는 입을 벌리고 나를 바라봤다. "너 미쳤냐?"

나는 아버지와 함께 폐허의 현장을 지나 주방으로 들어갔다. "맥주 드실래요?"

"이거 다 계산하면 수천 달러는 될 거야." 아버지는 조리대에 쏟아진 설탕과 밀가루, 그리고 텅 빈 시리얼 상자를 보며 말했다. "게다가 네가 한 짓이면 보험도 적용되지 않아. 왜 이랬어?"

나는 냉장고를 열었다. 냉장고는 원위치에서 튀어나와 있었지만 플러그는 꽂혀 있었다. "쿠어스 맥주 있는데 드실래요?"

아버지는 고개를 절레절레 저으며 나를 바라보다가 손을 내밀었다. "그래, 하나 줘라." 아버지는 맥주 캔을 받아들고 뚜껑을 딴 다음 벌컥벌컥 들이켰다. "너는 젊어서 잘 모르겠지만 난 요즘에 맥주가 몸에 잘 안 받아. 그래도 반 캔 정도는 괜찮다."

나는 오렌지 주스 뒤에 처박혀 있는 또 다른 맥주 캔을 발견하고 꺼내어 뚜껑을 땄다. 그리고 맥주를 쭉 들이켠 뒤 아버지를 바라보며 말했다. "집에 정리할 게 좀 많이 생겼네요. 도와주실 준비 되셨죠?"

아버지는 아직 충격이 가시지 않았는지 내 농담에 반응하지 않았다. 사실 농담이 아니기도 했다.

"왜 이랬어?" 아버지가 물었다.

"잰이 집에 뭔가 숨겨 놓았을 것 같았어요. 출생증명서와 열쇠를 봉투에 담아 2층 벽장의 널빤지 안에 숨겼잖아요? 다른 곳에 뭔가 다른 물건을 숨겨 놓았을지 몰라요."

"아이고, 하느님. 그래서, 구체적으로 뭘 찾겠다는 거야?"

"그건 몰라요. 모르겠어요."

전화벨이 울렸다. 전화기의 화면에 뜬 것은 모르는 번호였다. 두 번째 전화벨이 울릴 때 아버지가 말했다. "안 받을 거냐?" 내가 즉각적으로 대답하지 않자 아버지가 덧붙였다. "잰일지도 모르잖아?"

나는 수화기를 들었다. 잰일 것이라고는 기대하지 않았다. 아마 또 나를 해코지하러 걸려온 전화일 것이다.

"안녕하십니까?"

익숙한 목소리였다. "세바스찬 씨가 당신과 얘기를 좀 하고 싶어 하십니다." 웰랜드였다.

나는 한숨을 쉬었다. "그러시죠."

"전화 통화를 말하는 게 아닙니다. 지금 밖에 있습니다."

나는 궁금해하는 아버지의 시선을 모른척하며 수화기를 내려놓았다. 그리고 현관 계단을 내려가 반갑지 않지만 이제 친숙해져 버린 리무진을 향해 다가갔다. 아버지는 나를 따라나가는 대신 2층으로 올라갔다. 나를 거들어 고쳐야 할 작업량을 파악하기 위해서였다.

내가 도로 경계석으로 다가가자 세렝게티 선글라스로 눈을 가린 여전히 조폭 같은 웰랜드가 리무진의 정면을 돌아서 다가와 인사를 했다. 리무진의 차창은 짙게 선팅이 되어 있어서 안에 앉은 엘몬트 세바스찬은 윤곽도 보이지 않았다.

웰랜드는 뒷좌석의 문을 열기 위해 문손잡이로 팔을 뻗었다.

"차에 안 탈 겁니다. 아무 데도 가지 않을 거예요." 내가 말했다. "얘기하고 싶으면 차창을 내리라고 해요."

웰랜드는 그렇게 요구할 줄 알았다는 듯 손가락 관절로 차창을 가볍게 두드렸다. 곧 차창이 서서히 내려갔고 세바스찬이 앉은 자리에서 몸을 살짝 굽혀 나를 바라봤다.

"안녕하신가요, 데이빗."

"뭘 원해요?"

"지난번 말씀드렸던 것과 똑같습니다. 당신과 접촉하려는 사람이 누군지 알고 싶군요. 그간 진척이 있었으리라고 생각합니다만?"

"말했잖아요. 저는 모릅니다."

"알아내셔야 합니다." 세바스찬이 차분하게 말했다. "누구인지 몰라도 그 여자는 우리 조직을 위협하고 있습니다. 조직의 기밀을 누설하는 사람이 존재하는 상황에서는 사업을 진행할 수 없어요."

"저는 지금 제 일만으로도 벅차요. 그래도 굳이 조언을 드리자면……."

세바스찬이 눈썹을 살짝 치켜세웠다.

"가서 엿이나 드시는 게 좋겠습니다."

세바스찬은 말없이 무겁게 고개를 끄덕였다. 차창이 다시 올라가고 세바스찬의 모습이 시야에서 사라지자 웰랜드가 나를 바라보며 말했다.

"이것으로 세바스찬 씨가 당신에게 부탁할 일은 없습니다."

"다행이군."

"아니, 다행이 아닙니다. 이제 '강도가 높아질' 테니까."

웰랜드가 운전석으로 들어간 뒤 리무진은 조용히 도로를 내려갔다. 나는 리무진이 도로 끝에서 방향을 트는 것을 지켜보다가 천천히 집으로 들어갔다.

집으로 들어가자 아버지가 2층에서 돌아다니는 소리가 들렸다.

"아버지!"

"왜?"

"뭐하세요?"

"어디서부터 어떻게 정리하면 좋을지 생각 중이다. 망할, 너 진짜 어지간히 어질렀구나."

아버지는 2층 복도에서 손과 무릎으로 바닥을 짚은 채, 바닥널이 떼어져 생긴 빈 곳을 내려다보고 있었다.

"집이 이런 꼴일 때 절대 이썬을 데려오지 마라." 아버지가 말했다. "애가 돌아다니다가 걸려 넘어져 크게 다칠 만한 곳이 한두 군데가 아니야. 여기저기 못도 튀어나와 있잖아. 이런, 데이빗, 너 지금 힘들다는 건 알지만 이 좋은 나무바닥을 이렇게 망가뜨려 놓다니!"

나는 좋은 나무바닥은 아무래도 상관이 없었지만, 집을 아들에게 위험한 장소로 만들어버렸다는 점은 언짢았다.

"네, 제가 바보에요." 나는 인정했다.

아버지는 바닥널들을 모아 한쪽으로 치웠다. "바닥널들을 여기저기 끼워 보면서 제자리를 찾아야겠다. 하지만 몇 군데는 새로 사서 깔아야 할 거다. 며칠은 걸리겠군. 집에 가서 연장을 좀 가져올게."

"지금 당장 안 하셔도 돼요." 내가 말했다.

아버지가 나를 돌아보며 소리를 질렀다. "그럼 나보고 뭘 하라는 거야? 얘기해 봐! 뭘 하면 되냐고!"

나는 싸움에서 패배한 심정으로 벽에 기대었다.

"하느님도 아시겠지만 넌 진짜 얼빠진 짓을 한 거야." 아버지는 튀어나온 못들을 조심하면서 터덜터덜 복도를 걸어 올라가 리넨 보관용 벽장으로 다가갔다.

"거기부터 시작했어요." 내가 말했다. "전에 그 안에서 그 봉투를 발견했거든요."

"하지만 지금은 아무것도 없다는 거잖아." 아버지가 투덜거렸다.

아버지는 벽장에서 내가 떼어낸 하얀색 널빤지를 잡아 못이 튀어나왔는지 확인하기 위해 뒤집었다. "어라?"

"왜요?" 내가 물었다.

"이게 뭐야?"

나는 아버지에게 가까이 다가갔다. 그것은 전에 발견했던 것과 비슷하게 생긴 봉투였다. 봉투는 널빤지의 뒷면에 테이프로 붙여져 있었다. 널빤지를 떼내면서 나는 벽장과 널빤지 사이에 뭔가 끼어있을지만 신경 썼지 뒷면에 붙어있으리라고는 생각하지 못했던 것이다.

아버지가 누르스름하게 헐어버린 테이프를 떼내어 봉투를 내게 건넸다. 봉투의 입구는 봉인되어 있었다. 나는 입구를 뜯고 안에 숨을 한 번 훅 불어넣은 뒤 종이 한 장을 끄집어냈다. 종이는 세 번 접혀 있었다.

나는 종이를 펼쳤다.

그것은 또 다른 출생증명서였다. 태어난 아이의 이름은 "콘스턴스 태팅거".

"이게 뭐냐?" 아버지가 물었다.

"출생증명서군요."

"누구의?"

나는 천천히 대답했다. "잘 모르겠어요." 어디선가 들은 적이 있는 이름이었다. 적어도 "콘스턴스"라는 이름은 분명하다. 최근 2, 3일 안에 들어본 이름이었다.

"거기 적힌 이름은 누구냐?" 아버지가 물었다.

나는 아버지의 말을 멈추기 위해 한 손을 들어 올렸다. "아버지, 잠깐만요."

그리고 애써 기억을 떠올렸다.

리클러 부부의 집에서 들었던 이름이다. 잰 리클러의 동네 친구였던 콘스턴스. 호러스 리클러가 진입로에서 급히 후진을 했을 때 잰 리클러와 함께 놀고 있던 소녀.

그리고 후진하는 차를 향해 잰 리클러를 밀쳤던 소녀.

나는 다시 출생증명서를 보면서 콘스턴스 태팅거의 생년월일을 찾았다.

1975년 4월 15일. 잰 리클러의 생년월일보다 몇 달 빠르다.

나는 출생증명서의 나머지 부분을 읽어보았다. 출생지는 로체스터, 부모는 마틴과 셀마 태팅거.

"맙소사." 내가 말했다.

"왜 그래?" 아버지가 말했다.

"완벽히 들어맞아."

"무슨 소리야?"

"성인이 된 콘스턴스 태팅거가 신원 위조를 위해 어릴 적 죽은 누군가를 찾아야 한다면, 이미 알고 있는 사람을 이용하는 편이 훨씬 덜 번거롭겠지."

"콘스턴스 누구?"

"아니, 그것도 그냥 아는 사람이 아니야. 그 죽음에 자신도 한몫한 사람."

"너 도대체 무슨 소리 하는 거야?" 아버지가 말했다.

확인해야 한다. 나는 전화기로 다가가 로체스터의 리클러 부부에게 전화를 걸었다.

"여보세요?" 그레천 리클러였다.

"리클러 부인, 데이빗 하우드입니다."

"아…… 네."

"귀찮게 해서 죄송합니다. 여쭤볼 것이 있어요."

"그래요." 피곤한 목소리였다.

"그때 이름을 말씀하신 것 같은데요, 마당에서 그…… 사건이 일어났을 때 따님과 같이 놀던 여자아이의 이름 말입니다."

"콘스턴스." 그레천의 목소리로 들은 그 이름은 얼음처럼 차가웠다.

"성은 뭐였습니까?"

"태팅거." 그레천은 망설임 없이 대답했다.

"그 가족이 어떻게 됐는지 아십니까? 이사를 갔다고 하셨던가요?"

"맞아요. 그 사건이 있고 나서 곧바로요."

"어디로 이사 갔는지 아십니까?"

"전혀 몰라요."

"로체스터에 그것을 알 만한 사람이 있을까요?"

"몰라요. 저는 모르겠어요." 그레천은 잠시 말을 멈췄다. "왜 물어보시죠?"

나는 그레천 리클러에게 아직 확인되지 않은 사실을 얘기하고 싶지 않아 대충 얼버무렸다. "별 이유는 없습니다. 그냥 모든 가능성들을 살펴보고 있습니다."

"그렇군요." 또다시 그녀가 말을 멈췄다. "하우드 씨, 부인은 찾으셨나요?"

"아직이요."

"아직이라면, 찾을 희망이 있다고 생각하시는군요."

이번에는 내가 말을 멈췄다. 그리고 대답했다. "네."

"살아있다고 생각하세요?"

"네. 하지만 아내가 사라진 정황에 관해 완전히 파악하지 못했습니다."

"그렇군요."

"고맙습니다, 리클러 부인. 정말 감사합니다. 폐를 끼쳐서 죄송해요. 남편께도 안부 전해 주십시오."

"네, 남편이 병원에서 퇴원하면 전하죠." 그레천 리클러가 싸늘하게 대답했다.

"네? 남편께 무슨 일이 있습니까?"

"오늘 아침에 남편이 또다시 자살을 기도했어요. 하우드 씨, 당신의 방문은, 그리고 당신이 전해준 소식은 남편이 감당하기에 조금 벅찼던 것 같아요."

44

"난 안 들어가." 잰이 말했다. "지하실로 내려가지 않겠어."

그들이 타고 있는 픽업트럭은 브레인트리에 위치한 바누라의 밋밋한 집 진입로에 주차되어 있었다. 그로부터 두 집 아래의 도로 경계석에는 검은색 아우디 한 대가 세워져 있었다.

"이봐." 드웨인이 말했다. "내가 아까 흥분한 것 때문에 그래? 그런 거야?"

'흥분? 넌 나를 죽일 뻔했어.' 잰은 생각했다.

"그래서 그런 거라면, 알았어, 내가 미안해." 드웨인의 심하게 과장된 어조 때문에 잰은 그가 진심으로 미안한 것이 아님을 알 수 있었다. "몇 분 후면 백만장자가 될 텐데 너도 끝까지 지켜봐야지?"

"나는 여기서 망을 볼래. 뭔가 문제가 생기면 경적을 울릴게." 드웨인이 미심쩍게 바라보자 잰이 덧붙였다. "왜 그래? 다이아몬드는 너한테 있잖아. 돈도 네가 가져올 거고. 내가 뭘 어떻게 하겠어? 도망이라도 갈까 봐?"

그 말을 들은 드웨인은 안심하며 깊이 생각하는 표정으로 말했다. "맞아. 그러진 않겠지."

사실 잰은 도망갈 생각도 있었다. 드웨인에게 무슨 일이 생기든 알 바 아니었다. 그러나 그녀는 상황이 어떻게 전개되는지는 확인해야 했다. 백만분의 일의 확률이라도 그녀의 추론이 틀렸을 가능성이 있었기 때문에, 돈을 받을 가능성이 조금이라도 있었기 때문에, 끝까지 지켜봐야 했다.

"바누라 자식이 감정을 다시 하면 어떡하지?" 드웨인이 물었다. "이번엔

이게 가짜라고 하면?"

"뭐야? 이제야 내 말을 믿는 거야? 귀금속점 여자가 한 말을 믿는 거야?"

드웨인은 갑자기 덫에 걸린 것처럼 불안한 표정을 지었다. "모르겠어." 하지만 곧 의심을 떨쳐내려는 듯 고개를 저으며 말했다. "아니야, 다이아몬드에는 아무 이상 없어. 모두 훌륭해. 바누라는 다이아몬드를 마음에 들어 했고 거래를 원했어. 그걸로 된 거야. 너는 겁쟁이처럼 여기 앉아서 떨든 말든 마음대로 해."

"그래. 네 말대로 나는 여기 앉아서 기다릴게."

드웨인은 손목시계를 쳐다봤다. 1시 55분. 그가 말했다. "돈을 세보지만 않으면 금방 끝날 텐데. 육백만 달러를 세려면 시간이 꽤 걸리겠지?"

"꽤 걸리겠지."

"하지만 놈이 속일지도 모르니까 세봐야겠어."

"돈 가방을 주거든 잠자코 받고 나와. 다른 데 가서 세보면 돼. 만약 말한 액수보다 적으면 다시 와서 얘기하면 되니까." 물론 잰은 그럴 마음이 조금도 없었다. 얼마가 되었든 적당한 돈을 받고 이 집을 벗어난다면 그녀는 돌아올 생각이 없었다. 벽에 붙은 그 사진들을 두 번 다시 보고 싶지 않았다. 잘린 팔을 휘두르는 아이의 사진. 그것은 아마도 바누라일 것이다. 그 사진을 보고 잰은 달갑지 않지만 자신과 바누라의 공통점을 떠올렸다.

"그래, 알았어." 드웨인은 다이아몬드가 든 주머니를 들고 트럭 문을 열어 밖으로 나갔다. 열쇠가 꽂힌 시동 장치에서 신호음이 울렸다.

"잠깐." 잰이 말했다. "총 가져가."

드웨인이 비웃으며 잰을 바라봤다. "바누라 자식이 얘기한 거 못 들었어? 집에 총 들고 오지 말랬잖아. 확실하게 못 박았다고."

잰은 몸을 기울여 운전석 아래로 손을 집어넣고 총을 꺼냈다. "내 말 들어. 이거 가져가." 드웨인이 걱정돼서 하는 말이 아니었다. 만약 지하실에서 일이 꼬일 경우, 놈들이 잰을 붙잡으러 오기 전에 드웨인이 놈들을 처리하는 편이 좋았기 때문이다. 잰은 총을 잘 다루지 못했다. 하지만 드웨인은 최소한 조준하고 쏘는 방법은 알았다.

드웨인이 말했다. "걱정 붙들어 매." 드웨인은 땅바닥에 발을 내려놓고 트럭 문을 쾅 닫고는 열린 차창 너머로 말했다. "자축하러 어디 갈지나 생각해 놓으라고. 오늘 한번 진탕 놀아보는 거야, 씨발."

드웨인이 바누라의 집 왼편을 향해 걸어가는 것을 보며 잰은 운전석으로 자리를 옮겼다. 그리고 총을 옆자리에 내려놓았다.

* * *

"궁금한 게 있어." 바누라가 오스카 파인에게 물었다. "너는 가짜 다이아몬드에는 털끝만큼도 관심이 없을 테니 놈들을 찾으려는 이유는 아무래도 그것 때문이겠지?"

바누라는 오스카 파인의 왼쪽 팔 끝을 가리켰다.

"맞아. 이것 때문이야." 오스카 파인이 대답했다.

"그럼 그놈들이 그런 짓을 했다는 건가?"

"그중 한 명이." 오스카 파인이 말했다. "그 여자야. 네가 알려준 인상착의가 맞다면."

바누라가 고개를 끄덕이며 말했다. "그거, 진짜 끔찍하게 아팠겠는데?"

오스카 파인이 고개를 끄덕였다. 당시의 일을 그다지 자세히 얘기하고 싶지는 않았다.

바누라가 말했다. "우리 고향에서는 그런 일이 비일비재하지. 여기보다 흔해."

"그래. 저기 네 사진들을 보니 알겠더군."

바누라가 고개를 끄덕였다. "당시 난 열한 살이었지."

"열한 살에 저런 일을 했으니 평생 마음에 남았겠군." 오스카 파인이 말했다.

바누라는 생각에 잠겼다가 대답했다. "그렇지." 한쪽 손을 잃은 당사자와 나누기에는 적절치 않은 주제였다.

위쪽에서 세차게 문을 두드리는 소리가 들렸다. 바누라가 문을 열러 올라간 사이 오스카 파인은 계단 아래쪽 구석으로 이동했다. 그리고 재킷 안에서 총을 꺼내 오른손으로 꽉 쥐었다.

바누라가 막대를 들어 올리고 문을 여는 소리가 들렸다.

"어서와요." 바누라가 말했다.

"안녕하쇼." 드웨인이 말했다.

"팔을 들어 올려 주시겠습니까?" 지시대로 드웨인이 팔을 들어 올리자 바누라는 그의 몸을 손으로 더듬었다.

"안심해요. 분부대로 총은 안 들고 왔습니다." 드웨인이 말했다.

"친구는 어디 있어요?" 바누라가 물었다.

"트럭에서 기다리고 있어요. 내가 너무 빨리 온 건 아니죠? 돈 준비 됐어요?"

"준비는 완벽합니다." 바누라가 문을 닫고 막대를 원위치시키면서 말했다.

"다이아몬드 개수는 똑같겠죠?"

"씨발, 그럼요." 드웨인이 웃으며 말했다. "댁이 그렇게 후하게 값을 쳐줬는데 물건을 반만 들고 올 만큼 나쁜 놈은 아니라고요."

바누라도 드웨인을 따라 웃으며 계단을 내려갔다. 드웨인이 지하 작업실에 들어가자 오른쪽에 서 있는 오스카 파인이 보였다. 오스카 파인은 왼쪽 팔을 주머니에 집어넣은 채 총을 잡은 오른쪽 팔을 뻗어 드웨인의 머리에 겨누고 있었다.

"으악, 씨발, 뭐야?" 드웨인이 말했다. 그는 바누라를 돌아봤다. "거들어 줄 사람이 올 거라더니, 이렇게 위협할 필요는 없잖아요?"

"나를 기억하나?" 오스카 파인이 물었다.

"뭐야? 은행원? 아니면 경호원? 나 여기서 말썽부릴 생각 없어요. 물건 팔고 돈 받으러 온 것뿐이라고."

바누라는 드웨인이 도망치지 못하도록 계단 아래에 길을 막고 섰다.

"대답해 봐. 나를 기억해?" 오스카 파인이 말했다.

"씨발, 댁이 누군지 내가 어떻게 알아?" 드웨인이 말했다.

총을 든 남자가 주머니에서 왼쪽 팔을 꺼냈다. 드웨인은 또 다른 무기가 나오리라 생각하고 아래를 내려다봤지만 그가 본 것은 손이 사라져 있는 팔이었다.

드웨인의 얼굴이 일순간 창백해졌다. 곧, 바지의 사타구니 쪽이 축축하게 젖었다.

"제기랄, 바닥에 싸지마." 바누라가 말했다. 하지만 그는 몇 분 후면 그가 지하실 바닥에서 치워야 할 것이 오줌 정도가 아님을 잘 알고 있었다.

"반응을 보니 기억하는 것 같군." 오스카 파인이 총을 드웨인의 허리 아래로 겨누며 말했다.

"기억해." 드웨인이 말했다.

"이름이 뭐지?"

"드웨인. 드웨인 오스터하우스."

"그래, 드웨인 오스터하우스. 드디어 만나게 되다니 반갑기 그지없군. 우린 사실 얼굴을 맞대고 얘기를 나눠본 적은 없지만 말이야. 그때 운전석에 있었지?"

"서류 가방 암호가 없었어. 암호만 있었으면 그러지 않았을 거야. 그렇게까지…… 그러니까 손을…… 안 그랬을 거야."

"마취총을 맞은 상태에서는 암호를 알려주기가 힘들더군." 오스카 파인이 말했다.

"이봐, 미안해. 정말 미안해. 댁이 그때 정신을 잃었다는 거 알아. 그리고 댁도 알겠지만 내가 그런 게 아니잖아. 알지?"

"그럼, 누가 그랬는지 알고말고." 오스카 파인이 말했다. "그 여자 어디 있어?"

드웨인은 머뭇거렸다.

오스카 파인이 말했다. "자, 드웨인, 지금 상황이 어떤지 잘 알잖아? 협조하는 편이 좋을 텐데? 내가 뭘 좀 보여줄까?" 그는 왼쪽 팔을 들었다. 셔츠의 소매가 팔 끝의 움푹 파인 안으로 쑤셔 넣어져 있었다. 오스카 파인은 총의 방아쇠에 걸린 오른쪽 검지를 이용해 소매 끝을 들췄다.

"아니야, 안 볼래." 드웨인이 말했다.

"천만에. 사양하지 마." 오스카 파인이 소매를 걷자 울퉁불퉁하게 아문 팔 끝이 드러났다.

"오, 하느님."

"하느님은 너를 도와주시지 못할 거야." 오스카 파인이 말했다. 드웨인의 반응에 만족한 그는 셔츠 소매를 다시 팔 끝에 쑤셔 넣었다. 그리고 드웨인에게 물었다. "왼손잡이인가? 아니면 오른손잡이?"

드웨인의 바지가 더욱 축축해져 갔다. 오스카 파인이 질문을 반복했다.

드웨인이 침을 꿀꺽 삼켰다. "오른손잡이."

"그렇다면 왼손을 가져가도록 하지. 필요 이상으로 괴롭게 할 생각은 없거든. 아, 그리고 바누라에게 연장을 빌려서 너희가 했던 것보다 깔끔하게 절단해 주지."

드웨인의 이마에 땀방울이 맺혔다. "그러지 마. 날 보내주면 원하는 건 다 알려 줄게."

"그 여자 어디 있어?"

"트럭에."

"왜 같이 안 왔지?"

"불안해했어."

"불안해한 이유는?"

"바누라 씨가 주겠다는 액수가 너무 많아서 미심쩍어했어. 그래서 다이아몬드를 다른 데서 감정받았는데, 다 가짜였다는 거야."

오스카 파인이 고개를 끄덕였다. "하지만 너는 왔군."

드웨인은 울음을 터뜨릴 지경이었다. "바누라 씨를 믿었어."

"이제 바누라 씨군." 바누라가 말했다. "아까는 '바니 보이' 라더니."

"이봐요, 무례하게 굴 뜻은 없었어요." 드웨인이 불안한 웃음을 지으며 말했다.

"그 여자는 심상치 않다고 감을 잡았군. 내가 여기 온 것도 눈치챘나?" 오스카 파인이 말했다.

"그렇지 않아. 그냥 겁을 먹은 거야." 드웨인의 표정이 밝아졌다. 그는 눈에서 눈물을 훔쳐내며 말했다. "나한테 좋은 생각이 있어. 내 손을 건드리지 말고 밖으로 내보내 줘. 그럼 트럭으로 가서 그 여자한테 말할게. 문제가 있다고. 돈의 일부를 유로로, 아니, 캐나다 달러로 받아서 액수 확인하는 데 도움이 필요하다고. 여자가 내려오면 그때 나를 풀어줘. 하늘에 맹세코, 그때 나는 당신 손을 자르기 싫었어. 다른 데로 이동해서 더욱 강한 연장을 찾아보자고 말했어. 우리가 들고 온 연장은 체인을 자를 만큼 강하지 않았으니까. 내 말 이해하지? 시간 끌어도 괜찮을 곳으로 차를 몰고 갔으면 당신을 해치지 않고도 가방을 뺄 방법이 있었을 거야. 하지만 그 여자는 일을 빨리 끝내려고 제정신이 아니었어. 난 절단하는 것에 절대 반대였다고."

오스카 파인은 드웨인의 제안을 진지하게 고려하는 듯 고개를 끄덕였다.

"여자를 데리고 와. 그럼 보내주지."

드웨인은 열심히 고개를 끄덕이며 불안한 미소를 지었다. "그래, 맞아. 그렇게 하면 돼. 나도 당신을 돕고 싶어."

"물어볼 게 있는데……." 오스카 파인이 말했다.

"그래, 그래. 뭐든 물어봐."

사실 오스카 파인에게는 여러 가지 묻고 싶은 것이 있었다. 지난 6년간 두 사람이 어디 있었는지, 콘스턴스 태팅거는 그동안 어떤 이름으로 어디서 누구와 살았는지. 드웨인은 최대한 성심껏, 자신이 아는 모든 것을 오스카 파인에게 실토했다.

"매우 큰 도움이 됐어." 오스카 파인이 말했다.

"뭘 이 정도 가지고." 드웨인은 또다시 미소를 지어 보였다. "그럼 가서 여자를 데려올까? 그다음에 나는 가도 되지?"

"아니, 그럴 필요 없어." 오스카 파인은 드웨인 오스터하우스의 얼굴 한가운데로 총을 쏘았다. "내가 직접 가서 말하면 되거든."

45

오스카 파인은 바누라에게 사과했다. "이거, 작업실이 더러워졌군. 내가 책임을 지도록 하지."

총알은 드웨인의 이마에 박혀 뒤통수를 뚫고 나갔다. 바누라는 드웨인이 서 있던 지점의 뒤쪽 벽에 묻은 피와 뇌수를 바라보며 말했다.

"더 심한 상황도 봤어."

오스카 파인은 종이에 번호 하나를 적어 바누라의 작업대 위에 올려놓았다. "그 번호로 전화를 걸어서 오스카 파인 씨가 일 처리를 부탁했다고 말해. 와서 다 정리해 줄 거야. 시체 처리부터 청소까지."

"고맙군." 바누라가 말했다.

"하지만 나머지 한 명을 처리할 때까지 기다려 주면 좋겠어." 오스카 파인이 말하자 바누라는 고개를 끄덕였다.

"혹시 다른 문으로 나갈 수 있나?" 오스카 파인이 물었다. "저 뒷문은 지켜보고 있을 것 같아서 말이지."

"아니. 지하실은 집의 다른 부분들과 차단되어 있어. 저 뒷문이 유일한 출입구야. 이 방은 보일러실하고도 이어져 있지 않지. 보일러실은 집 안에 따로 내려가는 계단이 있어. 아, 대신 감시 카메라가 있군."

"좀 보여주겠나?"

바누라는 오스카 파인을 작업대 쪽으로 안내했다. 작업대에는 보석 감정용 기구들과 함께 무척 얇은 평면 스크린 모니터와 키보드가 있었다. 바누라가 키보드를 두드리자 화면이 균일하게 사등분되면서 각 구획마다 바누라의 집을 각각 다른 지점에서 촬영한 장면이 등장했다.

"집 둘레에 광각 카메라들이 설치되어 있지." 바누라가 말했다.

오스카 파인은 몸을 기울여 오른쪽 상단의 화면을 바라봤다. 화면은 집의 정면 쪽 길거리를 잡고 있었고 맨 오른쪽에는 진입로가 보였다. 진입로에는 픽업트럭 한 대가 세워져 있었지만 찍힌 각도와 차창에 반사되는 빛 때문에 안에 사람이 앉아 있는지는 보이지 않았다. 조수석에는 분명 아무도 없었지만 운전석은 빛 반사가 심해서 확인할 수가 없었다.

"흠." 오스카 파인이 말했다.

지하실로 이어지는 뒷문에 설치된 카메라의 화면에는 아무도 보이지 않았다. 몸을 숨길 곳을 없애기 위해 일부러 비워놓은 듯, 뒷마당에는 창고라든가 몸통이 굵은 나무 따위는 보이지 않았다. 2미터 높이의 널빤지 울타리로 둘러싸인 평평한 뒷마당에는 마른 풀만이 가득했다.

바누라는 왼쪽 아래 화면을 가리켰다.

"저거 봤어?"

"뭔데?"

"아까 저기— 앗!"

오른쪽 상단 화면에서 픽업트럭이 후진하기 시작했다.

'여기서 나가야 해.' 드웨인이 집 모퉁이를 돌자마자 잰은 생각했다.

그녀는 앞으로 가능한 몇 가지 시나리오들을 떠올려 봤다.

'바누라는 뭘 모르는 바보여서 다이아몬드가 진품이라고 생각했다.' 아닐 거야.

'귀금속점의 여자가 바보여서 다이아몬드의 가치를 몰랐다.' 역시 아닐 거야.

'바누라는 다이아몬드가 가짜라는 것을 알고 있었고, 사기꾼들이 돌아오면 본때를 보여줄 심산이었다.' 가능해. 하지만 굳이 2시에 오라고 한 이유는 뭐지? 그럴 작정이었다면 아까도 가능했을 텐데?

'바누라에게는 준비할 시간이 필요했다.' 그럴듯하다. 하지만 돈을 준비할 시간은 아닐 것이다.

오스카 파인에게 연락한 것일까? 오랜 세월이 흐른 지금까지도 오스카 파인은 이 바닥의 지인들로부터 대량의 가짜 다이아몬드를 거래하러 오는 자들에 관한 정보를, 잰과 같은 인상착의를 지닌 여자에 관한 정보를 받고 있었던 것일까?

'여기서 나가야 해.'

잰은 자동차 열쇠에 손을 올려놓고 돌릴 준비를 했다. 시동을 걸고 트럭을 후진시켜 고속도로에 진입하기만 하면 된다. 보스턴권에서 될 수 있는 한 멀리 빠져나가면 된다.

하지만 어디로?

긴 세월 동안 잰에게는 계획이 있었다. 프로미스 폴즈를 떠나 낙원으로 간다는 계획. 그러나 낙원으로 가는 티켓을 사려면 다이아몬드를 판 돈이 필요했다.

'쓸모없는 돌덩이들.'

원하는 것을 손에 넣기 위해 기다렸던 긴 시간 동안, 잰은 단 한 번도 자신이 이미 지니고 있는 것들에 관해 생각해 본 적이 없었다.

그 거짓된 인생이 바로 실재實在의 인생이었던 것이다.

실재하는 집.

실재하는 남편.

실재하는 "아들".

잰은 그 모든 것을 맞바꿔버렸다. 승산 없는 도박. 여생을 자기 생각대로, 자기 자신만을 연기하면서 살기 위한 돈이 걸린 도박. 꿈의 해변으로 가기 위한 도박. 하지만 그녀는 그 해변이 어디인지도 알지 못했다. 타히티? 태국? 자메이카?

어디건 중요하지 않아.

낙원에 도착하면 잰은 어머니, 그리고 누구보다도 아버지에게 마음속으로 이런 말을 하고 싶었다. '똑똑히 봐. 나는 제대로 된 삶을 살고 있어. 너희는 아니야.'

그 꿈의 해변이 그녀로부터 멀어지고 있었다.

잰은 지금 보스턴 외곽의 픽업트럭에 앉아 감옥에서 출소한 얼간이 동료가 육백만 달러를 들고 돌아오기를 기다리고 있었다. 그녀의 세계가 한꺼번에 무너져버릴까 봐 전전긍긍하면서.

잰은 손을 차 열쇠에서 떼어 핸드백 안으로 집어넣었다. 핸드백의 옆주머니에는 구겨지고 해진 사진이 한 장 들어 있었다. 그녀는 바스러질 듯 가벼운 가을 낙엽 같은 그 사진을 조심스레 꺼내어 들었다. 그리고 사진 속 어린 아들의 얼굴을 바라보았다.

"미안해." 잰은 속삭이며 사진을 옆 좌석에 올려놨다.

잰은 손을 차 열쇠에 올려둔 채 언제든 달아날 생각으로 잠시 기다렸다. 그녀의 마음속에는 여전히 '하지만?' 이라는 미련이 남아 있었다.

혹시 이유야 어떻든 드웨인의 생각이 맞다면?

상황을 종합해 볼 때 드웨인의 생각은 분명 틀렸다. 하지만 만에 하나, 잰이 도망쳤는데 드웨인이 돈을 들고 나온다면?

잰은 이성적으로 앞으로의 전개를 예측해야 했다.

그녀는 드웨인이 두고 간 총을 붙잡고 열쇠를 꽂은 채 트럭을 나왔다. 그리고 집의 측면을 걸어 모퉁이를 돌아 지하실 문으로 다가갔다.

잰은 노크를 하지 않고 문을 바라봤다. 문을 열까 하다가 그대로 두었다. 육중한 문 너머에서 소음이 희미하게 들려왔다. 징징거리는 높은 톤의 목소리. 잰은 그것이 드웨인의 목소리임을 알 수 있었다.

몇 마디가 들렸다.

"……하늘에 맹세코, 그때 나는 당신 손을…… 더욱 강한 연장을…… 이해하지? 시간 끌어도 괜찮을 곳으로 차를 몰고 갔으면…….”

더 이상 들을 필요도 없었다. 잰은 배신당했다. 그녀를 붙잡으러 올 것이다. 당장에라도 문이 열릴지 모른다.

사람이 나오기를 기다리다가 쏘아야 할까? 아니, 여기 이대로 있는 것은 좋지 않아. 오히려 먼저 총을 맞을 가능성이 크다. 잰은 문에서 물러나 집의 벽에 딱 붙었다. 문득 위를 쳐다보니 처마 밑에 조그만 카메라가 달려 있는 것이 보였다.

파이브 마운틴즈의 카메라들을 파악하는 데 많은 시간을 들였던 잰은 자신이 왜 진작 저것을 발견하지 못했을까 하고 생각했다. 저기 카메라가 달려 있다면 다른 부분에도 카메라가 달려 있을 것이다.

저들은 이미 잰이 여기 있다는 것을, 뒷문에서 기다리고 있다는 것을 알아챘을 것이다.

서둘러야 해.

잰은 달리기 시작했다. 집 모퉁이를 돌아 트럭으로 달려가 왼손으로 운전석 문을 열었다. 오른손에는 여전히 총이 들려 있었다. 그녀는 차 안으로 뛰어들어가 총을 옆자리에 던지고 시동을 걸었다.

첫 번째 시동은 걸리지 않았다.

두 번째로 열쇠를 돌리는데 누군가 집 뒤편에서 나오는 것이 보였다. 기다란 재킷을 입고 오른손에 총을 쥔 남자. 총은 그녀를 향해 겨누어져 있었다.

시동이 걸리자 잰은 핸들 기어를 후진으로 넣고 뒤에 사람이 있는지도 확인하지 않은 채 액셀을 밟았다. 오른쪽 손을 옆 좌석에 올려놓은 채 뒤를 돌아보며 진입로에서 길거리로 튀어 나갔다. 그리고 힘껏 운전대를 돌렸다.

앞유리가 산산조각이 났다.

아주 잠깐, 잰은 총이 발사된 방향을 쳐다봤다. 남자가 총을 들고 있었다.

남자의 왼팔 끝에는 손이 없었다.

픽업트럭의 후미가 길을 내려오던 파란색 쉐보레의 앞을 갑자기 가로막자

쉐보레가 시끄럽게 경적을 울렸다. 쉐보레의 운전자는 방향을 휙 틀며 "개새끼야!"라고 소리를 지르더니 저편으로 사라졌다.

잰이 급제동을 한 뒤 다시 트럭을 몰기 시작할 때 오스카 파인이 또다시 총을 발사했다. 차체에 명중하지 않았지만 잰은 총알이 조수석의 차창을 통해 운전석 쪽 문을 뚫고 지나갔음을 느꼈다.

무섭고 단호한 표정의 오스카 파인이 도로를 향해 달려오고 있었다. 잰은 운전대를 세차게 돌리며 액셀을 밟았다. 트럭의 오른쪽 흙받이가 오스카 파인을 아슬아슬하게 스쳤다. 오스카 파인은 트럭에 부딪히지 않으려고 몸을 급하게 틀다가 보도에 넘어졌다.

잰의 옆에는 총이 놓여 있었지만 사용할 겨를이 없었다. 그녀는 운전하기도 벅찼고 오스카 파인이 뒤편에 있었으니 총을 제대로 조준할 수도 없었다.

잰은 검은색 아우디를 지나치면서 그것이 오스카 파인의 차일 것이라고 짐작했다. 오스카 파인은 지금 차에서 15미터는 족히 떨어져 있었다. 그가 차에 올라타 시동을 걸 때쯤이면 잰은 이미 한두 블럭은 앞서 있을 터였다.

충분히 유리한 상황이다.

그때 머리 뒤 위쪽에서 날카롭게 쨍하는 소리가 들렸다. 총알이 뒷유리를 뚫고 운전석에 들어온 것이었다.

잰은 차의 속도를 높였다. 백미러를 보니 오스카 파인이 검은색 아우디를 향해 달려가고 있었다. 그것이 잰이 급히 우회전을 하여 달아나기 전에 본 그의 마지막 모습이었다.

하지만 잰은 흥분한 나머지 이썬의 사진이 바람에 날려 차창 밖으로 떨어지는 것을 보지 못했다.

오스카 파인이 트럭을 쫓아가려는데 종이 한 장이 허공에서 떨어져 내려오는 것이 보였다.

그는 차를 타고 잰 하우드를 쫓아가지 않아도 될 이유가 생긴 것을 새삼 반겼다. 이런 추적은 백이면 백 결과가 좋지 않다. 자동차 사고 즉, 경찰의 주목을 받게 되는 것이다. 게다가 오스카 파인으로서는 한 손으로 잽싸게 운전대를 다루는 것이 쉬운 일은 아니었다.

일단 한번 찾아냈으니 다시 찾아내는 것은 얼마든지 가능하다. 게다가 드웨인에게서 얻은 정보도 있었다. 오스카 파인은 차에서 내려 종이가 떨어진 곳으로 걸어갔다. 그리고 몸을 굽혀 종이를 집어들었다. 얼핏 봤을 때는 평범한 하얀 종이처럼 보였지만 뒤집어 보니 그것은 사진이었다.

웃고 있는 조그만 남자아이의 사진. 오스카 파인은 사진을 주머니에 집어넣었다.

이번에는 보스턴을 떠나기 전에 고양이에게 먹이 줄 사람을 구해야 할 것 같았다.

46

내가 그레천 리클러와의 통화를 끝내자 곧 모르는 번호로 전화가 걸려왔다.

나는 첫 번째 신호음에서 수화기를 들었다. "여보세요?"

"하우드 씨?" 여자의 목소리. 익숙한 목소리였다.

"그런데요?"

"이제 그 기사를 담당할 수 없죠?"

"네? 누구시죠?"

"리브즈 의원의 호텔 영수증 건을 제보했던 사람이에요. 기사를 쓰는 데 참고하시라고 말이죠. 왜 기사를 안 쓰셨죠?"

나는 잠시 생각에 집중했다. "리브즈가 엘몬트 세바스찬에게 돈을 돌려줬어요. 그래서 편집자 쪽에서 기사를 낼 수 없다고 결정했습니다."

"그럼 명단을 다른 사람한테 넘겨주세요. 기사를 쓸 수 있는 사람한테요. 신문사에 전화해봤더니 하우드 씨는 부인이 실종된 탓에 휴가 중인지, 정직 중인지라고 말하더군요. 저도 부인 살인 혐의를 받는 기자한테 기사를 맡기고 싶지는 않아요. 기분 나쁘게 듣지 마세요."

"명단? 무슨 말씀이세요? 명단이라니?"

수화기를 통해 여자의 한숨 소리가 들렸다. "제가 우편으로 보낸 명단 말이에요."

나는 재킷의 주머니를 두드렸다. 신문사를 나오는 길에 우편함에서 꺼내 쑤셔 넣었던 봉투들이 들어 있었다. 나는 주머니에서 봉투들을 꺼냈다. 하나는 급여 명세서, 하나는 비누 회사의 쓸데없는 소식지, 그리고 마지막 하나는 내 주소가 블록체로 적힌 평범한 흰색 봉투였다. 발신자의 주소는 없었다. 나는 봉투를 찢어 안에 든 종이를 꺼내 펼쳤다.

"여보세요? 하우드 씨?"

"잠깐만요." 나는 종이를 훑어봤다. 거기에는 프로미스 폴즈 시의원들의 이름이 달러 액수들과 나란히 손글씨로 적혀 있었다. 액수는 0부터 2만 5천 달러까지 다양했다.

"맙소사. 이거 진짜예요? 엘몬트 세바스찬이 이걸 다 의원들한테 줬단 말입니까?"

"이제야 읽었어요? 맞아요. 그래서 다른 사람한테 기사를 넘겨야 한다는 거예요. 엘몬트, 나쁜 새끼, 날 너무 괴롭혔어. 맛을 좀 봐야 해. 기삿거리가 필요해요? 그럼 스타 스팽글드 코렉션즈의 여직원들한테 한번 물어봐요. 남자 직원들이 날마다 몸을 더듬는데 윗대가리들은 본 척도 하지 않으면 기분이 어떻더냐고요."

이것으로 여자가 엘몬트 세바스찬 밑에서 일하고 있음이 밝혀졌다. 하지만 여하튼 지금 나의 상황을 고려할 때 그녀의 말이 옳았다. 나 말고 다른 사람이 이 기사를 담당해야 한다.

"조지 호에는 왜 안 왔습니까?" 내가 물었다.

"네? 무슨 말이에요, 그게?"

"이메일을 보내셨잖아요? 조지 호에서 만나자고."

"무슨 소린지 모르겠군요. 당신이든 누구든 대놓고 만날 리 없잖아요. 내가 바보인 줄 알아요?"

여자는 전화를 끊었다.

나는 잠시 우두커니 앉았다가 명단이 적힌 종이를 봉투에 넣고 다시 주머니에 집어넣었다. 평소였으면 이것은 굉장한 희소식이었겠지만 지금 나한테는 특종이 문제가 아니었다.

익명의 제보자가 한 말 중 중요한 것이 하나 있었다. 그녀는 나에게 조지 호에서 만나자는 이메일을 보낸 적이 없었다. 즉, 다른 사람이 나를 그곳으로 꾀어낸 것이었다. 함정. 나탈리 본듀런트의 해석과 완벽하게 맞아들어갔다.

'잰.'

나는 남은 하루를 콘스턴스 태팅거에 관한 정보를 찾아내는 데 쏟아붓기로 했다. 수고스러운 일은 아니다. 1970, 80년대에 로체스터에 거주했던 태팅거 가족은 하나밖에 없을 것이다. 그리고 그레천 리클러의 말대로라면 그들은 그 사건 이후 이사를 갔다.

나는 아버지에게 할 일이 좀 있다고 말했고 아버지는 자기도 그렇다고 대답했다. 그는 내가 벌여놓은 파괴의 현장을 수습할 채비를 하고 있었다.

아버지는 어머니에게 전화를 걸어 조용한 목소리로 무슨 일이 벌어졌는지 설명했고 미안하지만 오늘은 하루 종일 여기 있어야 할 것 같다고 말했다. 다시 말해, 어머니 혼자 아무런 도움 없이 이썬을 돌봐야 했다.

어머니는 괜찮다고 대답하고 나를 바꿔달라고 했다.

"좀 어떠니?" 어머니가 물었다.

"제정신이 아니에요. 그거 빼고는 괜찮아요."

"네 아버지가 그러는데 집을 난장판으로 만들었다면서?"

"네. 저도 제가 한심해서 죽을 지경이에요. 그래도 제가 찾지 못한 물건을 아버지가 발견했어요. 잰을 찾을 단서가 나타났어요."

"잰이 어디 있는지 알아냈니?"

"아니요. 하지만, 잰이 누구인지는 알아냈어요. 저 지금 컴퓨터가 필요해요. '태팅거' 라는 이름을 가진 사람들을 찾아봐야 해요."

"아버지가 연장을 가지러 집에 온다더구나. 아버지 편에 내 노트북 컴퓨터를 들려 보낼게."

나는 어머니에게 고맙다고 말했다. "저기, 그리고 안 좋은 일이 벌어졌어요. 저 때문에."

어머니는 내 말을 기다렸다.

"호러스 리클러 씨가 자살을 기도했어요. 제가 사건의 기억을 되살린 탓이에요. 게다가 누가 딸의 이름을 도용하고 있었다는 사실도 충격이었겠죠."

"넌 할 일을 한 거야." 어머니가 말했다. "그 사람 딸에게 일어난 일은 네 잘못이 아니잖니. 잰이 무슨 짓을 저질렀건 그것도 네 탓이 아니야. 너는 진실을 밝힌 것뿐인데 그들이 감당할 수 없었던 거지."

"알아요. 하지만 리클러 부부는 좋은 사람들이에요."

"넌 그냥 해야 할 일을 하면 된단다." 어머니가 말했다.

나는 아버지에게 꼭 어머니의 노트북 컴퓨터를 가지고 오라고 말했다. 아버지는 마침 필요한 물건들의 목록을 적는 중이었는데 맨 아래에 "노트북"을 추가했다.

"금방 올게." 아버지가 말했다.

나는 〈스탠다드〉의 사만다 헨리에게 전화를 걸었다. "부탁 좀 해도 될까?"

"말해 봐."

"경찰이든 누구든 알 만한 사람한테 '콘스턴스 태팅거'라는 사람에 관해 알아봐 줄 수 있어?"

"철자가 어떻게 돼?"

나는 철자를 불렀다.

"그런데 누구야?"

"그건 말해주기가 좀 그렇군." 내가 말했다.

"아, 그래? 다시 말해, 지금 너는 정직 상태이고 경찰은 네가 부인을 죽였다고 의심하고 있고 우리는 우리 회사 기자인 너에 관한 기사를 쓰고 있는 이 시점에서 넌 나한테 이유도 말해주지 않은 채 그런 정보를 파보라고 부탁하는 거로구나?"

"응. 대충 그런 거지."

"알겠어. 이름 말고 다른 건 없어? 생년월일이라든가?"

"1975년 4월 15일."

"좋아. 다른 건?"

"그 정도야. 로체스터 출생. 어릴 때 가족이 이사를 간 것 같아."

"뭐든 알아내면 연락할게."

"고마워. 신세 갚을게."

"당연하지. 우리 신문사에 언론 윤리라는 게 존재한다면 난 아마 혼쭐이 날 거야."

"한 가지 더 있어. 내가 담당했던 엘몬트 세바스찬과 스탠 리브즈에 관한 기사 있잖아?"

"응."

"네가 좀 맡아줘. 이 기사를 풀어낼 단서가 드디어 나타났어. 시의원들의 이름과 뇌물 액수가 적힌 명단."

"뭐?"

"언제 복직할지 모르는 내가 계속 깔고 앉을 수는 없어. 이 사건은 되도록 빨리 기사화돼야 해. 너밖에 없어. 명단은 내가 가지고 있다가 다음에 만나서 넘겨 줄게. 다른 루트로 내용과 액수를 확인해 봐."

"그 명단은 어디서 난 거야?"

"그 얘긴 나중에 하자. 지금은 시간이 없어."

"알았어. 정말 고마워. 너 대신 내가 꼭 진상을 밝힐게."

"그래, 바로 그거야." 나는 전화를 끊었다.

한 시간 후에 아버지가 돌아왔다. 그는 연장통과 테이블톱, 하느님이 나무를 창조한 순간부터 차고에 보관해 두었음직한 굽도리널 조각들을 들고 2층으로 올라갔다. 곧 위에서 아버지의 쿵쾅거리는 발소리가 들렸다.

나는 어머니의 노트북을 들고 전원을 켰다. 그리고 인터넷 전화번호부에 접속했다. 미국 전역에 태팅거라는 이름을 가진 사람은 마흔 명 남짓이었고 그중 M. 태팅거는 다섯 명이었다. 그들은 각각 버펄로, 보이시, 산카탈리나, 피츠버그, 탬파에 살고 있었다.

나는 전화를 걸기 시작했다.

버펄로와 보이시의 태팅거들은 전화를 받았다. 전화번호부의 본인들은 아니었지만 버펄로의 태팅거는 마크, 보이시는 마일즈임을 확인할 수 있었다.

내가 찾는 M은 마틴이었다.

나는 전화를 받은 사람들에게 셀마라는 부인과 콘스턴스라는 딸을 가진 마틴 태팅거를 아는지 물어봤다.

둘 다 모른다고 대답했다.

산카탈리나와 피츠버그의 전화번호에서는 아무도 응답하지 않았고 탬파의 전화번호는 끊겨 있었다.

나는 퇴근 시간쯤 응답하지 않는 번호들로 다시 전화를 걸기로 하고 그동안 잰 리클러와 콘스턴스 태팅거가 다닌 학교를 찾아보기로 했다. 두 소녀는 유치원 또는 1학년까지 함께 학교를 다녔을 것이다. 나는 구글맵에서 리클러 부부의 집 근처에 있는 초등학교들을 찾아 전화번호를 적었다.

전화를 걸다가 나는 문득 지금이 8월임을 깨달았다. 학교들은 앞으로 몇 주간 더 비어 있을 것이다. 하지만 교사인 친구들에게서 듣기로, 개학 전달에는 개학 준비를 하기 위해 직원들이 학교에 나오기도 한다.

맨 처음 전화를 건 학교에서는 교감이 전화를 받았다. 그녀의 설명에 따르면 그 학교는 1990년대 중반에 세워졌기 때문에 1980년대에는 아예 존재하지 않았다.

두 번째 학교에 전화를 걸어 누군가 응답하기를 기다리는 동안, 나는 리클러 부부의 집에서 나눴던 대화를 머릿속으로 되새겼다. 그레천은 딸의 죽음 때문에 주변 사람들이 모두 정신적으로 힘들었다고 말했다. 그중에는 딸의 담임도 포함되어 있었다.

그때 담임의 이름을 말했었는데…… 스티븐슨이었던가?

나이 든 여자가 전화를 받았다. "비서실 다이앤 존슨입니다."

나는 그녀에게 우선 학교에 사람이 있어서 다행이라고 말한 뒤 1980년쯤 그 학교에 다닌 콘스턴스 태팅거에 관해 물어볼 것이 있다고 간략하게 설명했다.

"누구신가요?" 여자가 물었다.

나는 CNN마저 잰의 실종 사건을 다루고 있고, 내 얼굴과 이름이 TV 화면을 장식하고 있는 마당에 쉽사리 대답할 수가 없었다. 하지만 내 이름과 전화번호는 다이앤 존슨의 전화기 화면에 이미 떠 있을 것이다.

"데이빗 하우드라고 합니다. 로체스터에서 학교를 다니지는 않았어요. 하지만 긴급한 가정 문제가 생겨서 콘스턴스와 그 부모를 찾고 있습니다." 나는 다이앤 존슨이 긴말 없이 협조해주기를 바라며 "긴급한 가정 문제"를 무겁게 강조했다.

"음, 그때는 제가 여기서 일하기 1년 전이라 솔직히 말씀하신 학생은 잘 모르겠네요." 그녀가 말했다.

"아마 거기서 유치원만 다녔을 겁니다. 가족이 이사를 가는 바람에 전학을 했거든요. 잰 리클러라는 아이의 친구였습니다."

"아, 잠깐만요. 그 이름은 알아요. 그 아이를 기리는 명판이 비서실 바로 바깥 복도에 설치돼 있거든요. 자동차에 치여 세상을 떠난 학생이죠?"

"맞습니다."

"차를 몬 것이 아버지였다던데. 진입로에서 후진을 했다고 들었어요."

"네, 말씀하신 대로예요."

"정말 끔찍한 일이에요. 그때 저는 여기 없었지만 얘기는 들었어요. 친구가 아이를 자동차가 후진하는 방향으로 밀었다고 하던데……."

"네, 사실은 그 친구가 바로 콘스턴스 태팅거입니다."

"세상에. 그럼 정말 오래전 일이로군요."

"네. 아시겠지만 그렇게 오래전에 사라진 사람을 찾는 일이 쉽지가 않군요."

"도와드릴 방법이 있을지 모르겠네요."

"학교에 남아 있는 기록이 없을까요? 콘스턴스에 관한 정보가 들어간 기록 말입니다. 어디로 이사를 갔는지 알 수 있는 단서라든가?"

수화기 너머에서 몇 초간 종소리가 들렸다. 종이 멈추자 다이앤 존슨이 말했다. "종이 제대로 울리는지 시험 중인가 봐요. 여하튼, 그렇게 옛날 기록은 여기에 없어요. 아마 행정 본부에 보관되어 있겠지만 선생님께 공개해줄지는 모르겠네요."

"아……."

"아이의 담임 선생님 이름은 아시나요?"

나는 기억을 떠올리며 대답했다. "스티븐슨이 아닐까 싶습니다."

"혹시 스티븐스 아닌가요? S-t-e-p-h-e-n-s?"

"그럴지도 모릅니다."

"티나 스티븐스 선생님은 제가 이 학교로 온 해에 유치원 담임이었어요. 그 후 2년 정도 근무하다가 다른 학교로 옮겼죠."

"어느 학교로 갔는지 아세요?"

"얼른 기억나지가 않네요. 하지만 아마 여러 번 전근했을 거예요. 선생님들은 원래 여러 학교를 돌잖아요."

"행정 본부에 물어보면 알까요?"

"제가 지금 기억나는 건, 스티븐스 선생님은 결혼을 했어요. 봅시다…… 남편이 아주 괜찮은 남자였는데…… 그렇지, 코닥에서 일했어요. 흠, 말하고 보니 별로 유용한 정보는 아니네요."

"남편의 이름을 기억하세요?"

"잠깐만요. 지금 여기 있는 사람들한테 혹시 아는지 물어볼게요." 다이앤 존슨이 수화기를 내려놓는 소리가 들렸다. 나는 수화기를 귀에 꼭 붙이고 기다렸다. 2층에서는 아버지가 망치질과 톱질을 하는 소리가 들렸다.

다이앤 존슨이 다시 수화기로 돌아왔다. “피렐리.” 그녀는 나에게 철자를 불러줬다. “타이어 회사 이름이라는군요. 저는 들어본 적이 없지만. 제가 아는 타이어 회사는 ‘굿이어’ 밖에 없어요. 여하튼 타이어 회사 이름이래요. 프랭크 피렐리.”

나는 이름을 받아 적었다. “고맙습니다. 아주 큰 도움이 됐어요.”

나는 전화번호부에서 로체스터의 “F. 피렐리”를 찾아 전화를 걸었다. 전화벨이 세 번 울리더니 음성사서함으로 넘어갔다. “안녕하세요. 프랭크와 티나 피렐리입니다. 지금은 전화를 받을 수 없으니 메시지를 남겨주세요.”

나는 메시지를 남기지 않았다. 어쩐지 헛수고를 하는 기분이 들었다.

늘어진 하루가 흘러갔다.

어느덧 아버지는 뭘 좀 먹어야겠다고 말하더니 나가서 미트볼과 프로볼로네 치즈가 들어간 서브마린 샌드위치 두 개를 사왔다. 우리는 잠시 쉬기로 하고 주방 식탁에 앉아 샌드위치를 먹었다.

“고마워요.”

“뭘 그래. 샌드위치 가지고.”

“샌드위치 얘기가 아니에요.”

아버지는 당황한 표정으로 냉장고를 열어 맥주를 찾았다.

늦은 오후, 나는 다시 한번 산카탈리나의 태팅거에게 전화를 걸었지만 여전히 응답은 없었다. 수화기를 내려놓자 곧 어머니에게서 전화가 걸려왔다.

“이썬이 너랑 통화하고 싶다는구나.” 이윽고 수화기를 만지작거리는 소리가 들렸다. “아빠?”

“어이, 아들. 잘 지내고 있어?”

“집에 가고 싶어.”

“조금만 참아.”

“할머니가 나 오늘 계속 여기 있어야 한대.”

“응. 그래야 해.”

“나 매일매일 여기 있었단 말이야.”

“이썬, 이틀밖에 안 됐어.”

“엄마는 언제 와?”

“나도 모르겠다.” 내가 말했다. “할머니 말 잘 듣고 있지?”

이썬은 머뭇거렸다. “응.”

“너 또 무슨 짓 했어?”

“계단에서 뛰어내리니까 할머니가 혼냈어.”

“그것뿐이야?”

“응. 나 방망이 가지고 놀고 있어.”

“방망이?”

“가지고 놀아도 되는 방망이야.”

나는 웃음을 지었다. “할머니랑 크로케 하고 있구나?”

“아니. 할머니는 공 치면 허리 아프대.”

“그럼 혼자 하고 있어? 어떻게?”

“나무공을 작은 문에 집어넣어. 나 되게 멀리 칠 수 있다!”

“그렇구나. 할머니는 저녁밥 만들고 있니?”

“응, 그런 거 같아. 밥 냄새 나. 할머니, 저녁밥 뭐야?” 어머니의 목소리가 들렸다. 그리고 이썬이 말했다. “고기찜이래.” 이썬이 속삭였다. “안에 당근 들었는데.”

“당근 하나만 먹어라. 몸에 좋은 거야. 할머니 기쁘게 해드려야지.”

“알았어.”

“저녁밥은 몇 시에 먹니?”

이썬이 다시 어머니에게 큰소리로 물었다. “일곱 시래.”

“그래. 그럼 일곱 시에 보자. 알았지?”

"응."

"사랑한다."

"나도 사랑해요." 이썬이 말했다.

"그래. 안녕, 아들."

"안녕, 아빠."

이썬이 전화를 끊었다.

* * *

나는 로체스터의 F. 피렐리의 번호로 다시 전화를 걸었다.

"여보세요?" 여자였다.

"안녕하세요. 티나 피렐리 씨 계신가요?"

"전데요?"

나는 목소리에서 흥분을 감추며 말했다. "로체스터의 유치원에서 일하셨던 티나 피렐리 선생님 맞으신가요?"

"맞아요." 여자가 미심쩍은 목소리로 말했다. "누구세요?"

"저는 데이빗 하우드라고 합니다. 예전에 선생님이 잠깐 맡았던 학생 한 명을 찾고 있습니다."

"데이빗 누구라고요?"

"하우드입니다. 여긴 프로미스 폴즈고요."

"제 번호는 어떻게 알았어요?"

나는 그녀를 찾은 경로를 간략하게 설명했다.

"누구를 찾으시는데요?" 그녀가 물었다.

"콘스턴스 태팅거를 찾습니다."

수화기 너머에서 잠시 정적이 흘렀다. "기억해요." 티나 피렐리가 조용히 말했다. "그 아이를 왜 찾으시죠?"

나는 거짓말로 둘러댈까 고민하다가 그냥 솔직히 털어놓기로 했다. "제 아내입니다. 지금 실종됐어요."

티나가 숨을 들이쉬는 소리가 들렸다. "제가 행방을 알까 봐 전화하신 거예요? 30년 전에 꼬마일 때 보고는 본 적이 없는데."

"알고 있습니다. 그때 콘스턴스의 가족이 로체스터를 떠나 어디로 이사를 갔는지 혹시 아시나요?" 미국에서 마틴 태팅거를 찾을 수 없었기 때문에 나는 그들이 혹시 캐나다나 다른 나라로 이사를 갔을지도 모른다고 생각했다.

"상황이 상황이다 보니 그들은 다른 사람들과 말을 섞지 않았어요. 그냥 어디론가 이사를 가버렸어요." 티나 피렐리가 말했다.

"상황이라면…… 사고 말씀이시군요?"

"댁의 부인이 그 얘기를 하던가요?" 티나 피렐리가 말했다.

"네." 나는 거짓말을 했다.

"불쌍한 콘스턴스. 다들 그 아이를 욕했어요. 그냥 어린아이였는데. 콘스턴스의 부모는 아이를 학교에서 자퇴시키더니 결국 이사를 가버렸죠. 어디로 갔는지는 모르겠어요. 미안해요. 지금 실종됐다고요?"

"네. 사라졌습니다." 내가 말했다.

"큰일을 당하셨군요." 티나 피렐리가 말했다.

"네."

"제가 콘스턴스를 맡은 기간은 2주밖에 안 돼요. 사고는 9월에 있었죠. 콘스턴스는 착한 아이였어요. 조용했죠. 사고 후에 딱 한 번 봤어요."

"그때 콘스턴스는 상태가 어땠습니까?" 내가 물었다.

티나 피렐리가 한참 동안 아무 말이 없었기에 나는 전화가 끊어진 줄 알았다. 이윽고 그녀가 말했다. "뭐랄까…… 감정이 없어진 사람처럼 보였어요."

나는 피츠버그의 M. 태팅거에게 전화를 걸었다.

"여보세요?" 남자였다. 목소리를 들어보니 나이가 예순은 넘어 보였다.

"마틴 태팅거 씨 되십니까?" 내가 물었다.

남자가 즉시 대답하지 않자 나는 질문을 되풀이했다.

"아니요. 나는 믹 태팅거요."

"마틴 태팅거 씨는 안 계신가요?"

"없어요. 전화를 잘못 걸었나 보군."

"죄송합니다. 그래도 혹시 모르니까 여쭤볼게요. 저는 데이빗 하우드라고 합니다. 올버니 북쪽 프로미스 폴즈라는 곳에 있어요. 셀마라는 부인과 콘스턴스라는 딸을 둔 마틴 태팅거라는 분을 찾고 있습니다. 제가 듣기로는 오래전에 가족이 함께 로체스터에 살았다고 하더군요. 혹시 선생님께서 그분 친척이거나, 아니면 그분에 관해 아시는 것이 있을까요?"

"댁이 찾는 마틴 태팅거는 내 형이요." 믹 태팅거가 심드렁하게 말했다.

"아!" 나는 갑자기 기운이 났다.

"마틴과 셀마는 여러 번 이사를 했소. 마지막 정착지는 엘패소였지."

내가 찾은 바로는 전화번호부에 엘패소의 M. 태팅거는 없었다. "연락처를 알 수 있을까요?" 내가 물었다.

"무슨 일로 마틴과 연락을 하려고 하는 겁니까?" 믹 태팅거가 물었다.

"그들의 딸인 콘스턴스에 관해 물어볼 것이 있습니다." 나는 이번에는 나와 그녀의 관계를 밝히지 않았다. "콘스턴스 씨가 지금 좀 곤란한 상황에 처했어요. 그래서 그녀의 부모님을 찾고 있습니다."

"연락 못 할 거요." 믹이 말했다.

"왜요?"

"죽었거든."

"이런, 죄송합니다. 돌아가신 줄 몰랐어요."

믹이 코웃음을 치며 말했다. "돌아가셨다라, 거참 좋은 표현이로구먼."

"네?"

"살해당했어."

"뭐라고요?"

"목을 베였지. 둘 다. 주방 의자에 묶인 채."

"그게 언제였습니까?"

"글쎄, 4년 전? 5년 전? 잘 몰라요. 달력에 표시해 두진 않았으니까."

"살인범은 잡혔습니까?"

"아니요. 코니한테 무슨 일이 있소?"

"콘스턴스— 코니 씨가 실종됐습니다." 내가 말했다.

"그래요? 뭐, 별로 새로운 소식은 아니구먼. 코니는 이미 오래전에 실종됐으니까. 마틴과 셀마는 죽을 때까지 오랫동안 딸의 소식을 듣지 못했소. 딸에게 무슨 일이 일어났는지 전혀 알지 못했지. 코니는 열여섯인가 열일곱 살 때 집을 나갔어요. 그 아이를 욕하는 건 아니오. 그런데 코니가 어디선가 나타나긴 한 모양이군?"

"그랬던 것 같습니다." 내가 말했다.

"개새끼……." 믹이 말했다. "도대체 코니는 어디 있어요? 부모가 죽었다는 것도 모를 텐데?"

"아마 그럴 겁니다."

"알면 아마 통쾌해할 거요. 마틴은 내 형이긴 하지만 지독한 개새끼였지. 나랑은 몇 년 동안 소원한 관계였어요. 마틴과 셀마는 올해의 부모 상 같은 건 죽어도 못 받을 거야. 욕쟁이 아버지에 무기력한 술주정뱅이 어머니, 아주 환상의 커플이었지. 하지만 살해당해야 할 만큼 나쁜 인간들은 아니었어요. 마틴은 엘패소에서 차량 정비소를 운영했는데, 내가 아는 한 문제 될 만한 짓을 하진 않았지. 도대체 왜 죽인 건지 이유를 모르겠어. 훔쳐간 것도 없던데."

"정말 모르겠군요." 나는 조용히 대답했다.

"그런데 코니가 살아있다고요? 그것참 놀랄 일이군. 걔도 죽은 줄 알았는데."

"왜 그렇게 생각하셨죠?"

"글쎄. 코니는 부모에게 지독하게 시달렸거든요. 어렸을 때 안 좋은 일이 있었지. 여기서 꺼낼 얘기는 아니지만."

"진입로에서 차에 치인 여자아이 말이로군요."

"아, 댁도 이미 알고 있군? 마틴은 원래도 코니에게 못되게 굴었지만 사고 이후는 최악이었지. 당시 마틴은 죽은 여자아이의 삼촌이 운영하는 자동차 대리점에서 일하고 있었어요. 그 삼촌은 마틴에게 분풀이를 했지. 마틴을 해고했어. 마틴은 코니를 탓했어요. 이해 못 할 바도 아니지만 그래도 어린애한테 그러면 안 되잖아? 아무튼, 마틴은 다른 동네의 자동차 대리점에서 일을 구했어요. 그런데 이번엔 누가 가게에 들어와 연장을 훔쳐가는 바람에 곤경에 처했지. 마틴 짓이 아니었는데 대리점 주인은 마틴이 범인이라고 생각하고 해고했거든. 두 번째 해고를 당하자 상황은 더욱 나빠졌어요. 마틴은 다른 일자리를 찾았지만, 무슨 일만 벌어지면 코니를 탓했지. 마치 그 아이가 불행의 씨앗인 것처럼." 믹은 말을 멈추고 뭔가를 기억하려 애썼다. "마틴이 코니를 뭐라고 불렀더라? 별명 같은 게 있었는데."

"힌디." 내가 먼저 말했다.

"그래, 그거였어. '힌덴부르크' 의 줄임말."

"코니는 그 상황을 어떻게 견뎠습니까?" 내가 물었다.

"그 가족을 몇 번 만난 적이 있었는데, 흠, 좀 괴상했지."

"무슨 말씀이죠?"

"뭐랄까…… 코니는 꼭 다른 장소에 있는 것 같았거든."

"네?"

"그 자리에 존재하지 않는 것 같았다는 말이오. 코니는 자신이 다른 곳에 있다고 상상하는 것 같았어. 아니면 자기를 '다른 사람' 이라고 상상하거나. 그게 그 아이의 생존법이었겠지."

나는 그의 말을 들으며 고개를 끄덕였다.

“댁의 이름이 뭐라고요?” 믹이 묻자 나는 내 이름을 다시 말했다. “코니를 찾거든 내게 연락하라고 전해줘요. 그렇게 해주시겠소?”

“그럼요.”

“그런데 댁은 누구요? 사설탐정인가?”

“기자입니다.” 내가 말했다. “기자예요.”

아버지가 2층에서 주방으로 내려왔다.

“저녁 식사 시간 됐겠다.” 아버지가 시계를 보며 말했다. 저녁 6시 40분이었다. “네 엄마가 언제 오라고 하던?”

“예?”

“너 왜 그래? 표정이 꼭 유령이라도 본 것 같잖아?”

“네, 그런 셈이에요.”

그때 전화기가 울렸다. 화면을 내려다보니 어머니였다. 아니, 어쩌면 이썬일지도 모른다. 이썬은 얼마 전에 할아버지, 할머니 집 전화기의 단축키 쓰는 법을 배웠다.

나는 전화를 받았다. “네.”

“어디 있는지 모르겠어…….” 어머니가 떨리는 목소리로 말했다. “이썬이…… 어디 있는지 모르겠어…….”

PART FIVE

47

잰은 30분 동안 정처 없이 차를 몰았다. 몇 킬로미터 가다가 좌회전, 다시 몇 킬로미터 가다가 우회전, 그리고 고속도로에 들어갔다가 두 번째 출구에서 빠져나갔다. 잰은 추적자가 쫓아오지 못하기를 바라며 닥치는 대로 차를 몰았다.

아직까지 픽업트럭의 백미러에 검은 아우디의 모습은 보이지 않았다. 고속도로에 접어들어 등 뒤로 1.5킬로미터 정도까지 보이게 되었을 때도 여전히 아우디가 보이지 않자 잰은 오스카 파인이 쫓아오지 않는다고 안심할 수 있었다.

하지만 그리 안심할 상황은 아니었다.

오스카 파인은 그녀를 찾아냈으니 얼마든지 또다시 찾아낼 수 있을 것이다.

지나가는 운전자들이 잰을 봤다면 아마 미친 여자라고 생각했을 것이다. 휘둥그레진 눈, 양옆 창문과 갈라진 앞유리로 불어오는 바람 때문에 헝클어진 머리카락. 잰은 운전대를 아주 세게 붙잡고 있었는데, 그것은 차를 제대로 몰기 위해서이기도 했지만 몸의 떨림을 막기 위해서였다.

그야말로 참담한 몰골이었다.

드웨인은 틀림없이 죽었을 것이다. 오스카 파인은 드웨인이 살아서 지하실을 나가도록 가만두었을 리가 없다.

중요한 것은 드웨인이 죽기 전에 무엇을 얼마나 불었나 하는 것이다.

오스카 파인은 잰의 정체를 알게 됐을까?

잰이 그동안 어떻게 살았는지 알아냈을까?

드웨인이 가짜 다이아몬드를 팔아 육백만 달러를 챙기러 지하실에 들어가기 전에 이미 알고 있었을까?

'생각을 하자.' 잰은 매사추세츠 유료고속도로에서 서쪽으로 차를 몰며 스스로에게 말했다. '생각을 하자.'

한 가지는 확실했다. 바누라가 그들을 밀고한 것이다. 그들이 물건을 감정받고 떠난 다음 바누라는 오스카 파인에게 연락을 취한 것이다. 하지만 어째서 오스카는 그렇게 주의를 기울이고 있었던 것일까? 6년 내내 정기적으로 다이아몬드 거래상들에게 연락을 했던 것일까? 드웨인과 잰의 표식인 가짜 다이아몬드들이 나타나거든 알려 달라고?

그럴지도 모른다. 하지만 특정한 계기가 있어서 전보다 경계 태세를 강화했을 가능성도 있다.

잰의 실종에 관한 뉴스를 본 것일까? 그렇다 하더라도 뉴스에 나온 그녀의 사진은 잰 하우드의 사진이었고, 잰 하우드는 리무진의 뒷좌석에서 오스카 파인을 습격했던 여자와는 전혀 다른 사람이었다. 하지만 자기 손목을 자른 자의 얼굴이라면 머리카락 색깔이나 아이섀도 따위보다 자세한 특징을 기억할 수 있을지 모른다.

잰은 운전대에서 손을 떼고 주먹으로 몇 차례 내리쳤다. 돌이켜보면 온통 실수투성이였다.

어디서부터 잘못됐나?

이 정신 나간 범행을 계획한 것부터가 실수였다. 그리고 드웨인 오스터하우스와 한패가 된 것. 훔친 물건의 가치를 확인하지 않는 우를 범했던 것. 미심쩍은 거래였음에도 바누라의 집으로 돌아갔던 것.

'이미 가지고 있는 것을 버리고 떠난 것.'

대시보드를 바라보니 연료가 거의 바닥 나 있었다. 해결해야 할 실질적인 문제가 생긴 것이었다. 잰은 다음번 출구에서 도로를 빠져나갔다. 그곳에는 주유소와 패스트푸드 식당들이 즐비했다. 그녀는 기름을 30달러어치 채운 뒤 길 건너 맥도날드 매장의 주차장에 차를 세웠다.

잰은 주문하는 곳을 거쳐 곧장 여자 화장실로 향했다. 좌변기 칸으로 들어갔지만 변기의 뚜껑을 미처 들어 올리지 못하고 토했다. 잰은 몸을 지탱하기 위해 손으로 벽을 짚었다. 땀이 나고 어지러웠다.

그리고 다시 한 번 토했다.

잰은 변기 물을 내리고 일어나 화장지로 얼굴을 닦았다. 대충 정돈이 됐다고 생각한 그녀는 문을 열고 나갔다. 세면대로 가서 물로 얼굴을 적시고 마음을 진정시켰다. 옆 세면대에서 딸을 씻기고 있던 여자가 경계하는 눈초리로 잰을 쳐다봤다.

잰은 여자의 생각을 짐작할 수 있었다. '미친 여자인가 봐.'

화장실에는 페이퍼 타월 대신 빌어먹을 건조기밖에 없었다. 잰은 얼굴에 뜨거운 바람을 쐬고 싶은 마음이 조금도 없었기에 그냥 화장실을 걸어나갔다. 그리고 얼굴에서 물방울을 줄줄 흘리며 맥도날드를 나갔다.

잰은 맥도날드의 바깥벽에 기대어 자신의 픽업트럭과 지나가는 차들을 바라보며 검은 아우디가 나타나지 않는지 살폈다. 그녀는 마치 마비된 듯 30분 동안 우두커니 서 있었다. 뭘 어떻게 해야 할지 알지 못한 채.

쓰레기통을 비우러 나온 직원이 잰에게 도움이 필요하냐고 물었다. 도와주려는 게 아니라 잰이 다른 곳으로 가기를 원했던 것이다. 잰은 트럭 운전석으로 돌아가 잠시 앉아 있었다.

갑자기 휴대폰이 울리자 잰은 소스라치게 놀랐다. 그녀에게는 휴대폰이 없었다. 순간 잰은 예전에 주유소에 들렀을 때 여자의 핸드백에서 휴대폰을 훔친 것을 떠올렸다. 잰은 자신의 핸드백에 손을 집어넣어 휴대폰을 꺼내 화면에 뜬 전화번호를 봤다.

이 휴대폰으로 잰에게 연락할 사람은 없었다.

하지만 드웨인이 이것으로 바누라에게 전화를 걸었으니 바누라의 전화기의 통화 기록에 번호가 남아 있을 것이다.

잰은 휴대폰을 열었다. "여보세요?"

"누구시죠?" 여자였다. "제 휴대폰 가지고 계세요? 아침에 잃어버려서 계속 찾고 있었—."

잰은 생물의 등뼈를 부러뜨리듯 휴대폰을 부러뜨렸다. 그리고 트럭에서 내려가 두 동강이 난 휴대폰을 쓰레기통에 던졌다.

트럭에 돌아온 잰은 몸을 떨고 있었다.

그녀는 생각을 했다. 생각은 최초의 순간으로 돌아갔다. 후진하는 자동차를 향해 리클러 씨의 딸을 밀었던 바로 그 순간.

모든 것은 그때부터 시작되었다. 하늘에 맹세코 그녀는 그럴 의도가 없었다. 만약 그 사고만 없었다면 그녀의 부모는 다른 동네로 이사를 가지 않아도 됐을 것이다. 그녀의 아버지는 일자리를 잃지 않았을 것이고 그녀를 그렇게까지 지독하게 미워하지도 않았을 것이다. 그녀는 그렇게 어린 나이에 필사적으로 집을 나가지 않았을 것이고 드웨인 오스터하우스 같은 인간과 엮이지도 않았을 것이며—.

그렇다. 그녀는 리클러 씨의 딸을 죽일 의도가 조금도 없었다. 그저 화가 좀 났던 것뿐이다. 그 애가 한 말 때문에 화가 났던 것이다. 콘스턴스 태팅거는 잰 리클러를 질투했다. 잰 리클러가 가진 것들을 질투했다. 잰 리클러가 부모로부터 받는 사랑을 질투했다. 그레천과 호러스 리클러는 그들의 딸에게 바비 인형과 예쁜 구두를 사줬고 생일에는 켄터키 프라이드치킨에서 먹고 싶은 것을 마음껏 먹게 해줬다. 그들이 딸에게 선물한 물건 중에는 컵케이크처럼 생긴 목걸이가 있었는데, 그것은 콘스턴스가 여태까지 본 가장 아름다운 목걸이였다. 콘스턴스는 처음 본 순간부터 그 목걸이를 탐냈다.

하루는 잰 리클러가 그 목걸이를 걸고 학교에 왔다가 목이 가려워서 잠깐 벗었던 적이 있었다. 그것을 본 콘스턴스 태팅거는 잰 리클러의 겉옷 주머니에 손을 집어넣어 몰래 목걸이를 꺼내 갔다. 목걸이가 없어진 것을 안 잰 리클러는 울고 또 울었고, 급기야 콘스턴스가 그것을 가져갔다고 의심하게 되었다. 이틀 후, 잰 리클러는 자신의 집 앞 잔디밭에서 콘스턴스에게 의심하는 바를 따졌고, 수세에 몰려 화가 치민 콘스턴스는 잰 리클러를 밀쳐냈다.

후진하는 자동차를 향해.

잰 리클러의 신원을 훔친 여자는 오랫동안 그 목걸이를 간직하고 있었다. 그녀는 수차례 그 목걸이를 버리고 싶은 욕구를 느꼈지만 버릴 수 없었다. 목걸이를 아꼈기 때문이 아니었다. 오히려 그 반대였다. 그 목걸이는 그녀가 저지른 끔찍한 일의 증거였다. 그것은 잰 리클러의 생이 끝난 순간뿐 아니라 콘스턴스 태팅거의 생이 180도 변해버린 순간을 상징했다.

콘스턴스 태팅거는 학교를 자퇴했다.

부모는 콘스턴스를 데리고 그 동네를 떠났다.

아버지는 끝이 없는 분노를 그녀에게 퍼붓기 시작했다.

목걸이를 훔친 그날은 바로 그녀가 열일곱 살에 집을 떠나 두 번 다시 부모를 만나지 않는 미래가 결정된 날이었다. 그녀는 이따금 부모가 어떻게 살고 있을지 궁금했다. 하지만 금세 그리 궁금하지 않음을 자각했다.

그녀는 상징적인 의미를 지닌 그 목걸이를 줄곧 간직했다. 인생의 결정적인 순간의 상징. 비록 달갑지 않은 순간이었지만.

언젠가 이썬이 보석함에서 목걸이를 발견하고는 자기에게 달라고 말한 적이 있었다. 목걸이에 달린 컵케이크는 세상에서 이썬이 제일 좋아하는 간식이었다. 그녀가 남자애는 목걸이를 하는 게 아니라고 말하자 이썬은 그렇다면 시카고로 여행 갈 때 목걸이를 걸고 가겠다고 그녀에게 졸랐다.

그래서 잰은 그날 하루, 처음이자 마지막으로 그 목걸이를 목에 걸었다.

그녀는 트럭에 앉아 그 모든 것을 떠올렸다. 자신의 인생, 이썬, 데이빗. 가족과 함께한 날들과—.

'집중해.'

잰이라고 불렸던 그 여자는 고개를 살며시 저었다. 뜨거운 욕조 속에 몸을 담그듯 자기연민 속에서 뒹굴 시간 따위는 차후에도 충분히 있다.

지금은 더 시급한 문제를 해결해야 한다.

오스카 파인은 그녀가 지난 5년간 잰 하우드로 살았다는 사실을 분명 알고 있을 것이다. 드웨인으로부터 들었거나 잰 하우드의 실종 사건에 관한 뉴스를 보고 추측해냈을 것이다.

만약 잰 하우드에 관해 알고 있다면 그녀가 살았던 동네를 파악하는 것쯤은 식은 죽 먹기이다.

그렇다면 오스카 파인의 다음 행선지는 프로미스 폴즈일까?

잰은 그런 생각을 하며 한 시간 전쯤 핸드백에서 꺼내 놓았던 이썬의 사진을 집기 위해 옆좌석으로 손을 뻗었다.

사진이 없다.

잰은 열쇠를 꽂고 시동을 걸었다. 생각할 겨를도 없이 그녀는 지난 5년간 자신의 집이 있었던 곳을 향해 차를 몰았다.

돌아가야 한다.

오스카 파인보다 먼저.

잰은 프로미스 폴즈로 가는 동안 한 번도 멈추지 않았다. 올버니 근처를 지날 때 기름이 4분의 1밖에 남아 있지 않았지만 그 정도면 어떻게든 갈 수 있으리라고 생각했다.

잰은 이썬이 어디 있을지 생각해 봤다. 데이빗은 지금쯤 잰이 쳐놓은 함정에서 허둥대고 있을 테니 이썬은 집에 없을 것이다. 아직 체포되지 않았다면, 데이빗은 아마 경찰서에 있거나 변호사를 만나고 있거나 잰에게 무슨 일이 일어났는지 알아내기 위해 눈에 불을 켜고 돌아다니고 있을 테니까.

'데이빗하고 의논이라도 하고 싶네.' 잰은 그런 생각을 하다가 웃음이 나올 뻔했다.

그것이 불가능하다는 것쯤은 알고 있었다. 용서를 받을 여지는 없었다. 경찰서로 걸어 들어가 데이빗의 혐의를 벗겨준다 해도 그녀가 저지른 일들을 지난 일로 치부하고 새로이 시작할 수는 없었다. 언젠가는 데이빗이 무죄라는 증거가 나타날 것이다. 그것으로 됐다.

그때가 되면 잰과 이썬이 데이빗을 떠난 지 오랜 시간이 흘러 있을 것이다.

이썬은 잰의 아들이었다. 그리고 잰은 이 상황에서 도망치기 전에 자신의 것을 가져올 작정이었다.

이썬은 분명 할아버지, 할머니 집에 있을 거야.

일단 그곳으로 가자.

48

늦은 오후, 배리 덕워스는 올버니에서 차를 몰고 돌아가는 중이었다. 프로미스 폴즈 언저리에 이르렀을 때쯤 휴대폰이 울렸다.

오는 길에 덕워스가 마지막으로 들른 곳은 프로미스 폴즈 북쪽의 엑슨 주유소였다. 바로 라이얼 코왈스키의 포드 익스플로러가 기름을 넣은 주유소였다. 주유를 한 사람이 라이얼의 아내 리앤이었는지 아니면 다른 사람이었는지는 알 길이 없었다. 포드 익스플로러 안에서 발견된 영수증에는 기름값을 현금으로 지불한 것으로 나와 있었는데, 라이얼과 리앤의 신용카드는 정지됐으므로 당연한 일이었다.

덕워스는 엑슨 주유소에서 당시 근무했던 직원들에게 리앤의 사진을 보여주었지만 리앤 코왈스키나 포드 익스플로러를 기억하는 직원은 없었다. 리앤은 기름값을 내기 위해 주유소 안으로 들어왔겠지만 직원들은 당연히 기억하지 못했다. 하루에도 수백명의 손님들이 오고갈 테니 리앤 한 사람을 기억할 확률은 매우 낮았다. 영수증에 주유 시간이 나와 있었지만 아쉽게도 CCTV 카메라가 고장 나 있어서 영상을 확인할 수도 없었다.

혹시나 해서 덕워스는 직원들에게 잰 하우드와 데이빗 하우드의 사진도 보여줬다. 역시 소득은 없었다.

결국 덕워스는 자동차를 타고 돌아갈 수밖에 없었다. 운전을 하면서 그는 생각에 잠겼다.

사건 초반부터 덕워스는 데이빗 하우드를 의심했다. 이런 경우는 일단 남편부터 의심하기 마련이다. 게다가 데이빗 하우드의 진술에는 들어맞지 않는 점이 너무 많았다. 그의 주장과 달리 아내 잰 하우드는 우울감에 시달리지 않았다. 놀이공원 티켓은 구매조차 되지 않았다. 그리고 조지 호 잡화점 주인 테드의 진술. 범행 동기라면 30만 달러짜리 생명보험이 있었다. 신문사든 어디든 요새의 월급쟁이라면 마다할 수 없는 금전적인 안전망.

즉, 데이빗 하우드가 아내를 조지 호로 데리고 간 뒤 살해했다는 것은 유력한 가설이었다. 게다가 꼬마 이썬을 논외로 치면 그날 이후 잰 하우드를 본 사람은 아무도 없었다. 하지만 리앤 코왈스키의 시체가 발견된 후, 덕워스 형사는 초기의 가설에 의문을 품기 시작했다. 데이빗 하우드가 얕은 무덤 속의 리앤 코왈스키를 들여다보던 바로 그 순간부터. 그때 덕워스는 데이빗의 반응을 유심히 살폈다.

그것은 덕워스가 예상한 반응이 아니었다.

'정말로 놀라고 있잖아?'

만약 데이빗 하우드가 리앤 코왈스키를 죽였다면 시체를 보고 충격을 받은 척 연기를 했을 것이다. 끔찍한 일이 벌어졌다는 듯 연기를 했을 것이다. 거짓으로 눈물을 흘릴 수 있는 사람은 의외로 많다. 노련한 형사들은 그런 것쯤은 쉽게 간파할 수 있다.

하지만 데이빗 하우드는 정말로 놀란 얼굴이었다.

1초쯤, 놀라움이 데이빗 하우드의 얼굴을 스쳐 지나갔다. 그의 눈은 휘둥그레졌다. 분명 예상하지 못한 것을 봤을 때의 놀라움이었다. 틀림없었다. 데이빗 하우드는 리앤 코왈스키의 시체를 보리라고는 전혀 예상하지 못했던 것이다.

배리 덕워스는 두 가지 결론을 끌어냈다. 데이빗 하우드는 리앤 코왈스키를 죽이지 않았다. 그리고 아내도 죽이지 않았다.

데이빗 하우드가 잰 하우드를 죽였다면 그렇게 놀라지 않았을 것이다. 그 무덤 안에 있는 것이 잰 하우드가 아님을 이미 알고 있었을 테니까. 그리고 아까 언급했듯, 데이빗 하우드가 리앤 코왈스키를 죽였다면 무덤 속에 있는 것이 리앤임을 알고 있었을 것이고 따라서 놀란 척 연기를 했겠지만 덕워스가 본 반응은 연기가 아니었다. 그것은 진짜 놀라움이었다.

그런 의미에서 포드 익스플로러도 문제였다.

데이빗 하우드는 아내와 조지 호로 갔던 시점과 다음 날 파이브 마운틴즈로 갔던 시점 사이에 리앤 코왈스키를 죽일 시간 정도는 있었을 것이다. 그러나 도저히 이해할 수 없는 것은 어떻게 그 사이에 리앤의 포드 익스플로러가 올버니까지 가서 언덕의 경사면 밑바닥에 처박혔느냐 하는 것이었다. 데이빗 하우드에게 그럴 시간이 있었을까? 게다가 어떻게 혼자서? 익스플로러를 운전할 사람 한 명과 더불어 프로미스 폴즈로 돌아올 때 사용할 차를 운전할 사람 한 명이 더 있어야 했을 텐데?

덕워스는 처음처럼 데이빗 하우드를 유력한 용의자로 단정할 수 없었다. 잰 하우드가 이름과 신원을 바꿨다는 그의 주장은 고려할 가치가 있는지도 모른다. 덕워스는 처음 그 얘기를 들었을 때 터무니없다고 생각했지만 지금 와서는 조사해 볼 마음이 생겼다. 하우드가 로체스터에서 만났다는 사람들을 알아봐야겠다. 그들의 얘기가 참고가 될지 모른다.

덕워스는 아까 나탈리 본듀런트가 헐뜯었던 그의 뱃속에서 새로운 직감을 느끼기 시작했다.

그리고 그 순간, 휴대폰이 울렸다.

"덕워스입니다."

"이봐, 배리, 나 글렌일세."

글렌 도허티. 프로미스 폴즈 시 경찰서장. 배리 덕워스의 상사였다.

"네, 서장님."

"이건 내가 자네한테 연락해서 알려줄 일은 아니지만 감식반의 결과가 내 앞으로 발송됐더군. 자네도 봤나?"

"아니요. 운전하던 중입니다."

"잰 하우드 실종 사건, 자네 담당이지?"

"현재 제 담당이죠."

"남편 차에서 발견된 머리카락과 혈흔 샘플의 테스트를 요청했다면서?"

"맞습니다."

"결과가 나왔어. 실종된 여자의 집에서 채취한 머리카락 샘플과 비교해 보니 둘 다 잰 하우드와 일치한다더군."

"알겠습니다."

"수사를 다음 단계로 진행해야겠지? 그 바보가 부인의 시체를 트렁크에 넣고 옮긴 것이 확인됐으니까."

"네, 그럴지도 모르죠."

" '그럴지도 모르죠' 라니?"

"석연치 않은 부분들이 좀 있습니다." 덕워스 형사가 말했다.

"내가 보기엔 그 못된 자식을 연행할 결정적인 증거가 나타난 것 같은데? 불러서 혼쭐을 내줘야 하지 않겠어? 증거를 들이밀면 찍소리도 못할 거야."

"불러들일 수는 있습니다만, 잘 모르겠군요."

"이봐, 배리, 자네한테 이래라저래라 할 생각은 없지만 한 가지만 알아둬. 지금 이 사건과 관련해서 여기저기서 압박을 받고 있어. 썩을 놈의 놀이공원부터 시작해서 관광청에 시청까지. 기분 나쁜 리브즈 놈도 한몫하고 있지. 아, 그 자식 정말 짜증 나더군. 아무튼, 그 밑에 깔린 전제는 파이브 마운틴즈의 이윤이 프로미스 폴즈 전체의 이윤이라는 관점이야. 놀이공원에서 애가 유괴됐다는 소문이 퍼지면 이용객들이 확 줄어든다 이거지. 그런데 소문에 그 유괴라는 것이 실은 이 남자가 꾸며낸 이야기일 수 있다는 거야. 무슨 말인지 알겠나?"

"알고말고요."

"내가 자네라면 그 자식을 경찰서로 불러들이겠어."

"나탈리 본듀런트가 변호를 맡았습니다."

"그럼 그 여자도 데려와. 지금 나타난 증거를 보여주면 감형 쪽으로 협상해 보자고 의뢰인을 설득하겠지.”

“알겠습니다. 저는—.”

경찰서장은 이미 전화를 끊었다.

덕워스의 뱃속에서 새로운 직감이 느껴지고 있었다. 전혀 마음에 들지 않는 직감이.

49

아버지와 나는 각자 차를 타고 서둘러 아버지의 집으로 갔다. 어머니가 현관에 서서 기다리다가 우리가 들어오는 것을 보고는 진입로로 달려나왔다.

내가 차에서 내리기도 전에 어머니가 차 문 옆으로 다가와 말했다.

"아무 흔적이—."

"처음부터 얘기해 보세요." 내가 말했다. 다른 차에서 내린 아버지가 이쪽으로 건너오고 있었다.

어머니는 잠시 숨을 골랐다. "애는 하루 종일 뒷마당을 왔다 갔다 했어. 크로케 공을 가지고 놀면서."

"그리고요?"

"난 주방이랑 집 주변에서 이것저것하고 있었어. 가끔씩 바깥을 내다보면서. 딱딱 하고 공 치는 소리가 들리길래 애가 잘 놀고 있나 보다 생각했지. 그런데 어느 순간 소리가 안 들리는 거 아니겠니? 애가 집에 들어온 것 같지도 않고. 그래서 혹시 차고에 있는 연장이나 위험한 물건 만지고 있는 거 아닌가 싶어서 나가봤더니 아무 데도 없었어."

"아버지, 경찰에 연락해요."

아버지는 고개를 끄덕이며 집으로 들어갔다.

어머니는 팔을 뻗어 내 어깨를 붙잡았다. "미안하다. 미안하다, 데이빗. 나는 정말—."

"괜찮아요, 어머니. 일단—."

"정말이야. 쭉 보고 있었어. 잠깐 한눈을 팔았을 뿐인데 애가—."

"어머니, 일단 이썬을 찾아보도록 해요. 동네 사람들한테 물어봤어요?"

"아니, 아니, 돌아다니면서 찾기만 했다. 침대 밑이든 어디든 집 안에 숨어 있을 줄 알았어. 애가 장난치는 거겠거니 했다. 그런데 아무 데도 없구나."

나는 옆집들과 건너편 집들을 가리키며 말했다. "어머니는 가서 이웃 사람들한테 물어보세요. 저는 한 번 더 집 안을 뒤져볼게요. 자, 어서요."

어머니는 몸을 돌려 왼쪽 집으로 뛰어갔고 나는 현관 계단을 달려 올라가 집 안으로 들어갔다.

"이름은 이썬 하우드." 아버지가 수화기에 대고 말하고 있었다. "네 살이에요."

나는 소리를 쳤다. "이썬! 이썬, 어디 있니?"

우선 지하실로 내려갔다. 보일러의 뒤편을 확인하고 계단 아래 수납공간의 문을 열었다. 집 안에 네 살짜리 아이가 숨을 만한 공간은 많이 있었다. 나는 이썬의 나이일 때 여행 가방을 꺼내 그 안에 웅크리고 있었던 적이 있다. 한 번은 가방이 닫히면서 잠겨버렸는데 다행히 산소가 바닥나기 전에 어머니가 내 비명을 들었다.

그 기억을 떠올린 나는 계단 밑에서 커다란 가방들을 꺼내 흔들어 보았다. 세월이 흘러 가방들은 내가 어릴 때 들어갔던 것이 아닌 다른 것들로 바뀌어 있었다.

이썬이 가방 안과 지하실에 없음을 확인한 나는 계단을 올라가 아버지가 있는 주방으로 갔다. 아버지는 전화 통화를 마친 상태였다.

"조금 있다 차를 보내겠다고 하더구나." 아버지가 말했다.

"조금 있다?" 내가 말했다. "'조금 있다' 라고요?"

아버지가 겁먹은 표정으로 말했다. "그래, 그렇게 말했어. 없어진 지 얼마나 됐냐고 묻길래 한 시간쯤 됐다고 했더니 대수롭지 않게 말하더라."

나는 아버지를 밀치고 아직 온기가 남아 있는 수화기를 집어 들었다. 그리고 911을 눌렀다.

"이봐." 아버지와 얘기했던 담당자가 전화를 받자 내가 말했다. "조금 있다 올 사람 따위 필요 없어. 우리 아들 찾는 걸 도와줄 사람을 보내. 지금 당장!" 나는 세차게 수화기를 내려놓았다.

나는 아버지에게 말했다. "가서 어머니랑 같이 이웃집들에 물어보세요."

첫 번째 지시가 끝난 지 얼마 되지도 않아 나는 아버지에게 두 번째 지시를 내렸다. 아버지는 몸을 돌려 순순히 내 지시에 따랐다.

나는 2층으로 올라가 벽장 문을 열어 보고 침대 밑을 살폈다. 다락방도 있긴 했지만 이썬이 의자에 올라가도 닿을 수 없는 높이였다.

"이썬!" 나는 소리를 쳤다. "숨어 있는 거면 당장 나와! 안 나오면 혼날 줄 알아!"

아무 대답이 없었다.

집에서 나와 보니 동네 사람들이 열댓 명쯤 길거리에서 서성이고 있었다. 어머니와 아버지가 이웃집들을 돌아다닌 탓에 다들 무슨 일인지 궁금해서, 도와줄 것이 있나 해서 나온 것이었다.

"여러분!" 내가 외쳤다. "여러분, 잠시만요. 잠깐 제 얘기에 집중해 주세요."

사람들이 수군거리기를 멈추고 나를 바라봤다.

"여러분은 재작년부터 제 아들 이썬을 근처에서 종종 보셨을 거예요. 지금 이썬이 어디 있는지 찾을 수가 없습니다. 부모님 집 뒷마당에서 놀고 있다가 없어졌어요. 부탁입니다. 각자의 집을 확인해 주세요. 뒷마당, 차고, 그리고 혹시 수영장이 있는 집은, 아아, 제발 그런 일은 없길 빌지만, 수영장부터 확인해 주세요."

어머니는 금방이라도 기절할 듯 보였다.

그들 중 몇몇은 '그래, 그래야지.' 라고 생각하는 듯 고개를 끄덕였지만 서둘러 움직이는 사람은 없었다.

"지금!" 내가 소리를 질렀다.

사람들이 이곳저곳으로 흩어지기 시작했다. 하지만 20대로 보이는 키 크고 창백한 남자 하나는 움직이지 않고 있었다. 트러커 모자를 쓰고 수염을 깎지 않은 불한당 같이 생긴 남자였다. "이봐, 하우드 씨, 또 무슨 짓을 한 거야? 마누라를 죽인 것도 모자라서 이번엔 애까지?"

머릿속에서 뭔가 뚝 하고 끊어졌다.

나는 남자를 향해 달려가 허리를 부여잡고 앞마당에 쓰러뜨렸다. 이썬을 찾으러 이동하던 사람들이 일제히 걸음을 멈추고 구경하기 시작했다. 나는 쓰러진 남자 위에 올라타 그의 입가를 주먹으로 후려갈겼다. 곧바로 피가 흘러나왔다.

"이 개새끼야!" 내가 말했다. "개자식아!"

내가 다시 주먹을 휘두르기 전에 아버지가 뒤에서 나를 끌어안아 말리며 소리쳤다. "아들! 그만해!"

"저 씨발놈이!" 모자를 쓴 남자가 옆으로 구르면서 말했다. 그리고 손으로 입가의 피를 닦아냈다.

아버지는 사람들에게 소리쳤다. "부탁이니 가서 이썬을 찾아봐요." 아버지는 일단 나를 남자로부터 떼어놓은 뒤 남자 위로 몸을 숙이며 말했다. "어서 썩 꺼져. 발로 걷어차기 전에."

남자는 일어나서 옷에 묻은 흙을 털어내고 나를 보며 말했다. "두고 봐, 하우드. 네 죄는 곧 밝혀질 거다." 그리고 남자는 저편으로 걸어갔다.

나는 몸을 돌렸다. 얼굴이 벌겋게 달아올라 있었다. 아버지가 내게 다가와 말했다. "괜찮아?"

나는 고개를 끄덕였다. "우리도 계속 찾아봐요."

어머니가 이미 찾아봤다고는 했지만 아버지와 나는 뒷마당과 차고를 다시 한번 뒤졌다. 잔디밭에는 크로케의 철주문들이 무질서하게 박혀 있었고 줄무늬 나무공들이 여기저기 흩어져 있었다. 그리고 크로케용 나무망치가 풀밭에 떨어져 있었다. 나는 다가가서 망치를 집어들고 뭐든 단서를 찾으려고 살피

다가 다시 바닥에 던져놓았다.

"이썬!" 하늘에서 땅거미가 지고 있었다. "이썬!"

부모님 집이 있는 거리의 끝에서 왼쪽으로 한 블록 가면 세븐일레븐이 있었다. 혹시 이썬은 좋아하는 간식인 컵케이크를 사러 혼자 세븐일레븐까지 걸어간 건 아닐까? 과연 그 꼬마가 그럴 생각을 했을까? 돈은 가지고 있었을까?

나는 달리기 시작했다. 아버지가 소리쳤다. "어디 가니?"

"금방 올게요!"

전력질주를 하니 세븐일레븐까지는 1분밖에 걸리지 않았다. 카운터의 점원은 미친 듯 문을 열고 들어오는 나를 보고 아마 강도라고 생각했을 것이다.

나는 숨을 몰아쉬며 혹시 한 시간 전쯤 조그만 남자아이가 혼자 컵케이크를 사러 오지 않았는지 물었다. 점원은 고개를 저으며 말했다. "어떤 여자분이 컵케이크를 사 가긴 했지만 애는 안 왔어요."

나는 다시 부모님 집으로 달려갔다. 어머니와 아버지가 집 앞에 서 있었다.

"찾았어요?" 내가 물었다.

두 사람은 고개를 저었다.

"도대체 애가 어디 간 걸까? 네 생각은 어떠니?" 아버지가 말했다.

"혹시 집으로 돌아간 거 아니니?" 어머니가 말했다.

나는 어머니를 바라봤다. "이런, 정말 그럴 수도 있겠어요. 언제 집에 가냐고 계속 물어봤잖아요. 집까지 걸어가겠다고 작정했는지도 몰라요." 나는 이썬이 집까지 걸어가겠다며 현관을 뛰쳐나갔던 일을 떠올렸다.

네 살밖에 안 됐지만 이썬은 방향 감각이 굉장히 좋았다. 내가 부모님 집으로 운전하다가 우회라도 할라치면 뒷자리에 앉은 이썬은 그 길이 아니라고 지적하고는 했다. 여기서 집까지는 3킬로미터 정도 떨어져 있기는 했지만 이썬이라면 집으로 가는 길을 찾을 수 있을 것이다. 불현듯, 혼자 찻길을 건너는 이썬의 모습이 떠오르자 눈앞이 캄캄해졌다.

"집까지 거슬러 올라가 봐요." 내가 말했다.
"오는 길에는 안 보였잖아?" 아버지가 말했다.
"하지만 아버지나 저나 주의 깊게 살핀 건 아니잖아요. 정신없이 오느라 못 보고 놓쳤는지도 모르죠."
내가 차 열쇠를 손에 쥐고 아버지의 차를 향해 가는데 잠복 경찰차 한 대가 쏜살같이 다가오는 것이 보였다.
"됐어. 경찰이 왔어." 내가 말했다.
경찰차는 부모님 집의 진입로 입구를 막아서며 도로 경계석에 멈췄다. 차에서 배리 덕워스 형사가 내게 시선을 고정하며 내렸다.
"당신이었어요?" 내가 말했다. "평범한 경찰차를 타고 평범한 경찰들이 올 줄 알았더니. 뭐, 아무래도 상관없지만."
"무슨 말입니까?" 덕워스가 말했다.
"이썬 때문에 온 거 아닙니까?"
"이썬에게 무슨 일이 있습니까?"
나는 무척 실망했다. 결국 구원병은 아직 도착하지 않은 것이다. "없어졌습니다." 내가 말했다.
"언제요?"
"한 시간 정도 됐어요."
"경찰에 연락했어요?"
"아버지가 했습니다. 저기, 차 좀 비켜줘요. 이썬이 집에 돌아갔을지도 몰라요. 찾으러 가야 합니다."
덕워스는 차를 비켜줄 기미가 전혀 없었다. "저랑 얘기 좀 하시죠."
"네?" 잰에 관한 새로운 소식일 거라는 생각이 들었다. 아니, 어쩌면 이썬에 관해 의논하려는 것일지도 모른다. "뭐예요? 무슨 일 있습니까?"
"아무 일도 없습니다. 어쨌건 저랑 같이 가시죠. 물어볼 게 좀 있습니다." 덕워스는 말을 멈췄다. "참고로 변호사를 부르는 편이 좋을 겁니다."

나는 입을 다물 수가 없었다. "내 말 안 들려요? 아들이 없어졌단 말입니다. 찾으러 가야 해요."

"아니요. 못 갑니다."

50

나는 소리 지르고 싶은 충동을 느꼈지만 여기서 과잉반응을 보인다면 덕워스가 순식간에 나를 바닥에 쓰러뜨려 수갑을 채우리라는 것을 알고 있었다. 나는 목소리의 평정을 잃지 않으려 애썼다.

"저기, 덕워스 형사님, 이해를 못 하시나 본데, 지금 이썬은 혼자 헤매고 있을지 모릅니다. 찻길 건너는 법도 모르는 꼬맹이가 도시 이쪽 끝에서 저쪽 끝까지 걸어가는 중일지도 모른다고요. 지금 네 살밖에 안 된 꼬마가요."

덕워스가 고개를 끄덕이자 나는 그가 드디어 내 말을 이해했나 싶었다.

"집 안은 찾아보셨습니까? 뒤쪽의—."

"다 찾아봤습니다. 이웃 사람들한테도 각자 집을 살펴봐달라고 부탁했어요. 어쨌건 이썬은 지금 집까지 걸어가고 있을지도 몰라요. 가서 찾아봐야 합니다."

"경찰들이 와서 체계적으로 수색을 진행할 겁니다. 순찰 중인 경찰들에게도 무선으로 연락해 놓을 거고요. 이런 일에는 전문가들입니다."

"네, 네, 그렇겠죠. 하지만 내 아들이에요. 제발 이 빌어먹을 차 좀 치워요. 내가 직접 찾아봐야 한다고요."

덕워스가 얼굴을 굳히며 말했다. "하우드 씨, 경찰서로 같이 가시죠."

나와 덕워스 형사 주위의 공기는 마치 번개라도 칠 듯 전기로 가득 찬 것 같았다. "왜 하필 지금이에요?"

"저도 유감입니다. 하지만 지시받은 거라 어쩔 수 없군요."

"나를 체포하는 겁니까?"

"하우드 씨를 경찰서로 데리고 가서 심문하라는 지시였습니다. 나탈리 본 듀런트 씨에게 연락을 해두는 게 좋을 거예요. 경찰서로 오라고 하십시오."

"경찰서에는 안 가요."

"부탁하는 게 아닙니다." 덕워스는 단호했다.

"이봐요." 아버지가 말했다. 아버지와 어머니는 줄곧 내 등 뒤에 서 있었다. "도대체 왜 이래요? 데이빗이 이썬을 찾으러 가게 놔둬요."

"죄송합니다만 선생님하고는 관계없는 일입니다." 덕워스가 말했다.

"관계가 없다고?" 아버지가 언성을 높였다. "지금 내 손자 얘기를 하는 거야. 그런데 감히 관계가 없다고?"

덕워스가 눈을 깜빡거렸다. 일이 순조롭게 풀리지 않으리라는 것을 이제 눈치챈 듯했다.

"선생님, 말씀드렸다시피 경찰들이 철저한 수색을 펼칠 겁니다."

아버지는 어이가 없다는 듯 양팔을 쳐들며 말했다. "이봐, 여기 경찰이 어디 있어? 응? 얼마나 더 기다리라는 거야? 지금 이 순간 애한테 큰일이 생겼을지도 모르는데, 그런데 그런 상황에서 그 아비더러 취조실에 앉아 댁의 지랄 같은 질문에 대답이나 하라는 거야? 뭐 그리 대단한 질문이길래 당장 하지 않으면 안 된다는 거요?"

덕워스는 침을 삼켰다. 그는 아버지를 바라보지 않고 내게 말했다. "하우드 씨, 부인의 실종과 관련해서 의논할 일들이 생겼습니다."

"무슨 일들이요?"

"얘기는 경찰서에 가서 하시죠."

나는 경찰서에 갈 생각이 조금도 없었다. 일단 경찰서에 들어가는 순간, 덕워스가 절대 나를 내보내지 않을 것임을 알았기 때문이다. 적어도 당분간은.

"이봐!" 길 건너에서 누군가 소리를 질렀다.

우리는 일제히 그 방향으로 돌아봤다. 아까 내가 입을 후려갈겼던 트럭커 모자의 사내였다. 그의 턱에는 아직 피가 묻어 있었다.

"이봐!" 남자는 덕워스를 바라보며 다시 한 번 소리를 질렀다. "경찰이죠?"

"네." 덕워스 형사가 대답했다.

"저 씹새끼가 나를 폭행했어." 남자가 나를 손가락질하며 말했다.

덕워스가 나를 향해 고개를 갸웃했다.

"사실입니다." 내가 말했다. "동네 사람들한테 이썬을 찾는 걸 도와달라고 부탁하던 중이었는데 이 남자가…… 제가 아내뿐만 아니라 아들까지 죽였다는 소리를 했어요. 순간 눈이 뒤집혔습니다."

덕워스는 남자를 돌아보며 말했다. "곧 다른 경찰이 올 텐데 그 사람한테 말씀하시면 처리해 줄 겁니다."

"씨발, 뭐라고?" 남자가 길을 건너 이쪽으로 다가오며 말했다. "당장 저놈한테 수갑 채워요. 증인들도 있어!"

남자는 덕워스 형사를 개의치 않고 내게 덤빌 기세로 손가락질을 하며 뚜벅뚜벅 걸어왔다. 그가 내 어깨를 손가락으로 찌를 만큼 가까워지자, 아까는 느끼지 못했던 지독한 술 냄새를 느낄 수 있었다.

덕워스는 재빨리 남자의 팔을 내려 내게서 떼어내며 강한 어조로 말했다.

"선생님, 경찰들이 올 때까지만 저쪽에서 기다려주세요. 말씀하시는 바는 기꺼이 처리해 드릴 겁니다."

"이 자식 뉴스에서 봤어. 제 마누라를 죽인 놈이잖아. 왜 아직도 감옥에 안 집어넣은 거야? 응? 씨발, 경찰들이 일을 똑바로 안 하니까 이런 새끼가 버젓이 나다니면서 나 같은 시민을 공격하는 거잖아!"

결국 덕워스는 내 문제를 잠시 내려놓고 이 사내를 상대할 수밖에 없었다.

"성함이 어떻게 되십니까?"

"액설. 액설 스마이트."

"오늘 저녁 술을 얼마나 드셨습니까, 스마이트 씨?"

"뭐?" 남자는 기분이 상한 표정을 지었다.

"술을 얼마나 드셨습니까?"

"많이 안 마셨는데. 그런데, 씨발, 무슨 질문이 그따위야? 술 마시면 경찰의 보호도 받을 수 없다 이거야, 뭐야?"

"스마이트 씨, 마지막으로 한 번 더 말씀드립니다. 저쪽으로 가셔서 경찰이 올 때까지 기다리세요."

"이 자식 체포 안 해? 뭐가 부족해? 얘기했잖아. 날 때렸다니까." 남자는 손으로 피묻은 턱을 만졌다. "이게 씨발, 뭐로 보여?" 그는 급기야 소리를 질렀다. "딸기 셰이크로 보이나? 저 새끼가 내 입을 갈겼다고!"

덕워스가 재킷을 젖히자 허리띠에 걸린 수갑들이 드러났다.

"그렇지!" 액설 스마이트가 말했다. "이제야 말귀를 알아듣네. 수갑 채워!"

덕워스는 노련하게, 그리고 덩치에 걸맞지 않은 빠른 속도로 스마이트를 붙잡아 뒤로 돌린 뒤 잠복 경찰차 보닛 위에 내리눌렀다. 그리고 스마이트의 왼팔을 등 뒤에서 비틀어 손목에 수갑을 채웠고, 마찬가지로 오른쪽 손목에도 수갑을 채웠다.

그 과정이 끝나기를 멍하니 지켜볼 이유는 없었다. 나는 아버지의 차로 달려가 열쇠를 꽂고 시동을 걸었다. 잔디밭 위를 침범해서 지나간다면 덕워스의 경찰차 옆으로 아슬아슬하게 빠져나갈 공간이 있었다.

"하우드 씨!" 보닛 위에서 꿈틀대는 액설 스마이트를 억누르며 덕워스가 소리쳤다. "거기 서!"

나는 기어를 후진으로 넣고 액셀을 밟았다. 차는 빠져나가면서 경찰차의 앞범퍼 모서리에 걸렸다. 아버지 차의 측면이 범퍼 모서리에 쭉 긁히는 소리가 들렸다.

"야, 이 바보 같은 자식아!" 덕워스가 소리쳤다.

왜 덕워스가 나에게 바보라고 하는지 모르겠지만 물어볼 여유는 없었다.

나는 일단 차를 도로로 끌어내어 급제동을 한 뒤, 다시 속력을 내어 앞을 향해 달려갔다.

보통의 경우라면 현장에서 멀어질 때까지 계속 속력을 냈겠지만, 나는 모퉁이를 돌자마자 속도를 늦췄다. 그리고 도로 양옆을 살펴보며 이썬의 흔적을 찾았다.

"어디에 있니?" 나는 숨을 죽여 말했다. "도대체 어디 있는 거니?"

앞서 가는 차들을 지켜보는 동시에 양쪽 보도를 살피는 것은 퍽 까다로운 작업이었다. 나는 한두 번 앞차에 부딪히기 직전에 브레이크를 빠르고 강하게 밟았다. 우리 집이 있는 거리로 들어서는데 휴대폰이 울렸다. 나는 천천히 차를 도로 경계석에 붙인 뒤 내리면서 귀에 휴대폰을 갖다 댔다.

"여보세요?"

"데이빗, 나야. 사만다."

"어, 그래."

"어디야? 목소리가 급하네?"

"바쁜 일이 있어."

"있잖아, 신문사로 좀 와줘." 사만다가 말했다.

"못 가." 내가 말했다. 나는 우리 집의 측면을 걸어 내려가고 있었다. 내가 알기로 이썬에게는 집 열쇠가 없었지만 부모님 집에 걸려있는 열쇠를 가지고 왔을 가능성이 있었다.

"아주 중요한 일이야." 사만다 헨리가 간청했다.

나는 뒷마당에 선 채 소리를 질렀다. "이썬!"

"야." 사만다가 말했다. "고막 터질 뻔했잖아."

나는 열쇠로 뒷문을 열었다. 집에 있을 거라고 생각하지 않았지만, 여하튼 나는 이썬의 이름을 외쳐보았다.

아무 대답이 없었다.

"데이빗? 데이빗, 듣고 있어?"

"그래, 듣고 있어."

"신문사로 와줘."

"지금은 여유가 없어, 사만다. 무슨 일인데?"

"엘몬트 세바스찬. 그 사람이 여기 있어. 너랑 할 얘기 있대."

등줄기에 식은땀이 흘렀다. 나는 엘몬트 세바스찬에 의해 성기에 전기 충격을 당한 아리안 형제단 출신의 죄수를 떠올렸다. '버디' 라는 별명을 가졌던 남자, 말을 듣지 않으면 여섯 살 난 아들에게 안 좋은 일이 벌어질 거라고 협박을 당하자 울어 버렸던 남자를.

51

해 질 녘에 나는 프로미스 폴즈 〈스탠다드〉의 주차장에 도착했다. 주차장 안쪽 끝, 신문들이 생산되는 인쇄실의 문 근처에는 엘몬트 세바스찬의 리무진이 주차되어 있었다. 밖에 서 있는 사람은 아무도 없었다.

나는 리무진에서 두 칸 정도 떨어진 곳에 차를 세우고 내렸다. 곧 웰랜드가 리무진의 운전석에서 내리더니 나에게 뒤에 타라는 신호를 했다.

"사양하겠어요." 내가 말했다. 웰랜드는 개의치 않고 뒷문을 열었다. 예상대로 뒷좌석에는 세바스찬이 있었다. 그리고 그 옆에 사만다 헨리가 앉아 있었다. 보아하니 사만다는 울고 있었던 것 같았다.

사만다는 몸을 움직여 차에서 내린 뒤 내게 말했다. "정말 미안해."

"미안하다니?"

"나도 딸아이 때문에 어쩔 수 없었어."

"무슨 말 하는 거야?"

"지금 여러모로 힘든 시기라는 건 너도 잘 알지? 나는 갚아야 할 돈이 있어. 애도 키워야 하고. 나쁜 짓이라는 건 알아, 데이빗. 하지만, 나한테는 선택의 여지가 없어. 어떻게 해? 길바닥에 나 앉을까? 신문사는 이제 끝장이야. 여기는 희망이 없어. 우리가 일자리를 잃는 건 시간문제야. 나는 나와 딸아이를 위해 뭐든 해야 해. 엘몬트 씨가 스타 스팽글드 코렉션즈의 일자리를 제안했어."

"언론 자료 작성? 아니면 야간 경비인가?" 내가 물었다. 제보자의 말에 따르면 여자들은 세바스찬의 왕국에서 썩 좋은 대접을 받지 못하고 있었다.

"대외홍보담당 보좌관." 사만다는 짐짓 당당한 척 말했지만 그리 당당해 보이지는 않았다.

"너였구나. 내가 이메일을 삭제하기 전에 읽은 게 너였지?" 나는 익명의 이메일을 받고 삭제하기 전에 커피를 마시러 잠깐 자리를 비웠기 때문에 사만다에게는 이메일을 읽을 시간적 여유가 있었다. "내 컴퓨터를 훔쳐 봤지? 세바스찬에게 말한 것도 너였어."

"미안하다고 했잖아. 네가 콘스턴스 태팅거라는 여자를 찾는다는 얘기도 했어. 그 여자가 아마도 너한테 명단을 보낸 사람 같다고. 세바스찬이 너와 할 얘기도 바로 그거야." 사만다는 몸을 돌려 멀찍이 걸어갔다. 그리고 자기 차를 타고 주차장을 빠져나갔다.

나는 얼굴이 달아올랐다.

"어서 들어오세요." 세바스찬이 가죽으로 덮인 뒷좌석을 두드리면서 말했다. "저를 도와주시면 데이빗 씨한테도 한자리 드릴 수 있습니다. 언론 담당 일은 아니겠지만. 그 일은 헨리 씨에게 주기로 약속해 버렸거든. 저는 약속은 꼭 지키는 사람입니다. 데이빗 씨에게는 사업 제안서 작성을 부탁드리고 싶어요. 데이빗 씨는 글재주가 참 좋으니까."

"내 아들을 데리고 있습니까?" 내가 물었다.

세바스찬의 눈이 씰룩거렸다. "무슨 말씀이신지?"

"그렇다면 그렇다고 말해요. 원하는 것이 있으면 다 줄게요. 당신이 이겼어요. 알고 있는 건 다 말해 주겠습니다." 나는 뒷좌석으로 들어갔지만 차 문을 열어둔 채 한쪽 발은 들여놓지 않았다.

"좋습니다. 그럼 콘스턴스 태팅거에 대해 알려 주실까요? 헨리 씨에게 그 사람을 조사해 달라고 부탁하셨다던데 그 사람이 제보자입니까? 그런데 이상한 것이, 그런 이름은 들어본 적이 없거든요. 우리 회사나 프로미스 폴즈 시청에 그런 여자는 없어요."

"제보자가 아니에요. 내가 아는 바로 콘스턴스 태팅거는 내 아내입니다."

세바스찬이 눈을 가늘게 떴다. "이해가 안 가는군. 어째서 당신 부인이 그 명단을 가지—."

"그런 게 아니에요. 내가 사만다에게 말한 두 가지 일은 별개의 것입니다. 사만다는 그것들이 연관되어 있다고 생각하고 당신에게 연락한 것 같군요."

세바스찬은 뒷좌석에 등을 기대며 한숨을 쉬었다. "미안한데 이거 좀 헛갈리는군요. 당신 부인의 이름은 잰이라고 알고 있습니다만?"

"나를 만났을 때 잰 리클러라는 이름을 사용하고 있었죠. 하지만 원래 이름은 콘스턴스 태팅거였어요. 아내를 찾기 위해 그녀에 관해 조사를 좀 했습니다. 조지 호에서의 접선 이메일도 실은 아내가 보낸 거였어요. 함정이었던 거죠."

엘몬트 세바스찬은 머리가 아픈 표정을 지었다. "그럼 당신 부인은 제보자는 아닌데, 당신에게 이메일을 보내 우리 회사와 관련된 정보를 가지고 있다고 거짓말을 했다는 겁니까?"

"맞아요."

"도대체 왜 그랬다는 겁니까?" 세바스찬이 물었다.

"그건 중요하지 않아요. 당신과는 관계없습니다. 아내는 당신 회사나 당신이 시의회의 찬성표를 얻으려고 한 짓에 관해서는 몰라요. 그건 그렇고, 내 아들은 어디 있소?"

"댁의 아드님에 관해서는 전혀 모르겠는데요? 알고 싶지도 않고요."

나는 갑자기 기운이 쑥 빠졌다. 나는 이썬이 납치를 당해서 겁을 먹었을지언정 이 작자들의 손에 있기를 바랐다. 그럼 내가 어떻게든 협상을 해서 구해낼 수 있을 테니까.

"정말 이썬을 데리고 있지 않은 거로군." 내가 말했다.

세바스찬은 애석하다는 척 고개를 저었다. "제가 교도소를 운영한 지 꽤 오래됐습니다만 지금까지 본 어떤 수감자도 지금의 당신만큼 딱한 처지는 아니었던 것 같군요."

나는 잠시 잠자코 있다가 말했다. "내 아들에 관해 아는 게 없다면 이만 가보겠습니다." 나는 차에 들여놨던 다리를 바깥으로 빼내면서 말했다.

"그럴 수는 없지요. 당신 부인이야 어쨌건, 누군가 당신에게 명단을 보낸 건 사실입니다. 당신과는 상관없는 명단 말이지요."

명단은 내 주머니 속에 있었다. 사만다에게 그 명단에 관해 말한 것은 멍청한 실수였다.

"당신 뭔가 잘못 알고 있군요." 나는 차에서 완전히 빠져나온 뒤 말했다.

세바스찬에게 명단을 건네주는 것은 사실 별일은 아니었다. 그것 말고도 내게는 걱정거리가 산더미처럼 많았으니까. 원하는 대로 명단을 넘겨주고 떠나면 그만이었다. 하지만 나는 지금 닥친 지옥 같은 상황이 끝나고 언젠가 신문 기자로 복귀할 날이 오리라는 희망을 버리지 않았다. 〈스탠다드〉가 아니라 다른 신문사에서라도. 만약 그렇게 된다면 나는 엘몬트 세바스찬을 반드시 몰락시킬 작정이었다.

그런데 재킷 안에 있는 이 명단을 넘기면 그럴 기회는 사라진다.

"이봐요, 데이빗, 지금 처한 입장을 잘 생각해 봐요." 세바스찬이 말했다.

웰랜드가 리무진을 돌아서 내게 다가오고 있었다. 열린 차 문에 다다른 그는 세바스찬과 시선을 교환했다. 세바스찬이 말했다. "순순히 넘길 마음이 없다면 웰랜드를 시켜서 빼앗는 수밖에 없군요."

나는 달렸다.

웰랜드의 오른팔이 순식간에 뻗어나와 내 손목을 붙잡았지만 재빨리 움직인 덕에 내 손은 그의 손아귀를 빠져나왔다. 나는 냅다 달리면서 자동차 열쇠가 들어 있는 주머니에 손을 집어넣었다. 순진하게도 웰랜드에게 붙잡히지 않고 운전석에 들어갈 수 있다고 생각했던 것이다.

하지만 웰랜드가 뒤를 바짝 쫓아오자 나는 결국 차에 타려던 생각을 포기하고 주차장을 가로질러 신문사 건물의 후문으로 줄달음을 쳤다. 웰랜드는 성난 황소처럼 콧김을 뿜으며 달려오고 있었다. 웰랜드는 완력과 덩치에서 나를 훨씬 앞섰지만 날쌔지는 않았다. 내가 그보다 빨랐다.

나는 다섯 단짜리 계단을 뛰어올라 신문사 후문에 이르렀고 웰랜드에게 붙잡히기 전에 문을 열었지만 다시 닫을 시간적 여유는 없었다. 안에 들어가자 인쇄기의 육중하고 시끄러운 소리가 머릿속을 가득 채우며 나를 압도했다. 지금은 저녁 시간이었고 세 대의 인쇄기 중 한 대만이 주말판 신문을 찍어내고 있었다. 나머지 두 대는 몇 시간 후 편집실에서 1판을 완성시킨 다음에야 작동될 것이다.

나는 눈에 띄는 길들을 무작정 미친 듯이 달려 내려갔다. 정면과 오른쪽에는 가파른 철제 계단들이 인쇄실 측면을 따라 이어지는, 또는 인쇄기들을 통과해 가는 보행자용 통로들로 이어져 있었다.

나는 관 모양의 난간을 붙잡고 종종걸음으로 계단을 올라갔다. 시끄러운 소음 속에서도 인쇄공들이 내려가라고 외치는 소리가 들렸다. 그들은 자신들의 구역이 침범당하는 것을 원치 않았다. 마들린이라면 여기 올라와 인쇄기 수리 상황을 살펴보는 것이 허락됐지만 얼빠진 일개 기자 따위는 어림도 없었다.

계단을 올라오자 15미터쯤 되는 보행자 통로가 눈앞에 펼쳐졌다. 나는 인쇄공이나 웰랜드가 계단을 올라왔으리라 생각하고 뒤돌아봤지만 아무도 눈에 띄지 않았다.

어렴풋한 외침들이 여기저기서 들려왔다.

나는 잠시 걸음을 멈췄다. 웰랜드를 따돌렸나? 나는 왔던 길을 되돌아갈까 고민하다가 인쇄기 반대쪽 끝에 있는 계단을 향해 전진하는 편이 안전하겠다고 판단했다.

왼쪽에서는 인쇄기가 전속력으로 가동하고 있었다. 신문을 찍어내는 먹지들이 어지러운 속도로 위아래로, 그리고 육중한 장치 사이로, 끊임없이 지나가고 있었다. 통로의 몇 미터마다 옆 통로와 이어진 지점이 나타났다.

나는 난간에 손을 얹고 다시 움직였다. 그리고 그 순간, 그가 나타났다. 보행자용 통로의 저쪽 끝, 계단을 올라오는 웰랜드의 모습이 보였다.

"젠장." 나는 그렇게 내뱉었지만 인쇄기가 돌아가는 소리 때문에 그 말은 내 귀에도 잘 들리지 않았다.

나는 왔던 길을 되돌아가기 위해 몸을 돌렸다. 하지만 아까 내가 있던 지점에는 엘몬트 세바스찬이 서 있었다. 젊지 않은 나이임에도 그는 매우 재빨리 계단을 올라와 있었다. 세바스찬은 난간에 묻은 잉크로 더럽혀진 자신의 손바닥을 내려다보았다. 그리고 옷이 더럽혀졌는지 살피듯, 걱정스러운 눈으로 정장 재킷을 바라봤다.

반대쪽의 웰랜드보다는 세바스찬을 밀어제치는 편이 도주에 성공할 확률이 높아 보였다.

나는 세바스찬에게 달려들었다. 그는 팔과 다리를 벌리며 막는 자세를 취했지만 나는 속도를 늦추지 않고 그에게 힘껏 달려들었다. 세바스찬은 쓰러지면서 나의 목을 붙들었고 우리는 함께 바닥에 넘어졌다.

"이 새끼!" 세바스찬이 소리를 질렀다. "명단을 내놔!"

우리는 통로에서 함께 굴렀다. 나는 무릎으로 세바스찬의 사타구니와 배쪽을 가격했다. 어딘가에 명중했는지 내 목을 붙잡은 그의 손아귀에 힘이 빠졌고 나는 그 틈을 타서 재빨리 몸을 일으켜 세웠다.

하지만 세바스찬도 마찬가지로 재빨리 일어나 내 등을 덮쳤다. 그의 공격 때문에 나는 옆으로 튕겨 나가면서 인쇄기를 가로지르는 통로에 쓰러졌다. 양옆으로 신문 용지들이 쏜살같이 지나쳤다. 단어들과 사진들이 흐릿하게 스쳐 갔다.

한쪽으로 비틀거리며 일어서는데, 세바스찬이 통로 난간에 부딪히는 것이 보였다. 그는 난간을 바라보는 상태였고 부딪히는 충격 때문에 상반신이 난간 바깥으로 쏠렸다. 그는 반사적으로 정면을 향해 손을 허우적거렸지만 붙잡을 것이 없었다.

하지만 반대로 그를 붙잡은 것이 있었다.

그것은 순식간에 일어난 일이었다. 비디오로 촬영해 슬로우 모션으로 재생해도 무슨 일이 벌어진 것인지 알기 힘들 만큼 순식간에 벌어진 일이었다.

핵심을 말하자면, 세바스찬의 오른손이 재빨리 지나가는 신문 용지에 부딪히자, 오른팔이 위쪽으로 튕겨 나가며 돌아가는 인쇄기의 틈바구니에 걸려버렸다. 인쇄기의 속도가 너무 빨랐기 때문에 세바스찬은 아무런 대처도 할 수 없었다.

순식간에 그의 오른팔이 뜯겨 나갔다. 그리고 어디론가 사라졌다.

엘몬트 세바스찬은 비명을 지르며 통로 위에 쓰러졌다. 왼팔은 오른팔이 사라진 곳을 향해 뻗어 있었다.

나는 공포에 질려 아래를 내려다보았다. 그리고 얄궂게도 이썬의 수수께끼를 떠올렸다.

'흑백인데 온통 새빨간 것.'

어느덧 웰랜드가 내 뒤에 다가와 있었다. 그는 자신의 주인을 보며 말했다. "저런."

세바스찬은 잠깐 몸부림을 치다가 움직임을 멈췄다. 눈을 뜬 채 깜빡이지 않았지만 죽은 것 같지는 않았다. 아직은.

나는 웰랜드에게 말했다. "앰뷸런스를 불러야 해요."

나는 끊이지 않는 인쇄기의 굉음 때문에 전화 통화가 불가능할 것이라 생각하여 다른 곳으로 이동하기 위해 걸음을 옮겼다.

웰랜드가 내 팔을 붙잡았다. 하지만 예전과는 다른 느낌이었다. 위협적인 제스처가 아니라 말 그대로 붙잡았을 뿐이었다.

"안 돼." 웰랜드가 말했다.

"빨리 부르지 않으면 죽을 거요." 내가 소리를 질렀다.

"조금만 더 기다려요."

"아니, 왜 이래요?"

아래쪽에서 인쇄공들이 우리를 가리키며 소리를 지르고 있었다. 그들이 있는 곳에서는 세바스찬이 어떻게 됐는지 보이지 않았다.

"그냥 저대로 둬요." 웰랜드가 말했다.

"뭐요?"

"저 새끼, 내 불알에 전기 충격을 가하고 아들을 위협한 대가를 치러야 해."

나는 아연실색하여 웰랜드를 바라봤다.

웰랜드가 말을 이었다. "우린 당신 아들을 데려가지 않았어. 저 새끼가 그럴 작정이었다면 내가 막았을 거요."

52

누군가 인쇄기를 멈췄다. 인쇄기의 속도가 줄어들자 소음이 점차 사라졌다.

웰랜드, 즉 '버디'였던 남자가 내 옆을 지나쳐 보행자용 통로를 걸어갔다.

"나가야겠어." 그가 말했다.

경보음이 울렸고 사방에서 인쇄공들이 이쪽을 향해 올라오는 것이 보였다.

"어디 가는 거예요?" 나는 웰랜드에게 물었다. 이미 곤경에 처해 있는 내게, 스타 스팽글드 코렉션즈의 CEO 엘몬트 세바스찬이 프로미스 폴즈 〈스탠다드〉의 인쇄실에서 팔을 뜯긴 채 쓰러져 있는 이유를 경찰에 설명해야 한다는 골칫거리가 추가되었다.

"아는 사람들 도움을 받아 어디론가 사라질 거요. 경찰에는 뭐든 당신 좋을 대로 얘기해." 웰랜드는 위를 쳐다보며 손가락으로 가리켰다. "저기 카메라들이 있는 것 같군. 여기서 벌어진 일은 전부 CCTV에 찍혔을 테니 당신은 괜찮을 거요. 나는 경찰이 찾으려고 할 때쯤이면 사라져 있을 거요."

웰랜드는 나와 시간 낭비를 할 생각이 없었다. 그는 계단을 향해 달렸고 그의 커다랗고 위압적인 몸집에 인쇄공들은 그를 막아서지 못했다. 웰랜드는 양쪽 발을 계단 난간 바깥으로 걸치고 해군들이 하듯, 계단을 미끄러져 내려갔다. 그는 인쇄실 출입문을 향해 달려갔고 이내 사라졌다.

면식이 있는 인쇄공 하나가 나를 알아보더니 물었다. "무슨 일이에요?" 그리고 세바스찬을 발견하고는 고개를 돌리며 말했다. "아, 세상에."

"앰뷸런스를 불러요. 불러봤자 소용없을 것 같지만."

"손가락을 잃어버린 경우는 봤어도 아, 하느님 맙소사, 저런 지경은 처음이야." 인쇄공은 아래쪽을 향해 911에 연락하라고 소리를 질렀다.

상황 설명을 위해 잠자코 기다릴 생각은 없었다. 나는 계단을 향해 걸어갔다. 계단을 내려가 주차장으로 이어지는 문을 향하려는데 마들린 플림튼이 이쪽으로 성큼성큼 걸어오는 것이 보였다. 그녀는 내 뒤의 인쇄공을 보며 외쳤다. "무슨 일이에요?"

"저 사람한테 물어봐요." 인쇄공이 말했다.

마들린이 나를 뚫어지게 바라보며 물었다. "지금쯤 남은 휴가를 쓰고 있을 거라고 생각했는데요?"

"엘몬트 세바스찬이 저 위에 있어요." 내가 롤러들을 가리키며 말했다.

"아직 죽지 않았지만 앰뷸런스가 도착할 때쯤에는 죽을 것 같군요. 세바스찬에게 땅을 매각하는 것 말고 신문사를 구제할 방법이 마련되어 있기를 바랍니다."

"맙소사, 어째서—."

"카메라에 전부 찍혔을 거예요. 부디 찍혔기를 바랍니다." 나는 마들린을 지나쳐 출입문을 향해 걸어갔다. "아, 그리고 사과드릴 게 있어요. 제 이메일을 읽은 것은 사만다 헨리였습니다. 사만다가 당신과 나와 신문사를 배신했어요. 신문사가 언제 없어질지 모르겠지만 사만다는 당장 쫓아내는 게 좋을 겁니다."

"데이빗, 차근차근 설명해 봐요."

나는 고개를 저었다. "이썬이 없어졌어요. 가봐야 합니다."

"이썬이? 아니, 데이빗, 도대체 무슨 일이에요? 이리 와서 얘기 좀—."

등 뒤로 인쇄실 문이 닫혀서 나는 마들린의 말을 끝까지 들을 수 없었다. 주차장에 세바스찬의 리무진은 이미 사라지고 없었다. 웰랜드는 경찰에게 쫓기기 전에 신속하게 리무진을 처리할 작정일 것이다. 나는 차에 올라타 열쇠를 꽂았다. 다음 행선지를 정해야 했지만 나는 방금 벌어진 사건의 충격에서 헤어나지 못했고 혼란스러웠다.

나는 아까 사만다 헨리의 연락을 받은 바람에 집에서 이썬을 찾던 것을 멈추고 〈스탠다드〉로 달려왔었다. 문을 열고 이썬의 이름을 외치긴 했지만 구석구석 찾아보지는 않았던 것이다.

사실 이썬이 집에 있으리라고는 기대하지 않았다. 집은 잠겨 있었고 이썬에게는 열쇠가 없었다. 하지만 추측했듯이 부모님 집에 있던 예비 열쇠를 들고 왔을 가능성은 있었다.

그러고 보니 사만다의 연락을 받고 집을 나오면서 문을 잠근 기억이 없었다. 즉, 이썬에게 열쇠가 없다고 해도 내가 나간 이후 집에 돌아왔다면 지금쯤 안에 있을 수도 있다.

문득 부모님 집을 허둥지둥 빠져나온 뒤 무슨 일이 벌어졌는지 확인해야겠다는 생각이 들었다. 휴대폰을 꺼내보니 음성 메시지가 하나 도착해 있었다. 인쇄기 돌아가는 소리 때문에 신호음을 못 들었던 것이다.

나는 메시지를 확인했다.

"하우드 씨, 덕워스 형사입니다. 이봐요, 아까 일은 없었던 걸로 합시다. 하지만 내 말 똑똑히 들어요. 당신, 경찰서로 가야 합니다. 변호사에게도 연락해서 출두하라고 할 거예요. 괴롭히려고 이러는 게 아닙니다, 하우드 씨. 이번 사건에 이해할 수 없는 점들이 있어요. 당신에게 유리한 상황입니다. 그래서 함께 살펴보자는 거예요. 지금 당장 검토를—."

메시지를 삭제하자마자 들고 있던 휴대폰이 울렸다.

"여보세요?"

"경찰들 얘기가, 당신 또 사고 쳤다던데 정말이에요?" 나탈리 본듀런트가 말했다.

"제 아들의 행방을 알려주려고 연락한 건 아닌 것 같군요. 지금 얘기할 여유가 없습니다."

"내 말 들어봐요. 당신 자꾸 이런 식으로 하면 상황이—."

나는 전화를 끊고 부모님 집 전화의 단축키를 눌렀다. 신호음이 울리자마자 어머니가 전화를 받았다.

"찾았어요?" 내가 물었다.

"아니." 어머니가 속삭였다. 목소리를 들어보니 어머니는 울고 있었고 마음을 가라앉히려고 애쓰는 것 같았다. "너 어디 있니? 그 형사, 나갔다가 다시 돌아왔어. 너희 집에 갔다가 너를 찾지 못해서 다시 이쪽으로 온 것 같아. 네가 나타나면 체포할 작정인가 봐."

"저는 계속 이썬을 찾고 있어요. 만약 소식이 있으면, 뭐든 있으면 바로 알려 주세요."

"그럴게."

나는 휴대폰을 옷 속에 집어넣고 신속하게 주차장을 빠져나가 집으로 향했다.

덕워스나 다른 프로미스 폴즈 시 경찰들이 집을 감시하고 있을지 모르기 때문에 나는 모퉁이를 돌아 차를 세운 뒤 집까지 걸어갔다. 거리에 수상한 차는 보이지 않았다. 한동네에 오래 살다 보면 이웃사람과 친구들의 차는 기억하게 된다. 평상시 못 보던 차는 바로 티가 난다.

나는 집 옆을 걸어 내려가 뒷문으로 들어갔다. 기억한 대로 뒷문은 잠겨 있지 않았다.

나는 주방으로 들어갔다. 안은 어두컴컴했지만 밖에서 누군가 지켜보고 있을지 몰랐기 때문에 나는 불을 켜지 않았다. 진행 방향을 보기 위해서는 어둠에 눈을 적응시켜야 했다. 평소였으면 어둠 속에서 길을 찾을 수 있었겠지만 지금은 이곳저곳 바닥널들이 빠져 있었다. 집 안이 온통 덫으로 뒤덮인 셈이었다. 나는 갑자기 이썬이 집에 들어왔다가 바닥에 난 구멍에 발이라도 빠졌을까 봐 걱정되었다.

"이썬!" 내가 외쳤다. "아빠야! 괜찮으니까 어서 나와!"

나는 귀를 기울였다. 잠자코 문가에 서서 숨을 죽인 채, 누가 움직이는 희미한 소리가 들리지 않는지 귀를 기울였다.

"이썬?"

나는 길고 안타깝게 한숨을 내쉬었다. 그때였다. 머리 위, 이썬의 방이 있는 쪽에서 바닥널이 삐걱거리는 소리가 들렸다.

나는 조심스럽게 주방을 걸어갔다. 아버지는 내가 빼낸 바닥널들을 한쪽으로 치워놓고 못을 빼내긴 했지만 바닥에 생긴 길고 좁은 구멍들을 아직 메우지는 않은 상태였다.

나는 거실을 지나 계단으로 가 어둠 속에서 천천히 2층으로 올라갔다. "이썬?"

하지만 이썬은 어둠 속에서 집 안을 돌아다니지 않을 것이다. 이썬은 아직 어렸고 어린아이답게 어둠을 무서워했다. 비록 집 안이라 할지라도.

"여기 있니?"

이썬의 방문은 살짝 열려 있었다. 2층 복도 바닥에 난 구멍들을 이리저리 피하면서 나는 이썬의 방문으로 다가가 밀어서 열었다.

가로등 불빛이 이썬의 창문을 통해 들어왔다.

이썬의 침대 끄트머리 쪽에 어두운 그림자가 보였다. 누군가 서 있었다. 이썬보다 키가 훨씬 큰 누군가가.

나는 벽을 더듬어 전등 스위치를 눌렀다.

잰이었다.

잰을 보고 받은 충격은 곧 그녀의 손에 들려 내게 겨누어진 총을 본 충격으로 대치되었다.

"이썬 어디 있어?" 잰이 말했다. "이썬을 데려가겠어."

53

이썬의 옷이 보관된 서랍들은 열려 있었고 옷들이 침대 위에 널브러져 있었다. 그 옆에는 표면이 부드러운 여행 가방이 놓여 있었다. 이썬의 벽장 안에 보관했던 여행용 가방이었다.

잰은 더할 나위 없이 참담한 행색이었다. 머리카락은 헝클어져 있었고 눈은 충혈돼 있었다. 못 본 지 이틀 만에 5킬로그램은 줄어 보였고 10년은 더 늙어 보였다. 총을 쥔 그녀의 손이 떨리고 있었다.

"그거 내려놔, 잰. 아니지, 콘스턴스라고 불러야 할까? 하지만 잰 이외의 이름으로 당신을 부르는 게 쉽지 않군."

그녀는 눈을 깜빡였다. 총은 움직이지 않았다.

"혹시 내가 또 틀렸나? 콘스턴스도 진짜 이름이 아닌가?"

"아니. 그게 내 진짜 이름이야."

"당신 부모님을 소개시켜 주지 않은 이유를 이제 알겠어. 잰의 부모는 가짜고 콘스턴스의 부모는 죽었으니까."

잰의 눈이 휘둥그레졌다. "뭐?"

"마틴과 셀마, 당신 진짜 부모 아닌가?" 그녀의 눈빛은 그렇다고 대답했다. "몰랐어? 몇 년 전에 살해당했는데. 목을 베였다고 하더군."

그녀가 그 소식을 듣고 실제로 괴로운지 어떤지 모르겠지만, 적어도 겉으로는 그렇게 보이지 않았다. 그녀가 다시 물었다. "이썬은 어디 있어?"

"여기에는 없어."

"당신 부모와 같이 있어?"

"아니야."

"아, 안 돼…… 안 돼……."

나는 그녀를 향해 한 걸음 다가갔다. "그 총 내려놔, 잰."

그녀는 고개를 저었다. "아니, 분명 여기 있을 거야." 정신 나간 표정으로 그녀가 말했다. "이썬을 데려갈 거야. 아주 멀리 데려갈 거야."

"설령 이썬이 여기 있어도 당신이 데려가게 놔두지 않아. 어서 그 총 이리 줘." 나는 조금 더 가까이 다가갔다.

"이썬을 찾아야 해."

"알아. 하지만 이썬을 찾는 데 총은 필요 없어."

"당신은 아무것도 몰라. 지금 내겐 총이 필요해."

"내 앞에서는 필요하지 않아." 나는 잰에게 한 발짝 더 다가가며 말했다. "내가 당신을 해할 리가 없잖아? 나는 당신 남편이야."

잰은 웃음을 억누르며 말했다. "당신, 나한테 맺힌 게 많을 텐데? 하지만 내가 두려운 건 당신이 아니야."

"그럼 누구지?"

"내 부모가 죽었다고?" 잰은 내 질문을 무시하며 말했다. 마음이 어딘가 먼 곳을 표류하는 사람처럼 그녀의 눈에는 가벼운 광기가 서려 있었다. "그 남자는 그들이 알고 있다고 생각했구나. 내가 있는 곳을 안다고 생각했던 거야. 그런데 아무것도 알려 주지 못하니까 죽여버린 거야."

"당신 부모를 죽인 사람을 말하는 거야? 당신이 두려워하는 사람이 그 사람인가?"

"나는 나쁜 짓을 저질렀어. 내가 한 짓은……."

"뭘 했는데? 무슨 일이 있었던 거야?" 이제 나는 잰에게서 50센티미터쯤 떨어진 곳까지 접근했다.

"모든 게 헛수고였어. 다이아몬드는 가짜야."

"다이아몬드? 무슨 다이아몬드?"

"아무짝에도 쓸모없는 망할 돌멩이들." 잰은 또다시 웃음을 억눌렀다. "이건 어마어마한 코미디야."

나는 잰의 손목을 붙잡았다.

잰이 내가 총을 빼앗도록 놔두리라고 기대했지만, 총을 손에서 비틀어 빼내려고 하자마자 잰은 퍼뜩 정신을 차리며 자신의 팔을 끌어당겼다. 나는 붙잡은 손을 놓지 않았다. 잰이 왼손을 휘둘러 내 얼굴의 측면을 때렸다. 나는 그녀의 오른팔을 놓지 않은 채 내 오른팔을 쳐들어 그녀의 공격을 물리쳤다. 그러자 잰은 이번에는 총을 잡지 않은 왼손으로 나를 할퀴었다. 손톱이 내 뺨을 파고들었다. 나는 그것을 막는 대신 그녀를 향해 달려들어 양손으로 그녀의 오른쪽 손목을 붙잡았다. 손목을 강하게 압박해서 총을 떨어뜨리도록 하려는 것이었다.

나는 잰의 손목을 붙잡은 채 몸을 돌려 그녀를 벽에 세차게 몰아붙였다. 벽에 부딪힌 잰이 숨을 헉하고 내쉬었다. 덕분에 잰의 힘은 약해졌지만 그와 동시에 그녀는 방아쇠를 당겼다.

총성이 비행기의 굉음처럼 커다랗게, 조그만 이썬의 방에 울려 퍼졌다. 총알이 바닥에 박혔다. 나는 펄쩍 뛰어올랐지만 손아귀의 힘을 놓지 않았다. 그리고 잰의 손목을 벽에 찧었다. 한 번, 두 번, 세 번. 드디어 총이 바닥으로 떨어졌다. 나는 총알이 다시 발사될까 봐 순간 겁이 났지만 다행히 총은 아무 반응 없이 벽 밑부분에 부딪혔다.

나는 총을 집기 위해 잰의 손목을 놓고 바닥으로 뛰어들었다. 곧바로 잰이 내 등으로 달려들었다.

"안 돼!" 잰이 소리를 질렀다.

나는 몸을 굴려 잰을 이썬의 침대의 금속 테두리에 밀어붙였다. 솟아나온 침대 기둥이 등을 찌르자 잰이 고통스러운 비명을 질렀다. 나는 재빨리 앞으로 기어가 총을 붙잡은 뒤 몸을 돌려 잰을 향해 겨누었다.

"총을 쏴, 데이빗." 잰은 숨을 몰아쉬며 손과 무릎으로 바닥을 짚었다.

"총알을 내 머리에 박아 넣어. 간단한 일이잖아."

"넌 누구야?" 나는 양손으로 총을 감싸 쥔 채 소리를 질렀다. "넌 도대체 누구냐고?"

잰은 일어나서 침대에 앉았다. 그리고 두 손으로 머리를 감싸 쥐었다. 잠시 후 잰이 고개를 들어 나를 바라보았다. 눈물이 뺨을 타고 흘러내리고 있었다. "나는 코니 태팅거야." 그녀가 말했다. "하지만…… 잰 하우드이기도 해. 그리고 내가 누구든, 난 이썬의 엄마야." 그녀는 잠시 말을 멈췄다. "한때는 당신의 아내였어."

"도대체 뭐야? 지난 5년은 대체 뭐였어? 그냥 장난이었나?"

잰은 고개를 저었다. "그런 게 아니야…… 그렇지 않아. 나는…… 기다리고 있었어. 숨어서 기다리고 있었어."

"뭘 기다려? 누구를 피해 숨었다는 거야?"

잰은 숨을 고른 뒤 젖은 코 아래를 손가락으로 문질렀다. "우리는 운반 중인 다이아몬드를 훔쳤어."

"뭐? 우리라니?"

잰은 손사래를 치며 내 질문을 물리쳤다. "6년 전 일이었어. 그런데 얼마 후 파트너가 잘못을 저질러서 교도소에 갇히게 됐어. 다이아몬드는 안전한 곳에 보관되어 있었는데, 그가 갇힌 덕분에 몇 년을 기다려야 찾을 수 있게 돼 버린 거야. 그리고 다이아몬드를 운반했던 남자는…… 그 남자는 줄곧 우리를, 나를 찾고 있었어."

나는 잰의 이야기를 이해하려고 애썼다. 이 몇 개의 짧은 문장들은 그동안의 거짓된 세월을 요약하는 것이었다. 나는 잰의 이야기 중 이상한 부분을 지적했다. "다이아몬드가 가짜라고 하지 않았나? 그런데 왜 그 남자는 다이아몬드를 되찾으려고 한 거지?"

잰은 남은 힘을 끌어모아 이야기를 계속했다. "내가 그 남자에게 한 짓 때문이야."

나는 잠자코 기다렸다.

"내가 그의 손을 잘랐어. 손목에 매인 서류 가방을 빼내기 위해서." 그녀는 코웃음을 치며 말했다. "그런데 살아났어."

나는 경악한 나머지 총을 떨어뜨렸다. 총은 바닥에 떨어져 옆으로 굴러갔지만 아직 잡을 수 있는 거리에 있었다. "난 당신이 누군지 모르겠어."

잰이 고개를 끄덕였다. "그래, 당신은 나를 몰라. 단 한 번도 알았던 적이 없어."

"그 일들은 어디서 일어난 거지?"

"보스턴."

"그래서 숨어 지냈던 거군. 그래서 프로미스 폴즈로 온 거였어."

잰은 고개를 끄덕였다. 그녀의 눈은 반짝거렸다.

"그리고 나와 결혼했어. 왜? 왜 그런 거야?"

잰은 얼른 대답을 하지 못했다. 나는 그 답을 추측했다. "일종의 위장술이었군. 용의주도하게 숨으려고 나를 이용한 거야. 이런 작은 동네의 평범하고 착한 주부가 다이아몬드 절도범일 거라고는 아무도 상상 못할 테니까."

잰은 다시 고개를 끄덕였다.

"하지만 애까지 낳을 필요는 없었잖아? 이썬도 그런 거였나? 위장술의 일부였던 거야?"

"아니야." 잰이 속삭였다.

나는 고개를 저었다. 아직 물어볼 것들이 있었다. "상황을 정리해 보자. 당신 파트너가 교도소에서 나온 후 두 사람은 함께 다이아몬드를 되찾았군?"

"맞아. 다이아몬드를 팔아서 큰돈을 챙길 계획이었어."

"먼 곳으로 떠나서 영원히 행복하게 살기 위해?"

잰은 눈을 감고 다시 고개를 끄덕였다.

"그런데도 나는 바보처럼 그동안 당신이 행복하다고 믿었던 거로군. 한심한 새끼."

잰은 침을 삼키며 눈물을 닦아냈다. "하지만 다이아몬드는 가짜였어. 내게 손을 잘린 그 남자, 오스카 파인은 거래상들에게 연락을 해놓은 상태였지. 우리는 어떤 거래상을 찾아갔고 드웨인이—."

"드웨인?"

"나와 함께 다이아몬드를 훔쳤던 남자야. 거래상과 연락한 사람도 드웨인이었어. 그 거래상이 오스카 파인에게 연락을 했던 거야. 돈을 받으러 갔을 때는 오스카 파인이 기다리고 있었어. 그가 드웨인을 죽였을 거야. 나까지 죽이려고 했지만 난 달아났어."

나는 이썬의 옷장 문에 머리를 기대었다.

잰이 말했다. "바닥이 왜 이래? 널빤지들이 다 뽑혀 있잖아?"

"당신 출생증명서를 봤어. 잰 리클러의 출생증명서. 리넨 벽장 밑에서."

"그럴 리가 없어. 출생증명서는 내가 가져갔는데……."

"오래전에 찾은 거야. 하지만 다시 원래 있던 곳에 넣어놨지. 당신이 사라지고 출생증명서 말고 다른 것이 숨겨져 있지 않을까 하는 생각이 들어서 찾아봤어. 그리고 또 다른 출생증명서를 찾았지. 진짜 출생증명서. 그건 왜 두고 갔지?"

"봉투를 가져간 건 그 안에 들어있던 열쇠 때문이었어. 진짜 출생증명서는 미처 생각하지 못했어. 그렇다면…… 당신, 리클러 부부에 대해 알겠구나?"

"그래, 알게 됐지. 하지만 리클러 부부를 만난 것은 당신이 사라진 뒤였어. 그들의 딸 이야기를 들었지."

잰은 시선을 돌렸다.

"신원을 위조하는 데 유용했겠더군." 나는 목소리에서 빈정거림을 억누를 수 없었다. "어릴 때 죽은 친구가 있어서 편리했겠어. 당신은 그 아이의 출생증명서를 발급받아서—."

"아니야."

"뭐? 하지만 내가 찾은 건—."

"발급받은 게 아니야. 원본이었어. 사본을 신청하려고 했지만 여러 가지 정보가 필요했어. 그래서 며칠 동안 리클러 부부의 동선을 파악했지. 그들이 장을 보러 나갔을 때 몰래 집에 들어갔어. 그런 문서들은 보통 보관하는 곳이 뻔하잖아? 주방이나 침실의 서랍. 찾아내는 데 한 시간 정도 걸리더군. 일단 출생증명서를 입수하고 나니 다른 건 식은 죽 먹기였지. 자동차 면허증, 사회보장번호……."

나는 잰의 수완에 혀를 내둘렀지만 잠시뿐이었다. "당신, 그 사람들한테 무슨 짓을 한 건지 알기나 해? 어릴 때 저지른 일도 모자라 그런 짓까지 하다니."

잰은 나를 쏘아봤다. 내가 리클러 씨 딸의 자동차 사고에 관해 알고 있음을 눈치챈 것이었다.

"심지어 딸의 이름까지 도용했어. 그렇게 오랜 세월 동안—."

"그래. 난 형편없는 인간이야. 독사 같은 년이야. 나와 엮인 사람들의 인생은 전부 쓰레기통에 처박혔어. 잰 리클러, 그녀의 부모, 우리 부모, 그리고 드웨인까지."

"나까지." 내가 말했다. "그리고 이썬까지."

잰은 나와 눈을 마주쳤다가 시선을 돌렸다.

"우울한 척 연기한 거 아주 대단했어." 내가 말했다.

"내 어머니는……." 잰이 속삭였다. "인생의 대부분을 우울 속에서 보냈지. 하지만 어머니를 낮하지는 않아. 그런 형편없는 개자식과 결혼했으니 그럴 수밖에. 난 그냥 어머니 흉내를 낸 거야. 알코올 중독만 빼고."

"그렇게 나를 함정에 빠뜨렸지. 아주 우아한 방법으로. 난 그야말로 호구였어. 당신 연극의 유일한 관객. 그렇게 당신이 사라지고 나는 새빨간 거짓말쟁이가 됐잖아? 경찰에게 당신이 자살할지 모른다고 말했지만 그들은 오히려 내가 당신을 죽였다고 의심했어. 조지 호의 드라이브, 잡화점에서의 터무니없는 거짓말, 그 모든 것이 나를 겨냥하고 있었어. 이메일도 당신이 보낸 거지?"

잰은 살며시 고개를 끄덕이며 말했다. "제보자와 연락한 모양이네. 당신이 이메일에 혹할 줄 알았어."

"그리고 온라인으로 구매한 티켓. 놀이공원에는 어떻게 들어간 거지?"

"현금을 냈어." 잰이 속삭였다.

"드웨인이라는 남자한테 이썬을 유괴하라고 시켰나? 내가 경찰에게 말도 안 되는 이야기를 떠벌리는 동안 도망갈 시간을 벌기 위해?"

"미안해." 잰이 속삭였다.

"얘기해 봐. 놀이공원은 어떻게 빠져나간 거야?"

"갈아입을 옷과 가발이 있었어. 배낭에 담아 왔어. 당신이 이썬을 찾으러 달려갔을 때 나는 화장실로 가서 옷을 갈아입고 파이브 마운틴즈를 나왔어."

나의 손가락이 바닥에 떨어진 총을 향했다.

"그것 말고도 더 있어." 잰이 조용한 목소리로 말했다. "노트북에 남긴 웹사이트 방문 기록, 트렁크의 피, 강력 접착테이프 영수—."

"그래. 알고 있어. 일부러 생명보험에도 가입했잖아? 트렁크의 피 말인데, 정말로 손목을 그은 거야?"

"아니. 발목에 약간 상처를 내서 피를 낸 다음 트렁크에 묻혔어."

"대단해. 아주 대단해. 하지만 이해할 수 없는 것이 있어. 아마 앞으로도 절대 이해할 수 없겠지. 그런 짓을 한 이유가 뭐야?"

잰은 또다시 코 밑을 손가락으로 닦아냈다. "내가 죽었다고 알려지면 경찰이 나를 찾지 않을 테니까. 시체를 발견하지 못하더라도 당신이 나를 죽였다는 혐의를 받는다면……."

"그걸 물어본 게 아니잖아. 왜 그랬냐고, 왜?"

잰은 내 질문을 이해하지 못했다.

"나한테 왜 그랬어? 어떻게 그럴 수 있어? 나한테 어떻게? 이선한테 어떻게?"

잰은 답을 찾으려는 듯 잠시 눈을 이리저리 움직였다. 문득 눈의 움직임이 멈췄다. 마치 답이 바로 앞에 놓여 있는 것처럼.

잰이 말했다. "돈 때문이었어."

54

"일이 어떻게 전개될 거라고 생각했지? 내가 당신을 죽인 혐의를 받고 감옥에 갇히고 나면?"

"시체가 발견되지 않을 테니 당신은 결국 풀려날 거라고 생각했어. 하지만 경찰은 여전히 당신이 나를 죽였다고 의심할 테니 나를 찾으려고 하지 않겠지."

"만약 내가 유죄 판결을 받았다면?"

"당신 어머니, 아버지가 이썬을 돌봐줬을 거야. 둘은 이썬을 사랑하니까. 이썬은 무사했겠지."

"하지만 당신은 이걸 몰랐군. 내가 풀려났다면 죽을 때까지 당신을 찾아다녔을 거라는 사실을."

"이미 눈에 불을 켜고 나를 찾는 사람이 있었잖아? 그래도 나는 잘 숨어 지냈어. 당신이 나를 찾더라도 문제없었을 거야. 게다가 우리가 다이아몬드를 팔면 거액이 생길 테니……."

"우리"라는 단어에 나는 움찔했다. "그 드웨인이라는 놈…… 당신, 그놈을 사랑했나?"

잰은 조금의 망설임도 없이 대답했다. "아니. 그냥 이용한 것뿐이야."

나는 고개를 끄덕였다. "나처럼 말이군." 그리고 참지 못하고 질문을 던졌다. "나는 어때? 나를 사랑하기는 했어?"

"그렇다고 대답해도 믿지 않을 거잖아?"

"그래. 리앤은? 리앤은 왜 죽였어?"

잰은 지친 얼굴로 고개를 저었다. “그건 계획 밖의 일이었어. 드웨인과 나는 올버니 외곽에서 우연히 리앤과 마주쳤어. 트럭에 탄 나를 본 리앤이 다가와 무슨 일이냐고 물었지. 드웨인을 가리키며 누구냐고 물어봤어. 그래서 드웨인이 손을 본 거야. 우리는 리앤의 차를 처리하고 시체를 트럭에 실어 조지 호로 가져갔어. 잘 숨겨서.”

“조지 호라면 먼 길을 되돌아가야 했을 텐데?”

“이유가 있었어.” 잰은 고개를 숙여 무릎을 바라보았다. “리앤의 시체가 조지 호에서 발견되면…… 그러면 당신의 혐의를 굳힐 증거가 될 테니까.”

나는 다시 손가락으로 총을 만지며 천천히 손에 쥐었다.

“나는 한순간도 당신을 알았던 적이 없군.”

잰은 나를 바라봤다. “그래. 조금도 없어.”

“왜 낳았어?”

“뭐?”

“왜 이선을 낳았어? 왜 임신했을 때 아무런 조치도 안 한 거야? 왜 낙태하지 않았어?”

잰은 입술을 깨물었다. “그러려고 했어. 지우려고 생각했어. 아이를 가지는 건 계획에 없던 일이었으니까. 임신한 것을 알고 믿을 수 없었지. 피임을 잘했는데……. 밤마다 잠을 설쳤어. 지우자고 마음을 다잡았어. 여기저기 연락을 해 본 뒤 올버니에 있는 산부인과에 갔었지. 수술 날짜까지 잡았는데…….” 잰은 눈물을 훔쳤다. “할 수가 없었어. 난 갖고 싶었어. 아이를 갖고 싶었던 거야.”

나는 고개를 저었다. “당신은 코니 태팅거도 잰 하우드도 아니야. 당신이 뭔지 알아?”

잰은 말없이 기다렸다.

“괴물, 사이코패스, 인간의 탈을 쓴 악마. 난 당신을 사랑했어. 진심으로. 하지만 당신은 모두 연기였어. 다 가짜였어. 한순간도 진짜였던 적이 없었던 기야."

잰은 애써 할 말을 찾았다. "나는 사랑 때문에 여기 돌아왔어."

"아니, 그렇지 않아."

"난 이썬 때문에 돌아왔어. 당신이야 어떻게든 스스로를 건사할 테니 상관없어. 하지만 나를 찾는 데 혈안이 된 오스카 파인은 이썬을 노리고 있을 거야. 그러니 내가 이썬을 지켜야 해. 이썬은 내 아들이야. 내 것이라고. 나는 이썬의 엄—."

나는 더 이상 참을 수 없었다.

총을 들고 정면을 겨냥하여 방아쇠를 당겼다. 격발의 충격으로 총이 손안에서 뒤로 밀려났다.

총성이 방 안을 가득 채우고 잰이 비명을 질렀다.

총알은 잰의 왼쪽으로 50센티미터쯤 떨어진 침대 머리맡 나무판 위의 벽에 박혔다. 잰은 고개를 돌려 벽에 난 구멍을 바라봤다.

"당신이 엄마라고? 저게 내 대답이야."

잰이 몸을 떨며 말했다. "거짓말이 아니야. 난 이썬을 데리러 왔어. 당신 부모 집에 가봤지만 이썬이 안 보여서 여기로 온 거야. 집에 불이 꺼져 있길래 일단 들어와서 이썬의 짐을 챙기기로 했어. 당신이 이썬과 돌아오면 애를 데리고 떠날 생각이었어."

"맙소사, 잰, 지금 그게 무슨 뜻인지 알아? 총을 들이대서 애를 유괴하겠다는 거잖아. 이 총을 내 얼굴에 들이댄 다음 애를 끌고 가겠다는 말이잖아. 정말 그럴 작정이었어?"

잰은 머리를 가로저었다. "모르겠어."

"잰, 다 끝났어. 모두 끝이야. 경찰에 자수해. 무슨 짓을 했는지 자백해. 나를 함정에 빠트린 것까지 전부. 당신이 정말 이썬을 사랑한다면 그것을 증명할 길은 내가 이썬을 기를 수 있게 해 주는 것뿐이야. 당신은 감옥에 가게 될 거야. 어쩔 수 없어. 아마 꽤 오랫동안 갇히게 되겠지. 하지만 당신이 진심으로 아들을 사랑한다면 자신이 망친 것들을 되돌려 놔. 아들이 아빠 없이 자라나지 않도록."

잰의 표정이 서서히 차분해졌다. "알았어." 잰은 조용히 말했다. "알았어."

"하지만 그 전에 할 일이 있어. 우선 이썬을 찾아야 해."

그 말은 잰에게 찬물을 끼얹는 효과를 가져왔다. 잠에서 확 깨어난 사람처럼 잰이 말했다. "찾아야 한다니? 이썬이 어디 있는지 몰라? 없어졌어?"

"그래, 오늘 오후에. 이썬은 뒷마당에서 크로케를 하고 있었어. 그런데 어느 순간 어머니가 이썬의 노는 소리가 안 들—."

"언제?" 잰이 다급하게 물었다. "이썬이 없어진 걸 안 게 언제야?"

"늦은 시각이야. 대여섯 시쯤."

잰은 머릿속으로 뭔가를 계산했다. "그때쯤이면 그 남자가 여기 도착했을 시간이야."

"그 남자라면…… 오스카인지 뭔지 하는 작자 말이야?"

잰이 고개를 끄덕였다. "오스카 파인은 내가 6년간 어디에서 어떤 사람으로 살았는지 알고 있을 거야. 뉴스를 봤거나 아니면 드웨인을 죽이기 전에 그로부터 들었거나. 지금쯤이면 오스카 파인은 여기 도착했을 거야. 그가 운전하는 검은색 아우디라면 충분해. 어쩌면 나보다 먼저 프로미스 폴즈에 왔을지도 몰라. 나는 오다가 정신을 차리느라 고속도로 근처에서 잠깐 멈췄었으니까."

"침착해, 잰. 이썬이 어디 있는지 그 남자가 어떻게 알겠어?"

"그 사람이 바보인 줄 알아? 당신 이름을 찾아보면 바로 알 수 있잖아? 여기 주소와 당신 부모 집 주소를 찾는 것쯤 식은 죽 먹기야. 게다가……."

"게다가?"

잰의 얼굴이 종잇장처럼 구겨졌다. "그는 이썬의 사진을 가지고 있을지도 몰라."

나는 머리가 아찔했다. 드디어 잰을 만나 길고 긴 과거사를 들은 것도 모자라, 이썬이 단지 실종된 것이 아니라 신변의 위협을 받을지 모른다는 것까지 알게 된 것이다. 나는 바닥에서 몸을 일으키다가 기다란 바닥널의 고드름처럼 뾰족하고 날카로운 모서리에 손을 찔렸다.

"씨발." 나는 잰을 신뢰할 수 없어서 총을 일단 바지 뒤춤에 쑤셔 넣고 손에 박힌 나뭇조각을 엄지와 검지로 빼냈다. 상처에서 피가 흘러나왔다.

잰은 총을 빼앗으려는 시도를 하지 않았다. 나는 바닥에서 완전히 일어난 뒤 다시 손에 총을 거머쥐었다.

"당신에게 손을 잘렸다는 그 남자는 이썬을 납치해서 무슨 짓을 할 생각이지?"

잰은 몸을 부르르 떨었다. "무슨 짓이든 할 거야. 나를 잡기 위해서라면 무슨 짓이든."

내 머릿속에 "눈에는 눈, 이에는 이."라는 표현이 떠올랐다. 하지만 지금은 눈이나 이가 아니었다. 문득 내 손에 이썬의 손의 감촉이 느껴졌다.

"그 남자를 찾을 방법은?" 나는 미치기 일보 직전이었다. "어떻게든 찾을 방법이 없어? 협상이든 뭐든 해 봐야지?"

"그는 이썬과 나를 맞바꾸자고 할 거야."

그 방법대로 해도 나는 아쉬울 것이 없었다. 적어도 지금은. 하지만 그것이 유일한 선택지는 아니었다.

"덕워스에게 전화를 해야겠어."

"누구?"

"지금 당신을 찾고 있는 형사. 아니, 내가 살인범임을 입증하려는 형사라고 하는 편이 맞겠군. 그 형사가 지시를 내릴 거야. 경찰들에게 오스카 파인을 찾으라고 말이야. 당신은 오스카 파인의 인상착의와 그가 타고 다니는 차종을 설명해 줘. 그를 찾으면 이썬도 찾을 수 있어. 당신을 잡기 전에 이썬을 해칠 리가 없잖아. 이썬을 산 채로 붙잡고 있는 것이 당신을 유인할 카드라고 생각할 테니까."

잰은 어쩔 수 없다는 듯 고개를 끄덕였다. "그래, 당신 말이 맞아. 전화해. 그 형사에게 전화해. 이썬을 찾는 데 필요하다면 뭐든 알려줄게. 오스카 파인을 찾는 데 협조하겠어. 그렇게 해서 이썬을 찾을 수 있다면 얼마든지."

나는 휴대폰을 꺼냈다.

잰이 팔을 뻗어 내 팔을 건드렸다. "당신이 나를 용서하지 않을 거라는 건 알아."

나는 팔을 멀리 치웠다. "그래, 제대로 아는군."

나는 휴대폰을 열어 최근 통화 목록을 뒤져 덕워스 형사의 전화번호를 찾았다. 그리고 통화 버튼을 누르는 순간, 목소리가 들렸다.

"꼼짝 마."

나는 고개를 들었다. 누가 이썬의 방 문가에 서 있었다.

그것은 한쪽 손이 없는 남자였다.

55

"총 내려놔. 전화기도." 오스카 파인이 내게 말했다. 그는 나를 향해 총을 겨누고 있었다. 총열이 길고 총 끝이 넓었다. 끝에 달린 것은 소음기인 것 같았다. 이 방에서 소음기 없이 이미 총이 두 번 발포됐다. 나는 부디 이웃에서 그 소리를 듣고 911에 연락했기를 바랐다.

나는 총구를 바닥으로 향한 채 총을 들고 있었다. 팔을 쳐들어 상대방을 겨누기 전에 내가 먼저 그의 총에 맞을 것이 분명했다. 나는 총을 잡은 손을 놓았다. 총이 다리를 따라 흘러 바닥에 떨어졌다. 이어서 나는 아직 열려 있는 휴대폰을 침대로 던졌다.

"총을 발로 차서 이쪽으로 보내." 오스카 파인이 말했다. "조심해서."

나는 신발의 옆면을 바닥에 떨어진 총과 나란히 맞춘 뒤 발로 차서 오스카 파인에게 보냈다. 총은 바닥에 난 구멍들을 아슬아슬하게 비껴갔다. 오스카 파인은 나와 잰에게서 눈을 떼지 않은 채 무릎을 굽혔다. 그리고 손이 없는 팔의 끄트머리와 반대쪽 손에 쥔 그의 총을 젓가락처럼 이용하여 떨어진 총을 집어 주머니에 넣었다.

잰의 얼굴에서 핏기가 가셔 있었다. 잰이 이 지경으로 겁을 먹거나 약해 보인 적은 없었다. 하지만 만약 주위에 거울이 있었다면 내 표정도 마찬가지였을 것이다. 그녀의 얼굴은 '이제 다 끝났어.'라고 말하는 듯했다.

"내 아들은 어디 있어?" 내가 물었다.

오스카 파인은 나를 바라보지 않았다. 그의 시선은 잰에게 고정되어 있었다. "오랜만이로군."

“잠깐만요. 사람을 잘못 봤어요.” 잰이 말했다.

오스카 파인이 짜증스러운 웃음을 지었다. “그만둬. 네 남자친구보다는 당당하게 굴어 봐. 그 자식 어땠는지 알아? 오줌을 지리더군. 그 개자식이 바지에 오줌을 쌌다고. 너는 그놈처럼 나약하지 않겠지? 내 손을 자른 것도 너였잖아? 그때 그 자식은 그냥 앞좌석에 앉아 있었지. 혹시 그때도 오줌을 싸던가?”

잰은 입술을 핥았다. 나는 입이 바싹 말라 있었는데 아마 잰도 마찬가지였을 것이다. 잰이 오스카 파인에게 말했다. “당신은 열쇠를 가지고 있지 않았어. 열쇠가 있었다면 상처를 입히지 않고 서류 가방을 가져갔을 거야.”

오스카 파인의 표정이 잠시 무거워졌다. “그 점에 관해서는 할 말이 없군. 그래서 소 잃고 외양간 고치기이긴 하지만…….” 오스카 파인이 미소를 지으며 진지하게 말을 이었다. “나야 남은 손이 할 수 있는 걸 할 수밖에.”

잰이 고갯짓으로 나를 가리키며 오스카 파인에게 말했다. “저 사람은 보내줘. 우리 아들이 어디 있는지 저이에게 알려줘. 이썬은 아직 어린애야. 내 잘못을 그 애에게 묻지 마. 제발 부탁이야. 이썬은 밖에 있어? 당신 차 안에 있는 거야?”

곰곰이 생각에 잠긴 듯, 오스카 파인이 입속에서 혀를 돌렸다.

그리고 다음 순간, 그의 팔이 위로 올라갔고 손에 쥔 총에서 “퓩” 하는 소리가 났다.

나는 소리를 질렀다. “안 돼! 아, 안 돼! 잰!”

잰의 몸이 뒤로 밀려나며 벽에 털썩 부딪혔다. 그녀의 입은 열려 있었지만 아무 소리도 나오지 않았다. 잰은 오른쪽 가슴 위로 붉게 번지는 피를 바라보다가 오른손을 들어 상처를 만졌다.

나는 잰을 향해 달려가, 벽에 기댄 채 미끄러져 내려가는 그녀의 몸을 붙잡았다. 그리고 벽에 그어진 피의 선에서 애써 시선을 돌리며 잰을 천천히 앉혔다. 그녀의 눈은 초점을 잃어가고 있었다.

"괜찮을 거야." 내가 말했다.

잰의 블라우스는 벌써 피로 흠뻑 젖어 있었다. 숨소리가 짧고 거칠었다.

"이썬……." 잰이 나를 향해 속삭였다.

"알아, 알아."

나는 오스카 파인을 바라봤다. 그는 총을 발사한 후 조금도 움직이지 않았고 놀라우리만치 평안해 보였다.

"앰뷸런스를 불러야 해." 내가 말했다. "아내가…… 출혈이 심해요."

"안 돼." 오스카 파인이 말했다.

"그냥 두면 죽을 거요."

"그러라고 쏜 거야."

잰은 애써 고개를 들고 오스카 파인을 바라보며 힘겹게 말했다. "이썬. 이썬은 어디 있어?"

오스카 파인은 고개를 저었다. "전혀 모르겠는걸. 하지만 원한다면 내가 한번 찾아보도록 하지. 자, 만약에 찾으면 아들의 손은 어디로 보내드릴까?" 오스카 파인은 슬픈 표정으로 나를 바라봤다. "당신은 어차피 못 받을 거야."

"당신, 이썬을 데리고 있지 않군." 내가 말했다.

"애석하게도." 오스카 파인이 말했다.

잰의 눈꺼풀이 닫혔다. 나는 팔로 그녀를 감싸안고 내게로 끌어당겼다. 아직 숨을 쉬고 있는지 아닌지 알 수가 없었다.

어딘가 멀리서 사이렌 소리가 들려왔다.

"제기랄." 오스카 파인이 말했다. 오스카 파인은 침대에 통화 상태로 놓인 휴대폰을 쳐다보며 짜증이 난다는 듯 고개를 저었다. 그는 휴대폰을 집어든 후 탁하고 닫았다. 사이렌 소리를 들어보니 다가오는 차량은 아마도 한 대뿐인 듯했다. 오스카 파인은 점점 커지는 사이렌 소리를 들으며 한숨을 쉬었다. 그리고 잠시 후, 현관 계단을 쿵쿵거리며 올라오는 발걸음 소리가 들렸다.

"계획 변경이다." 오스카 파인이 나를 향해 총열을 흔들었다. "이리 와."

나는 잰으로부터 팔을 빼내어 방을 가로질렀다. 그리고 오스카 파인을 지나쳐 방문을 나섰다. 오스카 파인은 내 등 뒤에 바짝 붙어 있었다. 등에서 총열의 촉감이 느껴졌다.

"너무 앞서 가지마." 오스카 파인이 말했다.

아래층에서 배리 덕워스의 고함 소리가 들렸다. "하우드 씨?"

"2층이에요." 나는 소리를 지르지 않았지만 그에게 들릴 만큼 큰 소리로 말했다.

"괜찮습니까?" 아래층의 전등이 하나둘 켜지기 시작했다.

"괜찮지 않아요. 아내가 총에 맞았습니다."

"앰뷸런스를 불렀습니다." 덕워스가 계단 아래쪽으로 다가왔다. 오스카 파인과 나는 2층 복도의 짧은 난간 옆에 서 있었고 몸을 돌려 계단을 내려갈 참이었다.

덕워스는 총을 들고 위쪽을 바라봤다. 그의 얼굴에 내 등 뒤의 정체 모를 남자로 인한 당혹감이 떠올랐다.

오스카 파인이 말했다. "나와 하우드가 함께 나가도록 놔둬. 안 그러면 하우드를 쏘겠다."

덕워스는 총을 위로 치켜든 채 머릿속에서 잠시 상황을 정리하고는 말했다. "2분 후면 열 명도 넘는 경찰들이 도착할 거다."

"그럼 더욱 서둘러야겠군." 오스카 파인은 그렇게 말하며 나를 한 계단씩 내려보냈다. "총 내려. 안 그러면 당장 쏘겠다."

덕워스는 내 등 뒤의 총을 보고 자신의 총을 내려놓았지만 총에서 손을 떼지 않았다. 덕워스가 말했다. "포기하는 게 좋을 거야."

"싫다." 오스카 파인이 말했다. 그와 나는 계단을 반쯤 내려와 있었다. "물러서."

덕워스는 현관 쪽으로 몇 발자국 물러났다.

오스카 파인과 나는 1층에 이르렀다. 오스카 파인은 나를 방패막이로 사용하며 주방 쪽으로 몰았다. 뒷문으로 빠져나갈 계획이었던 것이다. 그의 차는 한 블록 정도 떨어진 곳에 주차됐을 것이다. 그는 뒷마당으로 빠져나가 집과 집 사이를 가로질러 차가 있는 곳까지 이동할 심산이었다.

덕워스는 답답한 표정으로 이 광경을 지켜봤다. 나와 그의 눈이 마주쳤다.

우리가 난간 아래에 이르렀을 때, 덕워스가 위쪽을 쳐다봤다.

나와 오스카 파인도 목을 젖혀 2층을 바라봤다.

그것은 잰이었다. 복도의 난간에 잰이 서 있었다. 그녀는 상체를 난간 너머로 기울였다. 핏방울이 따뜻한 빗방울처럼 내 이마 위에 떨어졌다.

잰이 말했다. "넌 내 아들을 절대 해칠 수 없어."

그녀의 몸이 앞으로 고꾸라졌다. 그녀는 더 이상 난간에 기대고 있지 않았다. 난간을 넘어 떨어지고 있었다.

그녀가 떨어지는 순간 나는 그녀의 양손에 굳게 잡힌 50센티미터가량의 단단한 널빤지를 보았다. 내가 손을 찔렸던 단도처럼 날카로운 바닥널이었다.

그녀의 몸이 옆으로 기울여진 채 추락했다. 그녀는 널빤지를 머리 위로 쳐들고 있었다.

오스카 파인에게는 대처할 틈이 없었다. 널빤지의 날카롭고 들쭉날쭉한 끄트머리가 오스카 파인의 목덜미와 어깨 사이를 찔렀다. 잰이 추락하는 힘으로 인해 널빤지는 오스카 파인의 상반신 깊이 파고들었고 그 충격은 잰의 무게와 합쳐져 오스카 파인을 바닥에 넘어뜨렸다.

그 뒤로 두 사람은 더 이상 움직이지 않았다.

56

잰과 오스카 파인은 현장에서 즉사했다. 충격과 공포의 순간이 지났지만 나는 거실로 나가 아내와 살인자의 엉켜진 시신을 볼 엄두가 나지 않았다.

나는 한 시간가량 배리 덕워스 형사에게 지금 벌어진 일을 힘겹게 설명했다. 그렇다 해도 대략적인 윤곽뿐이었다. 자세한 내용은 나도 알지 못했고, 아마 앞으로도 알지 못할 것이었다.

덕워스 형사는 내 말을 믿는 눈치였다.

하지만 그 얘기를 하기 전에 덕워스 형사와 논의할 다급한 문제가 있었다.

"아직 이썬을 찾지 못했어요." 내가 말했다. "잰은 오스카 파인이 이썬을 납치했을 거라고 말했지만 아까 2층에서 사건이 벌어지기 전에 듣기로는 오스카 파인은 이썬이 어디 있는지 몰랐습니다."

"거짓말을 한 것 아닐까요? 당신에게 수작을 부린 거 아닙니까?"

"아닐 겁니다. 만약 이썬을 데리고 있었다면 그 사실을 이용해 나와 잰을 괴롭혔을 거예요."

확인을 위해 우리는 한 거리 너머에 주차된 오스카 파인의 검은색 아우디를 뒤졌다. 뒷좌석과 트렁크에 이썬의 흔적이 있는지 살폈다.

아무것도 발견되지 않았다.

"경찰을 총동원했습니다." 주방 식탁에 함께 앉은 덕워스가 나를 안심시켰다. "경찰서의 모든 인원이 지금 아드님을 찾고 있어요. 쉬고 있는 병력까지 동원했습니다. 한 블록 한 블록 뒤지고 있어요."

"혹시 이썬의 실종은…… 지금 벌어진 일과는 상관없는 것 아닐까요? 어디서 길을 잃었다거나…… 아니면 어떤 못된 개사식이 근처에서 차를 몰다가—.”

“걱정 마세요. 모든 가능성을 살펴보고 있습니다. 이 근처 사람들과 하우드 씨 부모님의 동네 사람들에게 전부 물어보고 있어요. 한 집 한 집 돌아다니고 있습니다.”

나는 여전히 마음이 놓이지 않았다.

“잰은 이썬을 위해 그런 거예요. 그리고 나를 위해서.”

“그런 거라니요?”

“잰은 저 남자를 죽이기 위해 마지막 남은 힘을 짜낸 겁니다. 내가 이썬과 함께 머물 수 있도록.”

“동감입니다.”

“잰은 내가 자기를 용서하지 않을 거라고 생각했어요.”

“그렇군요. 하지만 만약 부인이 지금 당신에게 용서를 청한다면……?”

나는 말없이 식탁을 내려다봤다.

곧 어머니와 아버지가 도착했다. 우리는 껴안으며 눈물을 흘렸고 나는 덕워스에게 말했듯 그들에게 지난 사흘간의 사건에 관해 내가 아는 바를 얘기했다.

그리고 지난 6년간의 일들, 아니, 그전의 과거까지도.

“이썬은 어디 있는 걸까?” 어머니가 물었다. “도대체 어디 간 거야?”

덕워스가 현장을 감독하러 나간 사이 우리 세 사람은 뭘 어떻게 하면 좋을지 모른 채 주방 식탁에 앉아 있었다.

우리는 지쳤고, 울적했고, 충격에서 헤어나오지 못했다.

그리고 나는 마음속으로 통렬하게 울고 있었다.

자정이 될 때쯤 휴대폰이 울렸다. 나는 전화를 받았다.

“여보세요?” 내가 말했다.

“하우드 씨?”

"그런데요?"

"제가 끔찍한 짓을 저질렀어요."

내가 그곳에 도착한 것은 새벽 3시경이었다.

덕워스 형사는 내가 가는 것을 반대했다. 그는 우선 내가 사건 현장을 벗어나는 것을 원하지 않았다. 그리고 내 아들을 데리고 있는 사람, 유괴한 사람에게 경찰을 보내는 편이 낫다고 생각했다.

"유괴라고 하기는 좀 그래요." 내가 말했다. "아직 확실치 않아요. 상황이 복잡합니다. 일단 가서 아들을 데려올게요. 어디 있는지 압니다. 집으로 데려올게요."

덕워스는 잠시 고민하다가 마침내 허락했다. "그럼 가세요." 그는 내가 과속을 해도 괜찮게끔 뉴욕 고속도로 관리국에 연락을 해놓겠다고 말했다.

나는 로체스터 링컨 가에 있는 리클러 부부의 집 앞에 차를 멈췄다. 거실 창문에 불이 켜져 있었다. 현관문을 노크할 필요는 없었다. 그레천 리클러가 현관에 서서 나를 기다리고 있었고 내가 현관 계단을 올라가자 현관문을 열어주었다.

"일단 이썬을 보고 싶습니다." 내가 말했다.

그레천은 고개를 끄덕였다. 그녀는 나를 2층으로 안내했고 집에 없는 남편과 그녀가 사용하는 듯한 방의 문을 열었다. 이썬은 베개를 베고 이불을 덮은 채 깊이 잠들어 있었다.

"좀 더 자게 놔두죠." 내가 말했다.

"커피를 좀 끓였는데⋯⋯ 드릴까요?" 그레천이 말했다.

"좋습니다." 나는 그레천을 따라 1층으로 내려왔다. "남편께서는⋯⋯."

"아직 병원에 있어요. 정신 병동이라던가? 아무튼 그런 곳에 입원해 있어요. 계속 검사 중이에요."

"결과는 어떨 것 같습니까?"

“기다려봐야 하는 상황이에요. 운이 좋으면 며칠 후 집에 돌아올 거예요. 하지만…… 그이가 퇴원 후 어떻게 이 상황을 견뎌낼지는 모르겠어요.”

그레천은 두 개의 머그잔에 커피를 따라 주방 식탁에 올려놓았다. “쿠키 드릴까요?”

나는 고개를 저었다. “커피면 충분합니다.”

그레천 리클러는 나를 마주 보고 식탁 의자에 앉았다. “제가 잘못한 건 알아요.”

나는 커피를 불어 식힌 후 한 모금 마셨다. “어떻게 된 건지 설명해 주세요.”

“네…… 처음부터 말씀드리면…… 남편과 저는 하우드 씨가 두고 간 사진을 봤어요. 당신 부인 사진 말이에요. 문제는 부인이 걸고 있던 목걸이였어요. 컵케이크가 달린 목걸이.”

“네?”

“그건 우리 딸의 목걸이에요. 딸아이는 죽기 전에 그 목걸이를 잃어버렸어요. 콘스턴스가 훔쳐갔다고 했었죠. 당신 부인이 그 목걸이를 걸고 있는 것을 봤을 때 그 기억이 떠올랐어요. 드디어 무슨 일인지 알게 된 거예요.”

“아내가 그 목걸이를 걸었던 것은 그때뿐이었습니다. 보석함 안에 보관한 채 절대 걸고 다니지 않았죠. 하지만 그날 여행을 떠나기 전에 이썬이 목걸이를 발견했어요. 아들 녀석은 컵케이크를 좋아합니다. 그래서 엄마한테 그걸 걸고 가라고 졸랐던 거죠.”

“하우드 씨가 저한테 마지막으로 연락했던 그날, 그러니까 호러스가 자살을 기도했던 바로 직후, 댁의 부인이 아직 살아 있을 거라는, 아마 찾을 수 있을 거라는 소리를 듣고 저는…… 저는 미칠 것 같았어요.”

“네, 계속 말씀해 주세요.”

“너무 화가 났어요. 이 여자, 내 딸의 목숨을 두 번이나 앗아간 이 여자. 이런 생각을, 그녀가 우리에게 저지른 짓을 잊을 수가 없었어요. 자식을 잃은 기분이 어떤지 느끼게 하고 싶었어요."

나는 고개를 끄덕이고 뜨거운 커피를 한 모금 더 마셨다.

"보복을 당해 마땅해, 넌 우리에게서 딸을 빼앗아 갔고 딸의 이름까지 훔쳤어, 너도 한번 당해봐야 해, 우리 심정을 알아야 해. 그렇게 생각했죠. 그래서 호러스를 병원에 남겨둔 채 저는 프로미스 폴즈까지 차를 몰고 갔어요. 당신 부모님 집을 찾아갔죠. 그리고 뒷마당에서 놀고 있는 당신 아들을 봤어요. 저는 아이에게 저를 그레천 고모라고 소개하고 함께 집에 돌아가자고 말했죠."

"그래서 이썬이 당신을 따라온 거로군요?"

"맞아요. 집에 가자고 했더니 아이는 아주 좋아했어요. 조금도 의심하지 않았죠."

"들어본 적도 없는 고모가 나타났는데 이상하다고 생각하지 않던가요?"

그레천은 고개를 저었다. "전혀 물어보지 않았어요."

"그래서 당신 차에 태웠군요?"

그레천은 고개를 끄덕였다. "운전하는 도중에 길모퉁이에 멈춰서 아이에게 줄 간식을 샀어요. 그리고 여기로 돌아왔죠. 아이는 그쪽은 집 방향이 아니라고 말했어요. 그래서 집에 가기 전에 잠깐 고모랑 함께 있어야 한다고 애를 달랬어요."

"애가 뭐라고 하던가요?"

그레천은 목이 메었다. 그녀의 눈가에 눈물이 맺혔다. "울기 시작했어요. 저는 울지 말라고, 아무 일 없을 거라고 말했어요. 금방 집에 돌아갈 거니까 걱정 말라고……."

"어떻게 하실 작정이었어요?"

그레천은 내 눈을 들여다봤다. "모르겠어요."

"무슨 계획이 있었을 거 아니에요?"

"프로미스 폴즈로 가는 중에 결심한 건…… 저 아이를…… 아이를……."

"당신은 애를 해치지 못했을 거예요."

그레천은 나를 바라보지 못했다. "그랬기를 빌어요. 뭐랄까, 잠시 동안 뭔가에 홀렸던 것 같아요. 제정신이 아니었어요. 똑같이 되갚아주겠다는 마음뿐이었어요. 하지만 막상 아이를 보고 나니, 아이를 차에 태우고 나니……."

"할 수 없었겠죠."

"너무도 사랑스러운 아이예요." 그레천이 다시 나를 바라보며 말했다. "정말이에요. 아들이 참 자랑스럽겠어요."

"그렇습니다." 내가 말했다.

"차에 태우고 나니 뭘 어떻게 해야 할지 모르겠더군요."

"그래서 일단 로체스터로 데려온 건가요?"

그레천은 슬프게 고개를 끄덕였다. "부끄러워요. 너무 부끄러워요."

"덕분에 우리가 얼마나 괴로웠는지 상상도 못하실 겁니다."

"알아요."

"제 어머니는 손자에게서 눈을 뗐던 자신을 용서하지 못할 거예요."

"어머니께는 사죄할게요. 선고를 받기 전에 진술할 기회가 있죠? 당신 가족과 얘기할 기회가 있겠죠?"

나는 큰 피로감을 느꼈다.

"그럴 일은 없을 겁니다." 내가 말했다.

그레천은 당혹스러워했다. "그럴 일이 없다니요? 댁의 아들을 유괴했잖아요. 처벌을 받을 텐데……."

나는 식탁 너머로 팔을 뻗어 그레천의 손을 잡았다. "벌은 이미 받을 만큼 받으셨습니다. 당신과 남편 둘 다요." 나는 잠시 말을 멈췄다. "제 아내 때문에요."

"당신이 고발하지 않더라도 당신 부인은 할 거예요." 그레천이 말했다.

"아니요. 그렇지 않아요. 아내는 죽었습니다."

그레천은 놀라서 숨을 들이쉬었다. "네? 언제?"

"네 시간 정도 됐습니다. 아내의 과거가, 과거의 일부가 그녀를 덮쳤어요. 이제 당신이 보복할 대상은 사라졌습니다. 그녀는 죽었어요. 그리고 어쩌면 당신이 이썬을 여기로 데려온 덕분에 오히려 애가 무사할 수 있었는지 몰라요."

"그렇다고 제 죄가 없어지는 건 아니에요." 그레천이 말했다.

"지금 중요한 것은 아들이 아무 탈 없이 무사하다는 사실입니다. 경찰에는 제가 잘 말할게요. 유괴에 관해 증언하라고 요구하면 아무 말 안 하겠습니다."

"저녁을 늦게 먹였어요." 그레천은 내 말에 귀 기울이지 않고 말했다. "애가 진정할 때까지 기다리느라……. 마카로니 치즈를 줬어요."

"이썬이 좋아하는 음식입니다."

"당신한테 연락해야 한다고 생각했어요. 원래 아침에 하려고 했지만 아들이 없어져서 당신이 잠을 이루지 못할 거라고 생각했어요. 그래서 아까 전화를 한 거예요."

"다행이군요." 나는 그레천의 손을 놓았다. "이제 아들을 데리고 가야겠습니다."

"지난번처럼 소파에서 주무셔도 돼요. 아침에 가세요."

"말씀은 고맙습니다만, 괜찮습니다." 내가 말했다.

그레천은 나를 2층으로 안내했다. 내가 침대 모서리에 걸터앉자 이썬이 몸을 뒤척이며 돌아누웠다.

"이썬." 나는 이썬의 어깨를 쓰다듬으며 속삭였다. "이썬."

이썬은 느릿느릿 눈을 떴다. 그리고 문밖에서 들어오는 불빛에 적응하기 위해 눈을 깜빡였다.

"안녕, 아빠."

"이제 가자."

"우리 집에 가는 거야?" 이썬이 기대하는 목소리로 말했다.

"아니, 아직 아니야." 어쩌면 그 집에는 두 번 다시 돌아가지 않을지도 모른다. "할아버지, 할머니네 집에 가자. 아빠도 같이 있을 거야."

나는 이불을 걷어냈다. 이썬은 옷을 입은 채였고 아이의 신발은 침대 옆 바닥에 놓여 있었다.

"애한테 입힐 잠옷이 없었어요." 그레천이 미안한듯 말했다.

나는 고개를 끄덕였다. 나는 이썬을 일으켜 앉혔고 그레천은 내게 아이의 신발을 건넸다. 이썬에게 신발을 신기고 벨크로 띠를 조이는데 이썬이 그레천을 가리키며 내게 말했다. "그레천 고모야."

"맞아." 내가 말했다.

"할머니네 집에서 만났어."

"고모가 마카로니 치즈 줬다면서?"

"응."

나는 이썬에게 신발을 신긴 후 아이를 들어 올려 머리를 내 어깨에 기대게 한 채 1층으로 내려갔다.

"호러스 씨의 쾌차를 빕니다." 나는 문을 열어주는 그레천에게 말했다.

"고마워요." 그레천이 말했다. "하지만 당신은 아들 걱정만 하면 충분해요." 그레천은 이썬의 머리를 쓰다듬었다. "잘 가렴."

"안녕, 그레천 고모." 이썬이 눈을 비비며 말했다.

나는 이썬을 아버지 차 뒷좌석의 유아용 보조의자에 앉히고 띠를 맸다. 운전석으로 들어가 시동을 걸려는 순간 이썬이 물었다. "엄마 찾았어?"

"응, 찾았어."

"집에 있어?"

나는 차 열쇠에서 손을 떼고 운전석을 나와 뒷좌석으로 들어갔다. 나는 차 문을 닫고 이썬에게 가까이 다가갔다. 그리고 아이의 손을 꼭 붙잡았다.

"아니. 엄마는 멀리 떠났어. 이제 돌아오지 않을 거야. 하지만 엄마가 이썬을 목숨보다 사랑한다는 걸 잊으면 안 돼."

"엄마가 나 때문에 화났어?" 이썬이 물었다.

"아니야. 절대 그렇지 않아. 엄마는 이썬한테 절대로 화나지 않았어." 나는 어떻게 얘기해야 할지 몰라 잠시 말을 멈췄다. "엄마가 마지막으로 한 일은 이썬을 위한 거였어."

이썬은 지친 듯 고개를 끄덕이고 조금 훌쩍이다가 하품을 하더니 다시 잠이 들었다. 나는 이썬을 꼭 껴안았다. 그리고 아침 해가 뜰 때까지 우리는 그곳에 그렇게 머물러 있었다.

■ 옮긴이 | 신상일

신상일은 서울대학교 영어영문학과를 졸업하고 유네스코 한국위원회에서 근무했다. 해야 할 일보다 하고 싶은 일을 찾다가 본격적으로 번역을 시작했다. 《지속가능발전교육 맥락과 구조의 검토》 등 유네스코 한국위원회의 출판물들과 올렌 슈타인하우어의 소설 《코드명 투어리스트》, 얀 네루다의 《말라스트라나 이야기》 등을 번역했다.

네버 룩 어웨이

2012년 12월 01일 초판 발행

지은이 린우드 바클레이
옮긴이 신상일
펴낸이 이경선
펴낸곳 해문출판사

등 록 1978년 1월 28일 제3-82호
주 소 서울시 서초구 서초동 1328-11 도씨에빛 2차 1420호
전 화 325-4721
팩 스 325-4725

값 14,000원
ISBN 978-89-382-0518-6

※ 잘못 만들어진 책은 구입하신 곳에서 바꾸어 드립니다.

국립중앙도서관 출판시도서목록(CIP)

네버 룩 어웨이 / 린우드 바클레이 지음 ; 신상일 옮김. -- 서울 : 해문출판사, 2012
p. ; cm

원표제: Never look away
ISBN 978-89-382-0518-6 03840 : ₩14000

영미소설[英美小說]

843.5-KDC5
813.54-DDC21 CIP2012005182